KB112961

괴테와의 대화 1

Gespräche mit Goethe

세계문학전집 176

괴테와의 대화 1

Gespräche mit Goethe

요한 페터 에커만

장희창 옮김

민음사

차례

머리말

괴테와 나누었던 대화를 정리하여 수록한 이 책의 대부분은, 가치 있는 경험이나 진기한 체험을 글로 포착해 내 것으로 만들고자 하는 나의 자연스러운 충동으로부터 생겨났다.

더욱이 그 뛰어난 인물을 처음 만났을 때는 물론이고 수년간이나 그 사람과 함께 보낸 후에도 나는 여전히 그의 가르침이 필요했다. 그래서 그의 말을 마음에 새겨서 즐거이 기록했고, 그것을 내 삶의 지표로 삼고자 했다.

그러나 구 년이라는 세월에 걸쳐 나를 행복하게 해주었던 그분의 말씀의 풍성함에 견주어 볼 때, 내가 글로 옮겨 적은 것은 실로 미미하다. 그러므로 나는 마치 두 손을 활짝 펴고 상쾌한 봄비를 잡아보려고 애를 쓰지만 그 빗물의 대부분을 손가락 사이로 흘려보내고 마는 소년과도 같다는 생각이 든다.

흔히들 말한다. 책에는 각자의 운명이 있다고. 물론 이것은 책의 성립뿐만 아니라 훗날 더 넓은 세상에 알려지는 과정까지 포함해서 하는 말이다. 물론 이 책의 성립 과정에 대해서도 역시 같은 말을 할 수 있으리라. 이따금씩 운이 나쁘다든지 몸이 불편하다든지, 아니면 직무나 일상생활에 쫓겨 단 한 줄도 쓰지 못한 채 몇 달이 지나가는 경우가 있었다. 그런가 하면, 반대로 운이 좋다든지 건강 상태가 양호한 데다 글을 쓸 여유와 흥미까지 생겨 다시 기분 좋게 진척을 보이는 경우도 있었다. 또 그렇게 오랜 세월을 같이 지내다 보면 어느 정도 무관심해지는 경우도 있기 마련이며, 게다가 현실을 언제나 변함없이 공정하게 평가하기란 더더욱 어려운 법이다!

내가 구태여 이런 말을 하는 이유는, 날짜 순서를 따르고 싶어 하는 독자라면 중요한 부분들이 많이 누락되어 있다는 사실을 발견할 터라 미리 양해 말씀을 드리고 싶어서다. 그렇게 누락된 부분에는 좋은 정보들이 많이 포함되어 있다. 특히 괴테가 두루 알고 지내던 많은 친구들이라든지 여러 현존하는 독일 작가들에 대해 괴테 자신이 직접 평가한 유익한 말들의 많은 부분은 빠지고 말았다. 물론 그 일부는 기록되어 있긴 하지만 말이다. 하지만 이미 말하지 않았던가. 책이란 태어나는 순간부터 자기의 운명을 갖게 되는 것이라고.

어쨌든 이 책을 나의 재산으로 만들었다는 것, 말하자면 이 책을 내 생애의 보물로 여길 수 있게 만들어준 저 높은 섭리에 나는 마음속 깊이 감사하고 있다. 더 나아가서 세상 사람들이 나의 이러한 전달 작업에 대해 고마워하리라 확신한다.

인생과 예술 그리고 학문을 주제로 삼고 있는 이 대화가 수많은 계몽과 귀중한 가르침을 내포하고 있다는 정도로 그 역할을 다했다고 생각하지는 않는다. 오히려 그때마다의 삶에 대해 직접적으로 스케치하고 있는 이 기록은 그의 다양한 작품들을 접한 독자들의 머릿속에 이미 형성되었을 그의 모습을 완성시키는 데 크게 기여할 것이다.

하지만 이것으로써 괴테 내면의 전체 모습이 묘사되었다고 생각하는 건 얼토당토않은 일이다. 우리는 이 뛰어난 인간과 그의 정신을 어느 방향에서 보더라도 다른 색을 반사시키는 다면체의 다이아몬드에 비교해도 좋다. 말하자면 괴테는 그가 처한 상황에 따라서, 그리고 그가 만나는 인물에 따라서 다양한 인물이 되었다. 그러므로 나의 경우에도 아주 겸손한 의미에서 이렇게 말해도 좋으리라. 이것은 '나의 괴테'다, 라고 말이다.

이러한 말은 그가 나에게 자신을 어떻게 드러내었는가 하는 점뿐만 아니라 내가 그를 어떻게 포착하고 재현할 수 있었는가 하는 점과도 깊이 관련된다. 그 경우 반사라는 것이 문제가 된다. 이를테면 어떤 인물이 다른 개체를 통과해 비치는 과정에서 그 고유성을 상실하지 않는 동시에 어떤 이질적인 요소도 끼어들지 않게 하기란 얼마나 힘든 일인가. 라우흐*, 도

* 크리스티안 다니엘 라우흐(Christian Daniel Rauch, 1777~1857). 베를린의 조각가.

우**, 슈틸러***와 다비드 등이 묘사한 괴테의 초상화는 모두 다 매우 사실적이긴 하지만, 거기에는 그림을 그린 사람들의 개성이 다소간 드러나 있다. 이처럼 구체적인 형상을 가지고 있는 경우에도 그런데, 덧없이 사라지며 만질 수도 없는 정신의 영역에서야 그 어려움이 어떻겠는가! 내 경우는 어떠했는가에 대해서는 일단 제쳐놓기로 하자. 하지만 정신적인 능력에 의해서라든지 아니면 괴테와의 개인적 교분으로 그를 판단할 능력을 갖춘 분이라면, 그를 최대한 충실하게 묘사하고자 했던 나의 노력만은 인정해 주시리라 믿는다.

지금까지는 대상을 파악하는 방식에 관해 어느 정도 암시했으므로 이제는 이 책의 내용에 대해 간략하게 살펴보기로 하자.

사람들이 '진리'라고 부르는 것은 다만 하나의 대상과 연관된 경우에라도 결코 작거나 협소하거나 제한적이지 않다. 오히려 아무리 단순하다 할지라도 동시에 포괄적인 그 무엇으로서, 넓고 깊은 자연법칙의 다양한 계시들과 마찬가지로 그렇게 쉽게 표현할 수가 없다. 진리는 주장한다고 해서, 아니 주장에 주장을 거듭한다고 해서, 혹은 주장과 반론을 거듭한다

** 조지 도우(George Dawe, 1781~1829). 영국 출신의 초상화가이자 차르 시대의 궁정화가. 1819년 5월에 괴테의 초상화를 그렸다.

*** 요제프 카를 슈틸러(Joseph Carl Stieler, 1781~1858). 바이에른의 왕 루트비히1세 때의 궁정화가. 1828년 바이마르에 머물며 괴테의 초상화를 그렸다. 슈틸러가 그린 괴테의 초상화가 가장 유명하며 그 복사본들이 널리 배포되었다.

고 해서 결론을 내릴 수 있는 것은 아니다. 이 모든 것을 종합해야만 비로소 근사치에 도달할 수 있을 뿐이다. 그러니 목표 자체에 도달한다는 것이야 말해 무엇하겠는가.

예를 하나 들어보기로 하자. 문학에 대한 괴테의 발언은 종종 일면적인 인상을 주기도 하며 때로는 명백한 모순을 드러내기도 한다. 금방 이 세계가 제공하는 소재에다가 모든 중점을 두는가 싶더니, 어느새 시인의 내면에 전적으로 중점을 둔다. 그리고 어떤 때는 대상이 전부라고 했다가 또 어떤 때는 그 처리 방식이 전부라고 말한다. 또한 완성된 형식이 중요하다고 말하는가 하면, 모든 형식을 무시하고 정신이 으뜸이라고 말하기도 한다.

그러나 이 모든 주장과 모순들이 진리의 개별적인 측면이며, 그 모두가 합쳐져서 본질을 드러내고 진리 자체에 접근하게 되는 것이다. 그러므로 나는 이러저러한 경우, 언뜻 모순되어 보이는 말들도, 다양한 계기들과 변화무쌍한 시기들의 산물인 점을 고려해 이 책에서 숨기지 않고 있는 그대로 보여주려고 했다. 아울러 개별적인 부분 때문에 혼란에 빠지지 않고 전체를 고려하며 모든 것을 적절하게 정리하고 결합시키는 독자 여러분의 통찰력과 형안(炯眼)에 기대를 거는 바이다.

독자 여러분은 또한 얼핏 보기에 쓸데없다고 생각되는 서술들과 자주 만나게 될 것이다. 그러나 더 깊이 들여다보면 그러한 사소한 계기들이 종종 그 어떤 중요한 일들을 담고 있으며, 나중에 일어날 사건들의 단초가 되기도 하고, 혹은 성격을 묘사할 때 작은 특징을 부여함을 알 수 있다. 그러므로 그런 것들을 필수 불가결한 요소로 신성시할 필요까지는 없다 해도 양해는 받아 마땅하다고 본다.

오랫동안 간직해 온 이 책을 이제 세상으로 내보내며 이로써 정중한 인사 말씀을 대신하고자 한다. 부디 이 책에 행운이 깃들고, 여러 사람의 마음에 들어서 좋은 일들을 많이 불러일으키며 널리 알려지기를 바랄 뿐이다.

1835년 10월 31일

바이마르에서

1부

들어가는 말

저자는 자신의 인물과 성장 과정 그리고
괴테와 관계를 맺게 된 경위를 설명한다.

나는 1790년대 초, 뤼네부르크와 함부르크 사이의 루에[1] 강변에 있는 작은 도시 빈젠에서 태어났다. 늪지와 황야가 경계를 이루고 있는 그 일대에서 내가 태어난 곳은 거의 움막에 가까운 오두막이었다. 그 집에는 벽난로가 있는 거실 단 한 칸만 있었을 뿐 계단도 없었고, 문 앞에 걸쳐져 있는 사다리를 타고 올라가면 바로 헛간으로 들어서게 되어 있었다.

나는 재혼한 부모님 사이에서 막내로 태어났다. 부모님은 이미 연세가 많았으므로 나는 두 분 사이에서 다소 고독한 어린 시절을 보냈다. 아버지는 첫 번째 결혼에서 두 아들을 두었다. 그중 한 명은 선원이 되어 여러 곳을 항해하고 다니던 중

1) 일메나우강의 지류로서 뤼네부르크 황무지를 가로질러 흘러간다.

먼 땅에서 포로가 되었고, 그 뒤로 행방을 모르는 상태였다. 다른 한 명은 고래와 물개 사냥을 위해 여러 차례 그린란드에 갔다가 함부르크로 되돌아온 후 그곳에서 그럭저럭 살고 있었다. 아버지는 두 번째 결혼에서 내 위로 두 명의 누나를 보았는데, 그들은 내가 열두 살이 되었을 때 이미 집을 떠나 때로는 이 도시에서, 때로는 함부르크에서 남의집살이를 하고 있었다.

보잘것없는 우리 집안의 주 수입원은 암소 한 마리였다. 우리는 이 암소로부터 매일 먹을 우유를 공급받았을 뿐만 아니라, 해마다 송아지 한 마리를 낳아서 통통하게 길렀다. 그리고 어떤 때는 남은 우유를 팔아 몇 그로셴의 수입을 올릴 수도 있었다. 그 밖에도 1에이커의 밭이 있었는데, 우리는 거기에서 일 년분의 야채를 수확했다. 빵을 만들 곡식과 요리에 쓸 밀가루는 구입해야만 했다.

어머니는 털실을 잣는 솜씨가 남달랐다. 그리고 부인들의 평상용 모자를 솜씨 있게 재단하고 바느질해서 사람들이 좋아하게 만들었다. 그러므로 이 두 가지가 그녀에게는 약간의 수입이 되었던 것이다.

반면에 아버지의 본업은 계절마다 품목을 바꾸는 소규모의 보따리 장사였다. 그래서 자주 집을 비워야 했고 근처의 지방들을 부지런히 돌아다녀야만 했다. 여름이면 가볍고 작은 나무 상자를 등에 짊어지고 황야 지대의 이 마을 저 마을을 돌아다니며 끈이나 꼰 실 또는 비단을 행상하는 아버지의 모습을 볼 수 있었다. 그와 동시에 아버지는 털양말이나 혼방 직물

(뤼네부르크 지방에서 키우는 양의 갈색 양모와 아마 실을 섞어서 짠 것이었다.)을 사들여 엘베강 건너편의 강변에 있는 피어란트 지방에 가지고 가서 행상을 하며 팔았다. 겨울이면 조잡한 펜이나 바래지 않은 아마포 장사를 했는데, 아버지는 이러한 물건들을 황야나 습지대의 마을에서 사 모아 배편을 통해 함부르크로 가져갔다. 그러나 이 모든 노력에도 불구하고 아버지의 수입은 아주 보잘것없었음이 분명하다. 우리는 늘 가난하게 살았으니까 말이다.

이제 내가 어린 시절에 무엇을 하고 지냈는가에 대해 이야기하자면, 이 또한 계절마다 달랐다고 말하지 않을 수 없다. 봄이 와서 엘베강의 범람한 물이 빠져나가면, 나는 매일 집에서 나와 둑의 안쪽이나 그 밖의 높다란 곳에 떠밀려 온 갈대를 모아다가 우리 집 암소가 좋아하는 푹신한 잠자리를 만들어주었다. 그리고 드넓은 목장에 파릇파릇 새싹이 돋아나면 다른 아이들과 어울려 하루 종일 소를 돌보며 놀았다. 여름이면 주로 밭일을 했으며, 또한 사시사철 아궁이에 불을 지필 장작을 마련하기 위해, 채 한 시간이 걸리지 않는 가까운 숲으로 가서 마른나무들을 끌고 왔다. 수확의 계절이면 몇 주일 동안 들판에 나가 이삭줍기에 바빴다. 그러다가 이윽고 가을바람이 나무들을 뒤흔들 무렵엔 도토리를 주워 모아 시내의 부잣집에 거위 사료용으로 근수를 달아 팔았다. 그러나 나이가 어느 정도 들자 아버지를 따라나서서 마을에서 마을로 돌아다니며 보따리 짐을 나르게 되었다. 이 시기야말로 나의 소년 시절의 가장 즐거운 추억으로 남아 있다.

이러한 환경에서 일도 하고 틈틈이 학교도 다니면서 나는 겨우 읽기와 쓰기 정도를 배웠고, 그러다 보니 어느새 열네 살이 되었다. 하지만 그때부터 괴테와 친분을 맺게 될 때까지는 그 앞에 아직 머나먼 길이 놓여 있었으며, 당시로는 그런 낌새조차 차릴 수 없었음은 물론이다. 나는 이 세상에 문학이나 미술 같은 것이 있으리라고는 생각지도 못했고, 따라서 다행스러운 일이지만 그러한 것들에 대한 막연한 욕구나 동경이 생겨날 리도 없었다.

동물들은 그들의 기관(器官)을 통해 배운다고들 한다. 하지만 나는 인간에 대해서는 이렇게 말하고 싶다. 인간은 아주 우연하게 행한 일을 통해서 자신에게 잠재해 있는 더욱 높은 것을 배우게 되는 법이라고. 내 경우에도 마찬가지였다. 그것은 그 자체로서는 보잘것없는 일이었지만 내 인생 전체에 하나의 전기를 마련해 주었고, 잊을 수 없는 일로 영원히 남게 되었다.

어느 날 밤 나는 불을 밝힌 램프 아래에서 부모님과 함께 식탁에 앉아 있었다. 아버지가 함부르크에서 돌아온 길이라, 장사의 경과나 진척에 대한 이야기를 하고 있었다. 아버지는 담배를 좋아하셨기 때문에 담배 한 봉지를 가지고 왔는데, 내 앞의 식탁에 놓인 그 담배 봉지에는 한 마리의 말이 그려진 상표가 붙어 있었다. 그 말 그림이 무척 마음에 든 데다, 마침 펜과 잉크, 종이가 한 장 있어서 그것을 베껴보고 싶다는 억누를 수 없는 충동에 사로잡혔다. 아버지가 함부르크 이야기를 계속하는 동안 나는 부모님 눈에 띄지 않게 그림을 그리는

데 몰두했다. 다 그리고 나서 보니 베낀 그림이 원래의 그림과 완전히 똑같아서 이제까지 몰랐던 행복감을 느꼈다. 부모님에게 보여드렸더니 부모님도 놀라서 온갖 말로 나를 칭찬하셨다. 나는 기쁨에 들떠 거의 잠을 이루지 못한 채 내가 그린 말 그림만을 계속 생각했고, 그것을 다시 바라보고 싶어서 다음 날 아침을 초조하게 기다렸다.

이 날 이후 한번 눈을 뜨게 된 사실적 모사(模寫)의 충동은 다시는 나를 떠나지 않았다. 그러나 우리 고장에서는 그 일에 도움이 될 만한 게 아무것도 없었으므로, 이웃에 사는 한 도공이 접시를 그릴 때 본으로 삼는 그림들을 묶은 책을 내게 주었을 때 나는 너무도 기뻤다.

이 그림들을 아주 정성껏 베껴 그렸고, 그러다 보니 두 권의 화첩이 생겨났다. 그리고 이 화첩은 이 사람 저 사람의 손을 거쳐서 마침내 이 고장에서 가장 높은 분인 지방 행정관 마이어의 손에 들어갔다. 그는 나를 불러 상도 주었고 아주 호의적으로 칭찬도 해주었다. 그러고는 화가가 될 생각이 있느냐고 물으면서, 만일 그럴 마음이 있다면 견진성사를 마친 후에 나를 함부르크에 있는 유능한 대가에게 보내주겠다고 제안했다. 나는 그렇게 하고 싶기는 하지만 부모님과 의논해 보아야 한다고 대답했다.

그러나 부모님은 두 분 다 농부 출신인 데다가 밭일이라든지 가축 기르는 일밖에는 별다른 일이 없는 시골 출신인지라, 화가라고 하면 기껏해야 대문이나 건물을 칠하는 칠장이 정도로 이해했다. 그래서 아주 걱정스럽게 나를 말리면서 그 일은 아주 지저분하기도 하거니와 위험하기도 해서 목이나 다리가 부러질 수도 있으며, 게다가 함부르크에는 8층 건물 같은 높은 건물도 있기 때문에 그런 일이 자주 일어난다고 말씀하셨다. 내 생각도 이와 별로 다르지 않았기 때문에 화가라는 직업에 대한 흥미는 점차 사라졌으며, 지방 행정관의 친절한 제안도 곧 잊어버리고 말았다.

그렇지만 어쨌든 신분 높은 분들에게 나라는 존재를 알리게 된 것 같았다. 그들은 기회 있을 때마다 나를 찾았고, 또 여러 방식으로 나를 도와주었다. 나는 소수의 상류층 아이들과 함께 개인 교습에 참가하여 프랑스어를 배웠고 라틴어와 음악 수업도 조금 받았다. 또한 비싼 옷도 얻어 입었다. 교구 감독관인 파리지우스 같은 지체 높은 사람도 별 거리낌 없이 나를 자기 식탁에 끼워주었다.

그때부터 나는 배우는 것이 좋아졌다. 그런 좋은 기회를 가능한 한 오래 누리고 싶었고, 부모님도 그 점을 인정했다. 그래서 이일 저일로 미루다 보니 열여섯 살이 되어서야 견진성사를 받게 되었다.

그러다가 마침내 장차 무엇을 할 것인가 하는 문제에 부닥치게 되었다. 희망대로였다면 나는 학문 연구의 길로 계속 나아가 김나지움에 갔을 것이다. 하지만 그것은 꿈도 꿀 수 없는 형편이었다. 그럴 만한 돈이 전혀 없었던 데다가, 내 자신만을 돌보는 게 아니라 궁핍한 부모님에게 약간의 도움이나마 줄 수 있기를 바랐던 것이다.

이러한 사정은 내가 견진성사를 받고 난 직후에 해결되었다. 그 지방에 사는 한 사법관이 나에게 기록과 그 밖의 잡무를 맡아달라고 제의했고 나는 기꺼이 그 일을 맡았다. 나는 부지런히 학교를 다니던 마지막 일 년 반 동안 어느 정도 필체를 익혔고, 또 그런 직책을 제대로 수행할 만큼 자유자재로 문장을 쓸 수 있게 되었다. 간단한 변호를 하거나 관습적인 형식에 따라 소송장이나 판결문을 쓰는 일을 가끔 하며 보내는 생활을 이 년간, 그러니까 1810년까지 계속했다. 그리고 바로 그해에 하노버주 두에상변의 도시 빈젠이 행정구역에서 사라지고, 니더엘베라는 지방 관할 구역으로 편입되면서 프랑스 제국의 영토로 합병되었다.

나는 거기서 뤼네부르크 직접세 감독청의 직원으로 취직했다가, 이듬해 그 감독청이 해산되었을 때 윌첸의 군청에 들어갔다. 여기서 1812년 말까지 일했는데, 그해에 지사인 폰 뒤링 씨가 나를 승진시켜 베벤젠의 시장 비서로 임명했다. 나는 1813년 봄까지 그 자리에 있었는데, 당시는 전진해 오는 카자흐 군대가 우리를 프랑스의 지배로부터 해방시켜 주리라는 희망을 품고 있던 시절이었다.

나는 사직하고 고향으로 돌아왔다. 당시에 여기저기서 생겨나기 시작한 조국의 의용군 대열에 가능한 한 빨리 참여하고 싶어서였다. 이 소망은 곧 이루어져서 그해 여름이 끝날 무렵, 나는 가죽 총집과 총을 들고 킬만제거 소총 부대에 입대했으며, 이 부대와 함께 크노프 대위가 지휘하는 중대에 들어가 1813년에서 1814년에 걸친 겨울 원정에 종군했다. 우리는 다부 원수(元帥)의 부대를 맞아 싸우며 메클렌부르크와 홀슈타인을 지나 함부르크 바로 앞까지 진격했다. 이어서 메종 장군의 군대를 상대로 라인강 너머로 진격했고, 여름에는 풍요로운 플랑드르 지방과 브라반트 지방 여기저기를 이동하며 다녔다.

그러는 동안 그곳에서 네덜란드 사람들의 위대한 그림을 접하게 되었다. 나에게 새로운 세계가 열렸던 것이다. 나는 하루 종일 교회나 박물관에서 시간을 보냈다. 정말이지 이 세상에서 처음 만나는 그림들이었다. 나는 여기서 비로소 화가라는 것이 어떤 존재인지를 알게 되었다. 또한 화가의 제자들이 영광스러운 발전을 하는 것을 보고는, 그런 길을 가는 것이 이제 내게는 불가능하다는 사실을 깨닫자 울고 싶었다. 하지만 나는 그 자리에서 결심했다. 투르네에서 한 젊은 화가를 사귀게 된 나는 검은 초크와 초대형의 도화지를 구입하고는 그 즉시 그림 앞에 앉아 모사하기 시작했다. 연습과 배움의 부족을 커다란 열정으로 메운 나는 인물들의 윤곽을 여유 있게 마무리 지었다. 그러고 나서 왼쪽부터 차츰차츰 전체적으로 음영(陰影)을 표현하기 시작할 때 진군 명령이 내려와 이 행복한 작업을 중단해야만 했다. 나는 완성되지 못한 부분의 어둡고 밝은 정도를 하나하나 구분해 서둘러 표시해 두었다. 나중에 한가해지면 다시 완성시키겠다는 생각에서였다. 그러고는 그림을 둘둘 말아 가죽 통 속에 집어넣고는 총집과 함께 어깨에 나란히 멘 채 투르네에서 하멜른에 이르는 긴 행군 길에 내내 지니고 다녔다.

1814년 가을, 하멜른에서 우리의 소총 부대는 해산되었다.

나는 고향으로 돌아갔다. 아버지는 돌아가셨고, 아직 살아 계시는 어머니는, 결혼해서 부모님 집을 물려받은 큰누이와 함께 살고 계셨다. 나는 곧바로 그림 그리기를 계속해 우선 브라반트에서 가져온 그림을 완성시켰다. 그러고 난 후에는 적당한 본이 없어서 람베르크[2]의 조그만 동판화들을 본으로 삼아 검은 초크로 크게 확대해 그렸다. 하지만 곧 예비적인 공부와 기초 지식이 없다는 사실을 실감하게 되었다. 인간과 동물의 해부학에 대한 지식은 거의 없다시피 했고, 다양한 수목이나 지형들을 표현하는 방법에 대해서도 전혀 몰랐다. 그 때문에 어쨌든 내 방식대로 비슷하게 보이게 그리는 데만 해도 이루 말할 수 없을 정도로 고생했다.

그래서 곧 깨달았다. 화가가 되려면 좀 다르게 시작해야 한다. 자기 식대로 그리려 고집한다면 헛수고만 할 게 분명하다. 그러므로 제대로 된 스승 밑으로 들어가서 처음부터 완전히 새로 시작하리라는 계획을 세웠다.

하지만 그럴 만한 스승이라고는 하노버의 람베르크밖에 떠오르지 않았다. 또한 그 도시에는 친한 친구들이 비교적 풍족한 생활을 하고 있어서 언제든 성의 있는 지원을 기대할 수 있었고, 여러 차례 초대받기도 했으니 어쨌든 내 한 몸 머물 수는 있으리라 생각했다.

그래서 지체하지 않고 짐을 꾸려 1815년 한겨울, 눈이 잔뜩

---

2) 요한 하인리히 람베르크(Johann Heinrich Ramberg, 1763~1840). 하노버 출신의 풍속화가이자 동판화가.

쌓인 황량한 들판을 가로질러 사십 여 시간의 거리를 혼자서 고독하게 걸어갔고, 그렇게 며칠 만에 무사히 하노버에 도착했다.

나는 즉시 람베르크를 찾아가서 나의 바람을 털어놓았다. 내가 그린 습작품 몇 개를 본 그는 내 재능을 의심하는 것 같지는 않았다. 하지만 그는 나에게 주의를 주었다. 이를테면 예술도 빵을 해결할 수 있어야 한다, 기술적인 것을 숙달하는 데에는 상당한 시간이 걸린다, 예술을 하면서 생계까지 해결하기란 거의 불가능하다는 등의 말이었다. 어쨌든 자신이 할 수 있는 데까진 도와주려고 했다. 그는 즉시 자신이 그린 수많은 스케치 작품 중에서 인체의 여러 부분을 그린, 적당한 그림 몇 장을 꺼내주면서 그것들을 베끼도록 했다.

나는 친구 집에 머무르면서 람베르크의 원본 작품들을 베껴 그렸다. 상당한 진척이 있었다. 그가 점점 더 중요한 그림들을 내게 주었기 때문이다. 나는 인체 해부도 전체를 그리고 난 후에 싫증 한번 내지 않고 그리기 까다로운 손과 발을 반복해서 그렸다. 그렇게 행복한 몇 달이 지나갔다. 5월에 접어들면서 나는 병을 앓았다. 6월 들어서는 손이 떨려 화필을 잡지 못할 정도가 되었다.

우리는 유능한 의사에게 도움을 청했다. 그는 내 병세가 위태롭다고 판단했다. 출정(出征)으로 피부의 발한 작용이 완전히 억제당한 나머지 일종의 소모성 열이 몸 깊숙이 파고들었으며, 그대로 이 주일만 더 있었더라면 틀림없이 사신(死神)의 포로가 되었을 것이라는 설명이었다. 그는 피부 활동의 회복을 위한 온수욕과 그 밖의 비슷한 처방을 내렸다. 금세 차도가 있기는 했지만, 이제 그림 공부를 계속한다는 건 생각할 수도 없게 되었다.

그때까지 나는 친구 집에서 극진한 보살핌과 간호를 받아 왔다. 그럼에도 친구는 내가 부담스럽다든가 아니면 앞으로 부담스럽게 될지도 모른다는 생각은 전혀 하지 않는 것 같았고 또 그런 내색을 조금도 비치지 않았다. 그러나 내 입장에서는 그런 생각이 들 수밖에 없었고, 또 오랫동안 품고 있던 이런 근심이 내 속에 잠복해 있던 병을 촉발시키는 데 일정한 역할을 한 것도 분명했다. 더군다나 이번에는 치료에 상당한 비용까지 드는 걸 보게 되자 근심 걱정이 주체할 수 없이 고개를 쳐들었다.

이렇게 안팎으로 시달리는 동안 마침 병무청과 제휴를 맺고 하노버군(軍)의 피복을 취급하는 회사에 취직할 수 있는 길이 열렸다. 결국 나는 상황에 굴복해 예술가의 길을 포기하고 일자리를 찾았고, 자리가 생기자 기쁜 마음으로 그 제안을 받아들였던 것이다. 하지만 그 누구도 이런 결정을 탓하지는 못하리라.

나는 금방 회복되었고, 오랫동안 맛보지 못했던 건강과 쾌활함이 다시 찾아왔다. 그리고 그토록 호의를 베풀어주었던 친구에게도 어느 정도 빚을 갚을 수 있게 되었다. 새로 시작한 일은 생기를 불어넣어 주었기 때문에 나의 정신은 활력을 얻었다. 상관들은 아주 고상한 사고방식의 소유자들처럼 보였으며, 동료들과는(그중 몇몇은 같은 부대에서 출정한 적도 있었다.)

곧 속마음을 터놓고 지내는 막역한 사이가 되었다.

이렇게 안정이 되자 나는 비로소 뛰어난 유산을 많이 보존하고 있는 이 영방(領邦) 국가의 수도를 얼마간 자유스러운 기분으로 돌아보기 시작했다. 한가할 때는 매력이 넘치는 교외 지대를 지치지도 않고 돌아다녔다. 람베르크의 제자인 전도 유망한 젊은 화가와 깊은 우정을 나누기도 했다. 그는 내가 산책을 할 때면 언제나 길동무가 되어주었다. 당시에 나는 건강과 이러저러한 사정으로 더 이상 미술 공부에서 실질적인 발전을 이룰 수 없었기 때문에, 그와 함께 공통의 연인이라고 할 수 있는 미술에 대해 매일 이야기를 나눌 수 있다는 사실만으로도 커다란 위안이 되었다. 그는 나에게 종종 자신의 구상을 스케치해서 보여주었고, 그것을 함께 들여다보면서 서로 마음껏 이야기를 나누었다. 나는 그를 통해 많은 유익한 책을 알게 되었다. 빙켈만[3]을 읽었고, 멩스[4]를 읽었다. 그러나 이 사람들이 논하고 있는 실물들을 볼 수 없었기 때문에 이러한 독

---

3) 요한 요아힘 빙켈만(Johan Joachim Winckelman, 1717~1768). 당시 독일의 고고학자이자 미술사가. 괴테는 그리스 예술을 '고귀한 단순과 고요한 위대성'이라는 양식 개념으로 파악한 그의 견해를 고전주의의 원리로 받아들였다. 1768년 빙켈만이 동성애와 관련되어 한 매춘 소년에 의해 살해되자 괴테는 커다란 충격을 받았다.

4) 안톤 라파엘 멩스(Anton Raphael Mengs, 1728~1779). 독일 신고전주의 화가이자 미술 이론가. 1741년에 역시 화가인 부친을 따라 로마에 간 이래로 그곳에서 주로 활약하였으며, 드레스덴, 마드리드 등지에서 궁정화가로도 활약했다. 고대 예술을 이상으로 하고 색채에서는 코레조(Correggio)의 영향을 받았다. 대표작으로는 빌라 알바니의 천장화 「파르나소스」 등이 있다. 괴테는 그를 르네상스 이후의 최대의 화가 중 한 명으로 평가했다.

서로부터는 아주 일반적인 것밖에 얻을 수가 없었다. 그러니 결국 별 도움을 받지 못한 셈이었다.

이 도시에서 태어나고 자란 친구는 정신적 교양의 모든 면에서 나보다 앞서 있었으며, 나로서는 전혀 문외한인 문학 분야에서도 상당한 수준의 지식을 가지고 있었다. 당시에는 테오도르 쾨르너[5]가 가장 인기 있는 작가였다. 친구는 나에게 그의 시집인 『하프와 칼』을 가져다주었는데, 나도 깊은 영향과 커다란 감동을 받았다.

사람들은 시의 예술적인 효과라는 말을 빈번하게 사용해 왔고 또 그 효과를 매우 높게 평가해 왔다. 하지만 나는 소재가 주는 효과야말로 근원적인 힘을 가졌으며, 모든 것이 거기에 달렸다고 생각한다. 이런 사실을 알지 못하던 나는 이 작은 시집 『하프와 칼』에서 그 점을 분명하게 깨달았다. 말하자면 나는 쾨르너와 마찬가지로 오랫동안 우리를 억압해 왔던 것에 대한 증오를 가슴속에 품고 있었고, 그와 함께 해방전쟁을 치렀으며, 고난에 찬 행군과 야영과 전초 근무와 전투를 체험했고 게다가 비슷한 생각과 느낌을 가지고 있었다. 아마도 이런 이유 때문에 내가 그 시집에서 그토록 깊고 강력한 공감을 느꼈을 것이다.

나는 무언가 의미심장한 것을 접할 때마다 깊이 감명을 받아 나도 그런 것을 생산해 보고 싶은 충동을 느끼곤 했는데,

---

5) 테오도르 쾨르너(Theodor Körner, 1791~1813). 해방전쟁 당시 독일의 애국 시인. 실러의 친구였던 크리스티안 고트프리트 쾨르너의 아들이다.

테오도르 쾨르너의 시집을 읽었을 때도 마찬가지였다. 회상해 보건대 나는 가끔 시를 쓰곤 했던 어린 시절과 그 이후의 몇 년 동안 시를 가벼운 것으로 보았던 것 같다. 그 당시 그렇게 쉽게 이루어지는 일에 대해서는 별다른 의미를 두지 않았기 때문이다. 더군다나 시적인 재능을 평가할 수 있으려면 어느 정도의 정신적 성숙이 필요한 법이 아닌가. 그런데 이번에는 테오도르 쾨르너의 이러한 재능이 정말 영광스럽고 부럽기만 했고, 아울러 그를 어느 정도 흉내라도 낼 수 있을지 시험해 보고 싶다는 강렬한 충동이 마음속에서 솟아올랐다.

우리 조국의 병사들이 프랑스에서 돌아온 것이 내게는 바라 마지않던 기회가 되었다. 시민들이 집에서 아무런 불편 없이 평화롭게 지내는 동안 병사들은 전쟁터에서 말로 표현하기 어려운 고난을 얼마나 많이 겪어야 했던가. 나는 머릿속에 생생하게 떠오르는 그런 상황을 시로 지어서 사람들의 마음에 전한다면, 귀환하는 부대를 그만큼 더 진심으로 환영하는 준비가 되리라고 생각했다.

나는 시 몇백 부를 자비(自費)로 인쇄해 시내에 돌렸다. 결과는 기대 이상이었다. 많은 사람들이 몰려와서 아주 기분 좋은 친분을 맺게 되었다. 그들은 내가 표현한 느낌과 견해에 공감하는가 하면, 그런 일을 계속해 보라고 격려하기도 했다. 대체로 나의 재능이 입증되었으니 그것을 더욱 키워나가도록 노력할 필요가 있다고 입을 모았다. 나의 시는 잡지에 실렸고 여러 지방에서 출간되었으며 또 낱권으로 팔리기도 했다. 게다가 매우 인기 있는 한 작곡가가 거기에 곡을 붙여주어 기쁨을 맛보기도 했다. 그 길이와 수사적인 어법 때문에 노래로 만들기에는 거의 부적합했지만 말이다.

그때부터는 새로운 시를 쓰지 않고 지내는 주일이 없을 정도였다. 이제 스물네 살이 된 나의 내면에서는 감정과 욕구와 선한 의지의 세계가 생생하게 살아 넘쳤다. 하지만 나에게는 정신적 교양이나 지식이라고 할 만한 것이 거의 전무한 상태였다. 사람들은 나에게 우리나라의 위대한 작가들을 연구해 보라고 권했으며, 특히 실러와 클롭슈토크를 추천했다. 그래서 나는 그들의 작품을 구하여 읽고 감탄해 마지않았다. 하지만 그런 작품들을 읽고 난 뒤에도 나에게는 아무런 변화가 일어나지 않았다. 당시에는 잘 몰랐지만 이 위대한 작가들이 걸어간 길은 나의 성향과는 너무나 거리가 멀었다.

이 무렵 나는 처음으로 괴테라는 이름을 듣고는 그의 시집 한 권을 샀다. 그의 시들을 읽고 또 읽으면서 말할 수 없는 행복감에 젖었다. 비로소 눈이 뜨이기 시작하고 참다운 자각에 도달하는 듯한 느낌이었으며, 이 시들 속에는 스스로도 모르고 있던 나 자신의 내면이 비치는 것 같다는 생각마저 들었다. 게다가 나처럼 단순하기만 한 인간의 생각이나 느낌으로는 미치지 못할 낯설고 현학적인 요소는 어디에서도 찾아볼 수 없었다. 또한 나 같은 사람으로서는 생각지도 못할 이국의 오래된 신들의 이름과 맞닥뜨리는 일도 결코 없었다. 오히려 내가 발견한 것은 모든 욕망과 행복과 고통 속에 있는 인간의 마음이었으며, 눈앞에 환하게 펼쳐진 대낮과도 같은 독일의 자연이었으며, 부드럽게 정화된 빛에 싸여 있는 순수한 현실이었다.

나는 몇 주일이고 몇 달이고 이 시집에 빠져 있었다. 그러고 나서 『빌헬름 마이스터』를, 그리고 그의 자서전과 그의 희곡 작품들을 손에 넣게 되었다. 『파우스트』를 처음 접하고는 인간의 본성과 그 타락의 깊은 심연 앞에서 몸서리를 치며 뒷걸음질 쳤으나, 차차 그 의미심장하고 수수께끼 같은 본질에 이끌려 휴일마다 읽지 않고는 못 배기게 되었다. 경탄과 애정이 날마다 자라났고, 일 년 내내 그의 작품에 빠져 있었으며, 괴테 이외의 것에 대해서는 생각하지도 말하지도 않았다.

우리가 위대한 작가의 작품을 연구함으로써 얻을 수 있는 이점은 실로 다양한 것일는지도 모른다. 그러나 가장 중요한 이점 중의 하나는 우리가 자신의 내면뿐만 아니라 외부의 다양한 세계를 더욱 분명하게 의식하게 된다는 점이다. 바로 괴테의 작품이 내게 그런 영향을 주었다. 나는 그의 작품을 통하여 구체적 대상과 인간의 특성을 더욱더 잘 관찰하고 파악하게 되었다. 그리고 점차 통일성의 개념, 즉 한 개인이 자기 자신과 가장 내밀한 조화를 이룬다는 통일성의 개념에 도달하게 되었다. 그리하여 자연현상이든 예술 현상이든 간에 그 어마어마한 다양성이라는 수수께끼를 더욱더 잘 풀 수 있게 되었다.

나는 괴테의 작품들로 어느 정도 기초를 다진 다음, 실제로 여러 방식으로 시를 써보았다. 그러고 나서는 과거의 위대한 외국 시인들에게로 눈을 돌려, 셰익스피어의 뛰어난 작품들뿐만 아니라 소포클레스와 호메로스의 작품들을 가장 뛰어난 번역본으로 읽었다.

그러면서 곧 깨달았다. 이런 위대한 작품들에서 내가 이해하게 되는 것은 다만 보편적이고 인간적인 것뿐이며, 특수한 것에 대한 이해는 언어적인 면이나 역사적인 면을 막론하고 학교나 대학에서 배우는 학문적 지식이나 일반교양을 전제로 한다는 사실이었다.

그 밖에도 여러 측면에서 주목하게 된 바로는 제아무리 애를 써봤자 헛수고일 뿐이며, 고선직 교양 없이는 그 어떤 시인도 자신의 말을 능숙하고 힘차게 운용할 수 없음은 물론이고 내용적으로도 정신적으로도 뛰어난 작품을 만들어낼 수 없다는 사실이었다.

당시에 나는 또한 많은 훌륭한 사람들의 전기를 읽고, 뛰어난 업적에 도달하기까지 그들이 어떠한 배움의 길을 거쳤는가를 보았으며, 그들 대부분이 일반 학교와 대학 과정을 거쳤음을 알았다. 그래서 나이도 이미 상당했고 또 사정도 여의치 않았지만 그들과 똑같은 길을 가보겠다는 결심을 굳혔다.

곧 하노버의 김나지움 교사로 있는 어느 유능한 언어학자를 찾아가서 라틴어뿐만 아니라 그리스어까지 개인 교습을 받았으며, 매일 최소한 여섯 시간은 근무해야 하는 내 직무가 허용하는 한 틈틈이 시간을 내서 이 공부에 매달렸다.

그렇게 일 년을 지내다 보니 어느 정도 진척이 있긴 했다. 그러나 맹렬하게 앞으로 나아가고자 하는 욕심 때문에 조바심이 난 나는 다른 길을 찾아보려고 했다. 내 생각으로는 매일 네댓 시간 정도 김나지움에 다니며 학구적인 생활에 몰두할 수만 있다면 나의 소양이 몰라보게 진보할뿐더러 비교할 수 없을 만큼 빠르게 목표에 도달할 수 있을 것 같았다.

세상 물정에 밝은 사람들도 내 생각이 옳다고 격려해 주는 바람에 나는 그렇게 하기로 결심했다. 김나지움의 수업 시간이 대부분 내 근무 시간과 겹치지 않았으므로 직장 상사의 허락도 아주 손쉽게 얻어낼 수 있었다. 그리하여 나는 입학 원서를 제출했고, 어느 일요일 오전에 소정의 시험을 치르기 위해 개인 교습 선생을 따라 교장에게 갔다. 교장은 가능한 한 쉬운 문제를 내주었으나, 내 머리는 학교에서 낸 보통 수준의 문제에 대해서도 조금도 준비되어 있지 않았고, 또 아무리 노력했다 하더라도 정규적인 훈련을 받지 못했기 때문에 결과는 최저 수준에도 미치지 못하고 말았다. 그러나 나의 선생이 시험 성적보다는 내가 많은 것을 알고 있다고 확실하게 보증해 준 데다가, 교장도 비상한 노력을 감안해 나를 김나지움 6학년에 편입시켜 주었다.

거의 스물다섯이 된 나이에 공직에 몸담고 있는 신분으로, 대부분이 소년티를 벗지 못한 젊은이들 사이에 섞여 있다는 건 말할 나위도 없이 어색한 일이었다. 나 자신도 처음에는 이런 새로운 상황이 조금 불편하고 낯설기도 했다. 하지만 학문에 대한 갈망이 이 모든 걸 잊고 극복하게 했다. 또한 대체적으로 보아도 불평할 만한 일은 거의 없었다. 선생들은 나를 존중해 주었고, 비교적 나이가 든 학급의 선량한 학생들은 정말 친절했으며, 몇몇 건방진 아이들도 나에게 심술을 부릴 만큼 철이 없지는 않았다.

이렇게 원하던 대로 되었기 때문에 나는 대체로 매우 행복했고, 이 새로운 길을 따라서 힘차게 나아갔다. 나는 아침 5시면 일어나 바로 예습을 하고, 8시경에 학교로 가서 10시까지 공부를 했다. 그리고 거기서 직장에 나가 1시까지 근무하다가, 집으로 급히 가서 점심을 간단히 해결하고 다시 1시가 지나서 학교로 갔다. 거기에서 4시까지 공부하다가 또다시 직장에 가서 7시까지 근무했다. 그러고 나서 남은 밤 시간은 예습과 개인 교습에 할당했다.

이렇게 허둥지둥 애를 쓰며 몇 달을 보내자 나의 체력은 그러한 긴장된 생활을 감당해 낼 수가 없었다. 두 주인을 동시에 섬길 수 없다는 옛말은 사실이었던 것이다. 자유로운 공기와 운동의 부족, 먹고 마시고 잠자는 시간과 휴식의 결핍으로 나는 차츰 병약해졌다. 몸과 마음이 무디어지고, 마침내 학교나 직장 둘 중 하나를 그만두어야 할 절박한 상태에 이르렀다. 그러나 생계 때문에 직장을 그만둘 수는 없었으므로 학교를 단념하는 수밖에 없었다. 결국 1817년 이른 봄 나는 다시 학교를 그만두었다. 그러나 이것저것 시도해 보는 게 운명인가 보다 하는 생각이 들었을 뿐, 잠시나마 정상적인 학교 교육을 받아보았다는 사실이 결코 후회스럽지는 않았다.

나는 그동안에도 상당한 진척을 보였다. 그리고 늘 대학을 염두에 두고 있었으므로 개인 교습을 계속할 수밖에 없었고, 또 열과 성의를 다하였다.

답답하기만 했던 겨울을 보낸 후 나는 더욱 화창한 봄과 여름을 맞이하였다. 나는 곧잘 야외로 나가곤 했는데, 그 해에는 자연이 유달리 친절하게 내게 말을 걸어왔다. 그리하여 많은 시들을 쓰게 되었는데, 특히 괴테가 젊은 날에 쓴 시들이 훌륭한 모범으로 내 눈앞에 어른거렸다.

겨울이 다가오자 어떻게 해서든 일 년 안에 대학에 들어가야겠다고 진지하게 생각하기 시작했다. 라틴어에는 상당한 진척이 있었기 때문에 호라티우스의 송가(頌歌)라든지 베르길리우스의 목가(牧歌), 그리고 오비디우스의 변형 이야기들 중에서 특히 마음에 드는 부분을 운문으로 번역할 수 있었으며, 키케로의 연설문이나 율리우스 카이사르의 전쟁록을 쉽게 읽어낼 수 있었다. 물론 이것으로 대학 공부를 위한 준비가 충분하다고 볼 수는 없었지만, 일 년이면 훨씬 더 나아질 것이고, 그래도 모자라는 부분은 대학에 들어가서 만회하리라 생각했다.

나는 이 도시의 상류층 중에서 많은 후원자들을 가지고 있었는데, 그들은 내가 소위 돈이 되는 학문을 하겠다고 결심한다면 도와주겠다고 약속했다. 그러나 그것은 나의 본성에 맞지 않을뿐더러, 인간은 내면에서 솟구쳐 오르는 충동이 지향하는 바를 따라야 한다고 굳게 믿었으므로 나는 뜻을 굽히지 않았다. 그렇게 되자 그들은 내가 바라는 도움을 거절했고, 고작해야 식사 정도만 제공했다.

그러므로 이제 나 자신의 힘으로 계획을 관철하고, 어느 정도 가치가 있는 문학작품을 쓰는 데 정신을 집중하는 것 말고는 다른 길이 없었다.

당시에는 뮐너[6]의 『죄』와 그릴파르처[7]의 『조비(祖妣)』가 인기를 누리면서 대단한 호평을 받고 있었다. 하지만 이 작위적인 작품들은 나의 자연스러운 감정에는 맞지 않았다. 그들의 운명관에 친숙해질 수 없었으며, 이러한 작품들로부터 대중은 부도덕한 영향만 받을 거라고 생각했다. 그래서 그에 대항해 운명이란 성격에 의해 좌우되는 것임을 보여주기로 결심했다. 말로 논쟁하는 것이 아니라 행동으로 그들의 운명관에 맞서려고 했다. 인간이 현재에 씨를 뿌리면 미래에 꽃을 피우고 열매를 맺으며, 뿌린 씨앗에 따라 좋은 열매를 맺거나 혹은 나쁜 열매를 맺는다는 진리를 표현하는 작품을 쓰고 싶었다. 그러나 세계사에 어두웠던 나에게는 성격들과 줄거리를 만드는 일만으로도 벅찼다. 나는 일 년 내내 씨름하면서 각각의 장면이나 막들을 세세한 부분까지 심사숙고했고, 마침내 1820년 겨울 몇 주간의 아침 시간을 활용해 작품을 완성했다. 그동안 만사가 무리 없이 자연스럽게 이루어졌으므로 더할 나위 없이 행복한 기분이었다. 그러나 앞에 말한 시인들과는 정반대로 현실 생활에 너무 밀착한 나머지 무대를 거의 고려하지 않았다. 그 결과, 긴장감 속에 빠르게 진행되는 줄거리 대신에 상황들에 대한 조용한 스케치에 그치고 말았다. 인물과 상황 사

---

6) 아만두스 고트프리트 아돌프 뮐너(Amandus Gottfried Adolf Müllner, 1774~1829). 바이센펠스 출신의 변호사이자 문학비평가.

7) 프란츠 그릴파르처(Franz Grillparzer, 1791~1872). 오스트리아의 극작가. 일찍이 부모와 사별하고 고학했으며, 오랜 관리 생활의 여가에 극작품들을 발표했다. 1817년 운명 비극 『조비』로 성공한 이래 『사포』, 『황금 양털』 등을 발표했다.

이에서 긴장이 필요한 순간에도 시적이거나 운율적인 분위기에 머무르게 되었다. 게다가 주변 인물들이 너무 많은 비중을 차지해 작품 전체가 지나치게 방만해지고 말았다.

완성한 작품을 가까운 친구와 친지들에게 보여주었지만 바라던 반응을 받지는 못했다. 몇몇 장면은 희극에나 어울린다든지, 심지어는 독서량이 부족하다는 비난까지 들었다. 좀 더 나은 평을 기대했던 나로서는 내심 모욕감을 느꼈다. 하지만 친구들의 비판이 그렇게 어긋나지 않았다는 사실을 차츰 깨달았다. 내 작품은 인물들을 제대로 묘사하고 전체적인 균형을 잘 고려했으며 어느 정도 사려 깊고 능숙하게 내면을 표현하긴 했지만, 거기에서 전개되고 있는 인생관의 수준이 너무 낮아서 공식적으로 선을 보이기에는 다소 부족했다.

이런 문제는 내 출신과 부족한 공부를 생각하면 전혀 이상한 일이 아니었다. 나는 작품을 고쳐 써서 무대에 맞게 만들려고 했으며, 그보다 우선 전반적으로 작품의 수준을 높일 수 있을 만큼 교양을 쌓기로 했다. 대학에만 들어가면 부족한 모든 걸 얻을 수 있고 생활 형편도 나아지리라는 생각에 대학에 들어가고 싶다는 충동은 이제 열망으로 변했다. 나는 희망하는 바를 실현하기 위해 시집을 출간하기로 결심했다. 충분한 사례를 기대할 만큼의 명성이 없는 처지이므로 내 형편에 유리하도록 구독 주문 방식을 택하기로 했다.

이 계획은 친구들의 알선 덕분에 아주 바람직한 방향으로 진행되었다. 나는 다시 직장 상사들을 찾아가서 괴팅겐 대학교로 들어가려는 생각을 털어놓고는 사직을 청했다. 내 진심과 확고한 의사를 확인한 상사들은 나에게 유리한 방향으로 조처해 주었다. 당시 상관이었던 폰 베르거 대령의 주선으로 병무청에서 나의 사직청원을 받아들였고, 연구 보조금으로 연 150탈러를 이 년 동안 지급해 주기로 했다.

오랫동안 마음속에 품어왔던 소망이 마침내 이루어졌으므로 나는 행복했다. 나는 시집을 인쇄하여 발송했고, 그 수입에서 일체의 경비를 제하고 150탈러의 순이익을 남겼다. 그러고 나서 1821년 5월 사랑하는 연인[8]을 남겨둔 채 괴팅겐으로 떠났다.

대학에 들어가려던 첫 번째 시도는, 내가 생계를 위한 학문을 완고하게 거절하는 바람에 좌절되었다. 그러나 이번에는 경험을 통해 지혜를 터득한 데다, 가까운 사람들이나 영향력 있는 상류층을 상대로 헤치고 나가야 할 싸움이 있다는 사실을 명심하고 있었다. 그 때문에 나는 영리하게 세상의 압도적인 대세에 순응키로 하고, 곧바로 생계를 위한 학문을 택하고 법률 공부를 하겠다는 의사를 분명하게 밝혔다.

그러자 현실적인 출세만 염두에 둘 뿐, 정신적인 욕구에 대해서는 조금도 알 리 없는 유력한 후원자들과 다른 모든 사람들이 정말 분별 있는 결정이라고 인정해 주었다. 모든 반대의 목소리는 순식간에 꼬리를 감췄다. 나는 가는 곳마다 우호적인 대접을 받았으며, 목적을 달성할 때까지 기꺼이 후원하

8) 요한나 베르트람(Johanna Bertram, ?~1834). 에커만의 아내. 1819년에 에커만과 약혼했지만, 둘 다 경제 사정이 어려워 1831년에야 결혼식을 올린다.

겠다는 격려를 받았다. 사람들은 그런 훌륭한 의도를 확고하게 심어주고자 법률 공부란 것이 정신에 보다 많은 이익을 가져다준다며 애써 나를 설득했다. 이를테면 법률 공부를 함으로써 다른 방식으로는 도달할 수 없는 시민적, 세속적 사정에 능통할 수 있게 되며, 법률 공부라는 것이 다른 많은 고상한 일들은 손도 대지 못할 정도로 그렇게 광범위하지는 않다고 말해주었다. 그리고 많은 유명 인사들의 이름을 열거하면서 모두 법학을 공부했지만 동시에 다른 분야에서도 최상의 지식을 갖출 수 있었다고 말하기도 했다.

그러나 친구들이나 나 자신도 모르고 지나친 점이 있었다. 사실 이 사람들은 학교에서 정식으로 배운 훌륭한 지식을 가지고 대학에 갔을 뿐만 아니라, 이러저러한 사정 때문에 그럴 수 없었던 나와는 비교할 수 없을 정도로 긴 시간을 연구에 전념할 수 있었다는 사실 말이다.

그래서 내가 다른 사람을 속였던 것처럼 차츰차츰 나 자신도 그럴듯하게 속이게 되었고, 마침내는 법률을 진지하게 연구하면서도 동시에 원래 목표를 달성할 수 있으리라고 믿게 되었다.

그렇게 애초에 내가 가지고 있지도 않았고, 활용하고 싶다는 생각도 없었던 것을 이루겠다는 망상을 품은 채 대학에 들어간 후 나는 바로 법률 공부를 시작했다. 게다가 이 학문이 적성에 아예 반하는 것만은 아니라는 생각이 들었다. 오히려 내 머릿속이 다른 계획이나 시도로 가득 차 있지만 않았더라면 기꺼이 그 공부에 몰두할 수 있었을지도 모른다. 그러다

보니 나는 불행하게도 마음속으로 다른 사람을 향한 열정을 남몰래 품은 채, 정작 결혼을 청한 상대방에게 이것저것 온갖 트집을 잡는 처녀와도 같은 처지였다.

법학 개론이나 로마법 강의를 들으면서도 나는 종종 드라마의 장면이나 막을 마무리하는 데 정신이 팔렸고, 강의에 집중하려고 무척 애를 썼지만 마음은 언제나 옆길로 새고 있었다. 여전히 나를 사로잡고 있는 것은 다름 아니라 문학과 예술 그리고 더 높은 인간적 발전이었으며, 바로 그 때문에 대학에 들어가려고 여러 해 그토록 열심히 노력했던 것이다.

첫해에 목표로 한 일을 이룰 수 있도록 큰 도움을 제공한 사람은 헤렌[9]이었다. 그의 민속학과 역사학 강의는 이 방면의 연구에 훌륭한 기초를 제공해 주었다. 아울러 그의 명료하고 충실한 강의는 또 다른 점에서 매우 유익했다. 나는 매 시간 즐겁게 강의를 들었으며, 자리에서 일어설 때면 언제나 마음속 가득히 이 뛰어난 사람에 대한 존경심과 애정이 벅차올랐다.

2학년에 올라가자 심사숙고 끝에 법률 공부를 완전히 그만두기로 했다. 사실 그 공부는 여가를 내서 틈틈이 하기에는 너무나 과중했고 본업을 하는 데도 너무 큰 방해가 되었기 때문이다. 나는 어문학 강의를 들었는데, 1학년 때 헤렌의 덕을 입은 것처럼 이번에는 디센[10]으로부터 많은 도움을 받았다. 그의 강의는 나의 연구에 본래부터 갈구하고 동경해 마지

9) 아놀트 헤르만 루트비히 헤렌(Arnold Hermann Ludwig Heeren, 1760~1842). 독일의 역사가.

10) 루돌프 디센(Ludolf Dissen, 1784~1837). 괴팅겐의 문헌학자.

않았던 양분을 주었으므로 나의 시야는 나날이 넓어지고 발전을 거듭했다. 그리고 그의 지도에 따라 앞으로의 창작을 위한 확실한 방향을 잡았을 뿐만 아니라, 그 훌륭한 사람과 직접 사귀면서 지도를 받는 행운까지 누리게 되어 크게 고무되고 격려를 받기도 했다.

그 밖에도 아주 뛰어난 학생들과 날마다 어울려 산책을 하거나 밤늦도록 고차원적인 주제로 열띤 토론을 한 경험은 나에게 이루 말할 수 없는 소중한 자산이 되었으며 점점 더 자유롭게 발전해 나가는 나의 정신에 정말 커다란 영향을 주었다.

그러는 동안 재정적 지원이 끝날 날도 얼마 남지 않게 되었지만, 그 대신 나는 일 년 반 동안 날마다 지식의 새로운 보배를 쌓았다. 그러나 실제로 응용하지 않고 계속 지식을 쌓기만 하는 것은 내 성격과 인생행로에도 맞지 않는 일이었으므로, 작품을 몇 개 쓰며 자유의 몸이 되었다가 다시 연구에 매진하겠다는 열망에 사로잡혔다.

희곡의 경우에는 소재에 대한 흥미를 여전히 느끼고 있었지만 다만 그 형식과 내용을 더욱 의미 있게 만들 필요가 있었고, 또 문학의 기본 이념이라는 문제에 있어서는 당시에 지배적이던 견해들에 대한 나의 반론이 어느 정도 정립되고 있었기 때문에, 이 두 가지를 연달아 발표하고 완성시키고 싶다는 생각이 들었다.

그래서 1822년 가을에 대학을 떠나 하노버 근처의 시골집에 자리를 잡고 우선 이론적인 논문들을 집필했다. 특히 재능 있는 젊은이들이 문학작품을 창작할 때뿐만 아니라 비평을 하는 데도 도움이 되었으면 하는 의도로 그 논문들에 『시학 논고』라는 제목을 붙였다.

1823년 5월에 이 작업을 완성했는데, 그때 형편으로는 좋은 출판사를 찾는 일뿐만 아니라 충분한 원고료를 받는 일도 중요한 일이었다. 그래서 결심이 선 뒤 곧바로 원고를 괴테에게 보내면서 코타[11] 씨에게 보낼 몇 마디 추천사를 부탁했다.

괴테는 예나 지금이나 많은 시인들 중에서 내가 진정으로 신뢰하는 인도(引導)의 별로서 날마다 우러러보는 사람이었다. 그의 말은 나의 사고방식과 일치하며 조화를 이루었고, 나를 언제나 더 높은 사상으로 고양시켰다. 나 또한 다양하기 그지없는 대상들을 다루는 그의 고귀한 예술의 근본을 더욱더 탐구하고 모범으로 삼고자 노력했다. 그러므로 그를 향한 나의 사랑과 존경심은 거의 열정이라 할 만했다.

괴팅겐에 도착한 직후에 괴테에게 나의 경력과 학력을 간단히 적어서 나의 시집 한 권과 함께 보냈다. 그 후 그가 나에게 간단한 답장을 보내왔을 뿐만 아니라, 한 여행객으로부터 괴테가 《예술과 고대》라는 잡지에 나에 관해 호의적인 글을 쓰고자 한다는 소식을 전해 듣고 뛸 듯이 기뻤다.

이는 당시 내가 처한 상황에서는 중요한 의미를 갖는 사건이었다. 이를테면 그때 막 완성한 원고를 그에게 마음 놓고 보

---

11) 요한 프리드리히 코타(Johann Friedrich Cotta, 1764~1832). 독일의 유명한 출판업자.

낼 수 있는 용기를 얻게 된 것이다.

이제 내 마음속에는 단 한 번 잠깐이라도 좋으니 그를 가까이에서 직접 만나보고 싶다는 충동이 불타올랐다. 나는 이 소원을 이루기 위해 5월 말경 길을 떠났고 걸어서 괴팅겐과 베라탈 골짜기를 지나 바이마르로 향했다.

도중에 극심한 더위로 힘든 고비를 수없이 넘어야 했지만 마음속으로 이제 내가 훌륭한 분의 특별한 인도를 받고 있으며, 이번 여행길이 앞으로의 내 인생에서 중대한 결과를 가져오리라는 예감을 거듭 되새기면서 위안을 삼았다.

1823년

1823년 6월 10일 화요일, 바이마르

며칠 전 이곳에 도착해 오늘 처음으로 괴테를 방문했다. 그는 진심에서 우러나온 환대를 보여주었으며, 그의 인품은 너무 인상적이라 이날은 내 생애 가장 행복했던 날로 손꼽힌다.

어제 그에게 일정을 물어보았는데 그가 나에게 오늘 정오에 만나자고 했다. 그래서 정해진 시간에 찾아갔더니, 이미 기다리고 있던 하인이 곧장 나를 위층으로 안내했다.

집의 내부는 매우 안락한 느낌을 주었다. 화려하지는 않지만 모든 것이 아주 고상하면서도 소박했다. 계단 옆에 놓여 있는 여러 점의 고대 입상(立像) 모형들은 조형예술과 고대 그리스에 대한 괴테의 특별한 애정을 엿볼 수 있게 했다. 여러 명의 부인들이 아래층에서 분주하게 오가고 있었으며 오틸리에[12]의 귀여운 아이들 중 하나도 눈에 띄었는데, 이 사내아이는 다정하게 다가와서 커다란 눈으로 나를 쳐다보았다.

잠시 주위를 둘러보고 나서 나는 매우 사근사근한 하인과 함께 계단을 올라 이 층으로 갔다. 그가 입구에 있는 방의 문을 열자 그 문지방에 라틴어로 '어서 오세요'라는 다정한 환영을 뜻하는 글이 씌어 있었다. 그것을 넘어서 방 안으로 들어가도록 되어 있었다. 하인은 그 방을 지나서 보다 넓은 두 번째 방의 문을 열고는 그곳에서 기다려달라고 말했다. 그리고 주인에게 나의 방문을 알리러 갔다. 그곳에는 아주 시원하고 상쾌한 공기가 감돌았다. 바닥에는 양탄자가 깔려 있었고, 붉은 소파 하나와 같은 색깔의 의자들이 여러 개 있어서 무척 밝은 느낌을 주는 방이었다. 그리고 바로 옆에는 피아노가 있고 벽에는 여러 종류와 크기의 데생과 그림들이 걸려 있었다.

반대쪽으로 열려 있는 문을 통해 더 뒤편에 역시 그림으로 장식된 방이 보였는데, 하인은 그 방을 지나서 나의 도착을 알리러 갔다. 오래지 않아 괴테가 왔다. 푸른 외투를 걸치고 구두를 신고 있었는데, 정말이지 당당한 풍채였다! 너무나 압도적인 인상이었다. 하지만 그가 다정하게 말을 건넸기 때문

12) 오틸리에 폰 괴테(Ottilie von Goethe, 1796~1872). 괴테의 아들 아우구스트 폰 괴테의 아내.

에 서먹서먹한 분위기는 순식간에 사라져 버렸다. 우리는 소파에 앉았다. 바로 눈앞에서 그를 보고, 바로 그와 가까이 있다는 생각에 너무나 당황스럽고 행복해서 제대로 말문을 열 수도 없었다.

그는 즉시 나의 원고에 대해 말하기 시작했다.

"마침 자네 원고를 읽고 있던 중이네. 오전 내내 읽었지. 추천할 필요도 없더군. 그 자체가 추천이니 말이야."

그러고 나서 그는 표현의 명료함과 사상의 유연함을 칭찬했고, 모든 것이 튼튼한 토대 위에 있으며 사려가 깊다고 말하고는 다시 덧붙였다.

"서둘러서 일을 진행시키는 게 좋겠어. 오늘 기마 우편으로 코타 서점에 편지를 써 보내고, 내일은 마차 편으로 원고를 보낼 생각이네."

나는 몇 마디 말과 눈길로 그에게 감사의 뜻을 전했다.

이어서 앞으로의 내 여행이 화제가 되었다. 나는 원래 목적지가 라인 지방이고, 거기서 적당한 곳에 머무르며 무언가 새로운 것을 쓸 예정이나 우선은 예나로 가서 코타 씨의 대답을 기다릴 것이라고 말했다.

괴테가 나에게 예나에 아는 사람이 있는지를 물었다. 내가 크네벨[13] 씨와 친해지고 싶다고 대답하자 그는 내가 더 나은 대접을 받을 수 있도록 편지를 써주겠다고 약속했다.

---

13) 카를 루트비히 폰 크네벨(Carl Ludwig von Knebel, 1744~1834). 작가. 괴테와 평생에 걸친 우정을 나눈 친구이다.

"그래, 그렇군! 자네가 예나에 있게 된다면 바로 가까이에 있는 것이니까 서로 왕래할 수도 있고 무슨 일이 있을 때면 편지를 주고받을 수도 있겠군."

우리는 편안하고 애정 어린 분위기에서 오랫동안 함께 앉아 있었다. 나는 그와 무릎을 맞대고 앉아 그의 얼굴을 바라보느라 말하는 것도 잊고 있었다. 아무리 보아도 싫증나지 않는 얼굴이었다. 그의 얼굴은 참으로 힘차고 햇볕에 그을린 갈색이었으며 주름으로 가득했지만 그 주름살 하나하나에 표정이 넘치고 있었다. 모든 점에서 성실함과 굳건함, 고요함과 위대함이 깃들어 있었다! 그는 늙은 제왕을 연상시키듯 천천히 그리고 편안하게 말했다. 그를 바라보고 있노라면 참으로 자신의 경지에 만족하면서 세상의 칭찬과 비난을 초월해 있음을 알 수 있었다. 나는 그의 곁에 있는 것만으로도 말할 수 없이 기분이 유쾌하고 편안해졌다. 많은 노고와 오랜 바람 끝에 마침내 자신이 바라고 바라던 소망이 이루어진 사람이라도 되는 것처럼 말이다.

그러고 나서 그는 나의 편지에 대해 언급하면서 "자네 생각이 옳아. 한 가지 일을 분명히 처리할 수 있는 사람은 다른 많은 일에도 쓸모가 있는 법이네." 하고 말했다.

그리고 이어서 말했다. "세상사가 어떻게 변할지는 헤아리기 어려운 거야. 나는 베를린에 좋은 친구들이 많이 있는데, 이제는 자네도 그중 한 명이라고 생각하고 있어."

그러면서 그는 살며시 애정 어린 미소를 지었다. 그러고는 내가 바이마르에 있는 동안 둘러보아야 할 것들을 일러주면서 비서인 크로이터[14] 씨에게 나를 안내하도록 부탁해 두겠다고 말했다. 특히 극장 방문을 잊지 말라고 했다. 그리고 나의 숙소를 묻고는 다시 한번 만나고 싶으니 적당한 시간에 사람을 보내겠노라고 말했다.

우리는 아쉬워하면서 헤어졌다. 나는 너무나도 행복했다. 괴테의 말 한마디 한마디에 호의가 넘쳤고, 나에 대한 그의 진정한 호감을 느낄 수 있었기 때문이다.

1823년 6월 11일 수요일

오늘 아침 다시 한번 괴테로부터 초대를 받았다. 더욱이 괴테는 자신이 직접 쓴 초대장까지 보내왔다. 그래서 거의 한 시간가량 그와 함께 있었는데, 오늘 그는 어제와는 전혀 딴사람처럼 보였다. 무슨 일이든 신속하고 단호하게 처리하는 모습이 마치 청년과도 같았기 때문이다.

그는 나에게 두 권의 두꺼운 책을 가져와서는 말했다.

"자네가 그렇게 서둘러서 돌아가지 않았으면 싶네. 우린 서로 좀 더 친해질 필요가 있어. 더 자주 만나서 이야기하고 싶은데 자네 생각은 어떤가. 일반적인 문제는 너무 부담스러우니 서둘러서 우리 두 사람 사이를 연결하고 화제를 이어나갈

---

14) 프리드리히 테오도르 크로이터(Friedrich Theodor Kräuter, 1790~1856). 도서관 사서. 나중에 괴테 수집품의 관리인이 되었다.

수 있는 제삼의 어떤 특수한 것이 없을까 생각해 보았네. 자네도 보면 알겠지만 이 두 권의 책에는《프랑크푸르트 학보》의 1772년과 1773년도분이 들어 있는데, 그 속에는 내가 당시에 쓴 짧은 평론이 거의 모두 들어 있네. 별도로 서명된 건 아니지만 자네는 내 스타일과 사고방식을 알고 있으니 그것들을 다른 것과 구분할 수 있을 걸세. 자네가 내 젊은 시절의 글들을 좀 더 자세히 관찰한 후 그것들에 대해 어떻게 생각하는지를 말해주기 바라네. 나는 이것들이 상자 선집에 수록될 만한 가치가 있는지 어떤지 알고 싶은 걸세. 이 작품들은 너무 오래전에 쓰여서 지금은 어떤 판단도 내릴 수가 없어. 자네 같은 젊은 사람들이라야 그것들이 자네들에게 가치가 있는지 그리고 현재 문학의 입장에서 어느 정도 쓸모가 있는지 알 수 있지 않겠나. 이미 사본은 떠두었으니까 가져가서 원본과 비교해 보게. 그렇게 한다면 꼼꼼하게 교정을 해나가는 가운데 전체의 성격을 손상시키지 않으면서도 때로는 사소한 것을 빼야 할지, 아니면 어느 정도 보충하는 게 좋을지 어떨지를 알게 되지 않겠나."

나는 기꺼이 그 일을 할 것이고, 그가 뜻하는 대로 된다면 더 이상 바랄 것이 없다고 대답했다.

"작업에 들어가 보면, 자네에게 꼭 맞는 일이라는 걸 알게 될 거야. 순조롭게 진행되리라 믿네." 하고 그가 말했다.

그러고 나서 일주일 후에 마리엔바트로 여행을 떠날 생각인데, 그때까지 내가 바이마르에 머물기를 바라며, 그동안 자주 만나서 이야기를 나누고 개인적으로도 더 잘 알고 싶다고 털어놓았다.

그가 덧붙여 말했다. "그리고 자네가 예나에 며칠이나 몇 주일 정도 머물 게 아니라 여름 내내 그곳에 살면서 내가 가을에 마리엔바트로부터 돌아올 때까지 있어주었으면 하네. 숙소 문제라든지 그 밖의 문제에 대해서는 어제 이미 편지를 써 두었네. 자네가 모든 면에서 기분 좋고 흡족하게 보낼 수 있도록 말이야.

거기에 가면 자네는 앞으로의 연구에 도움이 될 매우 다양한 자료들과 편의를 얻을 수 있을 걸세. 또한 아주 교양 있는 사교의 기회도 가지게 되겠지. 게다가 그 지방은 참으로 변화가 풍부한 곳이라 오십여 개의 서로 다른 산책길을 발견할 수 있을 거야. 그 모두가 정말 안락해서 방해받지 않고 사색에 잠기기에 적합하다네. 자네는 그동안 자신을 위해서 많은 걸 쓸 수 있을 테고 아울러서 나의 목표를 진행시켜 줄 여가와 기회를 찾을 수도 있을 걸세."

나는 그토록 친절한 제안에 아무런 이의가 없었으므로 기꺼이 그 모든 것에 동의했다. 내가 자리에서 일어나자 그는 유달리 친절하게 대해 주었다. 또한 그는 모레 다시 만나 더 자세히 의논해 보자고 했다.

1823년 6월 16일 월요일

요 며칠 동안 거듭해서 괴테를 만났다. 오늘은 대개 일에 대한 이야기가 오갔다. 나는 그의 프랑크푸르트 평론들에 대해 언급하면서 그것들이 그의 대학 시절의 여운과 같은 것이라고 말했다. 괴테는 이 표현을 마음에 들어 하는 것 같았다. 그리고 어떠한 관점에서 저 젊은 시절의 글들을 관찰할 것인지를 말해주었다.

그러고 나서 그는 나에게 《예술과 고대》지의 첫 번째 열두 권을 주면서, 이것도 프랑크푸르트 평론과 함께 두 번째의 과제로 예나에 가져가도록 했다.

그가 말했다. "바라건대 자네는 이 책자들을 잘 연구해 전체 목차를 만들고, 그뿐만 아니라 어떤 대상들이 불완전하게 다루어졌는지, 그리고 어떤 계통을 다시 채택해 계속 연구해 나가야 할지를 내가 분명히 알 수 있도록 글로 써주게. 그렇게 한다면 내 일도 크게 덜고 자네에게도 도움이 될 걸세. 이런 식으로 실제적인 방법을 택하면 개인적인 기호에 따르는 보통의 독서보다 모든 논문들을 하나하나 훨씬 더 예리하게 읽어서 자기 것으로 소화시킬 수 있으니 말이야."

나는 그 모든게 너무 좋은 제안이며 지당하다고 생각했으므로 기꺼이 그 일을 떠맡겠다고 말했다.

1823년 6월 19일(?) 목요일

원래대로라면 나는 오늘 예나에 있어야 했다. 하지만 어제 괴테는 소망 반 부탁 반으로 일요일까지 머무른 후 우편마차

편으로 떠나라고 말했다. 그는 어제 나에게 추천서 몇 장을 주었는데, 그중에는 프롬만 일가 앞으로 보내는 것도 있었다.

"그 사교 클럽이 마음에 들 걸세." 하고 그가 말했다. "나는 거기에서 괜찮은 밤들을 보냈어. 장 파울이라든지 티크, 슐레겔 형제 그리고 그 밖에 독일에서 이름깨나 있는 인사들이 거기 머물면서 서로 교제를 했지. 그리고 지금도 많은 학자들과 예술가 그리고 여러 분야의 명망 있는 사람들이 모이는 곳이라네. 자네는 이삼 주 후 마리엔바트에 있는 내게 편지를 보내게. 그래야만 자네가 잘 지내는지 그곳 예나가 마음에 드는지 알 수 있지 않겠나. 그리고 내 아들 녀석에게도 말해두었어. 내가 없는 동안 자네를 한번 방문하라고 말이야."

나는 괴테의 세심한 배려가 너무도 고마웠고, 그가 나를 자신의 가족처럼 대해주고 나를 그렇게 대우하려는 걸 보고는 행복할 따름이었다.

6월 21일 토요일, 나는 괴테와 작별하고 그다음 날 예나로 가서 한 전원주택에 짐을 풀었다. 정말 친절하고 성실한 사람들이었다. 괴테의 추천이 있었던지라 나는 크네벨 씨와 프롬만 씨의 가족들로부터 환대를 받았으며 매우 유익한 교제도 할 수 있었다. 나는 가지고 온 과제를 최선을 다해 진행했다. 게다가 기쁘게도 코타 씨로부터 곧 편지를 받게 되었다. 내가 보낸 원고를 기꺼이 출판하겠다는 사실에 덧붙여 상당한 보수를 약속했고 또 나의 감독하에 예나에서 인쇄하겠다는 소식이었다.

이제 최소한 일 년간의 생계는 확보된 셈이므로, 이 기간 동안 무언가 새로운 것을 생산함으로써 작가로서 앞으로의 내 운명에 토대를 마련하겠다는 열망을 느꼈다. 나는 『시학 논고』의 논문들을 통해 이론과 비평에서 일단 나름의 방향을 정립하고, 주요한 원리들을 해명해 보고자 했다. 내 내면의 욕구는 이제 실제적인 응용으로 나아가고자 했다. 나는 길고 짧은 시들을 무수히 구상했으며 다양한 주제의 희곡 작품들도 초안을 잡아보았다. 느낌에 따르면 이제는 다소간 무리 없이 작품 하나하나를 생산하기 위해서 어느 방향으로 나아가야 하는지가 문제일 따름이었다.

그러나 예나에서의 생활은 너무 조용하고 단조로웠기 때문에 시간이 지날수록 마음에 들지 않았다. 나는 훌륭한 극장이 있고 대중의 자유롭고 거대한 규모의 삶이 전개되고 있는 대도시로 가기를 열망하고 있었다. 그래야만 의미심장한 삶의 요소들을 마음속에 흡수할 수 있고 아울러 내면의 교양을 가장 신속하게 증진시킬 수 있을 것이기 때문이다. 나는 그러한 도시에서 전혀 눈에 띄지 않게 살면서 언제나 조금도 방해받지 않고 창작에 필요한 독립을 누릴 수 있기를 희망했다.

그러는 동안 괴테가 원하던 《예술과 고대》의 첫 번째 네 권의 내용 목록을 작성해 나의 소망과 계획을 솔직하게 표현한 편지와 함께 마리엔바트로 보냈다. 그리고 곧 다음과 같은 답장을 받았다.

내용 목록을 마침 적절한 시기에 받았는데 정말이지 내 소망과 목적에 전적으로 상응하는 것이었네. 내가 돌아올 때쯤 프랑크푸르트 평론들도 같은 방식으로 정리되어 있다면 고맙기 그지없겠네. 말은 하지 않았지만 고마움에 보답하기 위해 이미 자네의 기질과 자네가 처한 상황, 소망과 목적 그리고 계획 등에 대해 이것저것 고려하고 있는 중이라네. 돌아가서 자네의 일에 대해 좀 더 깊이 의논할 수 있도록 말일세. 오늘은 이쯤 해두기로 하지. 마리엔바트에서 떠나오려니 생각할 것도 해야 할 일도 많다네. 뛰어난 사람들과 너무 빨리 헤어지려니 고통스러울 지경일세. 자네가 묵묵히 행동하는 모습을 보고 싶네. 그래야만 마침내 가장 확고하고 순수한 세계관이 생겨나는 법이니까 말이야. 잘 있게. 앞으로 더욱 오래 그리고 더욱 친밀한 만남이 있을 걸 생각하니 기쁘네.

1823년 8월 14일 마리엔바트에서 괴테

괴테의 답장을 받은 나는 정말 행복했고, 다시 마음의 안정을 느꼈다. 이 일을 계기로 앞으로는 제멋대로 행동하지 않고 전적으로 괴테의 충고와 의지에 따르리라고 결심했다. 나는 그동안 짧은 시 몇 편을 완성했으며 프랑크푸르트 평론들을 정리하는 작업을 마쳤다. 그리고 괴테에게 보여주기 위해 그 평론들에 대한 견해를 짧은 글로 작성했다. 나는 괴테가 마리엔바트에서 돌아오는 날을 손꼽아 기다렸다. 한편 나의 『시학 논고』는 인쇄가 끝나가고 있었다. 그리고 무슨 일이 있더라도 이번 가을만큼은 몇 주일간 라인 지방으로 짧은 여행을 떠나 머리를 식히리라 생각했다.

1823년 9월 15일 월요일, 예나

괴테가 마리엔바트에서 무사히 돌아왔다. 하지만 이곳 전원 주택이 썩 안락하지는 않기 때문에 여기에서는 며칠간만 머무를 예정이었다. 그는 건강하고 원기가 왕성했기 때문에 몇 시간씩 걸리는 길도 걸어갈 수 있을 정도였다. 어쨌든 그를 보는 것은 진정으로 기쁜 일이었다.

서로 즐겁게 인사를 나눈 후에 괴테가 즉시 나의 일에 대해 말하기 시작했다.

"터놓고 말하겠네만, 자네는 이번 겨울 동안 바이마르에서 내 곁에 머물게."

그는 이렇게 말문을 연 후 더 자세한 이야기를 계속했다.

"자네는 시와 비평에 뛰어난 자질이 있어. 그 분야에 천분을 타고났네. 그것이 자네의 일이니 그 일에 매달리게. 그러면 금방 든든한 생활의 토대도 마련되겠지. 물론 원래 자네의 영역이 아니라 해도 자네가 알아야만 하는 것도 많이 있네. 하지만 그렇더라도 이런 일에 너무 오래 시간을 지체해서는 안 되는 법이니 재빨리 그것을 넘어버려야 하네. 그러려면 이번 겨울 동안 바이마르에서 내 곁에 있어야 해. 그러면 부활절쯤 되서는 자네도 놀랄 만큼 큰 진척을 보이겠지. 자네는 최상의 것을 얻게 될 거네. 왜냐하면 나에게 최상의 방책이 마련되어 있으니까 말이야. 그러면 자네는 인생에서 확고한 기반을 잡고 편안한 생활을 누릴 수 있으며 어디서든 자신감을 가지고 얼굴을 드러낼 수 있을 걸세."

나는 이 제안을 기쁘게 받아들이면서 그의 견해와 소망에 전적으로 따르겠다고 말했다.

괴테가 계속해서 말했다. "우리 집 부근에 거처를 마련토록 하겠네. 겨우내 무의미하게 보내는 시간은 단 한순간도 없을 거야. 바이마르에는 좋은 것들이 많이 있네. 그리고 자네도 높은 신분의 사람들 몇몇과 교제하게 될 테지. 그들은 대도시 어디에 내놓아도 손색없는 뛰어난 인물들이지. 또한 나 개인적으로도 아주 뛰어난 사람들을 알고 있네. 그들과는 차츰차츰 알게 되겠지. 그들과 교제하면 자네는 정말 많은 것을 배우고 유익한 걸 얻게 될 걸세."

괴테는 여러 명망 있는 이름을 들면서 그 인물들 하나하나의 특별한 업적들을 간단하게 설명해 주었다.

그가 계속 말했다. "이렇게 좁은 지역에 이렇게 좋은 것들을 많이 가지고 있는 곳이 어디 있겠나! 우리가 가지고 있는 고급 도서관과 극장은 독일의 다른 도시에 있는 가장 뛰어난 것들과 비교해도 결코 손색이 없네. 거듭 말하네만 여기 머물게. 이번 겨울뿐만 아니라 아예 바이마르를 자네의 주거지로 선택하는 게 어떻겠나. 이 세상의 모든 구석구석까지 이르는 대문들이 여기 열려 있고 여기서부터 길들이 시작되네. 여름이면 여행을 하게. 그러면 차차 자네가 보고 싶어 하는 걸 다 보게 되겠지. 나는 오십여 년 동안 여기에 살았지만 내가 안 가본

곳이 어디 있단 말인가! 하지만 언제나 바이마르로 기꺼이 돌아오곤 했어."

나는 다시 괴테 곁에 가까이 있으면서 그의 말을 들을 수 있어 기뻤다. 내 영혼이 송두리째 그에게 바쳐졌다는 느낌이 들었다. 오직 당신만을 소유하고 소유할 수만 있다면 다른 모든 건 아무래도 좋다고 생각했다. 그래서 거듭해서 말했다. 내 특별한 사정을 고려해 그가 좋겠다고 판단한 것이라면 그 무엇이든 따르겠다고.

1823년 9월 18일 목요일, 예나

어제 아침 괴테가 바이마르로 떠나기 전에 다시 한차례 그와 한 시간쯤 대화를 나눌 기회를 얻어 기뻤다. 그가 해준 아주 의미심장한 이야기는 내 일생에서 참으로 소중하고 더없이 유익한 것이었다. 독일의 모든 젊은 시인들도 마땅히 그 내용을 알아야 한다. 그들에게 도움이 될 게 분명하니까 말이다.

그는 내가 이번 여름에 시를 쓰지 않았는지 물으면서 말을 꺼냈다. 나는 몇 편 쓰기는 했지만 전체적으로 마음에 들지 않는다고 대답했다. 그러자 그가 말했다.

"가능하면 대작은 피하도록 하게. 아무리 뛰어난 사람도, 재능과 탁월한 노력을 겸비한 사람이라 할지라도 대작 앞에서는 고생하는 법이기 때문이네. 나도 그런 식으로 고통을 겪었기 때문에 그것이 얼마나 해를 끼치는지 알고 있지. 그로 인해 얼마나 많은 것들이 수포로 돌아가 버렸던가! 내가 잘 해낼 수 있는 것만 착실히 했더라면 백 권의 책이라도 썼을 텐데 말이야.

현재는 언제나 현재로서의 자신의 권리를 주장한다네. 시인의 마음속에 날마다 솟아오르는 사상이나 느낌은 그 모두가 표현되기를 원하고 또 표현되어야만 하네. 그러나 보다 큰 작품을 염두에 두고 있다면 그것만으로도 머리가 가득 차서 아무 생각도 떠오르지 않고, 모든 사상을 등지고 생활 자체의 안락함까지 잃어버리는 걸세. 단 하나의 커다란 전체를 정리하고 완성하기까지 긴장과 정신력이 얼마나 소모되는지 생각해 보게. 게다가 그것을 막힘없이 흐르는 시냇물처럼 적절하게 표현하자면 또 얼마만 한 정력과 방해받지 않는 조용한 생활환경이 필요하겠는가. 그러나 일단 전체를 잘못 파악하면 모든 노고는 허사가 되고 말지. 더 나아가서 그처럼 규모가 큰 대상의 경우에는 개별적인 부분에서 그 소재를 완전히 자기 것으로 만들지 못하면 전체적으로 여기저기 결함투성이가 되고 마네. 그러면 비난을 받게 되겠지. 그래서 그 모든 노고에도 불구하고 시인에게 돌아오는 것은 많은 노력과 희생에 대한 보상과 기쁨이 아니라 불쾌함과 정력의 쇠퇴뿐이지. 반면에 시인이 날마다 현재를 염두에 두면서 자신에게 주어지는 것을 한결같이 신선한 기분으로 다룬다면 무언가 좋은 걸 만들 수 있고, 때로는 잘 안 된다고 하더라도 그 때문에 모든 것을 잃지는 않는다네.

이를테면 쾨니히스베르크의 아우구스트 하겐[15]의 경우를 생각해 보세. 그는 뛰어난 재능을 가진 사람이야. 자네는 그의 「올프리트와 리제나」라는 시를 읽어보았나? 부분부분의 표현들은 더 이상 잘 표현할 수 없을 정도로 완벽하다네. 발트해 연안의 상황이라든지 그 밖에 그 지방의 특성을 묘사한 것들은 모두 대가의 솜씨야. 그러나 그것들은 그저 아름답게 묘사한 구절들에 불과할 뿐 전체로서는 아무도 만족시키지 못하고 있네. 그가 들인 노력과 정력을 생각해 보게! 그는 그 일로 완전히 녹초가 되고 말았지. 최근에서야 비극 하나를 만들었지만 말이야!"

이렇게 말하며 빙그레 미소를 지었던 괴테는 잠시 침묵을 지켰다. 그의 말을 듣고는, 내가 잘못 보지 않았다면 괴테가 《예술과 고대》지에서 하겐에게 작은 소재들만 다루라고 충고한 적이 있지 않느냐고 말했다. 그러자 괴테가 대답했다.

"물론, 그랬지. 하지만 사람들이 우리 노인들의 말을 잘 듣고 행동에 옮기기라도 하던가? 모두들 자신이 가장 잘 안다고 생각하기 때문에 많은 사람들이 길을 잃었고 또 그 때문에 오랫동안 방황하지 않았던가. 하지만 이제는 방황할 시간이 없네. 그건 우리들 노인들의 몫이었지. 젊은 사람들이 다시 같은 길을 가고자 한다면 우리의 노력과 방황이 무슨 의미가 있겠는가? 그렇다면 한 발짝도 앞으로 나아가지 못하겠지! 우리 앞에는 길이 없었으니까 우리 노인들의 오류를 견뎌낼 수밖

15) 에른스트 아우구스트 하겐(Ernst August Hagen, 1979~1880). 프러시아의 작가이자 쾨니히스베르크 대학의 교수로 예술사와 미학을 가르쳤다.

에 없었지. 그러나 우리의 뒤를 이어 세상으로 나아가려는 자에게는 더 많은 것을 요구할 수 있다네. 젊은이는 다시 방황하거나 모색할 것이 아니라 노인들의 충고를 유용하게 받아들이면서 즉시 올바른 길로 나아가야 하지. 그러나 언젠가 목표로 데려갈 발걸음을 내딛는 것만으로는 부족하다네. 모든 발걸음이 바로 목표가 되고 또 발걸음 그 자체로 간주되어야 하는 걸세.

부디 이 말을 명심하게. 그리고 그 말에서 무엇을 배워 자기 것으로 만들지 잘 생각해 보게. 자네의 경우에는 걱정이 되지 않지만, 나로서는 이렇게 권유의 말로써 자네를 돕는다면 지금 자네가 처한 상황과는 어울리지 않는 모색의 기간을 재빨리 벗어날 수 있으리라는 생각이 들어. 이미 말했다시피 당분간은 작은 작품들만 만들어야 하네. 그리고 날마다 주어지는 것을 모두 곧바로 받아들이도록 하게. 그러면 대개 그때마다 좋은 결과를 얻고 나날이 기쁨을 느낄 거야. 그러고는 그것을 우선 포켓판 책자라든지 잡지에 게재하게. 그러나 결코 다른 사람들의 요구에 좌우되어서는 안 되며, 자네 자신의 뜻에 따라야만 하네.

세상은 너무나 넓고 풍부하며 인생은 너무도 다양하기 때문에 시를 쓸 계기가 모자라는 일은 결코 없어. 하지만 모든 시는 어떤 계기에서 쓰여야 하네. 말하자면 시를 쓰는 동기와 소재가 현실로부터 나와야 한다는 거지. 그때마다의 특수한 경우가 보편적이고 시적이 되는 것은 시인의 손길을 거침으로써 비로소 가능해지지. 이런 의미에서 내 시는 모두 어떤 계기가 있고, 그 모두가 현실에서 자극을 받고 현실에 그 뿌리와 기반을 두고 있어. 그래서 나는 허공에서 지어낸 시들을 존중하지 않는다네.

현실에서는 시적인 흥미를 찾을 수 없다는 건 말이 되지 않아. 왜냐하면 일상적인 대상으로부터 흥미 있는 면을 발견해 낼 정도로 정신의 활동력을 충분히 발휘하는 바로 그 점에서 시인의 가치가 드러나니까 말이지. 현실은 모티프와 표현해야 할 대상과 고유한 알맹이를 제공할 뿐이며, 그로부터 아름답고 생기 있는 전체를 만들어내는 것은 시인의 몫이라네. 자네는 퓌른슈타인이라는 자연 시인을 알고 있겠지. 그는 호프 재배에 관한 시를 썼는데, 그보다 더 훌륭한 시가 있을까 싶네. 지금 나는 그에게 수공업의 노래, 특히 직조공의 시를 짓도록 부탁했는데, 아마도 성공하리라 확신하네. 그는 어릴 때부터 그런 사람들 사이에서 생활해 왔고 그 대상에 대해 속속들이 알고 있으니 소재를 확실하게 다룰 게 분명해. 바로 이런 게 소품의 장점이라네. 자신이 잘 알고 확실하게 다룰 수 있는 대상들만 선택하면 되고 당연히 그렇게 할 수 있을 거야. 그러나 대작일 경우에는 그럴 수가 없어. 빠져나갈 길이 없는 데다가, 전체를 연결하는 데 필요한 것, 그리고 계획 속에 짜여 있는 모든 것이 표현되어야 하기 때문이지. 그것도 사실에 꼭 맞게 말이야. 하지만 젊을 때는 사물에 대한 지식이 단편적인데, 대작은 다면성을 요구하고 있지. 그러니 실패할 수밖에."

나는 괴테에게 사계절에 대한 장시를 써서 모든 계층 사람들의 일과 즐거움을 담아볼 생각이라고 말했다. 그러자 괴테가 대답했다.

"그 경우도 마찬가질세. 여러 면에서 성공할지도 모르지. 하지만 자네가 아직 충분하게 연구하지 못하고 잘 알지 못하는 많은 부분에서는 잘되지 않을 거야. 아마 어부 장면은 잘되겠지만, 사냥꾼 장면은 무리일 거야. 전체에서 무언가가 모자란다면 개개의 부분이 아무리 잘되었다 할지라도 결함이 있는 것이니 성공했다고 볼 수는 없네. 그러나 자네가 잘 해낼 수 있는 부분들을 독립적으로 표현한다면 틀림없이 좋은 걸 만들 수 있을 거야.

특히 자기 멋대로 커다란 걸 꾸며내지 말라고 경고하고 싶군. 그런 경우에 사람들은 사물에 대한 견해를 억지로 나타내려고 하거든. 젊은 시절에 성숙한 생각에 도달하는 것은 드문 일인데도 말일세. 더욱이 그렇게 되면 시인 자신의 여러 측면이 되어야 할 등장인물이라든지 견해들이 시인 자신으로부터 분리돼서 앞으로의 창작에 필요한 충실성을 잃어버리고 말지. 그래서 마침내 꾸며내고 긴밀하게 정리하고 연결하느라고 시간만 엄청나게 소비하게 되는 거지. 그래봤자 아무도 호의적으로 평가해 주지 않는데도 말일세. 물론 작품을 완성시킨다는 걸 전제로 하는 말이긴 하지만 말이야.

반면에 이미 주어져 있는 소재를 다루는 경우에는 사정이 완전히 다르고 일이 더욱 쉬워지지. 그 경우에는 사실들과 인물들이 주어지므로 시인은 그 전체에 생명을 불어넣기만 하면 돼. 게다가 시인은 자기 것을 덧붙일 필요도 거의 없으니 자신의 충실성도 유지할 수가 있네. 마무리만 지으면 되니까 시간과 정력의 손실도 훨씬 적겠지. 아니, 나는 이미 만들어진 작품들을 대상으로 하라고 권하고 싶네. 『이피게네이아』는 그렇게 자주 쓰였지만 그 모두가 서로 다르지 않은가. 왜냐하면 사물을 보는 방식과 표현 방식이 각자 다르고, 제각각 자기 식이니까 말일세.

어쨌든 당분간 대작은 제쳐 두세. 사네는 오랫동안 열심히 노력해 왔으니까 이제는 인생의 밝은 면을 누릴 때야. 그렇게 하려면 바로 작은 주제들이 가장 적절한 수단이라네."

우리는 이런 대화를 나누면서 방 안을 이리저리 거닐었다. 나는 한마디 한마디 그의 말의 진실성을 온몸으로 느꼈기 때문에 그저 고개를 끄덕일 수밖에 없었다. 한 걸음마다 발길은 더욱 가벼워졌고 행복감도 더해갔다. 여태까지는 분명히 몰랐지만 여러 가지 커다란 계획들이 나에게 적지 않은 부담을 주었던 것은 사실이었다. 그런데 이제 그러한 계획들을 내던져 버리거나 가만히 내버려 두기로 했다. 내가 대상과 그 개별적인 부분들을 하나하나 밝고 환한 기분으로 받아들여서 묘사할 수 있고, 세상의 일을 탐구함으로써 차츰차츰 소재의 세부적인 점들까지 제 것으로 만들 수 있을 때까지 말이다.

나는 이제 괴테의 말을 통해서 몇 년이나 더 현명해지고 진보한 듯한 느낌이며, 진정한 대가를 만날 때의 행복을 마음속 깊이 깨닫는다. 그 이로움은 산술적으로는 도저히 헤아릴 수 없는 것이다.

이번 겨울 동안 그의 곁에 머물면서 더욱 많은 것을 배울 것이다. 그가 그 어떤 중요한 점을 특별히 말하지 않는 순간이라 할지라도 단순히 사귀는 것만으로도 많은 도움을 얻게 되리라. 그의 인품을 접하고, 그와 가까이한다는 점만으로도 교양 수준이 높아지는 것처럼 느껴진다. 그가 한마디 말도 하지 않을 때조차도 말이다.

1823년 10월 2일 목요일, 바이마르

어제 예나에서 여기로 왔다. 매우 쾌적한 날씨였다. 내가 도착하자마자 괴테는 바이마르에 온 것을 환영하기 위해 극장의 정기 입장권을 보내왔다. 나는 어제 하루 동안 집 안을 정리하며 보냈는데, 안 그래도 괴테의 저택에서는 일이 많았다. 프랑스 주재 공사인 라인하르트 백작이 프랑크푸르트에서, 그리고 프로이센의 추밀원 고문관인 슐츠 씨가 베를린에서 방문차 그를 찾아왔다.

오늘 오전에 괴테를 찾아갔다. 그는 나의 도착을 기뻐하면서 아주 호의적이고 친절하게 대해주었다. 내가 자리에서 일어서자 그는 가기 전에 추밀원 고문관인 슐츠 씨와 인사나 나누라고 했다. 괴테는 나를 옆방으로 데려갔다. 그 사람은 예술품을 살펴보고 있었다. 괴테는 그에게 나를 소개시킨 후 대화를 계속하라며 나갔다.

"정말 다행이군요." 하고 슐츠가 말했다. "바이마르에 계시면서 지금까지 출간되지 않았던 괴테의 글들을 편집하는 일을 돕게 되셨다니 말입니다. 그분이 지난번에 말씀하시더군요.

당신의 협조로 많은 도움을 얻을 테고 또 여러 가지를 새로 완성하기를 희망한다고 말입니다."

나는 그에게 대답했다. 내 인생의 목표는 다름 아니라 독일 문학에 기여하는 것이며 여기 바이마르에서 유익한 일을 하리라는 희망에서 나 자신의 문학적 시도는 당분간 뒷전으로 미루겠다고. 그러고 나서 덧붙여 말했다. 괴테와의 실질적인 교제가 앞으로 나의 발전에 정말 커다란 도움이 되고 따라서 몇 년 후면 성숙한 단계에 도달할 것이며, 그렇게 되면 현재로서는 힘이 모자라는 일들도 훨씬 더 잘 해낼 수 있으리라고 말했다.

"그렇고말고요." 하고 슐츠가 말했다. "괴테와 같이 뛰어난 인간이자 대가에게서 직접적으로 영향을 받는다는 건 정말 소중한 일입니다. 나 자신도 이 위대한 정신 곁에서 다시 한번 원기를 얻기 위해 여기로 오지 않았겠습니까."

그러고 나서 그는 내 책의 출판에 대해 물었다. 지난여름 괴테가 그 일과 관련해 그에게 이미 편지를 보냈던 모양이다. 나는 며칠 후면 예나에서 초판본들이 도착하리라 생각하는데, 잊지 않고 그에게 한 권을 증정하겠으며, 그가 여기 바이마르에 없다면 베를린으로 부치겠다고 말했다.

1823년 10월 14일 화요일

오늘 저녁 괴테의 저택에서 열린 성대한 다과회에 처음으로 참석했다. 맨 먼저 도착한 나는 방들이 환하게 밝혀져 있고, 열린 문들을 통해서 방들이 서로 통해 있는 걸 보니 기분이 좋았다. 안쪽 방에 있던 괴테는 나를 매우 반갑게 맞이해 주었다. 그는 검은 옷에 훈장을 달고 있었는데 썩 잘 어울렸다. 우리는 잠시 단둘이서 천장방[16]이라는 곳으로 갔는데, 그 방의 붉은 소파 위쪽에 걸려 있는 「알도브란디니의 결혼식」[17]이라는 그림이 특히 시선을 끌었다. 옆으로 밀쳐진 녹색 커튼 옆에 자리 잡은 채 내 눈앞에서 가득 빛을 받고 있는 그림을 조용히 바라보고 있노라니 나도 모르게 즐거워졌다.

괴테가 말했다. "정말이지, 고대인들은 그 뜻이 장엄했을 뿐만 아니라 그것을 잘 표현하기도 했어. 반면에 우리 현대인들은 그 뜻은 크지만 그것을 우리 생각만큼 힘차고 생생하게 만들어내지는 못하네."

이윽고 리머[18]와 마이어[19] 그리고 법무장관 뮐러[20]가 도착했고, 궁정의 귀한 신사 숙녀들도 몇 분 참석했다. 괴테의 아들과 오틸리에도 들어왔다. 그녀와는 처음으로 인사를 나누었

---

16) 다른 방과 달리 천장이 장식되어 있다.

17) 1606년에 발견된 고대의 프레스코 벽화. 1797년 하인리히 마이어가 복사해 이탈리아에서 가져왔다.

18) 프리드리히 빌헬름 리머(Friedrich Wilhelm Riemer, 1774~1845). 오랜 세월에 걸친 괴테의 학문상의 동료로서 고대 문헌학의 대가였다. 이후 에커만과 더불어 괴테 전집 간행의 책임을 맡았다.

19) 요한 하인리히 마이어(Johann Heinrich Meyer, 1760~1832). 스위스의 화가. 1787년에 알게 된 후로 사십 년 이상을 괴테와 절친하게 지내면서, 그에게 많은 영향을 주었다.

다. 방은 점점 사람들로 붐비기 시작했는데, 모두들 명랑하고 생기에 넘쳤다. 몇몇의 예의 바른 외국인 젊은이들도 있었는데, 괴테는 그들과 프랑스어로 대화를 나누었다.[20]

모임에 참석한 사람들은 자유분방해서 내 마음에 들었다. 모두들 일어섰다 앉았다 하며 기분 내키는 대로 이 사람 저 사람과 농담하고 웃으면서 이야기를 나누었다. 나는 괴테의 아들과 함께 며칠 전에 공연되었던 후발트[21]의 희곡 「그림」을 주제로 열띤 토론을 벌였는데, 그 작품에 대한 우리의 견해는 일치했다. 나는 괴테의 아들이 여러 상황들에 대해서 그렇게 재치와 열정을 가지고 자기 견해를 밝히는 것을 보니 즐거웠다.

괴테는 모든 사람들을 매우 친근하게 대했다. 그는 이 사람 저 사람에게로 다가가서 말을 많이 하기보다는 오히려 손님들의 말에 귀를 기울이는 편이었다. 괴테의 며느리는 종종 다가와서 그의 팔에 매달리며 다정하게 키스를 하기도 했다. 나는 최근에 괴테에게 연극 관람이 무척 즐거우며, 작품에 대해 이것저것 너무 따지지 않고 다만 그 인상에 몰두함으로써 기분이 좋아질 수 있다는 말을 한 적이 있었다. 이 말은 그에게 그

---

20) 프리드리히 폰 뮐러(Friedrich von Müller, 1779~1849). 1806년에 추밀원 고문관으로서 카를 아우구스트 공이 없는 동안에 나폴레옹을 만나 작센-바이마르의 독립을 유지하는 외교적 수완을 발휘하는 등, 대공의 측근 중 한 사람이었다. 1815년에 법무장관이 되었고, 이후 만년의 괴테와 절친하게 지냈다.

21) 크리스토프 에른스트 폰 후발트(Christophe Ernst von Huwald, 1778~1845). 당시에 활약했던 드라마 작가. 주로 운명극을 썼다.

리고 현재의 나에게도 맞는 말인 듯싶었다. 그가 오틸리에와 함께 나에게 와서 말했다.

"내 며느리일세. 두 사람은 인사를 나누었던가?"

우리는 방금 인사를 나누었다고 대답했다. 그러자 그는 "오틸리에, 이 양반도 너처럼 연극광이야." 하고 말했다. 우리는 서로 취향이 같다는 걸 알고 기뻐했다.

"내 며느리는 말이야." 하고 그가 말을 보탰다. "하룻밤도 그냥 지나치는 일이 없다네."

내가 대답했다. "재미있고 잘된 작품이라면 당연한 일이 아니겠습니까. 하지만 좋지 않은 작품일지라도 조금 참아야겠죠."

괴테가 다시 말했다. "자네 말이 옳아. 나쁜 작품이라도 극장을 나와버리지 않고 참으면서 듣고 볼 필요가 있어. 그러면 잘못된 점에 대해 온몸 가득 증오심을 가지게 되고 그럼으로써 좋은 작품을 더 잘 알아보게 되는 게지. 하지만 읽는 경우에는 그렇지가 않아. 작품이 마음에 들지 않으면 던져버리고 말지. 그러나 극장에서는 참아야 하는 걸세."

나는 그의 말에 동감하면서 한편으로 이 노인은 언제나 쓸모 있는 이야기만 하는구나, 라고 생각했다.

우리는 헤어져서 주위의 이 방 저 방에서 큰 소리로 즐겁게 이야기를 나누고 있는 다른 사람들 사이에 섞여들었다. 괴테는 부인들과 함께했고, 나는 리머와 마이어에게로 가서 그들로부터 이탈리아에 관한 많은 이야기들을 들었다.

나중에 참사관 슈미트 씨가 그랜드피아노에 앉아서 베토

벤[22]의 곡들을 연주했는데, 참석한 사람들은 조용히 마음을 가라앉히고 귀를 기울이는 것 같았다. 그러고 난 후 한 재치 있는 부인이 베토벤에 관한 여러 가지 흥미로운 이야기들을 많이 들려주었다. 어느새 10시가 되었다. 정말 유쾌한 밤이었다.

1823년 10월 19일 일요일

이날 정오에 처음으로 괴테와 함께 식사를 했다. 괴테 말고는 오틸리에, 울리케[23] 그리고 손자 발터가 참석자의 전부여서 오붓한 분위기였다. 괴테는 진정한 가장의 면모를 보이면서 갖가지 요리를 내놓았고 구운 새고기를 능숙한 솜씨로 썰어주었다. 그러면서 틈틈이 술잔을 채워주는 것도 잊지 않았다. 우리는 극장과 젊은 영국인들 그리고 그날의 다른 사건들과 관련된 가벼운 화제들을 주고받았는데, 특히 울리케 양이 분위기를 명랑하고 즐겁게 이끌어갔다. 괴테는 가끔 끼어들어 중요한 일에 대해 언급할 뿐 대체로 말이 없었다. 그는 이따금 신문을 들여다보면서 몇 줄씩 읽어주었는데, 특히 그리스인들

---

22) 괴테는 1812년 이래로 베토벤과 알고 지냈으나 그의 천재성을 알아보지는 못했다.
23) 오틸리에의 여동생 울리케 폰 포그비시(Ulrike von Pogwisch, 1804~1875)를 말한다.

의 진보[24]와 관련된 것들이었다.

그러고 나서 화제는 내가 영어를 배워야 한다는 것으로 바뀌었다. 괴테의 간절한 충고는 특히 바이런 경 때문이었는데, 그러한 걸출한 인물은 지금까지 없었고 앞으로도 다시 보기 힘들 거라고 말했다. 그리고 이곳 선생들을 만나보았지만 정말 뛰어난 언어 능력을 가진 사람은 발견하지 못했기 때문에 젊은 영국인들에게 배우는 게 나을 거라는 당부도 곁들였다.

식사 후에 괴테는 색채 이론과 관련된 몇 가지 실험을 나에게 보여주었다. 그러나 나는 그 분야에 전혀 문외한이었으므로 그가 설명한 현상들을 제외하고는 거의 아무것도 이해하지 못했다. 그러나 앞으로 여유와 기회만 있다면 이 학문에 어느 정도 파고들어가 보리라고 생각했다.

1823년 10월 21일 화요일

오늘 저녁 괴테와 같이 있으면서 그의 시 「판도라」에 관해 이야기를 나누었다. 나는 이 작품이 완결되었는지 아니면 앞으로 더 보충해야 하는지 그에게 물었다. 그는 더 이상 연결되는 부분이 없으며, 첫 부분의 규모가 너무 방대해져 그다음 부분을 다시 진척시킬 수가 없었다고 말했다. 하지만 이미 쓰

24) 튀르키예에 대항한 그리스인들의 해방전쟁(1821~1830)을 말한다. 1823년 이래로 바이런이 그 전쟁에 종군했다.

인 것만으로도 완성작이나 마찬가지이기 때문에 그것으로 만족하고 말았다는 이야기였다.

나는 이 작품이 정말 어려워서 거의 외울 정도로 자주 읽고서야 차츰차츰 이해하게 되었노라고 말했다. 그러자 괴테가 미소 지으며 말했다.

"아마 그럴 테지. 모든 게 쐐기를 박은 듯 서로 쏙 싸여 있으니 말이야."

나는 이 시에 대한 슈바르트[25]의 견해에 전적으로 동감할 수 없다고 말했다. 슈바르트의 견해에 의하면 이 시에는 『베르테르』와 『빌헬름 마이스터』, 『파우스트』와 『친화력』에서 각각 별개로 묘사되어 있는 것이 모두 결합되어 나타남으로 그 내용이 아주 불가해하고 난해해졌다는 것이다.

그러자 괴테가 말했다. "슈바르트는 이따금 너무 깊이 들어가곤 하지. 하지만 그는 아주 유능한 사람일세. 그의 말은 모두 의미심장한 데가 있네."

이어서 울란트[26]가 화제가 되었다. 괴테가 말했다. "나는 커다란 영향력의 배후에는 언제나 그에 걸맞은 중요한 원인이 있다고 생각하네. 그러니 그토록 광범위한 인기를 누리고 있는 울란트의 경우에도 어떤 뛰어난 점이 있는 게 분명하겠지.

---

25) 카를 에른스트 슈바르트(Carl Ernst Schubarth, 1796~1861). 언어학자. 1842년 이래로 브레슬라우 대학의 역사학과 교수.

26) 루트비히 울란트(Ludwig Uhland, 1787~1862). 독일 튀빙겐 출신의 낭만파 시인. 1816년 이래로 시보다는 정치에 더 깊이 관여했다. 그의 『시집』은 1815년에 처음으로 발간되었다.

이를테면 나는 그의 『시집』에 대해서 어떤 선입견도 가지고 있지 않았기 때문에 호의를 가지고 그 책을 손에 들었네. 그러나 책을 열자마자 곧바로 수많은 빈약하고 애처로운 시들과 부딪치게 되었지 뭔가. 그래서 더 이상 읽기가 싫어졌지. 그러고 난 후에 그의 담시들을 읽어보았는데, 거기서는 그의 뛰어난 재능을 보게 되었고 그의 명성에는 원인이 있다는 걸 분명히 확인하게 되었네."

나는 독일 비극의 시구(詩句)와 관련해 그의 견해를 물어보았다.

"독일에서는 그 점에 대해 의견의 일치를 보기가 어려울 걸세. 모두가 자신이 원하는 운율을 멋대로 쓰고 있으며, 대상에 어느 정도 적합하기만 하면 그것으로 족하다고 보는 것 같아. 아마도 6각(脚)의 약강격(弱强格)이 가장 품위가 있겠지만 그것은 우리 독일인에게는 너무 길다네. 우리 독일어에서는 형용사가 빈약하기 때문에 대개 5각운만으로도 족하다네. 영국인들은 단음절 단어들이 많기 때문에 더 짧아도 되겠지."

이어서 괴테는 나에게 몇 점의 동판화를 보여주었다. 그리고 고대 독일의 건축술에 대해서 이야기하면서 앞으로 틈나는 대로 그런 종류의 것을 보여주겠다고 말했다.

"사람들은 고대 독일 건축술의 작품들을 대하면 그것들이 특별한 상태에서 갑자기 피어난 것으로 생각한다네. 그러니 그러한 꽃을 눈앞에서 마주치게 되면 망연자실할 수밖에. 하지만 식물의 비밀스러운 내면의 삶이라든지 미묘한 힘들의 움직임과 함께 꽃이 점차 피어나는 과정을 들여다보는 사람은 완전히 다른 시각으로 작품을 대하게 되지. 자신이 보는 것을 이해하고 있으니 말일세.

이번 겨울 동안 자네가 이 중요한 분야에서 약간의 통찰력을 가지도록 도와줄 생각이야. 그래야만 자네가 내년 여름 라인 강변으로 가서 슈트라스부르크 사원이나 쾰른 사원을 방문할 때 도움이 되지 않겠나."

나는 기쁘고 감사할 따름이었다.

*

1823년 10월 25일 토요일

황혼 무렵에 반 시간가량 괴테와 함께 있었다. 그는 책상 앞의 목제 안락의자에 앉아서 너무나도 아늑한 분위기에 젖어 있었는데, 마치 천상의 행복으로 가득 채워진 사람 같았다. 혹은 지난 시절 누렸던 행복이 이제 다시 온전한 모습으로 영혼 앞에 나타나 어른거리자 그 감미로움을 회상하는 듯 보이기도 했다. 슈타델만[27]은 나를 위하여 괴테 가까이에 의자를 놓아주었다.

그러고 나서 우리는 연극에 대한 이야기를 나누었는데, 그것은 이번 겨울 동안 나의 주된 관심사였다. 라우파흐[28]의 「지상(地上)의 밤」이 내가 최근에 마지막으로 본 작품이었는

27) 카를 슈타델만(Carl Stadelmann, 1782~1844). 1814년에서 1824년까지 괴테의 집에서 일했던 하인이다.

28) 에른스트 라우파흐(Ernst Raupach, 1784~1852). 극작가.

데, 나는 그것이 작가의 의도대로 공연되지 않았으며, 생명보다는 이념이 앞서고, 연극적이라기보다는 시적이며, 5막에 걸쳐서 길게 늘어놓기보다는 2막 내지 3막으로 하는 게 더 나았을 것이라고 평했다. 그러자 괴테가 덧붙여 말했다. 작품 전체의 이념은 귀족주의와 민주주의를 중심축으로 하고 있지만, 그것은 인간의 보편적인 관심사가 될 수 없다는 주장이었다.

반면에 나는 내가 보았던 코체부[29]의 작품, 즉 『친척 관계』와 『화해』에 대해서 칭찬했다. 나는 현실의 삶에 대한 그의 신선한 관점, 현실 생활의 흥미로운 면들을 다루는 뛰어난 솜씨, 그리고 이따금씩 보이는 핵심을 찌르는 진실한 묘사 등을 칭찬했다.

괴테도 이에 동의하면서 말했다. "이십 년간이나 지속적으로 관객의 사랑을 받는 데는 분명히 그럴 만한 이유가 있겠지. 자신의 울타리 안에 머물면서 능력의 범위를 벗어나지 않는 한 코체부는 대체로 좋은 작품을 남겼네. 호도비키[30]와 같은 경우라고 할 수 있지. 이 화가는 시민들이 나오는 장면들을 그릴 때는 완벽했어. 하지만 로마나 그리스의 영웅들을 그리려

---

29) 아우구스트 폰 코체부(August von Kotzebue, 1761~1819). 바이마르 태생의 극작가. 그의 음모적 성격 때문에 괴테는 그에 대해서 필요 이상으로 적대적이었고, 코체부도 괴테에 대항해서 자신이 주도하는 살롱을 조직하기도 했다. 하지만 그의 격정적이고 감정적인 작품들은 한동안 바이마르에서 대단한 인기를 끌었다. 러시아의 밀정이라는 혐의를 받고 만하임에서 한 대학생에게 살해되었다.

30) 다니엘 니콜라우스 호도비키(Daniel Nicolaus Chodowiecki, 1762~1801). 젊은 시절의 괴테의 아름다운 모습을 새기기도 했던 동판화가.

했기 때문에 아무것도 되지 않았던 거네."

하지만 괴테는 코체부의 좋은 작품 몇 가지를 거론하고, 특히 『클링스베르크 부자(父子)』를 강조하면서 덧붙여 말했다. "부정할 수 없는 점은 그가 인생을 철저히 탐구하면서 눈을 크게 뜨고 있었다는 점일세."

괴테가 계속해서 말했다. "근래의 비극 작가들에게서 심혼(心魂)과 어느 정도의 문학성마저 부정할 수는 없겠지. 하지만 그들 대부분은 경쾌하면서도 생생하게 표현하는 능력을 가지고 있지 않아. 그런데도 자신의 능력을 넘어서는 무언가를 추구하는 게 아닌가. 이런 점을 고려해 나는 그들을 '주제 모르는' 작가라 부르고 싶네."

내가 말했다. "그런 작가들이 산문 작품을 쓸 수 있을지 의문입니다. 이 점이야말로 그들의 재능을 재는 시금석일 테니까요."

괴테는 내 견해에 동의를 표하면서 운문이 시적인 의미를 고양시키고 심지어 억지로 불러내기조차 한다는 말을 덧붙였다.

그러고 나서 우리는 계획 중인 일에 대해 이런저런 대화를 나누었다. 그러다가 그가 노트 세 권에 나누어 써놓은 『프랑크푸르트와 슈투트가르트를 거쳐 스위스까지의 여행』이 화제에 올랐다. 그는 이 원고를 내게 보낼 생각이었는데, 그것을 자세히 읽고 전체를 마무리 지을 만한 구상을 해보라는 의도에서였다.

그가 말했다. "자네도 보겠지만 그 모든 것이 순간순간 생각나는 대로 갈겨쓴 것이네. 그러니 계획이라든지 예술적인 마무리 같은 것은 전혀 찾아볼 수가 없어. 말하자면 양동이로 물을 쏟는 격이라고나 할까.”

나는 이 비유가 마음에 들었다. 계획성이 조금도 없다는 걸 나타내는 데 아주 적합해 보였기 때문이었다.

1823년 10월 27일 월요일

오늘 저녁 괴테의 저택에서 다과회와 연주회가 있으니 참석해 달라는 전갈을 아침 일찍 받았다. 하인은 나에게 초청객들의 명단을 보여주었는데, 꽤 많은 사람이 참석하는 성대한 모임이 될 것이 분명했다. 그곳에 도착한 한 젊은 폴란드 여인이 피아노를 연주할 예정이라고 말했다. 나는 초대를 즐겁게 받아들였다.

나중에 연극 관람권도 배달받았는데, 「체스 기계」가 공연될 예정이었다. 모르는 작품이었지만 집주인 여자가 입에 침이 마르도록 칭찬했기 때문에 보고 싶다는 생각에 사로잡혔다. 게다가 하루 종일 기분이 별로 좋지 않아서 점잖은 모임에 참석하기보다는 재미있는 희극이나 관람하고 싶다는 생각이 점점 더 커졌다.

저녁 무렵, 연극이 시작되기 한 시간 전에 괴테에게 갔다. 집 안은 이미 활기찬 분위기였다. 커다란 방을 지나가니 연주 준비를 위해 피아노를 조율하는 소리가 들려왔다.

자기 방에 혼자 있는 괴테를 만났는데, 이미 예복을 차려입고 있었다. 그는 마침 잘되었다는 표정이었다.

그가 말했다. "자네는 여기 있게. 다른 사람이 올 때까지 이야기나 나누세."

나는 속으로 생각했다. '넌 이제 갈 수 없게 되었어. 여기 있어야 해. 지금 괴테와 단둘이 있는 동안은 편안하겠지만 나중에 낯선 신사 숙녀들이 몰려든다면 어색해지겠지.'

나는 괴테와 함께 방 안을 이리저리 거닐었다. 오래지 않아 연극이 우리의 화제가 되었다. 나는 연극이 언제나 새로운 즐거움을 주는 원천이며, 특히 이전에 연극을 본 적이 거의 없었기 때문에 지금은 거의 모든 작품이 아주 신선하게 느껴진다고 거듭해서 말했다. 그러고 나서 덧붙여 말했다.

"그렇습니다. 저는 연극 때문에 오늘 불안하기도 하고 마음의 갈등마저 느끼고 있습니다. 선생님 댁에서 정말 중요한 저녁 모임을 눈앞에 두고 있는데도 말입니다."

괴테가 가만히 멈추어 서서 커다란 눈으로 다정하게 나를 쳐다보며 말했다. "그런가? 가보게나! 망설이지 말고! 오늘 저녁 자네에게는 유쾌한 연극이 더 낫겠군. 자네 사정에도 더 적합한 것 같으니 가보게! 나와 함께 있으면 음악을 듣겠지만, 앞으로도 기회는 얼마든지 있네."

내가 말했다. "예, 그럼, 가보겠습니다. 저로서도 웃는 게 좋을 것 같습니다."

"하지만 6시까지는 여기 있게." 하고 괴테가 말했다. "잠시 이야기라도 나누게 말이야."

슈타델만이 양초 두 개를 가져와서 괴테의 책상 위에 놓았다. 괴테는 읽어줄 것이 있다면서 나에게 양초 앞에 앉으라고 했다. 그리고 내 앞에 너무도 소중한 것을 내밀었다. 그가 최근에 지은 사랑스럽기 그지없는 시 「마리엔바트 비가(悲歌)」였다.

여기서 그 시의 내용과 관련해 몇 가지 말해둘 게 있다. 괴테가 앞서 말한 마리엔바트 온천에서 돌아오자마자 이곳 바이마르에는 소문이 자자하게 퍼졌다. 그가 그곳에서 용모도 마음씨도 사랑스러운 한 젊은 여자[31]를 알게 되었다는 것이다. 그가 우물로 통하는 가로수 길에서 그녀의 목소리가 들리기만 하면 재빨리 모자를 벗고 그녀에게로 서둘러 내려갔느니, 시간을 조금도 허비하지 않고 그녀 곁에 머무르며 행복한 나날들을 보냈느니, 그래서 이별이 너무나 힘들어졌고, 그러한 열정의 상태에서 너무나 아름다운 시를 남겼으며, 그 시를 무슨 보물이라도 되는 듯 비밀리에 간직하고 있다는 등등의 소문들이었다.

나는 그런 소문을 믿었다. 왜냐하면 그것은 그의 육체적인 건강뿐만 아니라 정신의 생산력과 영혼의 원기 발랄함에 완전히 상응하는 것이기 때문이었다. 나는 오래전부터 그 시를 보고 싶었다. 그러나 감히 보여달라는 부탁을 하지는 못하고 있었다. 그러니 이제 그 시가 내 눈앞에 놓여 있는 이 순간의 은총에 어떻게 감사드리지 않을 수 있겠는가.

그는 그 시를 두꺼운 양피지 위에 손수 라틴어로 썼고, 비

31) 울리케 폰 레베초프(Ulrike von Levetzow, 1804~1899)를 가리킨다. 그 당시 그녀의 나이는 19세이고 괴테의 나이는 74세였다.

단 끈을 사용해 붉은 모로코산(産) 가죽 위에다 고정시켰다. 그러니 겉으로만 보아도 그가 다른 어떤 원고보다 이 원고를 특별히 소중하게 여기고 있다는 사실을 알 수 있다.

나는 정말 기쁜 마음으로 그 시를 읽었으며, 한 줄 한 줄에서 널리 알려져 있는 소문이 진실임을 확인했다. 하지만 시의 첫 부분은 그녀와의 만남이 처음이 아니라 과거의 관계를 새로이 한 것이었다는 사실을 암시하고 있었다. 시는 계속해서 하나의 축을 중심으로 회전하면서 언제나 출발했던 곳으로 되돌아가는 것처럼 보였다. 기이하게도 갑자기 중단되는 결말 부분은 정말 예사롭지 않은 깊은 감동을 주었다.

다 읽고 나자 괴테가 나에게 다가와서 말했다. "정말이야, 자네에게 꽤 괜찮은 작품을 보여준 거라네. 며칠 있다가 나에게 읽은 소감을 말해주게나."

괴테가 이렇게 말하면서 내 즉흥적인 평가를 거절한 것은 매우 사려 깊은 태도였다. 안 그래도 그 인상이 너무 새롭고 너무 빨리 지나가 버렸기 때문에 거기에 대해 무엇인가 적절한 평을 한다는 건 무리였다.

괴테는 조용한 기회에 그 시를 다시 한번 보여주기로 약속했다. 그러는 동안에 공연 시간이 다가왔으므로 나는 진심 어린 악수를 나누며 이별을 고했다.

「체스 기계」는 정말 훌륭한 작품이었으며 공연도 아주 좋았던 것 같다. 하지만 집중이 되지 않았다. 생각이 괴테 댁에 가 있었던 것이다.

연극이 끝난 후 나는 그의 집을 지나갔다. 온 집 안에 불빛이 환하게 켜져 있었고 연주 소리가 들렸다. 나는 거기에 없었던 것을 후회했다.

다음 날 사람들의 말에 의하면 젊은 폴란드 여인인 시마노브스카[32] 부인이(저녁 만찬은 그녀를 위해 마련되었다.) 정말 거장다운 솜씨로 피아노를 연주했기 때문에 그곳에 모인 사람들 모두가 감동했다는 것이다. 그리고 괴테는 이번 여름 마리엔바트에서 그녀를 알게 되었고, 그녀가 여기에 온 것도 그를 만나기 위해서였다.

정오에는 괴테가 나에게 짧은 원고를 보내왔다. 차우퍼[33]의 「습작」이라는 글이었는데, 아주 뛰어난 소견이 담겨 있었다. 그리고 그 원고 대신에 나는 그에게 몇 편의 시를 보냈는데, 이번 여름 예나에서 쓴 것으로 그에게 이미 말한 적이 있는 시였다.

1823년 10월 29일 수요일

오늘 저녁 불을 밝힐 무렵에 괴테에게 갔다. 그는 매우 활기

---

32) 마리아 시마노브스카(Maria Szymanowska, 1795~1831). 러시아 왕후의 피아노 연주가. 마리엔바트에서 있었던 그녀의 피아노 연주는 울리케에 대한 괴테의 열정을 달래주었고, 그 대가로 괴테는 「화해」라는 시를 기념첩에 써주었는데, 그것이 나중에 마리엔바트 비가의 제3부가 되었다.

33) 요제프 슈타니슬라우스 차우퍼(Joseph Stanislaus Zauper, 1784~1850). 필젠의 김나지움 교사.

있고 정신이 맑은 상태였다. 그의 눈은 등불을 반사시키며 빛나고 있었고 그의 표정은 온통 쾌활함과 힘과 젊음으로 가득했다.

그는 즉시 내가 어제 보냈던 시들에 대해서 방 안을 이리저리 거닐며 말하기 시작했다.

"이제야 알겠군." 하고 괴테가 말하기 시작했다. "자네가 예나에서 보낸 편지에 사계절을 테마로 시를 써보고 싶다고 한 이유를 말이네. 이제 충고하네만, 겨울부터 바로 시작해 보게. 자네는 자연의 대상들에 대해 특별한 감각과 관점을 가지고 있는 것 같아.

시와 관련해 자네에게 두 가지만 말하지. 자네는 지금 개별적인 것을 포착하기 위해 예술 본연의 높이와 무거움으로 돌진해야 하는 그런 지점에 서 있네. 이념으로부터 벗어나자면 반드시 그래야만 해. 자네는 재능도 있고 상당히 발전된 단계에 있으니 이제는 의무적으로 반드시 그래야 하네. 자네, 근래에 티푸르트에 가지 않았던가. 이런 목적을 위해 나는 우선 티푸르트를 과제로 내고 싶네. 아마 서너 번 가서 티푸르트를 관찰하면 그곳의 특징을 알아내고 온갖 모티프들을 얻게 될 걸세. 노력을 아끼지 말고 모든 걸 잘 연구하고 난 후에 표현해 보게. 그럴 만한 가치가 있으니 말이야. 나 자신도 오래전에 그랬어야 했지만 이제는 할 수가 없네. 나는 중요한 점들을 속속들이 체험해서 알고 있고 또 거기에 너무 사로잡혀 있기 때문에 세부적인 것들이 너무나 많이 밀려드네. 그러나 자네는 이방인이니 관리인으로부터 그 과거를 처음 듣고는, 곧바로 눈앞에 우뚝 솟아 있는 의미심장한 현재의 모습만 보게 될 테니 말일세."

그것이 나에게는 어림도 없고 매우 어려운 과제라는 사실을 부정할 수 없었지만 그렇게 해보겠다고 약속했다.

"나도 그것이 어려운 일이라는 걸 알고 있네." 하고 괴테가 말했다. "하지만 특수한 것을 포착하고 표현하는 것 또한 예술 본연의 생명이라네. 보편적인 것에 머무른다면 누구나 우리를 따라할 수가 있어. 하지만 특수한 것은 그 누구도 모방하지 못한다네. 왜냐고? 다른 사람들은 그것을 체험하지 못했기 때문이지.

특수한 것이 공감을 얻지 못할까 염려할 필요는 없어. 모든 특징은 그것이 아무리 고유하다 할지라도 보편성을 가지며, 돌에서부터 인간에 이르기까지 그 어떤 표현 대상도 마찬가지로 보편성을 가진다네. 왜냐하면 모든 것은 반복되며, 이 세상에 단 한 번만 존재하는 건 없기 때문일세."

괴테가 계속해서 말했다. "이러한 개별적인 표현의 단계와 동시에 사람들이 혼합[34]이라고 부르는 것이 시작된다네."

이 말이 무슨 뜻인지 금방 이해가 되지 않았지만 나는 질문을 삼갔다. 내 생각으로는 이념적인 것과 현실적인 것의 예술적 융합, 우리 외부의 것과 우리 내부의 타고난 것 사이의 결합을 의미하는 듯했다. 하지만 그의 의도는 다른 것일지도 모른다. 괴테가 계속해서 말했다.

---

34) 독일어 Komposition을 번역한 것이다.

“그리고 자네의 시 아래에다가 그것을 쓴 날짜를 언제나 기입해 놓게.”

나는 그것이 그렇게 중요한 것인지 모르겠다는 표정으로 그를 바라보았다. 그가 이어서 말했다.

“그렇게 되면 그것은 자네의 정신 상태를 기록한 일기가 되는 거야. 사소한 일이 아닐세. 나는 오래전부터 그렇게 해와서 그 의미를 잘 알고 있다네.”

그러는 동안 연극을 시작할 시간이 되었기 때문에 나는 작별을 고했다.

“핀란드에 잘 다녀오게!”라고 그가 나를 향해 장난기 섞인 목소리로 말했다. 다름 아니라 오늘 공연될 작품은 바이센투른 부인이 쓴 『요한 폰 핀란드』였기 때문이다.

그 작품은 상황 설정이 효과적이지 못한 데다가 눈물을 자아내는 장면이 과도했고, 작가의 의도가 도처에 지나치게 드러나 있어서 전체적으로 좋은 인상을 주지 못했다. 하지만 마지막 막은 아주 마음에 들었기 때문에 만족스러웠다.

그 작품을 계기로 나는 이런 점을 깨달았다. 한 작가에 의하여 그저 평범하게 그려진 인물들은 실제 공연에서는 오히려 그 특징이 더 잘 드러난다. 왜냐하면 살아 있는 인간인 배우들이 그 인물들을 생동하는 존재로 만들고 그들에게 개성을 부여하기 때문이다. 반면에 위대한 작가에 의해 뛰어나게 표현된 인물들은 이미 뚜렷한 개성을 갖추고 있기 때문에 실제 공연에서는 그 특성을 어느 정도 상실할 수밖에 없다. 대체로 꼭 들어맞는 연기란 불가능하며, 게다가 자기 자신의 개성에서 쉽게 벗어날 수 있는 배우들은 극히 드물기 때문이다. 요컨대 그러한 것들이 모든 배우들의 경우에 동일하게 적용되는 것도 아니며, 작가가 자신의 개성을 완전하게 벗어버릴 수 있는 재능을 갖추고 있는 것도 아니다. 그 때문에 공연에서 혼합된 형태가 나타나게 되며, 인물들의 성격은 그 순수성을 상실하고 만다. 그러므로 정말 위대한 작가가 쓴 작품을 공연할 경우에 작가의 본래 의도가 살아나는 것은 극소수의 인물에 한정되어 있다.

1823년 11월 3일 월요일

5시경 괴테에게 갔다. 계단을 올라가자 큰방에서 큰 소리로 활기차게 말하고 농담하는 소리가 들려왔다. 하인이 전하기를 젊은 폴란드 부인이 식사에 초대되어 있고 손님들도 아직 함께 있다는 것이었다. 나는 돌아가려고 했지만, 하인은 내가 오면 알려달라는 분부를 받았고 이제 시간도 꽤 지났으니 주인님에게도 그게 좋을 것 같다고 말했다. 그래서 그가 하는 대로 내버려 두고 잠시 기다렸다. 이윽고 괴테가 매우 활기찬 모습으로 나타나서는 나를 그의 방으로 데리고 들어갔다. 그는 방문을 반기는 것 같았다. 그는 즉시 포도주 한 병을 가져오게 하더니 내게 따라주었고 자신도 조금씩 마셨다.

그가 책상 위에서 무언가를 찾으면서 말했다. "잊어버리기 전에, 여기 연주회 입장권을 가져가게. 시마노브스카 부인이 내일 저녁 시청 강당에서 공개 연주회를 가진다네. 기회를 놓치지 말게."

나는 두 번 다시 어리석음을 되풀이하지는 않겠노라고 말했다. 그러고는 덧붙여 말했다. "부인의 연주가 매우 훌륭했다고들 하더군요."

"정말 대단했어!"

"훔멜[35] 만큼이나 뛰어난 모양이군요?"

"그녀가 위대한 대가일뿐더러 아름답기도 하다는 사실을 생각해 보게. 그러니 모든 것이 더욱 우아해 보이지 않겠나. 대가다운 솜씨에 그저 경탄할 따름이야!"

"힘도 대단한가요?"

"그래, 힘도 대단해. 바로 그 점이 그녀의 놀라운 면모라네. 보통 다른 여자들은 그럴 수가 없는데 말일세."

나는 그녀의 연주를 들을 수 있게 되어 기쁘다고 말했다.

비서인 크로이터가 들어와 도서관 업무와 관련해 무언가를 설명했다. 그가 나가자 괴테는 그의 일솜씨가 대단히 유능하며 믿음직스럽다고 칭찬했다.

그러고 나서 나는 1797년 프랑크푸르트와 슈투트가르트를

---

35) 요한 네포묵 훔멜(Johann Nepomuk Hummel, 1778~1837). 독일의 작곡가, 피아노 연주자, 지휘자. 모차르트, 살리에리, 하이든으로부터 배웠고, 베토벤의 친구였다. 1819년 마리아 파블로브나의 요청으로 바이마르로 와서 궁정 악장을 맡았다. 그는 당대의 오페라, 베토벤과 자신의 작품들을 가지고 콘서트를 열어 바이마르의 음악생활을 풍요롭게 했다. 모차르트에게서 피아노를 배웠다.

거쳐 스위스로 갔던 여행에 관한 이야기로 화제를 돌렸는데, 세 권의 노트에 적힌 그 당시 여행기 초고를 며칠 전 괴테에게 받아 열심히 검토해 두었던 차였다. 나는 그 당시 괴테가 마이어와 함께 조형미술의 대상들에 대하여 그토록 많은 고찰을 해두었던 점을 언급했다.

"그렇다네." 하고 괴테가 말했다. "대상보다 더 중요한 것이 어디 있겠나. 대상이 없는 예술론은 아무것도 아니네. 대상이 적합하지 않다면 그 어떤 재능이라도 허사야. 그리고 현대 화가들에게 품위 있는 대상들이 부족하다는 바로 그 이유 때문에 현대의 회화가 모두 정체되고 있는 걸세. 우리 모두가 그 때문에 괴로워하고 있는 것이 아닌가. 나 자신도 이 현대성이라는 걸 부정할 수가 없었네."

그가 계속해서 말했다. "이런 점을 분명히 깨닫고 무엇이 마음의 안정에 도움이 되는지를 잘 알고 있는 화가들은 거의 없는 형편이야. 이를테면 그들은 나의 「어부」를 염두에 두고 그림을 그리기도 하는데, 그것은 그림으로 나타낼 수 없다는 사실을 도대체 생각지도 못하네. 이 담시는 단지 물의 느낌, 즉 여름에 우리가 목욕을 하도록 이끄는 그 쾌적한 상태를 표현하고 있을 뿐인데 말이야. 그 시에는 그 이상의 요소가 조금도 없네. 그런데도 그림으로 그린다니 말이 되는 소리란 말인가!"

나는 괴테가 그 여행에서 온갖 것에 관심을 가지고 모든 대상을 포착하고 있는 점이 기쁘다고 계속해서 말했다. 산맥의 형태와 위치, 암석의 종류, 토양, 강, 구름, 공기, 바람과 날씨,

도시들과 그 발생 및 연속적인 발전 과정, 건축술, 회화, 극장, 도시의 제도와 행정, 산업, 경제, 도로 건설, 인종, 생활양식, 풍습상의 특징, 그리고 다시 정치와 군사 문제, 그 밖의 수많은 문제들이 그의 관심사였다.

괴테가 대답했다. "그런데 음악에 대한 것은 한마디도 언급이 없었지. 음악이 내 분야가 아니기 때문일세. 누구나 여행을 하는 동안 무엇을 보아야 하는지, 그리고 자신에게 무엇이 중요한지 알고 있어야만 한다네."

법무장관 뮐러가 들어왔다. 그는 괴테와 몇 마디를 나눈 후 나를 향해 얼마 전에 내가 쓴 짤막한 글을 읽었다면서 매우 호의적으로 깊은 통찰력을 가지고 논평해 주었다. 그러고는 곧 부인들이 있는 곳으로 갔다. 거기서는 피아노를 연주하는 소리가 들려오고 있었다.

그가 돌아간 뒤에 괴테는 그에 대해 크게 칭찬하며 말했다. "이제 자네가 매우 유쾌한 관계를 맺고 있는 저 뛰어난 사람들의 존재 그 모두를 나는 고향이라고 부른다네. 사람들이 언제나 기꺼이 돌아가고 싶어 하는 곳 말일세."

나도 그에게 대답했다. 내가 이곳에 머무르는 것이 얼마나 유익한지를 이미 느끼기 시작했으며, 지금까지의 관념적이고 이론적인 방향에서 서서히 벗어나 점점 더 순간적인 상태의 가치를 올바로 알게 되었다고 말이다.

괴테가 말했다. "그렇지 않다면 좋지 않은 일이겠지. 자네는 그 방향만 고수하면서 언제나 현재에 밀착해 있게. 모든 상태, 그래 모든 순간이 다 무한한 가치가 있는 것이네. 왜냐하면 그것이야말로 참된 영원성을 대표하는 것이니 말일세."

잠시 침묵이 흐른 뒤에 나는 티푸르트와 그것을 어떻게 표현할 것인가를 화제로 삼았다.

내가 말했다. "그 대상은 너무나 다양하기 때문에 통일적인 형식을 부여하기가 어렵습니다. 그래서 산문으로 나타내는 방식이 가장 무난하다고 생각됩니다."

괴테가 대답했다. "그럴 정도로 그 대상이 의미심장한 건 아니네. 소위 말하는 교육적, 묘사적 형식도 대체로 선택할 만한 것이긴 하지만 전적으로 적합하지는 않아. 내 생각엔 자네가 그 대상을 열 개 내지는 열두 개의 짤막한 별개의 시로 나누어 표현하는 게 가장 좋겠어. 물론 각운을 맞추되 다양한 시구와 형식을 사용하는 것이 좋겠지. 그래야만 대상의 다양한 면과 관점이 요구하는 바를 충족시킬 수 있을 테니 말이야. 그렇게 하면 전체적인 윤곽이 분명히 드러나지 않겠나."

나는 이 충고가 적절하다고 생각했다.

그가 계속해서 말했다. "그런데 말이야, 자네는 희곡 작업을 해볼 생각은 왜 하지 않나, 가령 정원사와 이야기를 나누는 형식도 괜찮을 것 같은데 말이야? 이런 식으로 잘게 나누면 쉽게 처리할 수 있고 또 대상의 다양한 측면들의 특징을 더욱 잘 표현할 수 있을 텐데. 반면에 포괄적이고 보다 큰 전체를 다루기는 언제나 어렵네. 그런 식으로 완성된 작품을 만들어 내기란 거의 불가능해."

1823년 11월 10일 월요일

괴테는 며칠 동안 건강이 좋지 않았다. 아마도 독감에 걸린 모양이었다. 불행 중 다행으로 기침 소리가 요란하고 힘차긴 했지만, 그럴 때마다 고통스러운지 손으로 심장 언저리를 눌렀다.

오늘 저녁 연극이 시작되기 전에 반 시간 동안 괴테와 함께 있었다. 그는 안락의자에 앉아서 몸을 파묻고 있었는데, 말하는 것조차 힘들어 보였다.

잠시 이야기를 나누고서 그는 시 한 편을 읽어달라고 부탁했는데, 지금 편집 중인 《예술과 고대》지의 신간호 첫머리에 실릴 예정이었다. 그는 의자에 앉은 채 시가 있는 곳을 가리켰다. 나는 등불을 들고 그와 약간 떨어진 책상에 앉아 시를 읽었다.

그 시는 너무도 경이로워 한 번 읽고서는 충분히 이해할 수 없었지만 묘한 감동이 느껴졌다. 파리아[36]의 찬양을 주제로 한 그 시는 3부작으로 이루어졌다. 지배적인 음조는 그 어떤 이국의 세계로부터 흘러들어오는 것처럼 느껴졌으며, 그 서술 방식도 대상의 본질을 매우 알기 어렵게 만들었다. 또한 괴테가 바로 가까이 있다는 점도 그 시에 순수하게 몰입하는 데 장애가 되었다. 그는 금방 기침을 하는가 하면 금방 탄식하기도 했다. 그래서 내 정신은 둘로 나뉜 것처럼 반쪽은 시를 읽

36) 인도의 최하층민.

고 있었고 다른 반쪽은 그의 존재를 의식하고 있었다. 그 때문에 그 시에 어느 정도 몰입하기 위해서는 몇 번이고 읽어야만 했고, 그렇게 파고들다 보니 그 시의 의미심장한 특성과 고도의 예술성이 점점 더 분명하게 느껴졌다.

그러고 나서 괴테와 함께 시의 주제와 그 서술 방식에 대해 논했는데, 간단한 설명을 듣고 나니 여러 가지가 한결 생생하게 파악되었다.

괴테가 말했다. "물론 방식은 아주 간단해. 그러니까 그것을 제대로 파악하려면 깊숙이 들어가야만 하네. 내 생각에 그것은 강철선으로 달궈서 만든 다마스쿠스의 칼과도 같아. 나는 그 대상을 사십 년 이상이나 머릿속에 담고 다녔네. 그래서 그 대상으로부터 다른 모든 불순물들이 떨어져 나가버릴 시간은 충분했지."

"틀림없이 독자들의 반향을 불러일으킬 겁니다." 하고 내가 말했다.

그러자 괴테가 한숨을 쉬면서 말했다. "아, 독자 말인가!"

"이렇게 하시면 안 될까요?" 하고 내가 말했다. "독자들이 이해하기 쉽도록 도와주는 겁니다. 마치 그림을 설명하면서 그동안 거쳐왔던 단계들을 보여줌으로써 지금 눈앞에 완성되어 있는 것을 생생하게 드러내는 방식 말입니다."

"나는 그렇게 생각하지 않아." 하고 괴테가 말했다. "그림의 경우와는 사정이 다르다네. 왜냐하면 시라는 것도 역시 말로 되어 있는 이상, 말을 덧붙인다면 다른 말이 죽고 마니까."

괴테의 이 말은 시를 해석하는 사람들이 자주 부딪히곤 하는 암초를 매우 적절하게 암시해 주었다고 생각한다. 그러나 역시 문제는 시의 섬세한 내적 생명을 조금도 손상시키지 않고 이런 암초를 피하고, 말로 시의 이해를 돕는다는 게 가능한지의 여부다.

내가 돌아가려고 하자 괴테는 《예술과 고대》지의 원고를 집으로 가져가서 그 시를 더 자세하게 검토해 보라고 했다. 그리고 뤼케르트의 「동방의 장미」도 검토해 보라고 했는데, 괴테는 이 시인을 높이 평가하고 있고 최상의 기대를 품고 있는 듯했다.

1823년 11월 12일 수요일

저녁 무렵 괴테를 만나러 갔다. 그러나 위로 올라가기 전에 프로이센의 장관인 훔볼트[37] 씨가 그를 찾아왔다는 말을 듣고는 다행이라고 생각했다. 왜냐하면 그 오랜 친구의 방문으로 그의 기분이 아주 밝아지리라고 확신했기 때문이다.

그래서 나는 극장으로 갔다. 관객들로 대만원인 가운데 「프라하의 자매들」이 성공리에 공연되었고, 웃음소리가 내내 그치지 않았다.

---

37) 빌헬름 폰 훔볼트(Wilhelm von Humboldt, 1767~1835). 언어학자이자 정치가. 베를린 대학교의 공동 설립자이다. 카를 아우구스트와 실러 못지않게 괴테의 인생에 커다란 도움을 주었으며, 말년까지 괴테와 절친한 관계를 유지했다.

1823년 11월 13일 목요일

며칠 전 화창한 오후에 에르푸르트로 통하는 길을 따라가다가 한 노인과 길동무가 되었다. 겉보기에는 유복한 시민 같았다. 얼마 지나지 않아 이야기는 괴테로 옮아갔고, 나는 그에게 괴테를 개인적으로 만나본 적이 있느냐고 물었다.

그가 유쾌하게 대답했다. "알다마다요! 이십 년 가까이 그분의 하인으로 있었는걸요."

그러면서 그는 자신의 옛 주인에 대해 열심히 칭찬을 늘어놓았다. 그리고 괴테의 젊은 시절에 대한 이야기를 좀 해달라고 부탁하자 그는 기꺼이 응했다.

"내가 그분한테로 갔을 때, 아마 그분은 스물일곱 살가량 되었을 겁니다. 매우 여위고 민첩하며 몸매가 호리호리해서 내가 쉽게 업을 수도 있을 정도였지요."

나는 괴테가 이곳 바이마르에 처음 살았을 무렵에도 그토록 쾌활했느냐고 물었다. 그는 주인님도 주인님의 친구들도 명랑했지만 도를 지나치지는 않았고 오히려 평소에는 진지했다고 대답했다. 언제나 열심히 일하고 연구했고 예술과 학문에만 열정을 쏟았는데, 대체로 그의 주인님은 계속 그랬다는 것이다. 또한 밤이면 대공[38]께서 가끔 주인님을 방문해 밤늦게까지 학문에 대해 토론하곤 했는데, 때로는 너무 지루해서 대

---

38) 카를 아우구스트(Karl August, 1757~1828). 1775년부터 재위에 올랐다가 1815년 이후 작센-바이마르-아이제나흐의 대공이 되었다. 괴테는 그의 초대로 1775년 바이마르로 오게 되었다.

공께서 왜 돌아가시지 않는가 하고 원망스럽게 생각한 적도 종종 있었다고 회상했다. 그러고 나서 이런 말을 덧붙였다.

"주인님은 이미 그 당시부터 자연 연구에 관심이 많았어요. 언젠가 한밤중에 초인종이 울렸어요. 그래서 방으로 가보니 주인님은 바퀴가 달린 철 침대를 방의 맨 구석에서 창가로 굴려가서는 그 위에 드러누워 하늘을 관찰하고 있었습니다. '자네 하늘에서 아무것도 보지 못했나?' 하고 물으시기에 아무것도 보지 못했다고 대답하자 '그럼, 초소로 가서 야경꾼에게 아무 일 없었는지 물어보게.' 하시는 거였습니다. 그래서 초소로 달려갔지만 야경꾼도 달리 본 게 없었습니다. 사실대로 보고했지만 주인님은 그래도 여전히 누워서 하늘을 계속 관찰하는 게 아니겠습니까. '이봐.' 하고 그분이 다시 말씀하시더군요. '지금은 중대한 순간이야. 방금 지진이 일어났거나 아니면 곧 일어날 걸세.' 그러고는 나를 침대 가까이로 부르시더니 무슨 징조로 그런 추측을 했는지 증명해 보이시는 거예요."

나는 그때 날씨가 어땠는지를 그 선량한 노인에게 물어보았다.

"구름이 잔뜩 낀 날이었지요." 하고 그가 말했다. "바람 한 점 없이 매우 조용하고 무더웠습니다."

그러면 괴테의 말을 믿었느냐고 그에게 물었다.

그가 대답했다. "그럼요. 그대로 믿었어요. 그분이 예언하시는 건 언제나 옳았거든요." 그가 이어서 말했다. "다음 날, 주인님은 자신이 관찰한 것을 궁정에서 설명하셨습니다. 그런데 그 말을 듣고 어떤 귀부인이 옆의 부인에게 '들어보세요! 괴테가 흥분하고 있군요!' 하고 속삭인 모양입니다. 그러나 대공과 다른 남자분들은 괴테의 말을 믿었다고 하더군요. 그런데 그 분 말이 맞았다는 사실이 곧 입증되었지요. 몇 주일 후에 전해진 보도에 따르면 바로 그날 밤에 메시나[39]의 일부가 지진으로 파괴되었다는 겁니다."

1823년 11월 14일 금요일

저녁 무렵에 괴테가 와달라는 기별을 보냈다. 훔볼트가 궁정에 가 있으므로 기회가 더 좋다는 것이었다. 그는 며칠 전과 마찬가지로 안락의자에 앉아 있었고, 다정하게 손을 내밀면서 천사와도 같은 부드러운 목소리로 몇 마디를 건넸다. 그의 옆에 서 있는 커다란 난로 방열판은 책상에 등불이 있었음에도 불구하고 그에게 그림자를 드리우고 있었다. 법무장관도 들어와서 우리와 합석했다. 우리는 괴테 가까이에 앉아서 가벼운 이야기를 나누었는데, 그가 부담 없이 듣도록 하기 위해서였다. 의사이자 궁정 고문관인 레바인 씨가 곧 들어왔다. 그가 괴테의 맥을 짚어보면서 기력이 넘친다는 진단을 내렸기 때문에 우리 모두는 기뻐해 마지않았고 괴테도 몇 마디 농담을 하며 거들었다. 그러고는 "심장 옆쪽의 고통만 없다면 좋으련만!" 하고 불평했다. 그러자 레바인은 그곳에 고약을 바르

39) 1783년 지진으로 파괴되었다.

면 어떻겠느냐고 제안했다. 우리도 그 처치법의 훌륭한 효과에 대해서 말했기 때문에 괴테도 동의했다. 이윽고 레바인이 마리엔바트를 화제로 올리자 괴테는 유쾌한 기억을 떠올리는 모양이었다. 다음 여름에 다시 그곳으로 갈 계획에 대해서 이야기했고, 대공도 같이 가는 게 좋겠다면서 괴테는 그런 상상에 젖어 명랑한 기분을 되찾았다. 또한 시마노브스카 부인도 화제에 올랐다. 그녀가 여기 바이마르에 머무르는 동안 있었던 일과 남자들이 그녀의 호의를 얻어보려고 했던 이야기들이었다.

레바인이 가고 나자 법무장관은 인도(印度)의 시[40]를 읽었고, 그동안 괴테는 나와 함께 「마리엔바트 비가」에 대해 대화를 나누었다.

8시에 법무장관이 돌아갔다. 나도 가려고 했으나 괴테가 잠시 머물러 있으라고 하기에 다시 자리에 앉았다. 화제는 극장의 일로 바뀌었고 내일 「발렌슈타인」이 공연된다는 이야기가 나왔는데, 이것을 실마리로 실러에 대한 이야기를 하게 되었다.

"실러라고 하면 묘한 기분이 든답니다." 하고 내가 말했다. "그분의 위대한 희곡들의 몇몇 장면을 읽을 때면 진정한 애정과 탄사를 보내지 않을 수 없습니다. 하지만 그러다가도 자연의 진실과 반대되는 것에 맞닥뜨리게 되면 더 이상 읽을 수가 없습니다. 『발렌슈타인』조차도 예외가 아닙니다. 실러의 철학

---

40) 「파리아」 3부작을 말한다.

적인 경향이 그의 문학에 해를 끼친다고 생각하지 않을 수 없어요. 왜냐하면 그런 철학적인 경향 때문에 실러는 그 모든 자연보다도 이념을 더 높은 것으로 생각하고, 그럼으로써 자연을 파괴해 버리기도 하기 때문입니다. 생각할 수 있는 것이라면 무엇이든 일어나야 한다는 식이지요. 그것이 자연에 적합하든 아니든 상관없이 말입니다."

"내 마음이 우울해지네." 하고 괴테가 말했다. "그토록 뛰어난 재능을 가진 사람이 자신에게 아무 소용도 없는 철학적인 사유와 씨름을 벌이고 있으니 말일세. 훔볼트가 편지들을 가져다주었는데, 그 불행한 사색의 시기에 실러가 그에게 보낸 것이었네. 그것을 읽으면 그가 당시에 '성찰(省察)' 문학을 '소박(素朴)' 문학으로부터 완전히 해방시키려는 의도를 관철시키려고 얼마나 노심초사했는지 알 수가 있네. 그런데도 결국 이 성찰 문학이라는 것의 토대를 찾아내지도 못한 채, 뭐라고 말할 수 없는 혼란에 빠져버린 거지." 괴테가 미소를 지으면서 덧붙여 말했다. "마치 성찰 문학이 소박 문학의 기반 없이도 성립할 수 있다는 식이었지! 사실 성찰 문학도 소박한 바탕에서 생겨나는데 말이야."

괴테가 계속해서 말했다. "어떤 무의식 내지는 본능으로써 사물을 서술하는 방식은 실러에게 맞지 않았던 거야. 오히려 실러는 자기가 한 일 모두를 반성하지 않고는 못 배기는 성격이었어. 자신의 시 창작 계획에 관해서도 이것저것 말해야만 했다네. 그래서 그가 쓴 후기의 희곡 작품들은 한 장면 한 장면 모두 나와 세세하게 의논했던 거네.

그 반면에 가슴속에 품고 있는 시 창작 계획에 대해서 다른 사람과 이야기한다는 건 본성에 맞지 않았지. 실러와도 의논하기는 싫었네. 나는 모든 것을 언제나 조용히 가슴속에 간직한 채 완성되기까지는 아무에게도 알리지 않았어. 『헤르만과 도로테아』를 완성시켜 보여주자 실러는 깜짝 놀랐네. 왜냐하면 내가 그 계획과 관련해 사전에 한마디도 하지 않았기 때문이지.

그런데 내일 「발렌슈타인」을 보고 자네가 무슨 말을 할지 궁금하군. 위대한 인물들이 등장하는 걸 보게 되겠지. 그리고 그 작품으로부터 예상치도 못했던 인상을 받게 될 거네."

1823년 11월 15일 토요일

저녁때 극장으로 가서 처음으로 「발렌슈타인」을 보았다. 괴테의 말은 과장이 아니었다. 나는 마음속 깊이 감명을 받았다. 실러와 괴테로부터 직접 영향을 받았던 대부분의 배우들은 의미심장한 인물들을 눈앞에 조화롭게 펼쳐주었는데, 책으로 읽을 때 상상으로만 떠올려보던 것과는 달리 그 인물들 하나하나가 뚜렷한 개성을 가지고서 나타났다. 이처럼 특별한 인상을 받았기 때문에 밤늦게까지도 그 작품이 머릿속에서 떠나지 않았다.

1823년 11월 16일 일요일(혹은 15일 토요일)

저녁에 괴테를 방문했다. 그는 의자에 앉아 있었는데 조금 쇠약해 보였다. 그의 첫 번째 질문은 『발렌슈타인』에 관한 것이었다. 내가 무대에 올려진 그 작품으로부터 받은 인상에 대해 설명하는 동안 그는 정말 기쁜 듯이 듣고 있었다.

소레 씨가 오틸리에의 안내를 받으며 방으로 들어왔다. 그는 반 시간가량 머물면서 대공의 위임을 받아 제작한 금메달들을 보여주면서 이야기를 나누었는데, 괴테도 유쾌한 기분으로 대화를 즐기는 것 같았다.

오틸리에와 소레 씨는 궁정으로 갔다. 그래서 나는 다시 괴테와 단둘이 남게 되었다.

적당한 때를 보아 「마리엔바트의 비가」를 다시 한번 보여주겠다는 약속을 떠올린 괴테는 일어서서 책상 위에 등불을 놓고 나에게 시를 건네주었다. 나는 그 시를 다시 보게 되어 기뻤다. 괴테는 다시 앉아서 휴식을 취하며 내가 방해받지 않고 읽을 수 있도록 해주었다.

조금 읽고서 무언가 감상을 말해주려고 했으나 그는 잠이 든 것 같았다. 그래서 나는 그 기회를 틈타 읽고 또 읽으면서 더없는 행복을 누렸다. 시 전체의 일관된 특징은 대충 말하자면 드높은 윤리 의식으로 부드러워진 그지없이 생생한 사랑의 열정이다. 게다가 그 뚜렷한 느낌은 괴테의 다른 시들보다 강렬했다. 그래서 나는 바이런의 영향을 받은 게 아닌가 하고 추측했고, 괴테도 그 점을 부정하지는 않았다.

"자네도 보다시피 대단한 열정으로 태어난 작품이네." 하고 그가 덧붙여 말했다. "내가 거기에 사로잡혀 있을 때는 이 세상 그 무엇과도 바꾸고 싶지 않았어. 하지만 이제는 두 번 다시 그런 상태에 빠지고 싶지는 않네.

이 시를 쓴 것은 마리엔바트를 떠난 직후여서 생생한 체험의 느낌이 아직 그대로 살아 있을 때였지. 아침 8시 첫 번째 정류장에서 제1절을 썼고, 그다음엔 마차 안에서 계속 시를 지었지. 그렇게 하면서 정류장에 닿을 때마다 써나가다 보니 저녁 무렵에는 종이 위에 모두 완성되어 있었네. 이 시는 명백하게 직접적이고, 단숨에 거푸집에서 쏟아낸 것과 같아서, 바로 그 점이 시 전체에 좋은 영향을 주는 것인지도 모르지."

"그뿐만 아니라," 하고 내가 말했다. "이 시는 전체적으로 독특한 구석이 많아서 선생님의 어떤 시와도 비슷하지가 않습니다."

그러자 괴테가 말했다. "그것은 이런 연유네. 말하자면 나는 한 장의 카드에 거금을 걸 듯이 현재에다가 모든 것을 걸었지. 그러고는 그 현재를 과장 없이 가능한 한 높이려고 한 거야."

이 발언은 매우 의미심장하게 느껴졌다. 왜냐하면 괴테의 창작 방식을 명백히 보여주는 동시에 널리 경탄의 대상이 되고 있는 그의 작품의 다양성을 설명해 주기 때문이었다.

어느새 9시경이었다. 괴테가 하인인 슈타델만을 불러달라고 부탁했고, 나는 그의 말대로 했다. 그는 하인에게 처방대로 심장 옆의 가슴 부분에 고약을 붙이도록 했다. 그동안 나는 창가로 가 있었다. 등 뒤로 괴테가 슈타델만에게 자신의 병이 전혀 호전될 조짐이 보이지 않으며 고질이 되어가는 것 같다고 불평하는 소리가 들려왔다. 처치가 끝나자 나는 그의 옆으로 다가가서 앉았다. 그는 내게도 며칠 동안 한숨도 자지 못했으며 식욕이라고는 없다며 불평했다.

"이제 겨울이 한창인데, 아무 일을 하지도, 준비하지도 못하고 있어. 정신이 풀려 아무 기력도 없으니 말이야."

나는 그를 진정시키면서 너무 일에 집착하지 말라고 부탁했으며, 그런 상태는 곧 나아질 거라고 말했다. 그러자 그가 대답했다.

"사실, 나는 초조해하는 유형은 아닐세. 이미 그러한 일들을 많이 겪었고, 또 고통당하고 인내하는 걸 충분히 배워왔네."

그는 흰색 플란넬 잠옷을 입고 있었으며 무릎과 발 위를 면이불로 덮어 감싸고 있었다. 그가 말했다. "침대로는 가지 않을 거야. 이렇게 의자에 앉아서 밤을 지새겠네. 아무래도 잠이 제대로 오지 않을 테니 말이야."

작별 시간이 되자 그는 손을 내밀었고, 나는 방을 나왔다.

외투를 걸치려고 아래층 하인 방으로 들어서는 순간 슈타델만이 매우 당황해하고 있는 것을 보았다. 그는 주인님의 상태를 보고 깜짝 놀랐으며, 그분이 불평을 한다는 건 좋지 않은 징조라고 말했다. 게다가 지금까지는 조금 부풀어 올라 있던 발이 갑작스럽게 아주 가늘어졌다는 것이다. 그러니 내일 아침 일찍 의사에게 가서 좋지 않은 징조를 말씀드려야겠다는 것이다. 나는 달래보려고 했지만 그의 두려움을 없앨 수는 없었다.

1823년 11월 17일 월요일

오늘 저녁에 극장으로 갔더니 많은 사람들이 내게로 몰려와서 아주 걱정스럽게 괴테의 상태를 물었다. 그의 병세가 도시에 재빨리, 그리고 실제보다 더 나쁘게 알려진 모양이었다. 몇몇은 괴테가 흉수종(胸水腫)에 걸렸다고 말했다. 나는 저녁 내내 우울한 기분이었다.

1823년 11월 19일 수요일

어제 나는 안절부절못하며 여기저기 돌아다녔다. 그의 가족 이외에는 그를 만날 수가 없었다.

오늘 저녁에야 괴테의 집으로 가서 그를 만나볼 수 있었다. 그는 여전히 안락의자에 앉아 있었고, 겉으로 보기에는 일요일에 헤어질 때나 마찬가지처럼 보였다. 하지만 그는 명랑함을 잃지 않고 있었다.

우리는 특히 차우퍼에 대해서, 그리고 고대 문학의 연구가 가져다주는 예측하기 어려운 영향들에 대해서 이야기했다.

1823년 11월 21일 금요일

괴테가 나를 불렀다. 정말 다행히도 그는 일어나서 방 안을 거닐고 있었다. 그는 작은 책자를 하나 주었는데, 플라텐[41] 백작의 『가젤』[42]이었다. 그가 말했다.

"이것에 관해 《예술과 고대》지에 뭔가 좀 쓸 생각이었지. 그럴 만한 가치가 있으니까 말일세. 하지만 지금 상태로는 아무것도 할 수가 없어. 자네가 이 시를 자세히 읽어보고 얻어낼 만한 것이 없는지 생각해 보지그래."

나는 그러겠다고 약속했다.

"가젤이라는 시 형식의 독특한 점은," 하고 괴테가 계속해서 말했다. "매우 충실한 내용을 요구한다는 점이네. 끊임없이 같은 운(韻)이 되돌아오기 때문에 비슷한 생각을 언제나 미리 염두에 두고 있어야만 하지. 그러므로 누구나 성공한다는 법은 없어. 하지만 자네 마음에는 들 거야." 그때 의사가 들어왔기 때문에 나는 그에게 작별을 고했다.

1823년 11월 24일(?) 월요일

토요일과 일요일 동안 나는 이 시를 검토했으며, 오늘 아침 나의 견해를 적어서 괴테에게 보냈다. 의사가 일절 말을 하지 못하도록 금했기 때문에 괴테가 며칠 동안 아무도 만나지 않고 있다는 사실을 알고 있었기 때문이다.

41) 아우구스트 그라프 폰 플라텐(August Graf von Platen, 1796~1835). 독일의 시인.

42) 아랍어권의 시 형식인 가젤(ghazel, 서정시)을 제목으로 삼은 시집.

오늘 저녁 무렵 괴테가 사람을 보내 나를 불렀다. 방으로 들어서니 그의 가까이에 이미 의자 하나가 놓여 있었다. 그는 나에게 손을 내밀었는데 아주 밝고 호의적인 표정이었다. 그는 즉시 나의 비평에 대해 이야기를 꺼냈다.

"정말 기뻤네. 자네는 상당한 소질이 있어." 하고 그가 말했다. 그리고 이어서 말했다. "자네에게 말해두겠네만 만일 다른 곳에서 문학과 관련된 청탁을 받는다면 거부하게. 아니면 최소한 나에게 미리 말해주게나. 자네는 일단 나와 연을 맺었으니 다른 사람과 관계를 가진다는 게 그리 달갑지 않아."

나는 오로지 그에게만 충실할 것이며, 당분간은 다른 관계를 맺을 생각은 추호도 없노라고 대답했다. 그는 즐거워하면서 이번 겨울 동안 이런저런 괜찮은 일들을 같이 해보자고 말했다.

그러고 나서 우리는 『가젤』을 화제에 올렸다. 괴테는 이 시의 완성뿐만 아니라 최근에 우수한 작품들이 많이 나오게 된 걸 기뻐했다.

그가 이어서 말했다. "최근의 작가들을 특별히 연구하고 눈여겨보라고 권하고 싶네. 우리 문학에서 주목할 만한 것들을 검토해서 그중 가치 있는 것들을 나한테 보여달라는 말일세. 그렇게만 된다면 우리가 《예술과 고대》지에서 그것들과 관련된 토의를 하면서 우수한 작품, 귀한 작품, 쓸모 있는 작품을 올바로 평할 수 있게 되겠지. 왜냐하면 나는 아무래도 고령인 데다가 잡다한 일이 헤아릴 수도 없는 지경이라 다른 사람의 도움이 없으면 안 되는 입장이기 때문이야."

나는 그렇게 하겠다고 약속했다. 그러면서 한편으로 다행이라고 생각한 것은, 괴테가 우리나라의 최근 작가들과 시인들을 내가 생각했던 것보다는 깊이 염두에 두고 있음을 알았기 때문이다.

며칠 후 괴테가 앞서 말한 목적에 맞는 최근의 문예지들을 보내왔다. 나는 며칠 동안 그에게 가지 않았고, 또한 호출을 받지도 않았다. 내가 듣기로는 첼터가 그를 방문하러 와 있다는 것이었다.

1823년 12월 1일 월요일

오늘 괴테의 저택에서 열린 식사 모임에 초대를 받았다. 방에 들어서니 첼터[43]가 그의 곁에 앉아 있었다. 그들은 나에게 몇 걸음 다가와서 손을 내밀었다. 괴테가 말했다.

"이 사람은 내 친구 첼터라네. 사귄다면 좋은 만남이 될 걸세. 자네를 곧 베를린으로 한번 보낼 생각인데, 이분이 아주 잘 돌봐줄 걸세."

"베를린에서 지낼 수만 있다면 좋겠습니다." 하고 내가 말했다.

그러자 첼터가 웃으면서 말했다. "그래요, 그곳에서 많은 걸

---

43) 카를 프리드리히 첼터(Carl Friedrich Zelter, 1758~1832). 베를린 예술원의 음악교수이자 작곡가. 괴테와 친하게 지냈다.

배우기도 하고 또 많은 걸 잊어버리기도 할 테니까 말이오."

우리는 앉아서 많은 이야기를 나누었다. 나는 슈바르트의 근황에 대해서 물었다. "그는 최소한 일주일에 한 번은 나를 찾아온답니다." 하고 첼터가 대답했다. "최근에 결혼했지만 일자리가 없어요. 베를린의 언어학자들하고 사이가 틀어졌기 때문이죠."

그러고 나서 첼터는 나에게 이머만[44]을 아느냐고 물었다. "그의 이름은 이미 여러 번 들어서 알고 있습니다만, 그의 글은 아직 읽어본 게 없습니다." 하고 대답했다.

그러자 첼터가 말했다. "나는 뮌스터에서 그 사람을 알게 되었어요. 매우 전도유망한 젊은이지요. 그의 예술을 위해서라면 일자리를 구하는 데 시간이 더 걸렸으면 하는 게 내 생각이라오."

괴테도 그의 재능을 칭찬하면서 말했다. "그가 발전하는 모습을 보고 싶군. 미학적인 안목을 순화시키고 형식적으로는 기존의 가장 훌륭한 모범을 따르는 게 좋을 테지. 그의 독창적인 노력은 장점이야. 하지만 너무 쉽게 오류에 빠지기도 한다네."

괴테의 손자인 발터가 뛰어와서 첼터와 할아버지에게 이것저것 질문을 퍼부었다. "이 정신없는 녀석이 오기만 하면 어떤 대화라도 망치게 돼." 하고 괴테가 말했다. 그는 손자를 유난

---

44) 카를 레베레히트 이머만(Karl Leberecht Immermann, 1796~1840). 독일의 극작가. 1821년에 비극 작품 『에드빈』의 원고를 괴테에게 헌정했다.

히 사랑했으며 싫증 내는 일도 없이 제멋대로 하도록 내버려 두었다.

괴테의 며느리와 울리케 양이 들어왔고, 괴테의 아들도 궁정으로 가기 위해 제복과 패검 차림으로 왔다. 울리케 양과 첼터는 특히 쾌활했으며 식사 시간 내내 아주 점잖게 서로를 놀려댔다. 첼터는 가까이서 접해보니 정말 호감이 가는 인물이었다. 그는 행복하고 건강한 사람으로 언제나 순간에 완전히 몰두하는 유형이었으며, 도리에 맞지 않는 말을 하는 경우가 없었다. 게다가 그는 친절하고 편안하며 꾸밈이 없기 때문에 무엇이든 숨김없이 말하고 싶어 했으며 심지어는 매우 거친 말도 꺼리지 않았다. 그의 정신적 자유로움이 다른 사람에게까지 전해졌기 때문에 그의 곁에 있으면 가슴을 답답하게 하는 조바심은 순식간에 사라져 버렸다. 나는 마음속으로 한동안 그와 함께 살아보았으면 하는 소망을 품게 되었고, 그렇게 된다면 커다란 도움이 될 것이라는 확신이 들었다.

식사가 끝난 후 첼터는 곧 자리에서 일어섰다. 저녁에 대공비 마마를 알현하기로 되어 있었던 것이다.

1823년 12월 4일 목요일

오늘 아침 비서인 크로이터가 괴테 댁에서의 식사 초대를 전해주었다. 아울러 그는 괴테의 뜻에 따라 첼터에게 나의 『시학 논고』 한 부를 증정하는 게 어떻겠느냐고 권고했다. 나는 괴테의 당부대로 첼터의 숙소로 가서 책을 증정했다. 첼터는 그에 답하여 이머만의 『시집』을 읽어보고 돌려달라며 내게 건네주었다. "기꺼이 이 책을 드리고 싶습니다만," 하고 그가 말했다. "보다시피 이 책은 저자가 직접 헌정한 것으로 소중하게 보관해야 하는 선물입니다."

그러고 나서 나는 식사 전에 첼터와 함께 공원을 가로질러 오버바이마르[45] 지대를 산책했다. 이곳저곳에서 그는 지나간 시절을 회상했으며 아울러 나에게 실러, 빌란트 그리고 헤르더에 대해 많은 이야기를 해주었다. 그는 그들과 매우 친하게 지냈고, 그 점이 자기 인생의 값진 보람이라고 말했다.

이어서 작곡에 대해 많은 이야기를 하면서 괴테의 많은 노래들을 암송하기도 했다. 그가 말했다. "나는 시에다 곡을 붙일 때 우선 의미를 파고들면서 상황을 생생하게 머릿속으로 그려본답니다. 그러고 나서는 그 시를 다 외울 때까지 커다란 소리로 읽어봅니다. 그리고 다시 계속 반복하고 있노라면 멜로디가 저절로 떠오르지요."

비바람 때문에 우리는 하는 수 없이 예상보다 일찍 돌아와야만 했다. 나는 그를 괴테 댁까지 바래다주었다. 그는 괴테의 며느리에게 올라가서 그녀와 함께 식사 전에 몇 곡을 부를 생각이었다.

그러고 나서 2시에 식사에 참석했다. 첼터는 이미 괴테 곁에 앉아서 이탈리아 지방을 그린 동판화를 보고 있었다. 괴테

---

45) 벨베데레로 향하는 길가에 접해 있는 바이마르의 남동 지역 마을.

의 며느리가 들어오자 우리는 식탁으로 갔다. 울리케 양은 오늘 불참이었고, 괴테의 아들도 마찬가지였다. 금방 들어와서 인사만 하고는 다시 궁정으로 갔다.

식탁에서의 대화는 오늘따라 유난히 다양했다. 첼터뿐 아니라 괴테도 아주 진기한 일화들을 들면서, 베를린에 있는 그들 두 사람의 친구인 프리드리히 아우구스트 볼프의 개성을 설명하는 이야기들을 쏟아놓았다. 그런 후에는 니벨룽겐에 대한 많은 이야기가 오갔고, 다시 바이런 경에 대해서 그리고 어쩌면 성사될지도 모르는 그의 바이마르 방문[46]이 화제가 되었는데, 괴테의 며느리는 특히 이 부분에서 열심히 의견을 토로했다. 더 나아가서 빙겐 지방의 로후스 축제[47]는 매우 유쾌한 화제였다. 첼터는 특히 두 명의 아름다운 소녀를 떠올리면서 그들의 사랑스러움에 깊이 매료되었노라고 말했다. 그때만 생각하면 지금도 행복한 느낌이 든다는 것이었다. 그러고 나서 괴테의 명랑한 노래 「전쟁의 운명」에 대해 아주 유쾌한 발언들이 오갔다. 첼터는 부상당한 병사들과 아름다운 여자들에 대한 일화들을 지치지도 않고 이야기했는데, 그 모두가 시의 사실성을 입증하는 것이었다. 괴테 자신의 말에 따르면 그러한 현실감을 얻기 위해서 멀리까지 갈 필요도 없었고, 바이마르에서 그 모든 것을 몸소 다 체험했다는 것이다. 괴테의 며

---

46) 바이런은 리보르노에 머물면서 괴테의 시 「바이런 경에게 바치는 노래」에 대한 답으로 바이마르를 방문하겠다고 연락을 보냈으나, 약속을 지키지는 못했다.

47) 1814년 첼터는 비스바덴에 괴테와 함께 머물면서 이 축제를 참관했다.

느리는 명랑한 목소리로 계속 반박하면서, 그 '역겨운' 노래가 묘사하는 여자들의 모습을 인정하지 않으려 했다.

이렇게 오늘도 식탁에서의 시간은 매우 유쾌하게 지나갔다.

나중에 나만 혼자 남았을 때 괴테가 첼터에 대해서 "어때, 자네 마음에 들던가?" 하고 물었다. 나는 그의 인품에서 정말 따뜻함을 느꼈다고 대답했다. 그러자 괴테가 덧붙여서 말했다. "처음에는 너무 투박해서, 때로는 거칠다는 느낌까지 들 걸세. 하지만 그건 겉모습일 뿐이야. 하지만 그럼에도 불구하고 첼터처럼 온화한 사람은 거의 보지 못했네. 게다가 그가 반백 년 이상이나 베를린에서 살았다는 점을 잊지 말아야 하네. 여러 점에서 느끼는 바이지만 그곳에는 아주 철면피한 족속들이 모여 살고 있다네. 그러니 섬세함만으로는 부족하고 억센 기질도 필요하다네. 입에 풀칠이라도 하려면 때로는 어느 정도 투박해질 필요도 있는 걸세."

1824년

1824년 1월 27일 화요일

괴테는 자서전을 계속 쓰는 일과 관련해서 나와 이야기를 나누었다. 그는 지금 막 그 마무리 작업을 하고 있는 중이다. 이 만년의 시기는 『시와 진실』에 나오는 청춘 시대처럼 세부적인 것까지 자세히 쓸 수는 없다는 말도 나왔다.

괴테가 말했다. "나는 이 만년의 시기를 단순한 연대기 이상으로 다루고 싶네. 말하자면 내 생활보다는 외적인 활동을 전면에 보여주려 해. 무릇 한 개인에게 가장 중요한 시기란 성장기라 할 수 있는데, 내 경우에는 그것에 대해서 『시와 진실』의 몇 권에 이미 상세하게 언급했었지. 그리고 그 뒤부터 본격적으로 세상과의 갈등이 시작되는데, 이런 갈등은 거기에서 무언가 결과가 생겨날 때에만 흥미로운 것이거든.

그리고 말이야, 한 독일인 학자의 생애가 도대체 무슨 의미가 있겠는가? 내 경우에는 어떤 좋은 점이 있다고 하더라도 그것을 전달하기란 불가능하며, 전달 가능한 것은 노력할 만한 값어치가 없는 거야. 그리고 이런 이야기를 조금이나마 유쾌하게 들어줄 만한 사람이 어디 있단 말인가?

청년기와 장년기를 돌이켜 보니까, 그 옛날 젊었을 때 나와 같이 있었던 사람들이 지금은 거의 남지 않았더군. 그리고 그럴 때면 언제나 어느 온천장에서 보낸 여름의 일이 떠올라. 그곳에 도착하면 얼마 전부터 머물고 있던 사람들과 금방 사귀게 되고 서로 친구가 되지만 한 주만 지나면 그 사람들은 떠나버리고 말지. 이별은 쓰라리다네. 그러고 나면 다시 두 번째 무리와 한동안 같이 지내면서 서로 아주 깊이 마음을 터놓게 되는 거야. 이윽고 그자들도 떠나버리고 나면 우리는 세 번째 무리와 함께 쓸쓸하게 남겨지지. 하지만 그자들은 우리가 떠나기 직전에 도착한 사람들이고 우리와는 아무 관계도 없는 사람들이라네.

사람들은 나를 특별한 행운아라고 칭찬하지. 나 또한 불평을 하거나 나의 인생행로에 대해 질책하고 싶지는 않아. 그러나 실제로 보면 그것은 노고와 일 말고는 아무것도 아니었네. 그러니 칠십오 년 평생 단 한 달만이라도 진정으로 즐겁게 보냈노라고 말할 수는 없는 형편이야. 말하자면 끊임없이 돌을 위로 밀어 올리려고 애쓰면서 그 돌을 영원히 굴리고 있는 것과 같았네. 내 연대기는 이 말이 무슨 뜻인지 분명히 보여주겠지. 안팎으로 내게는 할 일이 너무나 많아.

내게 참다운 행복은 마음속에 시를 떠올리고 창작하는 데에 있었네. 하지만 이것도 공직 생활 때문에 얼마나 제한되고 방해를 받았던가! 공적인 활동에서 물러나 고독하게 살 수 있었더라면 더욱 행복했을 것이고 시인으로서도 훨씬 더 많은 일을 할 수 있었을 테지. 하지만 내가 『괴츠 폰 베를리힝겐』과 『젊은 베르테르의 슬픔』을 쓴 직후에 어떤 현자가 한 말은 사실로 드러났네. 즉 누군가가 세상을 위해서 무언가를 하고 나면, 세상 사람들은 다시는 그 일을 하지 않으려고 애쓴다는 말이었지.

자자한 명성, 높은 지위란 인생에서 좋은 일이야. 하지만 내 모든 명성과 지위로 할 수 있었던 일은 기껏해야 다른 사람의 마음에 상처를 주지 않기 위해 그들의 견해에 대해 침묵하는 것뿐이었네. 덕분에 나는 다른 사람의 사고방식을 알게 되고, 다른 사람은 내 생각을 모르게 된다는 점에서 득을 보긴 했지. 하긴 그마저 없었다면 사실 지독히도 재미없는 삶이었겠지."

1824년 2월 15일 일요일

오늘 식사 전에 괴테로부터 마차 산책에 초대를 받았다. 방으로 들어갔을 때 그는 아침 식사 중이었는데, 아주 들뜬 기분인 것 같았다.

"기분 좋은 손님이 왔었네." 하고 그가 활기차게 말했다. "베스트팔렌에서 온 마이어라는 전도유망한 청년과 지금까지 함께 있었지. 그가 써온 시를 보니 큰 기대를 걸 만하네. 이제 겨우 열여덟 살인데 이미 믿을 수 없을 만큼 성숙하더군."

그러고 나서 괴테는 미소를 지으면서 말했다. "사실 나는 지금 열여덟 살이 아니라 기쁘다네. 내가 열여덟 살이었을 때는 독일도 겨우 열여덟 살이어서 아직 무언가를 할 수 있었지. 하지만 지금은 믿을 수 없을 만큼 많은 것이 요구되고 있고, 어느 쪽을 보아도 길이 막혀 있는 형편일세.

독일 자체가 모든 분야에서 매우 높은 수준에 도달해 있기 때문에 그 모든 것을 조망하기란 거의 불가능하지. 그런 데다가 그리스인이 되라, 로마인이 되라, 또한 영국인이 되라, 프랑스인이 되라는 요구를 받고 있지 않나! 더군다나 동양까지 목표로 하라니 미친 짓이야. 이 지경이니 젊은 사람으로서 정말 어찌할 바 모르는 건 당연한 노릇이지.

마이어를 달래려고 나의 거대한 주노[48] 상(像)을 보여주었네. 어쨌든 그리스에 머물며 거기서 마음의 안정을 찾으라는

48) 그리스의 여신 헤라의 로마식 이름.

뜻에서 말이지. 정말 우수한 젊은이야! 산만하게 정력을 낭비하는 일만 없도록 유의한다면 상당한 걸 이룰 사람이네.

그러나 앞서 말했다시피 나는 모든 게 갖춰진 이 시대에 젊지 않다는 사실을 하늘에 감사하고 있어. 젊었더라면 가만있지 못했을 테지. 정말 미국으로 도망쳤을지도 모를 일이야. 하지만 이미 늦었지. 이젠 그곳도 이미 너무 밝을 테니 말일세."

1824년 2월 22일 일요일

괴테 그리고 그의 아들과 함께 식사를 했다. 괴테의 아들은 대학생 시절, 즉 하이델베르크에서 살던 시절의 즐거운 이야기를 들려주었다. 방학이면 친구들과 함께 라인 강변으로 자주 소풍을 가기도 했으며, 특히 그곳의 한 여관집 주인이 좋은 추억으로 남아 있다는 이야기였다. 언젠가는 열 명의 다른 대학생들과 그곳에서 밤을 새울 때 그 주인이 공짜로 술을 내놓기도 했는데, 다름 아니라 그가 대학생들의 술판에 한번 끼어들고 싶어서였다는 것이다.

식사 후에 괴테는 이탈리아 지방, 특히 스위스와 산들로 이어져 있고 또 라고 마지오레 호수가 있는 북부 이탈리아 지방을 그린 채색 스케치를 보여주었다. 보로메오섬의 그림자가 물에 비치고 있었고, 호숫가에는 배와 고기잡이 도구들도 보였다. 괴테는 이것이 『빌헬름 마이스터의 편력시대』에 나오는 호수라고 가르쳐주었다.[49] 북서쪽의 몬테로사 방향으로는 호수와 경계를 이루는 구릉이 일몰 직후에 흔히 볼 수 있듯이 어둑어둑하게 검푸른 덩어리를 이루며 솟아 있었다.

나는 평지에서 자라서 이런 어슴푸레하고 거대한 산의 장엄한 모습을 보면 불안한 마음이 일기 때문에 그런 협곡에서 산책할 생각은 조금도 들지 않는다고 말했다.

괴테가 말했다. "그런 감정은 당연하네. 실제로 인간은 자기가 태어나고 그로 인해 생겨난 상태에만 적응하니까 말이야. 위대한 목적을 위해 낯선 곳으로 옮겨간 사람이 아니라면 집에 머물러 있는 편이 훨씬 행복한 거라네. 나도 처음에는 스위스가 주는 영향이 너무나 컸기 때문에 당황해서 어쩔 줄 몰랐지. 그러나 몇 번이나 거듭해서 머물게 되고 나중에는 산맥을 광물학적인 관점에서만 보게 되자 비로소 침착하게 대처할 수 있었네."

그러고 나서 우리는 프랑스 화랑 출신의 현대 화가들의 동

---

49) 라고 마지오레 호수는 『빌헬름 마이스터의 수업시대』에서 빌헬름이 뒤로하고 떠나야 했던 유랑 극단의 소녀, 예술혼의 상징인 미뇽의 고향이다. 이탈리아에서 두 번째로 큰 라고 마지오레 호수는 이탈리아와 스위스의 국경 사이에 걸쳐 있는 기다랗고 좁은 호수로서 삼면이 무성한 숲을 이룬 산기슭이고 그 위로는 알프스산맥 남부의 봉우리들이 가파르게 솟아 있다. 이 봉우리들이 자연적으로 북풍을 막아주고 있으므로 그 지역은 그 남쪽 경계에 있는 롬바르디아 평원과 함께 온화한 기후의 혜택을 누리고 있다. 그 호수 안에 보로메오 백작의 소유였던 세 개의 섬이 있는데, 그중에서도 벨라섬이 가장 유명하며, 빌헬름은 이 섬의 정원과 별장에 머무른다. 괴테는 이탈리아에 상당히 오랜 기간 머물렀지만 실제로는 이 섬에 와보지도 못했고, 그 섬을 그린 그림들과 글을 통해 간접적으로만 그 섬의 아름다운 풍광에 대해 알고 있었다고 한다.

판화 시리즈를 감상했다. 거의 대부분 독창성이 없었기 때문에 마흔 개의 작품 중에 그래도 볼 만한 것은 네댓 개에 지나지 않았다. 수작(秀作)으로 꼽을 수 있는 것들은 연애편지를 구술하고 있는 소녀를 그린 것, 팔려고 내놓았지만 아무도 사려고 하지 않는 집에 살고 있는 여자, 고기잡이, 성모상 앞의 음악가 등을 그린 작품들이었다. 푸생[50]의 기법을 따른 풍경화 한 점도 그렇게 나쁘지는 않았는데 거기에 대해 괴테는 이렇게 말했다.

"그러한 화가들은 푸생의 풍경화에 대한 일반적인 개념을 포착하고는, 그 개념을 바탕으로 계속 작업을 해나간다네. 하지만 그런 그림들은 수작도 졸작도 아니야. 졸작이 아니라는 것은 그런 그림들 도처에서 뛰어난 작품 하나를 모델로 했다는 사실을 엿볼 수 있기 때문이지. 그리고 수작이 아니라는 것은 그런 화가들의 그림에는 일반적으로 푸생의 위대한 개성이 결여되어 있기 때문이야. 시인들의 경우도 그와 마찬가지라고 할 수 있어. 이를테면 셰익스피어의 위대한 기법을 본받으려 하지만 아주 서투른 모방에 그치고 마는 시인들이 있지 않겠나."

마지막으로 우리는 프랑크푸르트시에 넘겨주기로 되어 있는, 라우흐가 제작한 괴테의 동상[51]을 오랫동안 감상하며 이

---

50) 니콜라스 푸생(Nicolas Poussin, 1594~1665). 프랑스의 풍경화가. 클로드 로랭(1600~1682)과 마찬가지로 괴테가 젊은 화가들에게 모범으로 삼으라고 추천한 화가였다.

51) 프랑크푸르트시에서는 괴테의 칠십 회 생일 때 이미 그의 동상을 세우

야기를 주고받았다.

1824년 2월 24일 화요일

오늘 1시에 괴테에게 갔다. 그는 《예술과 고대》지의 5권 첫 장을 위해 구술해 놓은 원고를 보여주었는데, 독일의 「파리아」에 대한 나의 비평문에 그가 달아놓은 부록이었다. 괴테가 프랑스 비극뿐만 아니라 자신의 3부작 시와도 관련해 설명한 부록이어서 이 주제는 어느 정도 완결되어 보였다.

괴테가 말했다. "자네가 이 비평문을 쓰면서 인도의 사정을 충분히 알게 된 건 잘한 일이야. 결국 우리의 연구로부터 남는 건 실제로 적용되는 것뿐이니까."

나도 그 말에 동의하면서 대학에 다니던 때의 경험을 말해 주었다. 교수들의 강의 중에서 기억에 남는 건 실제로 적용할 방향을 제시해 준 것들뿐이며, 내가 나중에 직접 실행에 옮겨 보지 못한 것은 모두 잊게 되었다는 이야기였다. 이어서 내가 말했다.

"저는 헤렌 교수에게서 고대사와 현대사를 들었지만 지금 제게 남아 있는 것은 하나도 없습니다. 그러나 지금 역사의 한 부분을 의도적으로 연구해 연극으로 표현하게 된다면, 그 연

기로 결정하였고, 라우흐가 그 제작을 맡아서 완성시켜 프랑크푸르트시에 넘겼다. 이 동상은 고대의 복장을 하고 앉아 있는 괴테의 모습을 모델로 하고 있다.

구는 영원히 저의 것이 되겠지요."

"대체로 말이야." 하고 괴테가 말했다. "대학에서는 불필요한 것들을 너무 많이 가르치고 있네. 여러 교수들도 학생들에게 필요한 정도보다 자기 분야를 지나치게 확대해 버리는 경향이 있지. 이전에는 화학과 식물학에 대한 강의는 의학에 도움이 될 만큼 적절한 수준이었고, 의사들도 그 정도면 만족이었지. 하지만 이제 화학과 식물학은 그 전체를 조감할 수 없는 독자적인 학문이 되었네. 그 하나만을 위해서도 전체 인생을 걸어야 할 정도니, 의사에게 그것을 요구한다는 건 무리지! 그런데도 그런 요구를 한다면 아무 일도 이루어질 수 없을 걸세. 하나를 하느라고 다른 하나를 단념하고 잊어버리게 될 테니 말일세. 결국 현명한 사람은 모든 산만한 요구를 거부하면서 하나의 분야에 자신을 제한하고 그 하나 속에서 유능해지는 거네."

이어서 괴테는 바이런의 『카인』과 관련해 자신이 쓴 비평문을 보여주었고, 나는 그것을 흥미롭게 읽었다.

"보게나." 하고 그가 말했다. "바이런 같은 자유로운 정신이 열악한 종교적 도그마를 앞에 두고서 어떻게 침묵했겠나. 그는 그런 작품을 통해서 자신에게 강요된 가르침으로부터 해방되고자 했던 걸세. 물론 영국의 성직자들이 그에게 감사하다고는 하지 않겠지. 그런데 성서에 나오는 이웃의 적대자들을 묘사하면서 더 이상 앞으로 나아가지 않았다는 점 그리고 소돔과 고모라의 멸망과 같은 소재를 왜 빠뜨렸는가 하는 점은 나로서도 의아한 부분이야."

문학과 관련된 이러한 이야기들을 한 후에 괴테는 돌에 새긴 고대의 조각품을 보여주면서 내 관심을 조형예술로 돌리게 했다. 이미 며칠 전에 그가 감탄하면서 언급했던 돌이었는데, 거기에 표현된 제재의 소박함을 보고 있노라니 황홀경에 빠져드는 듯했다. 한 남자가 소년에게 물을 마시게 하려고 무거운 통을 어깨로부터 내려 기울인다. 하지만 소년은 아직 편안한 자세가 아니라 입이 제대로 닿지 않고 있다. 물은 아직 흘러나오지 않는다. 그래서 소년은 두 손을 통에 대고서는 그 남자를 올려다보며 조금만 더 기울여 달라고 부탁한다.

"어때 맘에 드는가?" 하고 괴테가 물었다. 그리고 계속해서 말했다. "우리 현대인들은 참으로 자연스럽고 참으로 소박한 그런 모티프가 지닌 위대한 아름다움을 느끼며, 또 그것을 어떻게 만드는가 하는 지식과 개념도 가지고 있지. 하지만 그것을 만들지는 못한다네. 오성(悟性)이 너무 앞서기 때문일세. 그러니 이토록 매혹적인 우아함을 잃어버린 상태라고 하겠지."

이어서 우리는 베를린의 브란트가 조각한 메달 하나를 보았다. 그것은 돌 밑에서 아버지의 무기를 꺼내려는 젊은 테세우스를 묘사한 작품이었다. 이 인물상의 자세는 대체적으로 훌륭했지만 돌의 무게를 떠받치는 팔다리의 긴장감이 부족한 게 흠이었다. 그리고 젊은이가 이미 한쪽 손으로는 칼을 들고 있는데 다른 한쪽 손으로 아직 돌을 들어올리고 있다는 것은 결코 올바른 생각이라고 여겨지지 않았다. 왜냐하면 우선 무거운 돌을 옆으로 치우고 나서 무기를 꺼내는 것이 자연스럽기 때문이다.

괴테가 말했다. "그것 말고 이번에는 고대인들이 동일한 소재를 가지고서 만든 보석 조각품 하나를 보여주겠네."

그는 슈타델만에게 상자 하나를 가져오게 했다. 그 속에는 수백 점이나 되는 고대 보석 조각의 모조품들이 들어 있었는데, 그가 이탈리아 여행길에 로마에서 가져온 것들이었다. 나는 거기에서 고대 그리스인이 앞의 것과 같은 소재로 만든 걸 보았는데, 정말 판이하게 다른 모습을 하고 있었다! 젊은이는 온몸의 힘을 다하여 돌을 떠받치고 있으면서 그 무게를 충분히 지탱하고 있었다. 무게는 이미 극복되어 있었고 돌은 금방이라도 옆으로 내던질 수 있는 지점까지 들어올려져 있었기 때문이다. 그러나 이 젊은 영웅은 온몸의 힘으로 그 무거운 돌덩이를 지탱하면서도 시선만큼은 아래로 그의 발 앞에 놓여 있는 무기 쪽을 향하고 있었다.

우리는 그 솜씨에 나타난 위대한 자연의 진실을 보며 기뻐해 마지않았다.

괴테가 미소를 지으면서 불쑥 말했다. "마이어는 언제나 이런 말을 하곤 했네. '생각한다는 일이 이렇게 어렵지만 않다면 얼마나 좋을까!' 불행하게도 모든 생각은 생각 그 자체에 아무 도움도 되지 않아." 괴테가 명랑한 목소리로 계속해서 말했다. "다만 천성적으로 정직하다는 것이 중요하네. 그래야만 훌륭한 착상들이 마치 신의 아들들이라도 되듯 언제나 우리 앞에 나타나서, '우리 여기 있네!' 하고 소리쳐 부를 걸세."

1824년 2월 25일 수요일

괴테는 오늘 나에게 정말 주목할 만한 두 편의 시를 보여주었다. 이 두 시는 기본 경향에서는 고도로 윤리적이지만, 개별적인 모티프에 있어서는 그지없이 자연적이고 진실한 성격이라 세상에 알려진다면 비윤리적이라고 불릴 만한 것들이었다. 그래서 그는 그것들을 비밀리에 간직해 두면서 발표할 생각은 하지 않고 있었다.

괴테가 말했다. "정신과 드높은 교양이 공통의 재산이 된다면 시인은 마음놓고 창작을 할 수 있을 테지. 그러면 언제라도 정말 진실하게 말할 수 있으며 가장 훌륭한 것을 말할 때 거리낄 필요가 없어지겠지. 하지만 시인은 언제나 일정한 수준을 지켜야 한다네. 자신의 작품이 여러 유형의 사람들의 손에 넘겨진다는 사실을 명심해야 하지. 그러니 많은 선량한 사람들에게 지나치게 솔직하게 말함으로써 불쾌감을 일으키지 않도록 할 필요가 있는 거지. 이런 점에서 본다면 시간이야말로 놀라운 것이야. 말하자면 시간은 독재자와 같네. 마음대로 변덕을 부리면서 어떤 사람의 말과 행동에다가 그때그때의 세기(世紀)마다 다른 얼굴을 부여하니까 말이야. 고대 그리스인들이 마음 놓고 말할 수 있었던 것이 우리에게는 더 이상 허용되지 않아. 또한 셰익스피어의 활기찬 동시대 사람들이 마음껏 누렸던 것을 1820년의 영국 사람들은 더 이상 견디지 못한다네. 그러니 현대에는 가정용 셰익스피어 선집이 아주 예민한 독자들의 구미나 맞추어주고 있는 꼴이지."

"형식에서도 많은 점이 주목받을 만합니다." 하고 내가 덧붙여 말했다. "그 두 편의 시 중 하나는 고대인들의 음조와 율격을 사용함으로써 혐오감을 훨씬 줄여주고 있습니다. 물론 개별적인 모티프들은 그 자체로 반감을 불러일으키지만 그 처리 방식이 시 전체에다 대체적으로 고귀함과 위엄을 부여하고 있으니까요. 그 때문에 우리는 강건한 고대인의 목소리를 듣거나 그리스 영웅들의 시대로 되돌아간 듯한 느낌을 받게 됩니다. 반면에 다른 한 편의 시는 아리오스토[52]의 음조와 시구를 사용하고 있기 때문에 훨씬 더 거북한 느낌을 줍니다. 그것은 오늘날의 언어로 오늘날의 연애 사건을 다루고 있고 아무런 가식 없이 우리들 정면 앞으로 다가오기 때문에 개별적인 장면들의 대담한 묘사가 훨씬 더 노골적으로 느껴집니다."

"자네 말이 맞아." 하고 괴테가 말했다. "시의 다양한 형식으로부터 비밀에 찬 커다란 효과가 생겨나는 거네. 만일 나의 「로마 비가」의 내용을 바이런의 「돈 후앙」[53]과 같은 음조와 시구로 옮겨놓는다면, 그 시가 전달하고자 하는 바는 정말 역겨운 것이 되고 말 테지."

프랑스 신문이 배달되어 왔다. 앙굴렘 공(公)이 이끄는 프랑스 군의 스페인 원정[54]이 끝났음을 알리는 보도에 괴테는 커

---

52) 루도비코 아리오스토(Ludovico Ariosto, 1474~1533). 중세 이탈리아의 시인. 르네상스 후기의 대표적인 서사시인으로서, 그리스도교와 사라센인과의 전쟁에서 취재한 『성난 오를란도』 등의 작품이 있다.

53) 바이런의 미완성 서사시. 그 첫 번째 두 시구는 1819년에 발표되었다.

54) 독재자 페르디난트7세로부터 스페인을 해방시키기 위해 1823년 4월에

다란 관심을 보였다.

"나는 부르봉 왕가가 이런 조치를 취한 걸 칭송하지 않을 수 없네." 하고 괴테가 말했다. "이렇게 함으로써 그들은 군대를 장악하면서 동시에 왕위를 보존할 수 있기 때문일세. 그리고 이제 그 목적은 달성되었고 병사들은 왕에 대한 충성을 맹세하면서 돌아왔네. 더군다나 병사들은 자기들의 승리와 여러 명의 우두머리를 가진 스페인군의 패배를 통해 단 한 사람에게 복종하는 것과, 여러 사람에게 복종하는 것 사이에 어떤 차이가 있는가를 분명히 알게 되었지. 군대는 옛 시절의 명성을 확인했고, 여전히 용감한 군대로 머물면서 나폴레옹 없이도 승리할 수 있다는 사실을 백일하에 보여주었던 걸세."

그러고 나서 괴테는 역사를 거슬러 올라가면서 7년전쟁 동안의 프로이센군에 대해 많은 이야기를 했다. 이 군대는 프리드리히대왕의 지휘하에 연전연승을 거두는 바람에 나중에는 자만심에 빠져 많은 전투에서 패배했다는 것이다. 세부적인 사실들을 하나하나 머리에 떠올리는 그의 대단한 기억력에 경탄을 금할 수가 없었다.

"내게는 커다란 이익이었어." 하고 그가 계속해서 말했다. "거대한 역사적 사건들이 마치 일정에 따르기라도 하는 것처럼 내 긴 생애에 계속해서 일어나는 시대에 태어났으니 말이야. 나는 7년전쟁, 그에 이은 영국으로부터의 미국 독립, 더 나아가서 프랑스혁명 그리고 마침내 나폴레옹시대로부터 그 영

서 9월에 걸쳐 이루어진 원정으로, 이 결과로 참혹한 피의 보복을 가져왔다.

웅의 몰락과 그에 뒤따르는 사건들에 이르기까지 그 모든 사건을 내 눈으로 직접 본 살아 있는 증인이 되지 않았겠나. 그래서 나는 다른 사람들이 내리게 될지도 모르는 것과는 전혀 다른 결론이나 통찰에 이르게 되었네. 태어나서 그런 거대한 사건들을 책을 통해서만 배우는 사람들은 진실을 올바르게 이해할 수 없거든.

앞으로 몇 년간 무슨 일이 일어날지는 아무도 모르는 일이겠지. 하지만 그렇게 빨리 평화가 오리라고는 생각지 않네. 세상에는 애초부터 분수에 만족하는 일이란 없는 것 같아. 높은 지위에 있는 양반들은 권력을 남용하고 싶어 안달이고, 대중은 점진적인 개선을 기대하며 적절한 정도에 머물러 있지 못하고 있네. 인류를 완전하게 만들 수만 있다면야 완전한 상태라는 것도 생각할 수 있겠지. 하지만 세상일이라는 것은 영원히 이리저리 흔들거리는 법이어서, 한쪽이 행복하게 사는 동안 다른 한쪽은 고통을 당하고 있고, 이기주의와 질투심은 사악한 악령처럼 언제까지나 희롱을 계속하며, 당파 간의 투쟁도 끝없이 지속되는 거라네.

결국 가장 분별 있는 행동은 언제나 스스로 지니고 태어난 일, 자기가 배워서 익힌 일에 힘쓰는 것이며, 다른 사람이 그들의 직분을 다하는 걸 방해하지 않는 것이네. 구두장이는 언제나 자기의 구둣골 앞에, 농부는 쟁기 뒤에 있으면 되고, 군주는 나라를 통치하는 법을 알면 되는 것이겠지. 왜냐하면 정치라는 것도 배워야만 하는 직업의 하나이며, 그것을 이해하지 못하는 자가 주제넘게 개입해서는 안 되기 때문이네."

그러고 나서 괴테는 프랑스 신문으로 화제를 돌렸다.

"자유당 사람들은 연설을 해도 좋겠지. 그들의 말이 이치에 맞는다면 사람들이 기꺼이 귀를 기울일 테니까. 하지만 권력을 손에 쥐고 있는 왕당파 사람들이 연설을 하는 건 좋지가 않아. 그들은 행동을 해야 하네. 군대를 보내거나 목을 자르거나 목을 매달아도 그들의 행동은 정당해. 하지만 공공의 신문에서 자신들의 견해를 내세워 논쟁하거나 자기들의 조치를 변명하는 것은 그들에게 어울리지 않네. 물론 군주들로만 이루어진 청중이라면 연설을 해도 무방하겠지만."

괴테가 계속해서 말했다. "나는 모든 행동에서 언제나 왕당파로서의 입장을 견지해 왔네. 다른 사람이야 지껄이든 말든 나 자신이 옳다고 생각하는 바를 실행해 온 것이지. 나 자신의 일을 전체적으로 조감하면서 목표가 무엇인지를 알고 있었어. 그러니까 내가 한 개인으로서 과오를 범한다 하더라도 그것을 다시 올바른 길로 되돌릴 수가 있었던 거네. 그렇지만 내가 세 사람이나 혹은 더 이상의 많은 사람들과 함께 일을 저질렀더라면 과오를 바로잡을 수는 없었겠지. 여러 사람들이 모여 있으면 의견도 가지각색일 테니 말이야."

이어서 식사를 하는 동안 괴테는 매우 유쾌한 기분이었다. 그는 슈피겔 부인의 기념첩(帖)을 보여주면서 거기에다가 매우 아름다운 시를 적어 넣었다. 그 자리는 이 년 동안이나 그를 위해 비워둔 것으로서, 마침내 옛 약속을 지킬 수 있게 되었다면서 기뻐했다. 나는 슈피겔 부인에게 바치는 시를 읽고 난 후 책장을 이리저리 뒤적여 보았다. 그러다 보니 중요한 사람들의 이름이 여기저기 눈에 띄었다. 바로 다음 페이지에는 티트게[55]의 시가 적혀 있었는데, 전적으로 그의 시 「우라니아」[56]의 이념과 음조를 연상시켰다.

"갑자기 모험을 해보고 싶은 생각이 났지 뭔가." 하고 괴테가 말했다. "그래서 그 속에 시 몇 줄을 끼워 넣으려고 했었지. 하지만 그만둔 게 다행이었어. 가차 없는 표현으로 선량한 사람들을 퇴짜 놓음으로써 내가 이룩해 놓은 가장 좋은 일의 효과를 망쳐버렸던 게 한두 번이 아니었거든."

괴테가 계속해서 말했다. "나는 그동안 티트게의 「우라니아」를 참고 견뎌야만 했어. 온통 세상이 「우라니아」만을 노래하고 낭송하던 때가 있었으니 말일세. 가는 곳마다 식탁에서 「우라니아」가 입에 올랐고, 「우라니아」와 불멸성이 모든 대화의 주제였었네. 나도 내세에서의 지속을 믿는 행복을 결코 저버리고 싶지는 않아. 그래 로렌초 데메디치[57]처럼 '저세상에서의 삶을 희망하지 않는 모든 인간은 이 세상의 삶에도 죽어 있다.'라고 말하고 싶을 지경이야. 하지만 그러한 불가해한 일들은 너무나 요원해, 일상적인 명상이라든지 사변의 대상이 될 수는 없는 것이네. 더군다나 영생을 믿는 자라면 말없이 행

---

55) 크리스토프 아우구스트 티트게(Christoph August Tiedges, 1752~1841). 감상적인 그의 교훈시 「우라니아」는 당시에 많은 독자들이 애송했는데, 괴테는 지루하게 영원불멸성을 노래하는 그 시를 못마땅하게 생각했다.

56) 그리스신화에 나오는 뮤즈의 아홉 여신 중의 하나로서 천문을 관장하는 여신.

57) 로렌초 데메디치(Lorenzo de Medici, 1449~1492). 피렌체의 통치자. 예술 보호가.

복을 느끼기만 하면 될 일이지, 공연히 우쭐거리며 과시할 이유는 없는 거네. 티트게의 「우라니아」에 대해 그동안 이렇게 말하곤 했지. 귀족과 마찬가지로 경건한 사람들도 일종의 귀족층이라고 말일세. 하지만 티트게처럼 불멸을 믿는다는 이유로 자만에 빠져 있는 어리석은 여인네들이 종종 있었지. 게다가 이 점에 관해 여러 사람들이 거만한 방식으로 나를 시험하는 걸 참아야만 했네.

하지만 내가 다음과 같이 말하자 그들은 화를 내고 말더군. '이 생이 지나고 나서 다시 한차례 생이 주어진다면 그야말로 좋은 일이지요. 하지만 저세상에서는 이 세상에서 영생을 믿었던 사람들 중의 그 누구와도 만나고 싶지 않습니다. 그러나 여의치 않아 그들과 만나게 된다면 얼마나 괴롭겠습니까! 경건한 자들이 내 주위로 몰려와서, 우리 말이 맞지 않았느냐? 진작에 말하지 않았더냐? 그대로 적중하지 않았느냐? 하고 말할 테지요. 또 그렇게 된다면 저세상에서도 지겨운 일이 끝없이 계속되는 거지요.'"

괴테가 계속해서 말했다. "불멸이라는 이념에 몰두하는 것은 고상한 신분의 사람들이나 할 일이며, 특히 아무 할 일도 없는 여자들의 일이라네. 그러나 이미 이 세상에서 무언가 제대로 된 것을 이루려고 하면서 날마다 노력하고 투쟁하고 영향을 미쳐야만 하는 유능한 사람은 내세의 세계는 되는대로 내버려 둔 채 이 현세에서 유용한 일을 찾아 활동하는 법이지. 더군다나 불멸성이라는 관념은 현세에서의 행복이라는 점에서 최선을 다하지 못했던 사람들을 위한 것이네. 내 감히 말하지만 그 선량한 티트게의 운명이 보다 좋았더라면 그는 훨씬 나은 사상을 가졌을 걸세."

1824년 2월 26일 목요일

괴테와 함께 식사를 했다. 식사를 마치고 식탁을 치운 후 괴테는 슈타델만에게 동판화를 정리해 둔 커다란 화집을 가져오게 했다. 화집 위에는 먼지가 조금 쌓여 있었는데, 그것을 닦아낼 적당한 천이 가까이 있지 않았기 때문에 괴테는 언짢아져서 하인을 나무랐다.

"자네에게 마지막으로 주의를 주겠네." 하고 괴테가 말했다. "필요한 천을 사다 놓으라고 여러 번 말하지 않았던가. 오늘 중에 사다 놓지 않으면 내일은 내가 직접 갈 거야. 이제 내가 허튼소리 하지 않는다는 걸 자네도 알 테지."

슈타델만이 밖으로 나갔다.

"나는 이전에 배우인 베커와도 비슷한 경우를 겪은 적이 있었지." 하고 괴테가 유쾌하게 이야기를 계속했다. "이 사람이 「발렌슈타인」에서 기사의 역을 맡기를 거부하더군. 그래서 그 역을 맡지 않으면 내가 직접 그 역을 맡겠다고 했지. 그랬더니 효과가 있더군. 연극에 임하는 나의 자세를 그들이 잘 알고 있었기 때문이네. 또 내가 그런 경우 농담을 하지 않을뿐더러, 약속을 곧이곧대로 지키면서 미친 짓이라도 할 만큼 광적이라는 사실을 알고 있었던 걸세."

"정말 그 역을 맡으실 생각이었습니까?" 하고 내가 물었다.

괴테가 대답했다. "그렇네. 그 역을 맡아서 베커를 압도할 생각이었어. 그 역을 내가 더 잘 이해하고 있었으니 말이야."

그러고 나서 우리는 화집을 펼쳐 동판화와 그림을 관찰했다. 괴테의 아주 세심한 지도로 나는 예술 작품을 보는 보다 높은 안목을 배우고 있다는 느낌마저 들었다. 그는 해당 계통에서 완성도가 가장 뛰어난 작품만을 보여주면서 예술가의 의도와 그 장점을 분명히 알도록 했는데, 가장 뛰어난 자들의 생각을 깊이 숙고하면서 그들과 같이 느낄 수 있도록 하기 위해서였다.

괴테가 말했다. "그렇게 함으로써 우리가 미감(味感)이라고 부르는 게 형성된다네. 왜냐하면 미감은 평범한 작품이 아니라 가장 뛰어난 작품을 통해서만 기를 수 있기 때문이지. 그래서 자네에게 가장 뛰어난 것들만을 보여주고 있는 거네. 자네가 거기서 확고하게 발판을 굳힌다면 여타의 것들을 과대평가하지 않고 있는 그대로 평가할 수 있는 척도를 가지게 되는 셈이지. 자네에게 여러 종류의 가장 뛰어난 작품을 보여주는 이유는 어떠한 종류도 소홀히 보아서는 안 되며, 위대한 재능이 정점에 도달했다면 종류에 상관없이 모든 것이 만족스럽다는 사실을 깨닫도록 하기 위해서야. 예컨대 한 프랑스 예술가가 그린 이 작품은 다른 어떤 것보다도 호색적(好色的)이며 모범이 되는 종류의 작품인 걸세."

괴테가 건네주는 그 그림을 나는 기쁜 마음으로 감상했다. 여름 궁전의 한 매혹적인 방 안, 열린 창과 문을 통해 정원의 풍경이 내다보이는 가운데 한 무리의 아주 우아한 인물들이 자리 잡고 있다. 서른 살가량의 아름다운 여인이 앉은 채로 악보 한 권을 들고 있는데, 방금 그 악보를 보고 노래를 부른 것 같았다. 약간 더 안쪽, 그녀의 옆에는 열다섯 살가량의 한 소녀가 앉아 있다. 그리고 뒤쪽의 열려진 창가에는 다른 젊은 아가씨가 만돌린을 들고 선 채로 여전히 곡을 연주하고 있는 것처럼 보인다. 그 순간 한 젊은 남자가 들어오고, 여자들의 시신은 그를 향한다. 그의 출현으로 음악에 관한 대화가 중단된 것 같다. 그래서 그 남자는 몸을 앞으로 살짝 구부려 예를 갖춘다. 용서의 말을 건네는 듯한 느낌을 준다. 그러자 여인들은 그의 말을 흡족해하며 받아들인다.

괴테가 말했다. "이 그림을 보면 칼데론의 그 어떤 작품과도 같이 호색적이라는 느낌이 드네. 자네는 이것으로써 이런 종류의 그림 중 가장 뛰어난 것을 본 셈일세. 그러니 무슨 할 말이라도 더 있으면 해보게."

이 말과 함께 그는 이름난 동물 화가인 로스의 동판화 몇 장을 건넸다. 가지각색의 자세와 상태를 보이고 있는 양들로 가득한 그림들이었다. 골상의 단순함, 추함, 더부룩한 모발까지 모든 것이 극히 사실적으로 그려져서 마치 자연 그 자체처럼 보였다.

"나는 이 동물들의 그림을 볼 때면 불안한 마음이 드네." 하고 괴테가 말했다. "우매하고 둔하며 꿈꾸는 듯한 나른한 이 동물들의 분위기를 접하면 나 자신도 그런 느낌 속으로 빨려 들어가는 듯하네. 내가 동물로 변해버리지나 않을까 하는 걱정이 드는 한편, 이런 그림을 그린 예술가도 한 마리의 동물이었다고 믿을 지경이야. 정말이지 놀라운 일이네. 이 화가가 동물들의 영혼 속으로 들어가 생각하고 느끼면서, 그것들의 내면적 특성을 외적인 형상을 통해 그렇게 진실하게 드러낼 수 있다니 말일세. 어쨌거나 자신의 본성과 유사한 대상을 다루는 경우에 위대한 재능이 제대로 발휘될 수 있다는 점을 거듭 확인하는 셈이지."

내가 물었다. "그런데, 이 예술가는 개나 고양이나 다른 육식동물들도 이렇게 진실한 방식으로 그리지 않았던가요? 아니, 위대한 재능을 발휘해 낯선 상황을 깊숙이 느끼면서 인간의 특성 또한 마찬가지로 충실하게 다룬 적은 없었던 걸까요?"

괴테가 대답했다. "그렇지 않아. 그것들은 전혀 그의 관심사가 아니었지. 반면에 그는 양이나 염소나 암소 그리고 그와 비슷한 유순한 초식동물을 지치지도 않고 반복해서 그렸네. 이런 것들을 그리는 데는 원래 재능을 타고났으니까 평생 거기에서 벗어나지 않았던 거지. 그리고 그 점에서 그는 행복했네! 이러한 동물들의 상태를 깊이 공감하고 그 동물들의 심리 상태에 대한 지식은 타고났어. 그리고 그 동물들의 육체적인 면을 포착하는 훌륭한 눈도 가지고 있었네. 반면에 다른 동물들의 본성에 대해서는 그렇게 꿰뚫어 보지 못했던 것 같아. 그에게는 그것들을 묘사할 수 있는 천분도 욕구도 결여되어 있었던 거지."

괴테에게서 이런 말을 듣자 내 머릿속에 여러 유사한 것들이 자극을 받으면서 다시 생생하게 떠올랐다. 얼마 전에도 그는 나에게 순수한 시인은 세계에 대한 지식을 타고나는 터라, 세계를 표현하는 데 많은 경험이라든지 커다란 경험적 지식이 전혀 필요하지 않다고 말한 적이 있었다. "나는 『괴츠 폰 베를리힝겐』을 스물두 살의 젊은 나이에 썼다네." 하고 그가 말했다. "그런데 십 년이 지난 후 그 묘사의 진실성을 보고는 깜짝 놀랐지 뭔가. 자네도 알다시피 나는 그런 것을 체험하거나 본 적이 없었네. 그러니 그렇게 다양한 인간의 상태에 대한 지식은 예감으로 생긴 게 틀림없겠지.

나는 외부 세계를 알기 전에 자신의 내부 세계를 묘사하는 데서만 기쁨을 느끼고 있었네. 그리고 그 뒤에 세계란 것이 내가 생각한 그대로라는 걸 현실에서 확인하고는 진절머리가 나서 세계를 묘사하고 싶은 생각이 더 이상 들지 않더군. 아니, 이렇게 말하고 싶네. 만일 내가 오래 기다렸다가 세계를 알고 나서 묘사했더라면, 그것은 세계에 대한 조롱이 되어버렸을 거야."

그가 언젠가 말했다. "개개의 성격 속에는 그 어떤 필연성이라든지 일관성이 놓여 있다네. 그리고 그 때문에 한 성격이 지닌 이러저러한 기본적 특성에 다른 특성들이 부가되어 그 어떤 종류의 제2차적인 특징이 생겨나는 거지. 이것은 경험으로도 충분히 배울 수 있지만, 개인에 따라서는 그러한 것들에 대한 지식을 타고날 수도 있는지 어떤지 확인해 보고 싶지는 않아. 하지만 이것만은 알고 있네. 즉 내가 누군가에게 십오 분간 이야기함으로써 그 상대로 하여금 두 시간 동안 말하도록 만들어 보이겠네."

또한 괴테는 바이런 경에 대해서도, 그가 세계를 훤하게 꿰뚫어 보고 있으며 그 묘사는 예감에 의해 이루어진 것이라고 말한 일이 있었다. 나는 그 말에 몇 가지 의문을 제기했다. 예컨대 바이런이 하등동물의 본성을 성공적으로 묘사할 수 있을지는 의문이라는 것이다. 왜냐하면 그의 개성이 너무나 강렬해서 그러한 대상에 애정을 가지고 헌신한다는 건 말이 안 된다고 생각했다. 괴테는 이 말에 수긍하면서 예감이라는 것은 어떠한 경우든 그 대상이 예술가의 재능과 유사한 한도 내에서만 영향을 미친다고 대답했다. 그리하여 우리는 다음과 같은 견해의 일치를 보았다. 즉 예감의 범위가 제한적인가 아니면 광범위한가의 정도에 따라 묘사의 재능 자체도 제한적이 되거나 아니면 광범위하게 된다는 것이다.

그러고 나서 내가 말했다. "시인에게 세계는 원래부터 갖추어져 있는 상태라고 선생님이 말씀하실 때는 내부 세계만을 가리키는 것이지 현상이라든지 관습 같은 경험적인 세계를 뜻하신 건 아니라고 생각합니다. 그러니까 시인이 이 경험적 세계의 묘사에 성공하려면 현실에 대한 탐구가 뒤따라야 되는 것이 아니겠습니까."

"물론, 그렇네." 하고 괴테가 대답했다. "사랑과 증오, 희망과 절망이라든지 영혼의 갖가지 상태나 열정은 시인에게 타고난 영역이니까 그것들을 성공적으로 묘사할 수가 있지. 하지만 재판이 어떻게 진행되는지, 아니면 의회에서나 대관식에서 어떻게 행동해야 하는가 등에 대해서는 태어날 때부터 알고 있을 수가 없네. 그러니까 그런 일들을 진실하게 표현하려면 시인은 경험이나 전통으로부터 받아들여야만 하네. 그래서 나는 『파우스트』에서 삶에 지친 주인공의 음울한 정신 상태라든지, 그레트헨의 사랑의 감정을 예감으로 어느 정도 잘 묘사할 수가 있었지. 하지만 예를 들어서,

> 깊은 밤 조각달 그 얼마나 처량하게
> 눅눅한 광채로 떠오르는가.

라는 묘사를 하기에는 어느 정도 자연에 대한 관찰이 필요했던 것이지."

내가 이어서 말했다. "하지만 『파우스트』의 모든 행에는 세계와 인생에 대한 세심한 탐구의 자취가 생생하게 남아 있습니다. 그래서 세상에서 풍성한 경험을 하지 않고도 이 모든 것이 바로 선생님에게 주어졌다는 건 믿을 수 없는 일입니다."

괴테가 대답했다. "그럴지도 몰라. 하지만 이 세계를 예감에 의해서 미리 알고 있지 않았더라면, 나는 눈뜬장님에 불과했을 거고 그 어떤 탐구나 경험도 전혀 쓸모없는 헛된 노력에 지나지 않았을 거야. 물론 빛은 존재하고 색채는 우리를 둘러싸고 있네. 하지만 자신의 눈 속에 빛과 색채를 가지고 있지 않다면, 우리는 외부 세계의 빛과 색채도 알아보지 못하겠지."

1824년 2월 28일 토요일(혹은 25일 수요일)

괴테가 말했다. "어떤 뛰어난 사람들은 즉석에서 무엇을 해내거나 금방 일을 처리하지 않고, 천성에 따라 자기가 보는 대상들을 그때그때 여유를 가지고서 깊게 통찰한다네. 그래서 그런 사람들은 이따금 우리를 초조하게 만들지. 그들로부터는 순간적인 요구에 부응하는 그 어떤 걸 거의 얻을 수가 없으니 말일세. 하지만 그들은 그런 방식으로 최상의 것을 실현시키는 거네."

나는 람베르크를 화제에 올렸다. 괴테가 말했다. "그 친구는 물론 완전히 다른 부류의 예술가야. 정말 만족스러운 재능의 소유자이고, 즉흥성으로는 그 누구도 그에 필적할 수가 없어. 언젠가 드레스덴에서 자기한테 과제를 내달라고 요구하더군. 그래서 나는 트로이에서 고향으로 돌아오는 아가멤논이 마차에서 내려 그의 집 문지방을 넘어서는 순간 섬뜩한 느낌을 받는 장면[58]을 그려보라고 했지. 이 소재는 가장 어려운 것들 중의 하나란 걸 자네도 인정할 거야. 다른 화가라면 숙고에 숙고를 거듭하지 않으면 안 될 일이겠지. 그런데 람베르크는 내 말이 떨어지자마자 그리기 시작하더군. 소재의 성격을 그처럼 즉석에서 올바르게 파악하는 솜씨에는 그저 경탄할 수밖에

58) 트로이전쟁에서 돌아온 아가멤논은 아내인 클리타임네스트라와 정부인 아이기스토스에 의해 무참하게 살해된다. 아가멤논의 아내가 복수심을 품은 이유는 그가 트로이전쟁에 출정하면서 딸인 이피게네이아를 제물로 바쳤기 때문이다.

없었네. 정말이지 람베르크가 그린 그림 몇 장을 가지고 싶다는 생각이 절로 들더군."

그러고 나서 우리는 창작 과정에서의 경솔함 때문에 결국 매너리즘에 빠지고 마는 화가들에 대한 이야기를 했다.

괴테가 말했다. "매너리즘이란 언제나 완성만을 염두에 두면서 창작하는 기쁨을 누리지 못하는 태도야. 그러나 순수하고 진정으로 위대한 재능은 창작 과정에서 가장 커다란 행복을 누린다네. 로스는 염소와 양들의 모발과 털을 지치지도 않고 열심히 그렸는데, 그 끝없이 세세한 묘사에서 우리는 그가 작업하는 동안 너무도 순수한 행복감을 누렸을 뿐, 완성에 대해서는 생각지 않았음을 알 수가 있다네.

그러나 재능이 시원찮은 자들은 예술 그 자체에 만족하는 일이 없어. 그들은 창작을 하는 동안에도 완성된 작품이 가져다주리라고 예상되는 이득만을 눈앞에 그리고 있다네. 하지만 그런 속물적인 목표와 방향으로부터는 어떤 위대한 작품도 창조할 수가 없겠지."

1824년 2월 29일 일요일

12시에 괴테에게로 갔다. 식사 전에 마차로 산책을 하자는 전갈이 있었기 때문이다. 방에 들어서니 그는 아침 식사를 들고 있었다. 그의 맞은편에 앉은 나는 우리가 공동으로 작업하고 있는 그의 신판(新版) 작품들과 관련된 일을 화제로 삼았다. 나는 그의 『신과 영웅들 그리고 빌란트』뿐만 아니라 『목사의 편지』도 이번 신판에 포함시키자고 그를 설득했다.

괴테가 말했다. "지금의 입장에서는 젊은 시절의 작품들에 대하여 아무런 판단도 내릴 수가 없네. 자네 같은 젊은이가 결정하는 게 좋겠지. 여하간 나는 저 초기 작품들을 꾸짖고 싶지는 않네. 물론 나는 세상 물정을 모른 채 무의식적 욕구에 따라 앞으로 나아가고자 했던 것이지. 하지만 핵심이 어디에 있는가를 가리켜주는 마법의 지팡이, 즉 올바른 것에 대한 느낌은 있었네."

나는 모든 위대한 재능이 혼란스러운 세계에서 깨어나려면 올바른 것을 파악하지는 못하더라도 전도(顚倒)된 것만은 가능한 한 피해야 하지 않겠느냐는 의견을 피력했다.

그동안 출발 채비가 다 차려졌으므로 우리는 예나로 통하는 길 쪽으로 출발했다. 여러 가지 많은 이야기들이 오갔는데, 괴테는 최근에 받아본 프랑스의 신문들에 대해서도 언급했다.

괴테가 말했다. "수많은 부패한 요소들을 그 내부에 가지고 있는 민족인 프랑스의 헌법은 영국의 헌법과는 완전히 다른 토대 위에 놓여 있네. 프랑스에서는 어떤 일이라도 뇌물을 주기만 하면 이루어질 수 있지. 아니 프랑스혁명 전체도 뇌물에 의해서 이끌려 왔던 것이라네."

그러고 나서 괴테는 로이히텐베르크의 공작인 외젠 나폴레옹[59]의 죽음에 대한 소식을 나에게 말해주었다. 오늘 아침 들어온 소식인데, 괴테는 그 때문에 매우 가슴 아파하는 것 같았다. "그는 위대한 인물들 중의 한 사람이었어." 하고 괴테가 말했다. "위대한 사람들이 점점 더 줄어들던 차에, 이 세계는 다시 한 사람의 중요한 인물을 잃게 되었군. 나는 개인적으로 그 사람을 알고 있었네. 지난여름에만 해도 마리엔바트에서 같이 있었으니까. 마흔두 살가량의 훌륭한 인물이었는데, 나이보다는 늙어 보였어. 하지만 그가 겪었던 일을 생각해 보면 그리 놀랄 일도 아니겠지. 그의 인생에서 한차례의 원정과 한 차례의 위대한 행동이 홍수와 같이 다른 일들을 불러일으키지 않았던가. 그 사람은 마리엔바트에서 하나의 계획을 말해 주었는데, 그 실행과 관련해 나와 많은 토론을 했네. 말하자면 그는 라인강과 도나우강을 운하로 연결하는 일에 골몰하고 있었던 거야. 험난한 지리적 여건을 생각해 볼 때 그것은 정말 거대한 시도였어. 하지만 나폴레옹을 옆에서 받들면서 그와 함께 세계를 떨게 만들었던 사람에게 그 무엇이 불가능해 보였겠나. 카를대제도 이전에 같은 계획을 세우고서 일을 시작한 적이 있었지. 하지만 그 시도는 곧 좌절되고 말았어. 모래가 오래 견디지 않았고, 운하의 양쪽 언덕으로부터 흙덩이들이 끊임없이 무너져 내렸으니까 말이야."

---

59) 외젠 로제 드 보아르네(Eugène Rose de Beauharnais, 1781~1824). 나폴레옹1세의 의붓아들.

1824년 3월 22일 월요일

식사 시간 전에 괴테와 함께 그의 정원집[60]으로 갔다. 일름 강 건너편의 공원 가까운 곳, 기다란 언덕의 서쪽 경사면에 있는 이 정원집의 주위 배경은 대체적으로 아주 친밀한 느낌을 준다. 북쪽과 동풍으로부터는 보호되어 있으면서, 남쪽과 서쪽 하늘의 온화하고 생기에 넘치는 영향을 받고 있는 이 정원은 특히 봄과 가을이면 아주 안락하게 머무를 수 있는 장소이다.

북서쪽에 있는 도시까지는 지척지간이어서 몇 분이면 닿을 수 있는 거리이다. 그러나 그 주위를 아무리 둘러보아도 그러한 도시가 가까이에 있음을 말해주는 건물이라든지 탑의 꼭대기가 솟아 있는 모습은 어디에서도 찾아볼 수 없는데, 그것은 공원의 키가 크고 울창한 나무들이 그쪽 방향의 전망을 완전히 가리고 있기 때문이다. 나무들은 정원의 왼편으로 해서, 슈테른이라는 지명이 붙어 있는 북쪽 방향으로 길게 줄을 지어 있으며, 정원 바로 앞을 지나가는 마찻길에 바싹 붙은 채로 늘어서 있다.

서쪽과 남서쪽 방향으로는 드넓은 풀밭이 마음껏 펼쳐져 있다. 그리고 멀리 쏜 화살이 닿을 만큼 떨어진 곳에 일름강이 굽이를 이루며 조용히 흐르고 있다. 강 너머의 지대는 마치 언덕처럼 솟아 있는데, 그 경사면과 꼭대기에는 오리나무,

60) 독일어로 가르텐하우스(Gartenhaus)라고 부른다.

서양물푸레나무, 양버들과 자작나무들이 얼룩덜룩한 나뭇잎의 그림자를 던지고 있다. 그리고 그 언덕 아래로 넓게 펼쳐진 공원은 날로 푸르름을 더해가며, 한낮과 저녁이면 저 멀리에 보기도 좋은 지평선을 이룬다.

풀밭 위로 펼쳐진 공원의 이러한 광경은, 특히 여름이면 여러 시간 동안 걸어서 통과해야 하는 드넓은 숲 근처에 와 있다는 느낌을 준다. 사슴이나 노루가 언제라도 풀밭 위로 나타날 것 같으며, 우리 자신이 마치 깊디깊은 자연의 고독이라는 평화 속으로 옮겨진 듯한 느낌마저 든다. 왜냐하면 거대한 고요함을 이따금 깨뜨리는 것은 지빠귀의 고독한 울음이라든지 개똥지빠귀의 이어졌다 끊어졌다 하는 노래뿐이기 때문이다.

하지만 이따금 울리는 교회 시계탑의 종소리, 공원의 꼭대기로부터 들려오는 공작들의 울음소리, 혹은 병영에서 들려오는 북소리와 각적 소리가 그러한 완벽한 고적함의 몽상적 분위기로부터 우리를 깨어나게 한다.

그렇지만 그리 불쾌한 기분이 들지 않는 것은 그러한 소리들과 함께 고향의 도시가 바로 가까이 있다는 안도감이 느껴지기 때문이다. 몇 킬로미터나 떨어져 있다고 생각했는데 말이다.

계절과 날을 불문하고 이 풀밭 지대가 언제나 고독한 것은 결코 아니다. 바이마르로 장을 보러 가거나 일을 하러 가는 사람들, 아니면 거기에서 돌아오는 사람들이 있는가 하면, 일름강의 굽이진 강변을 따라 산책하고 있는 온갖 사람들이 보이기도 한다. 특히 오버바이마르 방향 쪽으로 가는 사람들이 많은데, 그곳은 때에 따라서 사람들이 즐겨 찾는 장소이다. 그러고 나서 건초 수확의 계절이 오면 이곳은 더없이 생기에 넘치게 된다. 그 뒤편으로는 양 떼가 풀을 뜯고 있으며, 또한 근처 농가에 속한 덩치 큰 스위스 암소들도 보인다.

하지만 오늘은 오감을 일깨우는 이 모든 여름의 상쾌한 현상 중 그 어떤 흔적도 찾아볼 수가 없었다. 벌판 위에서 푸르러지고 있는 곳은 거의 찾아볼 수 없으며, 공원의 나무들은 아직도 갈색의 나뭇가지와 봉오리뿐이었다. 그러나 되새들의 날갯짓 소리와 여기저기서 들려오는 지빠귀와 개똥지빠귀의 노랫소리만은 봄의 도래를 알리고 있었다.

대기는 여름 날씨처럼 쾌적했으며, 아주 부드러운 남서풍이 불어왔다. 맑은 하늘에는 작은 먹구름이 점점이 다가왔고, 제일 높은 하늘에는 줄무늬의 새털구름이 흩어지고 있었다. 우리는 구름을 세밀하게 관찰했는데, 낮은 하늘에서는 둥글게 뭉쳐진 구름이 마치 해체되기라도 하듯 지나가고 있었다. 그것을 보고 괴테는 기압계가 상승하기 시작했다는 결론을 내렸다.

그러고 나서 그는 기압계의 상승과 하강에 대해 많은 이야기를 했으며, 그것을 물의 긍정과 물의 부정이라고 불렀다. 지구는 영원한 법칙에 따라 들숨과 날숨을 반복하며 물의 긍정이 지속될 경우에는 노아의 홍수가 일어날 수 있다. 더 나아가서 모든 장소는 자신만의 대기를 가지긴 하지만, 유럽의 기압 상태는 전체적으로는 대략 동일하다. 그리고 자연은 불가해한 존재로서, 그 불규칙성이 너무도 크기 때문에 법칙성을 발견하기란 매우 어려운 일이라는 것 등이었다.

그렇게 고귀한 대상들에 대한 이야기를 나누면서 우리는 정원의 넓은 모랫길을 이리저리 거닐었고, 그러는 사이에 정원집 가까이로 다가갔다. 괴테는 나중에 내가 그 내부를 볼 수 있도록 하인에게 문을 열어놓도록 명령했다. 흰색으로 회칠한 집의 바깥 면은 받침대로 지탱된 채 지붕까지 올라간 장미 덩굴로 온통 덮여 있었다. 집 주위를 돌아다니는 동안, 특히 나의 흥미를 끈 것은 벽에 붙어 있는 장미 덩굴의 가시들 사이에 자리 잡고 있는 다양한 종류의 수많은 새집들이었다. 지난 여름부터 있었던 그 새집들은 이제 나뭇잎들이 떨어져, 본래의 모습을 다 드러내고 있었다. 특히 홍방울새와 다양한 종류의 종달새 집들이 많았는데, 제각각 취향에 따라 높낮이가 다른 곳에 자리를 잡고 있었다.

이윽고 괴테는 지난여름에 정원집을 볼 기회를 놓쳤던 나를 데리고서 집 안으로 들어갔다. 아래층에는 거주할 수 있는 단 하나의 방만 있고, 벽에는 몇 개의 카드와 동판화들이 걸려 있었다. 그리고 실물 크기의 괴테의 채색 초상화도 거기에 걸려 있는데, 이것은 마이어의 작품으로서 두 친구[61]가 이탈리아에서 돌아온 직후 마이어가 그린 것이었다. 이 그림 속의 괴테는 짙은 갈색 피부를 가진 중년의 건장한 남자이다. 생기가 별로 없는 표정은 아주 진지해 보이며, 앞으로 할 일 때문에 마음의 부담을 느끼고 있는 남자라는 인상을 준다.

---

61) 괴테와 마이어를 가리킨다.

우리는 계단을 따라 위층으로 올라갔다. 거기에는 방 세 개와 별실 하나가 있었는데, 모두가 다 아주 작은 방들은 안락한 기분은 거의 들지 않았다. 괴테의 말에 따르면 그는 이전에 여기서 온종일 즐겁게 머무르며 아주 편안한 분위기에서 일을 했다.

방의 기온이 약간 차가웠기 때문에 우리는 다시 야외에서 부드러운 온기를 맛보고 싶었다. 큰 거리로 나와 정오의 태양 아래 이리저리 거닐면서 우리는 최근의 문학, 셸링 그리고 무엇보다도 플라텐이 최근에 발표한 몇 편의 연극 작품을 화제로 삼았다.

하지만 곧 우리의 관심은 바로 가까이에 있는 주변의 자연을 향했다. 왕관초와 백합의 새싹들이 이미 힘차게 돋아나고 있었으며, 양쪽 길옆에는 당아욱이 파릇파릇 움트고 있었다.

언덕의 경사면에 있는 정원의 윗부분은 풀밭을 이룬 가운데 여기저기 과일나무들이 산재해 있다. 위쪽을 향해 꼬불꼬불 올라가던 길은 언덕에 도달한 후에는 오르락내리락거리며 계속 이어진다. 그 때문에 위로 올라가서 내려다보고 싶다는 생각이 일었다. 괴테는 이 길을 따라 재빨리 앞서서 걸어 올라갔는데, 그 정정한 모습은 보기에도 좋았다.

위쪽 울타리 옆에는 영주의 공원에서 넘어온 듯한 암컷 공작 한 마리가 눈에 띄었다. 괴테의 말에 의하면 여름 동안 맛있는 먹이로 공작들을 꾀어 넘어오게 한 후 같이 데리고 놀았다는 것이다.

꼬불꼬불 올라가다가 아래쪽으로 휘어진 길의 건너편에 덤불로 둘러싸인 돌 하나가 눈에 띄었는데, 거기에는 다음과 같은 유명한 시구가 새겨져 있었다.

> 여기 조용한 곳에서 사랑에 빠진 자가 그의 연인을 그리워하였도다.

이것을 보는 순간 나 자신도 어느새 고전적인 장소에 와 있는 듯한 느낌이 들었다. 그리고 바로 곁에는 반쯤 자란 떡갈나무, 전나무, 자작나무, 너도밤나무 들이 무리를 지어 서 있었다. 그 전나무 아래에서 맹금의 깃털 다발을 발견한 나는 그것을 괴테에게 보여주었는데, 그는 그런 것이 이 자리에서 종종 발견된다고 말했다. 그의 말로 미루어 이 전나무들이 이 지방에서 종종 발견되는 부엉이들이 즐겨 머무는 장소라는 사실을 알게 되었다.

우리는 이 나무들 주위를 한 바퀴 돈 후에 다시 집 가까이의 큰길로 나왔다. 방금 지나온 떡갈나무, 전나무, 자작나무 그리고 너도밤나무는 서로 뒤섞인 채 여기에서는 반원을 그리며 그 내부의 공간을 마치 동굴이라도 되는 것처럼 감싸고 있었다. 우리는 그 안으로 들어가서 둥근 탁자 둘레에 놓여 있는 조그만 의자에 앉았다. 태양빛이 너무나 강했기 때문에 이 잎사귀도 없는 나무들이 만드는 희미한 그늘조차도 일종의 은혜로 여겨졌다.

괴테가 말했다. "태양빛이 따가울 때면 이보다 나은 피난처는 없어. 이 나무들을 전부 사십 년 전에 직접 심었는데, 그것들이 성장해 가는 모습을 보는 게 낙이었지. 그리고 오랫동안 그 그늘의 시원함을 누려왔네. 이 떡갈나무와 너도밤나무의 잎은 아무리 강한 햇빛이라 해도 뚫고 들어올 수가 없어. 따뜻한 여름날 식사 후면 여기에 기분 좋게 앉아 있곤 한다네. 그러면 이 풀밭과 공원 전체에는 이따금 정적이 감돌지. 고대인들이 말하는 것처럼 판 신(神)이 잠자고 있다고나 할까."

그러는 동안 시내에서 2시를 알리는 종소리가 들려왔기 때문에 우리는 발길을 돌렸다.

1824년 3월 30일 화요일

저녁에 괴테와 함께 단둘이 있었다. 우리는 여러 이야기를 나누면서 포도주 한 병을 마셨는데, 독일과 프랑스의 연극을 비교하는 것이 주된 화제였다.

괴테가 말했다. "어려운 일이야. 독일의 관객이 이탈리아나 프랑스에서 볼 수 있는 종류의 순수한 판단을 한다는 건 말일세. 게다가 특히 성가신 것은 우리의 무대에서는 무엇이든 잡다하게 공연된다는 점이야. 어제 「햄릿」을 보았던 장소에서 오늘은 「슈타베를레의 결혼식」을 보거나, 내일 「마적」으로 관객을 기쁘게 해줄 장소에서 모레는 「새로운 행운아」의 익살을 즐겨야만 하니 말일세. 이런 식이니 관객도 판단의 혼란을 일으키면서 여러 장르가 혼동되어 그것들을 결코 적절하게 평가하거나 이해할 수 없게 되는 거지. 누구나 다 독자적인 요구나 개인적인 소망이 있으니까 그것이 실현되었던 장소로 다시 가게 되는 것은 당연하네. 말하자면 오늘 무화과를 딴 같은 나무에서 내일 다시 무화과를 따고 싶어 하는 것과 같은 사정이겠지. 그런데 그 나무에 밤 동안 자두가 자라나게 된다면 그자는 아주 언짢은 얼굴을 할 수밖에. 한편 자두를 좋아하는 사람은 가시나무로 가게 될 거고.

실러는 비극 전용 극장을 세워서, 매주 남자 배우들만 나오는 하나의 작품을 공연한다는 좋은 생각을 가졌네. 하지만 이것은 아주 커다란 수도에서나 가능한 일이지. 우리 같은 작은 도시에서는 실현 불가능했던 거야."

우리는 이플란트와 코체부의 작품에 대해서도 이야기했는데, 괴테는 그와 비슷한 종류들 중에서 그들의 작품을 매우 높이 평가하고 있었다.

"바로 방금 말한 잘못에서처럼 말일세." 하고 괴테가 말했다. "누구든지 여러 장르를 올바르게 구별할 수 없기 때문에 이 사람들의 작품은 이따금 아주 부당하게 비난을 받아왔었지. 그러나 이만큼 인기 있는 재능을 가진 자가 두셋이나마 다시 나타나려면 상당히 오랜 시간을 기다려야 할 거네."

나는 공연을 보고 아주 마음에 들었던 이플란트의 『독신자(獨身者)』를 칭찬했다. 그러자 괴테가 말했다.

"그것은 의심의 여지없이 이플란트 최고의 작품이야. 그가 산문에서 이념의 세계로 넘어간 유일한 작품이라네."

그러고 나서 괴테는 실러와 함께 『독신자』의 속편으로 만들었던 작품에 대해 이야기해 주었는데, 글로 직접 쓴 것이 아니라 대화로서만 남긴 작품이라고 말했다. 괴테는 장면 장면의 줄거리를 말해주었는데, 매우 귀엽고 명랑한 작품으로 보였다.

이어서 괴테는 플라텐의 신작 희곡 몇 편에 관해서 이야기했다. "이 작품들은 칼데론의 영향을 받았네. 시종일관 기지가 넘친다는 점에서 보면 완결된 것이라고 할 수 있어. 하지만 무게감이 없고, 내용상 그 어떤 중후함이 결여되어 있네. 독자의 마음속에 깊고 지속적인 흥미를 일으키는 종류의 작품은 아닌 거지. 오히려 이들 작품은 우리들 내면에 아주 살짝 닿기만 하면서 지나가는데, 말하자면 마치 물 위에 아무런 흔적도 남기지 않고 표면에 살짝 떠 있는 코르크와 같은 거라네.

하지만 독일인은 어떤 종류의 진지함, 심정의 위대함, 내면의 그 어떤 충일함을 요구하고 있어. 그 때문에 실러는 모든 사람들로부터 높은 평가를 받고 있는 거지. 그렇다고 해서 내가 플라텐의 뛰어난 개성을 조금이라도 의심하는 것은 아니네. 그러나 한쪽으로 치우친 그의 예술관 때문에 그런 점이 여기에서는 나타나지 않는 거야. 그가 풍성한 교양이나 정신이나 적절한 기지 그리고 수많은 예술적 기교를 마음껏 전개하고 있는 건 사실이네. 그렇지만 그것만으로 다 된 건 아닐세. 특히 독일인을 상대로 할 때면 말이지.

대체로 대중에게는 작가의 재능이 만들어내는 예술이 아니라, 작가의 개인적 성격이 중요한 의미를 가지지. 나폴레옹은 코르네유에 대하여 '만일 그가 살아 있다면 그를 황태자로 삼으리라.' 하고 말하지만 정작 코르네유를 읽지는 않았어. 라신의 작품은 읽었지만 그에 대해서는 그렇게 말하지 않았네. 프랑스인 사이에서는 라퐁텐도 큰 존경을 받고 있지만, 그것은 창작상의 업적 때문이 아니라 그의 글에서 스며 나오는 그 성격의 위대함 때문인 걸세."

그러고 나서 화제는 『친화력』으로 옮겨갔다. 괴테는 영국으로 놀아가게 되면 이혼할 작정이라는 한 영국인 여행자에 관해서 이야기를 했다. 괴테는 그런 어리석은 행위를 비웃으면서, 이혼한 부부들의 예를 몇몇 들었는데, 그들은 나중에서야 서로 헤어지기 싫어졌다는 것이다.

그가 말했다. "베를린의 고(故) 라인하르트는 내가 다른 일에는 몹시 관대하면서도 결혼에 관해서만은 실로 엄격한 태도를 갖고 있다면서 종종 놀라더군."

괴테의 이 발언은 나에게 중요한 의미를 던져주었다. 왜냐하면 곧잘 오해받곤 하는 앞의 소설을 그가 실제로 어떻게 생각하고 있는가를 명백히 보여주었기 때문이다.

계속해서 우리는 티크 그리고 그와 괴테의 개인적인 관계에 대해 이야기했다.

"나는 티크에게 진정한 호의를 품고 있네." 하고 괴테가 말했다. "티크도 대체로 나에게 아주 호의적이지. 그렇지만 나와 그의 관계에는 그래서는 안 될 그 무엇이 섞여 있어. 더군다나 그것은 내 책임도 그의 책임도 아니며 좀 더 다른 데 그 원인이 있다네.

즉 슐레겔 형제가 유명해지기 시작했을 때의 일이지. 그들에게 나는 너무 벅찬 상대였네. 그래서 그들은 나와 균형을 잡기 위해서 내게 맞설 재능 있는 인물을 찾아야만 했지. 그들은 그 점에서 티크를 적격자라 생각한 거야. 대중의 눈에 내게 충분히 대항할 만한 인물로 보이게 하기 위해서 실제 이상으로 그를 추켜세워야만 했지. 이것이 우리 사이의 관계를 해치게 되었어. 티크 자신은 자각하지 않았겠지만, 그 일로 나와 어색한 입장에 놓이게 된 거야.

티크는 대단히 재능 있는 사람이며, 그의 뛰어난 공적을 나 이상으로 알아주는 사람도 없어. 하지만 그를 실제 이상으로 과대평가해 나와 대등하게 만들려고 한다면, 옳지 않아. 나는 솔직히 이렇게 말할 수가 있네. 왜냐하면 나에 관한 한 나는 자신의 힘만으로 여기까지 온 것이 아니니까 말일세. 내가 감히 자신을 셰익스피어와 비교하려는 것과도 마찬가지인 셈이지. 알고 보면 그 역시 자신의 힘만으로 그렇게 된 것은 아니지만 말이야. 하지만 그래도 그는 더욱 높은 존재이며, 우러러보고 존경하지 않을 수 없네."

오늘 밤 괴테는 유달리 힘차고 명랑하며 기분이 좋았다. 그는 아직 인쇄되지 않은 시의 원고를 가져오게 하여 낭독해 주었다. 그의 낭독에 귀를 기울이는 것은 아주 독특한 즐거움이었다. 그 시의 독창적인 힘과 신선함은 몹시 감동적이었을 뿐만 아니라, 낭독을 듣고 있는 동안 내가 여태까지 알지 못했던 괴테의 극히 중요한 면모를 볼 수 있었기 때문이다. 그 얼마나 변화무쌍하고 힘에 넘치는 목소리인가! 그리고 주름으로 가득한 그의 커다란 얼굴 표정은 얼마나 풍부하고 생기에 넘치는가! 그리고 또 그 눈은!

1824년 4월 14일 수요일

1시에 괴테와 마차로 산책을 했다. 우리는 여러 작가들의 문체와 관련해 이야기를 나누었다.

괴테가 말했다. "독일인은 대개 철학적인 사변 때문에 장애를 겪는다네. 그로 인해서 문체 속에 추상적이고 불가해하고 장황하고 종잡을 수 없는 것들이 섞여드니 말일세. 그러니 그들이 철학상의 한 유파에 헌신하면 할수록 좋은 글을 쓰지 못하게 되는 건 당연해. 하지만 실무가라든가 향락가와 같이 실제적인 일에만 관계하는 독일인들은 가장 좋은 글을 쓴다네. 실러의 문체도 그가 철학적인 사변을 하지 않는 경우에는 아주 장려하고 효과적이야. 오늘 그의 뜻깊은 편지를 보면서 그렇게 생각했지. 마침 그의 편지를 정리하고 있었거든.

마찬가지로 독일의 부인들 중에도 아주 뛰어난 문체를 구사하는 재능 있는 사람들이 있는데, 많은 저명한 작가들조차도 무색할 정도이네.

그리고 영국인은 대체로 타고난 웅변가이거나 현실에 눈을 돌리는 실천적인 사람들이므로 좋은 글을 쓰지.

그런데 프랑스인의 경우에는 문체만 보아도 그들의 일반적인 성격이 역력하게 드러난다네. 그들은 사교적인 성격이어서 자신들이 말을 건네는 청중의 입장을 잊는 법이 없네. 그들은 독자를 납득시키기 위해 명석하게 쓰려고 하며, 독자의 마음에 들기 위해서 우아하게 쓰려고 하지.

대체적으로 한 작가의 문체는 그 내면을 충실하게 반영하고 있지. 명석한 문장을 쓰려면 우선 그의 영혼이 명석해야만 하며, 스케일이 큰 문장을 쓰려면 우선 스케일이 큰 성격을 가져야만 하는 거야."

그러고 나서 괴테는 그의 적대자들에 대해 그런 부류는 결코 사라지지 않을 것이라고 말했다.

"그 수는 한 군단이나 되네. 그러나 그자들을 어느 정도 분류하는 게 불가능한 것은 아니야.

그 첫 번째로는 무지함에서 비롯된 적을 들 수가 있어. 그들은 나를 이해하지 못하고 무지 때문에 나를 비난하는 자들이네. 상당한 수에 이르는 이런 무리 때문에 내 인생은 지겨워 죽을 지경이었지. 하지만 이자들은 자신의 행위가 무엇을 뜻하는지 모르기 때문에 용서받아도 무방할 테지.

그 수가 두 번째로 많은 부류는 나를 질투하는 자들이네. 그들은 내가 재능으로 획득한 행복과 명예로운 지위를 인정하려 들지 않으면서, 내 명성에 트집을 잡고 가능하다면 파멸시키려고 애를 쓴다네. 만일 내가 불행해지거나 비참해지기라도 한다면 더 이상 질투하지 않겠지.

그다음에는 자신이 성공하지 못해서 나를 적으로 삼는 자들이 있는데, 이 수도 상당하다네. 그중에는 재능 있는 인간도 있어. 하지만 그들은 나 때문에 홀대받게 되었다면서 나를 미워하지.

넷째로는 합당한 이유가 있어서 나를 적으로 보는 자들이 있네. 나도 인간인 이상 인간으로서 결점이나 약점도 갖고 있지 않겠나. 그러니 내 글이 이런 것으로부터 자유로울 수는 없는 일이지. 그러나 나는 길을 닦는 데 진지했고 끊임없이 자신을 개선시키고자 일해왔기 때문에 착실하게 진보해 왔네. 그런데도 그들은 내가 오래전에 청산한 결점을 들추어내면서 곧잘 나를 비난하곤 한다네. 하지만 이런 적은 가장 무해하겠지. 그들과 몇 킬로미터나 떨어져 있는 상태의 내 뒤에서 화살을 쏜 셈이니까. 대체로 나는 일단 끝내버린 작품에 대해서는 상당히 무관심한 태도를 취해왔네. 그것에 더 이상 매달리지 않고, 즉시 새로운 어떤 것을 계획했으니까 말일세.

또 다른 많은 자들은 사고방식이 나와 엇갈리고 의견이 서로 다르기 때문에 적이 되었다네. 완전히 같은 두 장의 나뭇잎이 존재하는 것이 거의 불가능하듯이 천 명의 인간 중에서도 그 신념이나 사고방식이 꼭 일치하는 경우는 단 두 사람도 없겠지. 이 점을 가정한다면 내 적대자들의 수가 많다기보다는 오히려 이만큼 많은 친구나 지지자를 갖고 있다는 점이 놀라운 일이야. 내가 살아온 시대 전체는 나와는 어긋난 방향으로 나아갔네. 왜냐하면 시대가 오로지 주관적인 방향을 목표로 했기 때문일세. 반면에 나는 객관적인 노력에 전력을 다했기 때문에 불리한 입장이었고 완전한 고립무원의 상태에 있었던 거야.

실러는 이러한 관점에서 본다면 나보다 훨씬 유리했었네. 심지어는 선의를 가진 한 장군이 언젠가 상당한 확신을 가지고서 나도 실러처럼 하는 것이 어떻겠느냐고 충고를 하더군. 그래서 나는 그에게 실러의 공적에 대해서 올바르게 말해주었네. 그 장군보다는 내가 실러를 잘 알고 있었으니까 말이야.

나는 그동안 성공에 대해서는 조바심을 내지 않으면서, 태연하게 나의 길을 계속 걸어왔네. 나의 적에 대해서 가능한 한 마음을 쓰지 않으면서 말일세."

우리는 마차를 타고 다시 돌아왔다. 그러고는 매우 유쾌하게 식사를 했다. 괴테의 며느리는 그녀가 얼마 전에 다녀온 베를린에 관해 많은 이야기를 했다. 그녀는 자신에게 친절을 베풀어주었던 컴벌런드 공작 부인에 대해서 특별한 호의를 가지고 말했다. 괴테는, 아주 어린 시절 그의 어머니와 어울리던 공주의 모습을 각별한 애정으로 떠올렸다.

밤에 나는 괴테의 집에서 의미심장한 음악을 들었는데 바로 헨델의 「메시아」의 일부분이었다. 몇 명의 뛰어난 가수들이 에버바인의 지휘하에 일사불란하게 기량을 발휘했고, 카롤리네 폰 에글로프슈타인 백작 부인, 폰 프로리프 양 그리고 포그비시 부인과 괴테의 며느리도 여가수들에 합세했다. 그 덕분에 괴테는 크게 만족하며 오랫동안 마음속에 품고 있던 소원을 성취할 수 있었다.

괴테는 약간 멀찍이 앉아 음악에 귀를 기울이고 위대한 작품을 찬탄하면서 아주 행복한 밤을 즐기고 있었다.

1824년 4월 19일 월요일

당대의 가장 뛰어난 문헌학자인 베를린의 프리드리히 아우구스트 볼프가 남부 프랑스로 여행을 가는 길에 여기 바이마르에서 발이 묶였다. 괴테는 오늘 그를 위하여 오찬을 베풀었다. 거기에는 바이마르의 지인들 중에서 총감독 뢰어, 법무장관 뮐러, 건설국장 쿠드레, 리머 교수 그리고 궁정 고문관 레바인이 참석했고, 나도 자리에 있었다. 정말 유쾌한 식사 시간이었다. 볼프는 이런저런 재담을 늘어놓았다. 한껏 기분이 고조된 괴테는 그 맞수 역할을 했다. 괴테가 나중에 나에게 발했다.

"내가 언제나 메피스토펠레스가 되어 그에게 맞상구를 치는 것 이외에는 볼프를 상대할 다른 도리는 없네. 또한 내가 그러지 않으면 그의 내면에 있는 보물들도 제대로 그 모습을 보이지 못할 테지."

식탁에서의 재담은 너무 신속하고 너무나 순간적으로 이루어지는 바람에 제대로 소화시키기가 어려울 정도였다. 볼프는 재기 발랄한 대답과 매우 뛰어난 언변의 소유자였지만, 내 생각으로는 괴테가 한 수 위 같았다. 식사 시간은 날개를 단 듯이 빨리 지나가서, 어느덧 6시가 되었다. 나는 괴테의 아들과 함께 극장으로 갔다. 극장에서는 「마술 피리」가 공연되고 있었다. 나중에 나는 대공 카를 아우구스트와 함께 특별석에 앉아 있는 볼프도 보았다.

볼프는 25일까지 바이마르에 머물다가 남부 프랑스로 여행을 떠났다. 그의 건강 상태는 괴테가 안타까운 마음을 숨기지 않을 정도로 좋지 않았다.

1824년 5월 2일 일요일

괴테는 내가 이곳의 명문 가족을 방문하지 않은 일을 나무라면서 말했다. "자네 말일세. 지난겨울 유쾌한 저녁을 여러 날 보내면서 그동안 사귀지 못한 명사들도 몇 명 알았더라면 좋았을 텐데. 어쩌다 그런 마음이 들었는지는 모르지만 이제 다 틀렸네."

내가 대답했다. "다방면에 흥미를 가지면서 낯선 상태로 곧잘 빠져드는 예민한 성격 때문에, 새로운 인상들을 잔뜩 받아들이는 것만큼 성가시고 유해한 일은 없을 겁니다. 저는 사교술을 배우지 못했고, 또 그런 것에 익숙하지도 않습니다. 이제까지의 생활 상태가 너무나 지독해서 얼마 전부터 선생님 곁에 있게 되고서야 비로소 사람답게 살기 시작했다고 말할 수 있을 정도입니다. 지금은 모든 것이 새롭습니다. 밤마다 연극 관람이나 선생님과의 대화 하나하나가 새로운 시대를 열어준다는 느낌입니다. 다른 식으로 교양을 익힌 사람들이나 다른 습관을 가진 사람들에게는 아무렇지도 않게 지나가 버리는 일이라도 저에게는 아주 민감한 영향을 줍니다. 배우려는 욕구가 왕성하기 때문에 저의 영혼은 모든 것에 정력적으로 달라붙어 가능한 한 많은 영양분을 섭취하려고 합니다. 저의 마음이 이런 상태였기에 이번 겨울 동안에는 선생님과 교제하고 연극을 관람하는 것만으로 충분히 만족할 수 있었습니다. 그러므로 만일 제가 다시 아는 사람을 만들거나 다른 교제에 열중했더라면, 아마도 저의 내면은 엉망진창이 되었을 겁니다."

그러자 괴테가 웃으면서 말했다. "자넨 아주 묘한 사람이로군. 좋을 대로 하게. 자네 생각에 맡기겠네."

내가 이어서 말했다. "게다가 저는 사람을 사귀면서 대개는 개인적인 호의나 반감을 드러내며, 또 사랑을 하거나 사랑을 받고 싶다는 생각을 합니다. 그러므로 제 성격에 맞는 사람이라면 기꺼이 헌신하고 싶지만, 그 밖의 다른 사람과는 아무런 관계도 맺고 싶지 않은 것입니다."

괴테가 대답했다. "자네의 그런 성향은 물론 비사교적이야. 하지만 우리가 타고난 자신의 경향을 극복하고자 노력하지 않는다면 교양이 도대체 무슨 소용이란 말인가. 다른 사람을 우리에게 동조시키려고 하는 행위는 참으로 어리석은 일이라네. 나는 결코 그런 일을 한 적이 없네. 나는 인간을 언제나 자립적인 개인으로만 보면서, 그러한 개인을 탐구하고 그 독자성을 알려고 노력해 왔으나, 그 외에는 더 이상 그들로부터 동정을 얻을 생각을 전혀 하지 않았어. 그래서 이제는 어떤 인간과도 사귈 수 있게 되었네. 또 그렇게 함으로써만 비로소 각양각색의 성격들을 알게 되고 인생살이에 필요한 민첩함을 얻을 수 있는 것일세. 성미에 맞지 않는 사람들과 무난히 지내기 위해서는 자제해야만 하고, 그것을 통해서 우리의 내부에 있는 모든 다양한 측면들이 자극을 받고 발전하면서 완성되는 것이라네. 그리고 마침내 누구와 부딪쳐도 이겨낼 수 있게 되는 것이지. 자네도 그렇게 해보게. 자네는 자신이 생각하는 것 이상으로 소질이 있어. 그런데 이번 일에는 틀렸군. 하여간 자네는 넓은 사회로 들어가야 해. 물론 자네가 바라는 대로 처신하면 되겠지만."

나는 이런 좋은 말을 마음에 깊이 새기면서 가능한 한 그렇게 하려고 결심했다.

저녁 무렵에 괴테가 마차 산책을 하자고 기별을 보내왔다. 우리는 오버바이마르를 지나 언덕으로 올라갔다. 그곳에서 보니 서쪽 방향으로 공원이 한눈에 들어왔다. 나무들에는 꽃이 피고 자작나무는 이미 잎사귀가 달려 있었으며, 초원은 온통 녹색의 융단이 깔려 있었다. 그리고 지는 해가 그것들 위를 가볍게 쓰다듬고 있었다. 우리는 그림을 그리러 나온 일행들을 찾았지만 눈에 잘 띄지 않았다. 우리는 하얀색 꽃이 피는 나무들은 그림이 될 수 없으며, 또한 점점 푸른빛을 띠어가는 자작나무들은 그림의 전경(前景)으로 사용할 수 없다는 사실을 깨달았다. 그리고 연약한 어린 잎사귀는 흰색의 나무줄기와 균형을 이룰 수 없으며, 강렬한 햇빛이나 그림자에 의해 두드러지는 이파리들이 넓은 면적을 차지해서는 안 된다는 사실도 알게 되었다.

괴테가 말했다. "그래서 루이스달은 잎이 무성한 자작나무를 결코 전경에 내세우지 않았고, 잎이 없는 벌거벗은 자작나무 줄기들만을 전경에 배치했던 걸세. 그런 나무줄기는 전경에 배치하면 안성맞춤이네. 왜냐하면 그런 밝은 형상이 가장 강력하게 눈에 드러나니까 말이네."

우리는 다른 화제를 가볍게 스친 후, 예술이야말로 그들의 종교가 되어야 하는데도 거꾸로 종교를 예술로 삼으려는 예술가들의 잘못된 경향에 대해 이야기했다. 괴테가 말했다.

"종교도 예술과의 관계에서는 다른 모든 인생의 고귀한 영역과 마찬가지 지위에 있을 뿐이라네. 말하자면 종교는 단순히 소재로서만 다루어져야 한다는 것이지. 인생의 다른 모든 소재와 동등한 권리만을 가지는 것으로서 말일세. 신앙의 유무는 결코 예술 작품의 이해를 좌우하는 기관은 아니야. 오히려 그러기 위해서는 전혀 다른 인간적인 여러 힘이나 능력들이 필요하다네. 사실 예술을 이해하는 기관을 길러주는 것은 예술이라네. 그렇지 않게 되면 예술은 복석을 놓치고 본래의 작용도 하지 않은 채 우리들 곁을 스쳐 지나가 버리고 만다네. 물론 종교적 소재도 마찬가지로 예술의 훌륭한 제재가 되기는 하지. 단 그것이 보편적이고 인간적인 경우에 한해서 말일세. 이를테면 어린아이를 안고 있는 처녀는 정말 훌륭한 소재이기 때문에 이미 몇백 번이나 다루어졌고 또 언제라도 사람들이 보고 싶어 하는 것이지."

우리는 그사이에 뵈비히트 숲을 한 바퀴 돌았고 티푸르트 근처에서 길을 꺾어 바이마르로 돌아가기 시작하면서 태양이 가라앉고 있는 광경을 바라보았다. 괴테는 잠시 생각에 잠긴 듯하더니 이윽고 어느 고대인의 말을 나에게 해주었다.

가라앉긴 하지만 태양은 영원히 동일한 것.

괴테가 아주 명랑하게 말을 이었다. "75세나 되면 이따금 죽음에 대해 생각해 보지 않을 수 없네. 하지만 죽음을 생각하면 더없이 편안해진다네. 왜냐하면 우리들의 정신은 결코 파괴되지 않는 존재이며, 영원에서 영원으로 끊임없이 이어지는 활동이라고 굳게 확신하기 때문이야. 그것은 지상에 있는 우리 눈에는 가라앉는 것처럼 보이지만 사실은 결코 가라앉지 않고 언제나 계속 빛나고 있는 태양과 같거든."

어느새 태양은 에터스부르크의 산등성이로 가라앉았다. 숲 속에서는 저녁의 냉기가 조금 느껴졌으므로 우리는 마차를 더욱 빨리 달리게 하여 바이마르로 들어가서 괴테의 저택 앞에 닿았다. 잠시 올라가 있다가 가라는 괴테의 청이 있었으므로 나는 그렇게 했다. 그는 유달리 기분이 좋았고 호의적이었다. 그러고 나서 그는 특히 색채론과 자신에 대한 완고한 반대자들에 관하여 많은 이야기를 했고, 이 학문 분야에서 상당한 공적을 세운 것으로 자부한다는 말을 했다.

"이 세상에서 획기적인 업적을 남기려면 말일세." 하고 그가 이 기회에 말했다. "자네도 알다시피 두 가지가 필요하다네. 첫째로는 머리가 좋아야겠지. 그리고 둘째로는 위대한 유산을 이어받는 것이네. 예컨대 나폴레옹은 프랑스혁명을, 프리드리히대왕은 슐레지엔전쟁을, 루터는 사제들의 어리석음이라는 유산을 물려받았고, 나에게는 뉴턴 학설의 오류가 할당되었지. 지금 세대의 사람들은 내가 이 분야에서 이룬 업적을 전혀 알지 못하지만, 미래 시대에는 내가 이어받은 유산이 결코 하찮은 게 아니었다는 점이 인정될 것이네."

괴테는 오늘 아침 극장과 관련된 한 묶음의 서류를 나에게 보내주었다. 특히 그 속에서 여기저기 눈에 띄는 괴테의 언급들이 주목을 끌었는데, 그것들은 볼프와 그뤼너를 유능한 배우로 키우기 위해 그가 제시했던 규칙들과 연구논문들이었다. 나는 이러한 세부적인 지침들이 의미가 있고, 또 젊은 배우들을 위해서 매우 유익하다고 생각했기 때문에, 그것들을 편집해 일종의 연극 입문서를 만들려는 계획을 세웠다. 괴테는 이런 계획에 찬성을 표했고, 우리는 이 문제에 대해서 더욱 자세히 논의했다. 그리고 이 일을 계기로 괴테의 교육을 받았던 몇몇 유능한 배우들을 생각하게 되었다. 나는 그중에서도 하이겐도르프 부인에 대해서 괴테에게 물어보았다.

"내가 그녀에게 영향을 주었을지도 모르지." 하고 괴테가 말했다. "하지만 그녀가 문자 그대로 내 학생이라고 할 수는 없네. 그녀는 타고난 무대 체질이었고, 어떤 경우에든 자신감을 가진 채 능숙하게 해냈으니까 말일세. 그녀는 마치 물 위의 오리와도 같았네. 그녀는 내 가르침이 필요하지 않았고, 그녀 자신도 의식하지 못한 채 본능적으로 올바르게 연기를 했네."

그러고 나서 우리는 그가 극장을 이끌어가기 위해 많은 세월을 소비했고, 그 결과 그가 작가로서의 활동을 위한 시간을 수없이 잃어버렸다는 점에 대해서 이야기를 했다. 괴테가 말했다. "물론 그동안 나는 좋은 작품들을 여러 편 쓸 수도 있었겠지. 하지만 다시 생각해 보더라도 후회하지는 않네. 나는 내 모든 활동과 행위를 언제나 상징적으로만 보아왔네. 그러므로 근본적으로 볼 때 내가 단지를 만들든지 접시를 만들든지 정말 아무런 상관이 없는 것이지."

1824년 5월 6일 목요일(혹은 16일 일요일)

내가 작년 여름 바이마르에 왔을 때 앞서 말했다시피 여기서 머무를 의도는 없었다. 나는 다만 괴테와 개인적인 친교를 맺고, 그러고 나서는 라인 지방으로 가서 그곳의 적절한 장소에서 얼마간 있을 생각이었다.

그런데 괴테의 특별한 호의로 바이마르에 발이 묶이게 된 것이다. 또한 괴테와 나의 관계는 점점 더 실제적인 것이 되어 갔다. 왜냐하면 괴테가 나를 점점 더 깊이 그의 일 쪽으로 끌어들여, 그의 작품을 완벽한 전집으로 구성하기 위한 준비 단계로 내게 비중이 적지 않은 일들을 맡겼기 때문이다.

그리하여 나는 지난겨울 무엇보다도 어지럽게 뒤섞인 서류 뭉치에서 『온건 비평』[62]의 여러 장을 편찬했으며, 새로운 시들을 엮어 한 권으로 묶고, 앞서 이야기했던 연극 입문서를 정리했으며, 여러 예술들에서 아마추어리즘에 관한 논문의 초안을 작성했다.

라인강을 보려는 내 계획은 그동안에도 마음속에서 끊임없이 살아 있었다. 그러므로 충족되지 못한 그리움의 가시를 더 이상 몸에 지니지 않도록 괴테는 내게 이번 여름 몇 개월간 그 지방에 가서 있도록 권고했다.

그러나 괴테는 내가 바이마르로 다시 돌아오기를 매우 분

62) 괴테와 실러가 공동으로 펴냈던 논쟁적인 격언 시집인 『크세니엔』에 빗대어서 반어적으로 붙인 이름.

명하게 원했다. 그는 이제 막 맺어진 관계를 다시 해체하는 것은 좋지 않으며, 인생의 모든 일은 제대로 꽃이 피려면 하나의 결과를 가져와야 한다는 말까지 거론했다. 아울러 그의 분명한 암시에 의하면, 나를 리머 교수와 함께 앞으로 나올 그의 작품의 새로운 판을 발행하는 인물로 정해서 적극적으로 후원할 뿐만 아니라, 만일 괴테 자신이 고령으로 하늘의 부르심을 받게 되는 경우 그 일을 앞서 말한 교수와 함께 전적으로 나에게 일임하겠다는 계획이었다.

그는 오늘 아침 거대한 편지 더미를 나에게 보여주었다. 소위 '흉상(胸像)의 방'에 늘어놓았던 편지들이었다.

괴테가 말했다. "이 모든 편지들은 1780년 이래로 우리나라의 저명한 인사들이 내게 보내온 편지들일세. 그 속에는 사상의 진정한 보물들이 섞여 있네. 그것들을 대중에게 선보이는 건 미래의 자네 손에 달려 있어. 지금은 책장 하나를 만들어 거기에다 나의 다른 문학작품의 유고들과 함께 이 편지들을 보관하도록 하겠네. 여행을 떠나기 전에 이 모든 것들을 가지런히 정리해 놓도록 하게. 그래야만 내가 마음을 놓고 걱정을 덜게 될 테니 말이야."

이어서 그는 나에게 이번 여름에 마리엔바트를 다시 방문할 생각이라고 털어놓았다. 그렇지만 7월 말경에나 출발할 예정이라면서, 그 세세한 이유를 나에게 친절하게 말해주었다. 그리고 자신이 여행을 떠나기 전에 내가 돌아오기를 바랐는데, 그것은 그가 떠나기 전에 다시 한번 나와 이야기를 하기 위해서였다.

그러고 나서 몇 주일 후 나는 하노버에 있는 연인을 방문했다. 이어서 6월과 7월 동안을 라인 지역에서 보냈다. 특히 프랑크푸르트와 하이델베르크 그리고 본에서는 괴테의 지인들 중 몇 분과 귀중한 교분을 맺었다.

1824년 8월 10일 화요일

대략 일주일 전 나는 라인 지역을 여행하고 돌아왔다. 괴테는 내가 도착하자 매우 기뻐했으며, 나도 다시 그와 함께 있게 되어 그 못지않게 행복했다. 괴테는 아주 많은 것을 이야기하고 전달하려 했으므로, 처음 며칠 동안 거의 그 곁에서 떠나지 못했다. 그는 마리엔바트로 가려던 이전의 계획은 단념했는데, 이번 여름 동안은 여행을 하고 싶은 생각이 조금도 없다는 이유였다.

괴테는 어제 말했다. "이제 자네가 다시 돌아왔으니 나로서는 정말 보람찬 8월이 될 테지."

며칠 전 그는 나에게 『시와 진실』의 후속편의 첫 부분에 대해서 언급했는데, 4절판 전지에 쓰인 원고로서 거의 손가락 하나 두께쯤 되는 분량이었다. 일부분은 상세하게 쓰여 있었지만, 대부분은 아직 윤곽에 지나지 않았다. 하지만 전체를 이미 다섯 권으로 나누어놓았고, 또 개요를 적어놓은 것들을 한데 가지런히 모아놓았기 때문에, 조금만 들여다보면 전체의 내용을 개관할 수 있었다.

이미 상세하게 쓰인 부분을 보니 너무도 뛰어나고 개요의 내용도 의미심장했다. 그토록 많은 교훈과 재미를 약속하고 있는 그 작업이 중단 상태라는 점이 너무나 애석했다. 그래서 괴테가 어떤 방식으로든 빠른 기간 내에 그 작업을 이어나가 완성하도록 재촉하리라 마음먹었다.

전체의 틀은 소설의 구성과 매우 비슷했다. 섬세하고 우아하고 격정적인 사랑의 관계를 잘 보여주는데, 그 발생은 명랑하게 시작해서 목가적으로 더디게 진행되다가 그 결말은 암묵적인 상호 체념으로 마무리된다. 비극적인 이러한 관계는 네 권을 통하여 서로 얽혀 있으며, 이 네 권을 하나의 잘 정돈된 전체로 묶어주고 있다. 세세하게 묘사된 릴리의 존재가 발산하는 매력은 모든 독자들을 매혹시키기에 적합했다. 바로 그러한 매력이 사랑에 빠진 남자, 즉 괴테 자신을 꼼짝 못 하게 했고, 그리하여 반복적인 도주라는 방식으로서만 자신을 구할 수 있었던 것이다.

서술된 생의 시기는 마찬가지로 극히 낭만적인 색채를 띠고 있다. 혹은 주인공의 성격에 맞추어 전개되면서 그렇게 되어갈 것이다. 그러나 이 시기가 아주 특별한 의미와 중요성을 가지는 이유는 그것이 바이마르 시절의 전 단계로서 괴테의 전체 삶을 결정짓고 있기 때문이다. 그러므로 괴테의 생애 중에서 특별한 관심을 가지고서 서술할 만한 욕구를 일으키게 하는 어느 한 부분이 있다면, 그것은 바로 이 시기이다.

수년 동안 중단된 이 작업에 괴테가 새로운 욕구와 흥미를 느끼도록 하기 위해서, 나는 이번 일을 계기로 즉시 그와 구두상으로 논의했을 뿐만 아니라, 오늘은 다음과 같은 메모를 그에게 전달하기도 했다. 무엇이 완성되어 있고, 어느 부분을 더 자세하게 서술해야 하며 또 어떤 식으로 정돈해야 할지를 그의 눈앞에 분명히 보여주기 위해서였다.

1권

본래의 의도에 따르면 완결된 것으로 간주할 수 있는 이 부분은 일종의 발단부에 해당합니다. 말하자면 여기에서는 세상사에 참여하겠다는 소망이 피력되는데, 주인공이 바이마르로 초대됨에 따라서 그 소망은 충족되고 동시에 작품의 전체 시기가 끝이 나는 것입니다. 그러나 작품 전체와 좀 더 내면적인 결합을 이루기 위해서는, 이어지는 네 권에서 주요한 내용을 이루는 릴리와의 관계를 이 1권에서부터 부각시키고 이어서 오펜바흐로의 도주에 이르기까지 연속이 되게 하도록 권하는 바입니다. 그렇게 함으로써 이 첫 번째 권은 그 부피와 비중을 얻게 되며 또한 2권이 지나치게 비대해지는 것을 예방할 수도 있습니다.

2권

이어서 2권에서는 오펜바흐에서의 목가적인 삶이 시작되며, 행복한 사랑의 관계가 지속됩니다. 그러다가 마침내는 염려스럽고 심각한, 아니 비극적인 성격을 띠기 시작합니다. 여기에서는 이제 진지한 문제들, 즉 작품의 스케치에서 슈틸링과 관련해 보여주기로 약속한 문제들에 대한 고찰이 본격적으로 제시되어야 합니다. 그리고 단 몇 마디로 암시되어 있는 의도들로부터 심원한 의미를 가진 교훈적인 것들을 다수 이끌어낼 수가 있을 것입니다.

3권

『파우스트』의 집필 계속 등에 대한 계획을 포함하고 있는 3권은 삽입부로 간주될 수 있으며, 릴리와의 이별을 시도한다는 점에서 다른 권들과 연결되어 있습니다.

『파우스트』에 대한 이러한 계획을 포함시킬 것인가 말아야 할 것인가 하는 망설임은 다음과 같은 경우에라야 해결될 것입니다. 즉 이미 완성된 『파우스트』의 단편들을 눈앞에 두고 심사숙고하면서 『파우스트』의 집필 지속의 희망을 포기하느냐 말아야 하느냐에 대한 전망을 분명히 얻을 경우에 말입니다.

4권

3권은 말씀드린 대로 릴리로부터의 이별 시도와 연결되어 있습니다. 그러므로 이 4권이 슈톨베르크 백작 형제와 하우크비첸의 도착으로 시작된다는 것은 아주 적절합니다. 왜냐하면 이 일로 말미암아 스위스 여행과 아울러 릴리로부터의 첫 번째 도주라는 계기가 생겨나기 때문입니다. 이 권에 대한 상세한 스케치는 우리들에게 흥미진진한 일들을 약속하고 있으며, 따라서 독자에게 가능한 한 상세히 묘사되었으면 하는 간절한 소망을 불러일으킵니다. 끊임없이 분출하는, 억누를 길 없는 릴리에 대한 열정이 이 권 전체를 젊은이다운 사랑의 열기로 훈훈하게 만들고 있으며, 또한 여행자의 심리 상태에다가 지극히 개성적이고 우아하며 마법적인 조명을 비추어줍니다.

5권

이 아름다운 권은 거의 완성된 것이나 마찬가지입니다. 이 권의 진행 과정과 결말은 예측 불가능하고, 숭고하기 그지없는 운명이라는 존재를 스쳐 지나갑니다. 아니 그것을 표현하고 있습니다. 그러므로 빈틈없이 완결된 것으로 보아야 마땅합니다. 다만 새로운 계기에 대해서 좀 더 설명이 필요한데, 그것에 대해서는 이미 분명한 윤곽이 제시되어 있습니다. 그 계기에 대한 상세한 묘사는 더욱더 필요하고 바람직한 것입니다. 왜냐하면 여기에서 바이마르의 사정이 처음으로 언급되며, 바이마르에 대한 관심이 여기에서 처음으로 생겨나기 때문입니다.

1824년 8월 16일 월요일

요즈음 들어서 괴테와의 교제는 그 성과가 매우 풍성했다. 그러나 나는 다른 일로 너무 바빴기 때문에 그와의 많은 대화 중에서 의미심장한 것들을 제대로 다 적어둘 수가 없었다.

다만 다음과 같은 약간의 말들만을 일기에 적어두었는데, 그것들을 이야기한 맥락이나 동기는 기억나지 않는다.

"인간이란 물에 떠 있으면서 서로 부딪치고 있는 단지들과 같다."

"우리는 아침에 가장 현명하다. 그러나 또한 근심도 가장 많다. 그러나 근심은 어떤 의미에서 보면 현명함과 같은 것이다. 비록 수동적인 현명함이긴 하지만. 여하간 어리석은 자에게는 근심이 없다."

"사람은 어릴 적의 잘못을 노년까지 가져가서는 안 된다. 노년에는 노년 자신의 결점이 있으니까."

"궁정 생활은 각각의 구성원이 박자와 쉼표를 지켜야 하는 음악과도 같다."

"궁정 사람들은 지루한 나머지 죽어버릴 것이다. 만일 그들이 의식(儀式)으로 시간을 보낼 수가 없다면 말이다."

"아무리 사소한 일이라 할지라도 군주에게 그만두라고 충고하는 건 좋지 않다."

"배우를 양성하려는 자는 무한한 인내심을 가져야만 한다."

1824년 11월 9일 화요일

저녁에 괴테와 함께 있었다. 클롭슈토크와 헤르더가 화제에 올랐고, 나는 이 사람들의 커다란 공적에 대한 그의 설명에 기꺼이 귀를 기울였다.

"우리나라의 문학은 강력한 선구자들이 없었더라면 현재의 모습이 되지는 못했을 거네. 그들은 등장과 함께 시대를 앞서 가면서 문학을 자기들 쪽으로 낚아챘던 것이지. 그러나 이제는 시대가 그들을 앞질렀으며, 한때 그처럼 필요하고 중요했던 존재인 그들이 지금은 더 이상 시대의 '도구'가 되지 못한다네. 그러니 오늘날 클롭슈토크와 헤르더로부터 교양을 얻으려고 하는 젊은이가 있다면, 그는 한참이나 뒤처지고 말 걸세."

우리는 클롭슈토크의 『메시아』와 『송가』에 대해 이야기하면서 그것들의 장단점을 생각해 보았다. 우리는 클롭슈토크가 구체적인 세계에 대한 직관과 그것을 포착해 내는 힘, 인물 묘사에서 일정한 방향감각과 소질을 가지고 있지 못하다는 점, 따라서 서사작가와 극작가의 가장 중요한 본질, 다시 말해 시인이 될 수 있는 자질이 결여되어 있다는 점에서 견해를 같이했다.

괴테가 말했다. "여기 이 송가에서 그가 독일의 뮤즈를 영국의 뮤즈와 경주시키는 장면이 생각나는군. 사실 잘 생각해 보게. 그게 어떤 그림인지. 두 소녀가 앞서거니 뒤서거니 내달리면서 발로 먼지를 일으키는 장면 말이네. 그 양반 클롭슈토크는 그가 의도했던 바를 눈앞에서 보듯이 구체적으로 그리지 못하고 있는 거네. 그렇지 않다면 그렇게 잘못 짚을 수는 없을 테니 말이야."

나는 괴테에게 젊은 시절에 클롭슈토크에게 어떤 영향을 받았는지, 그리고 그를 어떻게 보았는지 물었다.

괴테가 말했다. "내게만 있는 고유한 경건함으로 그를 숭배했었네. 그를 마치 나의 숙부처럼 생각했지. 나는 그의 작품 앞에서 외경심을 가질 뿐이었고, 그에 대해서 이모저모 따지거나 비평할 생각은 조금도 없었네. 나는 그의 탁월한 점을 그대로 받아들였으며 그러고는 나의 길을 갔을 뿐이라네."

다시 헤르더가 화제가 되었기에, 그의 작품 중에서 무엇이 가장 뛰어난 것이라고 생각하는지를 괴테에게 물었다. 그가 대답했다. "두말할 것 없이 그의 『인류사의 이념』이 가장 탁월하네. 하지만 그는 나중에는 부정적인 면에 집중하게 되는데, 그 결과는 그다지 만족스럽지 못했지."

내가 말했다. "헤르더는 의미심장하기는 합니다만, 어떤 점에서는 너무나 판단력이 부족해서 그와 견해를 같이할 수 없습니다. 이를테면 『괴츠 폰 베를리힝겐』의 원고를 그 장점도 파악하지 못한 채 조롱조의 언급과 함께 돌려보낸 것은 용납할 수가 없습니다. 당시 독일 문학의 상황을 올바로 알고 있었다면 그럴 수가 없었겠지요. 그는 어떤 대상들에 관해서는 감각을 완전히 상실하고 있었음이 분명합니다."

"그런 점에 있어서는 헤르더가 옳지 않았어." 하고 괴테가 말했다. 그러고는 "이 순간 그가 유령으로 여기에 나타난다고 해도 우리가 말하는 것을 이해하지 못할 걸세." 하고 유쾌하게 덧붙여 말했다.

"그에 반해서 메르크는 칭송할 만합니다." 하고 내가 말을 이었다. "선생님이 『괴츠 폰 베를리힝겐』을 인쇄하도록 종용했으니까요."

"그 사람은 정말이지 놀랄 만큼 속이 깊은 사람이네." 하고 괴테가 대답했다. "그가 말하더군. '그 작품을 인쇄하시지요! 아무 소용이 없을지라도 그냥 인쇄에 부치시오!' 그는 작품의 개작에도 찬성하지 않았는데, 그의 견해가 옳았네. 그렇게 했더라면 작품이야 달라지긴 했겠지만, 그렇다고 더 나아지지는 않았을 테니 말이야."

1824년 11월 24일 수요일

저녁때 연극이 시작되기 전에 괴테를 방문했다. 그는 매우 명랑하고 기분이 좋아 보였다. 그가 여기 바이마르에 머물고 있는 젊은 영국인들의 근황에 대해 묻기에, 나는 『플루타르크 영웅전』을 둘란 씨와 독일어 번역본으로 같이 읽을 계획이라고 대답했다. 이 말을 계기로 화제는 로마와 그리스의 역사로 이어졌고, 괴테는 다음과 같은 말을 했다.

"로마의 역사는 우리에게 더 이상 모범이 아니네. 우리 현대인은 너무나 인도적이 되어, 이젠 카이사르가 거둔 승리들을 저항감 없이 받아들일 수 없게 되었지. 그리스의 역사에서도 거의 아무런 기쁨을 얻을 수가 없네. 이 민족은 외부의 적들에 대항할 때는 정말 위대하고 찬란했어. 하지만 작은 나라들로 분열되고, 그리스인들끼리 서로 무기를 겨누는 내전은 도무지 참을 수 없을 정도로 끝없이 계속되었지. 거기에 비하면 우리 시대의 역사도 정말 위대하고 의미심장한 것이네. 예컨대 라이프치히와 워털루의 전투는 너무나 우뚝한 것이어서, 마라톤전투 및 그와 유사한 전투들은 점차 빛을 잃고 밀렸네. 또한 우리 시대의 영웅들도 뒤처지지 않아. 프랑스의 원수(元帥)들, 블뤼허[63] 그리고 웰링턴은 고대의 장군들과 완전히 어깨를 나란히 할 수 있는 인물들이야."

우리는 최근의 프랑스 문학에 대해서 그리고 독일 작품들에 대한 프랑스인들의 날마다 증가하는 관심에 대해서 이야기를 나누었다.

괴테가 말했다. "프랑스인들이 우리나라 작가들을 연구하고 작품들을 번역하기 시작한 것은 아주 잘하는 일이네. 왜냐하면 그들은 형식과 모티프에서 꽉 막혀 있기 때문에 바깥으로 눈을 돌리는 수밖에 없기 때문이지. 그들은 우리 독일인을 보고 형식이 결여되어 있다고 비난할지 모르지만, 우리가 소재면에서는 그들보다 뛰어난 게 사실이야. 코체부와 이플란트의 연극 작품들은 그 모티프가 너무나 풍부해서 프랑스인들이 그것들을 다 소화시키자면 아주 오랜 시간 거기에 매달려야 할 거네. 특히 그들에게는 우리의 철학적 관념이 환영을 받겠

63) 게프하르트 레버레히트 폰 블뤼허(Gebhard Leberecht von Blücher, 1742~1819). 해방전쟁에서 프로이센군을 지휘했고, 워털루전투에서 나폴레옹을 격파한 독일의 명장에 대해 괴테는 극도의 찬사를 보냈다.

지. 왜냐하면 모든 이념적인 것은 혁명적인 목적에 도움이 되니까 말일세."

괴테가 계속해서 말했다. "프랑스인들은 오성과 정신을 가지고 있다네. 하지만 든든한 기초와 경건함은 없어. 당장에 도움이 되는 것, 그들의 당파에 도움이 되는 것이 그들에게는 합당한 것이지. 그러므로 그들이 우리를 칭송하는 건 결코 우리의 장점을 제대로 알아보아서가 아니라 우리의 견해를 통해서 그들의 당파를 강화시킬 수 있기 때문이네."

그러고 나서 대화는 우리나라의 문학 그리고 우리나라의 최근의 젊은 작가들의 발전에 장애가 되는 점들로 이어졌다.

"우리나라 대개의 젊은 시인들은 주관성이 미약한 데다가, 객관적인 사실들에서 소재를 찾지 못하지. 그런 점이 부족해. 기껏해야 그들은 자신들의 주관에 상응하며, 자신들과 유사한 소재만을 발견하고 있어. 소재 자체가 시적이기만 하면 아무리 주관에 거슬린다 해도 선택해야 한다는 사실을 생각지 못하는 것이네.

그러나 앞서 말했다시피 각고의 연습과 절절한 생활환경을 통해서 수련되어야만 진정한 시인의 반열에 들 수가 있겠지. 그렇게 된다면 시인으로서 소질이 있는 우리나라의 젊은이들도 잘해 나가게 될 거네."

1824년 12월 3일 금요일

최근에 나에게 청탁 하나가 들어왔다. 영국의 한 잡지사가 매월 독일 문학의 최신 작품들에 대한 보고문을 작성해 보내 달라는 것이었는데, 아주 유리한 조건이었다. 나는 그 제안에 매우 마음이 끌렸다. 하지만 사전에 괴테와 그 문제를 의논하는 게 도리라고 생각했다.

그래서 오늘 저녁 등불을 켤 무렵 그에게로 갔다. 그는 블라인드를 내린 채 넓은 테이블 앞에 앉아 있었다. 식사를 끝낸 식탁 위에 켜진 두 개의 등불이 괴테의 얼굴과 식탁 위에 놓인 거대한 흉상 하나를 동시에 비추고 있었으며, 괴테는 그 흉상을 앞에 두고 관찰에 몰두하는 중이었다.

괴테가 내게 다정하게 인사를 건넨 뒤 그 흉상을 가리키면서 물었다. "그런데 저자가 누군지 맞혀보게."

내가 대답했다. "시인이고, 이탈리아 사람으로 보입니다만."

괴테가 말했다. "바로 단테라네. 잘 만들어졌어. 아름다운 두상이야. 하지만 그렇게 즐겁게 보인다고는 할 수 없군. 이미 늙고 등이 굽었으며, 짜증스러운 인상이군. 맥 빠지고 지친 표정일세. 방금 지옥에서 돌아오기라도 한 듯 말이야. 나는 그가 살아생전에 만들어진 메달을 하나 가지고 있는데, 거기에서는 모든 것이 훨씬 아름답게 보이네." 괴테는 자리에서 일어서서 메달을 가져왔다. "자, 보게. 여기 이 코는 얼마나 힘차 보이는가. 윗입술은 한껏 돋아 있고, 턱은 강인하게 튀어나와 턱뼈와 함께 매우 아름다운 선을 이루고 있네! 눈 근처와 이마의 모습은 이 거대한 흉상에서도 거의 마찬가지로 유지되고 있지만, 여타의 모든 것은 약해지고 노쇠해졌지. 하지만 그렇다고 해서 이 새로운 작품을 비난할 생각은 없네. 전체적으로 보아 매우 칭찬받을 만한 것이니까 말이야."

그러고 나서 괴테는 요즈음 내가 어떻게 살고 무엇을 생각하며 무슨 일에 종사하고 있는지를 물었다. 나는 그에게 독일의 최근 산문들에 대한 서평을 매월 영국 잡지에서 보내달라는 청탁을 받았는데, 매우 유리한 조건이라, 그 제안을 선뜻 받아들이고 싶다고 말했다.

이 말을 듣는 순간 지금까지 그토록 친근했던 괴테의 얼굴에 심한 불쾌감이 돌았다. 나는 그의 표정에서 내 의도에 대한 반대 의사를 읽을 수밖에 없었다.

그가 말했다. "자네 친구들이 자네를 그대로 내버려 두었으면 하네. 무엇 때문에 자네는 자신의 길이 아니고, 자네의 소질과 전혀 맞지 않는 일을 하려고 하나? 우리가 가지고 있는 금화와 은화와 지폐는 그 각각 고유의 가치와 유통 경로가 있지. 그러나 그 각각이 제대로 기능하려면 우선 그 유통 경로를 알아야 하는 법이네. 문학도 그 경우와 다르지 않아. 자네는 아마도 금속 동전들의 가치야 제대로 평가할 수 있을 테지만 지폐의 경우는 아니네. 그것에 대해서는 잘 알지 못하기 때문이겠지. 그러므로 그것에 대한 자네의 비판은 정당하지가 않으며, 비판한다고 해도 사태를 망쳐놓고 말 테지. 그럼에도 불구하고 자네가 모든 것을 일일이 다 알아보고 그 가치를 매기겠다고 한다면 우선 우리나라의 일반적인 문학작품으로써 균형 감각을 잡아야 하네. 결코 사소한 습작 같은 데 만족하는 일 없이 말일세. 그러려면 되돌아가서 슐레겔 형제가 무엇을 하려 했고 무엇을 했는지를 보아야 하네. 그러고 나서 최근의 모든 작가들, 예컨대 프란츠 호른, 호프만, 클로렌 등을 모두 읽어야겠지. 그것만으로도 충분치가 않아. 또한 《모르겐블라트》로부터 《아벤트 차이퉁》에 이르는 모든 잡지들을 읽어야만 모든 신인들의 면모를 즉각 알게 될 것이네. 그러다 보면 자네의 소중한 나날들은 헛되이 지나가고 말 테지. 게다가 자네가 어느 정도 자세한 보고를 하려는 모든 신간들을 그저 책장을 넘기는 수준이 아니라 정성 들여 연구까지 해야 하는데, 도대체 그런 일이 자네에게 맞는 일이란 말인가! 요컨대 자네가 나쁜 것을 나쁜 것으로 알아보기만 하면 되지, 그것을 세상을 향해 한 번 더 말할 필요는 없네. 온 세상과 전쟁을 벌여야 하는 위험에 자신을 노출시키는 꼴이니까 말이야.

그래, 앞서 말했다시피, 그 제안에 거절 답장을 보내게. 그건 자네의 길이 아니야. 어쨌거나 정력의 분산을 조심하고 힘을 집중하게. 만일 내가 서른 살 이전에 그만큼 현명했더라면 정말 지금과는 달랐을 것이네. 내가 어쩌자고 실러와 함께 《호렌》지와 『문예 연감』 때문에 시간을 낭비했더란 말인가! 요즈음 지난 편지들을 자세히 검토해 보면 모든 것이 정말 명백하게 드러난다네. 세상에 아무 도움이 되지 않았고, 우리들 자신에게도 아무런 결과도 가져오지 않은 그런 시도들을 생각하면 불쾌감마저 드네. 재능 있는 사람은 아마도 다른 사람이 하는 걸 보고 자신도 할 수 있다고 생각할 테지. 그러나 그렇지가 않아. 자신의 과오를 후회하는 날이 오고 말 것이네."

괴테가 계속해서 말했다. "중요한 것은 결코 다 소진되는 일이 없는 재산을 이루는 걸세. 이것을 자네는 이제 시작하고 있는 영어와 영국 문학의 연구에서 얻을 수 있네. 그 분야에 집중하고, 언제든 영국 젊은이들과 만나는 적절한 기회를 잘 이용하게. 자네는 고대어들을 어린 시절에 대부분 잊어버렸으니, 영국인처럼 유능한 민족의 문학에서 나름의 발판을 찾게나. 더군다나 우리나라의 문학도 상당 부분 그들의 나라에서 유래한 것이니 말일세. 우리나라의 소설과 비극들은 골드스미스와 필딩 그리고 셰익스피어가 아니었다면 어디에서 왔겠는가? 그리고 오늘날에도 바이런 경과 무어 그리고 월터 스콧에 필적할 만한 문학상의 세 영웅들을 독일에서 찾을 수 있단 말인가? 다시 한번 다짐하네만, 영국 문학에서 자신의 기반을 다지며, 자신의 힘을 유용한 일에 집중하게. 그리고 자네에게 아무런 결실을 가져다주지 않거나, 자네에게 맞지 않는 모든 일은 그냥 지나가게 내버려 두게나."

나는 괴테에게 조언을 구한 것이 기뻤다. 그리고 마음속으로 완전한 안정을 얻었으며, 모든 진로를 그의 충고에 따라 행동하리라 결심했다. 법무장관인 뮐러 씨가 방문해서 우리와 함께 앉았다. 그리고 이야기는 다시 우리 앞에 서 있는 단테의 흉상과 그의 생애 그리고 그의 작품으로 이어졌다. 특히 그의 작품들의 난해함에 대해 언급했는데, 단테 자신의 나라 사람들도 그를 이해하지 못했던 형편이니, 외국인으로서야 그런 난해함을 통찰하기는 더욱더 불가능하다는 이야기였다. 괴테가 나를 향해 농담조로 친근하게 말했다.

"이것으로써 자네의 고해신부는 자네에게 이 시인에 대한 연구를 금하는 바이네."

더 나아가서 괴테는 그토록 이해하기 어려운 가장 큰 원인은 난해한 운율에 있다고 말했다. 덧붙여서 괴테는 단테에 대해서 지극한 외경심을 가지고서 언급했는데, 그가 단테를 지칭하면서 '재능'이라는 말에 만족하지 않고 '자연'이라는 말을 사용하는 점이 인상 깊었다. 괴테는 자연이라는 단어를 더욱 포괄적인 것, 더욱 예감에 찬 것, 더욱 심원하고 더욱 광범위하게 자신을 넘어서 바라보는 것을 표현하고자 할 때 사용하는 것처럼 보였다.

1824년 12월 9일 목요일

저녁 무렵 괴테에게로 갔다. 다정하게 손을 내밀면서 괴테는 셸호른[64]의 근속 기념일에 바친 나의 시에 대해 치하했다. 나는 그에게 영국으로부터 온 제안에 대해 거부의 답장을 보냈다는 소식을 전해주었다.

"다행스러운 일이야." 하고 괴테가 말했다. "자네가 다시 자유로워지고 안정을 되찾았으니 말이야. 아울러 자네에게 조심

---

64) 프란츠 빌헬름 셸호른(Franz Wilhelm Schellhron, 1751~1836). 바이마르 궁정 문서실의 고문.

하도록 당부할 일이 있네. 아마도 작곡가들이 와서 오페라 대본을 부탁할 것이네. 하지만 마찬가지로 꿋꿋한 태도로 거부하게. 아무 결과도 얻지 못하고 시간만 낭비할 일이니 말이야."

그러고 나서 괴테는 본에 있는 「파리아」의 작가에게 네스폰 에젠베크 편으로 희곡 프로그램을 보냈다고 나에게 말해주었다. 그 시인이 자신의 작품이 여기에서 공연되고 있는지를 확인하고 싶어 했기 때문이다. "인생은 짧네." 하고 괴테가 덧붙여서 말했다. "그러니 서로 간에 즐거움이나 나눌 수 있도록 노력해야겠지."

그의 앞에는 《베를린 신문》이 놓여 있었다. 그는 상트페테르부르크의 대홍수에 관하여 이야기하면서 읽어보라고 그 신문을 나에게 건네주었다. 그러고 나서는 상트페테르부르크의 열악한 입지 조건에 대해 말했다. 아울러 불을 토해내는 산 가까이에 도시를 건설하면서 지진을 피할 수는 없는 일이라고 한 루소의 말을 전하면서 웃음을 터뜨렸다.

"자연은 자신의 길을 가고 만다네." 하고 그가 말했다. "우리에게 예외처럼 보이는 것도 사실은 자연법칙을 따른 것이지."

이어서 우리는 그 신문이 전하고 있는 바, 모든 해변에 몰아닥친 거대한 폭풍우와 여타의 강력한 자연현상들에 대해서 생각했다. 그리고 나는 괴테에게 그러한 것들이 서로 연관된 것이 아닌가 하고 물었다.

"아무도 모르는 일이야."라고 괴테가 대답했다. "그러한 비밀스러운 일들에 대해서는 거의 아무런 예상도 할 수 없는 상황에서 말하기란 더욱 어렵겠지."

건설국장 쿠드레와 리머 교수가 방문했다. 두 사람은 우리와 자리를 함께했다. 그리고 다시 한번 상트페테르부르크의 가뭄과 관련한 자세한 이야기가 오갔다. 쿠드레는 그 도시의 지도를 그려 보이면서 네바강과 다른 지형의 영향을 분명하게 보여주었다.

1825년

1825년 1월 10일 월요일

괴테는 영국 국민에 대해서 커다란 관심을 가지고 있었으므로, 여기 바이마르에 체류하는 젊은 영국인들을 그에게 차례대로 소개시켜 달라고 나에게 부탁했었다. 오늘 오후 5시에 그는 내가 영국의 공병 장교 H 씨를 데리고 오기를 기다리고 있었다. 그 사람에 대해서는 내가 이미 좋은 말을 많이 해둔 상태였다. 우리는 정해진 시간에 도착했고, 하인이 우리를 안락하고 따뜻한 방으로 데려갔다. 그곳은 괴테가 보통 오후나 저녁에 사용하는 방이었다. 책상 위에는 세 개의 촛불이 켜져 있었는데, 괴테의 모습은 보이지 않았고 옆방에서 그의 말소리가 들려왔다.

그동안 H 씨는 주변을 둘러보았고, 벽에 걸려 있는 그림들과 거대한 산맥의 지도 이외에도 많은 서류철들이 있는 서가를 주목했다. 나는 그에게 그것들이 여러 유명한 대가들의 스케치 작품들이며, 또 온갖 유파의 가장 뛰어난 그림들을 본으로 한 동판화들로, 괴테가 사는 동안 하나하나 수집한 것이며 그것들을 반복해 관찰하면서 즐거움을 얻고 있다는 사실을 말해주었다.

몇 분 기다리자 괴테가 나타나서 우리에게 친근하게 인사를 했다. "바로 독일 말로 해도 상관없겠지요." 하고 괴테가 H 씨에게 말했다. "독일어에 이미 숙달된 상태라고 들었으니 말입니다." 그러자 H 씨는 조심성 있게 대답했다. 괴테는 우리에게 앉으라고 권했다.

H 씨의 인품이 괴테에게 좋은 인상을 주었음에 틀림없다. 왜냐하면 괴테는 오늘 이 외국인을 맞아 상냥함과 온화함이 발하는 참된 아름다움을 보여주었기 때문이다. 괴테가 말했다.

"당신이 독일어를 배우기 위해 우리에게로 온 건 정말이지 잘한 겁니다. 여기서는 독일어를 쉽고 빨리 배울 수 있을 뿐만 아니라 그 말의 토대가 되는 여러 가지 요소들, 즉 토양이라든지 기후, 생활양식, 풍습과 사교적인 만남, 제도 및 그 밖의 것을 머릿속에 가지고 영국으로 돌아갈 수 있으니 말입니다."

H 씨가 대답했다. "지금 영국에서는 독일어에 대한 관심이 대단해서 날마다 널리 보급되고 있습니다. 그래서 지금은 좋은 가문의 젊은이라면 거의 모두 독일어를 배운다고 말할 정도입니다."

괴테가 말했다. "우리 독일인은 그 점에 있어서 당신의 나라보다 반세기는 앞서 있지요. 나는 오십 년 전부터 영어와 영문학에 몰두해 왔기 때문에 귀국의 작가나 생활이나 제도 등을 매우 잘 알고 있습니다. 그런지라 내가 영국으로 간다고 하더라도 조금도 낯설지 않을 거요.

그러나 앞서 말했듯이 귀국의 젊은이들이 우리나라에 와서 독일어를 배우는 건 좋은 일입니다. 왜냐하면 우리나라의 문학이 배울 만한 가치가 있다는 사실 때문만이 아니라, 이제 독일어를 잘 이해하기만 하면 다른 말을 많이 알지 못해도 되기 때문이지요. 다만 프랑스어만은 배워야겠지요. 프랑스어는 사교 언어이고, 특히 여행 중에는 없어서는 안 되니까요. 누구나 알고 있어서 어디로 가든 통역 대신에 그 말로써 일을 볼 수 있으니까 말입니다. 그러나 그리스어나 라틴어, 이탈리아어나 스페인어의 경우 이들 나라의 최고의 작품은 훌륭한 독일어 번역으로 읽을 수 있기 때문에 특별한 목적이 없는 한 그 말들을 배우기 위해서 많은 시간을 들일 필요는 없는 것입니다. 독일인의 본성 속에는 모든 외국의 것을 그 본래 모습대로 평가하면서 이질적인 특성에 자신을 동화시키는 능력이 있습니다. 그뿐 아니라 우리나라의 언어는 매우 유연합니다. 그 때문에 독일어 번역은 매우 충실하면서도 완전한 것이 될 수 있습니다.

또 한 가지 부정할 수 없는 사실은 일반적으로 좋은 번역이 있다면 시야가 매우 넓어진다는 것입니다. 프리드리히대왕은 라틴어를 몰랐기 때문에 프랑스어 번역으로 키케로를 읽었답니다. 하지만 우리가 원어로 읽는 것 못지않게 훌륭하게 읽었던 거지요."

그러고 나서 화제는 연극으로 이어졌고, 괴테는 H 씨에게 자주 극장에 가느냐고 물었다.

H 씨가 대답했다. "저는 매일 밤 극장에 갑니다. 말을 알아듣는 데 아주 큰 도움이 되니까요."

그러자 괴테가 대답했다. "묘한 일이지만 대체로 귀로 알아듣고 이해하는 편이 말하는 능력보다 언제나 앞서게 됩니다. 그래서 즉시에 모든 걸 아주 잘 알아들을 수는 있어도 그 모든 것을 표현할 수는 없는 거지요."

H 씨가 응답했다. "저도 그 말씀이 옳다고 매일 느끼고 있습니다. 저는 상대방이 무슨 말을 하고 있는지, 읽고 있는 책의 내용이 무엇인지는 잘 이해합니다. 심지어 독일어로 정확하게 표현되어 있지 않은 부분에 대해서 감을 잡을 수도 있습니다. 하지만 막상 말을 하려고 하면 탁 막히고 맙니다. 그래서 제가 생각하는 걸 옳게 말하지 못하게 됩니다. 궁정에서의 가벼운 환담이라든지 부인들과의 농담, 춤을 추면서 나누는 잡담 같은 것들은 잘 해낼 수가 있어요. 하지만 고상한 대상에 대해 독일어로 의견을 말하려고 하거나, 무슨 독특하거나 재치 있는 말을 하려면 말문이 막혀 더 이상 나아가지 못하게 됩니다."

"그건 안심해도 좋아요." 하고 괴테가 말했다. "그러한 익숙지 않은 일을 표현하는 것은 모국어를 쓰는 우리에게도 어려운 일이니까요."

이어서 괴테는 H 씨에게 독일 문학 중에서 무엇을 읽었는지 물었다.

“『에그몬트』를 읽었습니다.” 하고 H 씨가 대답했다. “너무나 흥미로워서 세 번이나 읽었습니다. 『타소』도 아주 즐겁게 읽었고, 지금은 『파우스트』를 읽고 있는 중입니다. 하지만 좀 어렵다고 생각합니다.”

괴테는 이 마지막 말을 듣고 웃으며 말했다. “나라면 『파우스트』를 읽으라고 권하지는 않겠어요. 그것은 아주 기가 막힌 데가 있어서 모든 일상적인 감각을 초월하고 있으니까요. 하지만 나에게 묻지 않고 혼자서 읽기 시작했으니까 알 수 있는 데까지 읽어보시지요. 파우스트는 아주 드문 개성의 소유자여서 극소수의 사람들만이 그의 내면 상태를 공감할 수 있을 것입니다. 메피스토펠레스의 성격도 그 반어(反語) 때문에 그리고 거대한 세계를 관찰한 결과물이기도 하기 때문에 마찬가지로 꽤 난해할 겁니다. 그러나 어떠한 빛이 당신에게 번뜩이게 될지를 잘 보도록 하십시오. 그에 비하면 『타소』는 일반적인 인간의 감정에 훨씬 가까이 다가가 있어요. 또한 그 형식도 잘 정돈되어 있기 때문에 보다 더 쉽게 이해할 수 있지요.”

H 씨가 대답했다. “그렇지만 독일에서는 『타소』가 난해하다고 알려져 있어서 그런지 제가 그것을 읽고 있다니까 놀라는 사람들이 있더군요.”

괴테가 말했다. “『타소』의 요지는 말하자면 인간은 어디까지나 어린아이가 아니며 좋은 사교 모임이 없어서는 안 된다는 것입니다. 훌륭한 가문에서 태어나 풍부한 정신과 예민한 감각을 가지고 있는 데다가, 중류나 상류계급 신분의 완성된 사람들과의 교제로 생겨나는 외면적 교양을 갖춘 젊은이라면 아마 『타소』를 어렵다고 생각지는 않을 겁니다."

화제가 『에그몬트』로 이어지자, 괴테는 그것에 대해서 다음과 같이 말했다. "나는 그것을 1775년, 즉 오십 년 전에 썼어요. 역사에 매우 충실하면서 가능한 한 진실을 찾으려고 했지요. 그런데 내가 십 년 뒤 로마에 있었을 때 마침 신문에서 내가 기술한 몇 가지 혁명적 장면들이 네덜란드에서 문자 그대로 재현된 걸 보았어요. 그래서 세계는 언제까지나 같은 모습으로 머무르며, 나의 묘사도 어느 정도 생명력을 가지고 있음에 틀림없다는 것을 알게 되었지요."

이런저런 이야기를 하는 동안 극장에 갈 시간이 되었기 때문에 우리는 자리에서 일어났고, 괴테로부터 친절한 환송을 받았다.

집으로 가는 동안 나는 H 씨에게 괴테가 마음에 드는지 물었다. 그가 대답했다. "그런 분은 본 적이 없어요. 아주 친절하고 온화하면서도 타고난 기품을 갖춘 분 같아요. 자신을 내세우든 겸손하게 말하든 상관없이 그분은 어쨌거나 위대한 분입니다."

1825년 1월 18일 화요일

오늘 5시에 며칠 동안 만나지 못했던 괴테에게로 가서 함께 멋진 밤을 보냈다. 내가 방에 들어섰을 때 괴테는 서재의 어둑한 곳에 앉아서 그의 아들 그리고 그의 주치의인 추밀고문관 레바인과 이야기를 나누고 있었다. 나는 그들에게로 가서 테이블 앞에 앉았다. 그렇게 어스름 속에 앉아서 얼마 동안 이야기를 하고 있자니 마침내 등불이 들어왔다. 나는 괴테의 아주 싱싱하고 명랑한 얼굴을 면전에서 볼 수 있어서 기뻤다.

그는 여느 때와 마찬가지로 나에게 요즈음 무슨 일이 없었는지를 관심 있게 물어보았고, 나는 한 여성 시인과 알게 되었다고 말했다. 나는 또 그녀의 재능이 보통 이상이라고 칭찬을 했고, 괴테도 그녀의 작품을 몇 개 알고 있었으므로 나의 칭찬에 동의를 표했다.

괴테가 말했다. "그 여성의 시들 중 하나는 자기 고향의 한 지방을 그리고 있는데, 정말 독특한 성격의 것이네. 그녀는 외부의 대상들에 대한 올바른 방향감각을 가지고 있으며, 아울러 내면적으로도 훌륭한 소질이 없지 않네. 물론 그녀에게도 이런저런 비난을 받을 부분이 있겠지. 하지만 그대로 내버려 두세. 그러면 그녀는 자신의 재능이 가리키고 있는 바른 길을 헤매지 않고 가게 될 것이네."

여성 시인 일반에 관한 이야기가 화제에 올랐다. 추밀고문관 레바인은 여성의 시적 능력이란 그에게는 종종 일종의 정신적 성욕처럼 보인다고 말했다. 그러자 괴테가 나를 바라보고 웃으면서 말했다.

"정신적 성욕이라고! 의사다운 해석일세!"

레바인이 계속해서 말했다. "옳은 표현인지는 모르겠지만 대체로 그렇습니다. 보통 이러한 여성들은 사랑의 행복을 누려본 적이 없기 때문에 정신적인 방향에서 그 보상을 받으려는 겁니다. 적절한 나이에 결혼을 해서 아이라도 가졌더라면 시를 쓰려는 생각을 하지는 않았겠지요."

"이 경우에 자네 말이 어느 정도 옳은지 아닌지는 캐묻고 싶지 않네." 하고 괴테가 말했다. "하지만 여성이 지닌 다른 종류의 재능들의 경우에는 결혼과 함께 성장을 멈춰버리는 걸 늘 보아왔네. 그림을 잘 그리는 소녀들을 알고 있었는데, 아내가 되고 어머니가 되자마자 그만 끝장이더군. 아이들에게 정신이 팔려서 더 이상 화필을 잡지 않는 거지."

"하지만 우리의 여성 시인들은," 하고 그가 매우 명랑하게 말했다. "자신들이 원하는 만큼 언제나 시를 짓고 글을 쓰고 싶어 하네. 다만 우리 남자들이 여자같이 쓰는 일만 없었으면 하네! 바로 그 점이 내가 우려하는 바야. 요즈음의 잡지들이나 포켓판 서적들을 보게. 그 모두가 얼마나 허약하고 또 점점 더 허약해지고 있는가! 《모르겐블라트》에 인쇄되어 있는 『첼리니』의 한 단원만 보아도 그 점은 분명히 알 수 있겠지!"

그가 계속해서 명랑한 목소리로 말했다. "여하간 잘 되어가야겠지. 그리고 남성적인 정신으로 우리를 세르비아의 세계로 데려가는 할레의 그 강건한 처녀에게 기대를 걸어보세. 그녀의 시들은 정말로 뛰어나네! 그중에는 「고귀한 노래」에 필적할 만한 것들도 몇몇 있네. 무언가 전도유망한 점이 있어. 나는 이 시들에 대해서 논문을 완성했는데, 이미 인쇄까지 되어 있다네."

이 말과 함께 그는 새로 나올 《고대와 예술》지의 견본쇄 네 부를 건네주었는데, 거기에 이 논문이 실려 있었다.

"나는 그 각각의 시들에다가 핵심적인 내용에 따라 짤막한 말로써 그 특징들을 적어놓았는데, 그 멋진 모티프들을 보면 기분이 좋아질 걸세. 레바인도 또한 시문학에 문외한은 아니야. 적어도 내용과 소재에 관한 한 말일세. 자네가 그 시의 구절들을 낭송하면 그는 아마도 기꺼이 귀를 기울일 거네."

나는 각각의 시들의 내용을 천천히 읽어보았다. 짤막하게 스케치된 여러 상황들은 매우 호소력이 있고 선명했기 때문에, 단어 하나하나에서 하나의 시 전체가 눈앞에 떠오르는 듯했다. 다음의 것들이 특히 우아하게 여겨지므로 여기에 소개한다.

1

아름다운 속눈썹을 결코 치켜뜨는 법이 없는 한 세르비아 소녀의 수줍어하는 자태.

2

사랑하는 여인을 제3자에게 넘겨주어야 하는 남자의 내면의 갈등. 그 남자는 신부의 들러리 역할을 한다.

3

기뻐하는 모습으로 비치어, 사랑하는 남자의 마음을 다치게 할까 염려하여 처녀는 노래를 부르려고 하지 않는다.

4

젊은 청년이 과부에게, 늙은 남자가 처녀에게 구애를 하는 도덕의 전도(顚倒)에 대한 비탄.

5

어머니가 그 딸에게 너무 많은 자유를 주는 것에 대한 한 젊은이의 비탄.

6

한 소녀가 말(馬)에게 친밀하고 다정한 말을 건네며, 말은 소녀에게 그의 주인의 경향과 의도를 털어놓는다.

7

소녀는 사랑하지 않는 남자를 받아들이려 하지 않는다.

8

아름다운 소녀 급사. 손님들 가운데 그녀의 애인은 보이지 않는다.

9

사랑하는 사람들끼리의 발견, 그리고 부드럽게 잠에서 깨워 일으키는 손길.

10

신랑은 어떤 직업을 가지게 될까? 하는 설렘.

11

사랑의 기쁨을 재잘거린다.

12

사랑하는 남자가 외지에서 돌아와서, 낮 동안 그녀를 몰래 관찰하다가, 밤에 그녀를 찾아가 깜짝 놀라게 한다.

나는 이 단순한 모티프들이 마음속에서 너무도 생생하게 느껴졌기 때문에 시 자체를 읽고 있는 듯한 기분이 들었다. 그래서 이렇게 상술한 걸 보고 나니 시를 보고 싶은 마음이 조금도 생기지 않았다.

"자네 말이 맞아." 하고 괴테가 말했다. "그대로일세. 자네는 여기에서 모티프가 얼마나 중요한가를 보고 있는 걸세. 아무도 주목하려 하지 않지만 말이야. 우리의 여성 시인들은 모티프의 중요성을 이해하지 못하고 있네. 이 시가 아름답다고 말할 때 그들은 느낌이라든지 단어 그리고 시구만 염두에 두면서, 시의 진정한 힘과 영향의 본질은 상황과 모티프에 있다는 사실은 생각지도 않는 거네. 그리하여 모티프가 아무 구실도 하지 않은 채, 느낌과 시구의 울림을 통해서만 그 어떤 종류의 존재를 비추어주는 수천의 시들이 생겨나는 것 또한 무지의 소산이긴 하지만 엄연한 현실이라네. 요컨대 아마추어들 그리고 특히 여성들의 시문학에 대한 개념은 매우 피상적이야. 그들은 보통 기교에만 능숙하면 시의 본질을 파악하고 있는 전문가라고 스스로 여긴다네. 하지만 착각도 보통 착각이 아니지."

리머 교수가 찾아오고 궁정 고문관 레바인은 작별 인사를 했다. 리머 교수가 우리들과 자리를 같이했다. 세르비아의 사랑의 시들의 모티프에 대한 이야기가 계속되었다. 리머는 대화의 요점에 대해 이미 정통하고 있었으므로 다음과 같이 말했다. 즉 위에서 소개한 간략한 스케치에 따라서 시들을 쓸 수 있을 뿐만 아니라, 그러한 모티프들은 새삼스럽게 세르비아에서 빌려올 것까지 없이 독일 사람들도 이미 사용하고 있는 것이며 또 그렇게 마련되어 있다는 것이었다. 그는 이와 관련이 있는 몇 편의 시를 생각해 냈는데, 낭송하는 동안에 나에게도 괴테의 시 몇 개가 떠올라 그것들을 소개했다.

"세상은 언제나 똑같아." 하고 괴테가 말했다. "상황은 언제나 되풀이되는 거야. 어느 민족도 다른 민족과 마찬가지로 생활하고 사랑하고 느낀다네. 그러니 왜 한 시인이 다른 시인과 똑같은 시를 써서는 안 된단 말인가? 생활의 상황이 동일한데 왜 시의 상황이 동일해서는 안 된단 말인가?"

리머가 말했다. "바로 생활과 느낌이 동일하기 때문에 다른 민족의 시를 이해할 수 있는 것이로군요. 그렇지 않다면 외국의 시를을 보아도 도대체 무슨 말인지 알 수 없게 되겠지요."

내가 말을 이었다. "그러므로 생활에서 시가 나오는 게 아니라, 책에서 시가 나온다는 견해를 가진 듯한 학자들이 저로서는 정말 이상하게 생각됩니다. 그들은 언제나 '이것은 여기에서 따왔고 저것은 저기에서 따왔다!'라고 말합니다. 예컨대 그들은 '셰익스피어에게서 고대 시인들에게도 있는 시구를 발견하기라도 하면, 셰익스피어도 역시 고대인들로부터 따왔다!'라고 말하는 것입니다. 셰익스피어의 작품에 이런 장면이 있습니다. 어떤 사람이 아름다운 처녀를 보면서 그녀의 양친을 행복하다고 칭찬하고 그녀를 데려갈 젊은이를 행운아라고 극구 칭송하는 장면이지요. 그런데 '이와 똑같은 장면이 호메로스에도 있으니까, 셰익스피어도 호메로스에서 따왔다!'는 것입니다. 정말 같잖은 일이지요! 마치 그런 소재를 찾기 위해서 그렇게 먼 곳까지라도 가야 한다는 듯이 말입니다. 그리고 그러한 일이 날마다 눈앞에서 보고 느끼거나 말하는 것이 아니라는 듯이 말입니다."

"정말, 그래. 가소롭기 짝이 없는 일이야." 하고 괴테가 말했다.

내가 계속해서 말했다. "바이런 경조차도 그다지 현명하지는 않은 것 같습니다. 선생님의 『파우스트』를 잘게 쪼개어 이것은 여기에서 저것은 저기에서 가져왔다고 말하고 있으니 말입니다."

괴테가 말했다. "나는 바이런 경이 열거하고 있는 훌륭한 작품들을 대부분 읽어보지 못했네. 더군다나 내가 『파우스트』를 쓰고 있을 당시에는 그런 것에 대해서 생각조차 하지 못했지. 바이런 경이라는 사람은 시를 쓸 때는 정말 위대한 사람이지만, 생각을 하는 순간이면 어느새 어린아이가 되어버린다네. 그래서 자신도 역시 자기 나라 사람들의 몰이해한 공격을 받았을 때 어찌할 바를 몰랐던 거네. 더욱 강력하게 소신을 표명했어야 했는데 말이야. '거기에 존재하는 건 내 것이다! 내가 그것을 생활에서 가져왔든 책에서 가져왔든 무슨 상관이냐. 다만 그것을 올바로 사용하는가가 문제일 뿐이다!'라고 말했어야 했네. 월터 스콧은 나의 『에그몬트』의 한 장면을 사용했는데, 그에게는 그럴 권리가 있어. 충분히 이해하고 그랬으니 칭찬받아도 좋은 거지. 또 그는 어떤 소설에서 나의 미뇽의 성격을 모방하기도 했지만, 마찬가지로 현명하게 처리를 했는지 어떤지는 별개의 문제겠지. 바이런 경이 변형시킨 악마는 메피스토펠레스의 연장이지만, 그것은 나름대로 좋아! 만일 그가 기어이 고집을 부려 옆길로 벗어나고자 했다면 더욱 졸렬한 작품이 되고 말았을 거네. 요컨대 나의 메피스토펠레스도 셰익스피어의 노래를 부르는데, 어째서 그것이 안 된다는 말인가? 셰익스피어의 노래가 그 상황에 꼭 맞고 정확히 말하고자 하는 바를 말하고 있는 터에 굳이 자기의 것을 만들어내야만 한단 말인가? 그리고 나의 『파우스트』의 발단이 「욥기」의 시작 부분과 다소 닮았다고 하더라도, 이것 역시 아주 당연하네. 그 때문에 비난받기보다는 오히려 칭찬을 받아야겠지."

괴테는 최상의 기분이었다. 그는 포도주 한 병을 가져오게 하고는 리머와 나에게 따라주었고, 자신은 마리엔바트의 약수를 마셨다. 오늘 밤은 계속 집필 중인 자서전의 원고를 리머와 함께 검토하면서 표현상의 문제들을 여기저기 조금씩 정정하기로 했던 모양이었다.

"에커만도 함께 들어주겠지." 하고 괴테가 말했기 때문에 나는 매우 기뻤다. 그가 리머 앞에 원고를 놓았고, 리머는 1795년부터 읽기 시작했다.

나는 행복하게도 이미 지난여름 아직 인쇄되지 않은, 최근에 이르기까지의 전기를 반복해서 읽고 검토할 수 있었다. 그런데 이제 그 원고가 괴테 앞에서 낭랑한 목소리로 소리내어 읽히는 걸 듣게 되니 더욱 새롭고 만족스러운 느낌이었다. 리머는 표현에 역점을 두었는데, 나는 그의 노련함과 어휘와 표현법의 풍부함을 비로소 깨닫고 놀라지 않을 수 없었다. 그러나 괴테는 거기에 묘사된 생의 단계가 생생하게 살아나는지 추억에 한껏 잠기면서 한 사람 한 사람의 인물이나 사건들이 나올 때마다 자세하게 구술하며 그 기록을 보완했다. 참으로 멋진 밤이었다! 아주 중요한 동시대인들이 거듭해서 언급되었다. 하지만 화제는 1795년에서 1800년에 걸쳐 가장 긴밀한 관계에 있었던 실러에게로 되돌아갔다. 극장이 두 사람의 공동

작업의 장소였고, 괴테의 가장 뛰어난 작품들도 이 시기에 태어났다. 『빌헬름 마이스터』가 완결되었고, 『헤르만과 도로테아』가 그 뒤를 이어 계획되고 쓰였다. 그리고 《호렌》지에 신기 위해 『첼리니』가 번역되었고, 실러의 『문예 연감』을 위해 『크세니엔』이 공동으로 창작되었다. 두 사람은 매일 접촉했다. 이 모든 것이 오늘 밤 화제에 올랐으며, 괴테에게도 정말 흥미로운 이야기를 할 계기가 주어졌던 셈이다.

괴테가 자신 있게 말했다. "『헤르만과 도로테아』는, 나의 대작 시들 중에서 아직도 내 마음에 드는 유일한 작품이네. 매번 읽을 때마다 마음으로부터 공감을 느끼니 말일세. 특히 라틴어 번역으로 읽는 것이 좋아. 그쪽이 기품이 있어 보이고 형식 면에서도 그 본래의 것으로 돌아간 듯하니 말이야."

『빌헬름 마이스터』에 대해서도 거듭 이야기되었다. 그가 말했다. "실러는 비극적인 요소를 그 소설에 짜 넣은 것이 어울리지 않는다면서 나무랐네. 하지만 우리 모두가 알다시피 그의 생각은 옳지 않았어. 나에게 보낸 그의 편지 속에는 『빌헬름 마이스터』에 대한 아주 중요한 의견이나 언급이 들어 있네. 여하간 이 작품은 헤아리기 어려운 작품의 하나라네. 나조차도 그것을 해결할 열쇠를 가지고 있지 않을 정도니 말일세. 사람들은 중심점을 찾으려 하지만, 그건 어려운 일이고 또 결코 좋은 방법도 아니야. 우리들 눈앞을 스쳐 지나가는 풍성하고 다양한 삶은 비록 그 어떤 뚜렷한 경향이 없다 하더라도 그 자체로서 가치가 있는 것이라고 생각하네. 왜냐하면 경향이라는 것은 알고 보면 단지 개념을 위한 것에 불과하기 때문이지.

하지만 굳이 그런 것을 원한다면 작품의 마지막 부분에서 프리드리히가 우리의 주인공에게 하는 말을 생각해 보게. '당신은 내가 보기에 아버지의 암나귀들을 찾으러 나섰다가 왕국을 발견하게 된 기스의 아들 사울처럼 여겨집니다.'라고 그는 말하네. 그 뜻을 곰곰이 생각해 보게. 결국 이 작품 전체가 의도하는 바는 다름 아니라 인간은 그 모든 어리석음과 혼란에도 불구하고 드높은 손에 이끌려 마침내 행복한 목표에 도달한다는 걸세."

다음에는 최근 오십 년 이래로 독일의 중산 계층 사이에 널리 퍼진 높은 교양이 화제에 올랐는데, 괴테는 그 공적을 레싱보다는 오히려 헤르더와 빌란트에게 돌렸다. 그가 말했다.

"레싱은 최고의 지성을 가지고 있었으므로, 그와 같은 정도로 위대한 자만이 그에게서 진정으로 배울 수가 있었어. 그러므로 어중간한 능력을 가진 사람들에게 그는 위험한 존재였지."

그는 한 신문기자의 이름을 들었는데, 그자는 레싱을 본받아 교양을 쌓아 지난 세기의 말에 일정한 역할을 하긴 했지만, 그렇게 대단한 역할을 하지 못했다고 말했다. 그것은 자질 면에서 그 위대한 선구자보다 훨씬 뒤떨어졌기 때문이라고 했다.

괴테가 말했다. "남부 독일 전체가 그 문체를 가지게 된 건 빌란트 덕분이었네. 자신을 적절하게 표현하는 능력은 결코 하찮은 재주가 아니기 때문에, 그로부터 많은 것을 배운 셈이지."

『크세니엔』에 대한 이야기가 나오자 괴테는 특히 실러의 작품을 예리하고 정확한 작품이라고 칭찬한 반면에 자신의 작품은 순진하고 하찮은 것이라고 말했다. 그가 말했다. "실러의 작품 『12궁(宮)』을 읽을 때마다 감탄하지 않을 수 없네. 당시에 그 작품이 독일 문학에 미친 좋은 영향은 헤아릴 수 없을 정도이네."

이야기가 진행되는 동안에 『크세니엔』의 공격을 받았던 많은 사람들이 언급되었지만, 그 이름은 생각나지 않는다.

이리하여 앞서 한 이야기나 다른 수많은 흥미로운 이야기를 하면서 괴테가 주석을 끼워 넣는 동안 그 원고는 1800년 끝까지 낭독되고 검토되었다. 그러고 나서 괴테는 원고를 옆으로 치우고 커다란 탁자의 한쪽 끝에 식탁보를 덮게 한 후 간단한 저녁 식사를 가져오게 했다. 우리는 맛있게 먹었으나 괴테는 한 입도 들지 않았다. 사실 나는 그가 저녁 식사를 하는 걸 한 번도 본 적이 없다. 그는 우리 곁에 앉아서 술을 따르거나 심지의 불을 돋우거나 멋진 말을 함으로써 우리의 정신을 일깨워 주었다. 그의 마음속에 실러에 대한 기억이 생생하게 되살아났기 때문에 오늘 밤 이야기의 후반부는 전적으로 실러에게로 기울어졌다.

리머가 실러의 인품을 회상하며 말했다. "그 사람은 신체의 뼈대나 거리를 활보하는 걸음걸이나 모든 동작 하나하나에 자부심이 넘쳤습니다. 다만 눈만은 부드러웠지요." "그렇네." 하고 괴테가 말했다. "나머지 모든 부분은 당당하고 긍지에 차 있었지만 그 눈만은 부드러웠어. 재능도 그의 신체와 마찬가지였어. 그는 과감하게 커다란 대상에 도전해 이리저리 뒤집어 보고 일정한 관점을 정한 후 그에 합당한 방식으로 다루었네. 그는 말하자면 대상을 밖에서만 바라보았기 때문에 내부로부터의 조용한 전개 같은 것은 그의 영역이 아니었지. 그의 재능은 산만하면서 비약적인 편이었다고 말할 수 있네. 그 때문에 도무지 결단을 내리지 못해, 이제 끝을 냈었나고 하는 일이 없었네. 이따금 무대 연습 직전에 배역을 바꾸기도 했을 정도니까 말이야."

"그런데 그는 언제나 대담하게 작업에 착수했으니 모티프 때문에 고생하는 일은 없었지. 기억나지만 『빌헬름 텔』의 경우에는 그가 갑자기 게슬러에게 사과를 따게 하고는 그것을 어린아이의 머리에 얹어놓고 활로 쏘아 맞히게 만들려고 했기 때문에 나와 충돌했지. 그건 정말 내 성격에 맞지 않았어. 그래서 나는 그를 설득시켜 이러한 잔인한 장면에 최소한 그에 합당한 동기를 부여해야 한다고 말했지. 즉, 텔의 아들로 하여금 아버지는 백 걸음 떨어진 데서도 나무의 사과를 쏘아 맞힐 수가 있다고 말하게 함으로써 총독에게 아버지의 능숙한 솜씨를 자랑하도록 만들었던 걸세. 실러는 처음에는 내 말을 들으려 하지 않았어. 하지만 결국은 내 생각과 부탁을 받아들여서 내 충고대로 만들었던 거네."

"반면에 나는 모티프에 지나치게 집착했기 때문에 내 작품은 무대와 맞지 않게 되어버렸네. 『오이게니에』[65] 같은 건 단

---

65) 괴테의 5막 비극 『사생아』의 원제목.

순한 모티프들의 연속이어서 무대효과를 잘 낼 수가 없네.

실러의 재능은 확실히 무대에 적격이었어. 작품마다 서슴없이 진척시켜 완성을 보았지. 그런데 이상한 것은 『군도』 이래로 잔인한 것에 대한 감각이 그에게 들러붙어서, 가장 빛나는 시기에도 떠날 생각을 하지 않았네. 분명히 기억하네만, 그는 『에그몬트』에서 판결이 낭독되는 감옥 장면에 가면을 쓰고 망토를 입은 알바를 무대의 배경에 등장시키고 싶어 했네. 그렇게 해서 사형선고가 에그몬트에게 주는 충격을 지켜보고 알바가 기뻐하도록 만들고, 또 그렇게 함으로써 알바의 끝없는 복수심과 남의 불행을 기뻐하는 마음을 나타내겠다는 것이었지. 하지만 내가 반대했기 때문에 그 인물은 등장하지 않았어. 사실 실러는 불가사의한 위인이었지.

일주일이 멀다 하고 실러는 딴사람처럼 되면서 점점 더 완성되어 갔어. 매번 만나기만 하면 독서나 학식이나 판단력에서 진보하고 있는 것처럼 보였으니 말이야. 그가 보낸 편지는 내게 남겨진 가장 아름다운 추억의 유품이며, 그가 쓴 것 중에서도 가장 뛰어난 것이네. 나는 그의 마지막 편지를 나의 보물 중에서도 신성한 것으로 보관하고 있다네." 괴테는 일어서서 그 편지를 가져왔다. 그리고 "자, 읽어보게나." 하고 말하며 내게 건네주었다.

편지는 아름답고 대담한 필체로 쓰여 있었으며, 『라모의 조카』에 대한 괴테의 주석을 비평한 내용이 들어 있었다. 그 주석은 당시의 프랑스 문학을 서술한 것으로서 원고 그대로 실러에게 보내진 것이었다. 나는 그 편지를 리머에게 읽어주었다.

괴테가 말했다. "보다시피 그의 판단은 정확하고 건전하네. 필체에도 어쩌면 그렇게 연약한 구석이 조금도 없는지. 정말 훌륭한 인간이었어. 그런데 이렇게 힘이 넘치던 시절에 우리 곁을 떠나고 말았던 걸세. 이 편지를 1805년 4월 24일에 보냈는데, 실러는 5월 9일에 죽었으니 말이야."

우리는 번갈아서 그 편지를 바라보며 그 아름다운 필체와 명석한 표현에 감탄했다. 괴테는 자기 친구를 위해 몇 마디 애정 어린 말을 바쳤다. 이윽고 밤도 깊어져 11시경이 되었으므로 우리는 작별을 고했다.

1825년 2월 24일 목요일

오늘 저녁 괴테가 나에게 말했다. "내가 극장 감독의 자리에 있다면 바이런의 『베네치아의 총독』을 무대에 올리겠네. 물론 그 작품은 너무 길어서 좀 줄여야 하네. 하지만 그것을 잘라내거나 삭제하는 게 아니라, 각 장면의 내용을 잘 파악해 그것을 다만 짧게 만들기만 해야겠지. 그러면 본질적으로는 아름다움을 조금도 상실하지 않고 압축적이고도 여전히 강력한 효과를 나타내게 될 걸세."

괴테의 이러한 말은 극장에서 그와 비슷한 수많은 경우에 처했을 때 어떻게 해야 하는지에 대한 새로운 관점이어서 매우 만족스러웠다. 물론 그런 원칙을 따른다는 것은 명석하며 자기의 일을 잘 이해하는 시인의 경우에만 가능하겠지만 말이다.

우리는 바이런 경에 대해서 이야기를 더 나누었다. 나는 그가 메드윈과의 대화에서 연극 대본을 쓴다는 것이 얼마나 어렵고 보람 없는 일인가를 말했다는 점을 언급했다.

괴테가 말했다. "중요한 점은 관객의 기호와 관심에 부합하는 방향을 적절하게 선택할 줄 아는 것이네. 재능의 방향이 관객의 관심과 일치한다면 모든 걸 얻은 셈이지. 후발트는 그의 작품 『그림』으로 이런 방향을 잘 포착했기 때문에 전폭적인 갈채를 받았던 거네. 바이런 경의 경우에 자신이 추구하는 방향과 관객의 관심이 어긋났다면, 행복할 수는 없었을 테지. 그건 시인이 얼마나 위대한가 하는 문제와는 전혀 별개이네. 오히려 그 자신의 개성이 보통의 관객들보다도 별로 뛰어나지 못한 시인이 종종 바로 그 점으로 인해서 광범위한 호의를 얻을 수 있는 법이니까 말일세."

바이런 경에 대한 이야기는 계속되었고, 괴테는 그의 뛰어난 재능에 경탄해 마지않았다. 그가 말했다. "내가 창안(創案)이라고 부르는 그것이 이 세상에서 바이런 경의 경우보다 더 위대하게 나타난 적은 없었네. 그가 드라마의 갈등을 풀어가는 방식과 방법은 언제나 예상을 뛰어넘고, 생각보다 언제나 훌륭했네."

"셰익스피어의 경우에도 그렇다고 생각됩니다." 하고 내가 대답했다. "예컨대 짐짓 속는 체하는 폴스타프[66]의 경우를 들 수 있겠지요. 그를 구출하려면 그로 하여금 어떤 일을 하게

66) 셰익스피어의 극 중에 등장하는 인물로 뚱뚱보이자 허풍선이 늙은이.

해야 할까 하고 제 스스로 질문을 던지는 지경에 이르게 됩니다. 그 점에서 셰익스피어는 저의 모든 상상을 훨씬 뛰어넘습니다. 선생님께서 바이런 경에 대해서도 같은 말씀을 하시는데, 저로서는 그 사람에게 주어질 수 있는 최고의 칭송으로 보입니다." 그리고 나는 덧붙여서 말했다. "그런데 드라마의 시작과 결말을 훤히 굽어보고 있는 시인이 작품에 빠져 있는 독자보다 훨씬 유리한 입장에 있다는 건 당연한 일이겠지요."

괴테는 내 말에 공감을 표했다. 그러고는 바이런 경에 대해 웃음을 터뜨렸다. 이유인즉, 그의 생애 동안 순종한다든지 법에 따른 적이 결코 없었던 바이런 경이 마침내는 삼일치(三一致)라는 가장 우둔한 법칙에 굴복했다는 것이다. 그가 말했다.

"바이런 경은 문외한과 마찬가지로 이 법칙의 존립 이유를 알지 못했네. 요컨대 '이해 가능성', 바로 이것이 그 존립 이유이네. 그러므로 삼일치 법칙이라는 것도 이해 가능성이라는 목표가 달성될 때만 유효한 것이지. 만일 삼일치 법칙이 이해 가능성이라는 목표에 방해가 된다면, 그것을 법칙으로 간주하며 지키려는 것은 두말할 필요도 없이 이치에 맞지 않네. 이 법칙을 만들었던 그리스 사람들도 언제나 이것을 따랐던 건 아니네. 에우리피데스의 『파에톤』이나 그 밖의 작품들에서도 장소는 수시로 바뀌네. 그리고 그들은 대상에 대한 훌륭한 묘사를 법칙에 대한 맹목적인 존경보다 더 우선시했지. 법칙이란 그 자체만으로는 거의 아무런 의미가 없다는 이유에서였지. 셰익스피어의 작품들은 시간과 공간의 일치를 가능한 한 멀리 뛰어넘고 있네. 하지만 그 작품들은 이해 가능하며, 그 어떤 다른 작가의 작품들보다도 더 잘 이해가 되는 걸세. 그러니 그리스 사람들이라 하더라도 셰익스피어의 작품들에서 흠을 잡지는 않을 테지. 프랑스 작가들이 삼일치 법칙을 가장 엄격하게 따르려고 했네. 그러나 그들은 드라마의 법칙을 드라마적으로 풀지 않고, 서술에 의해 풀려고 함으로써 이해 가능성이란 원리를 위배하고 말았네."

여기에서 나는 후발트의 작품인 『적대자들』을 떠올렸다. 이 드라마에서 작가는 스스로 심한 난관에 봉착하게 된다. 장소의 일치를 위해 제1막에서 이해 가능성의 원리를 훼손시킴으로써, 훨씬 커다란 영향력을 발휘할 수도 있었던 작품을 이상하게 왜곡시켰고, 그 점에서 어느 누구도 찬동을 표하지 않았던 것이다. 이것과 반대의 경우로 나는 『괴츠 폰 베를리힝겐』을 생각했다. 이 작품은 시간과 공간의 일치를 가능한 한 멀리 뛰어넘고 있지만, 현재의 순간에서 줄거리가 진행되고, 모든 것이 바로 눈앞에서 전개된다. 그 때문에 이 작품은 그 어떤 드라마 못지않게 더 순수하게 드라마적이며 더 이해하기 쉬운 것이다. 나는 또 이런 생각을 했다. 시간과 공간의 일치는 그리스인들의 관점에서 보면 자연스러운 것이다. 왜냐하면 그들의 경우 하나의 사건이 차지하는 공간이 아주 작기 때문에, 그 사건을 그에 상응하는 적절한 시간 내에 세세하게 펼쳐 보일 수 있었다. 그러나 여러 장소로 이동하면서 진행되는 거대한 줄거리의 경우에는 하나의 장소에 제한될 이유는 없다. 더군다나 오늘날의 무대에서 장면의 임의적인 변경은 아무런 장애도 되지 않는다.

괴테는 바이런에 대해서 계속 이야기했다. "끊임없이 무한을 추구하는 기질로 보아, 그가 삼일치 법칙을 지켜 자신을 제한한 것은 아주 잘한 일이었어. 하지만 윤리적인 면에서도 그렇게 자신을 제어할 수 있었더라면 좋았을 테지! 그렇게 하지 못한 것이 결국 파멸의 원인이 되었네. 말하자면 그는 자유분방함 때문에 파국을 맞게 되었다고 해야 마땅하겠지.

그는 자기 자신에 대해서 너무 무지했어. 매일매일 열정에다 자신을 맡긴 채, 자기가 무슨 일을 하는지 몰랐고 알려고도 하지 않았네. 자기는 하고 싶은 대로 하면서 다른 사람은 도무지 인정하지 않았으니, 결국 자신은 엉망이 되고 세상은 그에 대해 반감을 가질 수밖에 없었던 거지. 그는 「잉글랜드 시인과 스코틀랜드 비평가」[67]로써 처음부터 일류 문필가들을 공격했었네. 그러다가 나중에는 생계를 위해 한 걸음 물러섰던 걸세. 그 후의 작품들에서도 그는 대항과 비난을 계속했고, 국가와 교회도 불가침의 영역은 아니었어. 이 가차 없는 저항 때문에 그는 영국에서 쫓겨났고, 더 오래 살았더라면 유럽에서도 쫓겨났을 테지. 어디를 가든 그에게는 세상이 너무 좁게 보였고, 무한한 개인적 자유를 가졌으면서도 정작 자신은 질식할 것처럼 느꼈네. 말하자면 그에게는 세상이 감옥처럼 여겨졌던 게지. 그러므로 그가 그리스로 간 것은 자기 결단에 의한 것이 아니라, 세상과의 불화가 그를 그곳으로 몰아간 것이네.

---

67) 바이런이 자기의 시가 비난당하자 거기에 대항해 발표한 풍자시.

인습이나 애국주의에 결별을 선언한 것이 그토록 탁월한 인간을 개인적으로 파멸시켰으며, 그의 혁명적 정신 및 그것과 연결되기 마련인 감정의 끊임없는 동요가 그의 재능을 제대로 발전시키는 데 장애가 되었던 거네. 그뿐 아니라 계속적인 저항과 반대는 지금 나와 있는 그의 뛰어난 작품들 자체에도 커다란 해를 끼치고 있네. 왜냐하면 시인의 불쾌한 감정이 독자에게 전달될 뿐 아니라, 모든 것을 부정하는 태도는 결국 부정적인 것으로 나아가기 때문이지. 그리고 부정적인 것이란 무(無)와 다름없는 게 아닌가. 이를테면 나쁜 것을 나쁘다고 해보았자 무슨 이득이 있겠나? 게다가 좋은 것을 나쁘다고 하게 되면 그건 더욱 나쁜 일이 되고 마네. 올바른 영향을 미치고자 하는 사람은 결코 비방을 해서는 안 되며, 불합리한 일이 있더라도 개의치 말고 오직 바른 일만 하면 되는 걸세. 요컨대 파괴하는 것이 아니라 인간이 순수한 기쁨을 느끼는 그 무언가를 건설하는 게 중요하다네."

이러한 훌륭한 말에 나의 마음은 유쾌해졌고, 그 값진 교훈에서 기쁨을 느꼈다.

괴테가 이어서 말했다. "바이런 경을 고찰하려면 인간으로서, 영국인으로서 그리고 위대한 천재로서의 면모를 각각 보아야 하네. 그의 좋은 특성은 주로 그의 인간성에서 유래하고, 나쁜 면은 그가 영국인이었고 또 영국 귀족의 한 사람이었기 때문에 나타나는 것일세. 그리고 그의 재능은 측량하기 어려운 것이었네.

모든 영국인들은 본래 그렇다 할 반성적인 기질을 타고나지 않았어. 산만함과 파당 정신은 결코 차분한 자기 형성을 이룰 수 없는 법이네. 그러나 그들은 실천적인 인간으로서는 위대하지.

마찬가지로 바이런 경도 자기 자신에 대해 올바르게 성찰할 수가 없었어. 예컨대 '돈만 많으면 권력도 소용없다.'라는 그의 신조는 엉성한 것이었지. 왜냐하면 많은 돈과 권력은 결국 같은 존재니까 말이야.

그럼에도 불구하고 그는 자신이 창작하고자 하는 모든 것을 성공리에 이루어내는데, 사실 그에게는 성찰 대신에 영감(靈感)이 그 몫을 하고 있는 것이네. 그는 언제든 시를 써야만 했고, 그럴 때 인간성으로부터, 특히 심정으로부터 나오는 모든 것은 탁월했네. 이를테면 그가 자신의 대상을 다루는 방식은 마치 여인네들이 아이들을 다루는 것과 같았지. 아무런 생각도 없고 또 어떻게 해야 할지도 모르는 여인네들 말일세.

그는 타고난 위대한 천재였네. 그 독특한 시적 능력은 내가 생각하기에 그 누구보다도 위대한 것으로 보이네. 외부 세계를 포착하고 지나간 상황들을 명석하게 통찰하는 점에 있어서 그는 셰익스피어 못지않아. 하지만 셰익스피어는 순수한 개인으로서 그보다 우월하네. 바이런도 이 점을 분명히 느끼고 있었기 때문에 셰익스피어에 대해서는 그렇게 많은 말을 하지 않고 있네. 그의 작품의 전체 구절을 줄줄 외우고 있었음에도 불구하고 말이야. 셰익스피어의 명랑함이 그에게는 장애가 되었기 때문에 그의 존재를 부인이라도 하고 싶었겠지. 하지만 그에게 반기를 들 수는 없었어. 반면에 바이런은 포프의 존재를 부인하지 않는데, 그것은 그를 두려워할 필요가 없었기 때문이네. 오히려 그는 포프의 이름을 들면서 할 수 있는 한 존경을 표하기도 했네. 왜냐하면 포프 정도는 가볍게 대적할 수 있다는 걸 잘 알고 있었기 때문이지."

괴테는 바이런에 대해서 끝도 없이 말할 것처럼 보였다. 나도 그의 말을 아무리 경청해도 물리지 않았다. 사소한 잡담을 잠시 나눈 후에 그가 다시 말을 이었다.

"영국의 시인으로서 높은 귀족 신분은 바이런에게 매우 불리했네. 왜냐하면 모든 재능은 세상으로부터 성가신 일을 당하기 마련이기 때문이지. 특히 그렇게 고귀한 태생에다가 그렇게 위대한 재능을 동시에 타고났으니 말할 것도 없겠지. 중류계급 정도의 신분이 재능을 가진 자에게는 훨씬 유리한 조건이네. 모든 위대한 예술가나 시인들이 중산층 출신인 것은 그 때문일세. 무제한적인 것을 향한 바이런의 성향은 만일 그의 신분이 좀 더 낮거나 능력이 좀 더 모자랐다면 훨씬 덜 위험했을 걸세. 그러나 갑작스럽게 변덕을 부리며 행동에 옮기는 기질 때문에 그는 수많은 분규에 말려들었던 거네. 더군다나 자기 자신이 그렇게 고귀한 신분인 마당에 그 어떤 귀족을 존경하고 배려할 마음이 생겼겠는가? 그는 마음이 내키는 대로 발언했고, 그 때문에 세상과 끊임없는 갈등에 빠지게 되었던 걸세."

괴테가 계속해서 말했다. "사람들은 그저 놀랄 뿐이네. 고귀하고 부유한 영국인이 도대체 무엇 때문에 여자와 눈이 맞아 도망치고 결투하는 행동을 반복했는지 궁금해하면서 말이야.

바이런 경 자신의 말에 의하면 자기 아버지도 세 명의 여인과 눈이 맞아 도망갔다는군. 그 아버지를 닮았으니 꽤나 분별력 있는 아들이라고 하겠지! 요컨대 그는 언제나 야생의 상태에서 살았네. 날마다 그의 눈앞에 정당방위의 필요성이 어른거리는 그런 삶이었지. 그래서 그는 쉬지 않고 피스톨을 당겼던 걸세. 언제라도 결투를 예상하며 살아야 했던 거지.

하지만 그는 혼자서는 살 수가 없었네. 그래서 온갖 괴팍한 행동에도 불구하고 자신이 속한 사교계에 대해서는 배우 관대했네. 어느 날 저녁에는 무어 장군의 죽음에 바치는 훌륭한 시를 지어 낭송하기도 했지만, 그의 귀족 친구들은 그게 무슨 의미인지 알지 못했네. 하지만 그는 개의치도 않고 그 시를 다시 호주머니에 집어넣었네. 시인으로서 그는 정말이지 한 마리의 순한 양임을 보여주는 장면이었네. 만일 그렇지 않았더라면 그의 귀족 친구들을 악마에게 넘겨주고 말았을 텐데 말이야."

1825년 4월 20일 수요일

오늘 밤 괴테는 한 젊은 대학생이 보낸 편지를 나에게 보여주었다. 『파우스트』 2부의 계획에 대해서 알고 싶고, 또 자기 나름대로 이 작품을 완성해 보겠다는 내용이었다. 그 대학생은 툭 터놓고 솔직하게 자신의 소망과 의도를 말했다. 그리고 마지막으로 자신의 최근 문학 활동은 모두 보잘것없지만, 앞으로는 새로운 문학이 꽃피게 될 거라며 호언장담하는 것이었다.

앞으로 살아가다 보면 나폴레옹의 세계 정복을 계속 이어가겠다고 큰소리치는 젊은이나 쾰른 대성당을 완성하겠다는 생각을 하는 젊은 아마추어 건축사를 만나는 일도 있을 것이다. 하지만 이들도 앞서 말한 젊은 문학 애호가보다는 더 괴이하고 터무니없거나 가소롭지는 않을 것이다. 단순한 취향으로 『파우스트』 2부를 창작할 수 있다는 망상을 가지다니 말이다.

나로서는 괴테의 의도대로 『파우스트』를 계속 창작하는 것보다는 쾰른 성당을 완성하는 편이 차라리 더 가능성이 있어 보인다! 왜냐하면 쾰른 대성당의 경우에는 기껏해야 수학적으로 고심하면 되고, 또 구체적으로 우리의 눈앞에 있으면서 손에 잡히는 것이기 때문이다. 그러나 눈에 보이지 않는 정신적 작품에 대해서는 어떤 실마리와 척도를 가지고 접근해야 한단 말인가. 정신적 작품이란 우선 멋진 표현을 구사하는 주체에 전적으로 달려 있고, 그 소재는 몸소 체험한 위대한 삶에서 가져와야 하며, 그 구체적인 창작 방식은 오랜 세월에 걸쳐 숙달되어 달인의 경지에 오른 기예를 요구하는 게 아닌가?

그러한 일을 가볍게, 아니 가능하다고 여기는 자의 재능이란 보잘것없음에 틀림없다. 왜냐하면 그런 자는 위대하고 어려운 작업에 대한 아무런 예감도 없기 때문이다. 괴테가 『파우스트』를 완성하는 과정에서 단 몇 개의 시구를 일부러 빼놓고는 앞의 젊은이 같은 자에게 그 부분에 적절한 시구를 메워 넣도록 시켰다고 치자. 그 젊은이가 그런 작은 일조차 감당할 수 없으리라는 건 명백하다.

지금까지는 다년간의 습작과 경험을 통해서만 얻을 수 있었던 것을 요즈음 젊은이들은 자기들이 태어나면서부터 이미 가지고 있었다고 여기는 이유가 어디에 있는지 더 이상 캐보고 싶지는 않다. 그러나 장담하거니와, 지금 독일에서 그처럼 빈번하게 제기되는 주장, 즉 점차적인 발전의 모든 난계를 내담하게 뛰어넘을 수 있다는 그런 생각으로는 미래의 대작에 대한 기대감을 거의 품을 수 없다.

이와 관련해 괴테는 다음과 같이 말했다. "한 국가에서 불행이란 사람들이 서로 사이좋게 살지 않고, 서로를 지배하려는 데서 생긴다네. 그리고 예술에서의 불행은 이미 만들어진 작품을 보며 기뻐하지 않고 모두들 각자 나름대로 새로이 만들려는 데 있지.

게다가 아무도 기존 문학작품의 인도를 받아 자신의 길을 촉진하려 하지 않고, 자신이 그 즉시 동일한 것을 새로 만들고 싶어 하네.

전체를 염두에 두는 진지한 자세는 없으며, 전체를 위해 무언가를 해야겠다는 생각도 하지 않고, 다만 자기 자신을 부각시켜 세상에 가능한 한 분명하게 보이고 싶어 할 뿐이야. 이러한 잘못된 노력은 도처에서 행해지고 있네. 대개는 최근에 활동하는 대가들을 모방하려고 하지만, 이 대가라는 자들은 청중이 순수하게 음악을 즐길 수 있는 곡을 선택하는 것이 아니라, 연주자가 자신의 숙달된 기량을 마음껏 뽐낼 수 있는 그런 곡을 선택해 연주하는 형편이네. 도처에 자신을 화려하게 드러내려는 개인들만 있고, 전체를 위해서 그리고 작품을 위해서 겸손하게 뒤로 물러서는 정직한 노력은 어디서도 볼 수가 없군.

게다가 사람들은 스스로 의식하지도 못한 채 졸렬한 작품을 만들어내고 있네. 아이들도 시를 짓고 있고, 또 계속해서 그렇게 하다가 청년기가 되면 무언가 이루어낼 것이라고 생각하지. 그러다가 마침내 어른이 되면 그제야 기존의 탁월한 것을 알아보고는 헛되이 보낸 세월에 놀라게 되는 것이네. 그릇된, 좋게 말하자면 불충분한 노력을 하며 낭비해 버린 세월 말일세.

사실, 그렇네. 많은 사람들은 완전한 것을 인식하지도 그들의 부족한 노력을 깨닫지도 못하고, 죽을 때까지 얼치기만 만들다가 세상을 마치고 말지.

이 세상에는 걸작들이 얼마든지 있고 그런 작품에 필적할 만한 것을 만들어내기 위해서는 어떤 노력을 기울여야 하는지를 일찌감치 자각한다면, 오늘날 시를 쓰는 수많은 젊은이들 중에 그런 대가의 경지에 이르고자 인내하고 재능을 연마하고 용기를 내면서 꾸준히 창작의 길로 나아갈 사람은 단 하나도 없을 게 분명하네.

또한 수많은 젊은 화가들도 라파엘로 같은 거장이 진실로 어떤 일을 이루었는지 좀 더 빨리 알고 이해했더라면 감히 화필을 잡지는 못했겠지."

대화는 흔히 있는 잘못된 경향과 관련된 것으로 이어졌다. 괴테가 계속해서 말했다.

"내가 조형예술에 실제로 힘을 쏟았던 건 잘못이었네. 타고난 소질이 없는 내가 그 방면에서 제대로 발전해 나갈 리 있겠나. 주변 풍경에 대한 얼마간의 감수성은 갖추고 있었기 때문에 처음 얼마간은 전도유망하게 보였지. 그러나 이탈리아 여행을 하면서 수월한 기분으로 그림을 그린다는 생각은 깨지고 말았네. 드넓은 시야를 얻은 대신에 사랑스러운 재능은 사라진 셈이지. 게다가 예술적인 재능은 기교나 미학으로 발전할 수 있는 성실은 아니니까 결국 내 노력은 무(無)가 되고 말았지."

괴테가 계속해서 말했다. "인간이 지닌 힘을 공동으로 계발하는 것이 바람직하며 또한 가장 뛰어난 방법이라고들 말하네만, 인간은 그렇게 태어나지 않았어. 인간은 각자 특수한 존재로서 자신을 연마해 나가야 하네. 그러나 그러한 특수한 것들 전체가 모여서 무슨 의미를 이루는가 하는 점도 이해하도록 노력해야겠지."

여기서 나는 『빌헬름 마이스터의 수업시대』를 떠올렸다. 거기에도 마찬가지로 모든 사람이 모여야만 인류가 되며, 다른 사람을 존중하는 한 우리가 존경받게 된다는 말이 쓰여 있었다.

또한 『빌헬름 마이스터의 편력시대』도 떠올랐다. 거기에서 몬탄은 한 가지의 손일만 익히도록 하라고 끊임없이 권하면서, 지금은 일면성의 시대라는 사실을 깨닫도록 한다. 그리고 자기 자신을 위해서나 남을 위해서나 그런 정신으로 일하는 자만이 행복하다는 칭송을 받을 수 있다고 말한다.

그러나 여기서 자신의 한계를 잘 지키면서도 아울러 지나치게 보잘것없는 일이 되지 않기 위해서는 어떤 손일을 익혀야 하는가 하는 문제가 제기된다.

그리고 많은 분야를 개관하고, 판단을 내리고, 지도력을 발휘하는 일을 하는 자는 또한 많은 분야에 대한 가능한 한 깊은 통찰력을 얻도록 노력해야 한다. 그러므로 군주라든지, 미래의 정치가들은 아무리 다방면으로 교양을 쌓아도 충분치 않은 법이다. 왜냐하면 다방면에 대한 조예야말로 자신의 손일인 셈이니까.

마찬가지로 시인은 다양한 분야에 대한 인식에 도달하기 위해 애써야 한다. 왜냐하면 세계 전체가 자신이 다루어야 하고 표현해야만 하는 소재이기 때문이다.

그러나 시인이 화가가 되어야 할 이유는 없다. 시인은 다만 세계를 언어로 재현하는 것에 만족해야 한다. 마찬가지로 시인은 구체적인 연기를 통해 세상을 관객들의 눈앞에 가져다주는 일은 배우에게 위임하고 있다.

왜냐하면 통찰력과 생의 활동은 서로 구분되어야 마땅하기 때문이다. 그리고 모든 예술은 그 구체적 실현이란 관점에서 볼 때 매우 어렵고 커다란 문제에 봉착해 있다는 사실을 고려해야 한다. 그러한 어렵고 커다란 문제를 거장답게 극복하려면 자기 자신의 삶에서 얻은 생생한 경험이 요구되는 법이다.

이처럼 괴테는 다방면에서 통찰력을 갖추기 위해 노력했으면서도, 실제 생의 활동에서는 단 한 분야에만 몰두했다. 그는 단 하나의 재능만을 닦았고, 그것도 대가의 경지에 도달했으니, 말하자면 독일어를 쓰는 일이었다. 그가 표현하는 소재 자체가 다양한 성격을 내포하고 있다는 점은 또 다른 문제일 뿐이다.

마찬가지로 수련과 생업 활동도 서로 구분되어야 한다.

예컨대 외부의 내상들을 포착하기 위해 자신의 눈을 온갖 방식으로 숙달시키는 작업은 시인으로서 갖추어야 할 수련에 속한다. 괴테는 조형예술을 자신의 생업 활동으로 삼으려고 하면서 실제로 그 분야에 힘쓴 것은 잘못이라고 말했다. 하지만 그것을 시인의 수련 과정으로서 본다면 아무런 문제가 없다.

괴테가 말했다. "내 시 작품의 구체성은 내 눈의 빈틈없는 주의력과 연습 덕분이었네. 그리고 거기에서부터 나온 지식도 높이 평가해야 하지."

그러나 그는 한편으로, 인간이 자신의 교육의 한계를 너무 광범위하게 잡으면 안 된다고 생각했다. 괴테가 말했다.

"자연과학자들이 특히 그런 오류에 빠질 우려가 있네. 왜냐하면 정말이지 자연을 제대로 관찰하자면 매우 조화롭고 광범위한 교육이 필요하기 때문일세."

하지만 이와는 달리 자신의 전문 분야에 꼭 필요한 지식의 경우라면 누구든 편협함과 일면성에 빠지지 않도록 조심해야 한다는 것이 또한 괴테의 견해였다.

연극의 대본을 쓰려는 작가는 무대에 대한 지식을 알아야만 한다. 그래야만 자신에게 주어진 수단들을 이리저리 심사

숙고할 수 있고, 또한 무엇을 해야 하고 무엇을 하지 말아야 하는지 알 수 있기 때문이라는 것이다. 마찬가지로 오페라 작곡가의 경우도 시에 대한 통찰력이 없어서는 안 된다. 왜냐하면 그래야만 우수한 것과 열등한 것을 구분할 수 있으며, 그의 예술을 불충분한 것들 때문에 낭비하지 않을 수 있다는 것이 괴테의 생각이었다.

괴테가 말했다. "카를 마리아 폰 베버[68]는 「오이리안테」를 작곡하지 말았어야 했어. 소재로서 적절하지 않으며, 그것으로부터는 아무것도 만들어낼 수 없다는 사실을 알았어야지. 여하간 모든 작곡가들은 자신의 예술을 위해서 이런 통찰을 당연히 가져야만 하는 걸세."

마찬가지로 화가는 대상들을 구분할 줄 알아야 하는데, 왜냐하면 무엇을 그리고 무엇을 그리지 말아야 하는지를 아는 것이야말로 화가의 전문 분야에 속하기 때문이라는 말도 했다.

괴테가 말했다. "그리고 무엇보다도 자신을 제한시키고 자신을 고립시키는 것이 최상의 방법이네."

함께 있는 동안 그는 언제나 내게 옆길로 새지 않도록 조심해야 하며, 늘 한 분야에만 집중하도록 당부했다. 내가 자연과학 분야에 눈을 돌릴 기미가 보이기라도 하면 그는 그것을 그만두고, 지금은 문학에만 힘을 쏟으라는 충고를 마다하지 않

68) 카를 마리아 폰 베버(Carl Maria von Weber, 1786~1826). 낭만파 오페라의 창시자인 독일의 작곡가.

았다. 그리고 내가 읽으려고 하는 책이 나의 현재의 길에 더 이상 도움이 되지 않는다고 생각할 경우에 괴테는 읽기를 그만두라고 말리면서, 내게 아무런 실제적인 도움도 되지 않는다고 말해주었다.

"나는 말일세." 하고 괴테가 어느 날 나에게 말했다. "내 분야가 아닌 것에 너무 많은 시간을 쏟았어. 로페 데베가[69]가 이루어낸 것을 생각해 보면, 내가 창작한 문학작품의 수는 너무나 약소하게 여겨지네. 내 자신의 분야에만 힘을 쏟아야 했던 거야."

또 다른 기회에 괴테가 말했다. "내가 암석을 수집하느라고 그렇게 많은 시간을 낭비하지 않고, 더 나은 일에 시간을 썼더라면, 다이아몬드와 같은 아름다운 작품을 만들었을 테지."

같은 이유에서 그는 자기 친구인 마이어를 높이 평가하면서 자랑을 했다. 마이어는 전 생애 동안 예술 연구에만 전념했고, 그 결과 이 분야에서 그의 뛰어난 통찰력을 인정하지 않을 수 없다는 것이었다.

"나도 물론 그 분야에 일찌감치 힘을 기울였었지." 하고 괴테가 말했다. "거의 반평생을 예술 작품의 관찰과 연구에 쏟았으니까 말이야. 하지만 어떤 분야에서는 마이어에 필적할 수가 없어. 그래서 새로운 그림이 나오면 이 친구에게 곧바로 보여주지 않고, 나 스스로 어느 정도 이해할 수 있는지 알아보

---

69) 로페 데베가(Lope de Vega, 1562~1635). 천 편이 넘는 작품을 남긴 스페인의 작곡가.

기 위해 그 그림을 미리 관찰하네. 그렇게 그 그림의 장단점을 분명하게 파악했다는 생각이 든 후에 그것을 마이어에게 보여 주는 것이지. 물론 그는 훨씬 예리하게 관찰하고, 많은 점에서 나와는 전혀 다른 관점을 제시하네. 그래서 언제나 새삼 깨닫게 된다네. 한 분야에서 진정으로 위대해진다는 것이 무슨 의미이며 어떠해야 하는지를 말일세. 마이어는 천년의 세월에 걸쳐 이루어진 예술을 꿰뚫어 보는 통찰력을 가진 사람이라네."

하지만 여기에서 이런 의문이 드는 것은 당연하리라. 인간은 단 하나의 분야에 매진해야 한다는 생각을 철두철미하게 관철한 괴테가 무엇 때문에 정작 자신은 평생에 걸쳐서 그렇게 다방면에 정력을 쏟았단 말인가.

이에 대해서는 내가 답변하고자 한다. 만일 괴테가 지금 세상에 태어나서 자기 나라의 문학과 과학의 발전이 이미 현재의 수준에(그것도 많은 부분은 사실 괴테 자신 덕분이다.) 이르러 있는 것을 본다면, 틀림없이 그렇게 다양한 분야에 눈을 돌리는 일은 없었을 테고, 다만 하나의 분야에 힘을 쏟았을 것이 분명하다고 말이다.

요컨대 괴테가 그렇게 다방면에 몰두하게 된 것은 모든 분야를 탐구하면서 지상(地上)에서의 일들을 분명히 인식하고자 한 그의 경향 때문만이 아니라, 이미 알려진 것을 표현하지 않을 수 없는 시대의 요구 때문이었다.

그는 등장과 함께 두 가지 커다란 유산을 물려받았다. 즉 오류와 불충분성이라는 유산이 주어졌기 때문에 그는 그것들을 제거하려 했고, 그러는 과정에서 평생 다방면의 노력을 기울일 수밖에 없었다.

만일 괴테가 뉴턴의 이론을 인간의 정신에 극히 해로운 커다란 오류로 보지 않았다면, 『색채론』을 집필하고 오랜 세월 그런 비전문 분야에 매진할 생각이 들었겠는가? 그렇다! 오류와의 갈등 관계에 있는 진리에 대한 감정이야말로, 그가 이 어두운 분야에 자신의 순수한 빛을 비추어주도록 한 원동력이었던 것이다.

과학적인 방법의 모범 사례라고 할 수 있는 그의 변형 이론에 대해서도 같은 말을 할 수 있다. 하지만 동시대인들이 그러한 목표에 도달하는 길을 이미 가고 있는 모습을 괴테가 보았더라면, 그는 결코 그런 작품을 쓸 생각을 하지 않았을 것이다.

심지어는 다방면에 걸친 그의 문학 창작상의 노력에 대해서도 마찬가지 말을 할 수 있다. 만일 『빌헬름 마이스터』 같은 작품이 자기 나라에 이미 있었다면, 괴테가 그런 소설을 썼을 것인가는 실로 커다란 의문이다. 그런 경우라면 그가 아마도 전적으로 드라마 창작에 전념했을지도 모르는 일이다.

그렇게 한 방향에 전념했을 경우 그가 무엇을 이루고 어떤 영향을 미쳤겠는가 하는 것은 결코 가볍게 넘길 문제가 아니다. 하지만 분명한 사실은 전체적인 것을 고려할 때 양식 있는 사람이라면 당연히 다음과 같이 생각할 것이라는 점이다. 즉 창조주가 일단 자신의 뜻에 따라 괴테를 충동해 만들어내게 한 그 모든 것은 정말 바람직한 것이었다는 사실 말이다.

1825년 5월 12일(?) 목요일

괴테는 감격해 마지않으면서 메난드로스[70]에 관해 이야기했다. "소포클레스 이후로 내가 메난드로스보다 더 좋아하는 작가는 없네. 참으로 순수하고 고귀하고 위대하며, 게다가 명랑하기까지 하니 말이야. 그 우아함은 아무도 따라갈 수 없을 정도이네. 그의 작품이 별로 남아 있지 않은 것은 물론 안된 일이지만, 얼마 남지 않은 그 소수의 작품만 해도 헤아릴 수 없이 귀중하고, 또 재능 있는 사람들이라면 그 작품들에서 많은 것을 배울 수 있을 거네."

괴테가 계속해서 말했다. "언제나 중요한 것은 우리가 배우고자 하는 사람들은 우리 본성에 맞아야 한다는 사실이네. 예컨대 칼데론은 정말 위대하고 나 또한 찬탄하는 인물이지만, 내가 그에게서 받은 영향은 아무것도 없네. 좋은 점에서나 나쁜 점에서나 마찬가지로 말일세. 하지만 그는 실러에게는 위험한 인물이었네. 아마도 실러가 그를 알았더라면 미혹되었을 걸세. 그러니까 실러가 죽고 난 후에야 칼데론이 비로소 독일에 널리 받아들여진 건 다행이었네. 칼데론은 기교적인 면이나 연극 무대에 관해서는 한없이 위대하네. 반면에 실러는 의지력에서 그보다 훨씬 뛰어나고 진지하고 위대해. 그러니까 그런 장점을 얼마만큼 상실했더라면 해로운 결과를 가져왔을

---

70) 메난드로스(Menandros, 기원전 342~290). 아리스토파네스와 더불어 고대 그리스의 대표적인 희극작가. 작품으로 『사모스의 여인』 등이 있다.

테지. 다른 면에서 칼데론의 위대함에 도달하지도 못하면서 말이야."

이어서 몰리에르가 화제가 되었다. 괴테가 말했다. "몰리에르는 참으로 위대해. 되풀이해 읽을 때마다 새삼 경탄하게 되니 말일세. 그는 독특한 사나이야. 그의 작품들은 비극에 가깝고 사람을 예민하게 만드는 데가 있네. 그래서 그 누구도 그를 따라할 용기를 감히 내지 못하는 거지. 악덕이 아버지와 아들 사이의 외경심을 모조리 제거해 버리는 그의 『수전노』는 특히 위대하며 고차원적인 의미에서 비극적이네. 그러나 그것을 번안한 독일의 어떤 작품은 아들을 친척으로 바꾸어 놓았기 때문에 의도가 약해져 아무짝에도 쓸모없게 되고 말았네. 악덕을 있는 그대로의 모습으로 나타내기가 두려운 모양일세. 그러나 악덕이 없다면 작품이 어떻게 성립할 수 있겠나. 어쨌든 견디기 어려운 일을 제외해 버린다면 비극적인 감동을 줄 수는 없는 법이네.

해마다 몰리에르의 작품을 몇 편씩 읽고 있는데, 그것은 내가 이따금 이탈리아의 위대한 거장들의 동판화를 감상하는 것과 같은 이치일세. 우리 같은 소인들은 그런 작품들의 위대함을 간직해 둘 능력이 없으니, 이따금 거기로 되돌아가서 그런 인상들을 마음속에 되살릴 필요가 있는 거지.

사람들은 언제나 독창성이라는 말을 입에 담지만, 그것이 도대체 무슨 의미가 있겠는가! 우리가 태어나자마자 세계는 우리에게 영향을 주기 시작하며, 그것은 우리가 죽을 때까지 계속되네. 그런 형편이니 에너지와 힘과 의욕을 제외한다면 도대체 자신의 것이라고 부를 수 있는 것이 무엇이 있을까! 그 모든 위대한 선각자나 동시대인에게 내가 힘입고 있는 바를 일일이 다 열거하고 나면 뒤에 남아 있는 것은 별로 없을 테지.

하지만 그렇다고 해서 우리 인생의 어떤 시기에 어떤 중요한 인물의 영향을 받는가 하는 점이 결코 사소한 문제는 아닐세.

레싱과 빙켈만 그리고 칸트가 나보다 연장자였고, 앞의 두 사람은 나의 청년 시절에, 뒤의 한 사람은 나의 노년 시절에 영향을 주었다는 사실은 나에게는 매우 커다란 의미가 있지.

더욱이 실러는 내가 세상사에 지치기 시작할 무렵에 나보다 훨씬 젊었고, 매우 활기찬 노력을 하고 있었다는 것, 그리고 훔볼트 형제나 슐레겔 형제가 내 눈앞에 등장하기 시작했다는 사실도 정말 중요한 의미가 있었네. 나에게 이루 말할 수 없을 만큼의 도움을 주었으니 말이야."

중요한 인물들로부터 받은 영향에 대해 이렇게 언급하고 난 후, 이제는 그가 다른 사람에게 준 영향으로 화제가 넘어갔다. 나는 뷔르거의 이름을 들면서, 그의 순수한 천부적 재능에도 불구하고 괴테로부터의 영향을 흔적조차 찾아볼 수 없다는 건 왠지 문제가 있어 보인다고 말했다.

괴테가 말했다. "뷔르거는 재능이란 점에서는 나와 유사한 데가 있었네. 그러나 그의 윤리적인 교양의 나무는 전혀 다른 토양에 뿌리를 박고 있었고, 전혀 다른 방향으로 뻗어갔네. 누구든 처음에 시작했던 방향에서 벗어나지 않으면서 점차적으로 자신의 교양을 높여가야 하는 법이지. 게다가 서른 살에

「슈닙스 부인」과 같은 시를 쓸 수 있었으니 나와는 조금 다른 길을 간다고 해도 당연한 일이겠지. 또한 그는 뛰어난 재능으로 독자를 획득하고 그들을 충분히 만족시켰던 터이니, 자기와는 거의 아무런 인연도 없는 동업자의 개성을 일부러 본받을 필요는 없었던 거네."

괴테가 계속해서 말했다. "요컨대 사람들은 자기가 사랑하는 사람에게서만 배우는 법이야. 나에 대해 그런 심정을 가진 사람은 오늘날 날로 성장해 가는 젊은 인재들 중에 더러 있긴 하지만, 나와 동시대인들 중에서는 아주 드물었네. 더욱이 중요한 사람들 중에서 나를 제대로 이해해 주는 사람은 거의 한 명도 찾아볼 수가 없었어. 그들은 『베르테르』가 나오자마자 마구 비난을 퍼부었는데, 내가 만일 그런 비난당한 부분들을 삭제했더라면 이 책 전체에서 단 한 줄도 제대로 남지 않았겠지. 그러나 그 어떤 비난도 내게 해를 끼치지는 못했어. 저명하기는 하지만 몇몇에 지나지 않는 자들의 그러한 주관적 판단 따위는 대중의 지지에 의해 상쇄되어 버렸기 때문이네. 여하간 백만의 독자를 기대하지 않는 인간은 단 한 줄도 쓰지 말아야 하겠지.

세상 사람들은 벌써 이십 년이 넘도록 실러와 나 둘 중에 어느 편이 더 위대한가를 두고 논쟁을 하고 있네. 하지만 그들로서는 논쟁거리가 될 만한 인간이 두셋이나마 있다는 걸 기뻐해야겠지."

1825년 6월 11일 토요일(혹은 6월 1일 수요일)

괴테는 오늘 식사 중에 패리[71] 소령이 바이런 경에 대해 쓴 책에 관해 많은 이야기를 했다. 그는 그 책을 극구 칭송했는데, 여기에서 바이런 경의 인물과 그 의도가 여태까지 그에 관해 쓰였던 그 어떤 책보다도 더욱 완벽하고 더욱 명료하게 표현되어 있다고 말했다.

괴테가 계속해서 말했다. "패리 소령은 아주 뛰어난 인물, 아니 속이 깊은 사람임에 틀림없어. 자기 친구의 본질을 그토록 선명하게 포착해 완벽하게 표현할 수 있었으니 말이야. 그의 책에 나오는 표현 하나는 특히 사랑스럽고 만족스럽다네. 고대의 그리스인, 플루타르크의 표현과도 비교할 수 있을 정도야. 패리가 이렇게 썼더군. '그 고귀한 양반에게는 시민적 지위를 나타내는 그 모든 덕목들이 결여되어 있었는데, 출신 성분으로 보나, 교육으로 보나, 생활방식으로 보나 그러한 덕목들을 익힐 수가 없었다. 그리고 그에 대해 비우호적인 비판자들은 모두 중산계급 출신이었다. 그러므로 그들은 그 자체로서 소중하게 여겨져야 할 덕목들이 그에게 없는 것을 비난하면서 유감스럽게 생각했던 것이다. 말하자면 우직하기만 한 대중은 저 높은 곳에 위치하고 있는 바이런이 그들로서는 감히 상상할 수도 없는 공적을 남겼음을 생각지 못하는 것이다.'

---

71) 윌리엄 에드워드 패리(William Edward Parry, 1790~1855). 바이런의 친구였던 영국의 해군 장교.

자, 말해보게, 이 이야기가 자네 마음에 들지 않나? 언제 어디서나 들을 수 있는 말은 아닐 테지?"

내가 대답했다. "그런 견해가 공공연하게 표명되어 있는 것을 보니 기쁩니다. 저 높은 곳에 있는 사람에 대해 이러쿵저러쿵 시시하게 험담을 하고 깎아내리는 자들이 이로써 완전히 묵사발이 되었으니까요."

그러고 나서 우리는 문학과 관련이 있는 세계사 속의 대상들에 대해 이야기했다. 시인에게 있어서 어느 한 민족의 역사가 다른 민족의 역사보다 상대적으로 더 바람직하게 작용할 수 있느냐 하는 문제였다.

괴테가 말했다. "시인은 특수한 것을 포착해야 하네. 그리고 이것이 건강한 것이라야만 그 속에서 보편적인 것을 나타낼 수가 있네. 영국의 역사는 문학적인 표현에서는 안성맞춤이야. 왜냐하면 영국의 역사는 튼튼하고 건강하며, 따라서 보편적이고 반복해서 나타나기 때문이지. 반면에 프랑스의 역사는 되풀이되지 않는 생의 한 시기를 나타내고 있기 때문에 문학에는 적합지가 않네. 그러므로 이 민족의 문학은 그것이 그러한 시기에 계속 토대를 두는 한, 시대와 함께 낡아질 하나의 특수한 것으로 남겠지."

괴테가 나중에 말했다. "프랑스 문학의 현재 시기는 전혀 판단할 길이 없네. 독일 문학이 밀쳐 들어와 그 속에서 커다란 발효 작용을 일으키고 있네만, 이십 년쯤 지나야 비로소 그 결과를 알 수가 있겠지."

이어서 우리는 시와 시인의 본질을 추상적인 정의에 의해서 표현하려고 애를 쓰지만 명석한 결론에 도달하지 못하고 있는 미학자들에 대해서 이야기했다.

"정의를 내리려고 해봤자 무슨 소용이란 말인가!" 하고 괴테가 말했다. "상황에 대한 생생한 감정과 그것을 표현하는 능력이야말로 시인을 만드는 걸세."

1825년 10월 15일(혹은 12일) 수요일

오늘 밤따라 괴테는 유달리 기분이 좋아 보였다. 나도 그로부터 의미심장한 여러 이야기를 다시 들을 수 있어서 기뻤다. 우리는 최근의 문학 상황에 대해서 이야기했는데, 괴테는 다음과 같이 자신의 견해를 밝혔다.

"문학 연구가들이나 작가들에게 개인의 독창적 개성이 없다는 점이 우리나라 최근 문학이 마주한 모든 병폐의 근원이네.

특히 비평에서는 이러한 결점이 세상에 해롭게 작용하고 있네. 진실한 것 대신에 거짓된 것을 퍼뜨리거나, 아니면 초라한 진실 때문에 우리에게 더욱 이로운 위대한 것을 빼앗아 버리기 때문일세.

지금까지 세상 사람들은 루크레티아[72]라든가 무키우스 스

72) 기원전 6세기 로마의 전설상의 부인. 로마의 황태자 섹스투스 타르퀴니우스에게 겁탈당한 뒤 자살했다.

카이볼라[73] 같은 인물들의 영웅적 정신을 믿어왔고, 그렇게 함으로써 마음을 따뜻하게 하고 정신을 고무시켜 왔던 거네. 그런데 이제 역사 비평이라는 것이 나타나서, 그런 인물들은 결코 존재한 적이 없었으며, 다만 로마인의 위대한 정신이 만들어낸 허구나 우화로 보아야 한다고 말하고 있네. 하지만 그렇게 초라한 진실을 가지고 도대체 어디에 써먹자는 것인가! 로마인들이 그런 것을 창작할 정도로 위대했다면 우리는 적어도 그것을 믿을 만큼은 위대해야겠지.

마찬가지로 나는 지금까지 13세기의 한 위대한 사건을 생각하면 늘 즐거워졌다네. 당시에 황제 프리드리히2세가 교황과 다투고 있었기 때문에 북부 독일은 온갖 적들이 침공할 수 있는 무방비 상태였지. 실제로 아시아의 유목민이 침입해 슐레지엔까지 육박하고 있었네. 하지만 리크니츠 공작이 그들에게 커다란 패배를 안겨줌으로써 적을 경악케 했지. 그 후에 그들은 다시 매렌으로 방향을 돌렸으나 거기에서도 슈테른베르크 백작에 의해 격퇴를 당했던 거네. 그리하여 이 용감한 사람들은 오늘날까지도 내 마음속에 독일 국민의 위대한 구출자로서 여전히 살아 있는 걸세. 그런데 이제 역사 비평이라는 게 나타나서 그 영웅들은 전혀 무익한 희생을 치렀던 것이며, 아시아 군대는 이미 귀환 명령을 받은 상태라 자발적으로 퇴각했을 것이라는 등의 말을 하고 있네. 그렇게 하여 이제 조

73) 기원전 6세기 로마의 전설적 인물. 자신의 굳은 의지를 보여주기 위해 에트루리아의 왕 포르세나 앞에서 자신의 손을 불 속에 집어넣었다.

국의 위대한 전설적 사실이 절름발이가 되고 망가지게 되었으니, 정말이지 역겹다는 느낌만 드는군."

역사 비평가에 대한 이런 언급이 있은 후에 괴테는 다른 종류의 연구자와 문필가에 대해서 이야기했다.

"나는 인간들의 가련한 처지도, 인간들이 참으로 위대한 목적에 대해 얼마나 무관심한지도 모르고 지나갔을 것이네."라고 괴테가 말했다. "만일 내가 자연과학 연구를 통해 이 사람들의 입장을 시험해 보지 않았더라면 말이야. 여하튼 내가 알게 된 것은 대부분의 인간들에게 학문이란 밥벌이가 되는 한 의미가 있으며, 그들이 생존할 수 있다면 오류마저도 신성한 것으로 만들어버린다는 점이네.

그리고 문학에도 사정은 별로 나을 게 없어. 여기에서도 진실하고 건전한 것에 대한 위대한 목적이라든지 진정한 사랑과 그런 감각을 확산시키는 일은 아주 드물게밖에 볼 수가 없네. 남을 옹호하거나 받아들이는 것도 알고 보면 자기가 다시 옹호받거나 받아들여지기 위해서이지. 그들은 참으로 위대한 것에 대해서는 불쾌감을 느끼면서 그것을 이 세상 밖으로 추방하려고 든다네. 그래야만 그들 자신이 좀 더 유명해질 테니 말일세. 대개는 다 그렇고, 소수의 뛰어난 사람들도 별로 나을 게 없어.

뵈티거는 그 위대한 재능으로 보나 그 박학다식함으로 보나 우리나라에 크게 공헌할 수 있는 인물이었네. 하지만 그에게는 개성이 결여되어 있었기 때문에 국민들에게 특별한 영향을 미치지 못했고, 그 자신도 국민의 존경을 받을 수가 없었던 거지.

우리에게는 레싱과 같은 사람이 필요해. 그가 그토록 위대한 이유가 성격이나 강력한 의지가 아니라면 무엇 때문이겠는가! 그 사람만큼 현명하고 교양이 있는 사람은 많지만, 그와 같은 개성은 참으로 드물지!

재치 있고 지식이 풍부한 사람은 얼마든지 있어. 하지만 그들은 동시에 허영심으로 가득 차 있다네. 근시안적인 대중으로부터 재치 있는 사람이라는 칭송을 받고 싶은 마음에서 수치심도 겸양심도 잊어버린 사람들에게 신성한 것이라곤 전혀 존재하지 않지.

그러므로 장리 부인[74]이 볼테르의 몰염치함과 뻔뻔스러움에 저항한 것은 정말이지 옳은 행동이었네. 아무리 재치가 있다 하더라도 결국 그것만으로는 세상에 아무런 도움도 되지 않으며, 그 위에 아무것도 건설할 수 없기 때문이지. 심지어는 사람들에게 매우 해로울 수도 있네. 사람들을 혼란시키고 사람들로부터 필요한 받침대를 빼앗아 버리니 말이야.

그리고 또! 우리는 도대체 무엇을 알고 있다는 건가. 우리의 모든 재주를 동원한들 어디까지 진보할 수 있다는 건가!

인간이 이 세상의 여러 문제들을 해결하기 위해 태어난 것은 아니야. 문제의 발단이 어디에 있는가를 찾아야 하며, 그러고 나서 이해할 수 있는 범위 내에 머물러야 하는 걸세.

---

74) 스테파니 펠리시테 드장리(Stéphanie Félicité de Genlis, 1746~1830). 프랑스의 여류 작가. 엄격한 가톨릭주의자로서 볼테르와 스탈 부인에게 반기를 들었다.

우주의 운행을 측정한다는 것은 인간의 능력을 넘어서는 일이며, 삼라만상 속에 이성을 척도로 갖다댄다 하더라도 인간의 시야는 좁기 그지없으므로 도무지 헛될 뿐이네. 인간의 이성과 신의 이성은 전혀 다른 별개의 것이니까 말일세.

인간에게 자유를 인정하는 순간 신의 전지전능은 끝장나는 거야. 왜냐하면 내가 하려는 것을 신이 아는 순간, 나는 신이 아시는 대로 행동해야 하기 때문이지.[75]

내가 이런 예를 드는 것은 우리가 아는 것이 얼마나 조금밖에 되지 않는지, 그리고 신의 비밀에 손을 대려는 건 옳지 않은 일이라는 점을 말하기 위함이네.

아무리 고상한 격언이라 할지라도 그것이 세상에 도움이 되는 한에서만 말해야 하네. 그 이외의 것은 자기 마음속에 간직해야겠지. 그래도 이런 격언은 우리의 행동 위에 그 빛을 던지려 할 것이고, 또 던지게 될 테지. 구름 뒤에 가려진 태양의 온화한 빛이 그 모습을 드러내듯이 말이야."

1825년 12월 25일 일요일

오늘 밤 6시경에 괴테에게 갔더니 그는 혼자 있었다. 우리는 몇 시간 동안 함께 즐겁게 보냈다.

---

75) 괴테는 여기에서 인간의 자유와 신의 전지전능함은 서로 모순관계에 있음을 말하고 있다.

괴테가 말했다. "요즈음 이런저런 일 때문에 마음이 바빴네. 온갖 곳으로부터 호의를 받고 고맙다는 인사말을 전하기에도 시간이 모자랄 지경이었으니 말이야. 내 작품들의 출판과 관련된 허가서가 각 궁정에서 연달아 도착했지만, 궁정마다 형편이 달라서 그때마다 일일이 다른 답장을 보내야 했네. 그리고 수많은 서적상들로부터 제안이 들어와서, 심사숙고해 일일이 답장해야 했지. 그러고 나서 바이마르 도착 기념일[76]에 맞추어 수많은 축하 편지와 선물을 받았는데, 아직까지 감사의 답장도 다 하지 못하고 있는 형편이네. 알맹이 없는 겉치레의 말이 아니라 각자에게 예의바르면서도 적절한 말을 하려고 하다 보니 말이야. 이제 차츰 여유가 생기겠지. 다시 즐거움을 되찾을 것 같은 기분이 드니까 말이야.

요즈음 이따금 이런 생각이 든다네.

우리가 행하는 모든 것에는 그 결과가 따르는 법이라고. 그렇지만 현명하고 올바른 행동이라고 해서 언제나 유리한 결과가 생겨나는 것은 아니고, 그 반대의 행동이라고 해서 언제나 불리한 결과가 초래되는 것도 아니야. 왜냐하면 오히려 정반대로 좋은 결과를 가져오는 수가 종종 있으니까.

얼마 전에 앞서 말한 서적상들과의 협상에서 한 가지 실수를 저질렀는데, 그 일 때문에 몹시 자책했었지. 그런데 이제는 사정이 바뀌어서 만일 내가 그 실수를 하지 않았더라면 오히

---

76) 1775년 2월 7일 괴테가 바이마르에 온 지 오십 년이 되는 날을 기념한 것을 말한다.

려 커다란 실수가 될 뻔했네. 그런 일은 인생에서 종종 되풀이 되는 법이라, 이런 사실을 꿰뚫어 보는 현실주의자들은 뻔뻔스럽고 대담하게 사업에 착수하는 거네."

나는 처음으로 듣는 이런 말을 깊이 새겨들었다. 그러고 나서 대화를 그의 몇몇 작품으로 돌렸는데, 비가(悲歌) 「알렉시스와 도라」도 화제에 올랐다.

괴테가 말했다. "이 시를 두고 사람들은 결말이 매우 격정적인 점을 비난하면서, 질투심에 찬 열정 없이 그 비가를 부드럽고 평화롭게 끝맺도록 요구했네. 하지만 나로서는 그들의 말이 옳다고 인정할 수가 없었어. 여기에서 질투심은 너무나 명백하고 너무나 객관적인 사실이어서 그것이 그 자리에 없다면 시는 무언가 결핍되고 말았을 거네. 어떤 젊은이를 알고 있는데, 그 청년은 손쉽게 차지하게 된 그 소녀를 향해 열정적인 사랑에 못 이겨 다음과 같이 외쳤네. '그녀는 다른 남자에게도 나처럼 대해주었단 말인가?'"

나는 그의 말에 전적으로 공감을 표했다. 그러고 나서는 이 비가의 특징적인 면모에 대해 언급했다. 즉 그 시는 그처럼 좁은 공간 속에서 얼마 되지 않은 시행으로 모든 걸 잘 묘사해 놓았기 때문에, 그 가정의 주변 환경과 등장인물들의 삶 전체를 일목요연하게 들여다볼 수 있다는 것이었다.

내가 말했다. "묘사가 너무나 사실적으로 보이기 때문에 선생님의 실제 체험이 바탕이 되지 않았나 하는 생각이 듭니다."

"다행이군." 하고 괴테가 대답했다. "자네에게 그렇게 보인다니 말일세. 여하간 실제적인 진실을 토대로 하는 상상력을 소유한 자는 매우 소수에 지나지 않아. 대부분은 아무런 감도 잡을 수 없는 낯선 나라들이나 상황들로 애써 빠져 들어가, 그들의 상상력을 기이하기 짝이 없는 형태로 만들어버리기 일쑤이니까.

또 다른 부류는 실제적인 것에만 착 달라붙어 시적 상상력이란 조금도 없는 편협하기 그지없는 요구만을 일삼고 있네. 예컨대 그런 부류 중의 몇몇 사람은 이 비가에서 나더러 알렉시스에게 짐 보따리를 들어줄 하인 하나를 붙여주라고 요구했네. 그렇게 되면 그 상황에서 모든 시적이고 전원적인 요소가 흐트러지고 만다는 생각은 하지도 않는 거지."

화제는 「알렉시스와 도라」에서 다시 『빌헬름 마이스터』로 이어졌다.

"별스러운 비평가들이 있더군." 하고 괴테가 계속해서 말했다. "이 소설에서 주인공이 좋지 못한 단체의 사람들과 지나치게 자주 교류한다고 비난하고 있으니 말일세. 그러나 내 의도는 소위 좋지 못한 단체를 일종의 그릇으로 삼아 그 속에다가 내가 좋은 단체라고 생각하는 걸 담으려고 했던 거네. 그럼으로써 그런 단체에다가 다양한 문학적 형태를 부여했던 걸세. 만일 내가 좋은 단체를 다시 소위 좋은 단체를 그려냄으로써 보여주려 했다면, 아무도 그 책을 읽고 싶어 하지 않았을 테지.

『빌헬름 마이스터』에 나오는 사소한 일들의 배후에는 언제나 더욱 고차원적인 것이 자리 잡고 있네. 그러므로 작은 것들 속에서 보다 큰 것을 알아보려면 감식안과 세상 물정에 대한 지식 그리고 조망하는 힘을 충분히 소유하기만 하면 되겠지. 필부들이야 세상을 겉모습대로 볼 뿐이겠지만 말일세."

그러고 나서 괴테는 영국에서 만들어진 아주 의미심장한 작품을 보여주었는데, 거기에는 셰익스피어의 전체 작품이 동판화로 표현되어 있었다. 페이지마다 여섯 개의 작은 그림들이 인쇄되어 있었는데, 그 각각의 그림들 아래쪽에는 몇 줄의 시구들이 적혀 있었다. 그래서 셰익스피어의 작품들 하나하나의 근본 개념과 아주 중요한 장면들이 바로 눈앞에서 보는 듯 선명하게 드러나 있었다. 불멸의 가치를 지니는 비극과 희극의 모든 작품들이 그러한 방식으로, 마치 가장무도회의 행렬처럼 눈앞에 펼쳐져 있었다.

괴테가 말했다. "이 그림들을 자세히 보고 있노라면 놀라움을 금치 못하게 되네. 그처럼 무한히 풍성하고 위대한 셰익스피어의 세계가 바로 거기에 나타나 있는 게 아닌가! 인간 삶의 모티프 중에서 그가 묘사하지 못하거나 말로 표현하지 않은 것은 없어. 게다가 그 모든 것이 얼마나 경쾌하고 자유분방하게 그려져 있는가!

셰익스피어에 대해서는 무슨 말을 하더라도 불충분하겠지. 나는 『빌헬름 마이스터』에서 그에게 다가가기 위해 이리저리 타진해 보았네. 그러나 별 소득이 없었어. 그는 극작가라고 볼 수는 없네. 무대를 염두에 둔 적이 없으니 말이지. 그의 위대한 정신에 비할 때 무대는 너무나 좁았어. 아니 눈에 보이는 세계 전체라 할지라도 그에게는 좁았겠지.

그는 너무나 풍성하고 너무나 강력한 인간이야. 어지간히 창조적인 성격의 소유자라 할지라도 셰익스피어 때문에 좌절하지 않으려면 그의 작품을 해마다 하나씩만 읽어야 할 걸세. 내가 『괴츠 폰 베를리힝겐』과 『에그몬트』를 창작함으로써 그의 손아귀에서 벗어나게 된 것은 잘한 일이었지. 그리고 바이런이 셰익스피어에 대한 존경심에 과도하게 매몰되지 않고 자신의 길을 간 것도 아주 잘한 일이었어. 실로 많은 뛰어난 독일인들이 그 사람 때문에 좌절했지. 그와 칼데론 때문에 말이야!"

괴테가 계속해서 말했다. "셰익스피어는 우리에게 은쟁반에 황금의 사과들을 담아서 준다네. 우리도 그의 작품들을 연구함으로써 은쟁반을 얻게 되지. 하지만 우리는 거기에다가 감자를 담게 되니, 이것이야말로 고약한 점이라 하겠지!"

괴테의 이러한 훌륭한 비유를 듣고 나는 기쁜 마음으로 웃었다.

그러고 나서 괴테는 나에게 베를린에서 있었던 「맥베스」 공연과 관련해 첼터가 보낸 편지를 읽어주었다. 음악이 그 작품의 위대한 정신과 성격을 따라가지 못한다는 내용이었는데, 첼터는 여러 군데에서 그 점을 지적하고 있었다.

괴테의 낭독으로 그 편지는 넘쳐흐르는 생기를 다시 얻게 되었다. 몇몇 구절의 뛰어난 부분을 나와 함께 맛보기 위해 괴테는 이따금 낭독을 중단하기도 했다.

괴테가 이런 기회에 말했다. "「맥베스」는 셰익스피어의 가장 뛰어난 극작품이라고 생각하네. 거기에는 무대에 관한 가장 노련한 정신이 담겨 있지. 그러나 그의 자유로운 정신을 알아보려면 『일리아스』의 소재를 자기 방식대로 다루고 있는 『트로일루스와 크레시다』를 읽어보게나."

화제는 바이런에게로 넘어갔다. 셰익스피어의 순진무구한 명랑함과 비교하면 그는 얼마나 불리한 입장이었는지, 그리고 그 자신이 이런저런 방식으로 부정적인 영향을 미쳤으므로 그처럼 자주 그리고 대부분의 경우에 일리 있는 비난을 듣게 된 일 등이 화제에 올랐다. 괴테가 말했다. "만일 바이런이 그의 마음속에 있는 적대의식 모두를 의회의 단상에 서서 마음껏 그리고 거듭해서 토로할 기회를 가졌더라면 더욱 순수한 시인이 되었을 거네. 그러나 그는 의회에서 발언할 기회가 없었기 때문에 가슴속에 지닌 국가에 대한 모든 반감을 자신의 내부에 묻어두는 수밖에 없었던 것이고, 그 적대감에서 해방되기 위서 그것을 시로 형상화하거나 표현하는 방법 외에는 달리 도리가 없었던 것이지. 그래서 나는 바이런이 끼친 부정적 영향의 커다란 한 부분에다가 '하지 못한 의회 연설'이라는 이름을 붙이고 싶은데, 그렇게 부적절한 이름은 아니라는 생각이 드네."

그러고 나서 우리는 플라텐에 대해서 이야기했는데, 그의 부정적인 경향도 바이런의 경우와 마찬가지로 우리의 찬동을 받을 수가 없었다. 괴테가 말했다.

"그에게 어느 정도 뛰어난 자질이 있다는 건 부정할 수 없는 사실이야. 하지만 그에게는 '사랑'이 결여되어 있어. 그는 자기 자신뿐만 아니라 독자들과 동료 시인들도 사랑하지 않네. 그래서 사람들은 그에게도 다음과 같은 사도의 말씀을 적용하고 싶어지는 것이네. '내가 사람의 방언과 천사의 말을 하더라도 사랑이 없으면 소리 나는 놋쇠와 울리는 꽹과리에 지나지 않습니다.'라고 말일세. 최근에도 플라텐의 시들을 읽어 보았지만 그 넘치는 재능만은 부정할 수가 없더군. 그러나 앞서 말했다시피 그에게는 사랑이 없어. 그러므로 마땅히 그래야 할 만큼의 영향을 그는 결코 발휘할 수 없을 거네. 사람들은 그를 두려워할 테지. 그리고 그는 자신과 마찬가지로 기꺼이 부정적이고자 하는 자들의 우상이 되겠지. 그러나 그와 같은 정도의 재능을 가진 자들의 우상이 될 수는 없을 거네."

1826년

1826년 1월 29일 일요일 저녁

독일 제1의 즉흥시인인 함부르크의 볼프 박사가 며칠 전부터 이곳에 와 머무르면서 공개적으로 그의 특이한 재능을 널리 선보이고 있었다. 금요일 저녁에는 아주 많은 청중들 앞에서 그리고 바이마르 궁정 사람들이 참석한 가운데 뛰어난 즉흥시를 지었다. 그리고 그날 밤 괴테로부터 다음 날 정오에 집에 오도록 초대를 받았다.

그리하여 볼프 박사는 어제 낮에 괴테 앞에서 즉흥시를 읊었고, 밤에는 나와 이야기를 나누었다. 그는 매우 행복해하면서 말했다. 괴테의 몇 마디 말이 자기에게 아주 새로운 길을 열어주었고, 괴테의 비판이 정곡을 찔렀던 그 시간은 자신의 인생에서 획기적인 계기가 되리라는 것이었다.

그래서 오늘 밤 내가 괴테에게로 갔을 때 곧장 볼프가 화제에 올랐다. "선생님께서 좋은 충고를 해주셨다고 볼프 박사는 매우 기뻐하고 있었습니다." 하고 내가 말했다.

"그에게 아주 솔직하게 말해주었네." 하고 괴테가 대답했다. "내 말에 영향을 받고 고무되었다면 그건 대단히 좋은 징조야. 그의 재능은 의심의 여지없이 훌륭한 것이네만, 요즈음 만연하고 있는 주관주의라는 병에 걸려 있어서 그걸 고쳐주고 싶었네. 그래서 시험 삼아 함부르크로 돌아가는 장면을 그려보라고 말했지. 그러자 그 즉시 울림이 좋은 시구를 읊기 시작하더군. 감탄스럽기는 했지만 그렇다고 칭찬할 수도 없었네. 그가 보여준 것은 함부르크로의 귀향이 아니라, 한 아들이 자기 부모나 친척이나 친구들에게로 돌아갈 때의 느낌일 뿐이었네. 그러니까 그의 시는 함부르크로의 귀향일 뿐만 아니라, 메르제부르크나 예나로의 귀향이라고 해도 무방했지. 그런데 생각해 보게, 함부르크가 얼마나 두드러지고 특징적인 도시인가. 그가 대상을 정확히 파악할 수 있고 또 그렇게 했더라면 실로 독특하게 묘사할 재료로서는 그만이었을 텐데 말이야."

나는 그러한 주관적 경향이 유행하고 있는 책임은 감정의 영역을 소재로 한 것이라면 언제나 갈채를 보내는 독자에게 있는 것이 아니냐고 말했다.

"일리가 있는 말이야." 하고 괴테가 말했다. "그러나 독자에게 좀 더 나은 것을 전한다면 더욱 만족스럽겠지. 볼프와 같은 즉흥시인이 로마나 나폴리나 빈이나 함부르크나 런던과 같은 대도시의 삶을 독자가 자기 눈으로 보고 있다고 믿게 할 만큼 아주 진실하고 생동감 있게 그려낼 수 있다면 모두를 기쁘게 하고 열광시킬 것이네. 그가 껍질을 깨고 객관적인 것으로 돌진해 간다면 구원받을 거야. 그에게 상상력이 없는 것은 아니니까 가능한 일이지. 다만 신속하게 결심해서 과감하게 성취하는 일만 남아 있을 뿐이네."

내가 말했다. "제가 보기에는 생각보다 어려울 것 같습니다. 사고방식 전체를 모조리 바꾸어야 하니까요. 성공한다 하더라도 창작에 있어서 일시적인 정체 현상이 나타날 것이고, 객관적인 것에 길들어 그것이 제2의 천성이 되기까지는 오랜 수련 기간이 필요할 테니까요."

괴테가 대답했다. "물론 이런 비약은 엄청난 일이지. 하지만 용기를 가지고 신속하게 결단을 내려야만 하네. 예컨대 수영의 경우 물에 대한 두려움을 극복하려면 곧장 물속으로 뛰어들어서 그 자연의 원소를 자기 것으로 만들어야 하는 이치와도 같겠지."

괴테가 계속해서 말했다. "노래를 배우려는 사람의 경우 자기 목청에 맞는 음이라면 어떤 음이라도 자연스럽고 간단하게 낼 수 있지만, 목청에 맞지 않는 음이라면 처음에는 내기가 몹시 어려울 거야. 그러나 가수가 되려면 그런 음들도 자기 것으로 만들어야만 하네. 어떤 음이든 자유자재로 구사할 수 있어야 하니까. 시인의 경우도 마찬가지이네. 약간의 주관적인 감정 정도를 토로하고 있는 주제에, 아직까지 시인이라고는 할 수 없는 걸세. 세계를 자기 것으로 만들어서 표현할 수 있어야만 그제야 시인라고 할 수 있는 것이지. 그렇게 되면 그는 밑천이 다하는 일도 없고, 언제까지나 신선함을 유지할 수 있네. 반면에 주관적인 성질의 사람은 자신의 보잘것없는 내면을 금방 토해내고는, 결국 매너리즘에 빠져 파멸해 버린다네.

고대인들에 대한 연구를 곧잘 말하지만, 이것도 결국은 현실의 세계를 직시해 그것을 표현하도록 노력하라는 요구에 지나지 않아. 왜냐하면 고대인들도 살아 있을 때는 그렇게 했으니까 말이야."

괴테는 일어서서 방 안을 이리저리 거닐었다. 그동안 나는 그가 바라는 대로 책상 옆의 내 의자에 앉아 있었다. 그는 잠시 난로 옆에 가 서더니 무슨 생각이 떠올랐는지 내 쪽으로 와서 손가락을 입에 갖다 대면서 다음과 같이 말했다.

"자네에게 털어놓을 이야기가 있네. 자네도 앞으로 살다 보면 여러모로 확인하게 되겠지만 말이야. 요컨대 후퇴와 해체의 과정에 있는 모든 시대는 언제나 주관적인 것이네. 반면에 전진해 가는 시대는 늘 객관적인 방향을 지향하지. 우리 시대는 어떻게 보아도 후퇴의 시대이네. 왜냐하면 현대는 주관적이기 때문이지. 이런 사실은 문학만이 아니라 회화나 그 밖의 많은 분야에서도 볼 수 있네. 이와는 달리 모든 의의 있는 노력이란(모든 위대한 시기에서 볼 수 있듯이) 내면에서 출발해 세계로 향하지. 그런 시대는 실제로 노력과 전진을 계속해 모두 객관적인 성격을 지니고 있었네."

이와 같은 말을 계기로 재미있는 이야기들이 오갔고, 특히 15, 16세기의 위대한 시대가 언급되었다.

그러고 나서 화제는 연극으로 넘어가, 최근 작품들의 경향이 연약하고 감상적이며 음울하다는 이야기가 나왔다.

"저는 지금 몰리에르를 읽으면서 제 자신을 위로하고 힘을 얻고 있습니다." 하고 내가 말했다. "그의 『수전노』 번역을 끝내고 지금은 『마지못해 의사가 된 사람』을 번역하고 있습니다만, 몰리에르는 정말 위대하고 순수한 인간입니다!"

"그렇다네." 하고 괴테가 말했다. "'순수한 인간'이란 말은 그에게 꼭 맞는 말이야. 그에게는 비뚤어지거나 치우친 데라곤 조금도 없어. 그러면서도 그렇게 위대하다니! 그는 자기 시대의 풍습을 마음대로 지배했었지. 이에 반하여 우리나라의 이플란트나 코체부는 시대의 풍습에 지배되고 그 속에 갇혀 감금되어 있었네. 몰리에르는 인간들을 진실한 모습으로 묘사함으로써 인간을 징벌했는데 말일세."

내가 말했다. "몰리에르의 작품들을 순수한 모습 그대로 무대 위에서 볼 수 있다면 정말 좋겠습니다만, 제가 보기에 그러한 작품들은 독자들에게 너무 강력하고 너무나 자연적일 게 분명합니다. 지나칠 정도의 이런 섬세함은 일부 작가들의 소위 이념적 문학으로부터 유래한 것이 아닐까요?"

"아니야."라고 괴테가 말했다. "그것은 사회 자체로부터 나온 것이네. 그건 그렇고 우리나라의 어린 처녀들은 연극에서 무슨 역할을 하고 있는 것일까? 그들은 결코 극장에 가는 법이 없고, 성당에만 들락거리고 있네. 그러니 극장은 이미 세상사에 어느 정도 훤한 남정네들과 부인네들 차지가 되고 말았지. 몰리에르가 작품을 썼을 때도 처녀 아이들은 성당에 있었네. 그러니 그는 그 처녀 아이들에게 아무런 주의도 기울이지 않았던 걸세.

우리나라의 젊은 처녀들을 성당에서 끌어내기가 쉽지 않고, 또 사람들은 그러한 처녀들에게나 어울릴 연약한 작품들을 쉬지 않고 만들어내는 형편이니 어떻게 하겠나. 나처럼 현명하게 처신해 극장과 관계를 맺지 않는 수밖에.

나는 실제로 영향을 미칠 수 있었던 동안에만 극장 일에 진지한 관심을 기울였었네. 왜냐하면 그 기관을 좀 더 높은 수준으로 끌어올리고자 하는 것이 내 기쁨이었기 때문이지. 그리고 공연과 관련해 작품 자체보다는 배우들이 자기 역할을 제대로 해내는가의 여부에 더 신경을 썼네. 그래서 나무랄 일이라도 있으면 다음 날 아침 감독에게 그 내용을 쪽지에 써서 보내주었는데, 그렇게 하면 다음 공연에는 같은 실수를 반복하지 않으리라고 확신했기 때문이지. 하지만 지금은 내가 극장에 실제적인 영향을 미칠 수 없으니까 아무 책임도 없는 셈이네. 결점이 보인다 하더라도 그것을 개선시킬 수가 없고 그대로 내버려 두어야만 하는 입장인 거지. 이제 나의 일이 아니니까 말이야.

다른 사람들이 보내온 작품들을 읽는 일이라고 형편이 더 낫지는 않아. 독일의 젊은 시인들은 끊임없이 비극 작품들을 보내오지만, 나더러 어쩌란 말인가? 내가 독일의 작품들을 읽는 것은 언제나 공연 가능성을 염두에 두고서였고, 그 밖에는 아무런 관심도 없었네. 그러니 지금 이런 형편에 그 젊은이들의 작품에 대해 무슨 말을 할 수 있을까? 내 입장에서 보아도 올바르게 쓰이지 않은 작품을 읽는다고 해서 아무런 도움이 되지 않고, 또 젊은 사람들에게도 이미 작품이 완성되어 버린 마당에 내 충고가 도움이 되지 못하겠지. 하지만 그들이 인쇄된 작품 대신에 작품의 구상을 보내온다면 최소한 '하라, 아니면 하지 말라, 혹은 그렇게 하라, 아니면 다른 방식으로 하라'라는 정도는 말해줄 수 있을 테지. 그러면 조금이나마 의의도 있고 이롭기도 할 거야.

독일 전체를 볼 때, 시적인 교양이 지나치게 일반화되어, 졸렬한 시구를 만들어내는 자들이 없다는 점이 오히려 해악이 되고 있는 형편이네. 자신의 작품을 내게 보내는 젊은 시인들은 그들의 선배들 못지않은 데다가 그 선배들이 그렇게 높이 칭송을 받는 것을 보아온 터라, 왜 자기들은 칭송을 받지 못하는지 이해하지 못하는 걸세. 하지만 그렇다고 해서 그들을 격려까지 할 필요는 없지. 그러한 정도의 재능을 가진 자들이 지금 수백에 달하는 터에, 과잉 상태를 일부러 조장할 필요는 없을 테니까. 안 그래도 해야 할 유용한 일이 많으니까 말이야. 타의 추종을 불허하는 걸출한 인물이 있다면야 물론 좋은 일이겠지. 오직 특별한 재능만이 세상에 기여할 수 있으니 말이네."

1826년 2월 16일 목요일

오늘 저녁 7시에 괴테에게로 갔더니, 그는 혼자 자기 방에 있었다. 나는 그의 곁으로 가 책상 앞에 앉았다. 그리고 어제 여관에서 상트페테르부르크로 가는 여행 도중에 있는 웰링턴 공작을 보았다고 괴테에게 보고했다.

그러자 괴테가 생기 찬 목소리로 말했다. "그래, 어떻게 생겼던가? 말 좀 해보게. 그의 초상화 모습과 닮았던가?"

"그렇습니다. 하지만 보다 훌륭하고 보다 비범해 보였습니다! 그 얼굴을 잠깐만이라도 본다면 그 어떤 초상화도 무색해져 버릴 겁니다. 단 한 번만이라도 그의 얼굴을 눈앞에 보기만 하면 두 번 다시 잊지 못할 거라는 인상을 받게 됩니다. 눈은 갈색이고 참으로 밝은 빛에 넘쳐 있어 그 시선을 생생하게 느낄 수 있었습니다. 그 입은 다물고 있을 때도 무언가 말을 하고 있는 것 같았습니다. 많은 것을 생각하고 가장 위대한 것을 체험해 왔기 때문에 이제는 세상에 대해 참으로 밝고 조용하게 대처하면서 그 무엇과도 다툼을 벌이지 않는 듯한 그러한 풍모였습니다. 제게는 마치 다마스쿠스의 칼처럼 단단하고 강인해 보였습니다.

외관상으로 오십 대 같아 보였는데, 자세가 꼿꼿하고 날씬한 데다가 그다지 몸집이 크지 않고, 늠름하다기보다는 오히려 약간 마른 편이었습니다. 마차를 타고 막 다시 출발하려는 그의 모습을 보았는데, 군중 사이를 지나가면서 살짝 몸을 구부리고 모자 테두리에 손가락을 갖다 대면서 인사하는 그 모습에 예사롭지 않은 친근한 정을 느끼게 되었습니다."

괴테는 내 설명에 역력한 관심을 보이며 듣고 나서는 말했다. "이제 자네는 또 한 사람의 영웅을 본 셈이고, 그것만 해도 대단한 일이네."

이야기는 나폴레옹에게로 옮아갔고, 나는 그를 보지 못한 게 유감이라고 말했다.

"물론이야." 하고 괴테는 말했다. "그도 볼 만한 가치가 있는 사람이었어. 세계를 한 몸에 모았던 자니까 말일세!"

"겉보기에도 상당했겠지요?"

"바로 그렇다네. 첫눈에도 그렇다는 것을 알 수 있었어. 정말 대단했지."

괴테에게 아주 특별한 시 하나를 가져다주었는데, 그에게는 이미 며칠 전에 그것에 대해 설명한 바 있었다. 바로 그 자신이 썼지만 너무 오래전의 작품이라 자신도 기억하지 못하는 그런 시였다. 1766년 초, 당시 프랑크푸르트에서 발간되던 잡지 《명백(明白)》에 실렸던 시로, 괴테 집안의 옛 하인이 바이마르로 가져왔다가 다시 그 후손에게 물려주었는데, 이제 그 작품이 내 손에까지 들어온 것이다. 의심의 여지없이 괴테의 알려진 시들 중에서 가장 오래된 작품이었다. 그 시는 지옥으로 향하는 그리스도를 소재로 하고 있는데, 그처럼 어린 나이에도 불구하고 시인의 종교적 상상력이 자유롭게 구사되고 있다는 점이 특이했다. 그 시는 내적인 성향에서 볼 때 클롭슈토크로 소급될 수 있지만, 그 표현 방식은 완전히 다른 종류의 것이었다. 그 시는 더욱 강력하고 자유롭고 경쾌하며, 보다 큰 에너지와 보다 나은 특징을 가지고 있었다. 비범한 열정은 힘차게 끓어오르는 청춘을 연상시켰다. 하지만 소재의 빈곤으로 그 시는 자신의 내면에서 맴돌고 있었고, 적절한 정도보다 더 길어져 있었다.

내가 괴테에게 싯누렇게 변색되고, 거의 제대로 연결조차 되어 있지 않은 신문지를 보여주자, 그는 잠시 바라보더니 그 시를 기억해 냈다.

괴테가 말했다. "아마도 클레텐베르크 양이 그 시를 쓰도록 했던 것 같군. 표제에 '요청에 따라'라고 되어 있는 걸 보니 말이야. 내 친구들 중에서 그런 식으로 요청할 수 있었던 사람은 달리 없었을 거야. 당시는 안 그래도 소재가 빈곤했는데, 여하간 시를 지을 어떤 대상이 있다는 사실만으로도 행복했지. 근자에도 그 당시 내가 지었던 시 한 편을 입수했는데, 영어로 쓰인 그 시에서 내가 시의 소재를 제대로 발견할 수 없다고 한탄하고 있더군. 우리 독일인들은 그 점에서 정말 열악한 입장에 처해 있네. 우리의 상고사는 거의 어둠에 묻혀 있고, 후대의 역사는 통일된 군주 국가가 없었기 때문에 그 어떤 보편적인 국가적 관심도 갖지 못하고 있으니 말일세. 클롭슈토크는 헤르만을 소재로 시도해 보았지만, 그 소재는 너무나 먼 옛날의 것이라 아무도 그 세세한 사정을 모르지. 게다가 아무도 클롭슈토크가 그것을 대상으로 해서 무엇을 그리려는지 모르니까, 그의 묘사는 감명도 인기도 얻지 못하고 말았네. 내가 『괴츠 폰 베를리힝겐』을 소재로 한 것은 행운이었지. 그것은 나의 뼈 중의 뼈였으며, 살 중의 살이었고, 이미 그것으로 일단 절반의 성공은 거둔 셈이었으니까.

『베르테르』와 『파우스트』의 경우에는 이와 반대로 다시 나 자신의 내면으로 들어갔는데, 그것은 전승된 소재가 그리 오래전 내용이 아니었기 때문이네. 나는 악마와 마녀의 소재를 단 한 번만 사용했네. 나 자신이 북방으로부터 물려받았던 유산을 소진시켜 버린 것이 기뻤고, 그러고 나서는 그리스인들의 식탁으로 향하게 된 것이지. 하지만 수백 년 수천 년 이래로 뛰어난 작품들이 얼마나 많이 있었는지를 그 당시에 지금처럼 알았더라면 단 한 줄도 쓰지 못하고, 다른 일을 했을 테지."

1826년 3월 26일 부활절

괴테는 오늘 식탁에서 최고로 유쾌한 기분이었다. 매우 귀한 편지를, 즉 바이런 경이 자신의 작품 『사르다나팔로스』를 괴테에게 헌정한다는 내용의 친필 편지를 입수했기 때문이다. 그는 그것을 우리에게 보여주었고, 그러면서 바이런이 제네바에서 괴테에게 보냈던 편지를 다시 돌려달라고 그의 며느리에게 졸랐다.

괴테가 말했다. "얘야, 너도 보다시피 나는 이제 바이런과 나의 관계를 보여주는 모든 걸 한자리에 다 모았고, 이 특별한 글도 오늘 정말 묘한 인연으로 다시 갖게 되었어. 다만 그 편지만 제외하고서 말이야."

그러나 바이런 예찬자인 그녀는 편지를 양보하려 하지 않았다.

"아버님이 그 편지를 일단 제게 주셨으니 다시 돌려드릴 수는 없어요. 만일 아버님이 서로 비슷한 것들을 함께 두기 원하신다면, 차라리 오늘 입수하신 편지까지 제게 주세요. 그러면 제가 모든 걸 소중하게 잘 간수할 테니까요."

그것은 더더욱 괴테가 원하는 바가 아니었다. 그렇게 사랑스러운 말다툼이 한동안 계속되다가, 화제는 어느덧 평범하고 명랑한 이야기 쪽으로 넘어갔다.

식사를 마치고 여자들이 위층으로 올라간 후에, 나는 괴테와 단둘이 남게 되었다. 그는 서재에서 붉은색의 서류철을 가져왔고, 나와 함께 창가로 다가가서 그것을 나에게 펼쳐 보여 주었다.

"보게나." 하고 괴테가 말했다. "여기에 바이런과의 관계를 보여주는 모든 게 들어 있어. 이건 그가 리보르노에서 보낸 편지이고, 저건 그의 헌사를 인쇄한 것이며, 이건 내가 쓴 시고, 이건 내가 메드윈과의 대화로부터 기록해서 남겼던 것이네. 이제 제네바로부터 온 편지만 남았는데, 그건 며느리가 내놓으려 하지 않는군."

그러고 나서 괴테는 바이런 경과 관련해 오늘 영국에서 그에게 정중한 요청[77]이 있었다며 매우 감격했다. 이것을 계기로 그의 정신은 바이런에 관한 일로 가득 차게 되었으며, 바이

---

77) 바이런 묘비 건립 추진 위원회에 참여해 달라는 요청이다.

런의 인물과 그의 작품 그리고 그의 재능에 대한 재미있는 이야기들을 수도 없이 들려주었다.

괴테는 특히 이 점을 강조했다. "영국인들은 물론 바이런을 깎아내리려 하겠지. 하지만 더욱 중요한 점은 그들이 그에게 필적할 만한 어떤 시인도 내놓지 못한다는 사실일세. 그는 다른 모든 시인들보다 뛰어나고 대부분의 경우 그들보다 위대하다네."

1826년 5월 15일 월요일(혹은 14일 일요일)

나는 괴테와 함께 쉬체[78]에 관해서 말했는데, 괴테는 그에 대해서 매우 호의적이었다. 그가 말했다.

"지난주에 병을 앓고 있었을 때 그의 『즐거운 시간들』을 읽었는데, 아주 재미있었어. 만일 쉬체가 영국에서 태어났더라면 새로운 시대를 열었을 거네. 그에게는 관찰과 묘사의 재능이 있는 데다가 의미심장하게 인생을 바라보는 안목도 있었으니 말이네."

78) 요한 슈테판 쉬체(Johann Stefan Schütze, 1771~1839). 바이마르 공국의 궁정 고문관이자 작가. 요한나 쇼펜하우어의 사교 모임에 정기적으로 참여했고, 1806년에 괴테를 알게 되었다. 괴테는 그를 자주 초대해 호의적으로 대접했다.

1826년 6월 1일 목요일

괴테는 《르 글로브》지에 대해서 말했다. "그 잡지의 기고가들은 세상 물정에 밝은 사람들이어서 유쾌하고, 명석한 데다가 대담무쌍하기까지 하네. 그들은 비난을 할 때도 섬세하게 예의를 지키지. 반면에 우리나라의 지식인들은 자기들처럼 생각하지 않는 자라면 그 즉시 미워해야 한다고 생각한다네. 내가 보기에 《르 글로브》지는 가장 흥미로운 잡지 중 하나이며, 그 잡지 없이 지낸다는 건 생각할 수 없는 일이야."

1826년 7월 26일 수요일

오늘 밤 괴테에게서 연극에 관한 여러 이야기를 들을 수 있는 행운을 누렸다.

나는 친구 한 사람이 바이런의 『포스카리 부자(父子)』를 무대에 올릴 수 있게 각색할 생각을 하고 있다고 그에게 말했다. 하지만 괴테는 그 성공을 의심했다.

"물론 구미가 당기는 일이네." 하고 괴테가 말했다. "한 작품을 읽고 감동을 받게 되면 그것을 무대에 올려도 똑같이 되리라 생각하고, 조금만 손보면 성공하리라 공상하겠지. 하지만 그건 별도의 문제이네. 애초부터 무대에서 공연할 의도로 기교를 동원해서 쓴 작품이 아니면 제대로 공연될 리가 없네. 이러저리 만지작거려 봤자 어딘가 잘 어울리지 않는 곤란한 데가 남게 되네. 나도 『괴츠 폰 베를리힝겐』에서 애를 썼지만 대본으로서는 제대로 잘되지가 않았네. 너무 길어서 2부로 나눌 수밖에 없었는데, 후반부는 연극적인 효과를 보여주었으나, 전반부는 일종의 서막으로 볼 수밖에 없네. 그래서 1부를 사건의 경과를 설명하기 위해 단 1회만 사용하고 그다음에 2부는 되풀이해서 공연하게 된다면 어떻게 살릴지는 모르겠지. 『발렌슈타인』의 경우에도 이와 비슷하다고 할 수 있네. 「피콜로미니 부자」[79]는 되풀이할 수 없지만, 「발렌슈타인의 죽음」[80] 쪽은 거듭 공연해도 관객들이 좋아할 거네."

나는 무대에 적합한 효과를 내려면 작품을 어떻게 써야 좋은지를 물었다.

"상징적이어야만 하네." 하고 괴테가 대답했다. "즉 각각의 줄거리가 그 자체로 의미를 가지면서도 더 한층 중요한 사건을 지향하고 있어야만 하네. 몰리에르의 『타르튀프』는 그런 점에서 위대한 전형이라고 할 수 있지. 첫 번째 장면만이라도 생각해 보게. 얼마나 훌륭한 서막인가? 막이 열리는 순간부터 이미 모든 것이 실로 의미심장하고 앞으로 보다 중요한 일이 일어나리라는 예감을 가지게 하니 말이야. 레싱의 『민나 폰 바른헬름』의 서막도 뛰어나지. 그러나 『타르튀프』의 서막은 이 세상에 둘도 없는 것으로서, 이 종류로는 최대이자 최상의 작품일세."

---

79) 『발렌슈타인』 2부.

80) 『발렌슈타인』 3부.

화제는 다시 칼데론의 작품으로 이어졌다.

괴테가 말했다. "칼데론의 경우에도 보다시피 무대효과라는 점에서는 완벽하지. 그의 작품은 철저하게 무대용으로 만들었기 때문에, 무대효과를 노려서 계산되어 있지 않은 곳은 단 한 줄도 없어. 정말이지 칼데론은 위대하기 그지없는 오성(悟性)을 갖춘 천재라네."

"이상하게 보입니다만," 하고 내가 말했다. "셰익스피어의 작품은 모두 자기 극장을 위해서 쓰였는데도, 본래적인 의미에서의 연극 작품이라고는 할 수 없으니 말입니다."

괴테가 대답했다. "셰익스피어는 자신의 천성에 따라 작품을 썼을 뿐, 그의 시대도 그 당시의 무대장치도 그에게 아무런 요구를 하지 않았네. 다만 사람들은 셰익스피어가 제공하는 것을 보며 기뻐했을 따름이지. 그러나 만일 셰익스피어가 마드리드의 궁정이나 루이 14세의 극장을 위해 썼다고 한다면 아마 더욱 엄격한 연극 형식을 답습했겠지. 물론 그렇게 하지 않았다고 해서 애석해할 이유는 전혀 없다네. 왜냐하면 극작가로서 어느 정도 상실한 점을 셰익스피어는 보편적인 작가로서 보충하고도 남음이 있었으니 말일세. 셰익스피어는 위대한 심리학자이며, 그의 작품을 읽으면 인간 마음의 미묘한 움직임을 배울 수가 있네."

우리는 극장을 이끌어나가는 데 마주하는 어려움에 대해 이야기를 나누었다.

괴테가 말했다. "그 경우에 어려운 점은 우연적인 요소에 의연하게 대처하면서도 보다 높은 원칙에서 벗어나지 않아야 한다는 것이네. 이 보다 높은 원칙이란 다름 아니라 우리가 고수할 수 있고 확고하게 지켜나가야 하는 뛰어난 비극이라든지 오페라나 희극의 훌륭한 공연 목록을 말하는 것이야. 우연적인 요소는 관객이 원하는 신작이라든가 객연(客演), 아니면 그와 비슷한 여러 가지를 가리키지. 이러한 것들 때문에 잘못된 길로 빠져들지 않아야 하고, 설혹 그랬다 하더라도 언제나 자기의 공연 목록으로 이내 돌아와야만 하는 걸세. 우리 시대에는 참으로 좋은 작품이 얼마든지 있으니까, 전문가가 훌륭한 공연 목록을 만드는 것쯤은 아무 일도 아니네. 그보다는 공연 목록을 제대로 유지하는 편이 훨씬 어려운 일이지.

내가 실러와 함께 극장 감독으로 있을 무렵에 우리는 다행스럽게도 여름내 라우흐슈테트에서 공연할 수가 있었네. 이곳에는 뛰어난 작품이 아니면 상대하지 않으려 하는 고급 관객이 있으니까, 우리는 언제라도 최고의 작품들을 거기서 충분히 연습할 수 있었지. 그러고 나서 바이마르로 돌아가 겨울 동안 지난여름에 공연한 것을 되풀이할 수 있었네. 게다가 바이마르의 관객은 우리의 연출을 신뢰하고 있었으니까, 영문을 알 수 없는 연극을 보아도 무언가 보다 고상한 의도가 깔려 있겠지 하고 믿어주었지."

괴테가 계속해서 말했다. "1790년도에 들어서는 연극에 관심이 이미 시들해져 버렸기 때문에, 무대를 위해서는 더 이상 한 편도 쓰지 않고 서사적인 면에 전력을 기울이려고 했었지. 하지만 실러가 나타나서 이미 사그라져 버린 그 관심을 일깨워 주었기 때문에 그와 그의 작품을 위해서 다시 극장에 관여하게 되었던 거네. 『클라비고』를 쓰던 때라면 연극 대본을 한 다스쯤 쓰는 것도 쉬웠겠지. 소재도 부족하지 않았고, 창작에도 무리가 없었으니 매주에 작품 하나 정도는 써나갈 수 있었겠지. 하지만 그렇게 하지 않았던 것을 지금도 애석하게 생각하고 있네."

1826년 11월 8일 수요일

괴테는 오늘 바이런 경에 대해 거듭 칭송하면서 다시 이야기했다. "오늘 그의 『기형과 변태』를 다시 읽어보았는데, 그의 재능은 보면 볼수록 위대해 보이는군. 그의 악마는 나의 메피스토펠레스에서 나온 것이지만, 그렇다고 해서 모방은 결코 아니고, 전적으로 독창적이고 새로운 데다가 모든 게 간결하고 튼튼하고 재치가 있어. 허술한 데라곤 한 줄도 찾아볼 수가 없으며, 독창성과 재기가 번뜩이지 않은 곳은 바늘귀 자리만큼도 없네. 다만 우울증과 부정적인 기질이 그의 길을 다소간 가로막았는데, 그 점만 아니었다면 그는 셰익스피어나 고대의 대가들만큼 위대해졌을 걸세." 내가 괴테의 말에 선뜻 수긍하지 않자 그가 말했다. "정말이네, 내 말을 믿어도 좋아. 그에 대해 새로 연구하기 시작했는데, 거듭 그 점을 인정하지 않을 수가 없더군."

이전에 나눈 대화에서 괴테는 바이런 경이 경험적 지식을 너무 많이 쌓았다고 말한 적이 있었다. 나는 그 말의 의도를 알 수 없었지만, 질문을 자제하고 혼자서 그 문제에 대해서 곰곰이 생각해 보았다. 그러나 깊이 생각해도 아무것도 얻을 수 없었기 때문에 나의 교양 수준이 높아지거나, 운이 좋아서 그 비밀이 저절로 풀릴 때까지 기다려야만 했다. 그러던 중 운 좋은 순간이 찾아왔다. 어느 날 저녁에 극장에서 「맥베스」의 뛰어난 공연을 보고 감명을 받은 나는 다음 날 그의 시 「베포」를 읽어보기 위해 바이런 경의 작품을 손에 들었다. 그러나 「맥베스」를 보고 난 나에게 그의 시는 아무래도 마음에 들지 않았다. 그래서 그의 시를 읽으면 읽을수록 괴테가 말한 의도가 무엇이었는지 어느 정도 이해가 갔다.

『맥베스』에 나오는 영(靈)은 나에게 감명을 주었는데, 그것은 너무도 위대하고 강력하고 고상하기 때문에 셰익스피어 자신이 아니면 그 누구도 만들어낼 수 없는 존재였다. 그것은 보다 높고 심원한 재능을 가진 본성에서 태어난 것으로서, 그러한 본성을 소유한 개인을 그 누구보다도 뛰어난 위대한 시인으로 만들었다. 반면에 이 작품을 구성하고 있는 세상과 세상 경험은 시심(詩心)의 하위에 있을 뿐이며, 다만 이 시심으로 말하고 지배하도록 봉사할 뿐이었다. 요컨대 위대한 시인이 지배적인 위치를 차지한 채, 그의 손으로 독자들을 시인 자신의 고귀한 견해에 도달하도록 인도한 것이다.

그 반면에 「베포」를 읽는 동안 나는 가증스러운 경험의 세계가 온통 지배하고 있다는 느낌을 받았다. 여기에서는 우리 눈앞에 경험 세계를 전달해 주는 영(靈)이 바로 그 경험 세계에 어느 정도 매몰되어 버린 꼴이다. 요컨대 이 시에서 우리는 탁월한 재능을 가진 시인의 본래 타고난 위대하고 순수한 감각과 맞닥뜨리는 것이 아니라, 시인의 사고방식이 세속과의 뒤엉킨 삶에 천편일률화되어 버린 모습을 보는 듯했다. 그는 재치 있고 세상사에 밝은 다른 귀족들과 같은 수준이었다. 단지 그들보다 그가 뛰어난 점은 표현력이라는 위대한 재능뿐이었다. 그리고 그 결과 그는 귀족들을 대변하는 기관으로 간주될 수 있었다.

여하간 내가 「베포」를 읽고 느낀 점은 다음과 같았다. 바이런 경은 너무 많은 경험적 지식을 쌓았다. 하지만 그것은 현실의 삶을 우리에게 너무 많이 보여주었다는 의미가 아니라, 그의 고귀한 시적인 본성이 침묵을 지켰다는 의미이다. 다시 말하자면, 그는 경험적 사고방식에 의해 쫓기고 있는 듯 보였다.

1826년 11월 29일 수요일

나도 바이런 경의 『기형과 변태』를 읽어보고는 식사 후에 괴테와 그것에 관해 이야기를 나누었다.

"그렇지 않은가." 하고 괴테가 말했다. "처음 장면들은 위대해. 시적으로 말이네. 하지만 줄거리가 여러 갈래로 산만하게 흩어지면서 로마에 대한 포위 공격으로 이어지는 여타의 부분들을 시적이라고 칭찬하고 싶진 않아. 하지만 기지가 넘친다는 점은 인정해야겠지."

"정말로 그렇습니다." 하고 내가 말했다. "하지만 그 무엇에 대해서도 존경심을 갖지 않는 그런 예술을 두고 진정으로 재기에 넘친다고 말할 수는 없겠지요."

괴테가 웃으면서 말했다. "자네 말이 완전히 틀린 건 아니야. 시인이란 사람들이 원하는 것보다 더 많은 걸 말한다는 점은 인정해야겠지. 시인은 진실을 말하지만, 사람에 따라서는 그 점을 불편해할 수도 있으니까 차라리 시인이 입을 다물었으면 하고 바라는 것이지. 세상에는 시인이 밝혀내기보다는 오히려 덮이비려야 하는 일들이 있는 법인세. 하지만 이런 기대를 저버리는 것이 바로 바이런의 성격이어서, 만일 사람들이 그를 다른 식으로 바꾸려 든다면, 그를 망쳐놓게 되는 거네."

"그렇습니다." 하고 내가 말했다. 그는 정말 재기에 넘칩니다. 말하자면 다음과 같은 구절이 좋은 예라고 하겠지요.

> 악마는 자기 생각과는 달리 훨씬 자주 진실을 말하는 법,
> 하지만 무지한 청중은 알아듣지 못하네.

괴테가 말했다. "그것은 흡사 나의 메피스토펠레스가 말했던 방식과 마찬가지로 위대하고 자유롭군." 그가 계속해서 말했다. "기왕에 메피스토펠레스 이야기가 나왔으니, 자네에게 쿠드레가 파리에서 가져온 것을 보여주겠네. 어디 한번 감상을 말해볼 텐가?"

그는 나에게 석판 인쇄 작품 하나를 보여주었는데, 파우스트와 메피스토펠레스가 감옥에 있는 그레트헨을 구출하기 위

해 밤중에 두 마리의 말을 타고 형장 앞을 질주해 지나가는 장면을 묘사한 것이었다. 파우스트는 검은 말을 타고 있고, 그 말은 힘껏 내달리면서 말을 타고 있는 사람과 마찬가지로 교수대 아래에 있는 유령들을 보고 두려워하고 있는 것처럼 보인다. 너무나 빨리 달리고 있는 중이라 파우스트는 멈추어 서기 위해 애를 먹고 있다. 강하게 불어오는 맞바람에 그의 모자는 벗겨지고, 턱 끈으로 목에 매달린 채 뒤쪽으로 휘날리고 있다. 그는 공포에 질린 채 의아한 얼굴로 메피스토펠레스 쪽을 바라보면서 그가 하는 말에 귀를 기울이고 있다. 메피스토펠레스는 침착하게 동요됨이 없이, 마치 고귀한 존재인 척하면서 앉아 있다. 그가 타고 있는 말은 살아 있는 것이 아니다. 왜냐하면 그는 살아 있는 것을 좋아하지 않기 때문이다. 애초부터 그에게는 말이 필요하지도 않다. 마음만 먹으면 원하는 속도로 어느 곳이든 재빨리 이동할 수 있기 때문이다. 그가 말을 타고 있는 이유는 그저 사람들이 그가 말을 타고 있다고 생각하도록 만들기 위해서이다. 그래서 그는 근처에 있는 좋은 목장에서 말의 뼈다귀들을 끌어 모아 살갗 속에서 엉성하게 연결한 것으로 만족했다. 그것은 밝은 색깔이어서, 밤의 어둠 속에서 보면 푸른 인광을 발하는 것처럼 보인다. 그 말은 고삐도 안장도 없이 달린다. 초지상적인 모습의 기수(騎手)는 가볍게 아무렇지도 않은 듯 파우스트와 대화를 나누면서 앉아 있다. 불어오는 바람은 그에게 아무런 작용도 하지 못한다. 그와 그의 말은 아무것도 느끼지 않는다. 한 올의 머리카락도 날리지 않는다.

우리는 이 재치 있는 구상을 보고 크게 즐거워했다. 괴테가 말했다. “사람들의 생각이 그렇게 완벽한 데까지 미쳤다고 할 수는 없겠지. 여기 또 다른 그림을 보게. 어떤가!”

「아우어바흐 지하 술집」의 거친 음주 장면이었는데, 흩뿌려진 포도주가 불꽃으로 타오르고 술 마시는 자들의 야수성이 다양하게 나타나는 가장 중요한 순간을 포착한 것이 핵심이었다. 온통 열정과 움직임으로 가득한 가운데 메피스토펠레스만이 그답게 명랑하고 침착한 상태를 유지하고 있다. 거친 욕설과 고함이 오가고, 바로 옆에 서 있는 자가 칼을 쑥 빼 들어도 그는 평정을 잃지 않는다. 그는 탁자 모서리에 앉아서 다리를 흔들거리고 있다. 그가 손가락을 치켜들자 불꽃과 정열은 이내 사그라지고 만다.

이 뛰어난 그림을 보면 볼수록, 그 예술가의 위대한 오성이 점점 더 실감이 갔다. 어떤 인물도 다른 인물과 동일하게 그려지지 않았고, 각각의 인물들이 줄거리의 다양한 단계를 묘사하고 있었다.

괴테가 말했다. “들라크루아[81] 씨는 위대한 재능을 가진 사람인데, 바로 『파우스트』에서 올바른 양분을 발견한 모양이야. 프랑스 사람들은 작품의 그 부분이 거칠다고 비난하네만, 여기 이 그림에서는 그 거친 점이 오히려 도움이 되고 있어. 바라건대 그가 『파우스트』 전체를 그렸으면 하네. 나는 특히

81) 페르디낭 빅토르 외젠 들라크루아(Ferdinand Victor Eugène Delacroix, 1798~1863). 프랑스 낭만파의 대표적 화가.

마녀의 부엌과 브로켄산의 장면을 기대하고 있어. 우리는 그가 인생을 속속들이 경험했음을 알 수가 있지. 그리고 그렇게 되는 데는 물론 파리와 같은 도시가 최상의 기회를 제공했음이 분명하네."

나는 그러한 그림들이 시를 더 잘 이해하는 데 아주 큰 도움이 될 것이라고 말했다. "그건 당연하지." 하고 괴테가 말했다. "그러한 예술가의 완벽한 상상력은 우리가 마치 예술가 자신이 생각하는 만큼이나 개개의 상황들을 잘 생각하지 않을 수 없도록 이끌어주는 법이니까 말이네. 들라크루아 씨가 나 자신이 만든 장면들에서 내 상상력을 뛰어넘었음을 이제 인정하지 않을 수 없는 마당이니, 독자들이라고 해서 모든 걸 생생하게 그리고 그들의 상상을 마음껏 펼쳐 나보다도 훨씬 많은 걸 보지 말란 법은 없는 것이겠지!"

1826년 12월 11일(?) 월요일

괴테는 아주 기분이 좋아서 흥분한 상태였다. "알렉산더 폰 훔볼트가 오늘 아침 몇 시간 동안 나와 함께 있었네." 하고 괴테가 몹시 활기찬 목소리로 말했다. "얼마나 대단한 사람인가! 아주 오래전부터 그를 알고 있었는데 새삼스럽게 또 경탄하게 되었네. 지식이라든지 산 지혜라는 점에서 볼 때 그를 따라갈 자는 없다고 해도 과언이 아니야. 게다가 그만한 다면성도 아직 본 적이 없어! 어떤 분야든 할 것 없이 무엇에나 정통하고 있어서 우리에게 정신적인 보물들을 퍼부어 준다네. 말하자면 그는 많은 관을 단 샘물과 같아서 아무 데나 물통을 갖다 대어도 언제나 시원한 물이 쉴 새 없이 흘러나오지. 그는 며칠간 이곳에 머무르겠지만, 나는 그사이에 몇 년이나 산 것 같은 기분이 되리라고 벌써 느끼고 있다네."

1826년 12월 13일 수요일

식사 중에 부인들이 한 젊은 화가의 초상화를 칭찬했다. "감탄스러운 점은 이 사람은 모든 걸 독학으로 배웠다는 거예요." 하고 그들이 덧붙여 말했다. 이 말은 특히 양손을 그린 데서 확인할 수 있었는데, 그것은 정확하지도 않고 예술적이지도 않았다.

괴테가 말했다. "보다시피 이 젊은이에게는 재능이 있어. 하지만 모든 걸 혼자서 배웠다는 건 칭찬할 일이 아니라, 오히려 비난해야 할 일이지. 하고 싶은 대로 내버려 둔다면 재능 있는 사람이 태어날 리가 없으므로, 훌륭한 대가 밑에서 기량을 닦아 일정한 수준에 도달하도록 해야 해. 요 근래에 모차르트의 편지를 읽었는데, 그에게 곡을 보내온 한 남작 앞으로 부친 것으로 대략 다음의 내용이었네. '당신들 아마추어들에게 한 말씀 드려야겠습니다. 당신들에게는 언제나 두 가지 공통점이 있으니까요. 자신의 독자적인 사상이 없어서 남의 사상을 빌려오든가, 아니면 독자적인 사상을 가졌다 하더라도 그것을 적용하지 못하든가, 둘 중 하나입니다.' 이 얼마나 멋진 말인가! 모차르트가 음악에 관해 한 이 위대한 말은 다른 모든 예술에도 통하는 것이 아닐까?

레오나르도 다빈치는 이렇게 말하고 있지. '당신의 아들이 자기가 그리는 대상에 뚜렷하게 명암을 주어 부각시킴으로써 보는 이가 저절로 손을 내밀어 붙들고 싶을 정도의 감각을 갖고 있지 않다면, 결코 재능이 있다고 할 수는 없지요.'

레오나르도 다빈치는 더 나아가서 이렇게도 말했네. '당신의 아들이 원근법과 해부학을 충분히 습득하고 나거든 훌륭한 대가한테서 수련하게 하시오.'

그런데 요즘의 젊은 화가들은 스승을 떠날 때가 되어서도 아직 그 두 가지조차 제대로 익히지 못하고 있는 형편이네. 세상도 참 많이 변했지."

요즈음의 젊은 화가들에게는 감수성도 정신도 결여되어 있어. 그들의 구상은 아무런 내용도 없고 전혀 감동도 주지 않아. 베일 것 같지도 않은 칼을 그리고, 맞지도 않을 것 같은 화살을 그려대고 있는 꼴이니 말일세. 정신이란 정신은 모조리 이 세상에서 사라져 버린 게 아닌가 하는 생각이 이따금 들기도 한다네."

내가 말했다. 그렇지만 "최근 몇 년간의 큰 전쟁이라는 사태 때문에 정신이 고양되었다는 생각이 듭니다."

그러자 괴테가 대답했다. "고양되었다 하더라도 정신이라기보다는 오히려 의욕 쪽이고, 예술적 정신이라기보다는 오히려 정치적 정신 쪽이겠지. 하지만 그 때문에 소박함이나 감수성은 모조리 상실되어 버렸어. 그러니 화가가 이 두 가지 커다란 필요조건도 채우지 못하면서, 사람들에게 기쁨을 줄 작품을 어떻게 만들겠다는 것인가."

나는 최근에 그의 『이탈리아 기행』 속에서 코레조의 그림에 관해서 쓴 부분을 읽었다고 말했다. 젖떼기를 묘사하고 있는 그 그림은 성모마리아의 품에 안긴 아기 그리스도가 성모의 젖가슴과 내밀어진 배(梨) 중에서 어느 쪽을 골라야 할지 망설이고 있는 모습을 묘사했다.

괴테가 말했다. "그래, 정말 귀여운 그림이야! 거기에는 정신과 소박함과 감수성이 모두 나란히 갖추어져 있어. 그 신성한 소재는 보편적인 인간성을 나타내고 있으며, 우리 모두가 거쳐야만 하는 인생의 한 단계에 대한 상징이 되고 있네. 이러한 그림은 영원불멸의 것일세. 왜냐하면 그것은 인류의 가장 먼 옛날로 돌아감과 동시에 또한 가장 먼 미래로 나아가고 있기 때문이지. 그와는 반대로 아기들을 자기 무릎 아래로 모으고 있는 그리스도를 그리려 한다면, 그것은 전혀 아무것도 말하지 않는, 적어도 아무런 의미도 갖지 않는 그림이 되어버릴 테지."

괴테가 계속해서 말했다. "나는 지금까지 독일의 화단(畵壇)을 오십 년 이상이나 지켜보아 왔네. 아니, 그저 지켜보는 정도가 아니라 내 쪽에서 영향을 끼치려고 애를 써왔어. 하지만 지금에 와서 내가 말할 수 있는 사실은 만사가 현재대로 지속되는 한 거의 아무런 기대도 할 수 없다는 것일세. 시대의 모든 장점을 재빨리 자기 것으로 만들고 그럼으로써 모든 것을 뛰어넘는 새로운 재능이 나타나야만 해. 그 수단은 모두 눈앞에 있고, 길은 보이고, 궤도까지 깔려 있어. 더군다나 우리는 이제 피디아스의 작품까지 눈으로 직접 볼 수 있네. 우리들의 젊은 시절에는 상상도 못 했던 일이지. 방금도 말했듯이 지금 없는 것은 다름 아니라 위대한 재능뿐이네. 바라건대 곧 나타나리라고 생각하네. 벌써 요람 속에 있을지도 모르지. 그러면 자네는 그러한 광휘를 직접 볼 수 있을 테지."

1826년 12월 20일 수요일

식사 후에 나는 괴테에게 한 가지 사실을 발견하게 되어 매우 기쁘다는 말을 했다. 즉 타오르고 있는 양초의 불꽃 아래쪽이 투명하게 되는 현상은, 빛을 받고 있는 흐린 대기를 통하여 암흑이 내비침으로써 푸른 하늘이 생겨나는 것과 동일한 현상이라는 것이다.

나는 괴테에게 양초에서 일어나는 이러한 현상에 대해 알고 있는지, 그리고 그것이 『색채론』에서 설명되어 있는지를 물었다. "두말하면 잔소리네." 하고 대답하면서 괴테는 『색채론』의 한 권을 꺼내 내가 보았던 모든 현상을 그대로 설명하고 있는 항목을 읽어주었다. 그가 말했다. "아주 다행한 일이야. 자네가 나의 『색채론』을 읽어보지도 않고 이 현상을 알게 되었으니 말이야. 자네 스스로 이제 그 현상을 제대로 파악했으니, 자네가 그것을 소유했다고도 말할 수 있겠지. 또한 그럼으로써 자네는 다른 현상들에 대해서도 마찬가지로 통용될 수 있는 하나의 관점을 가지게 된 결세. 기왕 이렇게 되었으니 자네에게 이 자리에서 새로운 사실 하나를 즉시 보여주도록 하지."

대략 4시경이었다. 구름 낀 하늘이 이제 막 어스름해지기 시작할 때였다. 괴테는 초에 불을 붙여 들고는 상 옆에 있는 탁자 쪽으로 갔다. 그는 촛불을 하얀 종이 위에 놓고, 아울러 막대기 하나를 그 옆에 세워, 촛불에 의해 생긴 막대기의 그림자가 창밖에서 들어오는 빛과 만나도록 했다. 그러고는 괴테가 말했다.

"자, 보게, 이 그림자를 어떻게 생각하나?"

내가 대답했다. "그림자는 청색입니다."

"그래, 거기 창 쪽으로 생긴 막대기의 그림자가 청색임을 거듭 확인할 수 있을 테지. 하지만 그것과 반대쪽의 방향, 즉 촛불 쪽으로는 무엇이 보이는가?"

"마찬가지로 그림자가 보입니다."

"하지만 무슨 색인가?"

"그림자는 주홍색입니다." 하고 내가 대답했다. "그런데 이런 이중의 현상은 어떻게 해서 생겨나는 것일까요?"

"그건 자네에게 맡기겠네." 하고 괴테가 말했다. "자네가 그 현상을 밝혀내도록 해보게. 밝혀낼 수는 있지만, 쉽지는 않을 걸세. 그것을 해명하겠다는 희망을 포기하기 전까지는 나의 『색채론』을 미리 보지 않겠다고 약속하게." 나는 그렇게 하겠다고 기꺼이 약속했다.

괴테가 계속해서 말했다. "촛불의 아래쪽에서 일어나는 현상, 즉 투명한 밝음이 어둠을 배경으로 하면 청색이 생겨나는 현상에 대해 내가 이제 자네에게 좀 더 커다란 규모로 보여줄까 하네."

그는 스푼을 하나 집어 들고, 거기에다가 알코올을 따라 붓고는 불을 붙였다. 그러자 다시 투명한 밝음이 생겨나고, 그것을 통해서 어둠이 청색을 띠며 비쳐왔다. 내가 타오르고 있는 알코올을 밤의 어둠 속으로 가져가자, 그 청색은 더욱 짙어졌다. 그리고 그것을 밝은 쪽으로 향하게 하자 청색은 약해지거나 완전히 자취를 감추었다.

나는 그러한 현상을 눈앞에서 기쁜 마음으로 지켜보았다. 괴테가 말했다. "그래, 바로 그것이 자연의 위대함이야. 그렇게도 단순하며, 또 자신의 위대한 현상들을 작은 것들 속에서 언제나 되풀이해서 드러내지. 하늘이 청색으로 보이는 것과 동일한 법칙을 우리는 타오르고 있는 촛불의 아랫부분에서, 타오르고 있는 알코올에서 볼 수 있네. 마을에서 피어오르는 연기에 햇빛이 비치고 그 뒤에 어두운 산이 위치하고 있을 때 푸른색이 생겨나는 것도 마찬가지 현상이라네."

"그러나 뉴턴의 제자들은 이토록 단순한 현상을 어떻게 설명하고 있습니까?" 하고 내가 물었다.

"알 필요조차도 없어." 하고 괴테가 대답했다. "너무나 어리석어. 멍청한 것에 몰두하게 되면 좋은 머리에 얼마나 나쁜 해악을 끼치게 될 것인가는 아무도 모를 지경이네. 뉴턴주의자들에 관해서는 아예 생각도 하지 말고, 순수한 이론에 만족하게. 그러면 잘 해나가게 될 걸세."

"이처럼 전도된 것에 몰두하게 되면 불쾌하고 해로울 뿐이겠지요. 마치 불량한 비극 작품을 택해 이리저리 모든 부분을 헤쳐보면서 그 벌거벗은 추한 모습을 드러내려는 경우와 마찬가지로 말입니다."

"그래, 꼭 그런 경우야." 하고 괴테가 말했다. "그런 일에 종사하게 되면 곤란한 일이 한두 가지가 아닐 걸세. 나는 적절한 곳에 적용되는 한 수학을 가장 고귀하고 유용한 학문으로 존경한다네. 하지만 그것이 자신의 영역이 아니며, 고귀한 학문이 곧바로 난센스가 되어버리는 그런 일에 잘못 적용되는 경우에는 찬성할 수가 없네. 수학적으로 증명이 되어야만 모든 게 존재한다는 그런 사고방식은 곤란하네. 수학적으로 입증할 수 없다고 해서 한 소녀의 사랑을 믿을 수 없다는 건 어리석기 짝이 없는 일일 테지! 그녀가 가져오는 지참금이야 수학적으로 증명할 수 있겠지만, 사랑은 그렇지가 않아. 수학자들이 식물의 변형 이론이라도 발견했다는 말인가! 나는 이것을 수학 없이도 완성시켰고, 수학자들도 그것을 인정해야만 했어. 색채론의 현상들을 이해하기 위해서는 순수한 직관과 건강한 머리 이외에는 아무것도 필요하지 않네. 그러나 그 두 가지를 갖추는 건 생각보다는 드문 일이네."

"현재의 프랑스인들과 영국인들은 색채론에 대해 어떤 입장을 가지고 있는지요?"라고 내가 물었다.

"두 나라의 경우에는 각각 장점과 단점이 있네." 하고 괴테가 대답했다. "영국인들은 모든 것을 실제적으로 만든다는 장점이 있지만, 지나치게 꼼꼼한 게 탈이야. 프랑스인들은 머리가 좋지만, 모든 것을 실증적으로 만들지 않고는 배기지 못하는 습성이 있네. 그래서 실증적이 아닌 것을 보게 되면 그것을 무리하게 실증적인 것으로 만들어버리지. 하지만 프랑스인들은 색채론에 관한 한 올바른 길을 가고 있네. 가장 뛰어난 사람들 중의 하나는 거의 목표에 도달하고 있는 것으로 보이는군. 그는 이렇게 말했네. '색채는 외부로부터 물체에 주어진 것이다. 왜냐하면 자연에 있어서 산화(酸化)시키는 요소가 있는 것과 마찬가지로 색채를 부여하는 요소도 있기 마련이다.' 물론 이 말로 현상들을 제대로 설명한 것은 아니지만, 대상을 자연 속으로 섞어 넣어 함께 작용하게 함으로써, 그 대상을 수학의 한계에서 해방시키고 있다는 점이 중요한 걸세."

《베를린 신문》이 도착하자, 괴테는 그것을 읽기 위해 자리에 앉았다. 그는 나에게도 신문을 한 장 건네주었는데, 연극 소식란을 보니 그곳 오페라하우스와 왕립 극장에서도 여기에서와 마찬가지로 불량한 작품들이 공연되고 있었다.

"이런 상황을 달리 바꿀 도리가 없단 말인가." 하고 괴테가 말했다. "물론 영국이나 프랑스 그리고 스페인의 뛰어난 작품들의 도움을 받지 않고서 매일 저녁 괜찮은 작품 하나씩을 공연하기 위한 우수한 공연 목록을 마련한다는 건 불가능할 테지. 그러나 아무리 둘러보더라도 이 나라 어느 곳에 좋은 작품의 공연을 보겠다는 지속적인 수요가 있단 말인가? 아이스킬로스와 소포클레스 그리고 에우리피데스가 활동하던 시대에는 상황이 완전히 달랐네. 그 시대는 정신이 무엇인지를 알고 있었기 때문에 언제나 진실로 위대하고 가장 뛰어난 것을 요구했었지. 그러나 우리의 열악한 시대에 가장 뛰어난 것에 대한 수요를 어디에서 볼 수 있단 말인가? 그리고 그것을 받아들일 기관들은 도대체 어디에 있단 말인가?"

괴테가 계속해서 말했다. "그런 데다가 늘 새로운 것만 원하다니! 베를린에서나 파리에서나 어디서든 관객은 똑같아. 파리에서는 매주 새로운 작품들이 무수히 쏟아져 나와 극장에서 공연되니까, 대여섯 편의 정말 형편없는 작품들을 참고 보아야만 비로소 제대로 된 작품 하나를 보고 위안을 얻을 수 있는 지경이라네.

지금의 상태에서 독일의 연극 수준을 끌어올릴 수 있는 유일한 수단은 객연 배우를 데려오는 것뿐일세. 내가 만일 감독을 맡게 된다면 겨우내 뛰어난 객연 배우들을 채용하겠네. 그렇게 함으로써 모든 훌륭한 작품들을 거듭해서 공연하게 할 뿐만 아니라, 관심의 중점도 작품으로부터 연기 쪽으로 돌릴 수가 있겠지. 사람들은 비교하고 판단을 내릴 수 있을 것이며, 관객들은 통찰력을 얻게 되고, 우리나라의 배우들은 뛰어난 객연 배우의 의미심장한 연기를 보고 자극을 받으면서 경쟁심을 가질 수 있겠지. 이미 말했다시피 객연과 객연 배우의 채용만이 유일한 방책이네. 그렇게 하면 연극과 관객 모두에게 얼마나 유용한 결과가 주어지는지를 보고 모두들 놀라 마지않겠지.

이 분야에 정통한 이해력을 가진 명민한 자가 나타나서 네 개의 극장을 동시에 맡아서 여기저기로 객연 배우들을 출연시키는 그런 시기가 올 거라고 이미 예상하고 있네. 확신컨대, 그 사람은 단 하나의 극장이 아니라, 네 개를 맡게 되면 더욱 효율적으로 운영할 수 있을 걸세."

1826년 12월 27일 수요일

앞서 말한 청색과 황색의 그림자 현상에 대해 나는 집에서 열심히 생각해 보았지만, 오랫동안 수수께끼로 남아 있었다. 그러나 계속해서 관찰하는 동안 이해하게 되고, 점차 그 현상의 본질을 파악하게 되었다는 확신이 점차로 들었다.

오늘 식사 중에 괴테에게 수수께끼를 풀었다고 말했다.

"기대가 되는군. 식사 후에 말해주게." 하고 괴테가 대답했다.

"서면으로 보고드리면 안 될까요. 구두로 토의를 하는 경우에 저는 적당한 말을 잘 생각해 내지 못하니까 말입니다." 하고 내가 말했다.

"그럼 나중에 서면으로 써서 보여주게." 하고 괴테가 동의했다. "하지만 오늘은 내가 보는 데서 한번 보여주고 구두로 입증해 보게. 그래야만 자네가 올바른 길로 가고 있는지 알 수 있을 테니 말이야."

식사 후에 날씨가 완전히 밝아지자 괴테가 물었다. "지금 실험해 보일 수 있겠나?"

"아닙니다."

"왜 안 된다는 거지?"

"지금은 너무 환합니다. 촛불이 뚜렷한 그림자를 던질 수 있으려면 약간 어스름한 때라야 합니다. 하지만 촛불에 의해 생긴 그림자를 비추어줄 정도로는 바깥이 밝아야 합니다."

"그래!" 하고 괴테가 말했다. "틀린 말은 아니군."

마침내 여명이 들었고, 나는 괴테에게 이제 시간이 되었다고 말했다. 그는 양초에 불을 붙였고, 내게 흰색 종이 한 장과 작은 막대기를 주면서 말했다. "이제 실험하면서 설명을 해보시게!"

나는 촛불을 창 옆에 있는 탁자 위에 세우고 종이를 촛불 가까이에 놓았다. 그리고 내가 막대기를 종이 한가운데, 즉 바깥으로부터 들어오는 빛과 촛불 사이에 위치시키자 예의 그 현상이 완벽한 아름다움을 띠며 나타났다. 촛불 쪽으로 생긴 그림자는 선명한 노란색이었고, 창문 쪽으로 난 그림자는 선명한 청색이었다.

"그러면, 우선 청색 그림자는 어떻게 생겨나는 것인가?"

"설명드리기 전에 먼저 두 현상을 생겨나게 하는 기본 원리를 말씀드리겠습니다. 빛과 암흑은 색채가 아니라 두 개의 양극단으로서, 그사이에서 색채들이 위치하고 생겨납니다. 그 두 극단의 변형에 의해서 말입니다.

두 극단인 빛과 암흑으로부터는 우선 황색과 청색의 두 색이 생겨납니다. 황색은 흐린 매질을 통하여 빛을 바라볼 때, 그 빛의 경계선상에서 생겨나며, 청색은 빛을 받고 있는 투명한 매질을 통하여 암흑을 바라볼 때, 그 암흑의 경계선상에서 생겨납니다."

내가 계속해서 설명했다. "이제 앞서 본 현상을 설명드리자면, 막대기는 촛불의 강한 빛에 의해 뚜렷한 그림자를 던집니다. 이 그림자는 이제 덧문을 닫고, 창밖으로부터 빛을 차단한다면 검은색의 암흑이 될 것입니다. 그러나 열린 창문을 통해 자유롭게 들어온 빛이 밝은 매질로서 작용하고 그 매질을 통해 그림자의 암흑을 본다면, 그때 앞에서 소개한 원리에 따라 청색이 생겨나는 것입니다."

괴테가 웃으면서 말했다. "청색이야 그렇게 설명하면 되겠지만, 황색의 그림자는 어떻게 설명하려는가?"

"흐려진 빛의 원리에 따르면 됩니다." 하고 내가 대답했다. "타오르는 촛불은 흰색의 종이 위에 빛을 비추는데, 그 빛은 이미 약간의 황색을 띠고 있습니다. 창 밖에서 들어오는 빛이, 촛불 쪽을 향하여 막대기의 희미한 그림자를 생기게 하는 정도보다 훨씬 강한 경우에는 촛불을 충분히 흐리게 만듭니다. 그러면 앞의 원리에 따라 황색이 생겨나는 것입니다. 그림자를 촛불 쪽으로 가능한 한 가까이 가져감으로써 흐림을 약화시키면, 순수하고 밝은 황색이 생겨납니다. 그러나 내가 그림자를 가능한 한 촛불로부터 멀리 가져다 놓음으로써 흐림을 강화시키면 황색은 불그스레한 색, 아니 적색에 이르기까지 어두워집니다."

괴테는 웃었다. 하지만 아주 비밀스러운 표정이었다.

내가 말했다. "제 말이 맞는지요?"

"자네는 그 현상을 아주 잘 관찰하고 꽤나 잘 설명했어." 하고 괴테가 대답했다. "하지만 옳은 설명은 아니었네. 자네의 설명은 명민하고 재치도 있지만, 옳은 건 아닐세."

"이제 선생님께서 수수께끼를 풀도록 도와주십시오. 이제 도저히 참을 수가 없을 지경입니다."

"곧 말해주도록 하지." 하고 그가 대답했다. "하지만 오늘은 아니고, 이런 방식도 아니네. 다음번에는 다른 현상을 보여주노록 하시. 그러면 그 원리를 명백하게 알게 될 걸세. 자네는 거의 목표에 접근했지만, 그 방향으로는 더 이상 목표에 도달할 수가 없어. 하지만 자네가 새로운 원리를 터득하게 된다면, 전혀 다른 영역으로 인도되어서 아주 많은 것을 극복할 수 있을 거네. 쾌청한 날 낮에 식사 시간보다 한 시간쯤 한번 일찍 오게. 자네에게 명백한 현상 하나를 실험으로 보여줄 테니. 그러면 자네는 이러한 현상의 토대를 이루는 동일한 법칙을 즉시에 파악할 수 있을 걸세."

그가 계속해서 말했다. "자네가 색채에 대해서 이렇게 관심을 기울이다니 고마운 일이군. 자네는 거기에서 이루 말할 수 없는 보람을 느끼게 될 거야."

밤에 괴테와 헤어지고 난 후에도 나는 그 현상에 대한 생각을 떨쳐버릴 수가 없었다. 심지어는 꿈속에서도 그것과 씨름해야 했다. 하지만 이런 상태에서도 더 분명한 인식을 얻을 수가 없었고, 수수께끼를 해명하는 데 한 발자국도 더 나아갈 수가 없었다.

얼마 전에 괴테가 다음과 같이 말한 적이 있었다. "나는 자연과학에 관련된 글을 작성할 때 천천히 앞으로 전진해 가는 방식을 택하고 있네. 그것은 어쨌든 학문을 상당한 정도로 진척시킬 수 있다고 생각하기 때문이 아니라, 그렇게 서서히 나아감으로써 내가 유지할 수 있는 유쾌한 유대 관계를 위해서이지. 자연에 몰두한다는 것은 가장 순진무구한 일이야. 미학적 관점에서는 오늘날 그 어떤 유대 관계나 서신왕래도 생각할 수가 없군. 미학 관계자들은 어이없게도 나의 『헤르만과 도로테아』의 배경이 라인강의 어느 도시인가를 알려고 노심초사하는 꼴을 보이고 있네! 각자 제멋대로 생각하는 것보다 좋은 것은 없다는 식으로 말이야! 사람들은 진실을 알려 하고, 사실을 밝히고자 하네. 하지만 그렇게 함으로써 문학을 망치고 있는 거네."

1827년

1827년 1월 3일 수요일

오늘 식사 중에 포르투갈을 변호하는 캐닝[82]의 뛰어난 연설이 화제에 올랐다.

---

82) 조지 캐닝(George Canning, 1770~1827). 영국의 정치가. 1822~1827년 외상으로서 자유주의적 외교 정책을 전개하여, 먼로 선언과 그리스 독립을 지원했으나, 내정에서는 선거법 개정에 반대했다. 1826년 12월 12일 하원에서 이루어진 그의 연설은 스페인에 위협받고 있던 포르투갈의 절대주의 신봉자들의 반란을 좌절시켰다.

괴테가 말했다. "이 연설을 거칠다고 말하는 사람들이 있네만, 그런 사람들은 자신이 무엇을 원하는지도 모르며, 모든 위대한 것이라면 덮어놓고 반대하는 성벽(性癖)을 가진 자들이네. 그것은 대항이 아니라 맹목적인 반대에 불과해. 그들은 그 어떤 위대한 것에 대해 증오하지 않고는 배기지 못하는 자들이지. 그들은 나폴레옹의 생시에도 그를 증오하면서 함부로 입에 올렸었네. 나폴레옹시대가 끝나자, 그들은 이제 신성동맹[83]에 대해서도 마구 험담을 퍼부었네. 사실은 그것보다 더 위대하고 인류를 위해서 그것보다 더 다행한 일은 없었는데도 말이야. 그리고 이제 캐닝의 차례가 된 것이지. 포르투갈을 위한 그의 연설은 위대한 인식의 소산이네. 그는 자기가 가진 힘의 광대함과 자기 지위의 위대함을 매우 잘 느끼고 있었기 때문에, 자기가 느끼는 대로 말한 건 정당했네. 그러나 상퀼로트[84]들은 그 점을 제대로 이해하지 못하기 때문에, 우리에게는 위대해 보이는 것이 그들에게는 거칠게 보였던 거네. 그들은 위대한 것을 보면 불편해지고, 기질상으로도 거기에 빠져들 수 없기 때문에 참아낼 수가 없는 걸세."

---

83) 신성로마제국을 말하는 듯하다.

84) 프랑스혁명 당시에 귀족들이 입던 짧은 바지인 퀼로트를 입지 않았다는 뜻에서, 당시의 수공업자, 중소 상인, 노동자를 말한다. 그들은 부르주아지와는 별도의 정치 세력을 형성해, 프랑스혁명을 추진시키는 과정에서 큰 역할을 한다.

1827년 1월 4일 목요일

괴테는 빅토르 위고의 시를 극찬했다. 괴테가 말했다. "그는 단연코 뛰어난 재능을 가진 사람으로, 독일 문학의 영향을 받았네. 그의 청년 시절 문학은 유감스럽게도 고전주의 일파의 고루한 경향으로부터 폐해를 입었어. 그러나 이제는《르 글로브》지를 자기편으로 두게 되면서, 승리한 게임을 이끌어가고 있네. 그를 만초니[85]와도 비교할 수 있겠지. 그는 이제 충분히 객관적이 되었고, 내가 보기에는 라마르틴이나 델라비니 같은 작가들 못지않게 중요해. 내가 제대로 보았다면, 위고를 비롯해 그에 필적하는 재능 있는 젊은 작가들의 뿌리가 어디에 있는지를 알 수 있을 것 같네. 요컨대 그들은 수사학과 시적 재능에 관해 매우 중요한 역할을 담당하는 샤토브리앙의 영향하에 있네. 빅토르 위고가 어떤 작가인지 알고 싶다면, 그가 나폴레옹을 소재로 쓴 시「두 개의 섬」을 읽어보게."

괴테는 그 책을 건네준 후 난롯가에 자리를 잡았고, 나는 그 시를 읽었다.

"이미지가 뛰어나지 않은가?" 하고 그가 물었다. "그리고 대상을 다루는 정신은 얼마나 자유로운가?" 그는 다시 나에게로 다가와서 감탄하며 말했다. "이 구절만 보아도, 얼마나 아

---

85) 알레산드로 만초니(Alessandro Manzoni, 1785~1873). 이탈리아의 시인이자 소설가. 괴테는 그를 '진실되고 명료하며 영혼 깊숙이 파고드는 인간적이며 감성적인 시인'이라고 평가했다. 괴테는 1820년 이후로 그의 작품을 집중적으로 연구했다.

름다운가!" 그는 천둥 구름이 나오는 구절을 읽었다. 천둥 구름에서 나온 번갯불이 아래로부터 위로 올라와 우리의 영웅을 맞히는 장면이었다. "정말 아름다워! 왜냐하면 그 이미지는 산에서 우리가 부닥치기도 하는 사실적인 것이기 때문일세. 산에서 보면 뇌우 구름이 내려다보이고, 번갯불이 아래에서 위로 치오르는 순간을 종종 볼 수 있으니까."

"제가 프랑스인들을 칭송하는 것은 그들의 문학이 결코 현실이라는 굳건한 토양을 떠나는 일이 없다는 데 있습니다. 가령 시를 산문으로 고쳐놓아도 그 시의 본질은 그대로 남아 있는 것입니다."

괴테가 말했다. "그 이유는 프랑스 시인들이 지식을 가지고 있기 때문이네. 그와는 달리 독일의 바보들은 지식을 얻으려고 애를 쓰면 자기들의 재능을 상실할지도 모른다고 생각하지. 재능이란 원래 지식을 통해서 함양해야 하고 오직 그렇게 함으로써만 힘을 발휘할 수 있는데도 말이야. 하지만 멋대로 하게 내버려 두세. 아무리 도우려 해도 소용없으니. 게다가 진정한 재능이라면 이미 자신의 길을 가고 있을 테지. 지금 활동하고 있는 다수의 독일 젊은이들은 전혀 올바른 재능이라고 할 수가 없어. 그들은 무능함 그 자체를 증명하고 있을 뿐이네. 독일 문학의 고귀한 높이에 그저 맹목적으로 이끌려서 너나없이 창작하겠노라고 나선 꼴에 지나지 않는 거지."

괴테가 계속해서 말했다. "프랑스인들이 고루함에서 벗어나 문학에서 좀 더 자유로운 유형으로 나아갈 수 있었던 이유를 궁금해할 필요는 없네. 디드로를 비롯해 그에 필적하는 지성들이 이미 혁명 이전부터 그 길로 나아가기 위해 애를 써왔으니까 말이야. 게다가 혁명 자체와 아울러 나폴레옹시대가 그런 경향을 촉진시켰네. 전쟁의 시기가 도대체 문학에 대한 관심을 불러일으킬 리가 없고, 또 뮤즈의 부흥이란 점에서도 이롭지 못했음에도 불구하고, 이 시기에 다수의 지성이 형성되었고, 이제 그들이 평화 속에서 본연의 임무를 자각하고 중요한 재능으로서 두각을 나타냈지."

나는 괴테에게 고전주의의 일파가 저 뛰어난 베랑제[86]에게도 부정적으로 작용했는지를 물었다.

"베랑제가 시를 지었던 장르는 사람들이 이미 익숙해진, 보다 오래되고 전통적인 부문이었네. 하지만 그 또한 여러 면에서 자신의 선배들보다 더 자유로운 행보를 보였고, 따라서 저 고루한 일파로부터 적대시당했지." 하고 그가 말했다.

이어서 화제는 고전풍을 지향하는 회화와 그 해로움에 대한 이야기로 이어졌다.

"자네는 문외한이 아니니까 그림 하나를 보여주고 싶네. 이 그림은 현재 살아 있는 우리 독일의 가장 뛰어난 화가 중 한 사람이 그렸지만, 이 그림이 예술의 제1법칙을 심각하게 위배하고 있다는 사실을 자네도 금방 알아차릴 걸세. 부분부분을 보면 괜찮은 작품이지만, 그 전체를 놓고 보면 제대로 되지 않

---

86) 피에르 장 드베랑제(Pierre Jean de Béranger, 1780~1857). 프랑스의 시인. 가요집에 수록된 시로 민중에게 큰 인기를 끌었다. 경쾌하고 애국적인 내용의 그의 시는 왕정복고 시대의 지배 계급에 대하여 통렬한 비판을 하고 있다. 「낡은 기(旗)」, 「노(老)병사」가 특히 유명하다.

은 것이 드러나므로, 어떻게 된 영문인지 자네도 의아하겠지. 그 이유는 그 그림을 그린 대가의 재능이 충분하지 않아서가 아니라, 그 재능을 이끌어가야 할 정신이 저 여타의 고전풍을 모방하는 화가들의 생각과 마찬가지로 어둠침침하게 흐려져 있기 때문이네. 그는 완전무결한 거장들을 무시해 버리고, 불완전한 선배들에게로 되돌아가서 그들을 모범으로 삼았던 걸세.

라파엘로와 그 동시대인들은 제한된 매너리즘에서 벗어나 자연과 자유를 향해 힘차게 나아갔었지. 그런데 지금의 화가들은 신에게 감사하고 이런 장점을 활용해 올바른 길로 나아가기는커녕 다시 편협한 영역으로 되돌아가고 있어. 상황이 너무도 좋지 않아서, 그 사람들이 왜 그렇게 어둠침침하게 갇혀 있어야 하는지 이해할 도리가 없군. 그리고 그런 길로 나아가다 보니 예술로부터도 아무런 의지처를 찾을 수가 없어, 결국 종교와 파당에서 의지처를 찾게 된 것이네. 만일 이 둘마저 없다면 그들은 허약해진 나머지 자신의 존재조차도 부지하기 힘들 테지."

괴테가 계속해서 말했다. "예술의 본질은 세대에서 세대로 이어지는 걸세. 위대한 거장이 있다면, 우리는 그가 선배들의 장점을 잘 이용했고, 바로 이 점이 그를 위대하게 만들었다는 걸 알 수 있지. 라파엘로와 같은 사람들도 땅에서 그냥 태어나는 건 아니네. 그들은 고대와 그들에 앞서서 이루어진 뛰어난 것들을 토대로 성장하는 법이지. 만일 그들이 자기 시대의 장점을 이용하지 않는다면, 그들에 대해서는 할 말이 거의 아무것도 없을 테지."

이야기는 고대 독일의 문학으로 이어졌고, 나는 플레밍을 떠올렸다. 괴테가 말했다. "플레밍은 꽤나 뛰어난 재능을 가진 자이네. 조금 산문적이고, 소시민적인 데가 있긴 하지만 말일세. 물론 지금 시대에는 아무런 도움도 되지 않을 테지." 그가 이어서 말했다. "나는 꽤나 많은 것을 썼네. 하지만 내가 쓴 시들 중에서 루터파 교회의 찬송가 모음집에서 배겨날 수 있는 건 단 하나도 없을 걸세."

나는 웃으면서 그의 말에 동의를 표했다. 그리고 혼자 마음속으로 생각했다. 이 놀라운 발언 속에는 겉보기보다 의미심장한 무언가가 함축되어 있으리라고.

1827년 1월 12일(또는 14일) 일요일 저녁

괴테의 집에서 에버바인 가족과 오케스트라 단원들이 연주하는 저녁 음악회가 열렸다. 소수의 청중 속에는 총감독 뢰어, 궁정 고문관 포겔 그리고 몇 명의 부인들이 있었다. 괴테가 유명한 어느 젊은 작곡가의 사중주곡을 듣고 싶어 했기 때문에, 우선 그 곡부터 연주되었다. 열두 살의 카를 에버바인의 피아노 연주에 괴테는 크게 만족했고, 사실 뛰어난 연주였기 때문에 사중주 공연은 어느 점에서 보아도 성공적이었다.

괴테가 말했다. "기묘한 일이야. 고도로 발달된 테크닉과 기계적 메커니즘이 최근의 작곡가들을 이끌어가는 걸 보게. 그들의 작업은 더 이상 음악이 아니며, 인간적 감정의 영역을 넘어서고 있네. 제대로 된 정신과 정서의 소유자라면 그런 음악을 참고 견딜 수는 없을 거야. 자네는 어떤가? 나는 오로지 내 귀를 믿을 뿐이네." 나도 이 경우에는 더 이상 참을 수가 없다고 대답했다. 괴테가 계속해서 말했다. "하지만 알레그로는 개성적이네. 이 영원한 소용돌이와 회전에 빠져 있노라면 내 눈에 브로켄산에서 마녀들이 춤추는 장면이 어른거린다네. 그러니까 이 기묘한 음악으로부터도 하나의 식견을 얻을 수가 있었던 셈이네."

서로 대화를 나누고 약간의 다과를 들면서 휴식을 한 후에 괴테가 에버바인 부인에게 노래 몇 곡을 청했다. 그녀는 우선 첼터가 작곡한 아름다운 가요 「한밤중에」를 불렀는데, 모두들 깊은 감명을 받았다.

괴테가 말했다. "그 노래는 아무리 들어도 아름답군요. 그 멜로디 속에는 영원히 사라지지 않을 그 어떤 것이 깃들어 있어요."

그러고 나서 막스 에버바인이 작곡한 「여자 어부」 중의 노래 몇 곡이 뒤따랐다. 「마왕」은 열렬한 갈채를 받았다. 그 후에 아리아 곡 「나는 선량한 어머니에게 그것을 말했어요」가 이어졌는데, 모두들 이구동성으로 이 곡은 너무나 적절하게 만들어졌기 때문에 다른 식으로 작곡될 수 있으리라고는 상상도 할 수 없다는 것이었다. 괴테 자신도 대단히 만족했다.

그 아름다운 밤의 대미(大尾)를 장식한 것은 에버바인 부인이 괴테의 요청에 따라 부른 『서동시집』의 노래 몇 곡이었는데, 그녀의 남편이 작곡한 잘 알려진 곡이었다. '유수프의 매력을 빌려오고 싶어요.'라는 구절이 특히 괴테의 마음에 들었다. 그가 내게 말했다. "에버바인은 이따금 자기 능력을 십분(十分) 이상으로 발휘하는군." 그러고 나서 그는 「아, 그대의 젖은 날개」를 다시 청했는데, 그 노래 역시 깊은 감동을 불러일으키기에 충분했다.

손님들이 다 가고 난 후에 나는 괴테와 함께 잠시 머물렀다. 그가 말했다. "오늘 밤 나는 『서동시집』의 노래들이 나와는 아무 관계도 없다는 점을 밝혔네. 그 안의 동양적인 요소라든지 열정적인 요소는 내 마음속에 더 이상 살아 있지 않아. 마치 허물을 벗은 뱀의 껍질이 길에 버려져 있는 것과도 같네. 반면에 노래 「한밤중에」는 나와의 연관을 잃지 않으면서, 나의 생생한 한부분을 이루고 있고, 내 속에서 계속 작용하고 있네.

내친김에 말하자면 나는 내가 쓴 작품들을 완전히 남의 것처럼 여기는 경우가 종종 있다네. 요즈음 프랑스어로 된 어떤 작품을 읽었는데, 읽으면서 이런 생각이 들더군. 이 사람은 정말 현명하게 말하는군. 나라도 달리 말하지는 않겠지. 그런데 자세히 들여다보니, 그것은 내 작품에서 번역된 구절이더군."

1827년 1월 15일 월요일 밤

지난여름 「헬레나」를 완성한 뒤 괴테는 『편력시대』를 집필

하는 중이었다. 그는 이 일의 진행에 대해 이따금 내게 말해주었다. 그가 어느 날 말했다. "현재 다루고 있는 소재를 잘 이용하기 위해서 나는 1부를 완전히 해체해 버렸네. 그리고 이제는 이전의 내용과 새로운 것을 섞어서 두 부분으로 만들 작정이네. 지금 인쇄된 것을 전부 필사시키고 있고, 새로운 내용을 첨가할 부분에는 표시를 해두었지. 그래서 서기(書記)가 필사를 해나가다가 이렇게 표시가 된 지점에 도달하게 되면, 그곳에서부터 다시 구술할 생각이네. 이런 식으로 해나가면 이 작업이 정체되는 일은 없을 테지."

또 다음 날에는 그가 다음과 같이 말했다. "『편력시대』의 인쇄된 부분은 이제 전부 필사시켜 놓았네. 내가 새로 첨가해야 할 부분에는 파란 종이를 끼워놓았는데, 그렇게 하면 앞으로 더 써야 할 것을 한눈에 알아볼 수가 있지. 이제 일이 진척됨에 따라 파란 종이가 점점 더 줄어들고 있는데, 그것을 보고 있으면 몹시 기분이 좋아진다네."

몇 주일 전에 나는 괴테의 비서로부터 그가 이번에는 새로운 노벨레[87]에 착수하고 있다는 말을 들었다. 그래서 괴테의 집을 저녁마다 방문하는 것은 삼가고, 매주 한 번 식사 시간에 그를 만나는 정도로 만족해야 했다.

이 노벨레는 얼마 전에 완성되었고, 괴테는 오늘 저녁 내게 그 초고를 한번 검토해 보라며 건네주었다. 나는 기쁜 마음으

87) 독일 소설의 한 유형. 하나의 줄거리가 명백하게 드러나 있는 '중단편 소설' 정도로 번역할 수 있다.

로 원고를 받아 들고는, 모든 사람들이 죽은 호랑이를 빙 둘러싸고 서 있고, 사자가 저 위쪽 폐허에서 태양을 쬐며 누워 있다는 소식을 가져오는 중요한 장면까지 읽었다. 읽는 동안 그 비상한 명징성에 감탄을 금할 수 없었다. 별것 아닌 장소를 포함한 모든 대상들이 눈앞에 선명하게 제시되어 있었다. 사냥에 나서는 장면, 폐허가 된 옛 성(城)을 그린 장면, 일 년에 한 번 열리는 대목장, 폐허로 통하는 들길, 이 모든 것들이 눈앞에 생생하게 모습을 드러내고 있어서, 독자는 묘사된 대상에 대해 작가 자신이 원하는 그대로 따라서 생각할 수밖에 없었다. 그와 동시에 모든 것이 확신과 냉철함과 권위를 가지고 표현되어 있어서, 미래에 대해서는 아무것도 예상할 수가 없고, 자신이 읽은 것을 제외하고는 단 한 줄도 더 멀리 내다볼 수 없었다.

"선생님께서는 확고부동한 계획을 토대로 해서 작업하신 게 분명합니다." 하고 내가 말했다.

"물론 초안을 가지고 있었네." 하고 괴테가 대답했다. "벌써 삼십 년 전부터 그 소재를 가지고 써보려 했고, 그 이후 그것을 늘 염두에 두고 있었으니 말이야. 이제 그 일은 기이한 경로로 이루어진 셈이네. 『헤르만과 도로테아』를 완성하고 난 직후에 그 소재를 서사시 형식과 6운각의 시구로 다루어보려 했고, 그런 목적으로 상세한 초안을 만들었던 거네. 그런데 이제 다시 그 소재로 써보려 했더니, 오래전의 초안을 찾을 수가 없더군. 그래서 새로운 초안을 만들어야 했고, 그 대상에 이제 내가 새로 부여하려고 하는 변형된 형식에 전적으로 따라야 했던 게지. 그런데 일을 완성하고 났더니, 예전의 초안을 발견했지 뭔가. 하지만 나에게는 그 옛 초안이 더 빨리 발견되지 않은 게 잘된 일이었네. 그랬더라면 혼란만 초래했을 테니까 말이야. 줄거리와 전개 과정은 바뀌지 않았지만, 세부적인 면에서는 완전히 달랐어. 옛 초안은 전적으로 6운각의 서사시로 만들려는 생각에 따랐기 때문에, 이 산문적인 서술에는 조금도 적용되지 못했을 거네."

이야기는 내용에 관한 것으로 넘어갔다. 내가 말했다. "아름다운 상황입니다. 후작 부인과 마주 보고 있는 호노리오는 쭉 뻗은 채 죽어 있는 호랑이 옆에 서 있고, 비탄에 빠진 여인이 아이와 함께 달려오며, 후작도 사냥 수행원들과 함께 저 기묘한 일행 쪽으로 막 달려오는 장면 말입니다. 정말 탁월한 장면이라, 그림으로 그려진 것을 보았으면 하는 생각이 듭니다."

괴테가 대답했다. "물론 아름다운 그림이 되겠지." 그는 잠시 생각에 잠기더니 다시 말을 이었다. "하지만 그 대상이 너무나 풍부하고, 인물들도 너무 많기 때문에 화가에게는 빛과 그림자의 분류와 배분이 몹시 어려울 걸세. 그러나 호노리오가 호랑이 위에 무릎을 꿇고 있고, 그 맞은편의 후작 부인이 말 옆에 서 있는 그 앞의 순간을 그림으로 생각해 보았는데, 가능한 것으로 보이네."

나는 괴테의 견해가 옳다고 느꼈다. 그리고 그 장면이야말로 전체 상황의 핵심이며, 모든 것은 거기에 달려 있다는 말을 덧붙여서 했다.

그리고 읽고 난 감상에 대해 말해주었다. 즉 이 노벨레는 모든 대상의 외형만을 묘사하고 있고, 그것들 모두가 사실적이라는 점에서, 『편력시대』에 나오는 다른 노벨레들과는 전혀 다른 성격을 가진다는 점을 말했다.

"자네 말이 맞아." 하고 괴테가 말했다. "자네가 읽은 것 중에서는 내면적인 요소를 거의 찾을 수 없을 테지. 하지만 나의 다른 작품에서는 그 내면적인 요소가 너무 많이 들어 있네."

내가 말했다. "그런데 궁금한 것은 사자를 어떻게 길들이는가 하는 점입니다. 이것이 아주 색다른 방식으로 이루어질 것이라는 점은 예상할 수 있습니다만, 그 어떻게의 구체적인 내용은 전혀 짐작도 할 수가 없습니다."

"자네가 추측한다는 건 바람직한 일이 아닐세." 하고 괴테가 말했다. "그리고 오늘은 말해줄 수가 없군. 목요일 저녁에 자네에게 결말 부분을 보여주지. 그때까지는 사자가 햇볕 아래 누워 있는 걸세."

나는 화제를 『파우스트』 2부, 특히 「고전적 발푸르기스의 밤」으로 옮겨갔다. 이것은 아직 초고 상태였는데, 괴테가 얼마 전에 나에게 그것을 초고 그대로 인쇄시킬 작정이라고 말한 적이 있었다. 그래서 괴테에게 그렇게 하지 말도록 권유했다. 일단 인쇄되고 나면 영원히 완성되지 않은 채 끝나버리게 될까 염려했기 때문이다. 괴테는 그동안 깊이 생각해 보았음에 틀림없었다. 내가 말을 꺼내자마자 그 초고를 인쇄시키지 않기로 결심했다고 말했기 때문이다. 내가 말했다.

"좋은 소식이군요. 저는 지금도 선생님께서 그것을 완성하시기를 바라고 있습니다."

그러자 그가 대답했다. "삼 개월이면 끝나겠지. 하지만 어떻게 그런 틈을 얻겠나! 날마다 볼일이 너무나 많아 번거로운 일에서 아주 떠나 혼자 있기가 무척 어려워. 오늘 아침에는 대공이 오셨고, 내일 낮에는 대공비가 오신다는 연락이 왔네. 그런 방문은 분에 넘치는 은총이며, 내 생활도 아름답게 만들어 주지. 하지만 나도 여러 가지로 마음을 써야만 하네. 그런 귀하신 분들에게 언제나 새로운 것을 보여드려야 하고, 또 가능한 한 정중하게 대접해야 하니까 말일세."

내가 말했다. "그런데도 지난겨울에 선생님께서는 「헬레나」를 완성하시지 않았습니까. 그때라고 해서 지금보다도 덜 번잡하지는 않았을 텐데도 말입니다."

괴테가 말했다. "물론이네. 이번에도 어떻게 되겠지. 어떻게든 해내야 하니까. 그러나 힘든 건 사실이야."

내가 이어서 말했다. "선생님께서 이렇게 초안을 상세하게 만드신 건 좋은 일로 보입니다."

괴테가 말했다. "확실히 초안은 마련되어 있어. 하지만 가장 어려운 일이 앞에 남아 있네. 게다가 실제로 완성하려고 하면 모든 걸 운에 맡겨야 할 때가 너무 많아. 「고전적 발푸르기스의 밤」은 운(韻)에 맞추어 써야만 하고, 게다가 모든 것이 고대의 특징을 갖추어야만 하네. 그런 시구를 찾아내기란 쉬운 일이 아니고, 더군다나 대화가 들어가야 하니까!"

"그런데 초안을 잡으실 때 대화도 함께 고려하지 않으셨던가요?" 하고 내가 말했다.

괴테가 대답했다. "무엇을 쓸 것인가는 생각했어도 어떻게 쓸 것인가는 생각하지 않았네. 더욱이 그 미쳐 날뛰는 밤에는 온갖 말이 다 나오지! 헬레나를 데려오도록 페르세포네를 설득하는 파우스트의 대사 그리고 페르세포네 자신이 그 말에 눈물을 흘리며 감동해야 하는 부분에서는 도대체 어떤 대사가 적합하겠나! 이 모든 것을 쉽게 해낼 수는 없어. 게다가 아주 많은 부분이 운에 좌우되고, 거의 전적으로 그 순간의 기분과 에너지에 달려 있는 터에 말이야."

1827년 1월 17일 수요일

요즈음 괴테는 가끔 건강 상태가 그리 좋지 않았기 때문에, 우리는 정원으로 향해 있는 그의 서재에서 식사를 했다. 오늘 다시 우르비노[88]의 방에 식사가 마련되었는데, 나는 그것을 좋은 징조라고 여겼다. 내가 방으로 들어서자 괴테와 그의 두 아들이 모두 소박한 태도로 나를 다정하게 맞아주었다. 괴테 자신이 몹시 쾌활한 기분이라는 것은 생기에 넘치는 그의 표정에서 알 수 있었다. 바로 옆방, 즉 천장화 방의 열려 있는 문 너머로, 허리를 구부린 채 커다란 동판화를 들여다보고 있는 법무장관 뮐러 씨의 모습이 보였다. 그는 곧 우리에게로 건너왔다. 나는 그를 즐거운 식탁 친구로 맞이하며 인사했다. 괴테의 며느리가 아직 오지 않았지만, 우리는 일단 자리에 앉았

88) 괴테의 집 이 층에 있는 방의 이름.

다. 동판화에 대한 칭찬의 말이 나왔는데, 괴테는 나에게 그것이 파리의 유명한 제라르의 작품이며, 그 사람으로부터 최근에 선물로 받은 것이라고 설명해 주었다. 그가 덧붙여 말했다. "빨리 가서 수프가 나오기 전에 잠깐만이라도 보고 오게."

그의 권유도 있었지만 나도 바라던 바였다. 경탄스러운 작품을 바로 눈앞에서 보게 되어 기뻤고, 그에 못지않게 괴테에게 존경의 마음으로 바친다고 쓴 화가의 서명을 함께 보게 되어 더더욱 기뻤다. 그러나 오래 보고 있을 수는 없었다. 괴테의 며느리가 금방 들어왔기 때문에, 나는 내 자리로 서둘러 돌아와야 했다. 괴테가 말했다.

"정말 대단한 것일세! 그렇지 않은가. 그 풍부한 사상과 완벽함을 모두 제대로 이해하려면 며칠 아니 몇 주일이나 연구해야 할 걸세. 자네를 위해서는 다른 날들을 잡아놓기로 하겠네."

식사 분위기는 매우 명랑했다. 법무장관은 파리의 한 중요한 인물이 보낸 편지를 건네주었다. 그 사람은 프랑스군의 점령 시절에 공사(公使)로서 이곳에서 중요 직책을 맡았으며, 그 이후로 바이마르와 친근한 관계를 유지하고 있었다. 그는 대공과 괴테를 기억했고, 바이마르는 천재가 최고의 권력과 그토록 친밀한 관계를 가질 수 있는 행복한 곳이라며 칭송을 마다하지 않았다.

괴테의 며느리가 대화에 윤기를 더해주었다. 물건 구입 이야기가 나오자 부인은 남편을 놀려댔으나, 그는 그녀의 말에 수긍하지 않았다. "아름다운 부인이라고 해서 지나치게 어리광을 부리도록 해서는 안 되지." 하고 괴테가 말했다. "여자들은 쉽사리 분수를 잃으니까 말이네. 나폴레옹은 엘바섬에 가서도 화장품 장사로부터 청구서를 받고, 그것을 지불해야 했네. 하지만 그는 그런 일에 너그럽기보다는 인색한 편이었지. 그전에도 튈르리 궁전에서 어떤 화장품 상인이 그와 황후 앞에서 값진 물건을 꺼내 보인 일이 있었네. 그러나 나폴레옹이 살 것 같은 기색을 보이지 않자, 그 장사꾼이 그 정도로는 애처가가 될 수 없다고 말했지. 나폴레옹은 그 말에 한마디 대꾸도 않고 그 사나이를 노려보았고, 그 사내는 허겁지겁 물건을 챙겨 걸음아 나 살려라 하며 도망을 쳤네."

괴테의 며느리가 물었다. "집정관 때의 일입니까?"

"아마 황제 때의 일일걸." 하고 괴테가 대답했다. "그렇지 않다면 그의 눈이 그렇게 무서웠을 리는 없었겠지. 어쨌든 그 눈길에 간이 콩알만 해져서 금방이라도 목이 떨어져 나가거나 총살이라도 당할 것처럼 무서워했던 그 사나이를 생각하면 웃음을 참을 수 없군."

우리는 아주 유쾌한 기분으로 나폴레옹에 관한 이야기를 나누었다. 괴테의 아들이 말했다. "그의 행적 모두를 뛰어난 그림이나 동판화로 만들어서, 그것들로 커다란 방을 장식해 보면 어떨까요."

"아주 큰 방이라야겠지." 하고 괴테가 말했다. "그래도 그림이 남아돌 테니, 그만큼 그의 행적은 위대한 것이네."

법무장관이 루덴의 『독일인의 역사』를 화제에 올렸다. 괴테의 아들은 공공 언론이 그 책에 대해 비판한 부분을 변론했다. 그 책이 쓰인 시대를 세세하게 분석하고 또 저자가 영향을 받을 수밖에 없었던 당시의 국가적인 감정과 동기들을 설명했는데, 그 능숙하고 감동적인 변호에 감탄을 금할 수 없었다. 나폴레옹의 전쟁을 카이사르의 전쟁에 비추어봄으로써 해명한 것이다. 괴테가 말했다.

"이전까지만 해도 카이사르의 책은 학교 인문교육의 연습문제 정도에 지나지 않았어."

이야기는 고대 독일의 시대로부터 고딕 양식으로 넘어갔으며, 서가를 고딕 양식으로 꾸미는 게 어떨까 하는 이야기도 나왔다. 그러고 나서 방 전체를 완전히 고대 독일이나 고딕풍으로 꾸미고, 그런 고풍스러운 환경 속에 둘러싸여 지내려는 최근의 취향이 화제에 올랐다.

괴테가 말했다. "많은 방이 있어서 그중 몇 개는 언제나 비워두면서 일 년에 서너 번쯤 발을 들여놓는 집이라면 그런 도락이라든지, 고딕풍의 방을 갖는 것도 괜찮을 테지. 가령 파리의 팡쿠크 부인이 중국식 취향의 방을 가지고 있는 것도 매우 멋지다고 생각하네. 그러나 자신의 거실을 그처럼 낯설고 고풍스러운 소품으로 모조리 장식해 버리는 것은 칭찬할 수가 없어. 아무래도 그건 일종의 가장무도회 같아서 오래가면 결국 어느 모로 보나 좋지 않을 것 같고, 또 그런 일에 빠져 있는 사람에게 불리한 영향을 끼칠 게 뻔하지. 그런 것은 우리의 일상생활과 모순일 뿐만 아니라, 공허한 감정이나 사고방식에서 나온 것이라 그런 경향을 더한층 조장할 뿐이네. 어느 즐거운 겨울 밤에 튀르키예 사람이 되어 가장무도회에 나가는 건 좋겠지. 하지만 일 년 내내 그런 가면을 쓰고 있는 인간을 도대체 어떻게 생각해야 할까? 아마도 미친 게 분명하거나, 아니면 곧 그렇게 될 소질이 다분하다고 생각해도 무방할 테지."

우리는 삶과 밀착시켜 대상을 파악하는 괴테의 말을 전적으로 신뢰했다. 그 자리에 있던 사람들 중 그 누구도 괴테의 말에서 자신에 대한 조금의 비난도 느낄 수 없었기 때문에, 그 말의 진실성을 유쾌하기 그지없는 기분으로 받아들였다.

이야기는 연극으로 옮아갔다. 괴테는 내가 지난 월요일 저녁을 자기 때문에 희생했노라고 농담조로 말했다. 그가 자리에 있는 다른 사람들을 향해 말했다. "이 친구가 여기 온 지 삼 년이 되었지만 나 때문에 극장에 가지 않은 건 저번 저녁이 처음이었어. 그 점을 높이 사주어야겠지. 내가 에커만을 초대했고, 그는 오겠다고 약속했지. 하지만 나는 이 친구가 약속을 지킬 것이라고는 별로 믿지 않았네. 특히 6시 반이 되어도 나타나지 않았으니 말이지. 하지만 이 친구가 오지 않았더라면 더 기뻤을 것이고 다음과 같이 말했을 테지. '정말 미친 사람이야. 가장 좋아하는 친구들보다도 연극이 우선이고, 그 무엇을 준다 해도 자신의 취향을 고집하니 말이야.' 하지만 나도 자네에게 보답은 한 셈이야! 그렇지 않은가? 자네에게 괜찮은 물건을 보여주지 않았던가?" 괴테의 이 말은 새로 쓴 노벨레를 염두에 둔 것이었다.

이어서 지난 토요일에 공연된 실러의 『피에스코』에 대한 이야기가 나왔다. 내가 말했다. "저는 그 연극을 처음으로 보았습니다만, 그 거친 장면들을 좀 더 부드럽게 만들 수는 없을까 하는 생각을 해보았습니다. 하지만 조금만 손을 대더라도 전체의 특징이 손상될 것으로 보여 어려울 것 같습니다."

"자네 말 그대로야. 그건 어려운 일이네." 하고 괴테가 말했다. "실러는 그 점에 관해 나와 자주 의논했지. 그 자신도 자기 초기 작품에 만족하지 못했으니까. 그래서 우리가 극장을 맡아서 일하는 동안, 그는 그 작품들의 공연을 결코 허락하지 않았네. 하지만 좋은 작품들이 없어서 그 초기의 거친 작품 세 편을 결국 우리 공연 목록으로 채택했던 거지. 그런데 제대로 되지 않았네. 모든 것이 지나치게 복잡하게 얽혀서 실러 자신이 공연 가능성에 대해 절망해 버렸지. 그래서 원래 의도를 단념하고 작품들을 그대로 내버려 둘 수밖에 없었던 거네."

"유감이군요." 하고 내가 말했다. "그의 작품은 거칠기는 합니다만, 요즈음 우리나라 비극 작가들의 허약하고 무기력하며 억지스럽고 부자연스러운 작품보다는 훨씬 마음을 끌어당깁니다. 실러의 작품은 언제나 그 장중한 정신과 성격으로 호소해 오니까요."

"나도 그 점을 말하고 싶었네." 하고 괴테가 대답했다. "실러는 자기가 원하는 대로 쓰고자 했고, 언제나 마음만 먹으면 현대 작가들의 최고 작품보다도 훨씬 뛰어난 작품을 쓸 수 있었지. 그렇다네. 실러는 손톱을 깎을 때도 그들보다는 위대했어."

우리는 이 절묘한 비유에 한바탕 웃지 않을 수 없었다.

괴테가 이야기를 계속했다. "그러나 내가 아는 사람 중에는 실러의 초기 작품들에 도무지 만족하지 못하는 사람들이 있었네. 어느 여름날 온천장에서 나는 물레방앗간으로 통하는 인적이 드문 몹시 좁은 길을 걸어가다가 푸트야친 후작을 만난 적이 있었어. 그런데 마침 그때 밀가루 부대를 실은 몇 마리의 당나귀가 우리 쪽으로 왔고, 우리는 비켜서기 위해 조그만 집 안으로 들어가야만 했지. 그런데 그 좁은 방 안에서 이 후작의 독특한 스타일에 이끌려 즉시 신과 인간의 일들에 관한 깊은 대화로 빠져들었네. 실러의 『군도』에 대한 이야기도 나왔는데, 후작이 이렇게 말하더군. '내가 만일 신이 되어 세계를 창조하려고 하는 순간, 그 세계 속에서 실러가 『군도』를 쓸 것이라는 사실을 미리 내다보았다면, 세계를 창조하는 일 자체를 그만두고 싶었을 게요.'"

우리는 웃음을 터뜨리지 않을 수 없었다. "자네 의견은 어떤가?" 하고 괴테가 말했다. "아무리 실러가 마음에 들지 않는다 해도 이건 좀 지나치네. 나로서는 별로 할 말이 없을 지경일세."

내가 대답했다. "반면에 우리 젊은이들, 특히 학생들은 그러한 혐오증을 조금도 가지고 있지 않습니다. 실러나 그 밖의 작가들의 원숙기에 들어선 뛰어난 작품들이 공연되어도, 극장에는 젊은이들이나 학생들을 거의 찾아볼 수 없고 때에 따라서는 한 명도 보이지 않는 경우도 있습니다. 그런데 실러의 『군도』라든가 『피에스코』가 공연되면 극장은 거의 학생들로만 가득 차게 됩니다."

괴테가 대답했다. "그것은 오십 년 전도 지금과 마찬가지였어. 그리고 오십 년 후에도 아마 마찬가지일 걸세. 젊은 사람이 쓴 작품은 역시 젊은 사람들이 가장 좋아하는 법이지. 그러므로 이 시대의 문화나 좋은 취미가 진보했다고 해서, 젊은이들이 그 옛날과 같은 거친 단계를 이미 넘어섰다고 생각하면 큰 잘못이네! 세계가 전체적으로 보아 아무리 진보했다 하더라도 젊은이는 언제나 처음부터 출발하는 개인으로서 세계 문화의 신화 단계를 차례로 경험해 가는 수밖에 없는 것일세. 나는 그런 일에는 이제 초조해하지 않게 되었네. 오래전에 그것과 관련한 시를 써본 적이 있네.

> 요한 축제의 불을 끄지 마라.
> 즐거움은 결코 사라지지 않는 것!
> 비는 쓸수록 닳아 없어지지만
> 어린아이는 끊임없이 태어나는 법.

창밖을 내다보기만 하면 거리를 쓸고 있는 비나, 마구 뛰어다니는 아이들의 모습에서, 끊임없이 소멸하고 다시 끊임없이 젊어지는 세계의 상징을 바로 눈앞에서 볼 수 있지. 그러므로 아이들의 놀이와 젊은이들의 즐거움은 시대에서 시대로 이어지며 뿌리를 내려가는 것이라네. 왜냐하면 그와 같은 것이 성숙한 어른들의 눈에는 어리석어 보일지라도 아이들은 아이들임에 변함이 없고, 이것은 어느 시대이든 마찬가지이기 때문이네. 그러므로 요한 축제의 불을 금지해 아이들의 즐거움을 다치게 해서는 안 되는 것이네."

이처럼 식탁에서 유쾌한 이야기들을 나누는 동안 어느덧

많은 시간이 흘러갔다. 그래서 우리 젊은 사람들은 위쪽의 방들로 올라갔고, 법무장관은 괴테 곁에 머물렀다.

1827년 1월 18일 목요일 저녁

이날 저녁은 괴테가 노벨레의 마지막 부분을 보여주기로 약속한 날이었다. 6시 반에 갔더니, 그는 호젓한 서재에 혼자 있었다. 나는 그의 곁으로 가서 테이블에 앉았고, 우리는 곧 해결해야 할 여러 일상적인 문제들에 관해 의논했다. 그러고 난 다음에 괴테는 자리에서 일어서더니 나에게 앞서 말한 그 마지막 부분의 원고를 건네주었다. "결말 부분을 읽어보게." 괴테의 말에 나는 원고를 읽기 시작했다. 괴테는 그동안 이리저리 난롯가를 거닐었다. 나는 여느 때처럼 낮은 목소리로 읽었다.

이날 저녁의 마지막 원고는 다음과 같이 끝나 있었다. 그 사자는 오래된 성벽의 바깥쪽, 백년 된 너도밤나무의 발치에 햇빛을 받으며 누워 있고, 사람들은 사자를 제압하기 위한 조치를 내리려고 한다. 후작은 사냥꾼들을 사자에게로 보내려 하지만, 낯선 사나이가 자기 사자를 보호해 달라고 간청하면서 더 부드러운 수단을 써서 그 사자를 쇠 우리 안으로 틀림없이 돌려보낼 수 있을 것이라고 말한다. 그의 말에 따르면 이 아이는 사랑스러운 노래와 달콤한 피리의 음조로써 그 일을 해낼 수 있다. 후작은 그 간청을 받아들이고, 필요한 안전조치를 지시한 다음, 수행원들과 함께 시내로 돌아간다. 호노리오와 일단의 사냥꾼들은 사자가 내려올 경우, 불을 붙인 화승총으로 위협하기 위해 좁은 길을 지키고 있다. 성지기의 안내를 받은 어머니와 아이는 폐허의 성터 쪽으로 접근해 올라가고, 폐허의 안쪽 성벽에는 사자가 누워 있다.

당면 목표는 그 무시무시한 야수를 성의 널따란 마당으로 꾀어내는 것이다. 어머니와 성지기는 저 위쪽 반쯤 허물어진 기사(騎士)의 홀에 몸을 숨기고 있고, 아이는 마당과 연결된 성벽의 어두운 틈새를 통해 혼자서 사자 쪽으로 간다. 그러다가 흥미진진한 휴식의 순간이 찾아온다. 아이는 어떻게 되었는지 아무도 모르며, 아이의 피리 소리도 잠잠하다. 성지기는 자신이 같이 가지 않은 걸 자책하고, 어머니는 말이 없다.

마침내 피리 소리가 다시 들려온다. 피리 소리가 점점 더 가까워지면서, 아이는 성벽의 틈새를 통해 다시 걸어 나오고, 사자는 얌전하게 순종하면서 무거운 걸음걸이로 그 뒤를 따른다. 그들은 마당을 한 바퀴 돌고 나더니, 아이는 양지바른 곳에 앉고, 사자는 그 곁에 순하게 앉아 무거운 앞발 하나를 아이의 품에 맡긴다. 가시 하나가 거기 박혀 있다. 소년은 그 가시를 뽑아내고는 자기 목에 두른 비단 수건을 풀어 사자의 앞발을 싸매준다. 위쪽 기사의 홀에서 모든 장면을 보고 있던 어머니와 성지기는 기뻐 어쩔 줄을 모른다. 사자는 순하게 앉아 있고, 아이는 그 야수를 진정시키기 위해서 이따금 그의 피리로 사랑스럽고 경건한 노래를 들려준다. 그리하여 아이는 다음과 같은 시를 노래하면서 노벨레를 끝맺는다.

그러므로 착한 아이들을
성스러운 천사는 기꺼이 도와주지요.
나쁜 생각은 막아주고,
선행은 북돋워 주지요.
사랑스러운 아이들의 부드러운 무릎에
숲속의 제왕이
꼼짝없이 붙들려 있도록
경건한 뜻과 멜로디를
불어넣어 주시지요.

마지막 부분의 줄거리는 어느 정도 감동적이긴 했지만, 무슨 말을 해야 할지는 몰랐다. 즉 나는 놀라기는 했지만 만족스럽지는 않았다. 결말이 너무 고독하고 이상적이고 서정적으로 보였으며, 적어도 등장인물들 중의 몇몇은 다시 나타나 전체를 마무리 지으면서 결말 부분에 좀 더 넓은 폭을 주었더라면 하는 생각이 들었다.

괴테는 나의 아쉬워하는 마음을 알아차리고는 해명하려고 했다. 그가 말했다. "내가 마지막 장면에서 등장인물들 중의 몇몇을 다시 나타나게 했더라면, 결말 부분은 산문적이 되고 말았을 거네. 모든 것이 끝난 마당에 그들이 어떻게 행동하고 무슨 말을 해야 한단 말인가? 후작은 수행원들과 함께 그의 도움을 필요로 하는 시내로 말을 타고 갔고, 호노리오는 저 위쪽에 있는 사자에게 안전한 조치가 취해졌다는 말을 들으면 사냥꾼들과 함께 그 뒤를 따라갈 테지. 그리고 그 낯선 사나이는 쇠 우리를 가지고 시내로부터 신속하게 현장으로 달려와서는 사자를 그 안으로 다시 넣겠지. 이 정도가 예견할 수 있는 전부이니, 새삼 거론할 필요도 없는 거네. 만일 그렇게 했다면 산문적이 되었을 게 분명해.

그러나 이상적인, 아니 서정적인 결말은 필요했고 또 그래야만 했어. 왜냐하면 그 낯선 사나이의 격정적인 연설이 이미 시적인 산문이기 때문에, 더욱 상승된 것이 그 뒤를 이어야 한다는 건 당연하기 때문이지. 사실은 그 정도에 그칠 게 아니라 서정적인 운문으로, 아니 노래 자체로 넘어갔어야 했어."

괴테가 계속해서 말했다. "이 노벨레의 완성 과정을 비유를 들어 설명해 보지. 뿌리에서 솟아 나오는 푸른 식물을 생각해 보게. 그 식물은 한동안 굳센 줄기에서 강인하고 푸른 잎사귀들을 사방으로 틔우다가, 마침내 꽃을 피움으로써 그 대미를 장식하는 거네. 꽃은 예기치 못한 가운데 갑작스럽게 생겨나지만, 이미 피어나도록 예정되어 있었지. 그래, 푸른 잎들은 오로지 꽃을 위해서 존재하며, 꽃이 아니라면 그렇게 애를 쓸 필요도 없었던 것이네."

나는 이 말을 듣고 비로소 안도의 한숨을 쉬었다. 마치 눈에서 비늘이 떨어지는 것 같았고, 이 놀라운 구성의 탁월함에 대한 안목이 생겨나기 시작했다.

괴테가 계속해서 말을 이었다. "제어하기 어려운 것, 극복하기 어려운 것은 종종 강제력이 아니라 오히려 사랑과 경건한 마음을 통해서 해결될 수 있다는 사실을 보여주려는 게 이 노벨레의 목표였지. 아이와 사자의 모습으로 구현되어 있는 이러한 아름다운 목표가 나의 창작을 이끌어주었던 걸세. 바로 이것이 이상적인 것이고, 바로 이것이 꽃인 셈이야. 줄거리상의 현실적인 전개 과정이라는 푸른 잎은 오직 그 때문에 존재하며, 바로 그 때문에 가치가 있는 거지. 하지만 현실성 그 자체에 도대체 무슨 의미가 있단 말인가? 현실적인 것이 충실하게 그려진 걸 보면 우리는 기쁜 마음이 들지. 아니 더 나아가서 어떤 대상들의 경우에는 우리에게 더욱 분명한 인식을 줄 수도 있어. 하지만 우리 내부의 보다 고귀한 본성에 정말로 도움이 되는 것은 오직 시인의 마음으로부터 솟아 나오는 이상적인 것뿐이네."

나는 괴테의 말이 옳다는 점을 매우 강렬하게 수긍했다. 왜냐하면 그 노벨레의 결말 부분이 아직도 내게 지속적으로 작용하면서 이전에 오랫동안 겪어보지 못했던 정도로 경건한 마음까지 불러일으켰기 때문이다. 나는 마음속으로 생각했다. 저토록 고령의 나이에 그처럼 아름다운 것을 여전히 만들어낼 수 있는 시인의 감정이란 얼마나 순수하고 내밀한가! 이 점을 괴테에게 말하지 않고는 배길 수 없었다. 그리고 이런 유일무이한 작품이 이제 이 세상에 존재하게 되어 기쁘다는 점도 아울러 밝혔다.

"다행이군." 하고 괴테가 말했다. "자네가 만족이라니. 나 자신도 삼십 년 동안이나 마음속에 담고 다니던 대상에서 마침내 벗어나게 되어 기쁠 따름이야. 당시에 실러와 훔볼트에게도 내 계획을 말했지만, 그들은 나를 말렸네. 그들은 문제의 핵심을 알지 못했기 때문이야. 또 시인만이 자신의 대상에 어떤 매력을 부여할 수 있는지 알 수 있기 때문이지. 그러니 무언가 쓰려고 할 때는 결코 다른 사람에게 조언을 구해서는 안 되네. 만일 실러가 『발렌슈타인』을 쓰기 전에 내게 그것을 쓸지 어떨지를 물었다면, 나는 틀림없이 말렸을 걸세. 왜냐하면 그런 소재에서 그토록 뛰어난 연극 작품이 태어날 수 있으리라고는 결코 생각지 못했을 테니까. 실러도 내가 그 소재를 가지고 6운각으로 만드는 작업에 반대했어. 당시에 내가 『헤르만과 도로테아』를 6운각으로 완성하고 난 직후인지라 내가 그렇게 원했는데도 말이네. 대신에 그는 8행시의 슈탄체[89]로 만들도록 권하더군. 그런데 자네도 이제 보다시피 나는 그것을 산문으로써 가장 잘 풀어냈네. 장소에 대한 세세한 묘사가 중요했기 때문에, 그런 운율을 사용하려 했다면 아마도 성가신 일이었을 테지. 게다가 처음에는 매우 현실적인 성격을 보이다가 마지막에는 극히 이상적인 면모를 드러내는 이 노벨레의 특성을 고려할 때, 산문이 가장 적합한 수단이었다는 점은 부정할 수가 없군. 그리고 이제 노래도 6운각이나 8행시의 슈탄체로는 불가능한 것들을 멋지게 표현해 낸 것이네."

『편력시대』에 나오는 다른 단편소설들과 노벨레도 화제에 올랐는데, 그 모든 작품들이 제각각 특별한 성격과 색조를 가지고 있어서 서로 간에 뚜렷이 구분된다는 사실이 언급되었다.

"작품들 사이의 이러한 차이가 어떻게 해서 생겨나게 되었

89) 이탈리아의 시구 양식.

는가를 설명해 주겠네. 나는 작품을 창작하며, 특정한 대상을 그릴 때 특정한 색을 피하고 반면에 다른 색을 주로 사용하는 화가와 같은 방식을 취한다네. 예컨대 화가는 아침 풍경을 그릴 때 팔레트에다가 청색은 많게, 황색은 적게 옮겨다 놓지. 그러나 저녁 풍경을 그릴 때면 황색을 많이 사용하고 청색은 거의 사용하지 않겠지. 나는 다양한 문학작품들을 창작할 때 비슷한 방식으로 하고 있네. 그리고 작품들 간의 특성의 차이는 바로 거기에서 나오지."

나는 마음속으로 이것이야말로 정말 현명한 원리라고 생각했고, 괴테가 그 점을 말해준 것이 기뻤다. 그러고 나서 다시 생각해 보니, 특히 저 마지막 노벨레에서의 세부 묘사, 주로 풍경을 그린 세부 묘사에 새삼 감탄을 금할 수 없었다.

괴테가 말했다. "나는 시를 쓸 목적으로 자연을 관찰한 적은 결코 없었네. 하지만 젊었을 때는 풍경화를 그렸고, 나중에 가서는 자연과학을 연구한 덕분에 끊임없이 자연의 대상을 정확하게 보는 태도가 몸에 배게 되었고, 따라서 자연의 극히 세부적인 것에 이르기까지 점차 암기하게 되었지. 그래서 내가 시인으로서 무엇이 필요할 때는 그것을 마음대로 구사해 좀처럼 사실에 반하는 것을 쓰는 일이 없어졌던 거네. 실러에게는 자연을 관찰하는 이런 경향은 없었지. 그의 『빌헬름 텔』 속에 나오는 스위스의 지방 풍경은 모두 내가 그에게 이야기해 준 것이네. 그러나 그는 놀랄 만큼 총명한 사람이라 그런 이야기를 바탕으로 현실성 있는 뭔가를 만들 수 있었던 거지."

화제는 이제 실러에게만 집중되었고, 괴테는 다음과 같이 이야기를 계속했다.

"실러의 본래의 창조력은 이상적(理想的)인 면에 있네. 그에 필적할 만한 인간은 독일 문학에서도 외국 문학에서도 찾기 어렵네. 바이런 경이 갖고 있는 것이라면 그도 대부분 갖고 있었지. 그러나 바이런 경은 세상사를 만나는 점에서는 그를 능가했지. 나는 실러가 꼭 바이런 경의 작품을 읽어보았으면 했네. 그렇게 되면 그가 자기와 아주 유사한 정신의 소유자에게 어떤 심정을 토로했을지 매우 흥미진진했을 테니까. 그런데 바이런은 실러의 생전에 무언가 출판한 것이 있었던가?"

나는 그런 일이 없었으리라고 생각했지만 확신할 수는 없었다. 그래서 괴테는 백과사전을 꺼내어 바이런의 항목을 읽었고, 그 틈틈이 간단한 주(註)를 몇 개 첨가하는 것도 빠뜨리지 않았다. 바이런 경은 1807년 이전에는 아무것도 출판하지 않았고, 따라서 실러는 바이런의 작품을 전혀 읽지 않았다는 사실이 드러났다.

괴테가 계속해서 말했다. "실러의 모든 작품에는 자유의 이념이 일관하고 있네. 이 이념은 실러가 자신의 교양을 점차로 높여가면서 이전의 자신과 딴사람처럼 변함에 따라 다른 모습을 띠게 되었지. 즉 그를 고뇌하게 하고, 그것을 시로 창작하게 한 것은 청년 시대에는 물리적 자유였고, 만년에는 정신적 자유였네.

자유란 불가사의한 것일세. 자기 자신에게 만족하고 분수를 지킬 줄만 알면 누구라도 쉽게 충분한 자유를 얻을 수 있지. 그러나 자유가 넘칠 만큼 있어도 사용할 수 없다면 무슨 소용일까! 이 방과 그에 연결된 옆방을 보게. 열린 문 사이로 내 침대가 보이지. 둘 다 그리 넓지 않은 데다가, 여러 일용품이나 책이나 원고, 미술품 등이 방이 비좁도록 들어차 있어. 그러나 나는 그것으로 충분하네. 겨울 내내 이 방에서 살아왔고, 바깥 방들에는 거의 발도 들여놓지 않았지. 이 넓은 집을 갖고 있어봤자, 자유가 있어봤자, 이 방에서 저 방으로 마음대로 다닐 수 있어봤자, 그것들을 이용할 필요가 없다면 무슨 소용이 있겠는가!

건강하게 살면서 자기 일에 종사할 만한 자유만 있으면 그것만으로 족하네. 그 정도의 자유라면 누구든 쉽게 얻을 수가 있지. 그다음에 우리는 자신들이 지켜야만 하는 일정한 제약 조건 아래서만 자유롭네. 가령 시민은 그가 태어난 신분에 맞추어 신이 정해준 한계를 지키고 있는 한, 귀족과 마찬가지로 자유이네. 귀족도 왕후와 마찬가지로 자유이네. 왜냐하면 귀족은 궁정에서 의례적인 것을 조금 지키기만 하면 자기도 왕후와 동등하다고 느껴도 무방하기 때문이지. 우리는 자기 위에 있는 것을 인정하지 않으려 함으로써 자유를 얻는 것이 아니라, 자기 위에 있는 것을 존중함으로써만 자유로워지는 거네. 왜냐하면 자기 위에 있는 것을 존경함으로써 자기를 거기까지 높이고, 위에 있는 것의 가치를 인정함으로써 우리 자신도 고귀한 것을 몸에 지니면서, 아울러 그것과 동등하게 될 가치가 있다는 점을 분명히 보여주기 때문이네. 여행 중에 종종 북독일의 상인들을 만났는데, 그들은 식사할 때 내게 무례한 태도를 보임으로써 나와 동등해질 수 있다고 믿었네. 하지만 그런다고 해서 나와 동등해지는 것은 아니야. 반면에 그들이 나를 소중히 여기면서 제대로 응대할 줄 알았더라면 나와 동등해졌지.

그런데 이런 물리적 자유가 청년 시대의 실러를 그토록 괴롭혔던 거네. 물론 부분적으로는 그의 정신적 기질 때문이었지만, 대부분은 그가 사관학교에서 당해야만 했던 압박 때문이었네.

그러나 나중에 성숙기에 도달해 물리적 자유를 충분히 얻게 되자, 그는 정신적 자유를 추구하는 데로 넘어갔지. 그리고 감히 말하자면 이 이념이 그를 죽였던 거네. 요컨대 그는 이 정신적 이념 때문에 자신의 육체에 대해 힘에 부치는 과도한 요구를 했던 걸세.

대공은 실러가 이곳에 왔을 때 매년 1,000탈러의 연금을 주기로 정하고, 그가 병으로 일을 할 수 없을 경우에는 그 액수의 배를 지급하겠다고 제안했지. 하지만 실러는 이 뒤쪽의 제안을 거절하고 단 한 번도 그 혜택을 입지 않았네. '나에게는 재능이 있다. 그러므로 자립하는 게 마땅하다.'라고 실러는 말했지. 그런데 만년에 이르러 가족이 불어나자 그는 생계를 위해 해마다 두 편의 희곡을 써야만 했고, 그것을 완성하기 위해 몸을 혹사하면서 건강이 좋지 않은 날에도 일을 했었지. 그는 자신의 재능을 언제라도 발휘하고 자기 뜻대로 할 수 있다고 생각했던 거네.

실러는 과음하는 일이 결코 없었고, 언제나 절제했어. 그러나 건강이 좋지 않은 경우에는 약간의 리큐어나 그 비슷한 술을 마셔서 원기를 얻으려고 했지. 그러나 이것이 그의 건강을 좀먹었고, 그의 작품 자체에도 해를 끼쳤던 거야.

나는 영리한 사람들이 그의 작품에 비판하고 있는 점은 여기에서 비롯되었다고 생각하네. 그들이 온당하지 않다고 지적하는 모든 부분을 나는 병리적 부분이라고 말하고 싶네. 왜냐하면 그런 부분은 실러가 올바르고 참다운 모티프를 발견할 만한 힘이 없는 그런 날에 썼기 때문이지. 나는 정언적 명령에 대해 최대한의 경의를 표하고 있고, 거기에서부터 훌륭한 것이 얼마든지 생겨날 수 있다는 사실도 알고 있어. 하지만 그것을 과도하게 사용해서는 안 되네. 그렇지 않다면 이 정신적 자유라는 이념이 아무런 좋은 결과도 낳지 못할 게 분명할 테니 말이야."

이와 같은 흥미로운 이야기와 바이런 경에 대한 일화 그리고 독일의 유명한 작가들(실러는 그들 중에서는 코체부 쪽이 그런대로 무언가를 남기고 있으므로 괜찮은 편이라고 말했다.)에 관해 이런저런 이야기를 하고 있는 동안 저녁 시간은 빠르게 지나갔다. 그리고 괴테는 집에 가서 다시 한번 조용하게 음미해 보라면서 노벨레의 원고를 건네주었다.

1827년 1월 21일(?) 일요일 밤

나는 오늘 저녁 7시 반에 괴테를 방문해 한 시간가량 함께 있었다. 그는 나에게 드모아젤 게의 새로 나온 프랑스 시집 한 권을 나에게 보여주었다. 그는 그 시집을 극찬하면서 말했다. "프랑스인들은 잘 해나가고 있으므로, 연구해 볼 만한 가치가 충분히 있네. 나는 지금까지 현대 프랑스 문학의 위상에 대한 개념을 얻으려고 열심히 노력해 왔고, 가능하다면 그것에 대한 견해를 정리해 발표할 생각이었네. 아주 흥미로운 사실은 우리 독일 사람들이 이미 오래전에 겪었던 바로 그런 요소들이 프랑스인들에게 이제 비로소 작용하기 시작했다는 걸세. 보통 수준의 재능을 가진 작가들은 언제나 그렇듯이 시대의 유행에 사로잡혀 있으므로, 그 시대 속에 있는 요소들로부터 양분을 얻는 법이네. 그들은 최근에 유행하고 있는 유순한 경향에 이르기까지 모든 점에서 우리 독일의 사조와 비슷한 점을 보이고 있어. 다만 그들이 좀 더 호색적이고 좀 더 재치가 있어 보일 뿐이지."

내가 물었다. "선생님께서는 베랑제와 극작품 『클라라 가줄』의 작가[90]에 대해 어떻게 생각하시는지요?"

"이 사람들은 예외적이네." 하고 괴테가 대답했다. "그들은 자기 내면에 하나의 토대를 두고 있으며, 시대의 유행적인 사고방식으로부터 자유롭게 거리를 두고 있는 위대한 재능의 소유자들이네."

내가 대답했다. "그런 말씀을 들으니 기쁩니다. 저도 그 두

---

90) 프랑스의 낭만주의 작가 프로스페르 메리메(Prosper Mérimée, 1803~1870)를 가리킨다.

작가에 대해서 대략 같은 생각을 하고 있으니까요."

이야기는 프랑스 문학에서 독일 문학으로 넘어갔다. "보여줄 게 있네." 하고 괴테가 말했다. "자네는 아마도 흥미 있어 할 걸세. 자네 앞에 있는 두 권의 책 중에서 한 권을 이리 주게. 자네는 졸거[91]를 알고 있나?"

"물론입니다." 하고 내가 말했다. "그뿐 아니라 애독자라고도 할 수 있습니다. 그가 번역한 소포클레스를 갖고 있는데, 그 번역이나 서문을 읽고서 오래전부터 그를 높이 평가하고 있었습니다."

"자네도 알다시피 그는 수년 전에 죽었네." 하고 괴테가 말했다. "그래서 이제 그의 유고나 서간집이 출판되고 있지. 플라톤의 대화 형식으로 쓴 철학 논문들은 그렇게 잘되지 않았지만 서간 쪽은 뛰어나네. 그중에 『친화력』에 관해 티크 앞으로 써 보낸 것이 하나 있네. 이것을 한번 읽어볼 테니 들어보게. 이 소설에 관해서 그보다 더 뛰어난 견해를 말하기는 그렇게 쉬운 일이 아니니까 말이네."

괴테는 그 뛰어난 논문을 읽어주었다. 우리는 그것에 대해 상세히 논하면서, 하나의 위대한 성격을 증명하고 있는 견해에 대해서 그리고 그 추론과 결론의 정연한 구성에 대해 감탄을 금할 수 없었다. 졸거는 『친화력』 속의 사건이 모든 인물들의 천성에서 생겨난다는 사실을 인정하고 있었지만, 에두아르

91) 카를 빌헬름 페르디트 졸거(Carl Wilhelm Ferdinand Solger, 1780~1819). 낭만주의 철학자이자 미학자.

트의 성격만은 비난하고 있었다.

괴테가 말했다. "그가 에두아르트를 좋아하지 않는다고 해서 그를 나쁘게 생각할 수는 없겠지. 나 자신도 알고 보면 에두아르트를 좋아하지 않아. 하지만 사건을 만들기 위해서는 그런 식으로 쓸 수밖에 없었지. 그건 그렇고 어쨌든 이 인물에게는 현실성이 꽤 있다고 생각하네. 왜냐하면 상류 계층에는 그의 경우와 꼭 마찬가지로 완고함이 타고난 성격을 대신하고 있는 인간이 얼마든지 있으니까."

졸거는 등장인물들 중에서 누구보다도 건축가를 높이 평가하고 있었다. 왜냐하면 이 소설의 다른 인물들은 모두 사랑에 빠져 연약함을 드러내고 있는 데 반해, 그만은 강하고 자유스럽게 행동하는 유일한 인물이기 때문이라는 것이다. 그리고 건축가의 성격의 장점은 다른 인물들이 범한 과오에 빠져들지 않았다는 점이 아니라, 작가가 그를 과오에 빠져들 수 없을 만큼 위대한 인물로 묘사한 점이라는 것이다.

우리는 이런 말이 기뻤다. 괴테가 "꽤나 그럴듯하군." 하고 말했고 나도 한마디 거들었다.

"저도 건축가의 성격이 대단히 뛰어나며 매혹적이라고 생각하고 있었습니다. 하지만 그가 자신의 성격 덕분에 그런 사랑의 갈등에 빠져들지 않을 수 있으며, 바로 그 점이 그의 장점이 되고 있다는 사실은 전혀 알아차리지 못했습니다."

괴테가 말했다. "놀랄 일은 못 되네. 나 자신이 그를 묘사할 때도 그 점을 깨닫지 못했으니까. 여하간 졸거의 말이 맞아. 확실히 건축가에게는 그런 데가 있어."

괴테가 계속해서 말했다. "이 논문은 이미 1809년에 쓴 걸세. 그 당시에 내가 『친화력』에 관해 이처럼 뛰어난 평을 들을 수 있었다면 정말 좋았겠지. 그 무렵이나 그 후에도 그 소설에 관해서 기분 좋은 말을 해준 사람은 거의 없었으니까 말이야."

"이 편지들에서 보듯이 졸거는 나에게 상당히 호의를 가졌던 모양이네. 나에게 『소포클레스』 번역본을 증정했는데도 답장조차 없다고 한탄하는 편지도 있으니 말이야. 하지만 나에게도 사정은 있었지! 이상하게 여길 것까지도 없어. 나는 증정을 많이 받고 있는 귀족들을 알고 있네. 그들은 빠짐없이 답장하기 위해 일정한 서식과 상투 어구를 만들어두고 편지를 수백 통이나 쓰지. 모두 한결같고 상투적인 문구로 말이야. 하지만 내 성미로는 도저히 그럴 수가 없어. 누구에게나 그때마다의 사정에 따라 특별한 것이나 적절한 것을 말할 수 있는 형편이 못 된다면 아예 쓰고 싶지 않았고, 피상적인 어투는 나에게 어울리지 않는다고 생각했던 게지. 그래서 내심으로는 기꺼이 편지를 보내고 싶었던 많은 훌륭한 분들에게 답장을 드리지 않게 되어버린 걸세. 그래 자네도 알다시피 내 사정이 어떤가. 날마다 전국 곳곳에서 증정본이 쇄도해 오고 있어서, 그 모두에게 간단한 사례의 말이나마 보내려면 일생이 걸려도 부족하다는 사실을 자네도 알고 있겠지. 그러나 졸거의 경우에는 유감이군. 그는 참으로 뛰어난 사람이었으므로, 다른 많은 사람들을 제쳐놓고서라도 예를 갖추었어야 했는데 말이야."

나는 집에서 여러 번 읽고 검토해 보았던 노벨레를 화제에 올리면서 말했다. "시작 부분은 그 전체가 다름 아닌 발단에 해당합니다. 하지만 거기에는 필수적인 요소들만 나타나 있습니다. 그리고 그 필수적인 요소가 아주 자연스럽게 묘사되어 있기 때문에 다른 부분들과는 아무런 상관없이 그 자체로서 존재하고 그 자체로서 가치를 가진다는 생각이 들게 합니다."

"그렇게 보았다니 다행이군." 하고 괴테가 말했다. "하지만 한 가지는 더 보충해야겠지. 즉 규범에 맞는 훌륭한 발단이 되게 하려면 노점의 주인들을 미리 등장시켜야만 하네. 후작 부인과 숙부가 말을 타고 노점을 지나갈 때도 사람들이 밖으로 나와 후작 부인에게 자기들의 노점도 한번 방문해 주십사 하고 요청을 해야 하네."

"말씀 그대로입니다." 하고 나는 그의 말에 동의했다. "모든 사건은 발단 부분에서 암시가 되어야 하기 때문에 이 사람들도 예외가 되어서는 안 되겠지요. 장사꾼이 돈을 생각하는 건 너무나 당연한 일이므로 그들이 후작 부인을 붙들지 않고 그대로 말을 타고 가게 내버려 두었다는 건 말이 안 되지요."

괴테가 말했다. "자네도 보다시피 그런 창작 과정에서는 작품이 전체적으로 이미 완성되어 있다 하더라도 세세하게 손질해야 할 부분이 언제나 있는 법이네."

그러고 나서 괴테는 한 외국인에 대해서 이야기해 주었다. 그 사람은 이따금 찾아와서 괴테의 이런저런 작품들을 번역하겠다고 말한다는 것이다. "물론 사람이야 호인이지." 하고 괴테가 말했다. "하지만 문학적인 관점에서 볼 때는 정말 아마추어에 불과해. 독일어도 제대로 못하는 판에 자기가 할 번역에 대해서 논하고, 견본 인쇄할 초상화에 대해서 운운하다니 말이야. 하지만 자기가 할 일의 어려움에 대해서 모르고, 또 그럴 만한 능력도 없으면서 끊임없이 시도를 하는 바로 그 점이 아마추어의 속성이라고 하겠지."

1827년 1월 29일(혹은 25일) 목요일 밤

노벨레의 원고와 베랑제의 시집 한 권을 들고 7시경에 괴테에게로 갔다. 소레 씨가 괴테와 함께 최근의 프랑스 문학에 대해 이야기를 나누고 있어서 흥미롭게 귀를 기울였다. 좋은 시를 발표하고 있는 최근의 재능 있는 작가들이 폰 들릴로부터 많은 영향을 받았다는 이야기도 나왔다. 소레 씨는 제네바 출생으로 독일어가 그렇게 유창하지 않았고, 반면에 괴테는 프랑스어를 상당히 능숙하게 구사할 수 있었으므로, 대화는 프랑스어로 진행되었다. 나는 독일어가 나오는 대목에서만 대화에 끼어들 수 있었다. 내가 가방에서 베랑제의 시집을 꺼내 괴테에게 건네주었는데, 그는 안 그래도 그의 시를 새로 읽어보고 싶어 하던 차였다. 시집의 표지에 있는 초상에 대해서 소레 씨는 닮지 않았다고 말했지만, 괴테는 우아하게 장정된 시집을 보고 기뻐했다.

괴테가 말했다. "이 노래들은 정말 완벽하네. 그리고 이 분야에서 가장 뛰어난 것으로 보이는군. 특히 후렴구가 요들송으로 불리는 것을 생각해 보면 말이네. 지금까지 그런 노래들은 너무 엄숙하거나 너무 재치 있거나 아니면 너무 격언적이었지. 베랑제를 보면 언제나 호라티우스와 하피즈를 생각하게 된다네. 이 두 사람은 그들의 시대를 위에서 내려다보면서 풍습의 타락을 조롱하거나 유희적으로 표현했지. 베랑제도 그를 둘러싸고 있는 사회에 대해 마찬가지 입장이었어. 그러나 그는 하층민 출신이었기 때문에 방종하거나 비천한 걸 그렇게 꺼려하지 않았고, 오히려 그런 소재를 선호하기도 했었네."

베랑제와 또 다른 최근의 프랑스 작가들에 대해 이와 비슷한 이야기들이 많이 오갔다. 그러다가 소레 씨는 궁정으로 갔고 나는 괴테와 단둘이 남게 되었다.

봉해진 소포 꾸러미 하나가 탁자 위에 놓여 있었다. 괴테가 그 위에 손을 얹으면서 말했다. "이게 무슨 물건인지 알겠나? 코타 출판사에 인쇄차 보낼 「헬레나」의 원고일세."

이 말을 듣는 순간 이루 말할 수 없는 느낌에 휩싸였으며, 그 순간의 의미가 가슴 깊이 와 닿았다. 새로 건조된 배가 처음으로 바다를 향해 출항하지만 앞으로 어떤 운명을 맞게 될지는 아무도 모른다. 위대한 대가가 쓴 기념비적인 저작의 운명도 그와 마찬가지이다. 그 책은 일단 세상으로 나아가서는 오랜 세월 영향을 미치면서 다양한 운명을 만들어내거나 다양한 운명을 체험하게 되는 것이다.

괴테가 말했다. "지금까지 줄곧 세세한 부분을 추가하거나 보완해야만 했네. 마침내 만족한 수준에 도달하게 되었고, 이제 원고를 우편으로 발송하고 나면 해방된 기분으로 다른 일에 몰두할 수 있을 테니 그저 기쁠 따름이야. 이제 그 원고도

제 갈 길을 가겠지! 위안이 되는 점은 현재 독일의 문화가 믿을 수 없을 정도로 높은 수준에 도달해 있으니까, 그런 작품이 오랫동안 이해되지 못한 채 묻혀 있지는 않을 거라는 사실이네."

"거기에는 고대 세계 전체가 들어 있습니다." 하고 내가 말했다.

"그렇다네. 문헌학자들에게 할 일이 생긴 셈이지." 괴테가 대답했다.

다시 내가 말했다. "고대 부분에서는 아무런 걱정이 없습니다. 뛰어난 세부 묘사로 개별적인 것들이 아주 자세히 그려져 있고, 모든 것들이 마땅히 각자 해야 할 말을 하고 있기 때문입니다. 반면에 현대를 다루고 있는 낭만적인 부분은 매우 난해합니다. 왜냐하면 세계사의 상당한 부분이 그 배경을 이루고 있고, 또 그러한 거대한 소재는 암시적으로 나타낼 수밖에 없으므로 독자들에게 매우 큰 부담을 주기 때문입니다."

괴테가 말했다. "그러나 모든 것이 감각적인 데다가, 공연을 염두에 두었기 때문에 독자들이 장면을 생생하게 떠올릴 수 있을 거네. 나로서도 그 이상은 바라지도 않았네. 다수의 관객들이 눈앞에 나타난 현상을 보고 즐거워하기만 한다면 만족일세. 물론 전문가들이야 보다 깊은 의미를 놓쳐버리지는 않을 테지. 「마술 피리」라든지 다른 작품들의 경우와 마찬가지로 말이야."

내가 말했다. "비극으로 시작되고 오페라로 끝나는 작품이어서 무대에서 상연될 경우 예사롭지 않은 인상을 주게 되겠지요. 하지만 등장인물들의 위대함을 제대로 연기하고, 아울러 고상한 말과 시를 소화하려면 상당히 공을 들여야 할 것으로 보입니다."

괴테가 말했다. "처음 부분은 일류 비극 배우들이 맡아야 하네. 나중의 오페라 부분을 일류 남녀 가수들이 맡아야 하는 것과 마찬가지로 말이야. 헬레나 역은 한 명이 아니라 두 명의 뛰어난 여배우가 맡아야 할 걸세. 왜냐하면 여자 가수가 동시에 비극의 여배우가 되어 연기하는 경우는 매우 드물기 때문이네."

내가 말했다. "작품은 전체적으로 보아 그 장식과 의상이 매우 화려하고 다양할 수밖에 없겠지요. 정말이지 무대 공연이 손꼽아 기다려집니다. 다만 유능한 작곡가가 함께 참여한다면 금상첨화겠지요!"

"적당한 사람이 있을 테지." 하고 괴테가 말했다. "마이어베어처럼 이탈리아에 오래 살아서 독일적인 특성을 이탈리아의 양식 및 방법과 결합시킬 수 있는 그런 사람 말이네. 그런 작곡가가 금방 나타나리라는 걸 믿어 의심치 않고, 여하간 그 일에서 벗어나게 되어 그저 기쁠 따름이네. 그리고 합창대를 다시 명부의 세계로 내려보내지 않고, 지상의 명랑한 대지 위에서 자연의 원소들을 노래하게 한 것에 대해서는 상당한 자부심을 느끼고 있네."

내가 대답했다. "그야말로 새로운 종류의 불멸성이라고 하겠지요."

"그런데 노벨레는 어떻게 되었나?" 하고 괴테가 계속해서 말했다.

내가 대답했다. "원고를 여기 가져왔습니다. 다시 한번 읽어 보았더니 선생님께서 의도하신 수정은 필요 없어 보입니다. 기묘한 복장과 태도를 하고서 죽은 호랑이 곁에 있던 무리가 전적으로 낯설고 새로운 존재로서 처음으로 등장하고, 자기들이 동물들의 소유자임을 알리는 장면은 아주 효과 만점입니다. 만일 선생님께서 그 사람들을 더 앞의 발단 부분에서 등장시켰더라면 그 효과는 아주 미미해지거나 완전히 없어져 버리고 말았을 것입니다."

"자네 말이 맞네." 하고 괴테가 찬성을 표했다. "원래대로 내버려 두어야겠네. 자네 말이 옳다는 것에는 의심의 여지가 없어. 애초의 계획에서도 내가 그 사람들을 더 일찍 등장시키지 않았음에 틀림없네. 내가 그들을 빠뜨린 것만 보아도 알 수가 있지. 이후에 수정하겠다고 생각한 것은 규범적 오성의 요구에 따른 것이었고, 만일 그랬더라면 곧 잘못을 저지르고 말았겠지. 여하간 이번의 경우는 잘못을 저지르지 않기 위해 규범에서 벗어나야만 하는 미학상의 진기한 사례에 해당하는 걸세."

이어서 이 노벨레에 어떤 제목을 붙일 것인가에 관한 논의가 있었다. 우리는 많은 제안을 했지만, 몇몇 제목은 시작 부분에 적합하고 다른 몇몇은 마지막 부분에 적합한 것이어서, 전체에 어울리는 것, 요컨대 꼭 맞는 제목은 찾을 수가 없었다. 그러다가 괴테가 말했다.

"여기에다가 '노벨레'라는 제목을 붙이면 어떻겠나. 왜냐하면 노벨레란 다름 아니라 전대미문(前代未聞)의 사건을 말하기 때문이네. 이것이야말로 노벨레의 본래 개념일세. 독일에서 노벨레라는 이름으로 통하고 있는 많은 것들은 사실상 노벨레라 할 수 없고, 단편 내지는 그 밖의 것에 지나지 않지. 전대미문의 사건이라는 저 본래적인 의미의 노벨레는 『친화력』에서도 나타나 있네."

내가 말했다. "잘 생각해 보면 한 편의 시는 언제나 제목 없이 생겨나며, 제목 없이도 시 그 자체이기 때문에 제목은 중요한 게 아니라는 결론에 도달하게 됩니다."

"물론 제목은 시의 핵심에 속하는 것은 아니지."라고 괴테가 말했다. "고대의 시들도 제목이란 것을 가지지 않았었지. 제목을 붙이는 것은 근대인들의 관습으로, 고대의 시들도 근대인들에 의해 뒤늦게 제목을 얻게 된 걸세. 하지만 이런 관습은 그저 생겨난 게 아니라 필요에 의해 생겨났던 걸세. 문학의 영역이 광범위해짐에 따라 각각의 시들에 이름을 붙여 서로 구분할 필요가 있었던 거지."

괴테가 "여기 새로 나온 시를 읽어보게." 하고 말하고는 나에게 게르하르트 씨가 번역한 세르비아의 시 한 편을 건네주었다. 나는 큰 만족을 느끼며 읽었다. 그 시는 매우 아름다웠고 번역도 매우 간결하고 분명해서 묘사된 대상이 아무런 장애 없이 생생하게 떠올랐기 때문이다. 그 시는 '감방의 열쇠'라는 제목을 달고 있었다. 여기에서 줄거리의 진행 과정을 말하지는 않겠다. 다만 결론 부분이 너무 갑작스럽고 다소간 불충분하다는 생각이 들었다.

"바로 그 점이 잘된 거야." 하고 괴테가 말했다. "그렇게 가슴속에 가시를 남겨놓아 상상력을 자극시킴으로써 독자 스스로 다음에 이어질 온갖 가능성들을 만들어보려 하게 되니까 말이네. 결말 부분은 시의 내용을 전적으로 비극으로 만드네. 하지만 그런 결말은 흔히 볼 수 있는 걸세. 반면에 시에서 묘사된 것은 매우 새롭고 아름다우며, 시인은 매우 지혜로운 방식으로 일부만 묘사하고 나머지는 독자에게 맡겨버렸지. 나는 그 시를 기꺼이 《고대와 예술》지에다 넘겨주었네. 하지만 너무 길어. 그래서 게르하르트에게 이 시를 세 부분으로 나눌 것을 요청했고, 그렇게 다음 호에 게재할 예정이네. 자네는 이것을 어떻게 생각하나? 자 한번 들어보지 않겠나?"

괴테는 맨 먼저 한 처녀 아이를 사랑하는 노인의 노래를 낭송했고, 이어서 여인들이 술자리에서 부르는 노래를 그리고 마지막으로 박진감에 넘치는 「춤을 보여다오, 테오도르」를 낭송했다. 그는 이보다 더 완벽한 것을 들을 수 있을까 하는 생각이 들게 할 정도로 각각의 노래를 다양한 음조와 다양한 감정으로 뛰어나게 낭송했다.

우리는 게르하르트 씨를 칭송했다. 그는 그때마다 시구의 종류와 후렴구를 특징적으로 잘 선택했고 모든 것을 아주 경쾌하고 완벽하게 처리해, 달리 더 나은 선택이 있을 수 없을 정도였다. 괴테가 말했다. "게르하르트와 같이 재능 있는 사람에게 기술적인 연마에 힘을 기울인다는 것이 어떤 의미인지 여기서 알 수 있겠지. 그리고 학문 분야의 직업이 아니라, 날마다 실제적인 생활과 마주치지 않을 수 없는 직업을 가진 게 그에게 도움이 되고 있네. 그는 또 영국을 비롯한 여러 나라를 자주 여행했는데, 그런 점이 안 그래도 실질을 중시하는 성향과 더불어 그에게 이롭게 작용하고 있는 거네. 우리나라의 학식 있는 젊은 시인들과 비교할 때 말이지. 게다가 전승되어 오는 고전 작품들을 본떠서 개작하는 방식을 계속한다면 그가 함부로 졸작을 만들어내는 일은 없을 테지. 왜냐하면 자기 자신의 독창적인 작품을 만들어낸다는 건 언제나 많은 수고가 필요한 힘든 일이니까."

이어서 대화는 최근 우리나라의 젊은 작가들의 작품에 대한 것으로 넘어갔는데, 결론은 그들 중에서 훌륭한 산문을 발표하며 등장한 자는 거의 없다는 것이었다.

"문제는 아주 간단해." 하고 괴테가 말했다. "산문을 쓰기 위해서는 무언가 말할 내용을 가지고 있어야만 하네. 말할 내용을 가지고 있지 않은 사람은, 하나의 말이 다른 말을 이끌어내면서 마침내 그 무언가를 만들어내는 시라든지 운문은 쓸 수 있을 테지. 여기서 그 무엇이라는 것도 사실 아무 내용도 없고 외견상 그럴듯하게 보이는 것에 불과하지만 말이야."

1827년 1월 31일 수요일

괴테와 함께 식사를 했다. 괴테가 말했다. "요즘 자네와 만나지 못한 이후로 여러 가지 책을 많이 읽었네. 특히 중국 소설 한 권은 아직 다 읽지는 못했지만 매우 주목할 만한 작품으로 보이네."

"중국 소설이라고요?" 하고 내가 말했다. "아마 우리와는 매우 다르겠지요."

"생각보다는 그렇게 다르지 않더군." 하고 괴테가 말했다. "사고방식이나 행동이나 느낌이 우리와 거의 비슷하니까 금방 우리 자신이 그들과 같은 인간이라는 느낌이 들어. 다만 다른 점은 그들에게서는 모든 것이 보다 분명하고 순수하고 도덕적이라는 거지. 그들에게는 모든 것이 이성적이고 시민적이어서, 격렬한 열정이라든지 시적 고양 같은 건 찾아볼 수가 없군. 그런 점에서 나의 『헤르만과 도로테아』나 영국의 리처드슨의 소설과 닮은 데가 많네. 하지만 또 한 가지 차이가 있는데, 그들의 세계에서는 인간이 있는 곳에는 외적인 자연이 언제나 함께한다는 것이네. 연못에서는 언제나 금붕어가 철벅거리는 소리가 들리고, 나뭇가지에서는 새의 지저귐이 그치지 않으며, 낮은 언제나 밝고 햇살이 비치고, 밤은 언제나 청명하네. 달에 대한 이야기가 자주 나오지만, 그 달이 풍경을 바꾸어놓는 건 아니네. 달빛은 낮의 햇빛과 마찬가지로 밝은 것이라고 여기니까. 그리고 집 안의 정경은 그들의 그림에서 보는 것처럼 단아하네. 예컨대 '사랑스러운 처녀 아이들의 웃음소리, 돌아보니 그녀들은 고운 등나무 의자에 앉았네.' 같은 걸 보게. 어떤가, 당장에 사랑스럽기 그지없는 정경이 떠오르지 않나. 등나무 의자란 매우 가볍고 우아한 것일 수밖에 없으니까. 그리고 무수한 설화들이 이야기 속에 언제나 나란히 등장해 마치 격언처럼 사용되고 있네. 예컨대 한 처녀가 살았는데, 그녀의 다리가 너무나 가볍고 단아해서 꽃 위에 올라서더라도 그 꽃을 부러뜨리지 않고 균형을 잡을 수 있었다는 식이지. 또 품행이 단정하고 정직해 서른 살의 나이에 황제를 배알하는 영광을 입었다는 젊은이의 설화도 있어. 더 나아가서 연인들에 대한 설화도 있는데, 오래 사귀는 동안에도 서로 조심스럽게 자제하던 중 어느 날 피치 못해 하룻밤을 한방에서 같이 지내게 되었지만 이야기로 밤을 지새웠을 뿐 서로 손가락 하나 건드리지 않았다는 거네. 이처럼 무수한 설화들이 있는데, 그 모두가 미풍양속을 취지로 삼고 있네. 만사에 바로 이런 엄격한 중용의 정신이 있었기 때문에 중국이라는 나라가 수천 년간 유지되어 왔고 앞으로도 지속되겠지."

괴테가 계속해서 말했다. "이 중국 소설과 놀랄 만큼 대조를 이루는 게 바로 베랑제의 가요이지. 이들 가요들은 거의 모두가 부도덕하고 방탕한 소재로 이루어져 있네. 그 때문에 베랑제 같은 위대한 재능이 이 소재를 다룸으로써 참을 만하게, 아니 우아하게까지 만들지 않았더라면, 나로서도 몹시 역겨웠을 거야. 그런데 중국의 시인이 다루는 소재가 이처럼 일관되게 도적적인 데 비해 당대의 일류 프랑스 시인이 그와 정반대라는 건 실로 주목할 만하다고 생각하는데 자네 생각은 어떤가?"

내가 대답했다. "베랑제와 같은 천재는 도덕적인 소재를 어떻게 다루어야 할지 몰랐겠지요."

"자네 말이 맞아." 하고 괴테가 말했다. "바로 시대가 전도(顚倒)되어 있다는 그 사실 때문에 베랑제의 천성이 상대적으로 돋보이게 된 거네."

"그런데 이 중국의 소설은 그들의 소설 중에서 가장 뛰어난 것 중 하나일까요?" 하고 내가 물었다.

괴테가 대답했다. "결코 그렇지 않아. 중국인들은 이 정도의 소설을 몇천이나 가지고 있지. 더군다나 우리의 조상이 아직 숲속에 살고 있던 그 옛날부터 말이네."

괴테가 계속 말했다. "요즈음 들어서 더욱더 잘 알게 되었지만 시라는 것은 인류의 공동재산이며, 어느 나라 어느 시대를 막론하고 수백의 인간들 속에서 생겨난 것이네. 어떤 작가가 다른 사람보다 조금 더 잘 쓰고, 조금 더 오랫동안 다른 사람보다 두각을 나타낸다는 그 정도가 전부일 뿐이야. 그러므로 폰 마티손[92]도 자기야말로 뛰어난 사람이라고 생각해서는 안 되고, 나로서도 자신이 그렇다고 생각해서는 안 되겠지. 오히려 시적 재능이라는 건 그렇게 진귀한 게 아니며, 좋은 시를 썼다고 해서 자만할 특별한 까닭이 없다는 사실을 누구나 알아야 하네. 그러나 우리 독일인은 자신의 환경이라는 좁은 테두리를 벗어나지 못한다면 너무나 쉽게 현학적인 자만에 빠지고 말겠지. 그래서 나는 다른 나라의 책들을 기꺼이 섭렵하고 있고, 누구에게나 그렇게 하도록 권하고 있는 걸세. 민족문학이라는 것은 오늘날 별다른 의미가 없고, 이제 세계문학의 시대가 오고 있으므로, 모두들 이 시대를 촉진시키도록 노력해

92) 프리드리히 폰 마티손(Friedrich von Matthisson, 1761~1831). 독일의 서정시인. 괴테보다는 실러가 이 시인을 더 높게 평가했다.

야 해. 그러나 이처럼 외국문학을 존중한다 하더라도 그 어떤 특수한 것에 매달려서 그것을 모범적이라고 생각해서는 안 되겠지. 예컨대 중국의 작품이 모범적이라든가, 혹은 세르비아의 작품이, 혹은 칼데론이, 혹은 니벨룽겐이 모범적이라고 생각해서는 안 되네. 오히려 그 어떤 모범이 필요할 때는 언제라도 고대 그리스인으로 거슬러 올라가야 하네. 그들의 작품에는 항상 아름다운 인간이 그려져 있으니까. 그 이외의 모든 것에 대해서 우리는 단지 역사적으로만 검토하면서 그중 좋은 것을 가능한 한 받아들이면 되는 거네."

나는 괴테가 그런 중요한 문제에 대해 잇달아 이야기하는 것을 기쁜 마음으로 들었다. 우리는 지나가는 썰매들이 내는 벨 소리에 창가로 다가갔는데, 오늘 아침 벨베데레를 향해서 갔던 대규모의 행렬이 다시 돌아올 것을 예상하고 있었기 때문이다. 그동안에도 괴테는 교훈적인 이야기를 계속했다. 그는 알렉산더 만초니에 대해서 언급한 후 라인하르트 만초니 백작에 대해서 이야기했다. 이 백작은 얼마 전까지만 해도 파리에 살았고, 그곳의 사교계에서 이름난 젊은 작가로서 환대받았으며, 지금은 밀라노 근처에 있는 자신의 영지에서 갓 결혼해 어머니를 모시고 산다는 것이었다.

괴테가 계속해서 말했다. "만초니에게 부족한 것은 다름 아니라 자기가 훌륭한 시인이며, 그런 자신에게 어떤 권리가 있는지를 스스로 모르고 있다는 점이네. 그는 역사를 지나치게 존경한 나머지 그것을 토대로 자기 작품을 기꺼이 부차적인 해설서로 만들어버렸지 뭔가. 그리고 그런 해설을 통해 자기가 역사의 세부적인 사항들에 얼마나 충실했는가를 입증하고 있는 걸세. 여하간 그의 사실(史實)들은 역사적이겠지. 하지만 그가 그린 인물들의 성격은 그렇지가 못하네. 나의 토아스왕이나 이피게네이아처럼 말이야. 그 어떤 시인도 자기가 묘사한 역사적 인물의 성격을 알지 못했으며, 설혹 알았다고 하더라도 그것을 제대로 이용할 수는 없었을 거네. 시인은 자기가 어떤 영향을 미치게 될 것인가를 고려해야 하고, 거기에 따라서 인물들의 성격을 만들어야 하는 법일세. 만일 내가 에그몬트를 역사가 전하는 대로 한 다스의 아이들을 가진 아버지로서 그리려 했다면, 그의 무책임한 행동은 매우 불합리하게 보였겠지. 그래서 나는 다른 에그몬트를 만들어야 했어. 역사적 줄거리와 나의 시적인 의도가 보다 나은 조화를 이룰 수 있는 그런 에그몬트로 말이네. 그리고 이것이 바로 클레르헨이 말하는 '나의' 에그몬트인 거네.

그리고 역사가의 영역인 '사실'들만을 반복하려 든다면 시인의 존재가 도대체 무슨 필요가 있겠나! 시인은 더 앞으로 나아가야 하고 가능한 한 보다 고귀하고 나은 것을 보여주어야 하네. 소포클레스의 작품에 나오는 인물들은 모두가 그 위대한 작가의 고귀한 영혼의 일부를 보여주고 있지. 마치 셰익스피어의 작품에 나오는 인물들이 모두 셰익스피어의 영혼을 비추어주는 것과 마찬가지로 말이야. 그것이 옳은 길이고, 또 그렇게 되어야 해. 그래, 셰익스피어는 앞으로 더 나아가서 그의 로마인들을 영국인으로 만들어버렸는데, 그것은 당연한 일이었네. 그렇지 않았더라면 그의 나라의 국민들이 그를 이해하지 못했을 테니까."

괴테가 계속해서 말을 이었다. "그 점에서 볼 때도 그리스인들은 위대했어. 역사적 사실에 충실하기보다는 시인이 그것을 다루는 방식에 더 중점을 두었으니까 말이야. 다행히도 우리는 『필록테테스』[93]라는 훌륭한 사례를 가지고 있네. 세 명의 위대한 비극 작가가 모두 그것을 소재로 삼았지만, 소포클레스가 최종적으로 가장 뛰어난 결과를 보여주었지. 이 시인의 그 탁월한 작품 전체가 다행스럽게도 우리들에게 전해져 오고 있네. 반면에 아이스킬로스와 에우리피데스의 『필록테테스』는 그 일부만이 전해져 오는데, 그 단편들만 보더라도 그들이 대상을 어떻게 다루었는지는 충분히 알 수가 있지. 만일 내게 시간이 주어진다면 단편으로만 전해오는 그 작품들을 복원해 보고 싶네. 내가 에우리피데스의 『파에톤』[94]을 복원했듯이 말이야. 지루하거나 불필요한 작업은 결코 아닐 테지.

이 소재를 가지고 할 일은 너무나 분명해. 요컨대 활과 함께 필록테테스를 림노스섬으로부터 데려오는 것이네. 그러나

---

93) 필록테테스는 그리스신화에 나오는 트로이 원정군의 용사이다. 뱀에 물린 상처가 곪아 병자가 되어 림노스섬에 버려졌다가, 십 년 후 그가 가지고 있는 헤라클레스의 활과 화살이 필요해진 그리스군에 의해 억지로 전선에 복귀되어 병을 고친 다음, 파리스를 죽여 트로이성 함락의 계기를 만들었다. 전쟁 후, 그는 남부 이탈리아 지방을 방랑하면서 많은 도시를 건설하였다.

94) 파에톤은 그리스신화 중의 인물이다. 아폴론의 아들로 아버지의 태양마차를 타고 대지에 접근하다가, 인류가 불에 타 전멸할 것을 두려워한 제우스에 의해 격살되었다.

그 사건의 경과를 다루는 방식이야말로 시인에게 주어진 몫이라고 하겠지. 그리고 그 점에서 시인 모두가 자신의 창작 능력을 보여줄 수 있었고, 한 사람이 다른 사람보다 뛰어날 수 있었던 거네. 오디세우스가 그를 데려오도록 되어 있지만, 필록테테스가 그를 알아보게 해야 할 것인가 아니면 그렇게 하지 말아야 할 것인가, 그리고 알아보지 못하게 하려면 어떤 수단을 동원해야 하는가? 오디세우스는 혼자서 가야 하는가 아니면 동반자가 있어야 하는가, 그렇다면 누구를 데려가야 하는가? 아이스킬로스에게 동반자는 무명의 인물이며, 에우리피데스에게 디오메데스이고, 소포클레스에게는 아킬레스의 아들이지. 더 나아가서 필록테테스는 발견 당시에 어떤 상황에 있어야 하는가, 섬에는 사람이 살아야 하는지 그렇지 않은지, 만일 살고 있다면 자비로운 어떤 자가 그 사람을 돌보아 주어야 하는지 말아야 하는지 등이 모두 제기될 수 있는 문제들이네. 그리고 다른 백여 가지의 문제들도 모두 시인의 임의적인 선택에 달려 있었던 만큼 그 선택과 비선택의 여부에 따라 한 시인이 다른 시인보다 보다 현명해질 수 있었던 걸세. 여기에 요점이 있는 것이니 현대의 시인들도 그 점을 유의해야만 하네. 그리고 어떤 소재가 이미 다루어졌는지 아닌지, 그리고 남과 북으로 헤매고 다니면서 전대미문의 사건들이 어디 있는지를 묻지 말아야 하는 걸세. 그러한 사건들이란 종종 야만적이기 짝이 없는 것이어서 그저 단순한 하나의 사건에 지나지 않을 때가 종종 있으니까 말이야. 그러나 단순한 사건을 능숙하게 다루어 작품다운 무언가를 만들어내기 위해서는 정신과 위대한 재능이 필요해. 하지만 보통의 작가들은 그런 능력을 가지고 있지 못한 걸세."

지나가는 썰매들 소리에 우리는 다시 창 쪽으로 갔다. 그러나 벨베데레에서 올 것으로 기대하고 있던 행렬은 다시 나타나지 않았다. 우리는 이런저런 잡다한 이야기들을 하면서 농담을 주고받았다. 그러다가 내가 괴테에게 노벨레는 어떻게 되었는지를 물었다.

"요즈음에는 그냥 내버려 두고 있지." 하고 괴테가 대답했다. "하지만 발단 부분에서 한 가지만은 보충하려고 하네. 즉 사자가 울부짖게 할 생각이네. 후작 부인이 노점 옆을 지나갈 때 말이야. 그렇게 함으로써 그 강력한 동물의 무시무시한 본성과 관련된 여러 가지 유익한 성찰을 이끌어낼 수 있을 테니까."

"그러한 구상은 매우 적절해 보입니다." 하고 내가 말했다. "그렇게 함으로써 발단 부분 그 자체가 뛰어나고 필연적이 될 뿐만 아니라, 그다음의 사건들도 보다 큰 영향을 받을 수 있으니까요. 지금까지 사자는 너무나 온순해 보였습니다. 그 어떤 야수성의 흔적도 보이지 않으니까 말입니다. 그러나 사자가 울부짖게 함으로써 우리는 최소한 그 무시무시한 본성을 예감할 수 있으며, 나중에 사자가 아이의 피리소리에 온순하게 따르는 순간에도 그 울부짖음의 영향을 그만큼 더 크게 느낄 수 있는 것입니다."

괴테가 말했다. "변경하고 개선시킨다는 이러한 방식은 올바른 것이네. 아직 불충분한 것을 계속적인 창안에 의해서 완성된 것으로 상승시키는 방식이니까. 그러나 이미 완성된 것에 거듭 손을 대어 바꾸어나가는 방식에는 찬성할 수가 없어. 예컨대, 월터 스콧은 나의 미뇽의 여러 다른 특징에다가 추가적으로 그녀를 농아로 만들어버렸지."

1827년 2월 1일 목요일 저녁

괴테는 프로이센의 황태자가 대공을 동반해 자신을 방문한 것에 대해 말해주었다. "프로이센의 왕자들인 카를과 빌헬름도 오늘 아침 나와 함께 있었네. 황태자는 대공과 함께 세 시간가량 머물렀는데, 많은 이야기들을 주고받았지. 그 결과 나는 그 젊은 제후의 정신과 취미와 지식과 사고방식에 대해 높이 평가하게 되었네."

괴테는 『색채론』 한 권을 앞에 놓으면서 말했다. "아직 자네에게 유색 음영의 현상에 대해 답변할 빚을 지고 있군. 그러나 이 현상은 많은 것을 전제로 하고 있고, 다른 많은 것과 연관을 맺고 있어서 오늘도 전체를 개괄하는 설명을 하고 싶지는 않아. 그보다도 우리가 만나는 며칠 밤을 이용해서 함께 『색채론』 전체를 통독해 나가는 편이 좋다고 생각하네. 그렇게 하면 언제나 담론에 필요한 확고한 주제도 확보할 테고, 자네 자신도 모르는 사이에 이 학설의 전체를 터득하게 될 테지. 내가 자네에게 전한 것은 자네 속에서 생명을 갖게 되고, 다시 무언가를 태어나게 하겠지. 이렇게 하면 이 과학이 이내 자네

것이 되리라고 예상하고 있네. 자, 1장을 읽어보게."

이렇게 말하면서 괴테는 책을 펼쳐 내 앞에 놓았다. 나는 그가 나에게 베풀어준 호의에 대해 마음속 깊이 고마움을 느꼈다. 나는 생리색 단원의 첫 몇 절을 읽었다.

괴테가 말했다. "자네도 알겠지만 우리 외부에 있으면서 동시에 우리의 내부에 있지 않은 것은 없네. 그러므로 외부의 세계가 그 색채를 가지고 있듯이 눈도 역시 그 색채를 가지고 있지. 이제 이 학문에서는 주관적인 것으로부터 객관적인 것을 엄격히 구별하는 일이 특히 중요하므로, 내가 눈에 속하는 색채를 먼저 다룬 것은 적절했다고 생각하네. 즉 우리가 무엇을 보는 경우 거기에 나타나는 색채가 사실은 우리 외부에 존재하고 있는지 아니면 눈 자체가 생겨나게 한 가상의 색채에 지나지 않는지를 언제나 제대로 구별할 수 있어야 하기 때문이지. 그러므로 나는 모든 지각과 관찰을 생겨나게 하는 것에 틀림없는 이 기관에 대해 먼저 정리함으로써 이 학문의 강의에 올바르게 임했다고 생각하고 있네."

나는 다시 계속해서 읽다가 피유도색(被誘導色)이라는 매우 흥미 있는 절에 다다랐다. 눈은 언제나 변화를 요구한다는 내용이었다. 즉 눈은 같은 색채에 머무르기를 결코 좋아하지 않고 즉시 다른 색채를 요구하며, 더군다나 그 요구가 너무나 강하기 때문에 실제로 다른 색채를 찾아낼 수 없을 경우에는 그러한 색채를 스스로 생겨나게 한다는 것이다.

이것을 계기로 자연 전체를 통해 작용하고 모든 생명과 생명의 모든 기쁨의 근원에 있는 위대한 법칙이 화제가 되었다.

괴테가 말했다. "이것은 다른 모든 감각에 대해서도 적용될 뿐만 아니라 인간의 고차적인 정신 활동에서도 적용되는 것이네. 눈은 특히 뛰어난 기관이므로 이 변화를 요구하는 법칙은 색채에서 특히 현저하게 나타나고, 색채의 경우에 유달리 뚜렷하게 우리에게 의식되는 거네. 우리가 아주 좋아하는 춤은 거기에 장조와 단조가 교대로 나타날 때이며, 그와 반대로 장조로만, 혹은 단조로만 된 춤은 이내 우리를 싫증나게 만드는 것과 같은 원리일세."

내가 말했다. "그와 동일한 법칙이 뛰어난 양식의 토대를 이루는 것으로 보입니다. 요컨대 그러한 양식에서는 방금 들은 음향은 일단 피하고 봅니다. 연극 무대에서도 이 법칙을 잘 응용할 수 있다면 크게 도움이 되겠지요. 희곡, 특히 비극의 경우에 단조로운 분위기가 아무 변화도 없이 계속된다면 무언가 부담스럽고 싫증나게 됩니다. 또 비극을 상연하는 도중에 오케스트라마저 막간에 구슬프고 맥 빠지게 하는 음악을 들려준다면 견딜 수 없는 감정에 시달리게 되어 어떻게 하든 거기에서 달아나고 싶어질 겁니다."

괴테가 이어서 말했다. "아마도 셰익스피어 비극의 곳곳에 명랑한 장면들이 끼워 넣어져 있는 이유도 이 변화를 요구하는 법칙에 따른 것이겠지. 그러나 그리스인의 보다 숭고한 비극의 경우에는 이 법칙이 잘 통하지 않는 것으로 보이는군. 거기에서는 오히려 그 어떤 기본 음조가 작품 전체를 관통하고 있으니까."

내가 말했다. "그리스인의 비극은 똑같은 음조가 계속되어

지루하게 만들 만큼 길지는 않습니다. 게다가 합창과 대화가 교대로 나타나기도 하고, 또 숭고한 정신이라 해도 결코 지루하게 할 종류의 것은 아닙니다. 그 바탕에는 언제나 밝은 성질을 갖고 있는 그 어떤 늠름한 현실성이 깔려 있기 때문입니다."

"자네 말이 맞을 테지." 하고 괴테가 말했다. "그리스 비극 또한 변화를 요구하는 보편적 법칙에 어느 정도로 지배되고 있는가 하는 문제는 한번 살펴볼 만한 가치는 있지. 그러나 자네도 알다시피 모든 것은 서로 연관되어 있으니까, 색채론의 한 법칙마저 그리스 비극의 연구에 적용될 수 있는 것이네. 다만 조심해야 할 점은 이러한 법칙을 지나치게 함부로 적용시켜 다른 많은 것들의 원리로 삼으려고 해서는 안 된다는 걸세. 오히려 이러한 법칙을 언제나 하나의 유추로서, 하나의 실례로서 이용하고 적용하는 편이 보다 안전하겠지."

우리는 괴테가 색채론을 강의한 방법에 관해서 이야기를 나누었다. 모든 것을 몇 개의 커다란 근본원리에서 이끌어내고 개개의 현상을 언제나 그 원리에 다시 환원시킨 그러한 방법이 이해를 쉽게 하고 정신에 큰 이익을 주었다는 것이 우리의 결론이었다.

"그렇게 말할 수도 있겠지." 하고 괴테가 말했다. "그 점에서 자네는 나를 칭찬해도 좋아. 그러나 이 방법은 여기저기 한눈을 팔지 않고 생활하면서, 사물을 다시 밑바닥에서부터 파악할 능력이 있는 자에게나 적합한 것이네. 몇몇의 참으로 뛰어난 사람들이 나의 색채론을 추종해 왔지만 불행하게도 그들은 올바른 길에 머물지 않고 자신도 모르는 사이에 옆길로 새고 말았네. 대상을 언제나 눈으로 가만히 응시하는 대신에 무언가 생각이 나는 대로 그것을 뒤쫓아 가고 말았으니까. 그러나 뛰어난 머리의 소유자이면서 동시에 진리의 탐구를 지향하는 자라면 여전히 많은 업적을 이룰 수 있을 것이네."

우리는 더 나은 이론이 발견되었는데도 여전히 뉴턴의 이론을 강의하는 교수들에 대해 이야기했다. "놀랄 일은 못 되네." 하고 괴테가 말했다. "그런 자들은 계속해서 오류를 범할 테지. 왜냐하면 그 오류 덕분에 먹고사는 데다가 사고방식을 새로 바꾼다는 건 정말 성가신 일일 테니까."

내가 물었다. "그런데 이론적인 토대가 잘못된 터에 그들의 실험이 어떻게 진리를 입증할 수 있다는 걸까요?"

괴테가 대답했다. "그자들은 진리를 증명하고 있지 않아. 그럴 생각은 털끝만큼도 없고, 오직 그들의 견해를 입증하는 데만 관심이 있을 뿐이야. 그러므로 그자들은 진리를 드러내거나 자기들의 이론의 부당함을 보여주는 실험들이라면 모조리 은폐해 버리기도 하는 걸세.

그리고 그 문하생들로 말할 것 같으면 그들 중의 누가 진리에 관심을 가지고 있단 말인가? 그 나물에 그 밥인 데다가 자기 분야에 대하여 나름대로 지껄일 수라도 있으면 그저 만족이니까. 그리고 그게 전부일세. 인간들이 하는 꼴이란 참으로 목불인견이네. 예컨대 호수가 얼어붙는다고 치세. 그러면 즉시 수백 명이 그 위로 몰려나와 매끄러운 표면 위에서 신나게 놀아나지. 하지만 그 누구 한 사람이 그 호수의 깊이가 얼마며

얼음 밑에서는 어떤 종류의 물고기들이 이리저리 헤엄치고 있는지를 알아보려고 생각이나 한단 말인가? 최근에 니부어[95]는 그 옛날 로마와 카르타고 사이의 무역 조약서 하나를 발견했는데, 그것에 의하면 로마 민족의 초기 시대에 관한 리비우스[96]의 모든 기록이 허구에 지나지 않는다는 사실이 밝혀졌네. 이 조약서에서 분명히 알 수 있듯이 로마는 아주 이른 시기에 이미 리비우스가 말하는 것보다 훨씬 더 높은 문화의 수준에 도달해 있었던 게지. 하지만 이 조약서가 발견되었다고 해서 지금까지의 로마사 교육 방식에 커다란 개혁이 있을 거라 생각한다면 그건 오산일세. 얼어붙은 호수를 생각해 보기만 하면 해답은 간단하네. 인간들이란 원래 그런 거니까. 나는 인간의 본성을 알게 되었는데, 그들은 지금이나 앞으로나 변함없을 걸세."

"하지만 선생님께서는 『색채론』을 쓰신 걸 후회하지는 않으시는지요. 그것으로 이 뛰어난 학문 분야에서 하나의 확고한 체계를 세우셨을 뿐만 아니라, 다른 인접 분야의 대상들을 연구하는 데 지표로 삼을 수 있는 학문적 연구 방법의 모범을 보이셨지만 말입니다." 내가 말했다.

---

95) 바르톨트 게오르크 니부어(Barthold Georg Niebuhr, 1776~1831). 독일의 고대사가, 정치가로서 베를린 대학교 교수, 프러시아의 추밀고문관과 대사 등을 역임했다. 고대사 연구에 비판적 방법을 확립하고 근대적 역사학의 기초를 닦았다. 저서 『로마사』는 근대 비판적 역사학의 기점이 되었다.

96) 티투스 리비우스(Titus Livius, 기원전 59~기원후 17). 고대 로마의 역사가. 아우구스투스 황제의 측근이었으며, 사십 년 이상을 들여 『건국 이후의 로마사』 142권을 지었는데, 그중 35권이 현존한다.

"조금의 후회도 없어." 하고 괴테가 대답했다. "생애의 절반 동안이나 거기에 힘을 쏟았지만 말이네. 그렇게 하지 않았더라면 여섯 편 이상의 비극을 더 쓰고도 남았겠지. 하지만 그것으로 그만일 테지. 나 뒤에 오는 사람들도 비극은 얼마든지 쓸 수 있으니까 말이야.

그러나 자네 말처럼 나도 그 연구 방법은 좋다고 생각해. 거기에는 방법이 있어. 나는 동일한 방법으로 『음향론』을 썼고, 나의 『식물 변형론』도 그것과 동일한 직관적이고 연역적인 방법에 토대를 두고 있으니까.

나의 『식물 변형론』은 독특한 경로로 이루어졌네. 그 완성 경위는 마치 허셜[97]이 자신의 발견을 이루기까지의 경위와 닮았어. 허셜은 너무 가난해서 망원경을 살 수 없었기 때문에 할 수 없이 손으로 망원경을 만들었지. 그러나 이것이 그에게 행운을 가져다주었던 거네. 왜냐하면 이 손으로 만든 망원경은 다른 어떤 것보다도 뛰어났고, 이것을 사용해 위대한 발견을 이루었기 때문이지. 나는 식물학에 경험적인 길로 해서 들어갔네. 지금도 똑똑히 기억하고 있지만, 성(性)의 형성에 관한 학설은 너무나 장황해서 도무지 그것에 접근할 용기가 나지 않았어. 하지만 이것이 자극이 되어 독자적인 방법으로 그 분야에 파고들어 모든 식물에 예외 없이 적용되는 공통점을 찾아내려 함으로써 변형의 법칙을 발견했던 걸세.

---

97) 존 프레더릭 윌리엄 허셜(John Frederich William Herschel, 1738~1822). 영국의 천문학자. 토성의 고리와 목성의 위성들을 발견했다.

식물학의 세세한 대상에까지 연구를 넓힌다는 건 나의 본분과는 전혀 거리가 먼 것이므로 이 분야에서 나보다 훨씬 뛰어난 다른 사람들이 그 일을 맡아야겠지. 내게 중요한 것은 다만 개개의 현상을 일반적인 원리로 환원시키는 일뿐이네.

비슷하지만 광물학도 다만 두 가지 점에서 나의 흥미를 끌었네. 요컨대 첫째로는 그것이 가져올 커다란 실제적 이익 때문이고, 다음으로는 그것으로부터 태고 세계의 형성에 관한 증거를 찾아내기 위해서였지. 후자에 관해서는 베르너[98]의 학설이 희망을 안겨주었지. 그런데 이 뛰어난 사람이 죽은 후 이 학문이 뒤죽박죽이 되었기 때문에, 그 후 나는 공적으로는 이 분야에 더 이상 관여하지 않고 있으며, 마음속으로만 남몰래 내 확신을 고수하고 있을 뿐이라네.

『색채론』에서는 아직까지 무지개의 발생이 나의 당면 과제가 되어 있어서 우선 이것에 손대고 싶네. 이것은 지극히 어려운 과제이긴 하지만 어떻게든 해결할 수 있다는 희망을 버리지 않고 있지. 이런 까닭에 이번에 자네와 함께 『색채론』을 통독하게 돼 더욱 기쁘네. 이 통독 덕분에, 또 자네가 이 일에 특히 흥미를 보이는 바람에 모든 것을 신선한 기분으로 다시 시작할 수 있었지."

괴테가 계속해서 말했다. "나는 자연과학을 꽤 다방면으로 연구해 왔네. 그러나 연구 방향은 언제나 이 지상에서 나

---

98) 아브라함 베르너(Abraham Werner, 1750~1817). 독일의 지질광물학자로서 지각 수성론(水成論)을 옹호했다.

를 둘러싸고 존재하고, 내가 감각으로 직접 지각할 수 있는 대상들로만 향해 있었지. 그래서 천문학에는 결코 관여하지 않았어. 왜냐하면 천문학 분야에서 감각은 더 이상 쓸모가 없기 때문이지. 그뿐 아니라 기구나 계산이나 역학의 도움도 받아야 하고 이것들만 연구하는 데도 한 사람의 일생을 필요로 하니까 천문학은 도저히 내 일이 될 수 없었던 걸세.

그러나 사는 동안 이런저런 분야에서 얼마간 업적을 올렸다고 한다면, 그것은 내가 그 어떤 시대보다도 자연의 영역에서 위대한 발견이 잇달아 이루어졌던 시대에 태어났다는 사실 때문이겠지. 나는 이미 소년 시절에 프랭클린[99]의 전기(電氣) 이론을 들었는데, 그가 막 이 법칙을 발견한 때였어. 이처럼 오늘에 이르기까지 내 평생 위대한 발견이 잇달아 계속되었네. 그 때문에 나는 일찌감치 자연에 눈을 돌렸을 뿐만 아니라 그 후에도 자연으로부터 끊임없이 강렬한 자극을 받아왔지.

지금 시대에는 내가 개척했다고 할 수 있는 분야에서마저도 나 자신이 예상할 수 없었던 만큼의 진보가 이루어지고 있어. 그래서 아침노을을 향해 걸어가다가 막 태양이 떠오르면 그 광휘에 놀라고 마는 사람과 같은 기분이 든다네."

괴테는 이런 말을 하는 가운데 독일인 중에서 카루스[100],

---

99) 벤저민 프랭클린(Benjamin Franklin, 1706~1790). 미국의 정치가. 피뢰침을 발명했다.

100) 카를 구스타프 카루스(Carl Gustav Carus, 1789~1869). 비교해부학자, 철학자. 드레스덴의 궁정의.

달톤[101], 쾨니히스베르크의 마이어[102]의 이름을 들고는 그들을 칭찬했다.

괴테가 계속해서 말했다. "만약 올바른 것이 발견된 뒤에 인간들이 그것을 다시 뒤엎거나 흐려놓지만 않는다면 나는 그것으로 만족이네. 인류에게는 세대에서 세대로 전해질 의욕적인 것이 필요하거든. 그리고 이 의욕적인 것이 동시에 올바르고 진실한 것이라면 금상첨화겠지. 이런 관점에서 볼 때 만일 자연과학 분야에서 순수한 실상이 밝혀지고 이어서 그것이 올바른 것으로 견지되며, 이해되는 범위 내에서 모든 검증을 거친 후에 다시는 제멋대로 변경되는 일이 없다면 그것으로 나는 기쁠 것이네. 그러나 인간이란 결코 가만히 있을 수 없는 존재여서 자신도 모르는 사이에 또다시 혼란을 일으키고 마는 거지.

이런 식으로 지금은 모세오경(五經)이 그 밑바닥에서부터 위태롭게 흔들리고 있네. 그리고 파괴적인 비평이 해독을 끼친다면 그것은 종교상의 문제일 경우이네. 왜냐하면 종교의 영역에서는 모든 것이 신앙을 토대로 하기 때문에, 일단 신앙을 한번 잃고 나면 두 번 다시 되돌아갈 수 없기 때문이지.

문학 분야에서는 파괴적인 비평이 그다지 해롭지 않네. 볼프는 호메로스를 파괴해 버렸지만 그 시에는 아무런 해도 끼

---

101) 에두아르트 요제프 달톤(Eduard Joseph D'Alton, 1772~1840). 본 대학의 해부학, 고고학, 미술사 교수.

102) 에른스트 하인리히 프리드리히 마이어(Ernst Heinrich Friedrich Meyer, 1791~1858). 쾨니히스베르크 대학의 식물학 교수.

치지 못했어. 왜냐하면 이 시는 아침에는 몸이 발기발기 찢어졌다가도, 낮에는 다시 건강한 사지를 갖추어 식탁에 앉는 그 발할라의 영웅들처럼 기적을 일으키는 힘을 가지고 있기 때문이네."

괴테는 기분이 매우 좋았다. 나도 그로부터 이처럼 의미심장한 이야기들을 들을 수 있어서 기뻤다. 그가 말했다. "우리는 묵묵히 올바른 길을 가기만 하면 되네. 다른 사람이야 멋대로 자기의 길을 가도록 내버려 두세. 그것이 가장 좋아."

1827년 2월 7일 수요일

괴테는 오늘 레싱에게 만족할 수 없어서 부당한 요구를 하고 있는 일련의 비평가들을 비난했다.

그가 말했다. "레싱의 희곡이 고대인의 희곡보다 졸렬하고 보잘것없다고 해서 어쩌란 말인가! 오히려 이 탁월한 인간에게 동정을 보내야만 하네. 자신의 희곡에서 그려졌던 것보다 더 뛰어난 소재를 조금도 주지 않았던 가련한 시대에 살아야만 했으니까! 또 그가 『민나 폰 바른헬름』에서 달리 더 좋은 소재가 없어 부득이하게 작센과 프로이센의 싸움과 관련된 소재를 다루게 된 것도 동정해야만 해! 게다가 그가 끊임없이 논쟁을 벌이고 또 그렇게 할 수밖에 없었던 것도 그 시대가 그만큼 열악했기 때문이야. 그는 『에밀리아 갈로티』에서는 제후들에게, 『나탄』에서는 성직자들에게 원한을 품었었네."

1827년 2월 16일 금요일

내가 괴테에게 요즈음 빙켈만의 저서 『그리스 예술 작품의 모방에 관하여』를 읽고 있는데, 빙켈만이 당시까지만 해도 자신의 대상에 관해 명백하게 인식하지는 못하고 있었던 것처럼 보인다고 말했다.

"물론 자네 말이 옳아." 하고 괴테가 대답했다. "그의 책을 읽고 있으면 이따금 그가 그 어떤 모색의 단계에 있다는 걸 알 수가 있지. 그러나 위대한 점은 그의 모색이 언제나 그 어떤 의미 있는 것을 지향하고 있다는 사실이네. 그는 마치 신세계를 아직 발견하지는 못했지만 예감으로 그것을 이미 알고 있었던 콜럼버스와 같은 사람이라고 할 수 있겠지. 여하간 그의 책을 읽는 사람은 현재로는 배우는 게 없을 테지만, 앞으로는 무언가를 이루게 될 걸세."

"마이어는 발전을 거듭해 왔기 때문에 이제 예술에 대한 그의 지식은 절정에 도달했고, 그의 『예술사』는 불멸의 작품이 되었네. 하지만 그가 젊은 시절에 빙켈만을 본보기로 삼아 교양을 쌓고 이후에도 그 길을 계속 가지 않았더라면 오늘의 그는 없었을 테지. 우리는 위대한 선배가 이루어놓은 것이 무엇이며, 또한 이 선배의 업적을 적절하게 이용하는 것이 어떤 의미를 가지는가를 여기에서 알 수 있는 거네."

1827년 4월 11일 수요일

오늘 낮 1시에 괴테에게로 갔다. 그가 식사 전에 마차로 산책을 가자고 권유했기 때문에 우리는 에르푸르트로 향하는 가도(街道)를 따라갔다. 날씨는 화창했고, 양쪽 길가 곡물 밭의 더없이 생생한 초록은 보는 이의 눈을 상쾌하게 해주었다. 괴테의 정감은 이른 봄처럼 밝고 싱싱했지만, 그의 말만은 노대가(老大家)의 지혜로 넘쳐흘렀다.

그가 이야기를 시작했다. "늘 되풀이하는 말이지만 세계라는 것이 이처럼 단순하지 않았더라면 계속해서 존재할 수는 없었을 테지. 이 빈약한 땅은 이미 수천 년 동안이나 경작되어 왔지만 그 지력(地力)은 언제까지나 그대로네. 약간의 비가 내리고 약간의 해만 비치더라도 매해 봄마다 초록이 싹트는 것이며, 그렇게 계속되어 간다네."

나는 이런 이야기에 대답할 말도 덧붙일 말도 없었다. 괴테는 푸르름이 짙어가는 들판을 이리저리 둘러보고 나서는 다시 나를 향하더니 화제를 바꿔 다음과 같은 이야기를 계속했다.

"최근에 『야코비와 그 친구들의 서간집』이라는 진귀한 책을 읽었는데, 아주 볼만하더군. 자네도 읽을 필요가 있겠어. 꼭 무엇을 배운다기보다는 요즈음 사람들이 잘 모르고 있는 당시의 문화와 문학의 상황을 들여다볼 수 있으니까 말이야. 이 서간집에는 어느 정도 알려진 사람들만 등장하지만, 그들 사이에는 동일한 경향이나 공통된 관심사 같은 것은 조금도 없다네. 각자가 자신의 껍질 속에 틀어박혀서 제 길만을 가고 다른 사람의 노력에는 조금도 관심을 기울이지 않는군. 말하자면 그들은 당구공과 같아. 초록색의 당구대 위를 제멋대로 달리면서 서로 아랑곳하지 않고, 만일 서로 부딪치기라도 한다면 이내 더 멀리 달아나 버리는 걸세."

나는 이 적절한 비유에 절로 웃음이 나왔다. 그러고 나서 야코비와 편지를 교환하고 있는 사람들에 대해 묻자, 괴테는 이름 하나하나를 들면서 그들 나름대로의 특징을 말해주었다.

"야코비는 원래 타고난 외교관이었어. 호리호리한 키의 미남자인 데다가 그 태도가 섬세하고 고상해서 공사(公使)를 했다면 안성맞춤이었겠지. 시인 겸 철학자가 되기에는 어딘지 부족한 점이 있었지만 말이야."

"그와 나의 관계는 유별난 것이었네. 그는 나에게 개인적으로는 호의를 가지고 있었지만 내 성향 따위에는 아무 관심도 없었고, 더군다나 그것을 알아준다는 건 생각지도 못할 일이었네. 그래서 우리 사이의 관계가 유지되기 위해서는 우정이라는 게 필요했지. 이와 반대로 나와 실러는 둘도 없는 관계였네. 왜냐하면 우리는 상대방에게서 공통의 지향점이라는 더없이 훌륭한 유대의 끈을 보았기 때문에 이른바 특별한 우정이라는 게 따로 필요가 없었지."

나는 이 서간집에 레싱도 나오느냐고 물었다. "아니야." 하고 괴테가 대답했다. "하지만 헤르더와 빌란트는 나오지. 헤르더는 이러한 인간관계를 좋지 않게 생각했어. 그는 너무나 고매해서 이 공허한 인간이 마침내 성가시게 된 모양이야. 마찬가지로 하만도 고매한 정신의 소유자여서 이러한 인간들을 대수롭지 않게 다루고 있네.

빌란트는 여느 때와 마찬가지로 이 서간집에서도 더없이 명랑하고 느긋하네. 자기만의 견해를 완고하게 주장하지 않고, 어떤 일에도 대처할 만큼 능란해. 말하자면 그는 한줄기의 갈대와 같아서 여러 의견들의 바람이 부는 대로 일렁거리기는 하지만 그 뿌리만은 언제나 단단히 박혀 있네.

나와 빌란트의 개인적 관계는 언제나 참으로 잘 되어갔고, 나하고만 교제를 했던 초기에는 특히 그랬지. 그의 짧은 소설들은 내가 권유를 해서 쓴 것이네. 그런데 헤르더가 바이마르로 온 이후로 빌란트는 나에게 불성실해졌어. 말하자면 헤르더가 그를 나에게서 빼앗아 간 셈이네. 이 사나이의 매력은 참으로 컸으니까."

마차는 방향을 돌려 귀로에 올랐다. 동쪽 하늘에는 비구름이 겹겹이 싸여 몰려오고 있었다. 내가 말했다. "저 구름은 당장에라도 비를 내릴 것 같군요. 하지만 기압계가 올라간다면 이 구름도 다시 사라질까요?"

괴테가 대답했다. "그렇네. 이 구름은 곧 위쪽으로 흡수되어 실감개의 실처럼 감겨버리겠지. 이처럼 기압계에 대한 나의 신뢰는 크다네. 그뿐 아니라 내가 늘 주장하듯이 저 상트페테르부르크에서 대홍수가 있던 날 밤, 기압계가 올라가 있었다면 파도는 밀려오지 않았을 거야.

내 아들은 달이 날씨에 영향을 미친다고 믿고 있네. 아마 자네도 그렇게 믿고 있겠지만, 나는 그것을 나쁘게 생각지는 않아. 왜냐하면 달은 너무나 중요한 천체처럼 보이므로 그것이 이 지구에 결정적인 영향을 미치지 않는다고 생각하기란 불가능할 정도이기 때문이지. 그러나 날씨의 변화, 즉 기압계의 오르고 내림은 달의 변화에 의해 일어나는 것이 아니라 순전히 지구의 영향 때문이네.

대기에 둘러싸인 지구는 마치 끊임없이 숨을 들이쉬고 내뱉고 있는 거대한 생물 같네. 지구가 숨을 들이쉬면 대기는 지구에 끌어당겨지고 그 결과 지구의 표면 가까이로 모여들어 짙어지면서 구름이 되고 비가 되는데, 나는 이 상태를 물의 긍정이라고 부르네. 이 상태가 무제한으로 계속된다면 지구는 물에 잠겨버리겠지. 그러나 지구가 언제까지나 그 상태로 머물러 있을 리는 없고, 다시 숨을 내뱉기 시작해 수증기를 위쪽으로 방출하는 것이네. 그러면 수증기가 상층 대기권의 더 넓은 공간 구석구석으로 퍼져 희박해지면서 태양 빛이 비쳐 들어올 뿐만 아니라 무한한 공간의 영원한 암흑조차도 밝은 청색으로 스며 보이는 것이네. 대기의 이런 상태를 나는 물의 부정이라고 부르지. 왜냐하면 그 반대의 경우에는 다량의 물이 위쪽에서 내려올 뿐만 아니라 지구상의 습기도 증발하거나 말라버리지 않는 데 비해, 이런 상태에서는 위쪽으로부터 조금의 습기도 내려오지 않을 뿐만 아니라 지구의 수분까지 흩어져서 올라가 버리므로 이것이 무제한으로 계속되면 지구는 태양이 비치지 않아도 건조해서 메말라 버릴 위험이 있기 때문이라네."

괴테가 이처럼 중요한 문제에 대해 이야기하는 동안 나는 주의 깊게 귀를 기울였다.

"문제는 아주 단순하네." 하고 그가 계속해서 말했다. "이처럼 단순하고 명확한 것을 신뢰하고 따른다면 그때마다의 편차에 좌우되어 갈피를 못 잡는 일은 없지. 기압계가 높을 때는 건조하고 동풍이 불며, 기압계가 낮을 때는 습하고 서풍이 분다. 이것이 내가 의지하고 있는 일반 원리이네. 때로는 기압계가 높고 동풍인데도 습한 안개가 끼거나, 서풍인데도 푸른 하늘이 보일 때가 있지. 하지만 나는 그런 일에는 개의치 않으며 나의 일반 원리에 대한 신념도 조금도 흔들림이 없네. 다만 순간적으로 이해하기 어려운 여러 요소가 서로 뒤섞여 작용한 것에 지나지 않는다고 생각할 뿐이지.

자네에게 인생의 지침이 될 만한 것을 말해주고 싶군. 요컨대 자연에는 도달할 수 있는 것과 도달할 수 없는 것이 있는데, 이것을 잘 분간하고 심사숙고해야 하네. 어떤 일을 끝내고 어떤 다른 일을 새로 시작해야 하는가를 통찰한다는 것이 얼마나 어려운가를 깨닫기만 한다면 그것으로 이미 절반은 이룬 셈이지. 그것을 깨닫지 못하는 사람은 아마도 평생 동안 도달 불가능한 것에 매달려 헛고생만 하겠지. 진리 근처에 가보지도 못하고서 말이야. 그러나 그런 사실을 알 만큼 현명한 사람은 도달 가능한 것에만 정진하고, 그 영역에서부터 출발해 모든 방향으로 나아가면서 자기의 위치를 굳히지. 그리고 이런 방식으로 나아가다 보면 심지어는 도달 불가능한 것에서도 약간의 그 무엇을 얻어낼 수도 있을 거야. 물론 최종적으로야 다음과 같이 고백할 수밖에 없을 테지만 말이네. 자연의 이런저런 일들에 접근하는 데는 그 어떤 한계가 있으며, 자연이란 그 배후에 언제나 인간의 능력으로는 캐낼 수 없는 어떤 문제를 가지고 있기 마련이라고 말이야."

이런 이야기를 주고받는 사이에 마차는 다시 시내로 들어갔다. 잡다한 화제들이 이어졌지만, 그러는 동안에도 내 마음 속에서는 앞서 이야기하던 고귀한 견해들이 계속해서 떠올랐다.

도착해 보니 바로 식사하기에는 너무 이른 시간이었다. 괴테는 기다리는 동안 나에게 루벤스의 풍경화를 보여주었는데, 여름날 저녁을 그린 그림이었다. 전경(前景)의 왼쪽 부분에는 농민들이 집으로 돌아가고 있었고, 그림의 중앙 부분에는 한 떼의 양들이 목동을 따라 마을로 돌아가고 있었다. 그림의 오른쪽 깊숙한 곳에는 한 대의 건초 운반 마차가 서 있고, 그 둘레에서 일꾼들이 짐을 부리고 있으며, 그 근처에서는 수레에서 풀려난 말들이 풀을 뜯고 있었다. 그리고 거기서 멀리 떨어진 곳에 몇 마리의 암말들과 망아지들이 목초지와 덤불 여기저기에 흩어진 채 풀을 뜯고 있었는데, 밤 동안에도 그렇게 바깥에서 지낼 것 같은 태세였다. 그리고 여러 마을들과 하나의 도시가 그림의 밝은 지평선상에 나타나 있는데, 그것들 하나하나가 활동과 휴식이라는 개념을 아주 우아하게 그려내고 있었다.

그림의 전체는 매우 사실적으로 서로 간에 연관되어 있고, 그 개별적인 부분들은 아주 충실하게 눈앞에 묘사되어 있는 것처럼 보였다. 그 때문에 나는 루벤스가 전적으로 자연을 본으로 하여 이 그림을 모사한 것으로 생각된다고 말했다.

"단연코 아니네." 하고 괴테가 말했다. "그처럼 완벽한 그림은 자연 속에서는 결코 찾아볼 수가 없어. 이러한 구성은 바로 화가의 시적인 정신에서 나온다네. 그러나 위대한 루벤스는 매우 탁월한 기억력을 가지고 있어서 자연 전체를 머릿속에 넣은 채, 그 세부적인 것들을 언제나 마음껏 활용했던 거지. 전체와 부분의 이러한 사실성은 그렇게 생겨난 것이므로 우리는 그림의 모든 것이 순수하게 자연을 모방한 것이라고 믿게 되는 거네. 이제 그런 풍경화는 더 이상 그려질 수가 없고, 자연을 그런 방식으로 느끼고 보는 경우도 완전히 없어져 버렸지. 그것은 오로지 우리 현대의 화가들에게 시심(詩心)이 결여되어 있기 때문이네.

게다가 우리나라의 재능 있는 젊은 화가들은 홀로 방치되고 있는 셈이지. 그들을 예술의 비밀 속으로 안내해 갈 활달한 거장들이 없으니까 말일세. 죽은 사람들로부터도 약간은 배울 수가 있겠지. 그러나 그것은 사실상 거장의 보다 심원한 창작 방식 내부로 밀쳐 들어가 생각하고 습작하는 것이라기보다는 지엽 말단을 보고 배우는 데 지나지 않는 거네."

괴테의 아들 부부가 들어왔으므로 우리는 식탁에 앉았다. 극장과 무도회 그리고 궁정과 같은 것에 대한 일상적인 대화가 쾌활하게 이루어졌다. 그러나 우리는 곧 진지한 이야기로 다시 되돌아가서 영국의 종교학에 대한 이야기로 빠져들었다.

괴테가 말했다. "이러한 모든 일의 연관성을 파악하려면 자네들도 나처럼 오십 년 이상 교회사를 연구해 왔어야 하겠지.

이와는 달리 이슬람교도가 그 종교교육을 시작할 때는 아주 색다른 가르침을 사용하고 있네. 그들은 젊은이들에게 인간이란 일체의 것을 인도하는 신에 의해서 이미 정해진 운명 이외의 삶과는 만날 수 없다는 확신을 심어주고 그것을 종교의 토대로 삼는 걸세. 이렇게 평생 변하지 않을 마음의 안정을 얻음으로써 더 이상은 거의 필요로 하지도 않는 것이지.

나는 이 가르침에 무엇이 참이고 무엇이 거짓이며, 무엇이 유익하고 무엇이 유해한가를 따지고 싶지 않아. 사실 이 신앙은 별도로 가르침을 받은 적이 없다 하더라도 약간씩은 모두의 마음속에 깃들어 있지. 전쟁터의 병사는 자기 이름이 쓰여 있지 않은 탄환에 자신이 맞을 리 없다고 믿는데, 만일 이와 같은 확신이 없다면 절박한 위험 한가운데서 어떻게 병사가 용기와 명랑함을 유지할 수 있겠나! 그리스도 신앙의 가르침, 즉 너희 아버지의 뜻이 아니면 단 한 마리의 참새도 지붕에서 떨어지지 않는다는 가르침도 같은 근원에서 나온 것이지. 신은 아무리 작은 것이라도 눈여겨보시고 신의 뜻과 허락이 없다면 그 어떤 일도 일어날 수 없다는 섭리를 암시하고 있네.

그리고 철학 수업을 할 때 이슬람교도는 반대를 제기할 수 없는 일은 이 세상에 존재하지 않는다는 걸 맨 처음으로 가르치네. 그들은 젊은이들에게 어떤 주장에 대해서도 반대 의견을 찾아내 발표시키는 걸 과제로 줌으로써 그들의 정신을 단련하는데, 이로써 생각하는 힘과 표현하는 능력이 자라날 것임에 틀림없겠지.

하지만 제기된 모든 명제에 대해서 그 반대가 주장되고 나면, 이제 이 두 가지 중 어느 것이 참으로 진실인가 하는 '의심'이 생기는 것은 당연하겠지. 그러나 의심하고만 있을 수는 없는 일이므로 의심은 정신을 북돋우어 더욱 상세한 연구와 '실험'으로 나아가게 하고, 이것이 완전한 방법으로 이루어지면서 '확신'이 생겨나는 거지. 이것이 목적이며, 인간은 거기에서 완전한 안심입명의 경지를 찾아내는 거네.

자네도 알았겠지만 이 가르침에는 조금도 결점이 없으며, 우리가 소유한 모든 체계로도 더 이상의 것은 바랄 수 없고, 또 그 누구도 더 이상으로 도달할 수가 없네."

내가 대답했다. "이야기를 듣는 동안 그리스인들이 생각났는데, 그들의 철학 교육법도 비슷했던 것으로 보입니다. 그들의 비극을 보면 알 수 있다시피 사건 진행에서 본질적인 것은 전적으로 모순 대립에 기초하고 있습니다. 등장인물 중 하나가 무언가를 주장하면 반드시 다른 인물이 나서서 그에 못지않게 현명한 정반대의 주장을 하는 식이니까요."

"자네 말 그대로야." 하고 괴테가 말했다. "그리고 관객이나 독자의 마음속에 의심이 일어나는 것도 물론이겠지. 우리 인간이 결국에는, 도덕과 결합해 그 도덕을 이끌어가는 운명으로 확신에 도달하는 것처럼 말이네."

우리는 식탁에서 일어났다. 괴테는 나를 데리고 정원으로 내려갔고, 거기서 우리는 이야기를 계속했다.

내가 말했다. "레싱에게서 주목할 점은 그가 이론적인 저작들, 예컨대 『라오콘』에서 결코 결론을 향해 곧장 내달리는 것이 아니라, 언제나 먼저 의견을 제시하고 이어서 반대 의견을 제시하고, 그 뒤 의심을 한다는 저 철학적인 단계를 거치고 나서 비로소 일종의 확신에 이르게 한다는 것입니다. 그러므로 우리는 레싱에게서 사고를 자극하거나 자신을 생산적으로 만들 수도 있는 위대한 견해나 위대한 진리를 얻게 되었다기보다는 오히려 사고나 발견의 과정 그 자체를 배우게 될 뿐입니다."

"자네 말이 맞을 테지." 하고 괴테가 말했다. "레싱 자신도 만일 신이 자기에게 진리를 주려고 하신다면 그 선물을 거절하고 차라리 스스로 진리를 찾는 노고를 택하겠노라고 말한 적이 있는 모양일세.

그리고 저 이슬람교도의 철학 체계는 자기 자신에게도 그리고 남에게도 적용할 수 있는 매우 좋은 척도야. 사람이 정신적 덕성의 어떤 단계에 있는가를 알기 위한 척도로서 말일세.

레싱은 성격이 본래 논쟁적이라 모순 대립과 회의 속에 있기를 매우 좋아했네. 분별한다는 것이 그의 타고난 영역이며, 그의 위대한 오성이 거기에 안성맞춤으로 쓰이고 있는 것이지. 하지만 자네도 보다시피 나의 입장은 완전히 달라. 나는 모순 대립에 완전히 몸을 맡기는 일은 결코 없으며, 의심이 생긴다 하더라도 그것을 마음속에서 조화시키도록 애를 써왔고, 다만 찾아낸 결과만을 발표했을 뿐이라네."

나는 괴테에게 근래의 철학자 중 누가 가장 뛰어나다고 생각하는지를 물어보았다.

그가 대답했다. "단연코 칸트가 가장 뛰어나네. 그 학설이 지금까지 지속적으로 영향을 미치고 있음이 분명하고, 현대의 독일 문화에 가장 깊이 침투한 사람이니까. 그는 자네에게도 영향을 끼치고 있네. 자네는 칸트를 읽지 않았음에도 말이야. 이제 자네가 새삼스럽게 칸트를 읽을 필요는 없겠지. 그가 자네에게 줄 수 있는 것을 자네는 벌써 몸에 지니고 있으니까. 그러나 언젠가 그의 책을 읽고 싶어진다면, 『판단력 비판』을 권하고 싶네. 그 책은 수사학에 대해서 훌륭하게 다루고 있고, 문학에 대해서도 어느 정도 잘 설명하고 있네. 단 조형예술에 대해서만은 불충분하게 다루어졌지."

"선생님께서는 지금껏 칸트와 개인적인 관계를 가지신 적이 있으신지요?" 하고 내가 물었다.

"아니야." 하고 괴테가 말했다. "칸트는 내게 전혀 관심이 없었네. 나는 천성적으로 그와 비슷한 길을 가고 있었지만 말일세. 내가 『식물 변형론』을 쓴 것은 칸트에 대해서 알기 이전이었지. 그럼에도 불구하고 그것은 전적으로 그의 학설의 정신에 따라 쓰인 것이네. 주관과 객관의 구분, 더 나아가서 모든 피조물은 그 자신을 위해 존재한다는 견해, 예컨대 코르크나무는 우리의 병마개 뚜껑으로 사용되기 위해 자라고 있는 것이 아니라는 생각 등은 칸트와 내게 공통된 견해였고, 이 점에서 그와 견해의 일치를 보인 것이 기뻤네. 그 뒤에 나는 『실험론』을 썼는데, 이것은 주관과 객관의 비판 그리고 그 양자의 매개라고 보아야 하겠지."

"실러는 나에게 칸트 철학을 연구해서는 안 된다고 거듭 충고했네. 칸트가 내게 줄 수 있는 것은 아무것도 없다면서 말이야. 하지만 그 자신은 칸트를 열심히 연구했고, 나도 그를 연구했는데 소득이 없지는 않았지."

이런 이야기를 나누면서 우리는 정원을 이리저리 거닐었다. 그러는 동안 점차 구름이 두터워졌고, 마침내 빗방울이 떨어지기 시작했다. 그래서 우리는 집 안으로 들어가야만 했고, 거기에서 한동안 이야기를 계속했다.

1827년 6월 20일 수요일

가족용 식탁에 5인분의 식사가 차려져 있었다. 방은 비어 있고 시원했기 때문에 무더운 날씨임에도 참으로 기분이 좋았다. 나는 식당 방과 인접해 있는 넓은 방으로 들어갔는데, 그곳은 손으로 짠 융단이 깔려 있고 거대한 주노의 흉상이 서 있는 방이다. 이렇게 혼자서 방 안을 잠시 거닐고 있자니 서재를 나온 괴테가 방 안으로 들어와서는 진심으로 상냥한 인사를 건네면서 나에게 말했다.

"자네도 의자를 가져와서 내 곁에 앉게. 다른 사람이 올 때까지 이야기나 나누게 말이야. 자네가 나와 함께 있으면서 슈테른베르크 백작[103]을 알게 된 것도 잘된 일이네. 이제 그는 다시 여행을 떠났고, 나는 일상의 활동과 휴식으로 다시 온전히 돌아가게 되었지."

---

103) 카스파르 마리아 폰 슈테른베르크(Caspar Maria von Sternberg, 1761~1838). 보헤미아의 상속권자로서 자연과학자. 1822년 마리엔바트에서 만난 이후로 괴테와 친하게 지냈다.

내가 말했다. "백작님의 인품은 매우 깊은 인상을 남겼습니다. 지식도 대단하더군요. 마음먹은 대로 이야기를 끌어가고 모르는 일이 없으며, 모든 일에 대해서 철저하게 그리고 사려 깊으면서도 아주 경쾌하게 말씀하시니 말입니다."

"그렇다네." 하고 괴테가 대답했다. "아주 중요한 사람일세. 독일에서 그의 활동 영역과 인간관계는 매우 넓지. 그리고 식물학자로서는 그의 『태고 시대의 식물계』로 유럽 전역에 알려져 있네. 또한 그는 중요한 광물학자이기도 하지. 자네는 그의 과거에 대해서 아는 게 있나?"

"아닙니다." 하고 내가 대답했다. "하지만 그분에 대한 이야기라면 기꺼이 듣고 싶습니다. 그분은 백작이고 현실주의자면서도, 동시에 다방면의 전문 지식을 가진 학자인데, 어떻게 그럴 수가 있는지 궁금할 따름입니다."

괴테는 나의 말에 대답해 주었다. 젊은 시절에 성직에 나가기로 되어 있었던 백작이 로마에서 연구를 시작하게 된 연유 그리고 오스트리아가 그에게 주던 혜택을 거두어들인 후에는 다시 나폴리로 가야 했던 일에 대해서 이야기해 주었다. 괴테는 백작의 유별난 삶의 행로에 대해 이런 식으로 자세하고 흥미롭고 의미심장하게 들려주었는데, 그것은 『편력시대』에 나오는 이야기와도 같았다. 하지만 여기서 그것을 반복하는 것은 적절치 않다는 생각이 든다. 괴테의 말을 듣고 있자니 이루 말할 수 없이 행복했으며, 진심으로 그에게 감사했다. 그러고 나서 화제는 보헤미아 학파와 그들의 커다란 장점, 특히 그들의 철저한 미학적 교양에 대한 것으로 이어졌다.

그러는 동안에 괴테의 아들 부부와 울리케 폰 포그비시 양이 방에 들어왔으므로 우리는 식탁에 앉았다. 활기차게 이런 저런 이야기들이 나왔지만, 특히 북독일의 두세 도시에 살았던 신앙인들에 대한 화제로 거듭 돌아갔다. 이 경건파의 고립적인 생활방식 때문에 가족 전원이 서로 불화에 빠지고 흩어지게 되었다는 이야기가 나왔다. 나도 이와 비슷하게 자칫 뛰어난 친구 하나를 잃을 뻔했는데, 그것은 그가 나를 개종시키려다 실패하고 말았기 때문이라는 이야기를 했다.

내가 말했다. "이 사람은 모든 공적이나 선행은 공허한 것이며, 인간이란 오로지 그리스도의 은총을 통해서만 신과 제대로 맺어질 수 있다는 믿음으로 차 있었습니다."

괴테의 며느리가 말했다. "저도 한 친구에게서 비슷한 이야기를 들은 적이 있어요. 하지만 그러한 선행이라든지 은총에 어떤 내력이 있는 것인지는 지금도 잘 모르겠어요."

괴테가 말했다. "이런 문제가 오늘날 세상에 널리 퍼져서 여러 가지 논의를 불러일으키고 있지만, 이것은 알고 보면 잡탕에 지나지 않아. 자네들 중의 누구도 그 연유를 알지 못할 테지. 그러니 내가 거기에 대해서 말해줄까 하네. 즉 인간이 자선이나 증여나 따뜻한 기부 행위를 통해 죄를 보상할 수 있고, 그럼으로써 신의 은총에까지 이르게 된다는 선행(善行)의 교리는 원래 가톨릭이 주장하는 것이지. 반대로 종교개혁자들은 이 교리를 거부하고, 인간은 오로지 그리스도의 공로를 인식하고 그의 은총을 받도록 노력해야 하며, 그런 깨달음이 결국 인간을 선행으로 이끈다는 교리를 세웠네. 실은 이런 사정이 있는 거지. 그러나 오늘날에는 모든 것이 뒤죽박죽 뒤섞이고 혼동되어서 이런 사태가 어디에서 연유했는지 아무도 모르게 된 걸세."

나는 입 밖에 꺼내지는 않았지만 종교 문제에 관한 여러 가지 이론(異論)이 예로부터 인간들 사이를 갈라놓고 서로를 적대시하게 만들었으며, 더 나아가 인류 최초의 살인조차도 신에 대한 잘못된 경배로부터 생긴 것이라고 생각했다. 이어서 나는 최근에 바이런의 『카인』을 읽었는데, 특히 3막과 살인 동기의 묘사에 감탄을 금하지 못했노라고 말했다.

"맞는 말이네." 하고 괴테가 말했다. "그 동기를 정말 훌륭하게 묘사했어! 거기에는 이 세상에서 두 번 다시 보지 못할, 실로 유일무이한 아름다움이 있네."

내가 말했다. "『카인』도 처음에는 영국에서 금지되었습니다만, 지금은 누구나 읽을 수 있고 또 젊은 영국인 여행자들은 대개 바이런 전집을 휴대하고 다닌다는군요."

괴테가 말했다. "그것도 어이가 없는 것이 근본적으로 보자면 『카인』 전체를 관통하는 일관된 정신은 영국의 사제들 자신이 가르치고 있는 바로 그것이니까 말일세."

법무장관이 찾아와 방 안으로 들어와서는 우리와 함께 식탁에 앉았다. 이어서 괴테의 손자들인 발터와 볼프강도 차례로 뛰어 들어왔다. 볼프는 법무장관 옆에 나란히 앉았다.

괴테가 말했다. "법무장관님께 너의 기념첩을 가져와서 보여주렴. 공주님을 그린 것과 슈테른베르크 백작이 써주신 글 말이야."

볼프는 자리에서 벌떡 일어나서 나갔다가는 금방 그 책을 가지고 돌아왔다. 법무장관은 괴테가 써넣은 시구와 함께 그려진 공주의 초상을 살펴보았다. 그는 책장을 넘기다가 첼터가 써놓은 경구를 보고는 큰 소리로 읽었다.

"순종을 배워라!"

"그것이 유일하게 사리에 맞는 말이군." 하고 괴테가 웃으면서 말했다. "책 전체에서 말이야. 그래, 첼터는 언제나 늠름하면서도 유능하지. 지금 리머와 함께 그의 편지를 죽 검토하고 있는데, 정말 귀하기 이를 데 없는 것들이 담겨 있어. 특히 그가 여행 중에 보낸 편지들은 뛰어난 가치를 가지고 있네. 유능한 건축가이자 음악가인 그는 여행 중에 자신이 평가할 수 있는 중요한 대상들을 언제나 만날 수 있었네. 예컨대 어느 도시건 그가 발을 들여놓기만 하면 건물들이 나타나서 그에게 그것들이 어떤 장점과 단점을 가지고 있는지 말해주는 거지. 그러고 나면 연주 단체들이 그를 즉시 초청해 자기들의 뛰어난 점과 모자라는 점을 보여주지. 만일 속기사라도 있어서 음악 생도들과 나눈 그의 말을 기록해 놓았더라면, 아마도 우리는 그 방면에서 유일무이한 어떤 것을 가지게 되었을 것이네. 이런 일에 관한 한 첼터는 천재적이고 위대하며 언제나 정곡을 찌르니까 말이야."

1827년 7월 5일 목요일

오늘 저녁 무렵 공원에서 마차를 타고 돌아오던 괴테와 만났다. 스쳐 지나가면서 그는 자기 집으로 오라고 손짓했다. 나는 곧 발길을 돌려 그의 집으로 갔는데, 건설국장인 쿠드레가 와 있었다. 괴테가 마차에서 내리자 우리는 함께 계단을 걸어 올라갔다. 우리는 이른바 주노의 방에 있는 원탁에 앉았다. 이야기를 시작한 지 얼마 되지 않아 곧 법무장관이 와서 동석했다.

이야기는 정치 문제들을 중심으로 진행되었는데, 웰링턴이 상트페테르부르크로 사절로서 파견된 것과 그에 따라서 예상되는 결과, 카포디스트리아스[104]와 지연되고 있는 그리스의 독립, 튀르키예의 세력이 콘스탄티노플에 제한된 것 등이 화제에 올랐다. 또한 나폴레옹 치하에서의 옛날 일, 특히 앙갱 공작[105]과 신중성이 없는 그의 혁명적 언동에 관해 많은 이야기들이 오갔다.

---

104) 이오아니스 안토니오스 카포디스트리아스(Ioánnis Antónios Kapodistrias, 1776~1831). 그리스 코르푸섬 출신의 정치가. 러시아 정부의 외교관이 되어 빈 회의에 참석했고, 곧 러시아의 외상이 되었다. 그리스 독립 전쟁 중 1827년에 그리스 국민회의로부터 새로 건립된 그리스공화국의 대통령으로 추대되어, 이듬해 귀국하고 취임했으나 민중의 지지를 잃고 1831년에 암살당했다.

105) 앙투안 앙리 드 부르봉 앙갱(Antoine Henri de Bourbon Enghien, 1772~1804). 프랑스혁명 당시에 망명한 귀족. 나폴레옹이 그를 체포, 총살해 국민들의 격분을 샀다.

그러고 나서 좀 더 온건한 이야기로 옮아가 오스만슈테트에 있는 빌란트의 무덤이 화제의 중심이 되었다. 건설국장인 쿠드레는 그 무덤에 쇠 울타리를 만드는 일을 하고 있다고 말했다. 그는 철책 모양을 종이에 그려 보이면서 자신의 계획을 분명하게 설명했다.

법무장관과 쿠드레가 떠나자 괴테는 나에게 좀 더 남아 있도록 권했다. 그가 말했다. "나는 몇천 년의 역사를 과거로 두고 살아왔으므로 입상(立像)이라든지 기념비 이야기를 들으면 언제나 묘한 기분이 드네. 공로자를 위해 세워지는 조각상을 생각하면 동시에 그것이 장차 군인들의 손으로 쓰러뜨려져 파괴되는 광경이 곧이어 눈앞에 떠오르니까 말이야. 빌란트의 무덤 둘레에 쿠드레가 만들고 있는 철책도 장차 편자로 변해 기병의 말발굽 밑에서 번쩍거리며 빛나고 있는 광경이 벌써부터 눈에 선하다네. 나는 이미 프랑크푸르트에서 비슷한 경우를 겪은 적이 있지. 게다가 빌란트의 무덤은 일름강에 너무 가까이 있네. 강은 거기에서 급격하게 휘어 흐르고 있으므로 채 백 년도 지나기 전에 그 강변을 파헤칠 것이고, 그러면 강물이 죽은 자들의 무덤에까지 밀려올 테지."

우리는 즐겁게 농담을 섞어가면서 지상의 사물들이 놀랄 만큼 덧없다는 사실에 대해 이야기를 나누었다. 그러고 나서 쿠드레의 도면을 다시 손에 들고서 영국제 연필의 부드러우면서도 힘찬 필치를 즐겼다. 그 연필은 마음먹은 대로 미끄러졌기 때문에 그 사용자의 생각을 조금도 놓치지 않고 그대로 종이 위에 옮겨놓은 것이다.

이것이 실마리가 되어 이야기는 스케치로 옮아갔다. 괴테는 한 이탈리아 거장이 그린 매우 뛰어난 작품 한 장을 보여주었는데, 소년 예수가 성전 안에서 신학자들에게 둘러싸여 있는 장면을 그린 것이다. 그것과 함께 그는 그 완성된 그림을 본으로 해서 만든 한 장의 동판화를 보여주었는데, 이모저모 아무리 관찰해 보아도 모든 점에서 스케치 쪽이 뛰어나다는 것을 알 수 있었다.

괴테가 말했다. "나는 요즈음 아주 운이 좋게도 유명한 대가들의 뛰어난 스케치 작품들을 싼값으로 구할 수 있었네. 이런 그림들은 아주 귀중한 것이야. 이것들은 예술가의 순수한 정신적 의도를 그대로 보여줄 뿐만 아니라, 예술가가 창조의 순간에 품고 있었던 기분 속으로 우리를 바로 이끌어 들이기 때문이네. 이 성전 안의 소년 예수를 그린 그림을 보면 필치 하나하나마다 예술가의 마음속에 살아 있는 위대한 명랑성과 밝고 고요한 결의가 드러나 있는 것을 알 수 있고, 그런 기분 좋은 느낌은 금방 우리에게로 전해지지. 게다가 조형미술은 순수한 객관적 성질의 것이어서 감각을 심하게 자극시키지 않으면서도 우리를 곧장 끌어당긴다는 커다란 장점이 있네. 요컨대 이와 같은 작품은 우리에게 전혀 말을 걸지 않거나, 아니면 아주 결정적으로 말을 걸거나 둘 중의 하나이네. 반면에 시라는 건 아주 막연한 인상을 주고, 감각을 자극하기는 하지만 그것도 듣는 이의 성질과 능력 여하에 따라 그때마다 달라지지."

내가 말했다. "저는 최근에 스몰릿이 쓴 영국의 뛰어난 소설 『로더릭 랜덤의 모험』을 읽었습니다. 이 소설에는 훌륭한 스케치 작품이 주는 인상과 매우 닮은 데가 있습니다. 묘사가 직접적이고, 감상적인 구석이라고는 조금도 없으며, 현실의 삶이 있는 그대로 표현되어 있어서 간혹 역겹고 혐오스러운 느낌을 주기도 하지만, 전체적으로 보면 실로 확고한 현실성을 갖추고 있어서 언제나 밝은 인상을 줍니다."

"『로더릭 랜덤의 모험』에 대한 좋은 평은 이따금 들었지." 하고 괴테가 말했다. "자네가 지금 말한 바와 같다고 생각하네. 하지만 아직 읽어보지는 못했어. 그런데 자네는 존슨의 『라셀라스』를 알고 있나? 꼭 한번 읽어보게. 그리고 감상을 말해주게." 나는 그렇게 하기로 약속했다.

내가 말했다. "바이런 경의 작품에서도 아주 직접적으로 그림으로써 대상을 순수하게 독자들 앞에 내놓는 묘사와 종종 마주치게 됩니다. 그것은 뛰어난 화가의 직접적인 스케치의 경우와는 수법이 다르긴 합니다만, 우리들의 마음속에 있는 감정을 자극하는 일이 없다는 점에서는 동일합니다. 특히 『돈 후안』에는 그런 부분들이 많습니다."

"그렇다네." 하고 괴테가 말했다. "그 점에서 바이런 경은 위대해. 그의 묘사에는 마치 생각나는 대로 경쾌하게 갈겨쓴 것 같은 현실성이 있네. 『돈 후안』에 관해서는 아는 바가 거의 없지만, 그가 쓴 다른 시들 가운데 그러한 부분이 있었다는 것은 기억에 남아 있지. 특히 바다를 묘사한 시를 보면, 돛이 물결 사이에서 이리저리 흔들리며 보였다 안 보였다 하는 구절들이 있는데, 너무나 훌륭해서 읽는 사람까지 함께 바닷바람에 나부낀다는 느낌이 들 정도네."

내가 말했다. "저는 그의 『돈 후안』에서 특히 런던 시를 묘사한 부분이 감탄스러웠습니다. 그 경쾌한 시구들을 읽고 있노라면 마치 그 도시가 눈앞에 나타나는 듯한 느낌이 듭니다. 더구나 그는 대상이 시적이냐 아니냐를 가지고 별로 망설이는 일도 없이 자기 눈에 비치는 것이라면 무엇이든 포착해 시로 씁니다. 이발소 창문 앞에 걸려 있는 곱슬머리 가발이든 가로등에 기름을 채우고 있는 남자들이든 가리지 않고 말입니다."

괴테가 말했다. "지금의 독일 미학자들은 대상이 시적이냐 아니냐 하는 걸 열심히 논하고들 있네. 어떤 점에서는 그것도 전혀 틀렸다고는 할 수 없겠지. 하지만 근본적으로 보자면 현실의 대상으로서 시적이지 않은 것은 하나도 없어. 그러니까 결국 시인이 그 대상을 어떻게 적절히 사용할 줄 아느냐 하는 점이 문제가 될 뿐이네."

"정말 그렇습니다!" 하고 내가 말했다. "그와 같은 견해가 일반적인 원칙이 되어야겠지요."

그러고 나서 『포스카리 부자(父子)』에 대한 이야기가 나왔고, 나는 바이런이 정말 뛰어난 여성들을 묘사하고 있다고 생각한다고 말했다.

괴테가 말했다. "그가 그리는 여성들은 훌륭해. 여성만이 우리의 이상적인 것을 쏟아부어 넣을 수 있도록 현대인에게 남겨진 유일한 그릇이네. 남성과 관련해서는 더 이상 손댈 여지가 없어. 호메로스가 아킬레스와 오디세우스라는 가장 용감한 자와 가장 현명한 자를 모든 것에 앞서 다 그려버렸기 때문이지."

내가 계속해서 말했다. "그렇긴 해도 『포스카리』에서는 고문의 고통이 지속적으로 이어지기 때문에 마음에 걸리는 바가 있습니다. 도대체 바이런이 이 작품을 완성하기까지 오랫동안 이와 같은 고통스러운 소재에 몰두하면서 어떻게 살아갈 수 있었는지 저로서는 이해하기가 어렵습니다."

"그것이 실은 바이런다운 면모였네." 하고 괴테가 말했다. "그는 영원한 자기학대자였지. 그 때문에 그런 소재들이 그가 즐겨 다루는 테마가 되었던 거네. 자네도 보다시피 그의 작품 어디를 보아도 밝은 주제가 거의 없어. 하지만 『포스카리』의 그 묘사는 훌륭하지 않은가?"

"정말 뛰어납니다." 하고 내가 말했다. "어느 말이나 힘차고 함축적이며, 정곡을 찌르고 있습니다. 지금까지 바이런의 작품에서 생기 없는 문장은 단 한 줄도 본 적이 없었는데, 바로 그대로입니다. 바이런은 언제나 바다의 파도 사이에서 방금 태어난 듯 싱싱하며 창조의 근원적인 힘으로 넘쳐흐르는 것처럼 여겨집니다."

"정말 자네 말이 맞아." 하고 괴테가 말했다. "그대로야."

"저는 그의 작품을 읽으면 읽을수록 그의 위대한 재능에 새삼 감탄할 따름입니다. 그래서 선생님께서 그를 위해 「헬레나」에서 사랑의 영원한 기념비를 세우신 것도 지극히 당연하다고 생각됩니다."

괴테가 말했다. "나로서는 현대문학의 대표자로서 그 이외의 인간을 든다는 일은 생각할 수 없었네. 바이런이 금세기 최대의 재능이라는 점은 의심의 여지가 없었기 때문이지. 게다가 바이런은 고대적이지도 않고 낭만적이지도 않으며, 바로 현대 그 자체와 같은 인물이야. 내게는 그와 같은 인물이 꼭 필요했네. 게다가 만족을 모르는 성격과 메솔롱기온에서 파멸하기에 이르렀던 그 전투적인 기질로 봐도 참으로 제격의 인물이었어. 바이런에 관해서 논문을 쓴다는 건 즐겁지도 이롭지도 않아. 하지만 이따금 그에게 경의를 표하거나 그와 연관된 개별적인 점들을 언급하는 것은 앞으로도 그만두지 않을 생각이네."

일단 「헬레나」 이야기가 나오자 괴테의 이야기는 그칠 줄을 몰랐다. 그가 말했다. "나는 그 결말을 이전에는 전혀 다르게 만들 생각이었네. 여러 가지 방식으로 결말을 시도해 보았고, 실제로 한 번은 잘되기도 했어. 하지만 이와 관련된 이야기는 자네에게 털어놓고 싶지 않군. 그 뒤 이와 같은 결말이 만들어진 것은 시대와 바이런 경과 메솔롱기온 사건 덕분이네. 그래서 기쁜 나머지 다른 것은 모두 포기해 버렸지. 하지만 자네는 합창대가 장례의 노래를 부르며 완전히 잘못된 역할을 하고 있다는 사실을 알아차리지 못했는가? 합창대는 이제까지 일관되게 고대풍을 유지해 왔고, 또 소녀들로 이루어진 합창대 본래의 성격을 잃지 않았지. 그런데 이 장면에 이르러 갑자기 엄숙하고 성찰적으로 되어버려서, 합창단으로서 지금껏 한 번도 생각해 본 적이 없고, 또 생각할 수도 없었던 것을 노래하게 되었으니 말이야."

내가 말했다. "물론 그 사실을 알아차리고 있었습니다. 그러나 이중의 그림자를 가진 루벤스의 풍경화를 보고 허구라는 개념을 알고 이후로는 그런 점에 흔들리지 않게 되었습니다. 그런 작은 모순들은 그것들로 얻은 더욱 고차적인 아름다움에 비하면 무시해도 좋을 만한 것입니다. 어쨌든 그 노래는 꼭 불러야 했고, 또 다른 합창대가 그 자리에 없었기 때문에 소녀들이 노래를 부를 수밖에 없었습니다."

괴테가 웃으면서 말했다. "다만 내가 궁금한 것은 독일의 비평가들이 그런 모순에 대해 어떻게 말할 것인지, 그리고 그들이 그런 모순을 초월할 만한 자유로운 정신과 대담성을 갖고 있을까 하는 점이네. 프랑스인이라면 오성의 방해를 받기 마련이라 상상력이라는 것이 그 자체로 법칙을 갖고 있다는 점을 깨닫지 못하겠지. 오성이 거기에 접근할 수도 또 접근해서도 안 되는 그 상상력의 법칙 말일세. 요컨대 오성으로써 영원히 풀 수 없는 것을 상상력으로 해결할 수 없다면 상상력이란 게 무어 대단할 것이 있겠나. 바로 여기에 시와 산문의 갈림길이 있는 거지. 물론 산문에서는 오성이 언제나 지배적이거나, 지배적이라도 무방하거나 또는 마땅히 그래야만 하겠지."

나는 이런 의미심장한 말을 기쁘게 들으면서 마음속 깊이 새겨놓았다. 그러고 나서 돌아갈 채비를 했는데, 이미 10시경이었다. 우리는 불도 켜지 않은 채 앉아 있었고, 환한 여름날 밤이 북쪽으로부터 에테르스부르크 너머로 비치고 있었다.

1827년 7월 9일 월요일 밤

괴테를 방문했더니 그는 혼자서 슈토쉬의 수집품에서 본뜬 석고 복제품들을 보고 있었다. "베를린 사람들은 참 친절하군." 하고 그가 말했다. "내게 보라고 이 수집품 전체를 보내주었으니 말이야. 나는 이 아름다운 작품들 거의 대부분을 이미 알고 있었어. 하지만 이제는 빙켈만이 정리해 놓은 순서대로 볼 수 있어서 유익하군. 빙켈만의 설명을 적절히 이용하면서 스스로 의문이 생기는 경우에는 그의 견해에 따라 관찰하고 있다네."

잠시 이야기를 나누고 있는데 법무장관이 들어와 우리 옆에 앉았다. 그는 신문 기사들에서 본 소식을 들려주었는데, 그중에는 단지 사자 고기가 먹고 싶어서 사자 한 마리를 죽이고는 그 고기로 요리를 했다는 동물원 수위의 이야기도 있었다. 괴테가 말했다. "이상한 것은 그자가 원숭이를 고르지 않았다는 거야. 아주 부드럽고 맛이 좋다는데." 우리는 이런 야수들의 추함에 대해 이야기를 나누었는데, 그 종(種)이 인간을 닮으면 닮을수록 더욱 불쾌한 느낌을 준다는 이야기도 나왔다. 법무장관이 말했다. "저로서는 이해가 잘 가지 않습니다만 어째서 제후들은 그런 짐승을 옆에 두고도 아무렇지 않을 뿐더러, 심지어는 그것을 재미있어 할까요?"

괴테가 말했다. "제후들은 싫은 인간들에게 시달림을 당하는 일이 하도 잦아서 그런 불쾌한 인상을 없애고자 혐오스러운 짐승을 써서 구제 수단으로 삼고 있다네. 제후와는 신분이 다른 우리야 원숭이나 앵무새의 울음소리가 역겨운 건 당연한 일이야. 왜냐하면 우리는 이런 동물들이 본래 그것들이 있어야 할 환경 속에 있지 않다고 생각하기 때문이지. 만일 우리가 코끼리 등에 올라타고 종려나무 아래를 달리고 있다면야 원숭이나 앵무새도 매우 잘 어울린다고 생각하겠지. 아니 더 나아가서 아주 근사하다고까지 생각하겠지. 하지만 앞서도 말했듯이 제후들이 역겨운 것을 추방하기 위해 더욱 역겨운 것을 사용한다는 건 당연한 일이네."

"잠깐만요." 하고 내가 말했다. "어떤 시구가 떠올랐습니다. 아마 선생님께서는 기억하시지 못할 겁니다."

> 사람이 짐승이 되고프면
> 짐승을 방에 끌어들이렴.
> 그럼, 역겨운 기분도 가시겠지.
> 어차피 우리 모두는 아담의 후예니까.

괴테가 웃으면서 말했다. "정말이네, 그 말이 맞아. 야비한 것은 더욱 야비한 것으로써만 내쫓을 수가 있네. 아주 옛날이야기인데 아직 기억이 나는군. 귀족 중에도 아직 야수와 같은 사람이 간혹 있을 때였지. 어떤 부자 귀족이 고귀한 신분의 사람들이 모인 회식 석상에서 부인들이 좌중에 있는데도 불구하고 몹시 상스러운 이야기를 시작했네. 그 자리에서 그것을 들을 수밖에 없었던 사람들은 역정을 내고 분노했지만, 말로써는 그 사람을 타이를 수가 없는 지경이었어. 마침내 그 맞은

편에 앉아 있던 한 당당하고 단호한 신사가 다른 수단을 써서 아주 큰 소리로 야비하고 무례한 이야기를 시작하자, 참석자들은 물론이고 그 무뢰한 역시 깜짝 놀라 기가 죽은 나머지 그 뒤로는 두 번 다시 입을 열지 않았네. 그 순간부터 화제는 고상하고 밝은 쪽으로 바뀌었고, 그 자리에 있던 사람들 모두 기뻐했지. 그리고 모두들 이 결단력 있는 신사의 그 대담하기 짝이 없으면서도 적절했던 행동에 대해 감사해 마지않았네."

우리는 이와 같은 유쾌한 일화를 들으며 흥겨워했고, 이어서 법무장관이 파리에서 여당과 야당 사이에 벌어지고 있는 최근 정세로 화제를 돌렸다. 그는 한 대담무쌍한 민주당원이 법정에서 자기변호를 위해 장관들 앞에서 행한 박력 있는 연설을 거의 한 마디도 빠뜨리지 않고 그대로 인용했다. 우리는 법무장관의 뛰어난 기억력에 새삼 경탄하지 않을 수 없었다. 그 사건과 관련해 그리고 특히 출판 제한법과 관련해 괴테와 법무장관 사이에 여러 차례 토론이 오갔다. 할 말이 많은 그 주제를 두고 괴테는 여느 때처럼 온건한 귀족주의자답게 발언했고, 우리의 친구는 지금까지와 마찬가지로 평민의 편에 서는 태도를 굳게 견지하는 것으로 보였다.

"나는 프랑스인에 대해서는 어떤 점에서도 걱정되지 않네." 하고 괴테가 말했다. "그들은 세계사적 관점에서 실로 높은 위치를 차지하고 있으므로 그들의 정신은 이제 어떤 방법으로도 억압할 수가 없지. 요컨대 이 제한법은 좋은 방향으로만 작용할 거야. 특히 이 제한이 본질적인 것은 조금도 건드리지 않고 다만 개개인에 대해서만 적용되니까 말이야. 한계가 없는 반대 행위라는 건 천박할 뿐이지. 그러나 일정한 한계 내지는 제한이 주어지면 반대하는 일도 여하간 영리하게 대처할 수밖에 없는데, 이것이야말로 실로 커다란 장점이라고 할 수 있네. 솔직하고 거침없이 자기 의견을 말하는 것은 자기가 전적으로 옳은 경우에 한해서만 허용될 수 있고 또 바람직한 거네. 하지만 당파란 그것이 당파라고 하는 바로 그 이유 때문에 선직으로 정당화될 수는 없는 것이지. 따라서 당파에는 간접적인 표현 방법이 적합하고 이 점에서 프랑스인은 예전부터 위대한 모범을 보여왔던 걸세. 가령 내가 하인에게 불쑥 '한스, 장화를 벗겨주게!'라고 말했다고 치세. 그러면 그는 그 말을 알아듣겠지. 하지만 친구가 동석하고 있는 자리에서 그런 일을 부탁할 때는 이처럼 직접적으로 말할 수는 없고, 무언가 상냥하고 친근한 표현을 생각해 내야 하겠지. 그래야만 비로소 그 하인의 마음을 움직여서 친절하게 행동하도록 만들 수 있는 거지. 어쨌든 무엇을 강요한다는 건 정신을 자극할 뿐이야. 그렇기 때문에 앞서도 말했다시피 출판 자유의 제한이라는 것이 오히려 바람직하다고 생각하는 거네. 프랑스인은 지금까지 늘 기지에 넘치는 국민이라는 명성을 유지해 왔고 또 그럴 만한 자격도 있네. 반면에 우리 독일인은 자기 견해를 곧이곧대로 말해버리는 경향이 있어서 완곡한 표현법에 도달하려면 아직도 멀었네."

괴테가 계속해서 말했다. "파리의 여러 당파들도 더 관용적이 되고 더 자유로워지고 지금보다도 더 서로의 입장을 잘 이해한다면 한층 더 위대해지겠지. 그들은 세계사적 관점에서 영국인보다 더 높은 수준에 있다고 할 수 있네. 영국의 의회는 상호 간에 대립하는 강대한 세력들로 성립되어 있어서 서로 그 힘을 약화시키고 있기 때문에 한 개인의 위대한 통찰이 관철되려면 여간 힘든 게 아닐세. 이것은 캐닝의 예를 보아도, 그리고 이 위대한 정치가에 대하여 많은 불평이 쏟아지는 걸 보아도 잘 알 수가 있네."

우리는 돌아가기 위해 자리에서 일어섰다. 그러나 괴테는 너무나 생기에 차 있었기 때문에 한동안 선 채로 이야기가 계속되었다. 마침내 괴테는 친절하게 작별을 고했고, 나는 법무장관과 동행해 그의 집까지 갔다. 아름다운 밤이었다. 걸어가면서도 우리는 괴테에 대해 많은 이야기를 나누었는데, 특히 무제한적인 반대는 천박해진다는 그의 말을 거듭 되새겨 보았다.

1827년 7월 15일 일요일

오늘 저녁 8시가 지나서 괴테에게로 갔다. 그는 막 정원에서 돌아온 참이었다. "자네 저기에 놓여 있는 걸 보게!" 하고 괴테가 말했다. "세 권으로 된 소설인데, 누구의 것이겠나? 바로 만초니의 것일세!" 나는 그 책들을 보았는데, 매우 아름답게 제본되어 있는데다가 괴테에게 바쳐진 헌사의 말이 들어 있었다.

"만초니는 부지런하군요." 하고 내가 말했다.

그러자 괴테가 대답했다. "그래, 원기 왕성한 사람이지."

"저는 만초니에 대해서는 나폴레옹에게 바친 송가를 제외하고는 아무것도 알지 못합니다." 하고 내가 말했다. "다만 선생님께서 번역하신 것을 최근에 다시 한번 읽어보았는데, 정말 경탄을 금치 못하겠더군요. 모든 시구들이 마치 그림 같았습니다."

"자네 말이 맞아." 하고 괴테가 말했다. "송가가 뛰어나지. 하지만 독일에서 누군가가 그것에 대해서 말하는 것을 들어본 적이 있는가? 그렇지가 않아. 마치 그 송가가 존재하지도 않는 것처럼 말이야. 하지만 그 송가는 나폴레옹을 소재로 한 것들 중에서 최선의 것이라네."

괴테는 내가 방에 들어왔을 때처럼 영국의 신문들을 계속해서 읽었다. 나는 칼라일이 독일의 소설들을 번역한 책 한 권을 손에 들고, 무제우스[106]와 푸케의 작품들이 수록된 부분을 읽었다. 우리나라의 문학에 매우 정통한 그 영국인은 번역한 작품들에다가 언제나 작가의 생애와 작품 비평을 내용으로 하는 서문을 달아놓았다. 나는 푸케의 작품을 소개한 서문을 읽어보았는데, 작가의 생애가 재치 있게 그리고 상당히 세밀하게 그려져 있는 것을 발견하고는 기뻤다. 또한 이 인기 있는 작가를 바라보는 비판적 관점에는 위대한 오성이 갖추어져 있었고 아울러 시적인 업적에 대한 보다 침착하고 온화한

---

106) 요한 카를 아우구스트 무제우스(Johann Carl August Musäus, 1735~1787). 바이마르의 작가. 칼라일이 그의 단편들을 번역해 소개했다.

통찰력이 깃들어 있었다. 이 재치 있는 영국인은 우리의 푸케를 음역이 넓지 않고 소수의 음들만 가지고 있긴 하지만 그 소수의 음으로 훌륭하고 아름다운 곡조를 노래하는 가수의 목소리에 비유하기도 했다. 그런가 하면 그는 자신의 견해를 더 명료하게 나타내기 위해서 교회의 상황으로부터 비유를 끌어오기도 했다. 요컨대 그 영국인은 교회 내의 직급에 빗대어 푸케가 주교나 일급 성직자가 아니라 부사제의 직위에 머무르긴 하지만, 이 중간 단계의 직책을 매우 잘 수행한다는 식으로 설명했다.

내가 이 책을 읽는 동안에 괴테는 뒷방으로 물러나 있었다. 그는 곧 하인을 보내 내게 들어오라고 했고 나는 그 말에 따랐다. "잠시 내 곁에 있게." 하고 괴테가 말했다. "이야기나 좀 나눌까 하네. 마침 소포클레스 번역본도 하나 들어왔는데, 잘 읽힐뿐더러 매우 훌륭한 것 같아 보이는군. 언젠가는 졸거의 번역본과 한번 비교해 볼 참이네. 참, 칼라일을 읽은 소감은 어떤가?" 나는 푸케에 관해서 읽은 것을 이야기했다. "정말 근사한 일이 아닌가?" 하고 괴테가 말했다. "바다 건너에도 우리를 알아보고 평가할 줄 아는 명민한 국민들이 있다는 사실 말일세."

괴테가 계속해서 말했다. "그동안 우리 독일에는 다른 분야에 있어서도 훌륭한 지성들이 없지는 않았어. 슐로서[107]에 관

---

107) 프리드리히 크리스토프 슐로서(Friedrich Christoph Schlosser, 1776~1861). 『고대 세계의 역사에 대한 보편사적 조망』이라는 저서를 남긴 역사학자.

해 쓴 한 역사학자의 비평문을 『베를린 연감』에서 읽었는데 매우 뛰어난 글이었네. 하인리히 레오라고 서명이 되어 있었는데, 내가 아직도 들어본 일이 없는 인물일세. 어떤 사람인지 알아보아야겠지. 그는 역사 분야에서 한몫한다고 하는 프랑스인들보다도 뛰어나네. 프랑스인들은 지나치게 현실적인 것에 집착하니까 이상적인 것을 생각해 낼 수가 없지. 반면에 이 독일인은 그 이상적인 것을 마음껏 소유하고 있네. 인도의 카스트제도에 대한 견해는 정말 뛰어난 것이야. 사람들은 귀족정치와 민주정치에 관해 언제나 왈가왈부하고 있지만 사실을 알고 보면 다음처럼 아주 간단한 것이네. 젊은 시절, 즉 우리가 아무것도 소유하고 있지 않거나 평화로운 소유를 제대로 평가할 줄 모르는 시절에 우리는 민주주의자이지. 그러나 오랜 세월이 지나면서 어느 정도 소유하게 되면 우리는 이 소유가 안전하기를 바랄 뿐만 아니라 우리의 아들과 후손들이 그 습득물을 아무런 탈 없이 누릴 수 있기를 바라게 되는 거네. 결국 우리는 나이가 들게 되면 언제나 예외 없이 귀족주의자가 되는 걸세. 젊은 시절에 다른 생각을 가졌든 말든 상관없이 말이야. 레오는 이 점에 대해 아주 정곡을 찌르고 있는 것이네.

미학 분야가 아마도 가장 취약한 것으로 보이네. 칼라일과 같은 사람을 제대로 이해하려면 한참이나 기다려야겠지. 그러나 프랑스인들, 영국인들 그리고 독일인들이 서로 밀접하게 교류를 나누고 있는 터이니 이제는 상호 간에 서로의 단점을 교정해 주는 방식을 택하는 것이 매우 현명해 보이네. 그러면 세계문학의 발전에도 커다란 이익이 될 것이고 앞으로 점점 더 그렇게 될 테지. 칼라일은 실러의 생애를 서술함으로써 그에 대한 전반적인 평가를 내렸는데, 그것은 독일인으로서도 쉽사리 할 수 없는 것이네. 반면에 우리는 셰익스피어와 바이런에 대해서 명료하게 알고 있고 아마도 그들의 공적을 영국인들 자신보다 더 잘 평가할 수도 있을 테지."

1827년 7월 18일 수요일

오늘 식사 중에 괴테가 처음으로 꺼낸 말은 다음과 같았다. "오늘 자네에게 선언하네만 만초니의 소설은 우리가 알고 있는 그와 같은 종류 중에서 가장 탁월한 것이네. 다름 아니라 시인의 정신에서 우러나오는 내면적인 것은 전적으로 완벽하며, 아울러 외면적인 것, 장소라든지 그와 유사한 것들에 대한 묘사도 저 위대한 내면적 특성에 비해서 털끝만큼도 뒤지지 않는다는 사실을 말하고 싶은 걸세. 정말 대단해."

이런 말을 들으니 놀랍고도 기뻤다. 괴테가 계속해서 말했다. "책을 읽은 느낌은 감동에서 경탄으로 빠져드는가 하면 다시 경탄에서 감동으로 빠져들기를 거듭하기 때문에 이 두 가지 강렬한 느낌 중 어느 하나로부터도 벗어나지 못하게 되는군. 정말이지 그보다 더 훌륭하게 쓸 수는 없으리라는 생각이 들 정도야. 이 소설에서야 우리는 비로소 만초니의 본령을 만나지. 여기에서 그의 정신적 내면이 완벽한 모습으로 드러나는데, 이것은 그의 드라마 작품들에서는 볼 수가 없었던 것일세. 나는 이제 곧바로 이어서 월터 스콧의 가장 뛰어난 소설, 예컨대 『웨이벌리』를 읽어볼 참인데, 그러면 만초니가 이 위대한 영국의 소설가와 비교할 때 어느 정도인지를 알게 되겠지. 만초니의 내적인 교양은 이 소설에서 그 어떤 것으로도 감히 어깨를 나란히 할 수 없을 정도의 높이에 도달해 있네. 그의 교양은 마치 농익은 과일인 양 우리를 행복하게 해주지. 더욱이 세세한 것들을 다루고 묘사하는 방식은 얼마나 명료한지 마치 이탈리아의 하늘과도 같아."

"그의 작품에서는 그 어떤 감상적인 요소들도 보이는지요?" 하고 내가 물었다.

"전혀 아니야." 하고 괴테가 대답했다. "그의 감수성은 예민해. 하지만 감상적인 데는 조금도 없어. 기질이 남성적이며, 순수한 느낌 그대로를 표현하고 있군. 오늘은 이쯤에서 그만하기로 하세. 이제 1권만을 읽었을 뿐이니까 말이야. 하지만 곧 더 자세한 이야기를 들려주겠네."

1827년 7월 21일 토요일

오늘 저녁 괴테의 방으로 들어서면서 보니 그는 만초니의 소설을 읽고 있었다. "벌써 제3권을 보고 있네." 하고 괴테가 책을 옆으로 치우면서 말했다. "읽는 동안 많은 생각들이 새롭게 떠오르더군. 자네도 알다시피 아리스토텔레스는 좋은 비극 작품이 되려면 공포심을 불러일으켜야 한다고 말했지. 그러나 이 말은 비극뿐만 아니라 다른 여러 장르에서도 해당되네. 나의 『신과 무희』라든지 모든 뛰어난 희극 작품들에서도 그런 점을 알 수가 있어. 주로 복잡하게 뒤엉킨 상황에서 말이야. 그래 자네는 『제복을 입은 일곱 소녀』[108]에서도 그 점을 발견할 수가 있어. 이런 공포에는 두 가지 종류가 있는데, 그 하나는 공포이고 다른 하나는 걱정이지. 이 걱정이라는 느낌은 우리가 등장인물에다 도덕적 해악을 부여하고 그들에게서 그 해악이 번져가는 걸 볼 때 우리 내부에서 일어나는 느낌이네. 예컨대 『친화력』에서처럼 말이야. 그러나 공포는 『갈레선(船)의 노예들』이나 『마탄의 사수』에서처럼 등장인물들이 물리적인 위험에 처하게 될 때 독자나 관객들이 받는 느낌이지. 그런데 「이리들의 골짜기」[109]와 같이 극단적인 장면에서는 공포의 감정을 느낄 겨를도 없이, 모든 관객이 초죽음의 상태로 몰려가는 걸세.

만초니는 이런 공포를 아주 능숙하게 사용하고 있어. 공포를 감동으로 변화시키고 우리가 이런 느낌을 통해 경탄하도록 이끌어가니까 말이야. 공포라는 느낌은 소재적인 성격을 띠고 있어서 모든 독자들이 다 느끼지. 그러나 경탄은 작가가 개개의 사건을 뛰어나게 처리하는 통찰력으로부터 생겨나는 거네. 그러므로 감식안이 있는 전문가들만이 그런 느낌을 맛볼 수

---

108) 당시 인기가 있던 극작가 루이 앙겔리(1787~1835)의 작품이다.

109) 『마탄의 사수』의 한 장면.

있는 거야. 이 미학에 대해서 자네는 어떻게 생각하나? 내가 좀 더 젊다면 이러한 이론에 따라 작품을 써보겠네. 만초니의 이 작품과 같은 스케일은 못되더라도 말이네.

나는《르 글로브》지의 사람들이 이 소설에 대해 무슨 말을 할지 정말 궁금하네. 그들은 이 소설의 장점을 알아볼 만큼 충분히 현명해. 게다가 이 작품의 전체적인 흐름은 그 자유주의자들로 하여금 반색해 마지않게 할 것이네. 만초니가 자신의 경향을 노골적으로 드러내지 않으려고 매우 자제했음에도 불구하고 말이야. 하지만 프랑스인들이 그처럼 순수한 경향을 가진 작품을 우리처럼 반색하며 받아들일 리는 만무하겠지. 그들은 작가의 관점을 못마땅하게 생각할 것이고, 가장 훌륭한 부분에서도 그들의 취미에 맞지 않는 점을 쉽게 발견하면서 작가가 달리 만들었어야 했다고 말할 테지."

그러고 나서 괴테는 소설의 몇 구절을 이야기해 주었는데, 작가가 어떤 정신으로 작품을 썼는지 시험 삼아 보여주기 위해서였다. 그가 계속해서 말했다. "만초니의 작품을 뛰어나게 만드는 데는 특히 네 가지 요소가 기여하고 있네. 무엇보다도 우선 그는 탁월한 역사학자이네. 그 때문에 그의 작품은 커다란 위엄과 유용성을 얻고 있고, 그것도 우리가 보통의 소설에서 기대할 수 있는 정도를 훨씬 넘어서고 있지. 두 번째로 그에게는 가톨릭 종교가 도움이 되고 있네. 그는 그 종교로부터 창작 기법에 유용한 많은 것들을 얻고 있는데, 만일 그가 프로테스탄트였다면 불가능했을 테지. 마찬가지로 그의 작품에 도움이 되었던 세 번째의 요소는 작가가 혁명의 과정에서 많은 고통을 겪어야 했다는 것이네. 개인적으로는 얽혀들지 않았지만 그의 친구들이 관련되었고, 일부는 그로 인해 죽기까지 했으니 말이야. 마지막으로 이 소설에 유리하게 작용한 요소는 그 줄거리가 코메르 호숫가의 매력적인 지역에서 진행된다는 점이네. 작가는 어릴 적부터 깊은 인상을 받으며 자랐기 때문에 그 지역을 속속들이 알고 있었던 것이지. 그리하여 그 지역 풍광을 묘사할 때 명료함과 경탄스러울 정도의 세밀함이라는 또 다른 커다란 장점을 얻게 된 거네."

1827년 7월 23일 월요일

오늘 저녁 8시경 괴테의 집으로 가서 계시느냐고 물었더니 아직 정원에서 돌아오지 않았다는 것이다. 그래서 나는 그를 찾으러 나섰다. 그는 정원의 시원한 보리수나무 아래에 위치한 벤치에 앉아 있었고, 그 옆에는 손자인 볼프강이 있었다.

괴테는 내가 가까이 가자 기뻐하는 것처럼 보였고 나에게 자기 옆에 앉도록 눈짓을 했다. 반갑다는 인사말을 잠시 나눈 후 우리는 다시 만초니를 화제에 올렸다.

"내가 지난번에 말했었지." 하고 괴테가 말하기 시작했다. "이 소설에서 우리 시인의 역사가다운 면모가 장점이 되었다고 말일세. 그런데 이제 3권에서 보니 역사가가 시인을 완전히 압도해 버리는 형국이군. 말하자면 만초니는 순식간에 시인의 외투를 벗어던지고 내내 벌거벗은 역사가의 임무를 수행하고 있네. 전쟁과 굶주림 그리고 흑사병을 묘사할 때 말이지. 하지만 이러한 것들은 그 자체로 이미 역겨운 데다가 그 세세한 부분들을 무미건조하게 연대기적으로 묘사함으로써 더욱 참을 수 없게 하고 있어. 독일어 번역자는 이런 잘못을 저지르지 않도록 노력해야겠지. 그러자면 전쟁과 굶주림에 대한 묘사로부터는 상당 부분을, 그리고 흑사병에 대한 묘사는 3분의 2 정도를 줄여야 하네. 즉 등장인물들의 활동에 꼭 필요한 만큼의 배경 묘사만 남겨야 할 것이네. 만초니에게 충고해 주는 친구만 있었더라면 이러한 잘못은 쉽게 피할 수 있었을 테지. 그러나 그는 역사가로서 현실에 대해 너무 커다란 존경심을 갖고 있었고, 그러한 경향은 그의 드라마 작품들에서도 이미 두드러지게 나타나고 있네. 예컨대 그는 넘치는 역사적 소재를 처리하기 위해 메모 형식으로 기록하여 보충하고 있네. 그러나 이 소설의 경우에 그는 그런 식으로 해낼 수가 없었고, 역사적 소재들로부터 거리를 두지도 못하고 말았네. 이것은 정말 이상한 일이야. 하지만 소설의 등장인물들이 다시 나타나는 장면이면 시인은 다시 그 광휘를 마음껏 발하면서 우리들로 하여금 다시금 경탄치 않을 수 없게 하는 걸세."

우리는 일어나서 집 쪽으로 향해 걸었다.

"사람들은 거의 이해하지 못할 테지." 하고 괴테가 말을 이었다. "그처럼 경탄스러운 구성력의 소유자인 만초니 같은 시인이 일순간이나마 시문학의 본령에 어긋날 수 있다는 사실 말이야. 하지만 알고 보면 그 원인은 다음과 같이 간단한 것이네.

만초니는 실러처럼 타고난 시인이라네. 하지만 우리 시대는 너무나 열악해서 시인이 자기를 둘러싸고 있는 실제 삶의 영역으로부터 어떠한 유용한 도움도 받을 수가 없었지. 그래서 자신을 계발하기 위해 실러는 두 가지 위대한 수단, 즉 철학과 역사에 의지하게 되었고, 만초니는 다만 역사에 의존하게 되었던 것이네. 실러의 『발렌슈타인』은 너무나 위대해서 두 번 다시는 그것과 견줄 만한 작품이 나올 수가 없을 테지. 그러나 자네도 보게 되겠지만, 바로 이 두 가지 강력한 조력자, 즉 역사와 철학이 곳곳에서 작품의 진행을 방해하고 있어서 그 결과 순수한 시적인 성공을 가로막고 있는 것이네. 마찬가지로 만초니는 역사의 과잉이라는 병을 앓고 있는 거야."

내가 말했다. "선생님의 말씀은 위대한 일들에 관한 것이라 듣고 있는 저로서는 행복할 따름입니다."

괴테가 말했다. "만초니는 우리로 하여금 좋은 생각에 도달하도록 도와준다네." 그는 자신의 생각을 계속 말하려고 했다. 그때 법무장관이 괴테의 집 정원의 문으로 들어와 우리 쪽으로 걸어왔기 때문에 이야기가 중단되었다. 그는 환영받는 손님으로 우리와 합류했다. 우리는 괴테를 따라 작은 계단을 올라가서 흉상이 있는 방을 지나 두루마리들이 보관되어 있는 기다란 홀로 들어갔다. 창가의 탁자 위에는 두 개의 촛불이 타오르고 있었다. 우리는 탁자 둘레에 앉았다. 그러고 나서 괴테와 법무장관 사이에 다른 종류의 이야기들이 오갔다.

1827년 9월 24일 수요일

괴테와 함께 베르카로 갔다. 8시 직후에 우리는 마차를 타고 떠났다. 아침은 매우 아름다웠다. 도로는 처음에는 산에 접해 있었으나, 얼마 지나지 않아 사방이 툭 트이자 괴테는 문학에 관해 이야기를 꺼냈다. 한 유명한 독일 시인이 최근에 바이마르를 지나 여행을 하면서 괴테에게 자신의 비망록을 주었다는 것이다.

"얼마나 빈약한 글인지 자네는 짐작도 못 할 걸세." 하고 괴테가 말했다. "시인들은 모두 자기들이 병을 앓고 있으며, 세상 전체가 마치 병원이나 되는 듯이 글을 쓰고 있다네. 그들 모두는 이 지상의 고통과 괴로움에 대해 푸념하고 피안의 기쁨을 말하고 있어. 그리고 안 그래도 누구나 다 불만인 상태에다가 서로가 서로를 충동질해서 더 큰 불만족 속으로 빠져든다네. 이야말로 문학의 월권이며 남용일세. 시의 본분은 원래 인생살이의 자잘한 분쟁을 가라앉히고 사람들로 하여금 세상이나 자신의 환경에 만족하도록 만들려는 데 있지. 그런데 지금 세대는 어떤가. 모든 진정한 힘 앞에서는 두려워하면서 그 어떤 허약한 대상만을 상대로 해서 편안하고 시적인 감동을 품는 형편이 아닌가."

"나는 그런 자들을 골려줄 멋진 말을 하나 생각했네." 하고 괴테가 계속해서 말했다. "나는 그들의 시를 '병원 문학'이라고 불러줄 생각이네. 거기에 비할 때 순수한 티르타이오스[110]의 시는 단순히 전쟁의 노래를 부를 뿐만 아니라 인생의 전투에서 이겨내도록 사람들의 용기를 북돋워주는 문학이라고 할 수 있네."

나는 괴테의 말에 전적으로 공감을 보냈다.

마차 안에 앉은 우리의 발치에 손잡이가 둘 달린 빈첸산(産)의 바구니가 나의 주목을 끌었다. 괴테가 말했다. "그건 내가 마리엔바트에서 가져온 거네. 그곳 사람들은 그러한 바구니들을 온갖 크기별로 갖추어 사용하고 있네. 나도 이 바구니에 익숙해져서 그것 없이는 여행할 수 없을 정도야. 자네도 보다시피 안에 내용물이 없을 때는 접어놓으면 별로 공간을 차지하지 않아. 하지만 내용물이 차게 되면 이 바구니는 온 방향으로 몸을 부풀리면서 상상 이상으로 많은 공간을 차지하게 되지. 부드러우면서도 유연하고, 더욱이 질기면서도 튼튼하기 때문에 아주 무거운 물건도 그 안에 넣어 운반할 수 있네."

"바구니는 정말 그림으로 그려놓은 것 같네요. 정말이지 고대적인 느낌마저 불러일으킵니다." 하고 내가 말했다.

"자네 말이 맞아." 하고 괴테가 말했다. "바구니는 고대풍에 가까워. 왜냐하면 정말 합리적이고 목적에 부합할 뿐만 아니라 아주 단순하면서도 사랑스럽기 그지없는 형태를 가지고 있기 때문에 완성이라는 저 최고의 지점에 도달해 있다고 말할 수 있을 정도이니 말이네. 그 바구니는 내가 뵈멘산맥에서 광물 채집 여행을 했을 때 특히 많은 도움이 되었지. 지금은 우리의 아침 식사를 담고 있지만 말이야. 망치만 가지고 있다면,

---

110) 티르타이오스(Tyrtaeos, ?~기원전 650?). 기원전 7세기경의 그리스 시인.

그리고 오늘 여기저기서 광물 조각을 채집할 기회만 주어진다면, 바구니에 돌들을 채워서 돌아가고 싶네만."

우리는 정상에 올랐다. 언덕들이 한눈에 들어왔는데, 그 뒤쪽이 베르카이다. 조금 왼쪽 방향으로 골짜기가 보였는데, 그 골짜기는 헤춰부르크 방향으로 뻗어 있다. 그리고 일름강 건너편에는 우리 쪽으로 응달 면을 보여주고 있는 산이 하나 놓여 있는데, 일름강 계곡의 어른거리는 안개 때문에 내 눈에는 푸른빛으로 보였다. 나는 안경을 끼고 같은 지점을 보았다. 그랬더니 푸른빛이 현저하게 줄었다. 나는 괴테에게 이렇게 말했다. "보다시피 순수한 객관적 색채에 있어서조차도 주관이 커다란 영향을 미치는군요. 약한 시력으로 보면 훨씬 흐릿해지는 반면에 밝은 시력으로 보면 흐림 현상이 사라지거나 아니면 최소한 줄어듭니다."

"자네의 소견은 정말 옳아." 하고 괴테가 말했다. "성능이 좋은 망원경으로 보면 아주 멀리 있는 산들의 푸른빛도 사라지게 되지. 그렇다네, 주관은 모든 현상들에 예상 밖으로 중요하네. 빌란트도 이미 이 점을 매우 잘 알고 있었지. 왜냐하면 그는 종종 이렇게 말하곤 했거든. 우리는 사람들이 즐거워할 태세가 되어 있을 때라야만 사람들을 즐겁게 만들 수 있는 법이다, 라고 말이야." 우리는 이 말에 담긴 명랑한 재치를 생각하며 웃음을 터뜨렸다.

우리는 어느새 작은 골짜기를 따라 내려가다가 목제 다리(그 위에는 지붕 모양의 덮개가 씌워져 있었다.)를 건넜다. 다리 아래로는 헤춰부르크로 흘러 내려가는 빗물이 하상(河床)을 이루어놓았는데 지금은 말라 있는 상태였다. 도로공사 인부들이 다리의 양쪽에다가 붉은 사암에서 잘라낸 몇 개의 돌을 세우고 있었는데, 그것이 괴테의 주목을 끌었다. 다리를 지나 돌을 던지면 닿을 거리만큼 갔을 때 괴테는 마차를 멈추도록 했다. 여행자를 베르카로부터 분리시키는 언덕의 경사면을 따라 도로가 위쪽으로 향하는 지점이었다. "여기서 잠시 내리도록 하세." 하고 괴테가 말했다. "툭 트인 야외에서 간단한 아침 식사나 즐길 수 있는 곳이 없나 알아보기로 하세." 우리는 마차에서 내려 주위를 살펴보았다. 도로변에 흔히 있는 네모난 바위 위에다 하인이 식탁보를 깔았다. 그러고는 마차에서 빈젠산(産) 바구니를 가져왔다. 하인은 바구니에서 갓 구운 흰 빵 이외에 구운 자고새 고기와 식초에 절인 오이를 꺼내어 식탁에 차렸다. 괴테는 자고새 고기 한 마리를 칼로 절단해 반쪽을 나에게 건네주었다. 나는 선 채로 이리저리 거닐면서 고기를 먹었고, 괴테는 바위의 한구석에 걸터앉았다. 지난밤의 이슬이 아직 남아 있는 바위의 냉기가 건강에 좋을 리 없다는 생각이 들어 그에게 염려스럽다는 의사를 표시했다. 그러나 괴테는 아무 지장이 없다고 자신 있게 말했다. 그래서 안심이 되었고 그가 내면적으로 얼마나 자신감에 차 있는가 하는 새로운 증거를 보았다. 하인이 마차에서 한 병의 포도주도 가져와서 우리에게 따라주었다. "우리 친구 쉬체 말일세." 하고 괴테가 말을 꺼냈다. "그 사람 하는 게 틀리지 않아. 매주 야외로 소풍을 가거든. 우리는 그 사람을 본받아야 해. 날씨가 어느 정도 누그러지기만 한다면, 다음번에 다시 소풍을 가기로 하세.” 나는 이 약속을 듣고 기뻤다.

그러고 나서 괴테와 함께 일부는 베르카에서 일부는 톤도르프에서 정말 인상적인 하루를 보냈다. 그는 쉴 새 없이 재치에 넘치는 견해들을 쏟아놓았다. 당시에 본격적으로 작업에 착수한 『파우스트』 2부에 대해서도 많은 생각들을 표명했다. 다만 나의 일기장에 이 정도를 제외하고 더 이상의 것을 기록해 놓지 않은 것이 더욱더 유감스러울 뿐이다.

2부

1828년

1828년 6월 15일 일요일

식탁에 앉은 지 얼마 되지 않아 우리는 자이델[1] 씨가 티롤 사람들과 함께 도착했다는 기별을 받았다. 가수들은 정원으로 넓게 트인 방에 자리를 잡았기 때문에 그들의 모습은 열린 문들을 통해서 잘 보였고 그들의 노랫소리도 먼 거리임에도 잘 들렸다. 자이델 씨가 우리들의 식탁에 와서 앉았다. 명랑한 티롤 사람들의 노래와 요들송은 우리들 젊은 사람들의 마음을 즐겁게 해주었는데, 울리케 양과 나는 특히 「꽃다발」과 「그대, 내 마음속의 그대여」를 좋아했다. 그러나 괴테 자신은 결코 다른 사람들처럼 거기에 매료된 것으로 보이지는 않

1) 필립 프리드리히 자이델(Philipp Friedrich Seidel, 1755~1820). 프랑크푸르트의 수공업자의 아들로 독학으로 공부했다. 나중에 괴테의 여동생의 가정교사로 일한다. 1775년 괴테를 따라 바이마르로 온다.

았다. 그가 말했다. "버찌와 딸기가 마음에 드는지는 아이들과 참새들에게 물어보게." 노래를 하는 중간중간에 티롤 사람들은 일종의 키타라 비슷한 악기들과 밝은 음을 내는 플루트의 반주에 맞추어 가지각색의 민속춤을 추기도 했다.

괴테의 아들이 밖으로 불려나갔다가 곧 돌아왔다. 그는 티롤 사람들에게로 가서 그들을 돌려보냈다. 그러고 나서는 다시 우리들에게로 와서 식탁에 앉았다. 「오베론」[2]이 화제에 올랐다. 정말 많은 사람들이 이 오페라를 보러 각지에서 몰려들었고 점심경에는 이미 입장권을 구할 수가 없었다는 것이다. 괴테의 아들이 식사를 끝냈다는 신호를 하면서 말했다.

"아버지, 이제 일어날까 해요! 사람들이 극장에 미리 가고 싶어 하는 것 같아요."

괴테는 아직 4시도 안 되었는데 그렇게 서두르는 것이 이상한 모양이었다. 하지만 그는 동의를 하고 식탁에서 일어났으며 우리도 이곳저곳의 방으로 뿔뿔이 흩어졌다. 그때 자이델 씨가 나와 다른 사람들에게로 와서 어두운 표정으로 목소리를 낮추어 말했다.

"극장에 가셔도 소용없어요. 공연이 없으니까. 대공께서 돌아가셨답니다! 베를린에서 여기로 오시는 길에 그만 운명하셨다는군요."

우리들 모두는 깜짝 놀라지 않을 수 없었다. 그때 괴테가 들어왔기 때문에 우리는 아무 일도 없다는 듯이 잡담을 나누

---

2) 카를 마리아 폰 베버의 오페라.

었다. 괴테는 나와 함께 창가로 가서 티롤 사람들과 연극에 대해서 이야기했다. 그가 말했다. "자네는 오늘 내 좌석을 사용하게. 그럼 6시까지는 시간이 있겠지. 다른 사람들은 보내고, 자네는 남아서 나와 잡담이나 더 나누세." 괴테의 아들은 남은 사람들을 내보내려고 했다. 자신에게 미리 소식을 전해주었던 법무장관이 돌아오기 전에 아버지에게 사실을 털어놓기 위해서였다. 괴테는 아들이 이상하게 서두르고 재촉하는 것을 이해하지 못해 짜증 섞인 목소리로 말했다.

"커피는 마시고 가야지. 이제 겨우 4시란 말이야!"

그동안 다른 사람들은 돌아갔고 나도 모자를 집어 들었다. 그러자 괴테가 놀란 듯이 나를 쳐다보며 말했다.

"자네도 가려는 거야?"

괴테의 아들이 대답했다. "예, 에커만도 연극이 시작되기 전에 할 일이 좀 있어서요."

나도 대꾸했다. "예, 그렇습니다. 볼일이 좀 있습니다."

그러자 괴테는 미심쩍은 듯이 머리를 흔들며 말했다. "그럼 가보게. 하지만 이해가 안 되는구먼."

우리는 울리케 양과 위층의 방으로 올라갔고, 괴테의 아들은 아버지에게 그 불행한 소식을 알리기 위해 아래에 남았다.

나는 나중에 밤늦게 괴테를 찾았다. 방에 들어서기도 전에 그가 흐느끼면서 큰 소리로 말하는 것이 들려왔다. 그는 자신의 존재에 메울 수 없는 틈이 생긴 것처럼 느끼는 것 같았다. 그는 어떤 위안도 거부했으며, 그런 것은 들으려고도 하지 않았다. 그가 말했다.

"내가 그분보다 앞서 사라져야 한다고 늘 생각해 왔어. 하지만 신은 자기가 좋을 대로만 하시는군. 그러니 우리들 가련한 인간들로서는 언제까지나 꿋꿋하게 견디며 머리를 꼿꼿이 세우는 수밖에."

대공 모후[3]는 러시아의 빌헬름스탈에 새로 지은 궁전에서 여름을 보내다가 아들이 죽었다는 소식을 듣게 되었다. 괴테는 일상의 우울한 분위기에서 벗어나 새로운 활동을 함으로써 다시 기운을 차리기 위해 곧 도른부르크로 갔다. 그는 프랑스인들의 책에 자극을 받아 거의 감동받다시피 하면서 새롭게 식물 이론에 몰두하게 되었는데, 이렇게 연구하는 데 시골에 머무르는 것이 그에게 커다란 도움을 주었다. 바깥으로 한 발짝 나가기만 하면 휘감아 오르는 포도 덩굴과 피어나는 꽃들이 사방에 가득했기 때문이다.

나는 괴테의 며느리와 손자를 데리고 그가 머물고 있는 곳을 여러 차례 방문했다. 그는 매우 행복한 것 같았다. 그는 자신의 상황에 대해서 만족했으며, 성(城)과 정원들의 뛰어난 위치에 대해 거듭 찬사를 보냈다. 사실 그랬다. 그곳 높다란 언덕에서 창밖으로 내다보이는 광경은 정말 매력적이었다. 저 아래쪽으로는 초원을 가로질러 구불구불 흘러가는 잘레강과 함께 생기에 넘치는 골짜기가 다양한 모습으로 펼쳐져 있었다. 그

3) 카를 아우구스트 대공의 어머니인 안나 아말리아를 가리킨다. 그녀는 평생 괴테의 후원자였다. 최근의 연구(2006년)에 의하면 괴테의 숨겨진 연인이었다는 설도 있다.

리고 맞은편 동쪽 방향으로는 숲이 우거진 언덕들이 있어서, 그곳으로 눈길을 보내면 저 먼 곳까지 닿을 수 있었다. 그래서 이곳의 위치는 낮 동안 훌쩍 지나가면서 먼 곳으로 사라져 버리는 소나기를 관찰하기에, 또한 밤 동안에는 동쪽 하늘의 수많은 별들과 떠오르는 태양을 바라보기에 너무도 좋은 자리라는 느낌을 주었다.

괴테가 말했다. "여기서는 낮이건 밤이건 정말 좋아. 이따금 동이 트기 전에 깨어나 창문을 열어놓고 누워서 어깨를 나란히 한 채 빛을 발하고 있는 세 혹성들을 바라보고 즐거워하기도 하며, 또 서서히 밝아오는 아침노을을 보며 생기를 얻기도 한다네. 그러고 나서는 거의 하루 종일 바깥에 머물면서 나에게 훌륭한 생각을 말해주는 포도나무 덩굴과 영적인 대화를 나눈다네. 그중에서 기이한 이야기를 자네들에게 해줄 수도 있어. 또한 그렇게 졸작이 아닌 시를 다시 쓰는 일도 있지. 정말이지 이 상태로 계속 살 수만 있다면 얼마나 좋겠나."

1828년 9월 11일 목요일

오늘 오후 2시, 청명하기 이를 데 없는 날씨에 괴테가 도른부르크에서 돌아왔다. 그는 활기에 넘쳤고 햇볕에 탄 피부는 갈색 그 자체였다. 우리는 곧 식탁에 마주 앉았다. 정원에 바로 접해 있고 문을 활짝 열어놓은 방이었다. 그는 자기를 찾아왔던 많은 손님들과 선물들에 대해 이야기했고, 그동안 유행하던 가벼운 농담과 익살을 늘어놓기도 했다. 그러나 좀 더 깊이 들여다보면 그 어떤 난처한 기분을 읽을 수 있었다. 온갖 사정과 배려할 점과 요구 사항들에 둘러싸인 이전의 상태로 돌아온 자가 느끼는 그러한 기분 말이다.

우리가 식사를 시작한 지 얼마 지나지 않아서 대공 모후로부터 괴테가 돌아와서 기쁘다는 마음을 전함과 동시에 다음 화요일에 방문하겠다는 기별이 왔다. 대공이 죽은 이후 괴테는 왕가(王家)의 그 누구도 만나지 않고 있었다. 그는 대공의 모친과 지속적으로 편지를 교환하고 있었으므로 그녀가 자신의 고통스러운 상실감에 대해 충분히 토로했을 것이 분명했다. 그러나 이제 직접 대면해야 할 순간이 목전에 다다랐고, 양측 모두 얼마간의 고통스러운 감정의 돌발 사태를 피할 수 없는 상황이라 염려가 되지 않을 수 없었다. 또한 괴테는 새로 지은 궁전을 보지도 못했고, 새로운 군주에게 경의를 표하지도 못한 상태였다. 이 모든 것이 시급히 할 일이었다. 물론 이러한 일이 위대한 실천가인 괴테를 속박할 수는 없었다. 하지만 언제나 자신의 타고난 성향과 활동 속에서 살고자 하는 천재에게는 번거로운 일이었다.

게다가 각지에서 방문객들이 찾아올 것임은 뻔한 일이었다. 베를린에서 저명한 자연과학자들의 모임이 있었던 터라, 많은 중요한 인사들 중 일부가 돌아가는 길에 바이마르에 들르겠다고 기별을 보내왔으므로 그들의 도착을 예상하고 있어야 했다. 내면의 집중을 앗아가 원래의 익숙한 길에서 이탈시키는 수주일 동안의 방해, 매우 정중한 방문에 수반되곤 하는 불유쾌한 일들, 이 모든 유령과도 같은 것을 괴테는 미리 예감해야만 했다. 다시 문지방을 넘어 들어가 방들을 이리저리 한 바퀴 둘러보기가 무섭게 말이다.

하지만 이 모든 목전의 일이 더욱 성가시게 느껴진 것은 나로서도 그냥 넘길 수 없는 사정 때문이었다. 『편력시대』에 포함될 그의 작품들의 다섯 번째 분책(分冊)이 성탄절까지는 인쇄에 넘겨져야 했다. 이전에는 한 권으로 출간된 이 소설을 괴테가 전면적으로 고쳐 쓰기 시작했기 때문에 이전의 책에 새로운 것들이 많이 섞여들었다. 그래서 새로운 판은 이제 세 권으로 이루어진 작품이 될 예정이었다. 그렇게 완성되기 위해서 지금까지 이미 많은 것이 이루어졌지만, 앞으로 해내야 할 것도 많았다. 원고 도처에 앞으로 메워야 할 부분이 백지 상태로 끼워져 있었다. 발단 부분에 무언가 빠진 게 있는가 하면, 독자들에게 되도록 이 작품이 이것저것 모아놓았다는 느낌을 주지 않도록 이행 부분을 더 잘 처리해야 할 곳도 있었다. 또한 중요한 의미를 가지는 단편들에서 그 시작 부분이 결여되어 있는가 하면, 종결 부분이 결여되어 있기도 했다. 요컨대 이 중요한 책이 읽기 편하면서도 품위 있는 것이 되기 위해서는 세 권 모두 매우 많은 부분들을 보충할 필요가 있었다.

지난봄에 괴테는 나에게 원고를 넘겨주면서 검토하도록 했는데, 당시에 우리는 이 중요한 작품에 대해 구두상으로 그리고 서면상으로 아주 많은 의견을 나누었다. 나는 그에게 여름내 이 작품을 완성시키는 데 전념하면서 다른 일들은 한동안 제쳐놓으라고 권유했고, 그 역시 그 필요성을 느끼면서 그렇게 하겠다고 단단히 결심했다. 그런데 그동안에 대공이 돌아가시는 바람에 괴테의 전(全) 존재에 엄청난 틈새가 벌어지고 말았다. 그런 지경이고 보니 작품의 구상에 필요한 쾌활한 기분과 고요한 마음의 평정 상태는 기대할 수 없게 되었고, 다만 인간적으로 의연한 자세를 유지하면서 기운을 차리기만 해도 다행일 정도였다.

초가을 도른부르크로부터 돌아와 바이마르에 있는 그의 집 문턱을 다시 넘어서는 순간 몇 달 안 되는 짧은 기간 내에 『편력시대』를 완성시켜야겠다는 생각이 그의 머릿속에 선명하게 떠올랐음이 분명하다. 비록 그의 목전에 자신의 재능을 있는 그대로 온전하게 발휘하는 데 장애가 되는 많은 번거로운 일들이 있어서 갈등을 느끼긴 했겠지만 말이다.

이 모든 점을 고려한다면 괴테가 식탁에 앉아서 가벼운 농담을 하고 있음에도 불구하고, 그 심중 깊숙한 곳에 낭패감이 자리 잡고 있었으리라는 나의 말은 이해가 될 것이다.

하지만 내가 굳이 이 점을 언급하는 것은 다른 이유 때문이다. 그것은 그의 마음 상태와 독특한 본질을 보여주는 것으로 정말 진기한 인상을 주었던 괴테의 발언과 연결되어 있다. 이제 그것에 대해서 말하고자 한다.

오스나브뤼크의 아베켄 교수가 8월 28일 이전의 어느 날 나에게 우편물을 보냈는데, 괴테의 생일날 적당한 시간을 보아 그것을 전해달라고 당부했다. 그리고 괴테를 즐겁게 해줄게 분명한 그 물건은 실러와 관련된 기념물이라고 했다.

그런데 오늘 괴테가 식탁에서 그의 생일에 도른부르크에서 보낸 다양한 선물에 대해 이야기했기 때문에 나는 아베켄이 보낸 소포의 내용물이 무엇이었는지를 물었다. 괴테가 대답했다. "그 귀한 선물 때문에 정말 즐거웠네. 실러가 함께 차를 마셨던 한 사랑스러운 부인이 공손하게 그의 말을 받아 적어놓았던 모양일세. 그녀는 그 모두를 정말 깔끔하고 충실하게 옮겨놓았기 때문에 오랜 시간이 지난 지금도 잘 읽을 수가 있었네. 그것을 들여다보는 순간 곧바로 이런 느낌이 들었지. 수없이 많은 다른 중요한 것들은 다 사라져 버리지만 이 경우만은 다행스럽게도 그때의 상황이 생생하게 그대로 종이 위에 고정되었다는 그런 느낌 말일세.

실러의 숭고한 성격은 여기에서도 확실하게 드러나 있네. 그는 차를 마시면서도 마치 추밀원 회의에 참석하고 있는 듯 당당한 모습일세. 그 무엇에도 난처하거나 속박되지 않고, 생각의 나래를 자유롭게 활짝 펼쳐 날면서 조금도 아래로 끌려내려가지 않으니 말이야. 조금도 염려하거나 머뭇거리지 않고, 언제나 자유롭게 자신의 위대한 견해를 토로한다네. 그야말로 참다운 인간의 본보기로서, 누구라도 그렇게 되어야겠지! 반면에 우리는 언제나 속박되어 있다는 느낌에 시달리고 있네. 우리 주위의 사람들과 대상들의 영향에서 벗어날 수가 없다네. 차 숟가락조차도 만일 그것이 금으로 되어 있다면 우리를 괴롭히는 걸세. 그것이 은으로 되어야 마땅한데, 하고 말이지. 그렇게 천 갈래의 생각으로 마비되어 버리면, 결국 자신의 본성에 자리 잡고 있을지도 모르는 그 위대한 무언가를 자유롭게 표출하지 못하게 되는 거네. 말하자면 우리는 눈앞 대상들의 노예가 되어, 그것들이 우리를 수축시키거나 아니면 우리에게 자유롭게 팽창할 공간을 주게 되고, 그에 따라 우리 자신도 때로는 왜소해졌다가 때로는 위대해졌다 하는 것이네."

이윽고 괴테는 침묵했고, 대화는 다른 방향으로 흘러갔다. 하지만 심금을 울리는 이러한 귀중한 말을 나는 마음속 깊이 간직했다.

1828년 10월 1일(?) 수요일

크레펠트의 회닝하우스 씨는 커다란 상점의 주인이며 동시에 자연과학, 특히 광물학의 애호자이고 대규모의 여행과 연구를 통해 다방면의 지식을 쌓은 인물인데, 그가 오늘 괴테와 함께 식사를 했다. 그는 베를린에서 열린 자연과학자들의 모임에 참가했다가 돌아오는 길이었으므로, 회의석상에서 토론된 것들, 특히 광물학과 관련된 문제들과 관련해 많은 이야기가 오갔다.

화성론자(火成論者)에 관한 주제라든지 또한 자연에 대한 견해나 가설이 어떤 방식으로 성립되는지에 대해서도 언급되었다. 그리고 그것을 계기로 위대한 자연과학자들을 화제에 올리다가 아리스토텔레스에 이르자 괴테가 이렇게 말했다.

"아리스토텔레스는 다른 어떤 혁신적인 과학자들보다도 자연을 잘 관찰했네. 하지만 그는 너무 성급하게 결론을 내렸어. 자연으로부터 무언가를 얻어내려면 천천히 여유를 가지고 연구해야 하는데 말이야.

나는 자연과학의 대상을 연구하면서 하나의 견해에 도달했다 하더라도, 그 즉시 자연이 견해가 옳다고 인정해 주기를 바란 적은 없었네. 오히려 관찰과 실험을 통해 자연의 뒤를 따라갔네. 그러다가 자연이 이따금 호의를 베풀어 내 견해를 입증해 주면 그것으로 만족이었지. 만일 자연이 허락하지 않는 경우라면 나는 그에 순응해 또 다른 착상을 하곤 했어. 아마 자연도 내가 그렇게 뒤를 따라가면서 그런 착상의 진실을 확증하기를 바란 게 아닌가 하고 생각하네."

1828년 10월 3일 금요일

오늘 점심 식사 동안에 나는 괴테와 함께 푸케의 『바르트부르크에서의 가수(歌手) 전쟁』에 관해 이야기를 나누었다. 그가 읽어보라고 권한 책이었다. 이 시인은 평생 고대 독일의 연구에 종사했지만 끝내는 거기서 어떤 교양도 얻지 못했다는 점에서 우리의 의견은 일치했다.

괴테가 말했다. "고대 독일의 암흑기로부터는 세르비아의 시가(詩歌)라든지 그와 비슷한 미개한 민요들과 마찬가지로 거의 아무것도 얻을 수가 없네. 그것을 읽으면 한동안 흥미를 느끼긴 하지. 하지만 그저 읽을거리에 지나지 않고, 일단 읽고 나면 그만이네. 여기에서는 사람들이 자신의 정열과 운명에 의해서 어둠에 휩싸여 버린 나머지 미개한 태고 시대의 어둠을 헤쳐 나올 수가 없게 돼. 우리에게는 명료함과 청명함이 필요한데 말이야. 뛰어난 인물들은 완전한 교양에 도달하는 문화와 예술의 시대로 눈을 돌려야만 해. 그래야만 자기 자신에게도 좋고 또 축복받은 자기 문화를 다른 사람들에게도 쏟아부어 줄 수 있는 게 아니겠나.

하지만 푸케로부터 좋은 인상을 받고 싶다면 그의 『운디네』를 읽어보게. 정말 사랑스러운 작품이야. 물론 소재 자체가 좋아서, 시인이 그 소재로부터 모든 것을 다 활용했다고 말할 수는 없어. 하지만 어쨌든 『운디네』는 좋은 작품이고 자네 마음에도 들 거야."

내가 대답했다. "유감스럽게도 저로서는 최근의 독일 작품들을 접할 기회가 별로 없었습니다. 에곤 에베르트의 시들을 볼테르를 통해서 처음 알게 되었을 정도니까요. 인물들을 묘사하고 있는 그의 짧은 시들은 그가 지금까지 썼던 것들 중에서 가장 우수한 것임에 틀림없습니다. 푸케의 경우도 그보다 더 낫지는 않습니다. 월터 스콧의 『퍼스가(街)의 아리따운 하녀』는 제가 이 위대한 작가의 작품 중에서 처음으로 읽은 것이고, 거기에 푹 빠져 있었지만 그래도 그 작품을 제쳐둔 채, 『바르트부르크에서의 가수 전쟁』을 읽었을 정도이니까요."

괴테가 말했다. "물론 그런 위대한 외국인들에 비하면 근래의 독일 작가들은 별게 아니지. 하지만 자네는 차츰차츰 국내와 국외의 모든 작가들을 다 알아야 하네. 그래야만 시인에게 필요한 더 높은 교양을 어디에서 얻을 수 있는지 알게 될 테니 말이야."

괴테의 며느리가 방 안으로 들어와서 우리와 식탁에 나란히 앉았다.

"정말 그래."라고 괴테가 명랑한 목소리로 계속해서 말했다. "월터 스콧의 『퍼스가의 아리따운 하녀』는 훌륭해! 그 짜임새! 그 솜씨! 전체적으로는 기초가 튼튼하고, 세부적으로는 목표에 부합하지 않은 곳이 단 한 줄도 없어. 내화 부분이나 묘사하는 부분이나 할 것 없이 얼마나 자세하고 뛰어난가. 장면이나 상황들은 테니에르의 그림과도 같아. 전체 구성은 예술의 극치를 보여주고, 개개의 인물들은 진실하기 그지없고, 예술가의 사랑이 깃든 세세한 설명은 극히 미세한 부분까지 미치고 있어서 단 한 줄도 엉성하게 넘어가는 데가 없다네. 그런데 자네는 어디까지 읽었던가?"

내가 대답했다. "헨리 스미스가 하프를 연주하는 아름다운 소녀를 이 거리 저 거리 샛길로 해서 집으로 데려가는 장면까지 읽었습니다. 그곳에서 불쾌하게도 모자 직공인 프라우드풋과 약제사인 드와이닝을 만나게 되지요."

"그래." 하고 괴테가 말했다. "그 대목이 좋아. 고집스럽고 정직한 무기 제조공이 정체가 의심스러운 소녀 이외에 마침내 강아지까지 들쳐 업어야 하는 그 장면은 소설들에서 이따금 볼 수 있는 가장 뛰어난 묘사들 중의 하나야. 그것은 깊디깊은 비밀을 숨기고 있음이 분명한 인간 본성에 대한 통찰을 보여주고 있네."

"그런데 정말 뛰어난 솜씨로서 경탄스러운 것은 말입니다." 하고 내가 말했다. "월터 스콧이 여주인공의 아버지를 장갑 제조공으로 만들었다는 점입니다. 모피와 가죽을 거래하면서 산악 지대 주민들과 오래전부터 관계를 맺어왔고 또 현재까지도 그 관계를 유지하고 있는 게 아닙니까."

괴테가 말했다. "자네 말이 맞아. 정말 뛰어난 점이야. 거기서부터 책 전체에 이룹기 그지없는 상황들이 성립되고, 실제적인 토대가 이루어짐으로써 진실성이 자연스럽고 확실하게 보장되었네. 자네는 월터 스콧의 작품 어디에서나 묘사의 신뢰성과 철저함을 볼 수 있을 텐데, 그 모든 것은 현실 세계에 대한 폭넓은 지식에서 나온 것이네. 물론 그것은 세상의 중요한 일들에 대해서 일생 동안 연구하고 관찰하고 날마다 충분하게 토의함으로써 얻어진 결과겠지. 정말 위대한 재능을 가진 전인(全人)이야! 시인들을 가수들의 목소리에 비유한 영국의 비평가를 생각해 보게. 별로 좋지 않은 목소리가 주어진 가수들이 있는가 하면 그 깊이와 높이에 최대한의 폭을 완벽하게 구사하는 가수들도 있지. 말하자면 월터 스콧은 후자의 부류에 속한다네. 『퍼스가의 아리따운 하녀』에서 자네는 그의 지식과 재능이 충분하지 못하다는 느낌을 주는 단 한 구절의 허술한 곳도 발견하지 못할 것이네. 그는 자신의 소재를 다룰 때 어느 방향으로도 완벽하게 대처했네. 왕과 왕의 동생, 황태자, 교회의 수장(首長), 귀족, 시의회, 시민과 수공업자들, 산악 지대의 주민들, 이들 모두가 한결같이 확실한 솜씨와 진실성으로 묘사되어 있네."

괴테의 며느리가 말했다. "영국인들은 특히 헨리 스미스라는 인물을 좋아하고, 월터 스콧도 그를 주인공으로 만들고 있는 것처럼 보여요. 하지만 제가 제일 좋아하는 인물은 그 사람이 아니에요. 오히려 왕자가 제 마음에 들어요."

내가 말했다. "왕자는 성격이 거칠긴 해도 여전히 사랑스러운 인물임에는 분명합니다. 다른 사람들 못지않게 완벽하게 묘사되어 있어요."

괴테가 말을 받았다. "그가 말 위에 앉은 채로 하프를 연주하는 귀여운 소녀를 자신의 발 위에 딛고 올라서게 한 후 끌어당겨 키스하는 장면은 영국인으로는 가장 대담한 종류의 표현이지. 그러나 여자들이란 언제나 편을 들게 마련인데, 그건 옳지 않아. 여자들은 보통 마음의 양식을, 다시 말해 사랑할 만한 남자 주인공을 찾으려고 책을 읽는다는구먼! 그러려면 차라리 읽지 않는 게 낫지. 이런저런 인물이 마음에 드는지 어떤지는 아무런 의미도 없고, 다만 책 자체가 마음에 들어야 하는 거야."

"우리 여자들은 어쩔 수가 없어요, 아버님." 하고 말하면서 괴테의 며느리는 식탁 위로 몸을 기울여 그의 손을 꼭 잡았다. 그러자 괴테는 "여자들의 사랑스러움은 그대로 받아들여야 하는 법이지." 하고 대답했다.

괴테는 그의 곁에 놓여 있던 최신판 《르 글로브》지를 손에 잡았다. 그동안에 나는 괴테의 며느리와 함께 극장에서 알게 된 영국의 젊은이들에 대해 이야기를 나누었다.

"《르 글로브》지의 사람들은 정말 괜찮은 양반들이야." 하고 괴테가 조금 흥분하며 다시 말하기 시작했다. "그들은 날마다 더욱 위대해지고 더욱 중요해지고 있어. 모두들 하나같이 서로 마음이 통해 있는 것 같아. 그 점에 대해 이해하는 자는 거의 없군. 독일에서 그러한 잡지가 생겨나는 건 불가능한 일이야. 우리는 문자 그대로 독립적인 선주(船主)들이라, 의견의 일치는 생각조차 할 수 없어. 모든 사람이 자기 주(州)와 시(市), 아니 자기 개인의 견해를 주장할 뿐이니까 말이야. 보편적인 교양에 도달하려면 우리는 아직도 멀었어."

1828년 10월 7일 화요일(혹은 10월 6일 월요일)

오늘 식탁에 모인 손님들은 아주 명랑한 사람들이었다. 바이마르의 친구들 이외에도 베를린에서 돌아오는 길의 자연과학자도 몇 사람 있었는데, 그중에서 괴테의 옆 좌석에 앉은 뮌헨의 폰 마르티우스[4] 씨는 내가 아는 사람이기도 했다. 아주 다양한 대상들에 대해 농담과 대화가 오갔다. 괴테는 기분이 좋아 열심히 이야기를 했다. 극장 이야기가 화제가 되었으며, 로시니의 최근 오페라 작품인 「모세」에 대해서 열띤 토론이 벌어졌다. 주제를 비난하는 사람이 있는가 하면, 음악을 칭찬하거나 나무라는 사람들도 있었다. 괴테의 견해는 다음과 같

4) 카를 프리드리히 폰 마르티우스(Carl Friedrich von Martius, 1794~1868). 독일의 식물학자이자 풍속학자.

왔다.

“나는 여러분이 주제와 음악을 분리시켜, 그 각각을 따로따로 즐길 수 있다는 게 이해되지 않는군요. 주제는 쓸모없는 것이므로 도외시해 버리고 뛰어난 음악만을 듣고 즐길 수 있다고들 하시는군요. 정말 여러분의 타고난 소질에 경탄하지 않을 수 없군요. 가장 정직한 기관인 눈이 어처구니없는 대상들에 의해 시달림을 받고 있는 가운데서도 우아한 음악에 귀를 기울일 수 있다니 말입니다.

「모세」의 불합리한 점을 여러분도 부정하시지는 않을 테지요. 막이 오르자마자 사람들이 거기서 기도를 하고 있다니요! 정말 부적절해요. 쓰여 있는 말씀에 따르더라도, 그대가 기도하려거든 그대의 조그마한 방으로 들어가서 문을 닫으라는 것 아닙니까. 무대에서 기도한다는 건 당치도 않은 일이지요.

「모세」를 전혀 다른 방식으로 만들어 보여주고 싶을 지경입니다. 작품의 시작 부분은 완전히 바꾸어야 합니다. 나라면 우선 강제 부역에 동원된 이스라엘 백성들이 이집트 감독관들의 폭정에 얼마나 시달려야만 했는가를 보여줄 겁니다. 그래야만 나중에 자신의 백성을 수치스러운 억압으로부터 해방시켜 준 모세의 위대한 공로가 더욱더 선명하게 드러날 테니까요.”

괴테는 정말 쾌활하게 오페라 전체를 차근차근 모든 장면과 막에 걸쳐 재구성해 나가면서, 쉴 새 없이 재담과 함께 그 주제의 역사적 의미를 생생하게 보여주었다. 그 때문에 그 자리에 모인 모든 사람들이 놀라면서도 기뻐해 마지않았고, 막힘없이 흘러나오는 그의 생각과 그의 밝고도 풍성한 착상에 경탄할 뿐이었다. 모든 이야기가 너무 빨리 진행되었기 때문에 다 알아들을 수는 없었다. 하지만 어둠이 걷힌 뒤에 다시 찾은 광명에 대한 기쁨을 표현하기 위해 괴테가 고안했던 이집트인들의 춤 장면은 기억 속에 뚜렷이 남아 있다.

이야기는 모세로부터 노아의 홍수로 거슬러 올라갔다가, 곧 재기에 넘치는 그 자연과학자의 자극을 받아 자연사(自然史) 쪽으로 나아갔다.

폰 마르티우스 씨가 말했다. "사람들의 주장에 의하면 아라랏에서 노아의 방주 파편이 화석 상태로 발견되었다는군요. 하지만 최초 인류의 두개골이 화석으로 함께 발견되지 않았다는 것은 이상하지 않습니까."

이 말이 계기가 되어 비슷한 화제가 이어졌고, 이 지구상의 나라들에 흑인, 갈색인, 황색인, 백인으로 살고 있는 다양한 인종들에 대한 이야기가 나오게 되었다. 그리고 그 결과 모든 인류가 단 한 쌍의 아담과 하와로부터 생겨났다는 주장의 사실 여부가 문제되었다.

성서의 전설을 긍정하는 폰 마르티우스 씨는 자연과학자답게, 자연은 생산에서 지극히 경제적으로 작용한다는 명제를 내세움으로써 그 전설을 입증하고자 했다.

괴테가 말했다. "그 견해에 대해서는 반대해야겠군요. 나로서는 자연이란 언제나 풍성하며 심지어는 낭비적이기도 하다고 말하고 싶군요. 말하자면 단 한 쌍의 가엾은 부부가 아니라, 수십 아니 수백 명 이상을 이 세상으로 내보냈다는 게 훨씬 더 자연의 의도에 가깝다는 것입니다.

즉 지구가 어느 정도 성숙한 단계에 도달해 물이 흘러가고, 마른땅에 식물이 자라나게 되었을 때 인류가 탄생했다는 거지요. 인간은 신의 전지전능한 힘에 의해, 살 수 있는 땅 그 어디에서, 아마도 처음에는 고지(高地)에서 태어났다는 것입니다. 우리로서는 이러한 일이 실제로 일어났다는 사실을 받아들이는 편이 이성적이라고 생각합니다. 하지만 그것이 어떻게 해서 일어나게 되었는가를 따지는 것은 불필요합니다. 그런 일은 해결할 수 없는 문제들에 애써 매달리면서 다른 더 나은 일은 하지 못하는 그런 사람들에게나 맡겨두는 편이 좋겠지요."

"저도 말입니다." 하고 폰 마르티우스가 약간 익살을 떨면서 말했다. "자연과학자로서의 선생님의 견해를 기꺼이 인정합니다만, 선량한 기독교 신자로서는 성서의 가르침과 일치하지 않는 것 같은 견해를 받아들이자니 조금은 당황스러운 기분입니다."

그러자 괴테가 말했다. "물론 성서는 신이 엿새째에 창조하신 단 한 쌍의 인간에 대해서만 말하고 있어요. 하지만 성서가 전해주는 신의 말씀을 기록한 천재적인 인간들에게는 우선 선택받은 자기들의 민족만이 문제였습니다. 그러므로 우리는 이 민족이 자신들을 아담의 후예로 자부한다고 해서 시비 걸 생각은 조금도 없는 것입니다. 그러나 우리들 타민족, 이를테면 흑인이나 라플란트인이나 우리 모두보다 더욱 아름답고 날씬한 인간들도 제각기 다른 조상을 가지고 있음은 분명한 사실입니다. 이 자리에 계신 여러분도 인정하시겠지만 우리는 아담의 직계 후손과는 참으로 많은 점에서 서로 다르고, 특히 돈과 관련된 문제[5]에 있어서는 그들이 우리 모두보다 뛰어나지 않습니까."

이 말에 우리 모두는 웃음을 터뜨렸다. 이야기는 다시 이 방향 저 방향으로 흘러갔다. 폰 마르티우스에 의해 자극을 받은 괴테는 많은 중요한 말들을 했는데, 얼핏 농담처럼 들리면서도 사실은 더욱 심원한 바닥으로부터 나온 말들이었다.

식사가 끝난 후 프로이센의 장관인 폰 요르단 씨가 방문했으므로 우리는 옆방으로 물러났다.

1828년 10월 8일 수요일

티크가 그의 부인과 딸들 그리고 핑켄슈타인 백작 부인과 함께 라인 지역의 여행에서 돌아오는 길에 오늘 괴테와 만나 식사를 할 예정이었다. 나는 대기실에서 그들을 만났다. 티크는 매우 건강해 보였는데, 아마도 라인강에서의 목욕이 그에게 좋은 작용을 한 것 같았다. 나는 최근에 월터 스콧의 첫 소설 작품을 읽었는데, 그 뛰어난 재능에 대해 진정으로 기쁨을 맛보았노라고 그에게 말했다. 그러자 티크가 대답했다. "최근의 소설을 아직 읽어보지는 않았습니다만 월터 스콧이 쓴

5) 유대인들에 대한 괴테의 편견은 그의 작품 곳곳에서 확인할 수 있다.

것들 중에서 최상의 것인지는 의심스럽군요. 하지만 그는 너무나 뛰어난 작가라 처음으로 읽는 작품이 무엇이든 언제나 사람들을 놀라게 합니다. 어디로부터 그에게 접근하든 상관없이 말입니다."

막 이탈리아에서 돌아온 괴틀링 교수가 방문했다. 그를 다시 보게 되어 너무나 기뻤던 나는 이야기를 들으려고 그를 창가로 데려갔다. 그가 말했다. "무언가 이루려고 하면 로마로, 로마로 가야 합니다! 정말이지 위대한 도시! 삶! 세계 그 자체랍니다! 우리 본성에 미미하게 갖추어져 있는 모든 것이 독일에서는 꽃을 피우지 못합니다. 그러나 로마에 들어서는 순간 우리는 완전한 변화를 체험하며, 주변 환경과 더불어 위대해짐을 느낍니다."

내가 물었다. "그런데 왜 더 오래 머물지 않았습니까?"

그가 대답했다. "돈과 휴가가 바닥이 났으니까요. 하지만 아름다운 이탈리아를 뒤로하고 다시 알프스산맥을 넘었을 때는 정말 묘한 느낌이었습니다."

괴테가 들어오면서 일행에게 인사를 했다. 그는 티크와 그의 가족에게 이것저것 말한 후에 백작 부인에게 팔을 내밀어 식탁으로 데려갔다. 우리는 그 뒤를 따라갔고, 식탁에서는 자유롭게 섞여서 앉았다. 대화는 활기에 넘쳤고 기탄없는 말들이 오갔다. 하지만 대화 내용은 거의 기억나지 않는다.

식사가 끝난 후 올덴부르크의 왕자들이 방문했다. 우리 모두는 괴테 며느리의 방으로 올라갔다. 그곳에서 아그네스 티크 양은 피아노 앞에 앉아 「들판에서 남몰래 조용하고 거칠게 기어갔다네」를 비롯한 아름다운 노래를 알토 음정으로 분위기에 맞게 불렀는데, 정말 독특하고도 잊을 수 없는 인상적인 순간이었다.

1828년 10월 9일 목요일

오늘 점심시간 식탁에 앉은 사람은 나와 괴테 그리고 괴테의 며느리뿐이었다. 대화는 그 전날의 이야기를 다시 끄집어내어 계속하는 것이 보통이었는데, 오늘도 역시 마찬가지였다. 로시니의 「모세」가 다시 화제에 올랐고, 우리는 그저께 괴테가 명랑하게 제안했던 착상들을 즐거운 마음으로 다시 기억에 떠올렸다.

괴테가 말했다. "내가 「모세」에 대해 농담을 섞어가며 기분 좋게 말한 것들은 이제 기억이 나지 않아. 그런 것은 아주 무의식적으로 일어나는 법이거든. 그러나 어느 정도 확실한 사실은 주제가 음악 못지않게 완전해 그 둘이 서로 조화를 이루는 그런 오페라라야 기분 좋게 즐길 수 있다는 거지. 그리고 어떤 오페라가 마음에 드느냐고 묻는다면 나는 「물통 나르는 사람」이라고 대답하겠네. 주제가 너무나 완벽하므로 음악 없이 단순히 작품만으로 내놓아도 손색이 없을 것이고 독자들도 만족할 것이 분명하기 때문이지. 작곡가들은 흔히 든든한 가사의 중요성을 이해하지 못하든가, 아니면 적당한 대상들을 잘 손질해 그들을 도와줄 식견 있는 시인들을 알지 못하고 있네. 만일 「마탄의 사수」의 주제가 좋지 않았다면, 음악만으로는 지금처럼 수많은 관객들이 몰려드는 오페라가 되지는 못했겠지. 그러니 킨트[6] 씨에게 어느 정도 경의를 표해야 하네."

이 문제에 대해 많은 이야기가 오갔다. 그러다가 우리는 괴틀링 교수와 그의 이탈리아 여행을 떠올리게 되었다.

괴테가 말했다. "이탈리아에 대해 그렇게 열광하며 말했다고 해서 그 좋은 사람을 탓하고 싶지는 않네. 나도 마찬가지 기분이었으니 말일세! 나는 오직 로마에서만 진정으로 인간이 무엇인지 느꼈다고 말할 수 있네. 이후로 그러한 고양된 느낌, 그러한 행복에 도달한 적은 한 번도 없었으니 말이야. 로마에 있을 때의 나의 형편과 비교한다면, 그 후로 다시는 진정한 기쁨을 느낄 수 없었노라고 고백하지 않을 수 없군."

잠시 휴식을 취한 뒤에 괴테가 다시 말을 이었다. "하지만 더 이상 우울한 생각에 빠져들어서는 안 되겠지. 그런데 자네의 『퍼스가의 아리따운 하녀』는 어찌 되었나? 어떤 상태인가? 어느 정도 진도가 나갔나? 설명 좀 해주게. 책임감 있게 말이야."

내가 대답했다. "천천히 읽고 있는 중입니다. 지금 읽고 있는 곳은 헨리 스미스의 갑옷을 입고 그의 걸음걸이와 휘파람 부는 것을 흉내 내던 프라우드풋이 맞아 죽는 장면입니다. 다음 날 아침 시민들이 그 시체를 퍼스 거리에서 발견하고 진짜 헨리 스미스가 죽은 것으로 오해하면서 도시 전체가 비상사태

---

6) 프리드리히 킨트(Friedrich Kind, 1768~1843). 드레스덴의 극작가.

에 빠집니다."

"그래." 하고 괴테가 말했다. "그 장면이 좋아. 가장 잘된 장면들 중의 하나야."

내가 계속해서 말했다. "특히 경탄스러운 것은 혼란스러운 상황들을 명료하기 그지없이 서로 나란히 서술하는 월터 스콧의 놀라운 재능입니다. 각각의 상황들은 하나하나 덩어리가 되어 마치 조용한 그림들처럼 서로 구분됩니다. 그래서 우리는 서로 다른 장소에서 동시에 일어나는 사건들을 마치 전지자(全知者)가 되어 높은 곳에서 한꺼번에 조망하고 있다는 느낌을 가지게 됩니다."

괴테가 말했다. "정말이지 월터 스콧의 예술적 구성력은 정말 대단해. 그러므로 어떻게 만들어졌느냐에 특별히 주목하는 나 같은 사람들은 그의 방식에 곱절의 흥미를 느끼며 그것으로부터 정말 엄청난 유익을 얻게 된다네. 앞질러 가고 싶진 않지만, 자네는 3장에서 앞서 본 것과 같은 종류의 예술적인 포인트를 발견하게 될 거야. 추밀원에 참석한 왕자가 반란을 일으킨 산악 지대 주민들로 하여금 서로 죽이게 하는 영리한 제안을 하는 장면은 벌써 읽었겠지. 또한 부활절 직전의 일요일로 날을 잡아, 산악 지대 주민들의 서로 적대적인 두 부족을 퍼스 거리로 내려오게 하여 삼십 대 삼십으로 생사를 건 결투를 벌이게 하는 장면을 생각해 보게. 그리고 놀라운 것은 월터 스콧이 결투의 날에 한쪽 편에서 한 사람을 빠지게 했다는 점이야. 그는 정말 교묘한 솜씨로 멀찌감치서 조절해 주인공인 헨리 스미스가 결투자들 중에서 빠져버리게 만들지. 바로 이 착상이야말로 정말 대단한 것이네. 거기까지 읽게 되면 자네도 즐거워할 걸세.

『퍼스가의 아리따운 하녀』를 읽고 나면, 그 즉시로 『웨이벌리』를 읽도록 하게. 그것은 물론 전혀 다른 시각에서 쓰인 것이고, 지금까지 이 세상에서 쓰인 가장 뛰어난 작품들과 어깨를 나란히 할 만한 작품이네. 그것은 『퍼스가의 아리따운 하녀』를 쓴 바로 그 작가가 쓴 것이긴 하지만, 독자의 호의적인 반응을 얻기 위해서 정신을 바짝 차려야만 했던 시절에 만들어진 것이지. 그러니 뛰어나지 않은 것은 단 한 줄도 쓰지 않게 되었던 걸세. 반면에 그는 『퍼스가의 아리따운 하녀』는 더욱 여유 있는 필치로 썼네. 작가는 그의 독자를 잘 알고 있었기 때문에 어느 정도 운신의 폭이 있었던 셈이지. 『웨이벌리』를 읽고 나면 월터 스콧이 왜 아직까지도 자신을 이 작품의 작가로 자처하고 있는지 물론 이해가 간다네. 이 작품에서 자신의 능력을 최대한으로 보여주었고 그 이후로 다시는 처음으로 출간된 이 소설보다 더 뛰어나거나 아니면 필적이라도 할 만한 것을 쓰지 못했기 때문일세."

1828년 10월 9일 목요일

티크의 방문을 기념하기 위해 오늘 밤 오틸리에의 방에서 매우 유쾌한 티타임을 가졌다. 나는 메뎀 백작 부부와 인사를 나누었다. 백작 부인이 낮에 괴테를 만났는데 너무나 인상적이어서 마음속 깊이 행복감을 느낀다고 나에게 말했다. 백작은 특히 『파우스트』와 그 속편에 대해 흥미를 느끼고 있었으며, 그에 대해 나와 한참 동안 활발하게 토의를 벌였다.

모인 사람들이 티크에게 무언가를 낭송해 주기를 희망했고, 티크도 순순히 응낙했다. 일행이 그 즉시 조금 외진 곳의 방으로 모여들었고, 커다란 원을 그리면서 각자 의자나 소파에 편안하게 앉아 경청할 태세를 갖추자 티크가 『클라비고』를 읽기 시작했다.

나는 그 작품을 가끔 읽고 음미하기도 했었다. 하지만 이번에는 그 작품이 완전히 새롭게 다가왔으며 이전에는 거의 맛볼 수 없었던 그런 느낌을 받았다. 마치 극장에 앉아서 듣는 기분이었다. 아니 그보다도 더 훌륭했다. 개개의 인물과 상황은 더욱 완벽하게 느껴졌으며, 각각의 배역이 정말 뛰어나게 자신의 역할을 다하는 공연이라는 인상을 주었다.

사나이들의 힘과 열정이 펼쳐지는 장면, 고요하고 명료한 이성적인 장면, 고통스러운 사랑의 순간 등 티크가 작품의 어느 부분을 특히 더 잘 낭송했는지 분간하기는 어려우리라. 하지만 그는 마지막 부류의 장면들을 낭송할 때 아주 뛰어난 솜씨를 발휘했다. 마리에와 클라비고의 장면이 아직도 귓가를 울리고 있다. 억눌린 가슴, 더듬거리고 떨리는 음성, 질식할 듯 중단되는 말과 소리들, 눈물을 동반한 뜨거운 호흡의 입김과 탄식, 이 모든 것이 아직도 생생하게 느껴지고 있으며 앞으로도 잊히지 않을 것이다. 몰두해 경청하던 모든 사람이 황홀경에서 빠져나오지 못하고 있었다. 등불이 희미하게 흐려졌지만, 잠시나마 중단될까 봐 그 누구도 그것을 닦으려고 생각하지 않았고 닦지도 않았다. 여인들의 눈에서 끊임없이 솟아나는 눈물은 그 작품이 주는 깊은 감동을 증언했고, 또한 낭송자와 시인에게 마땅히 바쳐야 하는 다정다감한 공물이기도 했다.

낭송을 마친 티크는 이마에서 흐르는 땀을 닦으며 자리에서 일어났다. 그러나 청중은 의자에 묶여버리기라도 한 듯 그대로 있었다. 모두들 이제 막 영혼을 스쳐 지나간 것에 너무나 깊이 압도당한 나머지, 그러한 놀라운 감동을 준 사람에게 마땅히 전해야 하는 적절한 감사의 말을 찾지 못하는 듯했다.

차츰차츰 사람들은 제정신으로 돌아왔다. 모두들 일어서서 이야기를 나누며 활기차게 서로 뒤섞였다. 그러고 나서는 옆방의 조그마한 테이블에 미리 차려진 만찬에 모여들었다.

오늘 밤 괴테 자신은 참석하지 않았다. 하지만 그의 정신과 그에 대한 기억만은 우리들 사이에 생생하게 살아 있었다. 그는 티크에게 용서의 말을 전해왔다. 그리고 티크의 두 딸인 아그네스와 도로테아에게는 그의 초상이 새겨져 있고 붉은 리본이 달린 브로치를 선물로 보내왔는데, 오틸리에가 그것을 건네받아 마치 작은 훈장이라도 되는 것처럼 그들의 가슴 앞에 달아주었다.

1828년 10월 10일 금요일

오늘 아침 《외국 문예 비평》[7]지의 편집인인 런던의 윌리엄 프레이저 씨가 그 정기 간행 잡지 제3호 두 권을 보내왔다. 그 중 한 권을 오늘 정오에 괴테에게 건네주었다.

또다시 티크와 백작 부인을 위한 즐거운 식사 초대가 있었다. 이 부부는 괴테와 그 밖의 친구들의 요청에 따라 하루 더 머물기로 했다. 하지만 이들 외에 다른 가족들은 이미 아침에 드레스덴으로 떠나고 없었다.

식탁에서는 영국 문학, 특히 월터 스콧에 관한 화제가 주를 이루었다. 이야기 도중에 티크가 언급한 바에 따르면 십여 년 전에 그가 『웨이벌리』의 초판본을 독일로 가져왔다고 했다.

1828년 10월 11일 토요일

앞서 말한 프레이저 씨의 《외국 문예 비평》지는 많은 중요하고 재미있는 주제들 말고도 칼라일이 괴테에 관해 쓴 아주 귀한 논문[8]을 싣고 있었는데, 오늘 아침 그것을 읽었다. 점심 때 조금 일찍 식탁으로 갔는데, 다른 손님들이 오기 전에 그 글에 관하여 괴테와 이야기를 나누기 위해서였다.

---

7) 당시 발간되었던 영국의 문예 잡지 《Foreign Review》.

8) 1828년 《외국 문예 비평》지에 실린 칼라일의 괴테에 관한 논문.

내가 바라던 대로 괴테는 손님들을 기다리며 혼자 있었다. 그는 평소에 즐겨 입는 연미복을 걸치고 별 모양의 훈장을 달고 있었다. 그는 오늘따라 유달리 원기왕성해 보였다. 우리는 즉시 공동의 흥미에 관하여 토의하기 시작했다. 괴테도 마찬가지로 오늘 아침에 칼라일의 논문을 자세히 읽었다고 했다. 그래서 우리는 외국인들의 노력에 대해 많은 칭찬의 말들을 서로 교환할 수 있었다.

괴테가 말했다. "이전의 고루하기만 하던 스코틀랜드인들이 진지하고 철저한 자세로 바뀐 걸 보노라면 기쁨을 금할 수가 없어. 얼마 전까지만 해도 에든버러 사람들이 내 작품을 대하는 걸 보면 염려가 되었거든. 그런데 지금 칼라일이 독일 문학에 기여한 공적을 생각해 보면 그동안 정말 대단한 진전이 있었다는 사실을 금방 확인하게 되네."

내가 말했다. "무엇보다도 칼라일이 지향하는 바의 바탕에 놓인 정신과 인품을 높이 사지 않을 수 없습니다. 그가 중요하게 여기는 점은 자기 나라 국민들의 도덕심을 고양시키는 것입니다. 결국 자기 나라 국민들이 읽었으면 하고 바라는 외국의 문학 작품들에서 그가 내세우는 기준은 재능 있는 작가의 솜씨라기보다는 고귀한 도덕적 인격의 형성입니다."

"그렇다네." 하고 괴테가 말했다. "그의 행동의 기준이 되는 도덕적 신념은 정말 가치가 있어. 참으로 진지한 자세야! 우리 독일인을 능가하는 그 열정! 그는 우리 문학을 이해하는 면에서 우리를 거의 능가하고 있네. 아무리 과소평가하더라도 그의 노력에 비하면 영국 문학을 연구하는 우리의 노력은 상대가 되지 않아.”

내가 말했다. “그 글의 논조는 열정적이면서도 힘주어 강조하는 면이 있습니다. 그것으로 미루어 보건대 영국에는 타파해야 할 많은 편견과 반론이 있음을 알 수 있습니다. 특히 악의적인 비평가들과 미숙한 번역자들이 『빌헬름 마이스터』에 좋지 못한 영향을 미치고 있는 것 같습니다. 반면에 칼라일은 정말 현명하게 대처하고 있습니다. 진정한 귀부인이라면 『마이스터』를 읽어서는 안 된다는 어리석은 악평에 대해 그는 이전의 프로이센 왕비의 예를 들어 아주 가볍게 논박하고 있지 않습니까. 왕비가 그 책과 아주 친숙하지만 그래도 그 시대의 가장 뛰어난 여인들 중의 한 명임에는 분명하지 않느냐고 말입니다.”

여러 손님들이 도착했고, 괴테는 일일이 인사를 했다. 그러면서도 그는 다시 나에게 주목했다. 나는 계속해서 말했다.

“물론 칼라일은 『마이스터』를 연구하고, 그 책의 가치를 충분히 깨달았기 때문에 그것이 널리 읽히기를 원했습니다. 모든 교양인들이 그것으로부터 똑같이 유익함과 재미를 얻기를 바랐던 것이지요.”

그러자 괴테가 대답하기 위해 나를 창가로 데려갔다.

“여보게, 많은 점에서 당장 자네에게 유익하고 앞으로도 살아가는 동안 도움이 될 말을 해주겠네. ‘내 작품은 대중화될 수가 없네.’ 그러니 그렇게 하려고 생각하거나 노력하는 자는 오류를 범하고 있는 셈이지. 내 작품은 대중을 위해 쓰인 것이 아니라, 그 어떤 비슷한 것을 원하고 추구하며 같은 방향으로 나아가고자 하는 소수의 사람들을 위한 것이네."

그는 계속해서 말하려고 했으나 한 젊은 부인이 들어와서 이야기가 중단되었고 결국 이야기는 다른 방향으로 흘러가고 말았다. 나는 다른 사람들에게 말을 걸었고, 그 후에 곧 모두들 식탁에 자리를 잡았다.

이 자리에서 오간 이야기는 아무것도 기억이 나지 않는다. 다만 나는 괴테가 한 말의 의미를 골똘하게 되새기고 있었다.

나는 생각했다. 그와 같은 작가, 그러한 고귀한 정신, 그러한 광대무변한 천분(天分)을 대중이 어떻게 이해할 것인가! 그의 아주 작은 부분마저도 대중화되기는 거의 불가능한 것이다! 유쾌한 사내아이들과 사랑에 빠진 소녀들이 부르는 노래도 그 밖의 다른 사람에게는 아무런 소용이 없다!

하지만 잘 생각해 보면 모든 특출한 것들은 원래 다 그렇지 않은가? 모차르트는 대중적인가? 라파엘로는 어떤가? 세상은 본래부터 한없이 열정적인 정신적 삶의 위대한 원천에 대해 도처에서 야금야금 핥아먹기만 하고 있지 않은가? 이따금 조금씩 살짝 낚아채어 잠시 동안만이라도 귀한 양분을 취하게 되면 기뻐하면서 말이다.

생각은 계속되었다. 그래 괴테의 말이 옳아. 그의 작품의 영역은 너무나 방대해서 대중화될 수가 없어. 그리고 그의 작품은 비슷한 것을 추구하거나 비슷한 이념을 가지고 있는 소수의 사람들만을 위한 것이다.

그의 작품들은 전체적으로 보면 세계와 인류의 심원한 깊이로 몰입해 들어가기를 원하면서 그의 길을 뒤따라가는 탐구하는 인간들을 위한 것이고, 좁게 보자면 영혼의 환희와 고통을 시인에게서 찾고자 하는 열정적인 도락자(道樂者)들을 위한 것이라고 할 수 있다. 그의 작품은 또한 표현 방식과 대상을 어떻게 예술적으로 다룰 것인가를 배우고자 하는 젊은 시인들을 위한 것이다. 또한 판단의 원칙이라든지, 즐겁게 읽힐 수 있는 흥미로우면서도 품위 있는 평론은 어떻게 쓸 것인가를 고민하면서 그 모범을 찾는 비평가들에게도 도움이 될 터다. 그리고 그의 작품은 예술가를 위한 것이기도 하다. 그의 작품은 일반적으로 보자면 예술가의 정신을 깨우쳐주고, 구체적으로 보자면 어떠한 대상이 예술적 의미를 가지는 것인지 그리고 무엇을 표현하고 무엇을 표현하지 말아야 할지를 가르쳐주기 때문이다. 또한 그의 작품은 자연과학자에게도 유용하다. 이미 발견된 위대한 법칙들을 거기서 전해 받을 뿐만 아니라 하나의 방법을 배우기 때문이다. 선량한 정신이 자연으로 하여금 그 비밀을 드러내도록 하려면 그 자연을 어떻게 다루어야 하는가 하는 방법 말이다.

이처럼 학문과 예술을 추구하는 모든 사람들이 그의 작품들이 제공하는 풍성한 식탁의 손님이 된다. 그리고 그 영향 속에서 그들은 위대한 빛과 생의 보편적인 원천, 말하자면 그들이 물을 길어왔던 샘을 확인하는 것이다.

이런 비슷한 생각들이 식사하는 내내 머릿속을 스쳐 지나갔다. 나는 교양의 커다란 부분을 괴테에게 힘입고 있는 개개의 인간들, 많은 성실한 독일의 예술가, 자연과학자와 비평가들을 생각했다. 또한 괴테에게 주목하고 그의 이념에 따라 행동하는 현명한 이탈리아인, 프랑스인 그리고 영국인들을 떠올렸다.

그러는 동안 내 주위의 사람들은 명랑하게 농담을 주고받으며 이야기를 나누고 있었다. 맛있는 요리는 이제 끝나가고 있었다. 나도 이따금 한마디씩 거들곤 했지만 핵심과는 동떨어진 말이었다. 어떤 부인이 나에게 질문을 했는데, 이미도 내가 적절하지 못한 답변을 해서인지 사람들이 나를 놀려댔다.

그러자 "에커만은 내버려 두시오." 하고 괴테가 말했다. "그는 극장에 앉아 있는 때를 제외하고는 언제나 멍한 상태랍니다."

사람들이 나를 희생양으로 삼아 큰 소리로 웃었다. 하지만 나로서는 기분이 나쁘지 않았다. 오늘따라 유달리 행복한 느낌이었다. 조금 전까지만 해도 그 위대함으로 나를 전율하게 했던 인물이 지금은 정말 사랑스러운 모습으로 눈앞에 앉아 있지 않은가. 그리고 바로 이 사람과 사귀면서 친밀한 관계를 즐기는 소수의 사람들 틈에 나도 끼어 있지 않은가. 숱한 운명의 우여곡절을 거친 후에 말이다. 그러니 나의 운명에 감사할 따름이다.

후식으로 비스킷과 먹음직한 포도가 나왔다. 포도는 먼 지방에서 온 것이었는데, 괴테는 그 원산지를 비밀에 부쳤다. 그는 포도를 일일이 나누어주었고, 나에게도 아주 잘 익은 것을 식탁 위에 놓아주었다. 그가 말했다. "여보게, 이 단 과일 맛 좀 보게나." 괴테가 건네준 포도를 맛있게 먹고 나니 육신과 영혼이 그와 말할 수 없이 가까워지는 느낌이었다.

연극과 볼프의 업적이 화제가 되면서, 많은 우수한 것들이 이 뛰어난 예술가로부터 나왔다는 이야기가 오갔다.

괴테가 말했다. "내가 잘 알고 있는 사실입니다만, 이곳의 관록깨나 있는 배우들은 나에게서 많은 것을 배웠어요. 하지만 엄밀히 말하자면 나의 진정한 제자는 볼프뿐이라고 할 수 있지요. 그가 얼마나 나의 원칙을 철저히 지키고 나의 의도를 그대로 따랐는지에 대해서는 하나의 사례를 들어 설명드리지요. 자주 반복하던 이야기이긴 합니다만.

한때 나는 그 어떤 이유 때문에 볼프에게 매우 화가 나 있었어요. 그는 밤에 연기를 해야 했고, 나는 내 지정석에 앉아 있었지요. 나는 생각했습니다. 그의 연기를 일단 유심히 지켜보도록 하자, 오늘은 그를 변호하고 그에게 아량을 베풀 마음은 조금도 없다, 라는 그런 심정이었지요. 볼프는 연기를 했고, 나는 그에게서 날카로운 시선을 잠시도 돌리지 않았지요! 그런데 얼마나 잘했던지요! 정말 확실했고! 정말 믿음직했어요! 내가 그에게 가르쳐주었던 규칙들에 위반되는 점이라고는 눈을 씻고 보아도 찾을 수 없었고, 그래서 다시 그를 좋아하지 않을 수 없게 되었던 것입니다."

1828년 10월 20일 월요일

본 출신의 광산위원회 고문관 뇌거라트는 베를린의 자연과학자 모임에 참가했다가 돌아오는 길이었는데, 그가 오늘 괴테의 식사 시간에 매우 환대를 받는 손님이 되었다. 광물학에 관한 많은 이야기들이 오갔다. 그 귀한 손님은 본 지방 근처의 광물 산출을 비롯한 그 주변 사정에 관해 정말 자세한 보고를 해주었다.

식사가 끝난 후 우리는 거대한 주노의 흉상이 있는 방으로 갔다. 괴테는 손님들에게 피갈리아 사원의 벽장식을 스케치한 기다란 띠 모양의 종이를 보여주었다. 사람들은 종이를 관찰하고는 그리스인들이 동물들을 묘사할 때 자연을 존중하기보다는 그 어떤 관습에 따랐다고들 말했다. 또한 이러한 종류의 조각을 만들 때 자연의 배후에 머무르고 말았기 때문에 얕은 양각(陽刻)으로 새겨진 숫양, 제물로 바쳐진 수소와 말들이 종종 아주 경직되고 기형적이며 불완전한 형태로 나타난다는 주장이었다.

"그 점을 논박하지는 않겠습니다."라고 괴테가 말했다. "하지만 무엇보다도 그런 작품들이 어느 시대 어떤 예술가에 의해서 만들어졌는지를 알아야 합니다. 왜냐하면 그리스의 예술가들은 동물을 묘사할 때 자연에 도달했을 뿐만 아니라 그것을 훨씬 뛰어넘는 걸작들을 많이 만들었기 때문입니다. 말에 관한 한 최고의 전문가라 할 수 있는 영국인들도 그 머리들의 형태를 너무나 완벽하게 갖춘 작품을 보고는 고대에는 말의 머리가 두 종류가 있었다고 고백해야 할 정도니까요. 지금 지구상에는 더 이상 찾아볼 수 없는 품종인데도 말입니다. 그리스 전성기의 작품들인 이 두상(頭像)들에 우리 시대 사람들은 깜짝 놀라지만 다음의 사실을 받아들여야 합니다. 당시의 예술가들이 현재보다 더욱 완벽한 자연을 본으로 삼아 작업했다기보다는 그들 자신이 어느 정도 수준 높은 예술적 경지에 도달했기 때문에 자신의 위대한 개성이 드러나도록 자연을 표현하게 된 거지요."

이런 이야기가 진행되는 동안 나는 동판화를 감상하기 위해 비스듬히 몸을 돌린 채 한 부인과 함께 테이블 옆에 서 있었다. 한쪽 귀만으로 괴테의 말에 귀를 기울이고 있었지만 그만큼 더 깊이 그 말에 감동을 받고 있었다.

일행은 하나둘 집으로 돌아갔고 결국에는 나와 괴테만 남았다. 나는 난로 가까이에 있는 괴테에게 다가가서 말했다. "선생님은 조금 전에 그리스인들은 위대한 개성이 드러나도록 자연을 표현했다는 훌륭한 말씀을 하셨습니다. 하지만 제 생각으로는 사람들이 그 말씀의 의미를 충분히 깨달을 수 없을 것 같습니다."

"그렇다네, 이보게." 하고 괴테가 말했다. "거기에 모든 것이 달려 있어. 사람이란 무언가를 이루려고 한다면 우선 무언가가 '되어야' 한다네. 단테는 위대해 보이지만, 사실 그의 배후에는 수백 년의 문화가 있네. 로트쉴트 은행은 화려하긴 하지만 그 많은 보물들을 얻기까지는 한 세대 이상이 걸렸어. 이런 것들의 본질은 모두의 생각보다는 깊은 곳에 있네. 우리의 잘난 독일 예술가들은 그러한 것에 대해서는 전혀 몰랐고, 허약한 개성과 예술적 무능으로 자연을 모방하고는 그 무언가 이루었다고 생각했지. 말하자면 그들은 자연 '아래에' 있었네. 무언가 위대한 것을 이루려면 그전에 자신의 교양을 탄탄하게 쌓아야 하는 법이야. 그래야만 그리스 사람들과 같이 아무리 사소한 것이라 할지라도 실제 자연을 자기 정신의 드높은 곳으로 끌어올릴 수 있고, (내적인 허약함에서든 외적인 장애 때문이든 간에) 자연현상을 다룰 때 지향점으로만 남아 있는 그것을 현실화시킬 수 있다네."

1828년 10월 22일 수요일

오늘 식사하는 동안 여성에 대한 이야기가 나왔는데, 괴테는 정말 멋진 표현을 사용했다. "여성이란 은 접시이고, 우리들 남성은 거기에 황금의 사과를 담는 것뿐이네. 여성에 대한 내 생각은 현실의 모습들로부터 유추한 것이 아니라 타고날 때부터 이미 내재되어 있었거나 아니면 내 속에서 저절로 생겨난 것이네. 그래서 내가 묘사한 여성 등장인물들은 모두 성공했지. 그들 모두는 현실에서 만날 수 있는 여성들보다 더 뛰어나네."

1828년 11월 18일 화요일

괴테는 《에든버러 문예 비평》지의 최신판에 대해 언급했다. "영국의 비평가들이 현재 도달한 높은 수준과 유능함을 보니 기쁠 따름이군. 이전의 고루한 흔적은 조금도 찾아볼 수 없고, 이제 그 자리에 위대한 개성이 자리를 잡고 있어. 지난 호

독일 문학에 관해 쓴 한 논문에 다음과 같은 말이 있더군. '시인들 중에는 다른 사람들이 기꺼이 잊고자 하는 그런 일들에 계속 매달리는 자들이 있다.'라고 말일세. 자, 무슨 말이겠나? 여기서 우리는 단번에 우리의 현 위치가 어딘지, 그리고 우리 독일의 최근 작가들의 다수를 어떤 기준에서 분류해야 하는지 알게 된다네."

1828년 12월 16일 화요일

오늘 괴테의 서재에서 단둘이 식사를 했다. 우리는 문학의 다양한 문제들에 관해 이야기를 나누었다. 그가 말했다. "독일인들은 속물근성에서 벗어나지 못하는군. 그들은 실러의 인쇄된 작품이나 나의 작품에 나타나는 다양한 2행시들에 대해 불평을 늘어놓거나 논쟁을 벌이고 있어. 그러면서 어느 것이 실제로 실러가 쓴 것이고 어느 것이 내가 쓴 것인지를 분명하게 구분 짓는 것이 중요한 일이라도 되는 듯 생각하고 있네. 그렇게 하면 무엇인가 얻는 바가 있을 테고, 눈앞에 있는 작품 그대로만으로는 충분하지 않다는 듯이 말일세!

실러와 나처럼 오랫동안 사귀고 같은 것에 관심을 가지고 있으면서 매일 만나 의견을 교환하게 되면 서로가 서로에게 완전히 섞이게 되므로 개별적인 생각들이 누구에게 속하는가 하는 건 애당초 문제가 되고 말고도 없는 거네. 우리는 많은 2행시들을 공동으로 지었네. 때로는 내가 사상을 제공하고 실러가 시를 쓴 적도 있었고, 때로는 그 반대의 경우도 있었어. 그리고 때로는 실러가 한 줄을 쓰고 내가 다시 한 줄을 쓰는 식이기도 했지. 그러니 네것 내것이 무슨 문제란 말인가! 그런 의문을 해결하는 게 조금이라도 중요하다고 생각한다면 속물 근성에 더 깊이 빠져들 수밖에 없는 걸세."

내가 말했다. "그와 비슷한 일은 문학의 영역에서도 곧잘 있는 일입니다. 이를테면 이런저런 유명한 작가의 독창성을 의심하면서 그 교양의 출처가 어디인지를 캐묻고 있으니 말입니다."

괴테가 말했다. "정말 가소로운 일이야. 영양 상태가 좋은 사나이를 붙들고 그가 먹은 게 소인지 양인지 돼지인지 묻는 거나 마찬가지일세. 우리는 물론 소질을 타고나기는 하네. 하지만 우리가 발전해 나가는 것은 넓은 세상의 헤아릴 수 없는 영향 때문이지. 거기서 우리는 자신의 능력과 기질에 적합한 것을 우리 것으로 받아들인다네. 나는 그리스인들과 프랑스인들에게서 많은 것을 얻고 있고, 셰익스피어, 스턴 그리고 골드스미스[9]에게서도 헤아릴 수 없는 도움을 받았어. 그렇지만 그것만이 나의 교양의 원천이라고는 할 수 없네. 헤아리자면 끝도 없을 것이고 또 그럴 필요도 없겠지. 다만 중요한 것은 진실을 사랑하고, 그것을 찾아내어 받아들이는 영혼을 가지는

---

9) 올리버 골드스미스(Oliver Goldsmith, 1730~1774). 아일랜드 태생의 영국 작가. 젊어서 대륙을 방랑하고 귀국하여 소설 『웨이크필드의 목사』를 출간하여 문명을 얻었다. 그 당시 풍미하던 감상적 희극에 반발하여 영국 희극의 전통을 돌려놓으려고 『호인(好人)』 등을 창작했다.

것이네."

괴테가 계속해서 말했다. "이 세상은 이제 상당한 나이에 도달했어. 수천 년 이래로 정말 많은 중요한 인물들이 살아왔고 생각해 왔기 때문에 새로운 것이란 거의 발견되지 않고 언급될 수도 없네. 나의 색채론도 완전히 새로운 건 아니야. 플라톤이나 레오나르도 다빈치 그리고 다른 많은 뛰어난 사람들이 개별적으로 나보다 앞서서 동일한 것을 발견하고 동일한 것을 말해왔네. 그러나 나 또한 그것을 발견해 다시 말하고 혼란에 찬 세계에 진리로 들어가는 입구를 다시 마련해 주려고 노력한 것, 그것이 나의 '공적'일세.

게다가 진리란 언제나 반복해서 말해져야만 해. 우리를 둘러싸고 오류가 끊임없이 이야기되고 있기 때문이지. 그것도 개개인에 의해서가 아니라 대중에 의해서 말이야. 신문이나 백과사전, 학교와 대학, 도처에서 오류는 제 세상인 양 흐뭇해하고 있어. 자기편에 서 있는 것이 다수라고 느끼면서 말이야.

이따금 진리와 오류를 동시에 가르치면서 후자를 고집하기도 하더군. 며칠 전 영국의 백과사전에서 '청색'의 생성에 관한 이론을 읽었네. 우선 레오나르도 다빈치의 올바른 견해를 소개하고는, 곧이어서 여유도 만만하게 뉴턴의 오류를 실어놓았더군. 그것이 일반적으로 받아들여지는 것이므로 후자의 견해에 따라야 한다는 평까지 덧붙이면서 말이야."

이 말을 듣고 나는 어안이 벙벙해져서 웃지 않을 수 없었다. 내가 말했다. "어둠을 배경으로 하고 있는 양초라든지 부엌의 연기, 어두운 장소 앞으로 깔리는 엷은 아침 안개는 날이면 날마다 청색의 생성을 확신시켜 주며 하늘이 왜 청색인지를 깨닫게 합니다. 그러나 뉴턴의 추종자들이 생각하는 바와 같이 공기가 다른 모든 색은 삼켜버리고 청색만 반사시키는 속성을 가지고 있다는 설명은 저로서는 도무지 이해가 되지 않습니다. 더욱이 모든 생각이 완전히 정지되어 버리고 모든 건강한 관찰이 사라져 버리는 그런 이론에 어떤 이로움과 즐거움이 있는 것인지 알 길이 없습니다."

"이 사람아." 하고 괴테가 말했다. "대중이란 사상이라든지 직관 같은 것에 대해 아무런 관심도 없어. 그들은 스스로 왜곡시킬 말만 가지고 있다면 만족이야. 그 점에 대해서는 나의 메피스토펠레스가 이미 알아차리고 다소간 무덤덤하게 말하고 있지.

> 무엇보다도 말에 달라붙게!
> 그러고 나서 안전한 현관문을 통해
> 확실성의 사원(寺院)으로 들어가게.
> 왜냐하면 개념이 없는 곳에
> 말이 때맞추어 등장하는 법이거든."

괴테는 웃음을 띠고 이 구절을 낭송했는데, 내내 최고로 기분 좋은 상태인 것 같았다. 괴테가 말했다. "잘된 일이야, 그 모든 게 이미 인쇄가 되었으니 말이지. 앞으로도 계속해서 거짓된 이론과 그 전파자들에 반대하는 내 견해를 출판할 것이네."

잠시 침묵한 뒤에 그가 다시 말하기 시작했다. "지금은 뛰어난 인재들이 자연과학 분야로 모여들고 있어. 그들을 바라보노라면 절로 흐뭇해진다네. 그런데 어떤 사람들은 시작은 잘했지만 오래가지가 않아. 과도한 주관성 때문에 길을 잃어버린 거야. 또 다른 일부는 지나치게 자료에 집착해 수도 없이 모았지만 그것으로 아무것도 이룰 수가 없게 되었네. 전체적으로 본다면 근원현상(根原現像)으로 밀고 들어가 개별적인 현상들을 지배할 수 있는 이론적인 정신이 결여되어 있는 것이지."

방문객이 다녀갔기 때문에 잠시 대화가 중단되었으나, 용무가 곧 끝났기 때문에 이야기는 다시 시로 옮겨갔다. 나는 괴테에게 요즈음 그의 짧은 시들을 다시 검토하고 있으며, 특히 두 편의 담시, 즉 「아이들과 노인」 그리고 「행복한 부부」에 주목하고 있다고 말했다.

그러자 괴테가 말했다. "나도 그 두 편의 시를 소중하게 여기고 있네. 그런데 독일의 독자들은 그 시들을 제대로 이해하지 못하고 있는 것 같아."

내가 말했다. "담시에서는 아주 풍성한 주제가 정말 긴밀하게 집약되어 있습니다. 온갖 시적인 형식과 기교 그리고 예술적 착상에 의해서 말입니다. 그중에서도 제가 특히 높게 평가하는 주제는 노인이 아이들에게 역사의 지난 모습을 설명하면서 과거가 현재에 나타나게 하고 그 밖의 것도 우리 눈앞에서 생생하게 펼쳐지도록 한 것입니다."

괴테가 말했다. "나는 그 담시를 종이에 옮겨 쓰기 전에 수

년 동안이나 머리에 넣고 다녔네. 그동안 수년간의 사색이 있었던 거지. 그리고 현재의 모습으로 되기까지 서너 차례 변화가 있었던 걸세."

내가 말을 이었다. "담시 「행복한 부부」도 마찬가지로 그 모티프가 매우 풍성합니다. 거기에는 온갖 풍경과 인간의 삶이 쾌적한 봄 하늘의 따뜻한 햇볕 아래 마음껏 펼쳐져 있습니다."

"나도 그 시를 좋아했어." 하고 괴테가 말했다. "자네가 그 시에 특별한 관심을 보인다니 기쁠 따름이네. 그리고 그 익살맞은 이야기가 이중의 유아세례로 귀결되었으면 더욱 귀엽게 되지 않았을까 하는 생각도 든다네."

그러고 나서 이야기는 『시민 장군』으로 넘어갔고, 나는 그것에 대해 언급하면서 이 쾌활한 작품을 근래에 한 영국인과 같이 읽었으며 우리 둘 다 그것이 무대에 올려지기를 진정으로 바라게 되었노라고 말했다. 내가 말했다. "그 정신에 있어서 낡은 것이라곤 아무것도 들어 있지 않습니다. 그리고 드라마 전개의 세부적인 면에서도 무대에 올려지기에 부적절한 것은 한 군데도 없습니다."

괴테가 말했다. "그것은 공연 당시에 아주 호평을 받았지. 다수의 사람들에게 유쾌한 밤을 선사해 주었네. 물론 배역은 적절하게 선정되었고 사전 연습도 훌륭하게 이루어졌지. 대화는 단절되지 않고 더없이 생생하게 진행되었네. 말콜미가 메르텐의 역을 맡았는데, 더 이상 완벽할 수가 없었어."

내가 말했다. "슈납스 역도 메르텐 못지않게 성공적이었던 것으로 보입니다. 제 생각으로는 그 공연에서 그보다 더 다행스럽고 더 나은 연기는 거의 불가능하리라고 봅니다. 이 인물은 작품 전체와 마찬가지로 가장 바람직한 무대만이 보여줄 수 있는 명료함과 생생함을 보여주고 있습니다. 슈납스가 가죽 배낭을 메고 와서 차례차례 물건들을 꺼내면서 메르텐에게 콧수염을 붙여주고 자기 자신은 (자유를 상징하는) 붉은 모자와 제복과 검을 착용하는 장면이 가장 뛰어난 장면들 중의 하나입니다."

괴테가 말했다. "이 장면은 초기에 우리 극장에서 언제나 큰 성공을 거두었지. 더군다나 물건들이 들어 있는 그 가죽 배낭은 역사적으로 실재했었네. 혁명 당시에 여행길에 올랐던 내가 피난민들이 도주하고 있던 프랑스 국경 근처에서 그것을 발견했었지. 누군가가 잃어버렸거나 아니면 내버렸을 테지. 작품 속에 나타나는 물건들은 모두 그 배낭 안에 있었던 걸세. 거기에 맞추어 나는 그 장면을 썼고, 이어서 온갖 물건들이 들어 있는 가죽 배낭 장면을 넣었는데 우리 배우들이 꽤 만족했다네. 그래서 이후에는 공연이 있을 때마다 그 배낭이 언제나 등장하게 되었던 거지."

『시민 장군』이 아직까지 관객들에게 흥미와 유익함을 줄 수 있을 것인가, 라는 문제에 대해서 한동안 이야기가 오갔다.

그러고 나서 괴테는 프랑스 문학에 대한 나의 연구에 진척이 있었는지를 물었다. 그래서 나는 틈나는 대로 볼테르를 읽으며, 이 사람의 위대한 재능에 진정한 행복을 느낀다고 말했다. "제가 그에 대해서 아는 것은 아주 조금뿐입니다." 하고 내가 말했다. "인물을 묘사한 짧은 시들을 읽고 또 읽는데 매우 매력적이어서 손에서 놓을 수가 없습니다."

괴테가 말했다. "사실 그래. 볼테르와 같이 위대한 재능을 가진 작가가 쓴 것은 모두 다 좋은 작품이야. 나로서는 그의 거만한 태도를 그대로 받아들일 수 없긴 하지만 말일세. 하지만 자네가 인물들을 묘사한 그의 짧은 시들을 그토록 오래 붙들고 있는 건 잘하는 일이야. 그것들은 의심의 여지없이 그가 쓴 것들 중에서 가장 사랑스러운 것이네. 단 한 줄도 재기발랄함과 명료성, 명랑함과 우아함으로 가득하지 않은 것은 없으니 말이야."

내가 말했다. "사람들은 거기에서 이 세상의 온갖 위대한 인물들과 권력자들에 대한 그의 입장을 읽을 수 있고, 또 볼테르 자신이 뛰어난 인물을 연기하는 것을 즐거운 마음으로 보게 됩니다. 그가 자신을 가장 고귀한 자로 느끼는 것 같으니까요. 사람들은 그 어떤 권위도 그의 자유로운 정신을 단 한 순간도 속박하지 못한다는 것을 결코 깨닫지 못합니다."

괴테가 말했다. "그래, 그는 뛰어난 사람이야. 자유롭고 대담하기 그지없음에도 불구하고 그는 언제나 예의 바른 적정한 선을 지킬 줄 알았네. 그리고 바로 그 점이 오히려 더 많은 걸 말해주지. 오스트리아의 왕비는 그 점을 꿰뚫어 보고 있었네. 그녀는 나에게 거듭해서 말하곤 했어. 제후들을 묘사한 볼테르의 시들에는 인습의 한계를 넘어서는 흔적은 조금도 없다고 말이야."

"선생님께서는 기억하시는지요?" 하고 내가 물었다. "그가 스웨덴의 왕위를 이을 프로이센의 공주에게 자신이 왕의 지위에 오르는 꿈을 꾸었노라고 말함으로써 은근하게 사랑을 고백하는 짧은 시 말입니다."

"그것은 그가 쓴 시들 중에서 가장 뛰어난 작품 중 하나야." 라고 말하면서 괴테는 다음과 같이 그 시를 암송했다.

> 당신을 사랑했어요, 공주님,
> 당신에게 감히 고백하고 싶었지요.
> 신들은 내가 잠에서 깨어났을 때
> 모든 걸 앗아가 버리지는 않았지요.
> 나는 나의 제국만을 잃어버렸으니까요.

"그래, 정말 은근하지 않나! 그리고 말이야." 하고 괴테가 계속 이어서 말했다. "볼테르처럼 자신의 재능을 매 순간 발휘할 수 있는 시인은 없었어. 일화를 하나 소개하지. 그가 여자 친구인 샤틀레 부인의 집에서 한동안 머물다가 막 떠나려는 순간이었지. 문 앞에 마차가 와 서면서 근처에 있는 한 수도원에 있는 수많은 어린 소녀들이 보낸 편지를 볼테르에게 전해주는 게 아닌가. 그 소녀들은 여수도원장의 생일을 맞아 「카이사르의 죽음」을 공연할 예정인데 개회사를 부탁한다는 내용이었지. 너무나 은근한 부탁이어서 거절할 수 없게 된 볼테르는 펜과 종이를 속히 가져오게 했네. 그러고는 벽난로 앞에 선 채로 부탁받은 걸 써주었지. 약 20행 정도의 시였는데 깊이 숙고한 다음 잘 마무리했기 때문에 그런 용도에는 더없이 적합한 훌륭한 작품이 되었네."

“정말 그 작품을 읽어보고 싶습니다.” 하고 내가 말했다.

괴테가 대답했다. “그것이 자네의 시 선집 속에 들어 있는지 모르겠네. 그 시는 최근에야 소개되었거든. 그는 그런 시들을 수백 편이나 썼기 때문에 그중 많은 작품이 여기저기 흩어져서 개인 수중에 있을 테지.”

내가 말했다. “최근에 바이런 경이 쓴 글을 보았는데 바이런 경도 볼테르에 대해서 특별한 존경심을 가지고 있었다는 걸 알고는 기뻤습니다. 그가 볼테르를 얼마나 애착을 가지고 읽고 연구하고 유익하게 이용했는지를 알 수 있었습니다.”

괴테가 말했다. “바이런은 무언가 건질 게 있는 곳을 너무나 잘 아는 사람이었어. 그는 너무나 현명하기 때문에 이 보편적인 빛의 원천에서 아무것도 얻지 못한다는 건 있을 수 없는 일이지.”

그러고 나서 이야기는 곧 바이런과 그의 작품들에 관한 내용으로 넘어갔다. 괴테는 이 위대한 작가의 가치를 이전에 벌써 알아보고 경탄해 마지않으면서 했던 많은 말들을 수시로 반복해 들려주었다.

“선생님이 바이런에 대해서 말씀하신 모든 것에 대해 진심으로 공감합니다.” 하고 내가 대답했다. “하지만 그 천분을 타고난 시인이 아무리 중요하고 위대하다 할지라도, 그의 작품들에서 ‘순수한 인간 형성’을 위한 결정적인 이득을 길어 올릴 수 있는지는 의심이 갑니다.”

“난 자네 의견에 반대야.” 하고 괴테가 말했다. “바이런의 대담성, 당돌함과 웅대함, 이 모든 게 인격 형성에 도움이 되는 것이 아니겠나? 한 치의 오차도 없는 순수함과 도덕성만을 인격 형성의 기준으로 삼는 일은 피해야 하네. 모든 위대함은 우리가 그것을 알아차리는 순간 우리의 인격을 높여주거든."

1829년

1829년 2월 4일 수요일

"나는 요즈음 슈바르트를 읽고 있네." 하고 괴테가 말했다. "물론 슈바르트는 뛰어난 작가이고, 그의 견해에는 잘 들여다보면 많은 훌륭한 것들이 들어 있지. 그의 저작의 주된 관점은 철학을 배제한 하나의 입장, 즉 건강한 인간 오성의 입장을 지향한다는 데 있네. 또한 예술과 학문은 철학과는 별개로 자연적인 인간의 힘을 자유롭게 발휘할 때 가장 번성한다는 것이지. 이것은 정말 우리한테 꼭 들어맞는 견해이네. 나는 철학으로부터 늘 자유로운 관점을 견지해 왔으며, 건강한 인간의 오성이 언제나 내 입장이었어. 슈바르트는 일생 동안 내가 말하고 행동해 온 것을 확인해 주고 있는 셈이지.

단 하나 내가 칭찬할 수 없는 것은 그가 어떤 일에 대해서는 잘 알고 있으면서도 말하지 않은 거야. 그래서 언제나 아주 정직하게 일하고 있다고 볼 수는 없다는 사실이네. 헤겔과 마찬가지로 그는 기독교를 철학의 영역으로 끌어들이고 있어. 철학은 그래봤자 아무런 역할도 못 하는데 말이야. 기독교는 그 자체로 강력한 실체이며, 영락하거나 고뇌하는 인류는 때로는 그것에 의지해 언제나 자신을 일으켜 세워왔네. 종교의 이런 작용을 인정하는 이상, 종교는 모든 철학을 초월하며 그것으로부터 어떤 지원도 받을 필요도 없는 것이지. 마찬가지로 철학자도 어떤 종류의 이론, 이를테면 영혼 불멸설과 같은 것을 입증하기 위해 종교의 명성에 의지할 필요는 없네. 인간은 불멸을 믿어야 하며, 그럴 권리도 있고, 자신의 본성에도 들어맞는 것이므로 종교의 약속을 믿어도 좋아. 그러나 철학자가 우리의 영혼 불멸을 전설로부터 이끌어내려 한다면, 정말이지 허약하기 짝이 없고 그다지 의미도 없는 것이 되고 마네. 내가 볼 때 영혼 불멸에 대한 신념은 활동의 개념에서 생겨나는 것일세. 왜냐하면 내가 인생의 마지막 날까지 쉬지 않고 활동하는데 현재의 존재 양식이 내 영혼을 더 이상 버텨내지 못하게 된다면, 자연은 반드시 나에게 다른 존재 양식을 주게 되어 있기 때문일세."

이런 말을 듣는 동안 내 가슴은 경탄과 사랑으로 두근거렸다. 나는 인간으로 하여금 이보다 더 고귀한 활동을 하도록 촉구하는 가르침은 지금까지 언급된 적이 없었을 것이라고 생각했다. 영원한 생명에 대한 보증을 발견한다면 그 누가 자신의 삶 마지막 날에 이르기까지 끊임없이 활동하고 행동하지 않겠는가.

괴테는 스케치 작품과 동판화가 들어 있는 화첩을 가져오도록 했다. 그는 말없이 관찰하며 몇 장을 넘긴 후 오스타드의 그림을 새긴 아름다운 동판화 한 장을 넘겨주었다. 그가 말했다. "여기 「착한 남편과 착한 아내」라는 그림을 보게." 나는 기쁜 마음으로 그것을 관찰했다. 농가의 내부를 그린 그림으로서, 부엌과 거실과 침실 등이 모두 단 하나의 공간에 자리 잡고 있었다. 부부는 서로 가까이 마주 앉아서 여자는 실을 잣고 남자는 실을 감고 있었으며, 그들의 발치에는 사내아이 하나가 있었다. 배경에는 침대 하나를 비롯해 그 밖의 아주 조야한 필수 가구들만 그려져 있었다. 그리고 문을 나서면 바로 바깥이었다. 그야말로 소박한 결혼 생활의 행복이 무엇인지를 완벽하게 보여주는 그림으로서, 서로 바라보고 있는 남편과 아내의 얼굴에는 다정한 결혼 생활이 주는 만족과 안락함 그리고 그 어떤 탐닉이 배어 있었다.

내가 말했다. "이 그림을 오래 들여다보면 볼수록 마음이 더욱 편안해집니다. 정말 독특한 매력을 지닌 그림입니다."

그러자 괴테가 대답했다. "그건 어떤 예술에도 필수적인 감각의 매력이네. 특히 이러한 대상에서는 아주 잘 드러나지. 반면에 예술가가 이념의 영역으로 넘어가는 더욱 고귀한 대상을 표현할 때 적절하게 감각을 부여해 무미건조하거나 차갑지 않게 만드는 것은 어려운 일이네. 그렇게 하는 데 젊거나 늙은 것이 이로울 수도 또 방해될 수도 있어. 그러니 예술가는 자신의 나이를 깊이 고려한 후에 대상을 선택해야만 하네. 『이피게네이아』와 『타소』가 성공한 것도 내가 충분히 젊었기 때문에 내 감각으로 소재의 이념 깊숙이 스며 들어가 생기를 불러일으킬 수 있었기 때문이지. 이제 내 나이가 되어서는 그렇게 이념적인 대상들은 맞지가 않아. 그래서 나는 오히려 소재 속에 이미 그 어떤 감각이 들어 있는 그런 것을 즐겨 택하게 된다네. 만일 게나스트 부부[10]가 여기에 머문다면, 나는 각각 하나의 막으로 이루어진 두 개의 작품을 산문으로 써 보이겠네. 하나는 결혼식으로 끝을 맺는 아주 밝고 명랑한 방식으로, 그리고 다른 하나는 그 종말에 두 개의 시체를 남기는 잔혹하고 충격적인 방식으로 말일세. 첫 번째는 실러가 살아 있었던 시절에 만든 것과 유사하네. 나의 독려로 그는 벌써 그러한 장면을 써놓았지. 나는 그 두 가지 주제를 이미 오랫동안 숙고해왔던 터라 바로 눈앞에 잡힐 듯 생생하지. 그래서 그 각각을 일주일 만에 구술해 완성시킬 생각도 있네. 내가 『시민 장군』을 썼을 때처럼 말일세."

내가 말했다. "그렇게 하시지요. 하여간 그 두 작품을 써보십시오. 『편력시대』도 이제 완성되었으니 기분 전환 삼아 작은 여행이라도 하듯이 말입니다. 극장을 위해 무언가 내놓으신다면 세상 사람들이 얼마나 기뻐하겠습니까. 아무도 기대하지 않고 있을 때에 말입니다!"

괴테가 말했다. "앞서 말했다시피 게나스트 부부가 여기에 있게 된다면 자네에게 즐거움을 주지 못할 것도 없겠지. 그러나 그들이 여기 올 거라는 전망이 없다면 그 일은 거의 매력이 없어. 왜냐하면 종이 위에 쓰인 작품은 아무것도 아니기

---

10) 배우이자 가수인 에두아르트 게나스트(Eduard Genast, 1797~1866)와 그의 부인인 카롤리네 크리스티네(Karoline Christine, 1800~1860).

때문이지. 시인은 자신의 의도를 실현시켜 줄 수단에 대해 정통해야만 해. 말하자면 연기를 하게 될 배우들의 몸으로 작품을 씀으로써 자신의 의도를 관철시켜야만 하는 거네. 그래서 게나스트와 그의 부인을 염두에 두어야 하고, 또한 라 로쉬라든지 빈터베르거 씨 그리고 자이델 부인도 마찬가지네. 그래야만 내가 할 일이 분명해지고, 또한 내 의도가 실행되리라는 점을 확신하게 되는 것이지."

괴테가 계속해서 말했다. "극장을 위해 작품을 쓴다는 건 자기 책임이므로 속속들이 이해하지 못하고 있는 자라면 그만두는 게 좋아. 재미있는 소재라면 무대에서도 재미있을 거라고 누구나 생각하겠지만, 결코 그렇지 않아! 읽거나 생각할 때 아주 그럴듯하게 여겨지던 것도 무대에 올려지면 완전히 다르게 보인다네. 마찬가지로 책 속에서는 우리를 매혹시켰던 것도 무대에서 보면 무미건조해 보일 수도 있는 거야. 이를테면 나의 『헤르만과 도로테아』를 읽은 사람은 그것을 무대에 올려도 좋겠다고 생각하겠지. 퇴퍼가 그와 같이 잘못 생각해 그것을 무대에 올리지 않았겠나. 하지만 그게 무언가, 무슨 소용이란 말인가. 뛰어난 공연으로 뒷받침되지 않는다면 말일세. 그것이 모든 점에서 좋은 작품이라고 누가 말하겠는가? 극장을 위해서 작품을 쓴다는 건 속속들이 익혀야 하는 하나의 수작업과 같은 것이면서도 아울러 재능을 요구한다네. 이 둘을 겸비한다는 것은 드문 일이야. 하지만 그 둘이 결합되어 있지 않다면 좋은 결과를 기대하는 것은 무리이네."

1829년 2월 9일(혹은 8일) 월요일

괴테는 『친화력』에 대해 많은 것을 이야기했다. 특히 독자들이 이전에는 결코 알지도 보지도 못했다가 마주치게 되는 중개인의 존재에 대해 설명했다. 그가 말했다. "그 인물에는 물론 약간의 진실성이 담겨 있으며, 어쨌든 이 세상에서 한 번 이상 존재했던 자라는 사실은 분명하네. 『친화력』에는 내 자신이 체험하지 않은 것은 단 한 줄도 들어 있지 않아. 그리고 거기에는 그 어떤 독자도 단 한 번 읽고 알게 되는 것 이상의 의도가 숨겨져 있다네."

1829년 2월 10일 화요일

괴테는 브레멘 항구의 건설과 관련된 지도와 설계 그림들로 둘러싸여 있었는데, 그는 이 대규모 사업에 특별한 관심을 보이고 있었다.

그러고 나서 나는 메르크에 관한 많은 이야기를 들었다. 괴테는 메르크와 관련된 내용으로 1776년 자신이 빌란트에게 보냈던 운문 편지를 읽어주었는데, 매우 재기 발랄하면서도 약간은 거친 크니텔 시구로 쓴 것이었다. 명랑하기 그지없는 그 편지의 내용은 특히 야코비를 공격하고 있었다. 빌란트가 《메르쿠어》지에 게재한 지나치게 호의적인 평론에서 야코비를 과대평가하고 있는 것처럼 보였고, 그 때문에 메르크가 빌란트의 그런 태도를 용서하지 못한다는 내용이었다.

또한 당시의 문화적 상황과, 질풍노도의 시기에서 벗어나 더 높은 교양으로 나아감으로써 괴테 자신을 지키려고 했던 것이 얼마나 어려운 일이었던가 하는 이야기도 들었다.

바이마르에서 살게 되었던 처음 몇 년간의 이야기도 있었다. 시적인 재능과 현실과의 갈등이 커다란 문제였는데, 자신이 궁정에 자리를 잡고 다양한 분야에서 공직에 근무함으로써 커다란 이익을 얻게 되었던 현실과 연관이 있었다. 그리하여 처음 십 년간 주목할 만한 문학작품은 아무것도 생겨나지 않았다. 단편들이나 낭독하고, 연애 사건들로 인해 우울한 나날들이 계속되었으며, 부친은 초조한 마음으로 궁정 생활을 반대했다. 이어서 여러 이야기가 나왔다.

같은 장소에 살면서 동일한 체험을 두 번 다시 반복할 필요가 없었던 삶의 장점에 대한 이야기.

창작 생활로 되돌아가기 위한 이탈리아로의 도주. 누군가가 알게 된다면 목적을 이루지 못하게 된다는 미신 때문에 철저히 비밀에 부친 일. 로마에서 대공에게 보낸 편지.

커다란 의무감을 느끼는 가운데 로마에서의 귀환.

완벽한 인간적 심성과 생의 향수에 대한 애정을 가진 완벽한 여군주였던 대공 모후 아말리아. 그녀는 괴테의 어머니를 매우 좋아해서 그의 어머니가 바이마르로 와서 살기를 바랐고, 괴테는 그 의견에 대해 반대했다는 이야기.

그리고 『파우스트』의 시작 부분에 대한 언급이 있었다. “『파우스트』는 『젊은 베르테르의 슬픔』과 같은 시기에 쓰기 시작했네. 나는 1775년 바이마르로 올 때 그것을 함께 가져왔었지. 편지지에 써두었는데 아무것도 지우지 않았어. 난 마음에 들지 않거나 오래가지 않을 것이면 단 한 줄도 쓰지 않도록 애를 썼거든."

1829년 2월 11일 수요일

건설국장 쿠드레가 괴테와 함께 식사를 했다. 쿠드레는 소녀 직업학교와 고아 훈련원에 대해 이 지방에서 가장 훌륭한 기관이라 칭찬하면서 많은 이야기를 했는데, 전자는 대공 모후가, 후자는 카를 아우구스트 대공이 설립한 기관이었다. 극장의 장식과 도로 건설에 대한 이야기도 한동안 오갔고, 쿠드레는 전하(殿下)의 예배당 설계도를 보여주었다. 전하의 자리를 어디로 정할 것인가에 대해서는 괴테가 이의를 제기했고, 쿠드레는 그것을 받아들였다. 식사 후에 소레가 방문했다. 괴테는 다시 한번 로이터 씨가 그린 그림들을 보여주었다.

1829년 2월 12일 목요일

괴테는 이제 막 완성한 「어떤 존재도 무(無)로 돌아가지는 않으리」라는 참으로 훌륭한 시를 나에게 읽어주었다. 그리고 말했다. "나는 이 시구를 '존속하고자 바란다면 모든 것은 무로 돌아가리.'라는 어리석은 시구의 반대 명제로 썼네. 나로서는 화가 나지 않을 수 없는 것이 베를린 친구들이 그 어리석은 시구를 자연과학자 모임에서 내놓지 않았겠나. 그것도 금박 글씨로 말이야."

위대한 수학자인 라그랑주가 언급되었는데, 괴테는 특히 그의 뛰어난 인품을 강조했다. "그는 선량한 사람이야." 하고 그가 말했다. "그리고 바로 그 때문에 위대하다네. 선량한 인물이 재능을 갖추고 있으면 이 세상을 행복하게 만들도록 도덕적인 영향을 미치기 때문이지. 그가 예술가든 자연과학자든 시인이든 그 밖의 무엇이든 상관없이 말이야."

괴테가 계속해서 말했다. "자네가 어제 쿠드레를 더 잘 알게 된 것을 기쁘게 생각하네. 사람들이 모인 자리에서 그가 말을 하는 경우는 드물어. 하지만 우리가 보았다시피 그 사람에게는 뛰어난 정신과 인품이 깃들어 있어. 그는 처음에는 많은 반대에 시달리며 고통을 받았지. 하지만 지금은 그 모든 걸 이겨내고 궁정에서 더없는 호의와 신뢰를 누리고 있네. 쿠드레는 우리 시대의 가장 유능한 건축가 중의 한 사람이야. 그와 나는 서로 믿어왔기 때문에 두 사람 모두 서로 간에 도움이 되었지. 정말이지 그 사람을 오십 년 전에 알았더라면 얼마나 좋았을까!"

괴테 자신의 건축술에 대한 지식이 화제가 되었다. 나는 그가 이탈리아에서 많은 것을 배웠을 것이라 생각한다고 말했다. "그곳에서 진지함과 위대함에 대한 개념은 얻었지." 하고 괴테가 대답했다. "하지만 능숙함은 배우지 못했어. 그런데 무엇보다도 바이마르의 성(城)을 건축하면서 많은 것을 배우게 되었네. 함께 작업에 참여해야 했고 심지어는 돌림 띠 장식도 그려야만 했지. 나는 숙달된 장인들보다도 좀 더 잘 할 수 있었는데, 그것은 내가 그들보다 기본적인 의도에서 우월했기 때문이네."

이어서 첼터가 화제에 올랐다. "그에게서 편지 한 통을 받았네." 하고 괴테가 말했다. "「메시아」의 공연이 한 여학생 때문에 엉망이 되고 말았다는군. 그녀가 아리아를 너무 부드럽고 너무 가냘프고 너무 감상적으로 불렀기 때문이라네. 이처럼 가냘픔이라는 것이 우리 시대의 특징이 되고 말았어. 나의 가설에 따르면 그것은 프랑스인들의 영향에서 벗어나고자 하는 우리나라 사람들의 일련의 노력에서 생겨난 현상이네. 화가, 자연과학자, 조각가, 음악가, 시인 할 것 없이 모두가 거의 예외 없이 가냘프기만 해. 대중의 경우에도 더 나을 게 별로 없어."

내가 대답했다. "하지만 저로서는 『파우스트』에 어울리는 음악이 나올 것이라는 희망을 버리지 않고 있습니다."

"그것은 전적으로 불가능해." 하고 괴테가 말했다. "그러기 위해서는 때로는 거부감을 주는 것, 역겨운 것, 공포스러운 것들이 필요한데, 이 시대는 그런 것들을 거부하고 있지 않은가. 사실 그 음악은 「돈 후안」의 음악과 같은 성격을 가져야 하네. 사실은 모차르트가 『파우스트』를 작곡했어야 했어. 마이어베어는 그럴 만한 능력이 있겠지만, 그 일에 손대지는 않을 테지. 이탈리아 연극만 해도 눈코 뜰 새 없으니까 말이야."

그러고 나서 어떤 문맥에서 나왔는지 모르지만 괴테는 다음과 같은 아주 중요한 발언을 했다. "모든 위대한 것과 총명한 것은 소수에게만 존재한다네. 국민과 왕의 반대를 무릅쓰고 자신의 위대한 계획을 고독하게 수행한 장관들이 있었어. 이성(理性)이 대중화된다는 것은 바랄 수도 없는 일이야. 대중은 열정이라든지 감정에 사로잡힐 수 있겠지. 하지만 이성은 언제나 소수의 뛰어난 자들에게만 허락되었네."

1829년 2월 13일 금요일

괴테와 둘이서 식사를 했다. "『편력시대』를 끝내고 나면 다시 식물학으로 눈을 돌려 소레와 함께 번역을 진전시키겠네. 다만 염려되는 것은 다시 너무 깊이 빠져들어 마침내 악령에 시달리게 되지 않을까 하는 점이야. 커다란 비밀들이 아직 그대로 감춰져 있네. 어느 정도는 알고 있고, 또 예상할 수 있는 것도 많긴 하지만 말이야. 자네에게 털어놓고 싶은 게 있는데 듣고 나면 아마도 기묘하다는 느낌을 받게 될 거네.

식물은 마디에서 마디로 성장해 가다가 마침내 꽃을 피우고 종자를 맺게 되네. 동물계에서도 그 점은 마찬가지지. 애벌레나 촌충도 마디에서 마디로 성장하다가 마침내 머리가 나오게 되지. 고등동물이나 인간의 경우에는 등뼈가 하나씩 이어져 가다가 머리에서 끝나는데, 거기에 힘이 집중되어 있는 걸세.

이와 같이 개체에서 일어나는 현상은 전체 집단에서도 일어난다네. 한 무리의 개체들이 서로 결합되어 있는 꿀벌들도 그 전체로부터 최종적인 어떤 것을 만들어내는데, 그 전체의 머리라고 간주될 수 있는 이것이 바로 여왕벌이 아니겠나. 어떻게 그런 일이 일어나는지는 신비롭고 말로 표현하기 어려워. 내 나름대로의 생각이 있긴 하지만 말이야.

한 민족도 이처럼 영웅을 낳고, 그 영웅은 반신(半神)과도 같이 선두에 서서 민족을 수호하고 구원하는 것이네. 이를테면 프랑스인들의 시적인 능력은 볼테르에게서 하나로 집약되었지. 그리고 한 민족의 이런 우두머리들은 그들이 활약하는 그 세대에 위대한 영향력을 발휘하지. 일부는 후대에까지 영향을 미치지만, 그 대부분은 다른 우두머리들에 의해 대체되어 다음 세대에는 잊히고 말지."

나는 이런 심원한 이야기들을 기쁜 마음으로 들었다. 그러고 나서 괴테는 자신들의 견해를 입증하는 데만 몰두하는 자연과학자들에 대해 언급했다. "폰 부흐 씨는 새로운 책을 발간했는데, 바로 제목에서부터 가설을 내세우고 있어. 그의 저작은 여기저기 널려진 화강암 덩어리들을 논하고 있긴 하지만, 그것들이 어디에서 어떻게 생겨났는지에 대해서는 말하지 않고 있어. 폰 부흐 씨는 그런 화강암 덩어리들이 그 어떤 강력한 힘으로 내부에서부터 폭파되어 내던져졌다는 가설을 표지 그림에서부터 보여주고 있고, 제목에서도 그 사실을 암시하고 있네. 산산이 흩어진 화강암 덩어리라고 말이야. 하지만 그것들이 어떻게 해서 산산이 흩어지게 되었는지, 그리고 순진한 독자들의 머리에 어떻게 오류의 올가미를 뒤집어씌웠는지를 그는 모르고 있네.

이 모든 것을 통찰하려면 나이가 들어야 하고, 또 자기 경험의 대가를 지불할 만큼 돈도 충분히 있어야 해. 내가 말하는 재담 하나하나는 돈주머니 하나에 가득 채운 금을 지불하고 얻은 셈이지. 내가 지금 알고 있는 것을 습득하는 동안 손가락 사이로 개인 재산 50만 탈러가 새어나가 버렸어. 부친으로부터 물려받은 재산 전체뿐만 아니라 오십 년 이상 동안 내가 받았던 봉급과 상당한 금액에 달하는 인세를 포함해서 말이야. 그 밖에도 제후들이 위대한 목적을 위해 150만 탈러 이상의 금액을 지출하는 것을 보아왔네. 나는 그분들과 밀접한 관계였기 때문에 그런 일들의 진행 과정, 성공과 실패에 함께 참여했던 걸세.

재능이 있다는 것만으로는 충분치가 않아. 그보다는 오히려 총명할 필요가 있지. 또한 넓은 세계에 살면서 시대를 주도하는 인물들의 의도를 알아낼 기회를 가져야 해. 그리고 자신도 이익과 손해를 감수하면서 함께 참여해야 한다네.

자연과학 연구에 정진하지 않았더라면 있는 그대로의 인간 모습을 결코 알지 못했을 거야. 자연을 제외한 다른 모든 일에서 우리는 순수 직관과 순수 사고, 감각의 오류와 오성의 오류, 성격의 허약함과 성격의 강력함에 좌우되고 말지. 모두가 다소간 유연성이 있고 가변적이며 어느 정도 융통성이 있어. 그러나 '자연'에게만은 농담이 통하지가 않아. 자연은 언제나 진실하고 언제나 진지하며 언제나 엄격하고 언제나 옳다네. 그러니 결함과 오류는 언제나 인간의 것일 뿐이야. 자연은 어중간한 자를 경멸하며, 다만 전력을 다하는 자, 진실한 자, 순수한 자에게만 복종하면서 자신의 비밀을 드러내지.

오성만으로는 자연에 접근할 수가 없어. 인간은 최고의 이성(理性)의 수준까지 자신을 끌어올려야 하네. 그래야만 근원현상들(물리적인 것, 윤리적인 것을 막론하고) 속에서 그 모습을 드러내는 신성(神性)에 도달할 수 있는 걸세. 신성은 그러한 근원현상들 뒤에 자리 잡고 있으며 또 그러한 근원현상들은 신성으로부터 나오거든.

그러나 신성은 살아 있는 것 속에서만 작용하며 죽은 것 속에서는 작용하지 않지. 신성은 생성되는 것과 변형되는 것에만 있으며 생성된 것 그리고 굳어버린 것 속에는 없어. 그러므로 신성으로 나아가고자 하는 이성 또한 생성되는 것, 살아 있는 것만을 그 대상으로 한다네. 반면에 오성은 생성된 것, 굳어버린 것을 그 대상으로 삼지. 유익하게 이용하기 위해서 말이야.

그러므로 광물학은 오성의 학문이며 실제적인 삶을 위한 학문이네. 왜냐하면 그것이 다루는 대상은 더 이상 생성을 멈춘 죽은 것이기 때문이지. 그러니 여기서 종합을 바랄 수는 없는 노릇이지. 기상학의 대상은 우리가 날마다 그 작용과 활동을 눈으로 확인하는 살아 있는 것들이야. 그것들을 종합하는 작업이 필요하지만 함께 작용하는 요소들이 너무나 다양하기 때문에 인간이 그것을 종합한다는 건 불가능해. 그러니 관찰하고 탐색해 보아도 허사가 되고 마는 게 아니겠나. 우리는 가설들을 향해, 상상의 섬들을 향해 힘차게 노를 저어보기도 한다네. 하지만 참된 종합은 발견되지 않은 미지의 땅으로 남고 말겠지. 그렇다고 놀랄 일은 아니야. 식물이나 색채 같은 아주 간단한 대상들조차도 종합한다는 게 그처럼 어렵다는 사실을 생각해 보면 당연한 일이 아니겠나."

1829년 2월 15일 일요일

괴테는 『편력시대』에 삽입할 자연사 관련 경구들을 내가 편집한 것과 관련해서 매우 칭찬하며 나를 맞이했다. "자연 연구에 종사해 보게." 하고 그가 말했다. "자네는 그 방면에 소질이 있어. 우선 색채론을 요약한 글을 써보게." 우리는 이 주제에 대해 많은 이야기를 나누었다.

라인강 하류 지방에서 상자 하나가 도착했다. 그 안에는 발굴된 고대의 그릇들, 광물들, 사원을 그린 작은 그림들과 사육제의 시들이 들어 있었는데, 식사 후에 그 모든 것이 상자에서 나왔다.

1829년 2월 17일 화요일

『대(大) 코프타』에 대해서 많은 이야기가 오갔다. 괴테가 말했다. "라바터는 카글리오스트로와 그의 기적에 대해서 믿고 있었어. 나중에 사기꾼으로 드러났음에도 불구하고 라바터는 그자가 다른 카글리오스트로라고 말하며, 기적을 행하는 카글리오스트로는 신성한 인물이라고 주장했네.

라바터는 정말 좋은 사람이었지만 아주 심한 착각에 사로잡혀 있었어. 진정으로 엄격한 진리는 그의 관심사가 아니었기 때문에 그는 자신도 다른 사람도 속이게 되었던 거야. 그래서 그와 나는 완전히 결별하게 되었네. 내가 그를 마지막으로 본 것은 취리히에서였어. 그는 나를 보지 못했지. 변장을 하고 가로수 길을 가던 나는 그가 앞쪽에서 오는 것을 보고는 바깥으로 방향을 돌렸네. 그는 나를 스쳐 지나갔고 나를 알아보지 못했지. 그의 걸음걸이는 마치 두루미 같았어. 그래서 그는 브로켄산에서 두루미로 등장한다네."

나는 라바터가 쓴 『인상학』으로 미루어 짐작건대 그에게 자연을 지향하는 성향이 있지 않은지를 괴테에게 물었다. "전혀 아니야." 하고 괴테가 대답했다. "그는 다만 윤리적인 것, 종교적인 것을 지향하고 있어. 라바터의 『인상학』에 나오는 동물의 두개골에 대한 설명도 나한테서 얻었지."

이야기는 프랑스인들, 즉 기조[11], 빌맹 그리고 쿠쟁의 강연으로 넘어갔다. 괴테는 그들이 모든 것을 자유롭고 새로운 측

11) 프랑수아 피에르 기욤 기조(François Pierre Guillaume Guizot, 1787~1874). 프랑스의 정치가, 역사가. 자유주의자로서 부르봉왕조의 정치에 반대해, 루이 필립을 도와 그의 내상, 외상 등을 역임, 1840년에 수상이 되었다. 정치에서 실각 후, 저술에 전념했으며, 저서 중 특히 『영국 혁명사』, 『프랑스 문명사』 등이 유명하다. 역사학파의 시초를 이루었다.

면에서 관찰함으로써 곧바로 목표를 향해 돌진했다면서 이 사람들의 관점을 높게 평가했다. 괴테가 말했다. "말하자면 지금까지 사람들은 우회로와 구부러진 길로 해서 정원에 도달했다고 할 수 있네. 그런데 이 사람들은 대담하고 자유롭게도 그곳의 담장을 허물어버리고 그 자리에 문을 만들었기 때문에 그 즉시 정원의 넓은 길로 들어설 수가 있었던 거야."

쿠쟁에 대해 이야기를 하다가 화제는 인도철학으로 넘어갔다. 그가 말했다. "그 영국인의 보고가 사실이라면 이 철학은 결코 낯선 것이 아니네. 오히려 그 철학 속에서는 우리 모두가 경험해 온 시기들이 반복되고 있어. 우리가 아이 시절에는 감각주의자이네. 그리고 우리가 사랑을 하고, 사랑하는 대상에게 본래부터 거기에 들어 있지 않은 특성을 부여하는 동안은 이상주의자라네. 그러다가 사랑이 흔들리고, 충실함을 의심하게 되면 자신도 모르게 어느새 회의주의자가 되어 있는 것이지. 남은 생애는 아무래도 상관없어. 가는 대로 내버려 두다가 정관주의(靜觀主義)로 끝을 맺는다네. 인도의 철학자들처럼 말일세.

독일철학에서는 아직 해야 할 두 가지 과제가 있어. 칸트가 『순수 이성 비판』을 집필함으로써 헤아릴 수 없이 많은 것이 이루어졌지만, 아직까지 완전히 마무리가 되지는 않았네. 이제 유능하고 중요한 인물이 나타나서 '감각'과 오성에 대한 비판을 써야만 하네. 그리고 이것이 마찬가지로 탁월하게 이루어진다면 독일철학에 더 바랄 것이 그리 많지 않게 되겠지."

괴테가 계속해서 말했다. "헤겔이 『베를린 연감』에 하만에 대한 평론을 썼네. 요 며칠간 그것을 읽고 또 읽어보았는데 정말 칭찬하지 않을 수 없더군. 비평가로서의 헤겔의 판단은 언제나 훌륭했어.

빌맹도 비평에서는 마찬가지로 매우 탁월하다네. 프랑스인들은 볼테르에 견줄 만한 재능을 다시는 보지 못하겠지. 하지만 빌맹은 정신적인 면에서 볼테르를 능가하고 있고, 그 때문에 볼테르의 미덕과 오류에 대해 평가할 수 있다고 말해도 무방할 것이네."

1829년 2월 18일 수요일

우리는 색채론, 그중에서도 물컵 현상에 대해 이야기를 나누었다. 흐릿한 물컵은 빛을 배경으로 하면 황색으로, 어둠을 배경으로 하면 청색으로 보이게 되는데, 여기에서 근원현상을 관찰할 수 있다.

괴테가 이번 기회에 말했다. "인간이 도달할 수 있는 최상의 경지는 경탄이라네. 그리고 근원현상을 보고 경탄한다면 그것으로 만족해야 하네. 더 높은 것은 허락되지도 않고, 더 이상의 것은 그 뒤에서 찾을 수도 없으니 말일세. 이것이 한계야. 하지만 근원현상을 목도한 인간은 보통 거기에서 만족하지 않고 더 이상 나아갈 수 있다고 생각한다네. 마치 거울 속을 들여다보고 난 후 즉시 뒤집어서 그 뒷면에 무엇이 있는가를 보려는 아이들처럼 말이야."

화제는 메르크[12)]에게로 옮아갔다. 나는 메르크도 자연 연구에 종사하고 있는지를 물었다. "그렇다네." 하고 괴테가 말했다. "그는 심지어는 중요한 자연사 수집품들을 소장하고 있네. 메르크는 참으로 다방면에 재능이 있는 사람이야. 예술도 사랑했지. 어느 정도인가 하면 그가 생각하기에 예술의 '예' 자도 모르는 속물의 손에 훌륭한 작품이 있는 걸 보면 그것을 자신의 소유로 만들기 위해 온갖 수단을 다 동원했네. 그런 일에는 양심 같은 것은 고려하지도 않았어. 모든 수단을 정당화했고, 심지어 별다른 방법이 없을 경우에는 그럴듯한 속임수도 마다하지 않았지." 괴테는 이런 부류의 아주 흥미 있는 예들을 몇 가지 이야기해 주었다.

괴테가 계속해서 말했다. "메르크 같은 사람은 다시는 태어나지 않을 걸세. 다시 태어난다 하더라도 세상이 그를 딴 방향으로 끌고 가버리겠지. 메르크와 내가 젊었던 때는 정말 좋은 시대였어. 독일 문학은 누구라도 기꺼이 많은 훌륭한 것들을 그려 넣기를 희망하는 깨끗한 화판과도 같았지. 그러나 이제는 많이 그려지고 더럽혀졌기 때문에 그것을 보아도 기쁜 마음이 별로 들지 않고, 총명한 사람이라도 자신이 어디에다 무엇을 더 그려야 하는지 모를 지경이 되었네."

---

12) 요한 하인리히 메르크(Johann Heinrich Merck, 1741~1791). 다양한 방면에 소예가 깊었던, 다름슈타트 출신의 작가, 번역가, 비평가.

1829년 2월 19일 목요일

괴테와 함께 그의 서재에서 단둘이 식사를 했다. 괴테는 매우 기분이 좋았다. 그는 낮 동안 좋은 일들이 있었으며, 또 아르타리아[13]와 궁정 사이의 일도 좋은 결말을 맺는 것을 보았노라고 말했다.

그러고 나서 우리는 『에그몬트』에 관해 많은 이야기를 나누었다. 이 작품은 실러가 미리 검토를 한 후 저녁에 괴테에게 넘겨주는 방식으로 쓰였는데, 이런 방식 때문에 겪어야 했던 불리한 점들이 언급되었다.

"여군주가 없었다면 여러 가지로 좋지 않은 점이 있겠지요." 하고 내가 말했다. "그녀는 작품에 정말 필수적인 존재입니다. 왜냐하면 이 여군주는 작품 전체에 더욱 높고 고귀한 특징을 부여할 뿐만 아니라 정치적인 상황들, 특히 스페인의 궁정과 관련된 정치적 상황들을 마키아벨리와의 대화를 통해 더욱 분명하고 결정적으로 보여주기 때문입니다."

"의심의 여지가 없네." 하고 괴테가 대답했다. "에그몬트도 그에 대한 여군주의 애정이 발하는 광채로 더욱 위엄이 넘치는 인물이 된다네. 클레르헨 역시 공주들까지 물리치고 에그몬트의 사랑을 독차지하는 순간 더욱 고상한 인물처럼 보이지. 이 모든 게 아주 섬세한 효과를 발휘하고 있기 때문에 만일 그것들이 훼손된다면 작품 전체가 위험에 빠질 우려가 있

---

13) 만하임의 예술품 수집가.

는 걸세."

내가 말했다. "그런데 저로서는 그렇게 많은 중요한 남자 배역들 가운데 클레르헨 같은 여성이 홀로 등장한다는 것이 너무나 허약하고 어느 정도 억압된 느낌마저 받게 됩니다. 하지만 여군주의 존재로 전체 장면은 더 나은 균형을 이루게 됩니다. 작품 속에서 그녀가 직접 말할 필요도 없겠지요. 직접 등장하는 것만으로도 효과가 있을 테니까요."

"자네는 상황을 아주 올바르게 느끼고 있군." 하고 괴테가 말했다. "내가 그 작품을 썼을 때 나는 자네가 생각하는 것처럼 모든 것을 고려했었지. 주인공 하나를 빼버릴 경우 작품 전체가 극심한 타격을 입게 된다는 것은 그리 놀라운 일이 아니야. 그 주인공이 작품 전체와 연결되어 있고, 그 주인공으로부터 전체가 성립하는 마당에 말일세. 하지만 실러의 본성에는 그 어떤 강압적인 요소가 있었네. 그는 미리 받아들인 이념에 따라 행동하곤 했지. 다루어야 할 대상에 대해 충분히 유의하지도 않고서 말이야."

"비난받으실 만도 하군요." 하고 내가 말했다. "말없이 참으시면서 그토록 중요한 문제에서 그분에게 무제한의 자유를 주셨으니 말입니다."

"살다 보면 이따금 지나치게 무관심해질 때가 더러 있는 법일세." 하고 괴테가 말했다. "당시에 나는 다른 일들에 깊이 빠져 있었네. 그러니 연극이라든지 『에그몬트』에 대해서는 거의 관심을 가질 수가 없었어. 나는 그가 하는 대로 내버려 두었지. 하지만 그 작품이 인쇄되어 나와 있고, 또 줄이지 않고 내가 원래 썼던 대로 충실하게 공연할 만큼 사리 판단을 갖춘 극장들이 있기 때문에 조금이나마 위안이 된다네."

그러고 나서 괴테는 색채론에 관한 말을 꺼내고는, 요약문을 써보라는 그의 제안을 내가 잘 생각해 보았는지 물었다. 나는 있는 그대로 말했고, 우리는 예기치 않게 견해 차이를 보이게 되었다. 그 내용의 중요성을 고려해 여기에서 그 차이점을 설명하지 않을 수 없다.

햇살이 비치는 맑은 겨울날을 관찰한 사람이라면 눈 위의 그림자가 이따금 청색으로 보인다는 사실을 기억할 것이다. 괴테는 이 현상을 그의 『색채론』에서 주관적인 색의 현상에 포함시킨다. 그 이론의 토대는 높은 산의 정상에 살고 있지 않는 우리에게로 쏟아지는 햇빛은 결코 '흰색'이 아니라, 다소간의 안개가 낀 대기를 뚫고 지나온 황색이라는 것이다. 그러므로 햇빛을 받은 눈(雪)은 결코 흰색이 아니라 황색으로 물든 평면이 된다. 그리고 이 황색의 평면이 눈(眼)으로 하여금 대립색, 즉 청색이 생겨나도록 자극한다. 그러므로 눈(雪) 위에서 생성되어 보이는 청색 그림자는 피유도색이라는 것이다. 이 피유도색을 설명하는 장(章)에서 괴테는 앞의 현상을 설명하고, 몽블랑산에서 소쉬르가 관찰했던 현상을 거기에 따라 아주 일관되게 해석하고 있다.

나는 최근에 『색채론』의 첫 부분들을 다시 세세하게 읽었다. 괴테의 다정한 요구에 부응해 내가 그의 색채 이론의 요강을 작성할 수 있는지 알아보기 위해서였다. 그러던 중 앞서 말한 청색 그림자 현상을 눈과 햇빛의 도움을 받아 보다 자세히 관찰할 기회를 가지게 되었다. 하지만 적잖이 당황스럽게도 나는 괴테의 추론이 오류에 바탕하고 있다는 사실을 발견했다. 내가 어떻게 그런 착상을 얻게 되었는지를 아래에서 설명하고자 한다.

내가 사는 집의 거실 창들은 정남향이며, 창문에서 내다보면 정원이 보인다. 그리고 그 정원의 건너편에 건물 하나가 있다. 그 건물은 겨울에 태양의 고도가 낮아질 때면 내 쪽을 향해 커다란 그림자를 드리운다. 그리고 그 그림자는 정원의 절반 이상을 덮어버린다. 며칠 전 하늘은 구름 한 점 없이 푸르고 햇빛이 환하게 비치던 날, 나는 눈이 덮인 그 응달진 표면을 보게 되었는데, 놀랍게도 그 전체 표면이 완전한 청색이었다. 나는 혼잣말로 이것이 피유도색일 리는 없어, 하고 중얼거렸다. 왜냐하면 내 눈(眼)은 햇빛을 받고 있는 눈 덮인 표면으로부터는 아무런 영향을 받지 않았기 때문이다. 저 대립색을 생성시킬지도 모르는 눈 덮인 표면과 나의 눈은 아무런 연관이 없었다. 그곳에는 다만 응달진 청색의 표면만 보였다. 그러나 확실한 결론을 얻기 위해 그리고 근처에 있는 지붕들에서 반사되어 나오는 빛이 내 눈에 어떤 식으로든 영향을 주는 것을 차단하기 위해 나는 전지 한 장을 둥글게 말아 그 둥근 관을 통해 응달진 표면을 바라보았다. 하지만 그곳의 청색은 변함없이 그대로 청색이었다.

이 청색 그림자가 주관색일 수 없다는 것은 이제 의문의 여지가 없었다. 색은 거기에, 나와는 상관없이 바깥에, 독자적으로 존재하고 있었고, 나의 주관은 거기에 아무런 영향도 미치지 않았다. 그 색의 정체는 도대체 무엇이란 말인가? 일단 그곳에 있는 그 색은 어떻게 생겨날 수 있었는가?

나는 다시 여기저기를 둘러보았다. 그런데 보라! 수수께끼의 해결책이 떠올랐다. 나는 혼잣말로 말했다. 그건 바로 푸른 하늘의 반사광이 아닌가? 응달의 그림자가 그 반사광을 끌어당겼고, 그 반사광도 응달의 그림자 속에 자신을 정착시키려고 하지 않는가? 왜냐하면 『색채론』에도 다음과 같이 쓰여 있기 때문이다. "색채는 그림자의 친척 관계에 있다. 색채는 일단 계기가 주어지기만 한다면 그림자와 기꺼이 결합하며, 그림자 속에서 그리고 그림자를 통하여 우리에게 나타난다."

그 후 며칠 동안에도 나의 가설의 정당성이 입증되었다. 나는 들판으로 나갔다. 하늘은 푸르지 않았다. 태양은 연무(煙霧)와도 비슷한 안개를 통하여 비치면서 눈 덮인 들판을 짙은 황색으로 물들였다. 태양빛은 분명한 그림자가 생겨날 수 없을 정도로 강렬했다. 괴테의 이론에 따르자면 이러한 경우에는 대립색으로서 선명한 청색이 생겨나야만 했다. 그러나 청색은 생겨나지 않았고, 그림자는 '회색' 그대로였다.

다음 날 아침, 하늘에는 구름이 끼어 있었고 태양이 이따금 그사이로 비치면서 눈 위에 분명한 그림자를 드리웠다. 그러나 그림자들은 어제와 마찬가지로 '청색'이 아니라 '회색'이었다. 두 경우에 푸른 하늘의 반사광은 그림자를 채색하는 데 아무런 영향도 주지 않았다.

그것을 보며 나는 충분한 확신을 얻게 되었다. 이런 현상에 대한 괴테의 유추는 자연에 의하여 진리로 입증되지 않았으며, 『색채론』에서 이 현상을 다루고 있는 단락들은 반드시 수정될 필요가 있었다.

아침 일찍 동이 틀 무렵이나 황혼이 질 무렵 또는 밝은 달빛 아래에서 촛불의 도움을 받아 만들어내면 특히 아름답게 나타나는 유색의 이중 그림자 현상도 앞의 경우와 비슷한 사례였다. 한쪽의 그림자, 즉 촛불에 비친 황색의 그림자는 객관적인 종류의 것으로서 흐린 매질의 이론에 포함되어야 하지만, 그 사실을 괴테는 분명하게 말하지 않고 있다. 반면에 괴테는 다른 한쪽의 그림자, 즉 희미한 일광이나 달빛에 비친 푸르스름하거나 열은 청록색의 그림자를 주관색으로 규정한다. 다시 말해 그는 이 그림자를 촛불이 흰색의 종이 위에 던지는 황색 빛에 의해 눈(眼) 속에서 생기는 피유도색이라고 규정한다.

나는 관련 현상을 아주 세심하게 관찰한 결과 이 이론도 역시 전적으로 타당하지는 않다는 사실을 발견했다. 내 생각으로는 오히려 바깥으로부터 영향을 미치는 희미한 일광이나 달빛 자체가 이미 푸르스름하게 채색하는 색조를 가지고 있는 것으로 보였다. 그리고 이 색조가 일부분은 그림자에 의해 또 일부분은 촛불의 유도하는 황색 빛에 의해 강화됨으로써 일종의 객관적 바탕이 마련되고 또 그것이 우리 눈에 관찰되는 것으로 보였다.

동트는 아침이나 달빛이 창백한 빛을 던진다는 사실은 잘 알려져 있다. 동틀 녘이나 달빛 속에서 비치는 얼굴은 경험에서 충분히 알 수 있듯이 창백하게 보인다. 셰익스피어도 이 점을 잘 알고 있었던 것으로 보인다. 왜냐하면 저 특별한 장면, 즉 로미오가 동이 틀 무렵 그의 연인 곁을 떠나 야외로 나갔을 때 그 모습이 갑자기 창백하게 변하는 것은 셰익스피어가 그런 현상에 대해 정통하고 있었음을 말해주기 때문이다. 그런 빛의 영향으로 창백하게 된다는 사실은 그러한 빛 자체가 옅은 녹색이나 푸르스름한 색을 가지고 있음을 충분히 암시한다. 말하자면 그러한 빛은 옅은 청색이나 옅은 녹색 유리로 만든 거울과 동일한 작용을 하는 것이다. 다음 사실들은 그 점을 더 분명히 말해준다.

정신의 눈에 보이는 빛은 완벽한 흰색이라고 보아도 좋을 것이다. 그러나 육체의 눈에 의해 감지되는 경험상의 빛이 그러한 순수한 흰색의 상태로 보일 가능성은 거의 없다. 오히려 그러한 빛은 안개라든지 그 밖의 것에 의해 변형되어 양(陽)의 영역으로 기울거나 혹은 음(陰)의 영역으로 기운다. 다시 말해 황색이나 청색의 색조를 띠고 나타나려는 경향을 가지고 있다. 직접적으로 비치는 햇빛은 그러한 경우에 분명하게 양의 영역, 즉 황색의 영역으로 기울며, 촛불의 경우도 마찬가지이다. 그러나 달빛과 동틀 녘 혹은 황혼 무렵의 일광은 둘 다 직사광이 아니고 간접광이며, 더욱이 어스름과 밤에 의해 변형되어 수동의 영역으로 음의 영역으로 기울면서, 우리 눈에는 푸르스름한 색조로 보이게 되는 것이다.

어스름할 무렵이나 달빛 아래서 흰색의 종이 한 장을 바닥에 놓아 그 절반은 달빛이나 태양빛에 비치게 하고 다른 절반은 촛불에 비치도록 만들자. 그러면 종이의 절반은 옅은 청색의 색조를 띠게 되고 다른 절반은 옅은 황색의 색조를 띠게 된다. 그렇게 두 종류[14]의 빛은 그림자가 더해지지도 않고 주관적으로 상승되지도 않은 상태[15]에서 이미 양의 영역이나 음의 영역에 속해 있다는 사실이 드러난다.

그러므로 내 관찰의 결론은 이렇다. 유색의 이중 그림자에 관한 괴테의 이론도 전적으로 타당하지는 않다. 이 현상에서 괴테가 관찰했던 것보다는 객관적인 요소가 더욱 강하게 작용하고 있으며, 주관적인 유도(誘導)의 법칙은 이 경우 부차적일 뿐이다.

인간의 눈이 도처에서 그토록 예민하게 반응해 그 어떤 색채로부터 아주 미미한 영향을 받는 즉시로 대립색들을 생성시키게 된다면 어떻게 될 것인가. 눈은 끊임없이 하나의 색을 다른 색으로 이전시키게 되고 그 결과 불쾌하기 짝이 없는 혼합만 생겨나게 될 것이다.

그러나 다행스럽게도 사실은 그렇지 않다. 오히려 건강한 눈은 피유도색들을 전혀 감지하지 못하거나 아니면 억지로 애를 써야만 피유도색들이 생겨나도록 만들어졌다. 그렇다. 피유도색들이 생겨나려면 유리한 조건 아래에서일지라도 상당한 정도의 연습과 숙달이 필요하다.

그러나 괴테 자신은 그러한 주관적 현상들에 고유한 특징, 즉 그러한 현상들을 불러일으키기 위해서 눈은 어느 정도의

---

14) 한쪽으로는 달빛이나 일광 그리고 다른 한쪽으로 촛불을 가리킨다.

15) 어스름한 무렵의 일광이나 달빛은 분명한 그림자라든지 선명한 대립색을 불러일으킬 만큼 강하지 않기 때문이다.

강력한 자극을 필요로 하며, 그런 현상들이 생겨난다 하더라도 영속성을 가지지 않고 일시적이며 신속하게 사라지는 성질을 가지고 있다는 사실을 쉽사리 간과하고 있다. 눈 덮인 표면의 청색 그림자 현상이라든지 유색의 이중 그림자 현상이나 그 점은 마찬가지이다. 왜냐하면 두 경우 중요한 것은 거의 눈에 띄지 않을 정도로 채색되어 있는 표면이기 때문이다. 그리고 또 두 경우 피유도색은 처음 얼핏 볼 때만 선명하게 눈에 띌 뿐이기 때문이다.

그러나 괴테는 일단 자신이 인식한 법칙을 굳게 고수하고, 들어맞지 않아 보이는 경우에도 자신의 원리를 지키려 함으로써 아주 쉽사리 오류에 빠지게 되었다. 그리하여 하나의 종합을 지나치게 포괄적으로 적용하고, 전혀 다른 식으로 작용하는 것을 보더라도 자신이 애써 발견한 법칙을 고수했던 것이다.

오늘 그가 자신의 『색채론』을 언급하면서 앞에서 말했던 요강을 작성하는 문제가 어떻게 되었는지를 물었을 때 나는 방금 설명한 점들을 말하고 싶지 않았다. 왜냐하면 당혹스럽게도 내가 사실대로 말할 경우 괴테가 마음이 상할 것이라고 느꼈기 때문이었다.

그러나 내게는 요강을 작성하는 문제가 실제로 중요했기 때문에, 그 일에 확실한 진전을 이루기 위해서는 우선 모든 오류들과 모든 오해들에 대해 토의하고 그것들을 제거해야만 했다.

그래서 나는 전적인 신뢰감을 가지고 그에게 토로하는 수밖에 없었다. 세심하게 관찰해 보니 몇 가지 점에서 그와는 다른 결론을 얻게 되었고, 눈 덮인 표면 위에서의 청색 그림자 현상과 아울러 유색의 이중 그림자에 관한 그의 이론이 전적으로 확실하게 입증된 것이라고 볼 수는 없다는 나의 견해를 말했다.

나는 그에게 이런 점들에 대한 나의 관찰과 생각을 전달했다. 그러나 내게는 그러한 대상들에 대해 구두상으로 세세하고 명료하게 설명할 능력이 없었으므로, 내가 관찰한 결과에 대해서만 간단히 언급했고, 개별적인 부분에까지 파고드는 세세한 설명은 글로 작성해 보고드리겠노라고 말했다.

그러나 내가 이런 말을 꺼내자마자, 괴테의 숭고하고 밝은 얼굴은 금세 어두워졌다. 그가 나의 반대 견해를 인정하지 않는다는 사실은 너무도 분명했다.

"물론 선생님의 견해에 반대하려는 사람은 새벽 일찍 일어나야겠죠. 그러나 지혜로운 사람이 너무 서두르는 바람에 어리석은 사람이 오히려 사실을 발견하게 되는 경우도 있지 않겠습니까."

"마치 자네가 진실을 발견하기라도 한 것처럼 말하는군!" 하고 괴테가 조금 반어적이고 빈정대는 어투로 대답했다. "유색 광선에 대한 자네의 주장은 14세기에나 할 법한 생각이야. 더욱이 자네는 어둡고 우매한 말재간에 코를 파묻고 있는 셈이네. 자네에게 있는 유일한 장점은 최소한 생각한 대로 바로 말할 수 있을 만큼 충분히 정직하다는 걸세."

괴테가 다소 명랑하고 더 온화해진 표정으로 계속해서 말했다. "나의 색채론으로 말할 것 같으면 바로 기독교의 경우와 꼭 같네. 처음 잠시 동안은 충실한 제자들을 가졌다고 믿었었는데, 어느새 빗나가서 그들이 새로운 종파를 만드는 게 아니겠나. 자네도 다른 자들과 마찬가지로 이단자야. 자네도 나로부터 돌아선 첫 번째 사람은 아니야. 아주 뛰어난 사람들과도 나는 색채론의 논점 차이 때문에 결별했네. 누구와는 무슨무슨 문제 때문에 그리고 또 다른 누구와는 무슨무슨 문제 때문에 말일세…….”

우리는 그동안 식사를 끝냈다. 대화는 중단되었다. 괴테는 일어나 창가로 가서 섰다. 나는 그에게로 가서 손을 잡았다. 왜냐하면 비록 그가 비난하더라도 나는 그를 사랑하고 있으며, 또 옳은 것은 내 쪽이고 그가 고통을 받고 있는 쪽이라는 느낌이 들었기 때문이었다.

오래지 않아 우리는 다시 사소한 일들에 대해 이야기를 나누고 농담을 주고받았다. 그러나 내가 작별을 고하면서 나의 반론을 더 잘 검토하기 위해 문서상으로 보고를 드릴 것이며 내 견해의 정당성이 인정되지 않은 것은 내가 구두상으로 설명을 잘하지 못했기 때문이라고 말하자, 그는 문간에 서서 웃음 반 조롱 반으로, 나에게 자네는 이단자이며 이단자의 설을 내세우고 있다는 말을 던졌다.

문학작품의 경우에는 언제나 관용적인 태도를 견지하며 모든 설득력 있는 반대 견해를 받아들였던 괴테가 그의 색채 이론에 관해서는 반대 의견을 관대하게 잘 수용하지 못했던 것은 문제라고 할 수 있다. 그러나 곰곰이 생각해 보면 그 수수께끼는 풀릴 수 있다. 시인으로서의 그는 세상 사람들로부터 최상의 찬사를 받았지만, 그의 모든 작품들 가운데서 가장 방대하고 가장 난해한 『색채론』은 오직 비난만 들어야 했다. 반평생 사방으로부터 도저히 납득할 수 없는 반론에 부딪쳐 왔으므로 그가 시종일관 일종의 도발적인 전투 상태를 견지하면서 열정적인 반대를 위한 만반의 태세를 갖추어야만 했던 것은 어쩌면 당연한 일이 아니겠는가.

그의 색채론과 관련지어 볼 때 그는 마치 선량한 어머니와도 같다. 자신의 뛰어난 아이가 다른 사람들로부터 인정을 받지 못하면 못할수록, 그 아이를 더욱더 사랑할 수밖에 없는 어머니 말이다.

괴테는 거듭해서 말했다. "내가 시인으로서 남긴 모든 업적은 아무것도 아닌 것처럼 여겨지네. 뛰어난 시인들이 나와 함께 살아왔고, 내 이전에도 더욱 뛰어난 시인들이 있었으며, 내가 죽은 후에도 있을 테니까. 그러나 내가 금세기에 색채론이라는 난해한 학문의 영역에서 올바른 것을 알고 있는 유일한 사람이라는 사실만은 자부하고 있으며, 그 점에서 다른 많은 사람들에 대해 우월감을 가지고 있는 것이네."

1829년 2월 20일 금요일

괴테와 함께 식사를 했다. 그는 『편력시대』를 탈고한 것을 기뻐하면서 내일 원고를 부칠 것이라고 말했다. 색채론에서 그는 눈 덮인 표면의 청색 그림자와 관련해 나의 견해에 어느 정도 공감을 표했고, 이어서 『이탈리아 여행기』에 대해 언급하면서 곧 다시 쓰기로 했다는 것이다.

"우리는 말하자면 여자들과 같네." 하고 괴테가 말했다. "아이를 낳으면서 다시는 남자와 잠자리를 하지 않겠노라고 해놓고는 어느새 또 아이를 가지게 되거든."

그러고 나서 그는 자신의 자서전[16] 네 번째 책을 앞으로 어떤 방식으로 쓸 것인가에 대해 언급했다. 그리고 1824년에 이미 완성되고 구상된 원고에 대한 나의 지적이 그에게 많은 도움이 되었다는 말도 덧붙였다.

이어서 괴테는 괴틀링의 일기를 낭송해 주었는데, 예나의 이전 펜싱 챔피언에 대한 이야기를 아주 호감 있게 다룬 내용이었다. 괴테는 괴틀링에 대해서 여러 가지 칭찬의 말을 했다.

1829년 3월 23일 월요일

괴테가 말했다. "내가 가지고 있는 원고들 중에서 '건축술은 응결된 음악'이라고 써놓은 쪽지 한 장을 발견했네. 사실 일리 있는 말이야. 건축술이 발산하는 분위기는 음악의 효과에 근접하고 있으니까. 웅장한 건축물들과 방들은 제후와 부자들을 위한 것이지. 그 안에서 살게 되면 안락함을 느끼고

16) 『시와 진실』을 가리킨다.

만족해하면서 더 이상 다른 것을 바라지도 않는다네.

하지만 그런 것은 나의 본성에는 전혀 맞지 않아. 나는 칼스바트에 가지고 있었던 것과 같은 화려한 저택에 살게 되면 금방 게을러지고 비활동적이 된다네. 반면에 약간은 무질서하고 약간은 집시풍이기도 한 이 초라한 방과 같은 수수한 주택이 나에게 어울리지. 그래야만 활동적이게 되고, 나 자신으로부터 창조하려고 하는 내밀한 본성이 마음껏 활개를 펼 수가 있네."

우리는 실러의 편지와 거기에 나타난 실러의 삶에 대해서, 그리고 날이면 날마다 서로 상충되는 일들에 내몰렸던 상황들에 대해 이야기를 나누었다. 내가 말했다. "실러는 『파우스트』에도 커다란 관심을 가졌던 것으로 보입니다. 그분이 선생님을 재촉한 것은 정말 잘한 일이었어요. 그리고 그분 자신이 『파우스트』의 창작에 계속적으로 관여하기 위해 자신의 이념을 전개시켜 나가는 부분은 정말 우호적이라고 하지 않을 수 없습니다. 아울러 제가 느낀 점은 그분의 본성에 약간 성급한 면이 있다는 것입니다."

"자네 말이 맞네." 하고 괴테가 동의를 했다. "그는 지나치게 이념에 의존하는 그런 유형이었지. 또한 그는 쉬지도 않았거니와 결코 매듭을 지을 수도 없었네. 『빌헬름 마이스터』에 관한 편지들에서 보다시피 그는 방금 이랬다가는 방금 다른 식으로 바꾸려 했지. 그래서 나는 입장을 분명히 정하고서, 그의 일이든 나의 일이든 그러한 외부의 영향들로부터 보호하려고 애를 썼던 것이네."

내가 말했다. "오늘 아침에 그분의 「나도베스의 만가(挽歌)」를 읽었는데, 너무나 뛰어난 시라서 감명 깊었습니다."

괴테가 대답했다. "자네가 보다시피 실러는 위대한 예술가였고, 전승되어 온 객관적인 소재라면 확실하게 다룰 수가 있었지. 「나도베스의 만가」는 물론 그의 가장 뛰어난 시들에 속하네. 나로서도 그가 그런 종류의 시를 한 다스 정도 쓰기를 바랐었지. 그런데 실제로 어떤 일이 벌어졌는지 알고 있는가? 실러의 가까운 친구들이 그의 이념이 충분히 들어 있지 않다면서 그 시를 나무랐지 뭔가? (그래, 이 사람아, 알고 보면 친구들이 골칫덩어리인 셈이야!) 훔볼트마저도 나의 도로테아를 나무랐었지. 병사들이 공격해 왔을 때 그녀가 무기를 잡고 휘둘렀다고! 만일 그런 행동이 없었다면 그 시대와 그 상황에 적합했던 저 특별난 소녀의 개성은 즉시 사라져 버리고 그저 그런 소녀 중 한 명으로 추락하고 마는데도 말이야. 자네도 앞으로 더 살다 보면 알게 되겠지만, 당연히 그래야만 하는 사실을 고수하는 사람은 극히 드물다네. 오히려 모든 사람들은 자기 입맛에 맞는 것만을 칭송하고 드러내려 하는 법이야. 가장 뛰어나다고 하는 자들도 그 모양이었지. 대중의 견해와는 상관없이 자신이 언제나 혼자였다는 것이 무엇을 의미하는지 잘 생각해 보게.

만일 내가 조형예술과 자연 연구에 대한 기초적인 토대가 없었더라면 그처럼 열악한 시대와 그 일상적인 영향하에서 제대로 배겨나기 어려웠을 것이네. 사실 그런 토대가 나를 보호해 주었고, 또한 그 점에서 실러에게도 도움이 되었던 걸세."

1829년 3월 24일 화요일

괴테가 말했다. "인간은 높이 도달하면 할수록 점점 더 데몬[17]의 영향을 많이 받게 되는 법일세. 그러니 자신의 주체적 의지가 샛길로 빠져들지 않도록 늘 정신을 차리고 있어야 하네.

나와 실러의 친교에서도 그 어떤 데몬적인 요소가 작용했음에 틀림없네. 우리는 더 이전에, 아니면 더 나중에 결합될 수도 있었어. 그러나 마침 내가 이탈리아 여행에서 돌아오고, 실러가 철학적인 사변에 지치기 시작했을 바로 그 시기에 만

---

17) 괴테의 예술과 세계관을 이해하는 데 아주 중요한 개념이다. 그는 그리스 사람들이 말하는 '다이몬'을 '데몬'으로 독일어 번역했는데, 그는 그 개념을 '알려지지 않은 신의 힘'으로서가 아니라 '개성' 내지는 '성격'으로 파악했다. 즉 데몬은 한 인물에게 주어진 필연적이고 제한적인 개성이며 한 사람이 다른 사람과 구분해 존재할 수 있는 특성이기도 하다. 그는 이런 타고난 힘과 특성이 그 인간의 운명을 좌우한다고 본다. 그러므로 데몬적인 개성은 그 타고난 힘과 실행력이 특별히 강력하며, 이성적으로는 해명할 수 없는 영향력을 불러일으킨다. 그는 『시와 진실』에서 이렇게 말한다. "그들(=데몬적인 인물들)에게서는 무시무시한 힘이 흘러나오며, 모든 피조물들, 아니 원소에 이르기까지 믿을 수 없을 만큼 강력한 힘을 발휘한다. ……그리고 대중은 그들에게 이끌리게 된다." 그리고 그런 데몬적인 인간의 유형으로 괴테는 나폴레옹과 카를 아우구스트 대공, 표트르1세 그리고 프리드리히대왕을 꼽았다.

반면에 초개성적인 데몬은 오성과 이성으로는 포착할 수 없는 운명적인 힘으로 자연의 사건과 세계의 사건을 결정한다. 물론 그 법칙은 모순 속에서 나타나기 때문에 인간으로서는 파악할 수가 없다. 때로는 도덕적인 세계 질서에 역행하면서 선이든 악이든 불가능한 것을 이루며 또 파괴하기도 한다.

나게 되었다는 것이 중요하며, 또 두 사람에게 무엇보다 커다란 성과를 가져다주었던 걸세."

1829년 4월 2일 목요일

오늘 식사 때 괴테가 말했다. "조만간에 드러날 정치적인 비밀 하나를 자네에게 말해주겠네. 카포디스트리아스[18]는 그리스 사태의 지도적 지위에 오래 머무를 수가 없을 것이네. 왜냐하면 그에게는 그런 지위에 필수적인 자질이 결여되어 있기 때문이야. 그는 군인이 아니거든. 각료 출신의 정치가가 혁명적인 국가를 조직하고 군대와 장수들을 자신의 지휘하에 복종시킬 수 있었던 사례는 아직 보지 못했네. 손에 군도를 쥔 채, 군대의 선두에 선 자라야만 명령을 내리고 법을 제정할 수 있으며, 그래야만 규율이 선다는 건 분명해. 그렇지 않으면 곤경에 처하게 되리라는 것은 뻔한 이치지. 나폴레옹도 군인이 아니었다면 결코 최고의 권좌에 도달할 수가 없었을 테지. 그러니 카포디스트리아스도 일인자의 지위를 오래 지키지는 못할 것이고, 머지않아 부차적인 역할을 하게 되겠지. 자네에게 이 점을 미리 말하네만 곧 현실로 드러나는 걸 보게 될

18) 이오아니아 안토니우스 카포디스트리아스(Ioánnis Antónios Kapodistrias, 1776~1831). 그리스의 정치가. 이오니아공화국의 외무장관을 지냈으며, 그리스공화국의 초대 대통령이 되었고 민중의 봉기 속에서 암살당했다.

것이네. 그런 일의 본성이 그렇기 때문에 달리 다른 방식으로 될 리는 없는 거지."

그러고 나서 괴테는 프랑스인들, 특히 쿠쟁과 빌맹과 기조에 대해서 이런저런 이야기를 했다. "이 사람들의 통찰력과 사려 깊음과 예견력은 대단해." 하고 그가 말했다. "그들은 과거에 대한 완벽한 지식을 19세기의 정신과 결합시켰는데 그 점이 놀라운 결과를 가져온 것이네."

이들에 대한 이야기로부터 시작되어 화제는 최근의 프랑스 시인들 그리고 '고전적인 것'과 '낭만적인 것'의 의미로 넘어갔다. "이 두 개념의 관계를 그런대로 나타낼 새로운 표현이 떠올랐네." 하고 괴테가 말했다. "고전적인 것은 건강한 것, 낭만적인 것은 병적인 것이라고 부르겠네. 예컨대 니벨룽겐의 노래와 호메로스의 작품은 고전적인 것이네. 왜냐하면 이 둘은 건강하고 힘차기 때문이지. 대부분의 현대 작품은 새로워서가 아니라 허약하고 병들었기 때문에 낭만적인 걸세. 그리고 고대의 작품은 그것이 오래되었기 때문이 아니라 강력하고 힘차며 신선하고 건강하기 때문에 고전적인 것이네. 그런 특성에 따라 고전적인 것과 낭만적인 것을 구분한다면 우리는 곧 그 진상을 이해하게 되는 셈이지."

대화는 베랑제의 감금[19]으로 이어졌다. "그로서는 정말 당연한 결과야." 하고 괴테가 말했다. "그의 최근 시들은 정말이

---

19) 1828년에 발표된 그의 시집 『발표하지 않은 노래』가 국왕을 조롱했다는 혐의로 체포되어 벌금형에 처해졌다.

지 기율도 질서도 없어. 왕과 국가와 온건한 시민 정신에 대항했으니 벌을 받고도 남을 만한 짓을 한 거지. 이와는 달리 그의 이전 시들은 밝고 순진무구했고, 명랑하고 행복한 인간들의 무리를 보여주는 데 아주 적절했었지. 그리고 이런 것이 노래들 중에서는 최선의 것이니까 말일세."

내가 이어서 말했다. "그의 주변 인물들이 그에게 불리하게 작용한 게 분명합니다. 그는 혁명적인 친구들의 마음에 들기 위해서 이런저런 것들을 이야기한 것 같습니다. 안 그러면 할리가 없는 이야긴데 말입니다. 선생님께서 그런 환경이나 영향을 주제로 글을 쓰시면 어떻겠습니까. 그 주제는 생각하면 할수록 더욱 중요하고 풍성한 것이니까요."

"너무도 풍성한 주제야." 하고 괴테가 대답했다. "왜냐하면 결국에는 모든 것이 영향으로 이루어지기 때문이지. 사실 우리 자신의 것이라고는 없는 걸세."

"다만 고려할 점은 그 영향이 장애물로 작용하느냐 아니면 유익하게 작용하느냐, 다시 말해 우리의 본성에 어울리고 우호적이냐 아니면 우리의 본성에 거슬리는가 하는 것이겠지요." 하고 내가 말했다.

괴테가 대답했다. "물론 그 점이 중요해. 그러나 우리의 보다 나은 본성이 자신을 강력하게 관철해 나가도록 만드는 한편, 데몬에게 합당한 정도 이상으로 양보하지 않는다는 것은 그 점 못지않게 어려운 일이네."

후식을 드는 동안 괴테는 꽃이 한창인 월계수 한 그루와 일본산 식물 하나를 식탁으로 가져오게 했다. 나는 두 식물이 각각 다른 분위기, 즉 월계수는 밝고 가볍고 부드럽고 평화로운 느낌을 주는 반면에, 일본산 식물은 야만적이고 우울한 느낌을 준다고 말했다.

"틀리지 않았네." 하고 괴테가 동의했다. "그런 연유로 한 나라의 식물 세계는 그곳 주민들의 정서에 영향을 미치겠지. 예컨대 평생 동안 키가 크고 엄숙한 떡갈나무에 둘러싸여 사는 자는 변덕스러운 자작나무 아래에서 나날을 보내는 자와는 다른 사람이 될 테지. 다만 유의할 점은 대부분의 사람들의 기질은 우리처럼 그렇게 예민한 편이 아니어서, 외부로부터의 인상에 그렇게 좌우되지 않으면서 독자적으로 힘차게 살아간다는 사실이네. 그러나 마찬가지로 중요한 점은 그 종족의 타고난 본성 이외에도 토양과 기후 그리고 영양 공급과 종사하는 일이 한 민족의 특성을 결정짓는 데 영향을 미친다는 것이야. 그리고 또 생각할 것은 아주 초기의 종족들이 대개는 그들 마음에 드는 토양을 차지했기 때문에 그들이 사는 지역과 그들의 타고난 특성은 이미 조화를 이루고 있었다는 점이네."

괴테가 계속 말했다. "뒤돌아서 자네 뒤쪽의 책상 위에 놓인 종이를 한번 들여다보게나."

"이 푸른색 편지 봉투 말입니까?" 하고 내가 물었다.

"그래." 하고 괴테가 대답했다. "필적을 보니 어떤가? 주소를 쓴 자가 대담하고 자유로운 사람이 아니겠는가? 그래 누구의 필적인지 짐작이 가지 않는가?"

나는 기꺼이 그 봉투를 들여다보았다. 필적이 매우 자유롭고 웅대한 느낌이었다. "메르크의 필적인 것 같습니다." 하고 내가 말했다.

"아닐세." 하고 괴테가 대답했다. "그 사람의 필적은 그처럼 고상하고 활달하지는 않네. 그건 첼터의 글씨야. 이 봉투의 경우에는 종이와 펜의 도움도 있고 해서, 필적이 그의 위대한 성품을 그대로 보여주고 있네. 이 봉투를 나의 필적 수집품 목록에 포함시킬 참이네."

1829년 4월 3일 금요일

건설국장인 쿠드레가 동석한 가운데 괴테와 식사를 했다. 쿠드레는 벨베데레의 대공 궁전의 계단을 화제로 꺼냈다. 그 계단은 오랜 세월 동안 아주 불쾌한 느낌을 주어왔음에도 불구하고 옛 군주가 보수 공사를 꺼려하면서 방치했는데 이제 젊은 군주가 들어서서 완전히 새롭게 개축되었다는 것이다.

또한 쿠드레는 이런저런 도로 공사의 경과에 대해서도 보고했다. 언덕들을 넘어 블랑켄하인으로 가는 길은 1루트[20]당 60센티미터의 경사각도 때문에 약간 우회해야 하는데 심지어 몇몇 군데에서는 1루트당 45센티미터의 경사 각도를 이루고 있다는 것이었다.

나는 쿠드레에게 구릉지대의 도로 공사에서 허용될 수 있는 기울기의 기준은 몇 센티미터인지 물었다.

---

20) 옛 길이의 단위로서 3.77미터.

그가 대답했다. "루트 당 25센티미터면 안락한 편이지요."

"그러나 바이마르에서 길을 떠나 어느 쪽으로든, 동이나 남이든 서나 북으로든 가다 보면 도로의 경사각이 루트당 25센티미터가 넘는 지점들이 금방 나타나지 않습니까." 하고 내가 반문했다.

쿠드레가 대답했다. "그것은 별다른 의미가 없는 짧은 구간에 불과하지요. 그리고 말을 교대하는 장소 부근에서는 기울기가 다소 가파르더라도 도로의 방향을 바꾸지 않고 공사를 그대로 진행하는데, 그곳에서 말을 교대해 주고 얻는 작은 수입이나마 놓치지 않으려고 일부러 그러는 것입니다."

우리는 이 악의 없는 꾀에 대해 크게 웃었다. 쿠드레가 계속해서 말했다. "사실상 그 정도는 별일 아닙니다. 여행객을 실은 마차라면 기울기가 심한 그러한 장소들을 손쉽게 지나가 버릴 테고, 짐마차꾼들이야 그러한 경사 지대를 힘들게 지나가는 데 이미 이력이 나 있으니까요. 그리고 말의 교대는 대개 여관에 가서나 이루어지기 때문에 마부들은 여관까지 가지 않고서도 여기에서 일단 숨을 돌리면서 한 모금의 물을 마실 기회를 가지게 되는 것이니, 그들에게서 그러한 낙을 빼앗을 수는 없는 노릇이지요."

"아주 평평한 지대에서도 말이야." 하고 괴테가 말했다. "도로를 일직선으로 죽 뻗게 내버려 두기보다는 이따금 중단시켜 일부러 조금씩 오르락내리락하게 만들면 더 낫지 않을까 하는 생각이 드는군. 그렇다고 해서 안락한 승차감에 지장을 초래하지도 않을 테고, 더욱이 그렇게 하면 빗물이 더 잘 빠져

도로를 언제나 건조한 상태로 유지할 수 있는 이점도 있으니 말일세."

쿠드레가 대답했다. "물론 가능한 일입니다. 그렇게 된다면 정말이지 매우 유용하다는 사실이 입증될 것입니다."

그러고 나서 쿠드레는 문서 하나를 내밀었는데 그것은 한 젊은 건축 기사를 교육시키기 위한 계획서였다. 건설국에서는 더 나은 교육을 위해 그 청년을 파리로 유학 보내려는 참이었다. 괴테는 계획서를 읽어보고는 아주 잘됐다면서 동의했다. 괴테가 장관에게 필요한 지원을 하라고 이미 말해두었던 터라, 그 일이 성사되자 모두들 기뻐했다. 그러고 나서 그 청년이 충분한 돈을 지원받아 일 년 동안 잘 지내게 할 수 있는 구체적인 조처에 대한 의견이 오갔다. 그 청년은 유학에서 돌아오면 새로 설립 중인 실습 학교의 교사로 임명될 예정이었고, 그러면 재능이 많은 그 청년에게도 곧 영향력을 발휘할 적당한 계기가 마련되리라는 것이었다. 모든 조건이 좋았으므로 나도 마음속으로 건투를 빌었다.

이어서 우리는 목공들을 위한 건축 설계도 사본들을 앞에 두고 관찰했는데, 쿠드레의 견해로는 그 사본들이 유익하며, 장차 설립될 실습 학교에서 사용되기에 나무랄 데가 없다는 것이었다.

화제는 건축물, 소음과 그 방지책 그리고 예수회 건물의 견고함에 대한 것으로 넘어갔다. "메시나에서는 말일세." 하고 괴테가 말했다. "모든 건물이 지진에 흔들렸었지. 그러나 예수회의 교회와 성당은 어제 세워지기라도 한 것처럼 요지부동이었네. 그 건물들이 지진의 영향을 받았다는 어떤 흔적도 보이지 않았던 거야." 이야기는 예수회 수도사들과 그 재산에서부터 가톨릭과 아일랜드의 해방에 관한 일로 연결되었다.

쿠드레가 말했다. "아마도 해방은 승인되겠지요. 하지만 의회는 유보 조건을 붙여 그런 조치가 어떤 식으로든 영국에 위험을 초래하지 않도록 할 것입니다."

괴테가 말했다. "가톨릭의 경우에는 어떤 예방 조처도 소용이 없네. 교황청은 우리가 생각지도 않는 일에 관심을 갖고 있고, 또 그것을 은밀히 수행하는 데 필요한, 우리로서는 짐작도 못할 수단을 갖고 있네. 나라도 지금 의회에 앉아 있다면 역시 해방을 막지는 않겠어. 하지만 유력한 프로테스탄트의 첫 번째 인물이 가톨릭의 투표에 의해 낙선된다면 내가 한 이 말을 상기하도록 기록으로 남겨두게 할 작정이네."

화제는 다시 프랑스인들의 최근 문학으로 옮겨갔고 괴테는 다시 한번 쿠쟁과 빌맹 그리고 기조의 강의에 대해 경탄을 보냈다. 괴테가 말했다. "볼테르식의 경박하고 피상적인 특성과는 달리 그들에게는 학식이 있어. 예전에는 독일인에게서만 볼 수 있었는데 말이야. 정신이라든지 대상에 파고들어 짜내는 방식은 정말로 뛰어나! 세 사람 모두 탁월하지만 그중에서도 기조를 가장 높이 사고 싶다네. 가장 내 마음에 드는 인물이야."

그러고 나서 화제는 세계사의 여러 문제들로 이어졌고, 괴테는 통치자에 대해서 다음과 같은 견해를 밝혔다.

"대중의 인기를 얻기 위해서라면 위대한 통치자는 자신의 위대함 말고는 어떤 수단도 필요치 않아. 그토록 노력하고 활동해 나라 안으로 번영을 이루고 나라 바깥으로 존경을 받게 된다면, 훈장이란 훈장은 죄다 매달고 호사스러운 마차에 앉아 있든 말든, 입에 궐련을 물고 곰 가죽을 걸친 채 허름한 마차를 타고 달리든 말든 아무 상관이 없네. 일단 국민의 사랑을 받고 나면 변함없는 존경을 받는 건 당연하니까 말이야. 그러나 군주에게 개인적인 위대함이 결여되어 있거나 선정을 베풀어 국민들의 사랑을 받는 방법을 모른다면 다른 통합 수단을 강구해야겠지. 그러는 데 종교와 그 의식을 함께 즐기고 함께 행하는 것보다 더 나은 효과적인 수단은 없네. 일요일마다 교회에 나타나서 군중을 내려다보고, 잠깐이나마 자신의 모습을 군중의 눈에 띄게 하는 것이 대중적 인기를 얻기 위한 가장 적절한 수단이지. 나는 모든 젊은 통치자들에게 이것을 권하고 싶네. 그 위대한 나폴레옹조차도 경시하지 않았던 방법이니까."

이야기는 다시 가톨릭으로 돌아가 성직자의 영향력과 활동이 겉으로 드러나진 않지만 실제로는 정말로 크다는 것이 화제가 되었다. 하나우의 한 젊은 작가가 얼마 전에 자기가 발행하고 있는 잡지에다가 묵주에 대해 다소간 농이 섞인 어조로 썼다가 그 즉시 폐간당했다는 이야기도 나왔는데, 여하간 성직자들의 영향력이 곳곳의 교구에 미치고 있기 때문이라고 했다.

괴테가 말했다. "나의 『베르테르』가 나오자 그 즉시 밀라노에서 이탈리아 번역판이 나왔지. 그런데 그 판은 얼마 되지 않아 단 한 권도 남기지 않고 품절되어 버렸어. 주교가 손을 써서 교구의 사제에게 모조리 사들이게 했다지 뭔가. 나로서도 화가 나지는 않았네. 오히려 『베르테르』가 가톨릭의 입장에서 악서라고 재빨리 간파한 그 영민한 자의 존재가 기뻤고, 즉석에서 가장 효과적인 수단을 사용해 그것을 감쪽같이 이 세상으로부터 다시 소멸시켜 버린 점을 칭송하지 않을 수 없었으니까."

1829년 4월 5일 일요일

괴테가 내게 말하기를 오늘 식사 전에 벨베데레 궁으로 마차를 타고 가서 쿠드레가 궁전 안에 새로 만든 계단을 눈으로 직접 보고 왔는데, 아주 잘 만들어졌다는 것이다. 또한 그는 커다란 통나무 화석(化石)이 하나 배달되어 왔다면서 보지 않겠느냐고 말했다.

괴테가 말했다. "이러한 화석화된 나무들은 대략 위도 51도상에서 발견되는데, 마치 지구를 빙 두르고 있는 띠라도 되는 것처럼 미국에까지 뻗어 있다네. 놀라운 현상이 아닐 수 없어. 여하간 지구의 초기 형성 과정은 도무지 감이 잡히고 있지 않아. 하지만 나는 자신의 가설을 널리 퍼뜨리기 위해 사람들을 교화시킨 부흐 씨를 비난할 수만은 없네. 그는 아무것도 몰라. 하지만 어느 누구도 그보다 더 많이 알지는 못하는 게 사실이니까 말이야. 그러니 결국엔 무슨 이론을 가르치든 마찬가지인 거지. 어느 정도의 합리적인 면모만 갖춘다면 말일세."

그러고 나서 괴테가 전해주기를 첼터가 나의 안부를 물었다기에 무척 기뻤다. 이어서 우리는 『이탈리아 여행기』에 대해 이야기를 나누었다. 그는 이탈리아에서 띄운 편지 가운데 시 한 편을 찾았는데 보지 않겠느냐면서, 내 맞은편 책상 위에 놓인 원고 상자를 가져다 달라고 부탁했다. 나는 그것을 가져다주었는데, 이탈리아에서 보내온 그의 편지들이었다. 괴테는 그 시를 찾아내어 낭송했나.

큐피드, 이 고집스러운 망둥이 소년아,
너는 나에게 몇 시간만 재워달라고 했었지.
그래놓곤 그렇게 오랫동안 밤낮으로 눌러앉았더냐!
그리고 이젠 보란 듯이 주인 행세로구나.

난 널찍한 내 침대에서 쫓겨나
이제 맨땅 위에 주저앉아 고통의 밤을 지새우는데,
너는 제멋대로 아궁이에 불을 지피고 또 지펴
겨울나기 땔감을 마구 태우며 가련한 내 속을 태우는구나.

너는 내 세간을 이리저리 마음대로 옮겨놓고 밀쳐놓아
그것들을 찾느라 나는 장님처럼 허둥거렸네.
그토록 마구 소동을 일으키니 나는 두렵기만 해.
가여운 영혼들이 너에게서 벗어나려다 아예 집을 떠나버릴까 봐.

이 시는 아주 새로운 느낌을 주었기 때문에 나는 아주 즐거웠다. "자네에게도 낯설지는 않겠지." 하고 괴테가 말했다. "루간티노가 부르는 「클라우디네 폰 빌라-벨라」에 들어 있는 노래니까 말이야. 하지만 나는 그 오페라에서 이 시를 단편적으로 여기저기 흩어놓았기 때문에 관객들은 그것이 무엇을 의미하는지도 모르고 흘려듣고 마네. 하지만 나는 그 편이 오히려 잘되었다는 생각이야. 상황을 우아하게 표현하고 있고 비유도 멋진 게 아나크레온풍[21]의 노래라고 하겠지. 사실은 이 시를 나의 오페라에 나오는 비슷한 노래들과 함께 『시집』에 다시 포함시켜 인쇄해 작곡가로 하여금 그 노래들 전체를 알게 했어야 했는데 그렇게 하질 못했던 것일세."

나도 그렇게 하는 것이 사리분별에 맞는다는 생각이 분명히 들었다.

괴테는 이 시를 아주 아름답게 낭송했었다. 그 장면은 내 머릿속에서 지워지지 않았으며, 괴테에게도 그것이 지속적인 인상을 남긴 것처럼 보였다. 그는 이따금 마치 꿈속에서처럼 마지막 두 행을 읊조리곤 했다.

그토록 마구 소동을 일으키니 나는 두렵기만 해.
가여운 영혼이 네게서 벗어나려다 아예 집을 떠나버릴까 봐.

그러고 나서 괴테는 나폴레옹을 다루고 있는, 새로 나온 책

21) 고대 그리스 시인 아나크레온과 그 추종자들이 추구한 향락적 시풍.

한 권에 대해 언급했다. 괴테는 그 책이 우리의 영웅을 잘 알고 있는 젊은이에 의해 집필되었는데, 아주 주목할 만한 관점들이 들어 있다고 주장했다. 괴테가 말했다. "그 책은 아주 냉정한 시각을 견지하고 있을 뿐 아무런 열정도 없이 쓰였네. 하지만 그 책은 누군가가 대담하게 발언하기만 한다면 진실하다는 것이 얼마나 위대한 개성을 발할 수 있는가 하는 점을 보여주고 있네."

괴테는 또 한 젊은 작가의 비극 작품 하나에 대해서도 언급했다. "그것은 병적인 심리 상태의 산물이야." 하고 그가 말했다. "수액이 어떤 사람에게는 원하지 않는데도 너무 과잉으로 주어지고, 그것이 정말 필요한 다른 사람에게는 주어지지 않는 것과 같아. 주제는 좋아, 매우 좋았어. 그러나 내가 기대했던 장면들은 거기에 없었어. 반면에 내가 기대하지 않았던 장면들이 억지스럽게 다루어져 있더군. 나는 이것이야말로 병적인 것, 다시 말해 낭만적인 것이 아니겠는가 하는 생각이 들더군. 우리의 새로운 이론의 기준에 따른다면 말일세."

우리는 이후에도 한동안 즐거운 기분으로 함께 있었다. 괴테는 나에게 마지막으로 약간의 대추나무 열매와 많은 양의 꿀을 선사했고, 나는 그것들을 집으로 가져왔다.

1829년 4월 6일 월요일

괴테가 에곤 에베르트에게서 온 편지 한 통을 건네주기에 식사를 하면서 즐겁게 읽었다. 우리는 에곤 에베르트와 보헤미아[22]에 관해 이것저것 칭송했고, 또 차우퍼 교수에 대해서도 호감 어린 기억을 떠올렸다.

"보헤미아는 독특한 나라야." 하고 괴테가 말했다. "나는 그곳에 있으면 언제나 즐거웠지. 그곳 문인들은 아직도 그 어떤 순수한 교양을 가지고 있어. 북독일에서는 그런 것은 드문 일이 되기 시작했는데 말이야. 그 나라에서는 온갖 양반들이 다 글을 쓰지. 물론 거기에서 도덕적인 토대라든지 고상한 식견 같은 것을 찾는다는 건 헛수고겠지만."

이어서 괴테는 에베르트의 최신작 서사시에 대해서 그리고 보헤미아에서의 고대 여성 지배 국가와 아마존 전설의 기원에 대해서도 언급했다.

이것이 계기가 되어 이야기는 어떤 다른 시인의 서사시로 넘어갔다. 이 시인은 자기 작품이 저널리즘으로부터 호의적인 평가를 받게 하려고 여러모로 고심하던 사람이었다. 괴테가 말했다. "그와 같은 호평이 여기저기에 실렸네. 그런데 《할레 문학 신문》이 그 후에 그 시의 진상을 파악해 곧이곧대로 발표했더니, 다른 신문들의 호의적인 언사는 모두 허사가 되어 버렸지 뭔가. 요즘 세상에서는 정도를 걸으려 하지 않는 자는 금방 그 정체가 드러난다네. 이제 대중을 희롱하거나 미혹할 수 있는 시대는 지났어."

"사람들이 보잘것없는 명성 때문에 그토록 노심초사해서,

---

22) 체코슬로바키아의 주 이름.

결국 잘못된 수단에 호소하는 행위는 저로서도 이해가 되질 않습니다." 하고 나도 공감을 표시했다.

"여보게." 하고 괴테가 대답했다. "명성이란 사소한 게 아니야. 나폴레옹도 그 위대한 이름 때문에 세계의 거의 절반을 쳐부수지 않았던가!"

대화는 잠시 끊어졌다. 그러나 괴테는 나폴레옹에 관해 쓴 새 책을 화제로 삼아 다시 이야기를 이어갔다. "진실의 힘은 위대하다네. 신문기자나 역사가나 시인들이 나폴레옹 위에 덧씌운 그 모든 후광이나 환영은 이 책의 경악스러운 리얼리티 앞에서 모조리 사라지고 말았어. 그런데도 이 영웅은 작아지기는커녕, 오히려 진실이 드러난 만큼 더욱 커져 있는 게 아닌가."

내가 말했다. "그의 인격에는 일종의 독특한 마력이 들어 있음이 분명합니다. 그래서 사람들은 즉시 그의 것이 되어 매달리면서 그가 하라는 대로 했던 것입니다."

괴테가 말했다. "물론 그의 인격은 탁월했어. 그러나 중요한 점은 사람들이 그를 지배자로 모시면 자기들의 목적이 이루어진다고 확신한 점에 있었네. 그래서 사람들은 그의 것이 되고 말았던 게지. 배우들도 자기가 좋은 역을 맡으리라고 믿으면 새로 온 무대감독일지라도 그의 말을 잘 듣는 것과 마찬가지지. 이것은 낡은 이야기지만 여전히 되풀이되는 이야기라네. 인간의 본성이란 하여간에 그런 식으로 되어 있으니 말이야. 무턱대고 남을 섬기는 자는 없네. 그렇게 함으로써 자신에게 득이 된다는 걸 알기 때문에 기꺼이 그렇게 하는 거지. 나폴레옹은 인간들에 대해 너무나 잘 알고 있었지. 그래서 인간들의 그런 약점을 적절하게 이용할 수 있었던 거야!"

이어서 첼터가 화제에 올랐다. 괴테가 말했다. "자네도 알다시피 첼터는 프로이센의 훈장을 받았네. 하지만 그에게는 아직도 자기 가문을 위한 문장(紋章)이 없어. 자손들이 많고 앞으로도 번성해 가문이 계속 이어질 텐데도 말일세. 그러니 그는 문장을 가져야 해. 그래야만 영예에 걸맞은 토대를 마련하는 셈이니까. 그래서 나는 그에게 문장 하나를 만들어주기 위한 유쾌한 착상을 하는 중이네. 내가 편지를 보냈더니 그도 찬성하면서 말을 문장으로 하고 싶다고 하더군. 그래서 내가 '좋아요, 말을 하나 그려드리지요, 날개 달린 말(馬) 말입니다.' 하고 답장을 했지. 뒤를 좀 보게나. 자네 뒤쪽에 종이 한 장이 있네. 거기에다가 연필로 스케치해 놓았으니까."

나는 종이를 집어 들고 스케치 그림을 관찰했다. 문장이 아주 늠름해 보여서 나는 절로 칭송의 말이 나왔다. 아래쪽 부분에는 성벽의 첨탑들이 그려져 있었는데, 그것은 첼터가 이전에 유능한 미장이였음을 암시했다. 그리고 날개 달린 말이 그 뒤쪽에서 위를 향해 용솟음하고 있는데, 이것은 첼터의 창조적 재능과 고귀한 영역을 향한 도약의 기개를 표현하고 있었다. 방패 모양의 문장 위쪽에는 리라가 그려져 있고 또 그 위로 별 하나가 반짝이고 있었는데, 이것은 예술을 상징하며 아울러 이 뛰어난 사람이 은혜로운 별들의 영향과 보호 아래 명성을 얻었음을 나타내는 것이었다. 그리고 문장 바로 아래쪽에 훈장이 달려 있었는데, 이는 왕이 그의 커다란 공로를 공식적으로 인정한다는 표시로서 은혜를 내리고 그의 명예를 높여준 것이다.

"이 스케치를 파치우스에게 주어 동판에 새기도록 해두었네." 하고 괴테가 말했다. "자네도 사본을 보게 될 거야. 한 친구가 다른 친구에게 문장을 만들어주고 그로써 마치 그에게 귀족의 작위를 주는 것 같은 기분을 낼 수 있으니 매우 은근한 재미가 아닌가?" 우리는 이런 유쾌한 생각에 마음이 즐거워졌고, 괴테는 파치우스에게 사람을 보내어 사본 하나를 가져오게 했다.

우리는 한동안 식탁에 앉아 맛있는 비스킷에 곁들여 몇 잔의 묵은 라인산 포도주를 마셨다. 괴테는 어떤 시를 입속으로 읊조리고 있었다. 어제의 시가 다시 머릿속에 떠올라 나는 낭송을 했다.

> 너는 내 세간을 이리저리 마음대로 옮겨놓고 밀쳐놓아
> 그것들을 찾느라 나는 장님처럼 허둥거렸네.

"그 시를 다시는 잊어버릴 수 없을 겁니다." 하고 내가 말했다. "정말로 독특해요. 사랑 때문에 우리의 삶이 겪게 되는 혼란을 그토록 잘 표현하고 있으니 말입니다."

괴테가 대답했다. "우리 눈앞에 우울한 정경을 가져다주는 시라네."

내가 말했다. "마치 네덜란드풍의 그림을 보는 것 같습니다."

"「선남선녀」의 분위기라고 할 수 있지." 하고 괴테가 말했다.

“제가 말하려던 걸 선생님께서 앞질러 말씀하시는군요.” 하고 내가 말을 이었다. “저는 저 스코틀랜드인의 작품을 생각하고 있었습니다. 오스타드의 그림이 아까부터 눈앞에 어른거리고 있었거든요.”

괴테가 말했다. “하지만 이상한 일은 이 두 시가 그림으로 그려지지 않았다는 것이네. 이 시들이 한 폭의 그림 같은 느낌을 주고 그림과도 같은 분위기를 띠고 있는데도 그림으로 그려지지 않고 있으니 말이야.”

“이 시들이 좋은 예가 되겠지요.” 하고 내가 말했다. “시가 본래 영역에서 벗어나지 않고 그림에 그토록 가까이 접근할 수 있음을 보여주고 있으니 말입니다. 저에게는 직관과 느낌을 동시에 전해주는 이런 시들이 가장 사랑스러워 보입니다. 선생님께서 어떻게 그런 상태의 느낌에 도달할 수 있었는지 저로서는 거의 감이 잡히지 않습니다. 그 시는 마치 다른 시대, 다른 세계에서 오기라도 한 듯합니다.”

“나로서도 그런 시를 두 번 다시 쓸 수는 없을 것이네.” 하고 괴테가 말했다. “어떻게 그런 상태에 도달할 수 있었는지 알 수 없으니 말이야. 하지만 이런 일은 아주 자주 있는 일이라네.”

내가 말했다. “이 시에는 또 다른 특징이 있습니다. 운(韻)을 맞추어놓은 것처럼 보이는데 사실은 그렇지 않으니 무슨 영문인지요?”

“그건 리듬 때문이네.” 하고 괴테가 대답했다. “시구는 처음에는 약음(弱音)으로 시작해 강약격(强弱格)으로 이어지다가 거의 마지막이 되어서는 강약약격이 나타나는데, 이 강약약격이 독특하게 작용해 침울한 비탄의 특성을 가지게 되는 것이지." 괴테는 연필을 손에 들고 다음과 같이 구획을 지었다.

∪ — ∪ — ∪ — ∪ — ∪ ∪ — ∪

Von | meinem | breiten | Lager | bin ich ver | trieben.

우리는 리듬 일반에 대해 이야기했는데, 그러한 리듬의 영역에서 사고로 추론한다는 건 아무 의미도 없다는 데 의견의 일치를 보았다. 괴테가 말했다. "박자라는 것은 시적인 정취로부터 나오는 거네. 마치 무의식에서 나오는 것처럼 말이야. 시를 쓰면서 그러한 것에 대해 이모저모로 생각하려 든다면 터무니없는 짓일뿐더러 아무런 소득도 없을 테지."

나는 괴테가 도장을 찍기를 기다렸다. 그러나 괴테는 아랑곳하지 않고 기조에 대해 언급하기 시작했다. "나는 그의 강의록을 계속 읽고 있는데 정말 뛰어난 것들이야. 올해 발표된 강의록들은 대략 8세기까지 거슬러 올라가고 있어. 그는 심원한 전망과 통찰력의 소유자여서, 그 어떤 역사 서술가도 그보다는 위대해 보이지 않네. 그의 눈은 사람들이 생각지도 못하는 것에서 가장 중요한 것을 찾아내곤 하네. 의미심장한 사건들의 원천 말일세. 예컨대 특정한 종교적 견해의 지배가 역사에 어떤 영향을 미쳤는지, 원죄와 은총과 선한 역사(役事)에 대한 설이 특정한 시대에 어떠어떠한 결과로 나타났는지를 그의 글에서 분명히 읽어낼 수가 있고 또 입증되었음을 알 수 있네.

또한 로마법도 (마치 물속으로 잠수하는 오리가 이따금 몸을 숨기기는 하지만 결코 완전히 사라지는 법 없이 언제나 다시 생생한 모습으로 나타나는 것처럼) 하나의 지속적인 생명체로서 아주 잘 다루어졌음을 알 수 있어. 아울러서 우리의 탁월한 학자인 사비니[23]의 가치도 완전하게 인정받고 있네.

그리고 갈리아족이 고대에 다른 나라들로부터 받은 영향에 대한 기조의 설명은 특히 인상 깊었네. 그건 바로 독일인에 대한 설명이었으니까 말이야. 그가 말했지. '게르만족은 우리들에게 개인적인 자유라는 이념을 전해주었는데, 이것이야말로 이 민족의 고유한 특성이다.' 지당하고도 올바른 말이 아닌가? 이러한 이념은 오늘날까지도 우리 독일인들에게 해당되는 게 아닌가? 종교개혁도, 바르트부르크에서의 대학생 봉기도 그 원천은 여기에 있네. 현명한 일이었든 우매한 짓이었든 상관없이 말이야. 우리 문학의 다채로움, 우리 시인들의 독창성에 대한 추구, 모든 사람들이 새로운 길을 개척해야만 한다고 생각하고, 우리의 지식인들이 서로 고립되고 분리된 채 자기 혼자만의 힘으로 서려고 하고 자신의 관점에서 자기의 본질을 이끌어내려고 하는 이 모든 것도 이런 원천에서 비롯되었네. 반면에 프랑스인들과 영국인들은 서로 훨씬 더 긴밀하

---

23) 프리드리히 카를 폰 사비니(Friedrich Carl von Savigny, 1779~1861). 독일의 법학자. 역사법학의 수립자. 로마법의 역사적, 체계적 연구를 통해 민법학 및 국제 사법학에 큰 공헌을 하고, 19세기 전반의 독일 법학계를 지도했다. 저서로 『점유권론』, 『중세 로마법사』, 『입법 및 법학에 대한 현대의 임무에 대하여』가 있다.

게 결합하며 나란히 줄을 서고 있지. 예컨대 의복과 행동에서도 그들은 서로 간에 어느 정도의 일치를 보이네. 말하자면 그들은 서로 차이가 나는 걸 두려워하는데, 자신이 유달리 눈에 띄거나 조롱당하지 않으려는 행동이라네. 그러나 독일인들은 모두 자기 식대로 자기가 만족하는 대로 하면서, 다른 사람을 염두에 두지 않아. 그것은 기조가 제대로 본 것처럼, 독일인 각자에게 개인적인 자유의 이념이 살아 있기 때문이지. 그리고 앞서 말했다시피 이런 이념으로부터 많은 뛰어난 것도, 많은 어리석은 것도 생겨나는 것이네."

1829년 4월 7일 화요일

괴테의 방에 들어서니 궁정 고문관인 마이어가 괴테와 함께 식탁에 앉아 있었다. 그는 요즈음 몸이 좋지 않았는데, 회복된 모습을 보니 나도 기분이 좋았다. 그들은 미술품에 관한 이야기를 나누고 있었는데, 특히 마이어는 필이 클로드 로랭의 작품 한 점을 4,000파운드에 구입한 것에 호감을 표시했다. 그러는 동안에 신문이 배달되어 왔고, 우리는 수프를 기다리면서 기사를 훑어보았다.

당시에 현안이 되어 있던 아일랜드인들의 해방이 곧 화제에 올랐다. 괴테가 말했다. "이 문제의 교훈은, 이번 일을 계기로 그 누구도 미처 생각지 못했고, 이번 일이 없었더라면 결코 언급되지도 않았을 일들이 그 모습을 드러냈다는 점이네. 그러나 아일랜드의 상황에 대해서는 이번 일에도 불구하고 우리가 명명백백하게 파악할 수 없을 걸세. 상황이 워낙 얽혀 있으니 말이야. 그러나 상당 부분 알게 된 사실은 아일랜드가 그 어떤 수단에 의해서, 심지어는 해방에 의해서도 극복할 수 없는 재난에 시달리고 있다는 점이네. 지금까지는 아일랜드가 아일랜드만의 재난을 홀로 짊어지고 왔다는 점이 불행이었다면, 이제는 영국이 함께 얽혀들었다는 점이 불행이네. 이것이 사실의 요점일세. 가톨릭은 전혀 믿을 수가 없어. 알다시피 지금까지 아일랜드에서는 200만의 프로테스탄트들이 500만 가톨릭교도들의 압도적인 우위에 눌린 채 정말 열악한 지위에 있었네. 예컨대 프로테스탄트의 소작인들은 가톨릭의 이웃에 둘러싸여 억압과 해코지와 고통을 당해왔네. 가톨릭교도들은 자기들끼리 사이좋게 지내는 것도 아니야. 그러나 프로테스탄트를 괴롭힐 때면 언제나 단결해 하나가 된다네. 그들은 한 무리의 개들과도 같아. 서로 물어뜯다가도 사슴이 나타나기만 하면 즉시 일치단결해 덤벼드는 개 떼 말이야."

이야기는 아일랜드인들로부터 터키에서의 분쟁으로 옮아갔다. 사람들이 의아하게 생각하는 것은 러시아인들이 압도적인 우위에도 불구하고 지난해의 원정에서 더 나아가지 못했다는 사실이었다. "요점은 말이야." 하고 괴테가 말했다. "별다른 방책이 없었다는 거야. 그래서 병사 개개인에게 과중한 부담이 주어졌고, 그로 인해 병사들이 개별적으로 용감무쌍하게 행동해야 했고 아울러 희생이 따르게 되었던 거지. 하지만 전체적인 상황은 진전되지도 않았던 거지."

"저주받은 땅이기도 했기 때문이지요." 하고 마이어가 말했다. "고대 시대 때부터 이 지역에서는 적군이 도나우를 넘어 북쪽 산악 지대로 쳐들어오려고 싸움을 일으키게 되면, 언제나 집요하기 그지없는 저항에 부딪치곤 했지요. 그래서 그곳을 넘어선 적은 거의 없었습니다. 러시아인들이 바다 쪽을 장악해 그곳으로부터 군량을 조달할 수만 있다면야 사정이 달라지겠지요!"

"그럴 법하군." 하고 괴테가 대답했다.

"나는 지금 『나폴레옹의 이집트 원정기』를 읽고 있네." 하고 괴테가 말했다. "더욱이 이 작품은 날마다 이 영웅의 시중을 들었던 부리엔이 쓴 거라 많은 이야기들 중에서 모험적인 요소가 없어지고 사실들만이 날것 그대로 숭고한 진실의 모습으로 나타나 있네. 이것을 읽으면 그가 이 원정을 시도한 것은 프랑스에서는 자신이 지배자가 될 아무런 일도 할 수 없었던 시기를 메우기 위해서였음을 알 수 있네. 그도 처음에는 무슨 일을 해야 할지 망설였네. 그는 대서양 연안의 프랑스 항구들을 차례차례 모두 둘러보았는데, 배의 상태를 조사해 영국으로의 원정이 가능한지를 확인하기 위해서였지. 그 결과 바람직하지 않다는 결론을 내리고는 이집트 원정에 나선 것이네."

내가 말했다. "그런데 나폴레옹이 그토록 젊은 나이에 세계의 거대한 사건들을 마치 다년간의 실전 훈련과 경험을 미리 쌓기라도 한 것처럼 쉽고 확실하게 해냈다는 사실이 그저 놀라울 따름입니다."

"이보게." 하고 괴테가 말했다. "위대한 재능은 타고나는 것이네. 나폴레옹은 훔멜이 피아노를 치듯 능숙하게 세상을 다루었어. 둘 다 우리에게는 놀라워 보이고, 어느 쪽이건 거의 이해할 수가 없어. 하지만 사실은 사실일세. 우리 눈앞에서 실제로 일어난 것이니까. 나폴레옹이 특별히 위대한 점은 어느 때건 한결같은 인간이었다는 거네. 전투 전이든 전투 중이든 승리한 뒤든 패배한 뒤든, 그는 언제나 굳건하게 서서 자신이 무엇을 해야 할지를 분명히 알고 결단을 내렸네. 그는 항상 환경에 적응하면서 어느 순간 어떤 상황에 대해서도 대처할 수 있었어. 마치 훔멜이 아다지오든 알레그로든, 저음부든 고음부든 상관없이 연주할 수 있었던 것과 마찬가지겠지. 평화로운 예술에서나 전쟁의 기술에서나, 피아노 앞에서나 대포 뒤에서나 진정한 재능이 있기만 하다면 용이하게 이루어지지 않을 일이란 없네."

괴테가 계속해서 말했다. "그러나 이 책을 보면 그의 이집트 원정과 관련해서 꾸며낸 이야기가 얼마나 많이 전해져 왔는지를 알 수 있네. 그중에는 사실로 입증된 것도 있네만, 많은 것이 사실과 전혀 다르고 대부분은 왜곡되어 있다네.

그가 800명의 튀르키예 포로들을 총살시킨 건 사실이야. 하지만 이 군법회의에서 장시간에 걸친 충분한 논의를 거친 후 결의된 것으로, 아무리 정상참작하더라도 달리 그들을 구할 도리가 없었던 거야.

그가 피라미드 안으로 내려갔다는 것은 꾸민 이야기일세. 그는 점잖게 바깥에 서 있다가 다른 사람들로부터 내려갔다온 보고를 들었던 거지.

그가 동양의 옷을 입었다는 전설도 사실과는 조금 다르네. 단 한 차례 집에서 그런 가장을 하고 어울리는지 알아보려고 가족들 앞에 나타났던 적이 있었을 뿐이네. 그러나 터번은 그에게 어울리지 않았어. 그것은 긴 머리에는 별로 어울리지 않는 물건이지. 그래서 그는 이후로는 두 번 다시 그런 옷을 몸에 걸치지 않았네.

그러나 그가 페스트 환자를 방문한 건 사실이야. 공포를 극복할 수 있는 자라면 페스트라도 이겨낼 수 있다는 시범을 보이기 위해서였지. 그리고 그가 한 일은 옳았네! 나의 체험에서도 한 가지 사례를 들 수 있어. 부패열이 돌았을 때 어쩔 도리 없이 감염의 위험에 노출되었지만 나는 단호한 의지력만으로 병에서 자신을 지켰네. 그러한 경우에 정신력이 할 수 있는 일이란 믿기 어려울 정도이네. 말하자면 정신력이 온몸으로 스며들어, 온갖 해로운 영향들을 물리치는 적극적인 상태로 만들어버리는 게지. 그와 반면에 공포심이란 나태하고 쇠약하며 예민한 상태이기 때문에, 어떤 적에게도 맥없이 굴복하도록 만든다네. 이런 점을 나폴레옹은 너무도 잘 알고 있었어. 그래서 자신의 군대에 대해서 장엄한 모범을 보여주어도 별다른 위험이 따르지 않을 거란 사실을 알고 있었던 거네."

괴테는 매우 유쾌하게 익살을 떨면서 말을 이었다. "하지만 경이로운 일이야! 나폴레옹이 그의 진중(陣中) 도서관에 어떤 책을 가지고 있었겠나? 바로 내가 쓴 『베르테르』였네."

"그가 그 책을 깊이 연구했다는 사실은 에르푸르트의 아침 접견 때의 태도에서 알 수 있었던 것이지요." 하고 내가 말했다.

"그는 그 책을 마치 형사 담당 판사가 사건 서류들을 검토하듯이 연구했네." 하고 괴테가 말했다. "나와 그 책에 대해 이야기했을 때도 그런 느낌이 들었네.

부리엔 씨의 저서에는 나폴레옹이 이집트원정 때 가져간 책들의 목록이 실려 있는데, 그중에는 『베르테르』도 들어 있지. 그런데 이 목록에서 눈에 띄는 점은 책들을 여러 다양한 항목으로 분류해 놓은 것이네. 예컨대 정치 항목에는 『구약성서』, 『신약성서』, 『코란』이 포함되어 있어. 이것에서 우리는 나폴레옹이 종교적인 문제들을 어떤 관점에서 보았는지 알 수 있네."

괴테는 자기가 몰두했던 책으로부터 여러 가지 흥미로운 이야기를 들려주었다. 그 가운데는 다음과 같은 이야기도 있었다. 즉 나폴레옹이 썰물을 틈타 군대를 이끌고 바닥이 드러난 홍해의 좁은 목을 건너가는데, 다시 밀물이 밀려오는 바람에 후미의 군대가 팔까지 잠긴 채 물을 건너야 했고, 또 이 과감한 작전으로 하마터면 파라오의 군대가 최후를 맞이할 뻔했다는 것이다. 이 화제를 계기로 괴테는 밀물 때 물이 몰려오는 것과 관련해 여러 가지 새로운 내용을 들려주었다. 그는 그 현상을 구름이 몰려오는 현상과 비교해 설명해 주었는데, 구름은 아주 먼 곳에서 다가오는 것이 아니라 사방에서 동시에 형성되어 주변으로 균일하게 펴져 나간다는 것이다.

1829년 4월 8일 수요일

내가 방에 들어섰을 때, 괴테는 이미 상이 차려진 식탁에 앉아 있었다. 그는 아주 명랑한 표정으로 나를 맞았다. “오늘 편지를 받았네.” 하고 그가 말했다. “어디서 왔겠나? 로마에서 왔지! 누구로부터? 바이에른 왕일세!”

“저도 기쁩니다.” 하고 내가 대답했다. “그런데 좀 전에 한 시간 동안 산책을 하면서 머릿속에 바이에른 왕이 생생하게 떠올랐는데, 이제 그런 소식을 듣다니 정말 신기합니다.”

괴테가 대답했다. “우리 마음속에는 흔히 그런 일들이 일어나곤 하지. 편지가 저기 있으니까 가져와서 내 곁에 앉아 읽어 보게나!”

내가 편지를 들자, 괴테는 신문을 집어 들었다. 그래서 나는 아무런 방해도 받지 않고 왕의 편지를 읽을 수가 있었다. 편지에는 ‘1829년 3월 26일 로마에서’라고 날짜가 적혀 있었는데, 당당하면서도 아주 뚜렷한 필체였다. 왕은 로마에서 별장을 한 채 샀다는 소식을 괴테에게 전하고 있었다. 루도비시 별장 근처에 위치하고 있고, 그 주변에 정원이 펼쳐져 있는 말타 별장이었다. 그것은 로마 북서쪽의 끝부분에 있는 한 언덕 위에 자리 잡고 있어서, 로마시 전체를 한눈에 내려다볼 수 있으며, 북동쪽으로도 환하게 트여서 성 베드로 성당이 시야에 들어온다는 것이다. 왕은 이렇게 썼다. ‘멀리서 여행해 오더라도 아깝지 않을 만한 전망이오. 나는 지금 한 시간이 멀다 하고 내 집의 창가에 서서 이 전망을 느긋하게 즐기고 있소.’ 바이에른 왕은 현재 로마에서 그토록 멋지게 지내고 있는 것을 행복해 했다. '12년 동안 로마를 보지 못했는데, 그동안 마치 사랑하는 연인을 그리워하듯 로마를 그리워했소. 그러나 이제는 사랑하는 여자 친구라도 찾아가듯이 편안한 마음으로 돌아갈 수 있을 것 같소.'

그러고 나서 왕은 귀한 예술 작품과 건축물 등에 관해서 전문가다운 감식력으로 감탄해 마지않았다. 그는 진정한 아름다움과 그 영향을 마음속 깊이 느끼고 있었으며, 또한 조금이라도 미적 취향에 벗어난 것이라면 예리하게 지적해 내고 있었다. 편지에는 시종일관 아름답고 인간적인 풍모가 있는 그대로 표현되어 있었다. 그렇게 높은 신분의 인물에게서는 기대하기 어려운 일이었다. 그 점이 기쁘다고 내 견해를 말하자, 괴테가 말했다.

"자네는 지금 왕으로서의 위엄 말고도 타고난 인간의 아름다운 본성을 간직하고 있는 군주의 모습을 보고 있는 거네. 이것은 아주 드문 현상이기 때문에 그만큼 더욱 기쁠 따름이네."

나는 다시 편지를 보면서 눈에 띄는 몇 구절을 찾아냈다. '이곳 로마에서 나는 권좌의 근심거릴랑은 벗어버리고 푹 쉬고 있소. 날마다 예술과 자연을 즐기고 있으며 예술가들이 내 식탁의 친구들이라오.'

또한 왕은 괴테가 살았던 집을 자주 지나쳐 가는데, 그 때마다 괴테를 생각한다는 내용도 썼다. 그러면서 「로마의 비가」에서 몇 구절을 인용했는데, 이로 미루어볼 때 왕은 그 시를 속속들이 암송하고 있고 로마의 곳곳을 찾아다니며 이따금 다시 읊조리곤 한다는 걸 알 수 있었다.

"그래." 하고 괴테가 말했다. "그분은 「로마의 비가」를 특별히 좋아하신다네. 그분은 나를 꽤 괴롭혔지. 정말 멋진 일이라도 있었던 것처럼 그렇게 은근하게 표현하고 있으니, 사실대로 말해보라고 조르면서 말일세. 시인들이란 대개는 사소한 계기들로부터 그럴듯한 이야기를 만들어낸다는 걸 사람들은 잘 모르는 법일세."

괴테가 계속해서 말했다. "왕이 지었던 「시」가 지금 이 자리에 있다면 내가 답장에서 무언가 논평할 수 있을 텐데 섭섭한 일이군. 내가 읽어본 그분의 시 몇 편을 두고 보자면 상당히 훌륭한 것들이네. 그 형식과 테마를 다루는 방식에서 실러와 유사한 데가 많아. 그렇게 그릇 자체가 훌륭하므로 거기에다가 고귀한 마음의 내용을 담기만 한다면 탁월한 작품들을 기대할 수도 있을 텐데 말이야.

하여간 나로서는 기쁘네. 그분이 로마에서 그렇게 아름다운 집을 사들이셨다니 말이야. 나도 그 별장을 알고 있는데, 주변 경관이 매우 아름답고 독일의 예술가들이 모두 그 근처에 묶고 있지."

하인이 접시를 바꾸어 새 요리를 들여오자, 괴테는 그에게 로마의 전경을 담은 커다란 동판화를 천장방의 바닥에 펼쳐놓으라고 말했다. "그분이 장만하신 별장이 얼마나 멋진 곳인지 자네에게 보여줄까 하네. 자네가 그 주변 지역을 제대로 떠올릴 수 있게 말이야." 나는 괴테의 마음 씀씀이에 감동하지 않을 수 없었다.

내가 말했다. "어젯밤에 『클라우디네 폰 빌라 벨라』를 읽었는데 매우 좋았습니다. 그 구성이 매우 세밀한 데다가, 내용이 대담하고 자유롭고 뻔뻔스러울 정도로 쾌활해서 무대에 오른 걸 꼭 한번 보았으면 하는 느낌이 듭니다."

괴테가 대답했다. "잘만 공연된다면, 실패의 가능성은 거의 없겠지."

"저는 마음속으로 이미 그 작품에 대해 이모저모 생각해 보았습니다." 하고 내가 말했다. "배역도 할당해 보았고요. 게나스트 씨가 루간티노 역에 적합한 것 같습니다. 그 역을 위해 타고난 사람 같으니까요. 프랑케 씨는 돈 페드로 역을 맡는 게 좋아 보입니다. 왜냐하면 그 사람은 게나스트 씨와 키가 비슷하기 때문입니다. 두 형제가 약간 비슷할 필요도 있으니까요. 라 로쉬 씨는 바스코 역에 어울립니다. 적절한 가면과 기교를 동원해 그 배역에 요구되는 거친 모습을 유감없이 발휘할 수 있을 테지요."

"마담 에버바인은." 하고 괴테가 이어서 말했다. "내 생각으로는 루친데 역에 어울리네. 그리고 슈미트 양은 클라우디네 역을 맡는 게 좋겠지."

내가 말했다. "알롱초 역에는 당당한 인물이 맞을 테고, 가수보다는 능력 있는 배우가 어울리겠죠. 제 생각으로는 윌 씨나 그라프 씨가 그 역에 적합해 보입니다. 그런데 오페라는 누가 작곡하고 또 음악은 어떤지요?"

"라이하르트가 맡아야지." 하고 괴테가 대답했다. 음악은 훌륭해. 다만 이전 시대의 취향에 따른 것이라 그런지 편곡이 좀 약하네. 이 점을 고려해서 좀 보강할 필요가 있고 편곡도 좀 더 강하고 풍성하게 해야 하네. 우리의 시 「큐피드, 이 고집스러운 망둥이 소년」에는 작곡자가 아주 훌륭한 노래를 붙였지.”

내가 말했다. “이 노래의 특이한 점은 그것을 가만히 낭송하면 그 어떤 아늑한 꿈의 세계로 빠져드는 듯한 느낌이 든다는 것입니다.”

“그건 시의 분위기가 바로 그렇게 때문이네.” 하고 괴테가 대답했다. “그러니 낭송의 효과도 당연히 그럴 수밖에.”

식사를 끝내자 프리드리히가 들어와서 앞서 말한 로마의 전경을 담은 동판화를 천장방에 펼쳐놓았다고 보고했다. 우리는 그것을 보러 갔다.

거기에는 거대한 세계의 수도가 우리 눈앞에 펼쳐져 있었다. 괴테는 루도비시 별장을 금방 찾아냈고 그 근처에서 왕의 새로운 저택인 말타 별장을 가리켰다.

“자, 보게.” 하고 괴테가 말했다. “얼마나 좋은 곳에 위치하고 있는가! 전체 로마가 자네의 눈앞에 펼쳐져 있지 않나! 이 언덕은 아주 높아서, 점심경이나 오전에 전 시내를 내려다볼 수가 있네. 나도 이 별장에서 지내면서 가끔 이 창문에서 밖을 내다보곤 했었지. 티베레강 건너편으로 도시가 북동쪽으로 뾰족하게 뻗어 있는 저곳에 베드로 성당이 있고 그 바로 옆이 바티칸이네. 자네도 보다시피 우리의 왕은 별장 창문에서 강을 굽어다 보며 이 건물들을 환하게 내려다볼 수가 있네. 북쪽에서 시내로 들어오는 이 기다란 대로는 독일에서부터 시작된 길이지. 이곳이 포폴로 광장인데, 나는 성문으로 통하는 이 거리들 중의 한 모퉁이에 있는 집에서 살았네. 사람들이 로마의 다른 건물을 보여주면서 내가 그곳에서 살았다고들 말하는데, 그건 잘못된 이야기라네. 하지만 아무러면 어떻겠나. 그런 일이야 사실 아무래도 마찬가지이네. 한번 전해져 내려온 전통은 제 길을 가기 마련이니까 말일세."

우리는 다시 원래의 방으로 돌아왔다. "법무장관이 그 편지를 보면 기뻐할 겁니다."라고 내가 말하자 괴테는 "그에게 편지를 보여주도록 하세."라고 대답하면서 말을 이었다.

"파리의 신문들에 실린 의회에서의 연설과 논쟁에 관한 기사를 읽을 때마다 우리 법무장관이 생각나는군. 그곳에서도 그는 자기 성품을 십분 발휘해 본분을 다하리라는 생각이 드네. 그런 곳에서는 사람이 총명해야 할 뿐만 아니라 연설에 대한 충동과 즐거움도 가져야 하는데, 우리 법무장관은 이 두 가지를 다 갖추고 있지 않은가. 나폴레옹도 연설에 대한 충동을 가지고 있었는데, 만일 그에게 연설 능력이 없었다면 글로 쓰거나 구술을 해야 했을 테지. 블뤼허도 연설을 즐겨 했어. 특히 그의 연설은 능란하면서도 힘이 넘쳤는데, 그는 그런 재능을 비밀결사 집회에서 갈고닦았네. 우리 대공께서도 과묵한 성품에도 불구하고 연설은 즐겨 했고, 연설을 할 수 없을 때는 글을 썼지. 그분은 여러 편의 논문을 썼고 여러 차례에 걸쳐 법안도 기초했는데 대개는 다 훌륭한 것이었어. 하지만 군주란 모든 사안들에 대해 필요한 세부 지식을 갖출 시간과 여유가 없지 않은가. 그래서 그분이 만년에 그림 복구비로 얼마를 지불해야 하는가를 정한 규정을 보면 매우 흥미롭네. 군주들이 으레 하는 방식으로 그분은 복구 비용에 대한 결정을 길이와 수량에 따라 수학적으로 규정했지 뭔가. 복구 비용은 면저당 얼마 하는 식으로 지불하라고 명했던 걸세. 복구할 그림이 1제곱미터면 12탈러, 0.37제곱미터면 4탈러를 지불하라는 식이었지. 그러나 이런 방식은 군주답기는 해도 예술적이지는 않지. 왜냐하면 1제곱미터의 그림을 별로 힘들이지도 않고 하루 만에 복구할 수 있는가 하면, 0.37제곱미터의 그림을 복구하는 데 아무리 땀을 흘리고 공을 들여 일주일 동안 노력해도 부족할 수 있기 때문일세. 하지만 군주들은 뛰어난 군인들이 하듯이 수학적으로 결정하기를 좋아해서, 수량에 따라 대규모로 일에 착수하기를 좋아하는 법이라네."

이 재미있는 일화에 이어서 우리는 미술과 관련된 여러 이야기들을 나누었다.

괴테가 말했다. "나에게 라파엘로와 도미니친을 밑그림으로 스케치한 작품들이 몇 점 있네. 마이어가 거기에 대해서 주목할 만한 견해를 표명했는데 들어보게나.

마이어가 이렇게 말하더군. '이 스케치 작품들은 약간 미숙한 데가 있어요. 하지만 이것들을 그린 사람은 자신이 모방한 그림들에 대한 섬세하고 올바른 느낌을 가지고 있어서, 그것이 작품 속으로 전이되었습니다. 그래서 이 스케치 작품들이 원본의 느낌을 생생하게 불러일으키는 것이지요. 물론 우리 시대의 화가에게 그 그림들을 복사하라고 하면, 더욱 잘 그리고 정확하게 해낼 테지요. 그러나 미리 알아두어야 할 사실은 이자에게는 원본에 대한 충실한 느낌이 결여되어 있어서, 비록 더 정확하게 스케치한다 하더라도 라파엘로와 도미니친에 대한 순수하고도 온전한 느낌을 전해줄 가능성은 거의 없는 것입니다.'

흥미로운 해석이 아닌가? 번역에 있어서도 비슷한 경우가 있을 수 있네. 예컨대 포스[24]가 호메로스의 작품들을 탁월하게 번역했음은 분명해. 그러나 누군가가 원전에 대해 좀 더 소박하고 좀 더 진실된 느낌을 가지고서 이러한 느낌을 옮길 수도 있겠지. 전체적으로야 포스처럼 뛰어난 번역자가 되지는 못한다 할지라도 말이야."

나는 이 모든 이야기가 매우 적절하고 진실하다고 여겨져서, 전적으로 공감을 표시했다. 날씨가 좋았고 태양이 아직도 하늘 높이 떠 있었기 때문에 우리는 정원으로 조금 걸어 내려갔다. 거기에서 괴테는 우선 길 쪽으로 너무 튀어나와 드리워진 나뭇가지들을 치켜세워서 묶도록 지시했다.

길가에는 노란 크로커스 꽃이 활짝 피어 있었다. 우리는 그 꽃을 바라보다가 이어서 길로 눈길을 돌렸는데, 그 순간 길은

---

24) 요한 하인리히 포스(Johann Heinrich Voss, 1751~1826). 1782년 이후 오이틴에서 학교장을 지내다가 1802년에서 1805년 사이에 건강 회복을 위해 예나로 왔다. 그리고 그 후 하이델베르크 대학의 교수가 되었다. 괴팅겐 시사(時社)의 회원이자 『괴팅겐 문예 연감』의 편집인으로서 전원 서사시 「루이제」를 지었고, 호메로스의 『오디세이아』와 『일리아스』를 비롯한 고대 그리스 작가들의 작품을 번역했다. 고대의 시 율격을 독일어로 옮기는 문제와 관련한 연구로 괴테의 주목을 받았다.

완전히 보라색으로 보였다. "자네가 얼마 전에 언급했었지." 하고 괴테가 말했다. "녹색과 빨간색이 노란색과 파란색보다 더 높은 단계의 색이어서 더 완전하고 충만하고 효과적이기 때문에 서로 간에 대립색을 더 잘 불러일으킨다고 말이야. 하지만 나는 그 말에 동의할 수 없네. 어떤 색이든 우리 눈에 분명하게 띄는 순간에 그 색은 똑같은 강도를 가진 피유도색(被誘導色)을 불러일으키는 걸세. 다만 중요한 것은 우리의 눈이 적합한 환경 아래 있어야 하고, 지나치게 밝은 빛이 지장을 초래하지 않아야 하며, 또한 유도된 영상을 받아들이기에 땅이 부적합하지 않아야 한다는 점이네. 어느 경우든 우리는 색채를 지나치게 미세하게 구분하고 규정하지 않도록 해야 하네. 본질적인 것에서 비본질적인 것으로, 참된 것에서 잘못된 것으로, 단순한 것에서 복잡한 것으로 너무 쉽게 빠져드는 위험을 피하기 위해서는 말일세."

나는 이 말을 내 연구의 유익한 지침으로 삼았다. 어느새 공연 시간이 다가왔기 때문에 나는 물러났다. 괴테가 헤어지면서 말했다. "명심하게, 자네는 오늘 「어떤 배우의 삼십 년 생애」라는 끔찍한 연극을 잘 소화해야만 하네."

1829년 4월 10일 금요일

"수프를 기다리는 동안 눈요기나 하게." 하고 친절하게 말하면서 괴테는 클로드 로랭의 풍경화집 한 권을 내 앞에 놓았다.

그것은 내가 처음으로 본 이 거장의 작품이었다. 그 인상은 특별했고, 한 장 한 장 넘길 때마다 기쁨과 경탄은 더 커졌다. 여기저기 그림자가 드리워진 부분들은 강렬한 인상을 주었고, 배경에서부터 대기를 환하게 비추는 찬란한 햇빛이 수면 위에서 반사되어, 대단히 명료하고 선명해 보이는 부분들 역시 눈길을 사로잡았다. 나는 이것이야말로 위대한 거장의 거듭해서 반복되는 예술의 원리라고 느꼈다. 또한 각각의 그림들이 철두철미하게 자기 자신만의 조그마한 세계를 이루고 있다는 점이 경탄을 불러일으켰다. 그 각각의 세계 속에는 전체적인 분위기에 어울리지 않거나 그 분위기를 심화시키지 않는 어떤 요소도 들어 있지 않았다. 조용히 정박하고 있는 배들, 부지런히 움직이는 어부들 그리고 물가에 위치한 화사한 건물들이 있는 항구를 그린 그림이 있는가 하면, 풀을 뜯고 있는 염소와 작은 개울과 다리, 약간의 덤불 숲 그리고 아래에서 갈대 피리를 불며 휴식을 취하는 목동이 나오는 한적하고 황량한 언덕 지방을 그린 그림도 있었다. 아니면 여름의 뜨거운 열기에도 불구하고 기분 좋게 싸늘한 느낌을 주는 웅덩이의 고인 물이 있는 깊숙한 늪지대를 그린 그림도 있었다. 그림들은 시종일관 철저한 통일성을 이루고 있었기 때문에, 그 어느 곳에서도 그 원리에 거스르는 낯선 요소들은 조금도 찾아볼 수 없었다.

"자, 이 완전무결한 사람을 한번 보게나." 하고 괴테가 말했다. "그는 아름답게 생각하고 아름답게 느꼈네. 그의 마음속에는 바깥세상 어디에서도 쉽게 찾아볼 수 없는 하나의 세계가 있었던 거네. 이들 그림에는 최고의 진실이 들어 있어. 하지만 현실의 흔적은 조금도 찾아볼 수가 없네. 클로드 로랭은 현실의 세계를 그 미세한 부분까지 속속들이 암기하고 있었어. 그리고 그것을 자신의 아름다운 영혼의 세계를 표현하기 위한 수단으로 사용했던 걸세. 이것이야말로 바로 참다운 이상성(理想性)이네. 현실이라는 수단을 사용해 진실을 드러냄으로써, 그 진실이 마치 현실의 것처럼 믿게 만들시."

내가 말했다. "훌륭하신 말씀입니다. 물론 시문학이라든지 조형예술에도 마찬가지로 통용되는 것이겠지요."

"내 생각으론 그래." 하고 괴테가 대답했다.

그가 이어서 말했다. "어쨌든 클로드의 그림들은 식사를 마치고 난 후에 다시 보도록 하게. 한꺼번에 죽 넘기며 보기에는 너무 아까우니까 말일세."

"저도 그렇게 느끼고 있습니다." 하고 내가 말했다. "다음 장으로 넘기려고 할 때마다 매번 그 어떤 두려움에 사로잡히는데, 그건 아름다운 대상 앞에서 느끼는 독특한 두려움이 아니겠습니까. 말하자면 뛰어난 내용의 책을 손에 들고 읽고 있는데, 귀중한 구절들이 줄줄이 나타나 그 자리에 멈추지 않을 수 없게 만드는 그런 경우 말입니다. 그 어떤 망설임 때문에 더 이상 앞으로 나아가지 못하는 것이지요."

괴테가 잠시 후에 화제를 돌리며 말했다. "내가 바이에른의 왕에게 답장했으니 자네가 한번 읽어보게나."

내가 대답했다. "저에게 큰 도움이 되겠군요. 벌써 기대가 됩니다."

"우선 여기 《알게마이네 차이퉁》지에 실린 시 한 편을 읽어

보게나. 왕에게 헌정된 것인데, 어제 법무장관이 나에게 낭송해 주었지. 자네도 꼭 읽어보도록 하게."

괴테가 나에게 신문을 넘겨주었고, 나는 그 시를 소리 없이 읽었다.

"어떤가?" 하고 괴테가 물었다.

"아마추어다운 감각이군요." 하고 내가 대답했다. "재능이라기보다는 선한 의지로 시를 쓰는 이러한 사람에게는 고귀한 문학이 그 어떤 인공적인 언어를 내려주는 것이지요. 그 자신이 말하고 있다고 생각하겠지만 사실은 문학이 운을 맞추면서 자기 목소리를 내는 것입니다."

"자네 말 그대로야." 하고 괴테가 대답했다. "내가 보기에 아주 빈약한 작품이야. 형상을 포착하는 직관은 없고, 오직 막무가내의 정신뿐일세. 그것도 제대로 된 정신은 아니고 말이야."

내가 말했다. "좋은 시를 짓기 위해서는 자기가 말하려고 하는 대상들에 대한 충분한 지식이 있어야 마땅하지 않겠습니까. 클로드 로랭과 같이 하나의 온전한 세계를 수중에 가지고 있지 않은 자라면 아무리 머릿속으로 훌륭한 이념을 갖고 있더라도 좋은 시를 쓴다는 게 거의 불가능할 테지요."

괴테가 다시 말했다. "타고난 재능을 갖춘 자만이 무엇이 요점인가를 알고 있으며, 다른 사람들은 모두 다소간의 시행착오를 거듭할 수밖에 없는 거네."

내가 말을 이었다. "그렇습니다. 그 점은 소위 미학자들의 역할에서 확인됩니다. 그들로부터 무엇을 배워야 마땅한지를 아는 사람은 별로 없습니다. 그들은 오히려 젊은 시인들을 혼란에 빠뜨리기만 합니다. 현실적인 것 대신에 이념적인 것을 논하며, 젊은 시인들에게 시인 자신이 가지고 있는 것을 제대로 지적해 주기는커녕 그 시인이 본래 가지고 있는 것조차 혼란 속으로 빠뜨리고 맙니다. 예컨대 어느 정도의 위트와 유머를 타고난 사람의 경우에, 자신이 그런 재능을 타고났다는 사실을 거의 의식하지 않아야만 자신의 재능을 십분 발휘할 수 있습니다. 그러나 어떤 미학자가 그러한 뛰어난 재능을 칭찬하게 되고, 시인이 그것을 마음속으로 의식하게 된다면, 그 시인은 그 즉시로 자신의 재능을 막힘없이 발휘하는 데 지장을 받게 됩니다. 말하자면 자의식 때문에 재능이 마비되어 소기의 목표를 달성하지는 못한 채 이루 말할 수 없는 장애에 부딪치고 마는 것입니다."

"자네 말이 꼭 맞네." 하고 괴테가 말을 이었다. "이 주제에 대해서는 할 말이 아주 많아. 나는 그동안 에곤 에베르트의 서사시를 읽었는데, 자네도 한번 읽어보게. 그래야만 우리가 그에게 다소나마 도움이 될 테니까 말이야. 그는 정말이지 상당한 재능의 소유자이네. 하지만 새로 발표한 이 시에는 시의 고유한 바탕, 즉 현실적인 바탕이 결여되어 있네. 풍경이라든지 일출과 일몰 그리고 그가 소상하게 잘 알고 있었던 구체적 장소들은 더 이상 바랄 것 없이 완벽하게 형상화되어 있어. 그러나 지난 세기들에 속하거나 전설로 전해오는 소재들은 진실한 모습으로 나타나 있지 않고 그 고유한 핵심이 빠져 있네. 아마존의 여인들과 그들의 생활과 행동이 일반화되어 나타나 있는데, 그렇게 일반화된 것을 젊은 사람들은 시적이고 낭만적인 것이라고 여긴다네. 사실 그러한 잘못된 생각은 미학자들의 세계에서는 보통으로 있는 일이니까 말이야."

내가 말했다. "그것은 이 시대의 문학 전반에 걸쳐 나타나는 오류입니다. 사람들은 개별적인 진실을 시적이 아니라고 여겨 외면해 버리고서는 공동의 광장으로 빠져들고 마는 것이지요."

괴테가 말했다. "에곤 에베르트는 연대기에 나오는 역사적 사실들에 천착했어야 했네. 그랬더라면 그의 시는 완성도가 있었을 텐데 말이야. 실러는 전승되어 온 이야기들을 정말 열심히 연구했네. 예컨대 『빌헬름 텔』을 쓸 때는 스위스의 역사에 몰두하는 식으로 말이야. 그리고 셰익스피어도 연대기를 한껏 이용했는데, 심지어는 연대기에 나오는 전체 구절들을 자신의 작품 속에 단어 하나하나 그대로 차용하기도 했네. 이런 사실들을 고려한다면 오늘날의 젊은 시인들이 그런 방식을 따르는 것은 당연하겠지. 나의 『클라비고』도 보마르셰의 비망록에서 많은 구절들을 빌려왔으니까 말일세."

"하지만 전적으로 각색이 되어서 많은 구절들을 빌려왔다는 사실을 독자들이 눈치채지 못하는 것이지요. 원래의 소재 그대로 남아 있지 않으니까요." 하고 내가 말했다.

그러고 나서 괴테는 보마르셰의 성격에 대해 이야기해 주었다. "그는 멋진 기독교도였네." 하고 괴테가 말했다. "그의 비망록을 꼭 읽어보게. 소송 분야가 그의 주특기였고, 거기에서 비로소 자신의 진가를 발휘했지. 그가 진행시킨 소송들 중의 하나에서 변호사들이 한 변론이 아직도 남아 있네. 그것들은 정말이지 특이하고 재능이 넘치며 대담무쌍한 것들이어서, 이 분야에서는 타의 추종을 불허하지. 그런데 정작 보마르셰는 잘 알려진 소송에서 패하고 말았어. 법원의 계단을 내려가던 그가 아래에서 위로 올라오려던 재상과 맞닥뜨리게 된 일이 있었는데, 그는 당연히 재상을 피해 갔어야 했지. 그런데 그는 옆으로 비키지 않고, 모든 사람이 계단에서는 절반씩 양보해야 한다고 고집을 부리고 말았네. 체면을 손상당한 그 재상은 수행원들에게 명을 내려 보마르셰를 옆으로 밀치게 했고, 또 그렇게 되었네. 그러자 보마르셰는 즉석에서 다시 법정으로 되돌아 올라가서 재상을 상대로 소송을 제기했는데, 승자는 재상이었지 뭔가."

나는 이 일화를 재미있게 들었다. 우리는 식사하면서 여러 다양한 일들에 관해 유쾌한 대화를 계속했다.

"나는 『두 번째 로마 체류기』에 다시 착수했네." 하고 괴테가 말했다. "이제 거기에서 벗어나 다른 일을 하고 싶어서야. 인쇄된 나의 『이탈리아 여행기』는 자네도 알다시피 전적으로 편지들을 정리해 편집한 것이네. 하지만 두 번째 로마에서 체류하던 시기에 내가 쓴 편지들은 유용하게 써먹을 만한 그런 종류의 것이 아닐세. 그것들은 가정이라든지 바이마르에서 내 형편과 관련된 것들을 너무 많이 포함하고 있을 뿐, 정작 이탈리아에서의 생활과 관련된 것은 얼마 되지도 않는다네. 그래도 거기에는 당시 나의 내적인 심리 상태를 보여주는 발언들을 여기저기에서 찾아볼 수 있지. 지금 계획으로는 그런 구절들을 가려내 하나하나 겹쳐놓으면서 내 이야기 속에 삽입시키려고 하네. 그렇게 함으로써 일종의 음조와 정서가 그 이야기 속으로 전이될 테니 말이야." 정말 좋은 방식이라고 여겼으므로, 괴테에게 그 계획의 타당성을 확신시켰다.

괴테가 계속해서 말했다. "어느 시대건 거듭해서 말해져 온 것이지만 사람들은 자기 자신을 알기 위해서 노력해야만 하네. 하지만 이것은 지금까지 그 누구도 만족시킬 수 없었고, 원래 그 누구도 만족시킬 수 없는 기묘한 요구라네. 인간이란 어떤 것에 뜻을 두고 무언가를 얻으려 할 때면 외부 세계, 즉 자기를 둘러싸고 있는 세계에 의지하게 되네. 그리고 자기의 목적에 필요한 만큼 그 외부 세계를 알고 그것을 자기에게 쓸모 있게 만들지. 그러나 자기 자신에 대해서 안다는 것은 그가 즐기고 있거나 괴로워하고 있을 때뿐이야. 그래서 고통과 기쁨을 통해서만 그가 무엇을 구하고 무엇을 피해야 하는가를 배우게 된다네. 여하간 인간이란 불가해한 존재여서 자기가 어디서 와서 어디로 가는지 모르며, 세상에 대해서도 아는 게 별로 없고, 더군다나 자기 자신에 대해서는 거의 아무것도 모르고 있지. 나도 역시 자신을 알지 못하며, 또 굳이 알고 싶지도 않아. 사실 내가 말하려는 것은 이렇네. 내 나이 마흔에 이탈리아에 있었을 때, 내게는 조형미술에 대한 재능이 없고, 그러한 나 자신의 경향이 잘못된 방향이라는 정도까지는 알 만큼 현명했던 거네. 내가 무엇을 그릴 때라도 구상적인 것에 대한 충분한 욕구를 느낄 수 없었으니까. 대상들이 닥쳐와 스며들면서 나를 압도해 버리지나 않을까 하는 그 어떤 두려움이 있었던 거지. 어느 편인가 하면 보다 연약한 것, 중용적인 것이 내 성격에 맞았네. 풍경화를 그릴 때 나는 희미한 원경에서부터 그리기 시작해 중경(中景)에 이른 후에는 언제나 전경(前景)에 합당한 힘을 실어주기를 두려워했기 때문에 내 그림은 결코 제대로 된 효과를 낼 수가 없었어. 또한 연습도 하지 않아 조금도 나아지지 않았는데, 잠시 멀어져 있다가 다시 착수하기를 기다리는 식이었지. 하지만 전혀 재능이 없었던 것은 아니네. 특히 풍경화에서는 말이야. 그래서 하케르트는 곧잘 말하곤 했지. '십팔 개월만 저와 함께 계신다면 선생님이나 다른 사람이 만족할 만한 그림을 그릴 수 있을 텐데요.'라고 말이지."

나는 이 말을 매우 흥미롭게 들었다. 내가 말했다. "하지만 어떤 사람에게 조형미술에 진정한 재능이 있는지 없는지를 어떻게 분간할 수 있을까요?"

괴테가 말했다. "참다운 재능을 갖춘 사람은 형태나 균형이나 색채에 타고난 감각을 가지고 있어서 조금만 지도를 받는다면 그런 것 모두를 금방 제대로 할 수 있네. 특히 형태에 대한 감각, 그리고 빛에 의해서 그 형태를 손에 잡힐 듯이 뚜렷하게 그려내는 충동을 갖고 있기 때문이네. 또한 참다운 재능은 연습을 쉬고 있는 동안에도 내부에서 진보를 이루며 성장하고 있지. 그런 재능을 분간하는 건 어렵지 않아. 하지만 대가만이 그것을 가장 잘 알아보는 법이네."

그러고 나서 괴테는 아주 유쾌한 목소리로 계속 말했다. "오늘 아침에 대공 댁에 다녀왔네. 대공비의 방이 아주 멋지게 바뀌었더군. 쿠드레가 이탈리아의 일꾼들을 데리고 다시 대단한 솜씨를 보인 것이지. 몇몇 화가들이 아직도 벽화 작업에 몰두하고 있었는데, 밀라노 출신이라고 하더군. 그래서 즉석에서 그들에게 이탈리아어로 말을 걸어보았는데, 내가 이탈리아 말을 아직 잊어버리지 않았다는 사실을 알게 되었네. 그들의 설명에 따르면 최근에 뷔르템베르크 왕의 성에서 벽화를 그렸고, 그다음에는 고타로 와달라는 요청을 받았으나 의견의 일치를 보지 못했다는군. 그때 마침 바이마르에서 그들의 소식을 듣고 대공비 거처의 실내장식을 위해 그들을 초빙했다는 걸세. 나는 즐거운 마음으로 이탈리아 말을 다시 듣고 말했네. 왜냐하면 언어란 그 나라의 분위기까지 함께 전달해 주는 법이니까 말이야. 이 선량한 사람들은 이탈리아를 떠난 지 삼 년이 됐다는군. 하지만 슈피겔 씨의 주문으로 이곳 극장의 무대 장식을 끝내고 나면, 여기에서 곧장 자기들 나라로 돌아간다는군. 하여간 그들이 우리 극장의 무대를 꾸미는 게 자네도 싫지는 않을 테지. 솜씨가 아주 뛰어난 일꾼들이니까 말이야. 더군다나 그중 한 사람은 밀라노의 첫째가는 장식화가의 제자라니까, 훌륭한 무대 장식을 기대할 만도 하네."

프리드리히가 식탁을 치우고 나자, 괴테는 작은 크기의 로마 지도를 펼쳐놓게 했다.

괴테가 말했다. "우리 같은 외국인에게 로마는 오래 머물 만한 곳은 아니네. 그곳에 눌러앉아 정착하려는 사람은 결혼을 하고 가톨릭으로 개종해야만 하니까 말일세. 그렇게 하지 않으면 배겨내기가 어렵고, 사는 게 불편해져. 그래서 하케르트는 신교도의 신분으로 그곳에 그토록 오래 살았다는 사실을 적잖이 자랑으로 여긴다네."

그러고 나서 괴테는 지도상에서 아주 주목할 만한 건물과 광장들을 가리키며 말했다.

"여기가 파르네세 정원일세."

내가 말했다. "그곳이 바로 선생님께서 『파우스트』의 마녀의 장면을 쓰셨던 곳이 아닌지요?"

"아닐세." 하고 괴테가 대답했다. "그곳은 보르게제 정원이었네."

이어서 나는 클로드 로랭의 풍경화를 다시 감상하며 즐거운 시간을 보냈다. 우리는 이 대가에 대해 이런저런 얘기를 더 나누었다. 내가 물었다. "요즈음의 젊은 화가들도 그를 본받을 수 있겠지요?"

괴테가 대답했다. "물론 비슷한 성향을 타고난 자라면 말할 것도 없이 클로드 로랭을 모범 삼아 커다란 발전을 보일 수 있을 테지. 그러나 자연으로부터 비슷한 재능을 받기는 했어도 그것을 제대로 계발하지 않고 내버려 두는 자라면, 이 대가로 기껏해야 아주 단편적인 부분들만을 배우게 될 것이고 또 그것들을 기교적으로만 부려먹게 될 테지."

1829년 4월 11일 토요일

오늘 식사 시간에 가보니 식탁이 기다란 홀에 차려져 있었는데, 여러 손님들을 위한 차림이었다. 괴테와 그 며느리가 나를 아주 친절하게 맞았다. 그리고 점차로 손님들이 도착했다. 마담 쇼펜하우어[25], 프랑스 공사직에 있는 젊은 라인하르트 백작, 튀르키예와 대항하고 있는 러시아 군대에 복무하기 위해 여행 중에 들른 백작의 처남인 폰 D씨, 그리고 울리케 양이 참석했으며, 마지막으로 궁정 고문관 포겔이 도착했다.

괴테는 유달리 유쾌한 기분이었다. 그는 식사가 시작되기 전에 프랑크푸르트 지방에서 있었던 재미있는 우스개를 몇 개 소개해 참석자들을 즐겁게 해주었다. 특히 로트실트가 베트만의 투자를 망치게 한 이야기가 재미있었다.

라인하르트 백작은 궁정으로 들어갔고, 나머지 사람들은 식사를 계속했다. 이야기는 우아하고 활기에 넘쳤는데, 여행이나 온천에 관한 것들이 화제에 올랐다. 마담 쇼펜하우어는 노넨베르트섬 근처의 라인강변에 위치한 새로 구입한 별장에 대해 열을 올리며 설명했다.

라인하르트 백작이 식사 후에 다시 나타났고, 사람들은 그의 신속한 행동을 칭찬했다. 그 짧은 시간 동안 그는 궁정에서 식사를 하고 왔을 뿐만 아니라 옷도 두 번이나 갈아입었던 것이다.

그는 새로운 교황이 선출되었다는 소식을 가져왔는데, 카스틸리오네 사람이라는 것이다. 괴테는 모인 사람들에게 교황 선출 과정에서 전통적으로 거행하는 의례를 설명해 주었다.

라인하르트 백작은 겨울 내내 파리에서 지냈기 때문에 유

25) 철학자 쇼펜하우어의 어머니이다.

명한 정치가와 문필가 그리고 시인들과 관련된 고대하던 소식들을 이것저것 들려줄 수 있었다. 샤토브리앙, 기조, 살방디, 베랑제, 메리메와 그 밖의 작가들에 관한 이야기가 오갔다.

식사 후에 모두들 돌아갔을 때, 괴테는 나를 서재로 데리고 가서 아주 희귀한 편지 두 통을 보여주었다. 매우 기뻐하면서 그것들을 보았는데, 괴테가 젊은 시절에 썼던 편지였다. 1770년에 슈트라스부르크에서 프랑크푸르트에 있는 그의 친구 호른 박사에게 보낸 편지로, 하나는 6월, 다른 하나는 12월 날짜로 되어 있었다. 두 편지에는 앞으로 자신에게 다가올 위대한 일들에 대해 예감하고 있는 한 젊은이의 목소리가 담겨 있었다. 뒤쪽 날짜의 편지에는 이미 『베르테르』의 흔적이 보이고 있었다. 제젠하임의 상황이 암시되어 있는 그 편지에서 볼 때 행복에 찬 그 젊은이는 감미롭기 그지없는 느낌에 도취된 채 하루하루를 반쯤은 몽환 속에서 지내고 있는 것처럼 보였다. 편지의 필적은 차분하고 정결하고 우아했는데, 이후 언제까지나 유지되었던 괴테의 필적이 그 특성을 이미 그대로 드러내고 있었다. 나는 그 사랑스러운 편지들을 손에서 떼지 못한 채 반복해서 읽었다. 그러고 나서 너무도 행복하고 감사하는 마음으로 괴테에게 작별 인사를 했다.

1829년 4월 12일 일요일

괴테는 바이에른 왕에게 보내는 답장을 내게 읽어주었다.

그는 별장의 계단을 몸소 올라가 왕 바로 앞에서 아뢰는 사람과 같은 어투의 인사말을 쓰고 있었다. 내가 말했다. "그런 경우에 몸가짐을 어떻게 올바르게 가져야 할지 분별하기 어려우시겠습니다."

그러자 괴테는 이렇게 대답했다. "나처럼 일생 동안 높은 분들과 친교를 맺어온 사람에게는 그다지 어려운 일이 아닐세. 단 하나 주의할 점은 지나치게 인간적인 태도를 취하지 말도록 할 것이며, 언제든 관례의 한계를 넘지 않아야 하네."

그러고 나서 괴테는 현재 그가 몰두하고 있는 『두 번째 로마 체류기』의 편집에 관한 이야기를 했다.

"당시에 쓴 편지를 보면 아주 분명히 알게 된다네." 하고 괴테가 말했다. "일평생의 어느 시기든 그 전후 시기와 비교하면 장점도 단점도 가지고 있다는 사실을 말일세. 내가 마흔 살 때는 일부의 일에 대해 현재와 마찬가지로 아주 분명하고 현명한 판단력을 지니고 있었는데, 어떤 면에서는 오히려 지금보다 더 나았던 점도 있었지. 그런 한편 지금 내 나이 여든에도 그 당시와는 바꾸고 싶지 않은 장점들이 있네."

내가 대답했다. "말씀을 듣고 있자니 식물의 형태 변화가 머리에 떠오릅니다. 사람들은 개화기에서 푸른 잎의 시기로 돌아가거나, 종자와 과일의 시기에서 개화기의 상태로 거슬러 올라가고 싶어 하지 않는다는 것을 잘 알겠습니다."

괴테가 말했다. "자네의 비유는 내가 말하고 싶은 걸 잘 나타내고 있네." 그가 웃으면서 다시 말을 이었다. "가지런한 톱니 모양의 잎사귀를 생각해 보게. 마음껏 자라난 상태에서 갑

갑한 떡잎의 상태로 왜 되돌아가고 싶겠는가? 생각해 보세. 여기에 최고 연령의 상징이라고 여겨질 수 있는 식물이 있다면 그 아니 유쾌하겠나? 이제 개화나 결실기를 지나 더 이상 생산하지는 않지만, 그래도 여전히 무성하게 성장을 계속하는 식물이 있다면 말이야."

괴테가 계속해서 말했다. "애석한 것은 인간이 일생을 통해 그릇된 경향에 의해 방해를 받으면서도, 마침내 거기에서 벗어나기 전까지는 그런 그릇된 경향을 결코 깨닫지 못한다는 것이네."

내가 물었다. "그렇다면 어떤 경향이 잘못되었다는 사실은 어떻게 알 수 있을까요?"

괴테가 대답했다. "그릇된 경향은 생산적이지 못해. 설혹 생산적이라 해도 거기서 생산된 것은 아무런 가치가 없네. 그리고 타인에게서 그런 사실을 깨닫기는 어렵지 않으나, 자기 자신에게서 그것을 깨닫는다는 건 여간 어려운 일이 아닐세. 그러기 위해서는 커다란 정신의 자유가 필요하니까 말이야. 그리고 깨달았다고 해서 언제나 도움이 되는 것도 아니네. 망설이기도 하고 의심하기도 하면서 좀처럼 결단을 내리지 못하기 때문이네. 부정의 증거를 이미 여러 차례 보았으면서도 사랑하는 처녀와 쉽사리 헤어지지 못하는 것과 같은 이치라고나 할까. 여하간 이런 말을 하는 이유는 내가 조형미술을 지향했던 게 잘못이었음을 깨닫기까지 여러 해가 걸렸으며, 그것을 알고 나서도 완전히 뿌리치기까지는 또 여러 해가 걸렸던 사실이 생각났기 때문이네."

내가 말했다. "그러나 그 경향은 그릇된 것이라고 부를 수 없을 정도로 선생님에게 매우 많은 유익을 가져다주지 않았습니까."

"통찰력을 얻게 되었지." 하고 괴테가 말했다. "나는 그렇게 생각하며 위안을 한다네. 그것은 우리가 어떤 잘못에서건 이끌어낼 수 있는 이점일세. 재능이 부족한 자가 음악에 힘을 쏟아부어도 대가가 되지 못하리라는 건 뻔하지만, 그래도 거장이 만든 작품을 알아보고 존중하는 것만은 배우게 되는 걸세. 내가 아무리 노력을 기울였다 해도 물론 나는 결코 화가가 되지는 못했겠지. 그러나 미술의 온갖 분야를 두루 익혔기 때문에 선(線) 하나하나에 대해 설명할 수 있게 되었고, 또 잘된 것과 그릇된 것을 구분할 수 있게 되었던 거네. 이러한 이득은 결코 작은 게 아니었어. 이처럼 잘못된 경향이라 하더라도 거기에 아무런 이득도 따르지 않는 건 드문 경우이네. 예컨대 성지 해방을 위한 십자군은 명백히 잘못된 시도였으나, 그로 말미암아 튀르키예가 점차로 약해져서 유럽에 대한 그들의 지배가 저지되었다는 좋은 점이 있었던 걸세."

계속해서 여러 가지 화제가 이어졌다. 괴테는 세귀르가 표트르1세에 관해 쓴 책을 언급하면서, 흥미로운 그 책으로부터 여러 가지를 깨달았다고 말했다. "상트페테르부르크의 지형은 열악하기 짝이 없어. 바로 근처의 지대가 솟아 있으므로 황제는 도시를 조금 더 높은 곳으로 옮기고 항구만 저지대에 그대로 두었어야 했네. 그랬더라면 시가지가 온갖 수해로부터 벗어날 수 있었겠지. 한 노련한 사공이 황제에게 그 점을 지적하면서 칠십 년마다 시민들이 익사할 거라고 예언했었지. 또한 그곳에는 큰 나무가 한 그루 서 있어서 홍수 때마다 수위(水位)의 흔적을 남겨놓곤 했지. 하지만 아무런 소용도 없었어. 황제는 자기 고집대로만 하면서 자신의 견해에 대한 반박의 증거가 되지 않도록 하기 위해 그 나무를 베어버렸다지 뭔가.

자네가 보기에 그처럼 위대한 인물이 그런 행동을 하다니 도무지 이해가 가지 않겠지. 하지만 나는 이렇게 보고 싶네. 인간이란 젊은 시절의 인상에서 벗어날 수 없는 존재라고 말이야. 그 시기에 늘 익숙해 있는 데다가 그 가운데서 가장 행복했던 시간을 보냈기 때문에, 설사 결점이 있어도, 세월의 흐름과는 상관없이 젊은 시절을 그리워하고 소중하게 여기지. 눈이 멀어 결점조차 깨닫지 못할 정도로 말일세. 표트르1세도 청년기를 보냈던 사랑스러운 암스테르담시를 자기네 수도인 네바강의 하구에다 재현하고 싶었던 거네. 네덜란드 사람들이 아무리 멀리 떨어진 식민지라 할지라도 그곳에다 암스테르담을 재건하고 하고 싶어 하는 것과 마찬가지로 말이야."

1829년 4월 13일 월요일

오늘 괴테가 식사 중에 여러 좋은 이야기를 들려주었다. 그 후에 나는 후식 삼아 클로드 로랭의 풍경화 몇 점을 보면서 머리를 식혔다.

괴테가 말했다. "이 그림첩은 「자유로운 진리」라는 제목을 달고 있는데, 「자유로운 자연과 예술」이라고 불려도 좋을 것이네. 왜냐하면 여기에서는 자연과 예술이 가장 높은 단계에서 아주 아름답게 결합되어 있기 때문일세."

나는 괴테에게 클로드 로랭의 출신에 대해서, 그리고 그가 어느 유파에서 수련했는지를 물었다.

괴테가 대답했다. "그의 마지막 스승은 아고스티노 타시였네. 하지만 이 사람은 파울 브릴의 제자였지. 그러므로 이 파울 브릴 유파의 원리가 클로드 로랭의 본래적인 토대를 이루었고, 또 이 사람에게서 꽃을 피웠던 거네. 왜냐하면 스승들에게서 아직도 진지하고 엄격하게 보이던 것이 클로드 로랭에 이르러서는 명랑하기 그지없는 우아함과 사랑스럽기만 한 자유로 발전되었기 때문일세. 그 후로는 아직도 그를 넘어선 사람은 없었어.

여하간 그렇게 중요한 시기와 환경에서 살았던 로랭처럼, 위대한 천재가 누구에게서 배웠는가에 대해서는 거의 말할 수가 없는 형편이네. 요컨대 그는 자신의 주위를 둘러보면서 자신의 성향에 적합한 자양분을 찾아 자기 것으로 흡수했던 거지. 클로드 로랭은 두말할 것도 없이 카라치 유파와 그를 계승한 거장들에게 힘입고 있네.

흔히들 이렇게 보고 있지. 율리우스 로만은 라파엘로의 제자였어. 하지만 마찬가지로 그 세기의 제자였다고도 말할 수 있을 테지. 다만 귀도 레니만이 한 명의 제자를 가르쳤고, 이 제자는 자기 스승의 정신과 감정과 기교를 자기 것으로 흡수해 스승과 거의 비슷해져서 동일한 작품을 만들게 되었다네.

하지만 이것은 되풀이되기 어려운 독특한 경우였지. 이와 반면에 카라치 유파는 자유분방한 성격이었기 때문에, 이 유파의 화가들은 각자 타고난 방향으로 발전하면서 대가들을 낳았는데, 이들 중 그 누구도 서로 간에 닮지 않았네. 카라치 유파는 마치 타고난 미술 교사와도 같았어. 그들은 이미 온갖 방면으로 가장 위대한 것이 이루어졌기 때문에 자신의 제자들에게 모든 분야에서 가장 모범적인 것을 전수할 수 있었던 시기에 활동했던 걸세. 그들은 위대한 화가였고, 위대한 교사였어. 그러나 감히 말하자면 그들은 재기에 넘치는 그런 부류였네. 그렇게 말하기에는 조금 무리가 따르기는 하나, 여하간 그런 생각이 드는군."

클로드 로랭의 그림 몇 점을 더 감상한 후에 나는 미술가 백과사전을 펼쳐보았는데, 이 위대한 거장에 관해 어떤 내용이 쓰여 있는지 보기 위해서였다. 거기에는 다음과 같이 기록되어 있었다. '그의 주요 업적은 다채로운 기법에 있다.' 우리는 서로 쳐다보며 크게 웃었다. 괴테가 말했다. "책에 쓰여 있는 것을 믿고 자기 것으로 하는 경우 얼마나 많이 배울 수 있는지를 보게나!"

1829년 4월 14일 화요일

오늘 점심때 방문했더니, 괴테는 이미 궁정 고문관 마이어와 식사를 하면서 이탈리아와 미술 작품들을 화제에 올리고 있었다. 괴테는 클로드 로랭의 그림첩 한 권을 가져오게 했고, 마이어는 필이 4,000파운드나 주고 그 원본을 구입했다고 해서 신문에서 보도한 풍경화를 찾아내 우리에게 보여주었다. 정말 뛰어난 작품이었기 때문에 우리는 필 씨가 손해를 보지 않았음을 인정하지 않을 수 없었다. 그림 오른쪽에는 한 무리의 사람들이 앉아 있거나 서 있었다. 목동 하나가 소녀 앞에서 허리를 굽히고 있었는데, 아마도 소녀에게 피리 부는 법을 가르쳐주고 있는 것 같았다. 그림 한복판에는 햇빛을 받아 반짝이는 호수가 있었고, 그림의 왼쪽에서는 나무 그늘 아래 가축들이 풀을 뜯고 있었다. 양쪽의 무리가 아주 잘 균형을 이루고 있었으며, 이 거장의 평소 솜씨대로 명암의 마력이 강렬한 효과를 내고 있었다. 이 원본이 지금까지는 어디에 있었으며, 마이어가 이탈리아에서 그 그림을 보았을 때는 누구의 소유였던가 하는 이야기도 오갔다.

그러고 나서 화제는 바이에른 왕이 로마에서 사들인 새 별장에 관한 이야기로 넘어갔다. "저는 그 별장을 그전부터 알고 있었습니다." 하고 마이어가 말했다. "그곳에 자주 들르곤 했는데, 그 아름다운 경관은 생각만 해도 마음이 즐거워집니다. 원래는 그저 그런 저택이었는데, 왕께서 자신의 미적 감각에 맞게 장식해 아주 우아하게 꾸며놓았지요. 제가 로마에 있던 동안에 아말리아 대공비께서 그곳에 묵고 계셨고, 헤르더도 바로 옆 건물에 살고 있었습니다. 나중에는 주섹스 공작과 뮌스터 백작이 그곳에 살기도 했지요. 외국의 고관들도 그 빼어난 위치와 수려한 전망 때문에 그 별장을 유별나게 좋아했답니다."

나는 궁정 고문관 마이어에게 말타 별장에서 바티칸까지의 거리가 얼마나 되는지를 물어보았다. 마이어가 대답했다. "우리 화가들이 주로 살았던 별장 근처의 트리니타 디 몬테에서 바티칸까지는 족히 삼십 분 거리였습니다. 우리는 날마다 그 길을 걸어 다녔는데, 이따금은 하루에 몇 번씩 오가기도 했지요."

내가 말했다. "다리를 건너가는 길은 조금 돌아가는 것이지요. 만일 테베레강을 배를 타고 건너고 들판을 가로질러 간다면 조금 더 빨리 갈 수 있을 거라는 생각도 듭니다만."

"사실은 그렇지 않아요." 하고 마이어가 말했다. "하지만 우리도 그런 생각을 했었지요. 그래서 기회만 닿으면 배를 타고 강을 건너기도 했던 것입니다. 달이 휘영청 밝은 아름다운 밤에 바티칸으로부터 돌아오면서 배를 타고 강을 건너던 기억이 눈에 선하군요. 개중에 우리가 알고 있는 사람으로는 부리와 히르트 그리고 립스가 있었는데, 늘 하던 대로 논쟁을 벌이곤 했지요. 라파엘로와 미켈란젤로 중에 누가 더 위대하냐고 말입니다. 그렇게 하면서 우리는 나룻배에 올라탔지요. 건너편 강가에 닿았는데도 열띤 논쟁이 끝나지 않자, 한 명랑한 익살꾼이(제 기억으로는 부리였다고 생각됩니다.) 제안을 했지 뭡니까. 논쟁이 완전히 결판이 나고 양편이 하나의 견해로 일치되기까지 강에서 떠나지 말자고 말입니다. 제안은 받아들여졌고, 뱃사공은 우리를 태운 채 다시 배를 띄워 돌아가야 했지요. 그랬더니 비로소 논쟁이 더욱 활기차게 벌어졌던 것입니다. 강가에 닿아도 우리는 다시 되돌아가야 했습니다. 논쟁의 결말이 아직 나지 않았으니까요. 그래서 우리는 몇 시간 동안이나 강 이쪽과 저쪽을 왔다 갔다 하게 되었고, 그렇게 하는 동안 뱃사공만 수지를 맞았답니다. 뱃삯이 자꾸 올라갔으니까요. 뱃사공에게는 그를 도와주던 열두 살 난 소년이 있었는데, 그 아이가 보기에도 이 일이 너무도 이상했던 모양이었습니다. 그 아이가 말하더군요. '아빠, 저 아저씨들 왜 안 내려? 우리가 강가에 데려다주었는데도 왜 자꾸 다시 돌아가야 하는 거야?' 그러자 뱃사공이 대답하더군요. '얘야, 나도 모르겠단다. 하지만 내 생각으로 그분들은 미친 것 같아.' 왔다 갔다 하는 사이에 날이 밝는 일이 없도록 마침내 뭍에 내리기로 합의를 했지요."

괴테와 나는 이 화가들의 광적인 행동에 관한 재미있는 일화를 들으면서 연신 웃음을 터뜨렸다. 궁정 고문관 마이어는 신이 나서 로마 얘기를 계속했으며, 괴테와 나는 그의 이야기를 즐겼다.

마이어가 말했다. "라파엘로와 미켈란젤로에 대한 논쟁은 거의 날마다 벌어지는 다반사였습니다. 각각 양편을 지지하는 몇 명의 화가가 모였다 싶으면 곧바로 논쟁이 시작되었지요. 아주 싼값에 질 좋은 포도주를 마실 수 있었던 한 선술집이 주로 논쟁의 장소가 되곤 했습니다. 그림이나 그림의 세부적인 면에 관한 논쟁이 오가다가 상대방의 견해를 반박하면서 이런저런 문제점을 인정할 수 없다는 걸 입증하려면, 그 그림들을 직접 봐야 할 필요성도 생기곤 했답니다. 그럴 때면 화가들은 논쟁을 계속하면서 술집을 떠나 잽싼 걸음으로 시스티나 예배당으로 달려갔지요. 예배당의 열쇠는 한 구두 수선공이 가지고 있었는데, 그자는 문을 열어줄 때마다 4그로셴을 받곤 했답니다. 이제 그림 앞에 도착한 화가들은 실물 앞에서 다시 격렬한 논쟁을 벌이고, 충분하다 싶으면 다시 술집으로 돌아가 포도주 한 병을 나눠 마시며 화해를 하고 모든 언쟁들을 말끔히 씻어버리는 것입니다. 매일마다 그런 식이었으니 시스티나 예배당의 그 구두 수선공은 4그로센의 수입을 꽤 자주 올린 셈이죠."

이 명랑한 분위기에 덩달아서 또 다른 구두 수선공에 대한 이야기도 나왔는데, 이자는 늘 고대인의 대리석 두상에다가 가죽을 두들기곤 한다는 것이었다. 마이어가 말했다. "그건 로마 황제의 반신상이었어요. 그 고대의 예술품은 구두 수선공의 문 앞에 서 있었는데, 우리는 가게 근처를 지날 때마다 그가 그 기특한 일에 몰두해 있는 장면을 종종 목격하곤 했답니다."

1829년 4월 15일 수요일

우리는 특별한 재능도 없으면서 창조적인 일에 종사하고 있는 사람들 그리고 자신이 이해하지도 못하는 것에 대해 쓰는 사람들에 관해 이야기했다.

괴테가 말했다. "젊은 사람들에게는 그러한 것이 유혹적이네. 우리는 실로 많은 문화가 보급되어 있는 시대에 살고 있어. 문화는 말하자면 젊은 사람이 그 안에서 호흡하는 대기(大氣)에까지 만연해 있네. 문학이라든가 철학의 사상이 젊은 사람의 내부에서 살아 활동하고 있다고는 하나 그것은 주위의 공기와 함께 들이마신 것일세. 그런데도 그들은 그것을 자신의 독자적인 것으로 생각해 자기 이름으로 발표하지. 그러나 시대로부터 받아들인 것을 다시 시대로 돌려버리고 나면, 가난뱅이가 되고 마네. 그들은 마치 분수와도 같아. 끌어올린 물을 잠시 뿜어대고 있으나, 인공적으로 모은 그 물이 다 소비되고 나면 그 즉시 흐르기를 멈추는 분수 말일세."

1829년 9월 1일 화요일(혹은 1830년 1월 1일)

나는 괴테에게 한 여행자가 신의 존재의 증명에 관한 헤겔의 강의를 듣고 왔다는 이야기를 해주었다. 괴테는 그런 강의가 더 이상 시대에 맞지 않다는 내 견해에 공감을 표시했다.

"회의(懷疑)의 시대는 지나가고 있어." 하고 그가 말했다. "이제 신은 물론이고 자기 자신에 대해 의심하는 사람조차도 거의 없네. 게다가 신의 본성이나 영혼의 불멸, 영혼의 본질 그리고 그것과 육체와의 관계라는 것은 영원한 문제여서 철학자들도 이와 관련해서 우리의 이해를 더 이상 진척시켜 주지는 못하네. 최근의 한 프랑스 철학자는 아주 태연하게 자신의 논문을 다음과 같이 시작하고 있더군. '인간이 두 부분, 즉 육체와 영혼으로 이루어져 있음은 주지의 사실이다. 그러므로 우리는 일단 육체로부터 시작해 영혼으로 넘어가려고 한다.' 피히테는 이미 한 걸음 앞서서 보다 현명하게 이 문제로부터 발을 빼면서 다음과 같이 말했네. '우리는 육체로서 본 인간과 영혼으로서 본 인간에 관해 논하려고 한다.' 그는 이처럼 밀접하게 결합되어 있는 신체가 서로 분리될 수 없음을 너무도 잘 알고 있었던 걸세.

칸트가 말할 나위 없이 우리에게 유익한 점은 그가 인간이 도달할 수 있는 경계를 확인하고는 해결 불가능한 문제들을 그대로 내버려 두었다는 데 있네. 영혼불멸에 대해 철학적 사변이라면 해보지 않은 것이 없건만, 도대체 얼마만큼 진보했단 말인가! 나는 우리 존재의 영속성에 대해서는 의심하지 않네. 왜냐하면 자연이란 엔텔레히[26] 없이는 존재할 수 없는 것이니 말이야. 그러나 우리 모두가 똑같은 방식으로 불사(不死)라는 것은 아니네. 자기 자신이 미래에 하나의 위대한 엔텔레히로 나타나기 위해서는, 현재도 또한 하나의 엔텔레히여야만 하네.

여하간 독일인들이 철학상의 문제들을 해결하기 위해 고심하고 있는 동안 영국인들은 그 위대한 실천적 오성으로써 우리들을 비웃으며 세계를 정복하고 있네. 노예매매를 반대하는 영국인들의 장광설을 우리 모두 알고 있지. 그들은 그런 행동

---

26) 영성(靈性)의 뜻이다. 괴테는 라이프니츠의 모나드론에 영향을 받아, '완전성을 향한 노력'이라는 아리스토텔레스의 엔텔레히 개념을 사용했다.

의 밑바탕에 얼마나 인도적인 원리가 들어 있는가 하고 우리를 속이려 들지만 이제 그 참다운 동기가 현실적인 목적에 있음은 분명한 걸세. 영국인들은 알다시피 그런 목적 없이는 결코 아무런 일도 하지 않으며, 우리도 그 점을 진작에 알았어야 했네. 아프리카 서해안의 그 광대한 토지에서 영국인들 자신이 흑인을 부리고 있는 터라, 그들을 수출한다는 건 영국의 이익에 반하는 것이지. 그리고 또 미국에서는 영국인들 자신이 거대한 흑인 식민지를 만들었는데, 그것은 대단히 생산적이라 흑인의 수가 해마다 놀라울 정도로 불어나고 있다네. 이 흑인들만으로 북아메리카의 수요를 감당하지. 그런 식으로 아주 돈벌이가 좋은 장사를 하고 있는 터라, 외부로부터 흑인을 수입하게 되면 그들의 상업적인 이익을 크게 방해하는 결과가 되는 거네. 그래서 비인도적인 인신매매에 반대하는 설교를 하지만, 실은 이런 목적이 숨어 있는 것이야. 빈 회의에서도 영국 대사는 열변을 토하며 반대론을 폈네. 그러나 포르투갈 대사는 현명한 사람이었기 때문에 아주 침착하게 '우리가 여기 모인 것이 보편타당한 세계의 법정을 개최하거나 도덕의 근본 법칙을 확립하기 위한 것이라고는 생각지 않는다.'고 대답했네. 그는 영국의 목적을 아주 정확하게 꿰뚫어 보고 있었고, 그 또한 자신의 목적을 갖고 있었기 때문에 그것을 실현하기 위해 말했고 또 그렇게 할 수 있었던 것이네."

1829년 12월 6일 일요일

오늘 식사 후에 괴테는 나에게 『파우스트』 2막 1장을 읽어 주었다. 그 인상이 강렬했기 때문에 마음속에 고상한 행복감이 스며들었다. 우리는 다시 파우스트의 서재에 있게 되었고, 메피스토펠레스는 모든 것이 자신이 그곳을 떠났을 때와 똑같은 옛날 장소에 그대로 있는 것을 발견한다. 그는 파우스트의 낡은 서재용 모피 외투를 옷걸이에서 벗긴다. 그러자 수많은 좀들과 여타 벌레들이 퍼드덕거리며 날아 나온다. 그리고 메피스토펠레스가 이 좀과 벌레들이 다시 어디로 날아가서 앉는지 말해주는 동안 그 주위의 정경이 아주 뚜렷하게 눈앞에 떠오른다. 그는 모피를 걸친다. 파우스트가 커튼 뒤에서 마비 상태로 누워 있는 동안 다시 한번 주인 행세를 하기 위해서이다. 그가 줄을 당기자 한적하고 오래된 수도원의 여러 방에 종소리가 무시무시한 소리를 내며 울려 퍼지고, 문들이 갑자기 열리고 벽들이 진동한다. 조수가 뛰어들어 와서 파우스트의 의자에 메피스토펠레스가 앉아 있는 것을 보지만 그가 누구인지를 알아보지는 못하고 공손하게 절을 한다. 질문을 받자 그는 그동안에 유명 인사가 되어 주인이 돌아오기를 기다리고 있는 바그너에 대해 보고한다. 그 말에 의하면 바그너는 이 순간 자기 실험실에서 호문쿨루스 제작에 몰두하고 있다. 조수가 퇴장한다. 학사가 등장하는데, 이자는 바로 우리가 몇 년 전에 본 겁 많은 어린 학생이다. 그때는 파우스트의 웃옷을 걸친 메피스토펠레스에게 조롱당했지만, 그사이에 어른이 되었고 또 몹시 거만해졌는지라 메피스토펠레스조차도 감당하지 못해 의자에 앉은 채 주춤거리며 물러나다가 마침내는 객석 쪽으로 돌아앉아 버린다.

괴테는 그 장면을 마지막까지 읽었다. 나는 그 생생한 창작력과 모든 것이 그토록 간결하게 정돈된 것이 기뻤다.

"이 구상은 아주 오래된 것이네." 하고 괴테가 말했다. "그리고 오십 년 동안 두고두고 거기에 대해 숙고를 해왔기 때문에 내면의 소재는 쌓이고 또 쌓였네. 그래서 이제 그것들을 깎아내거나 배제하는 것은 수고로운 일이 되었어. 내가 말한 대로 2부 전체의 구상은 정말 오래되었네. 하지만 세상사에 훨씬 밝아진 지금에서야 쓰게 된 것은 작품을 위해서는 좋은 일인지도 모르겠군. 마치 젊은 시절에 은화나 동화의 잔돈을 많이 가지고 있던 자가 일생 동안 끊임없이 더 값비싼 돈과 교환해 나가다가 마침내는 젊었을 때의 재산이 순수한 금화로 변한 것을 눈앞에서 보는 것처럼 말일세."

우리는 학사의 인물에 관해서 이야기했다. 내가 말했다. "그 인물로써 그 어떤 관념 철학자들의 부류를 나타내려 하신 건 아닌가요?"

"아닐세." 하고 괴테가 대답했다. "그 인물은 젊은이에게 있는 특유한 자만심을 의인화한 것이네. 우리의 해방전쟁 이후 몇 년 동안 그 현저한 사례들을 볼 수가 있었지. 젊은 시절에는 누구든 세계는 자기와 함께 시작하고, 모든 것은 원래 자기를 위해서 존재한다고 믿는 것이 보통이네. 사실 동양에서는 매일 아침 신하들을 주위에 모아놓고 스스로 태양을 향해 떠오르라고 명령을 내린 후에야 일을 보게 했다는 사나이도 있었다는군. 그런데 이자는 현명하게도, 태양이 저절로 떠오를 시간이 되어서야 이 명령을 내린 모양이네."

우리는 『파우스트』에 관해서 그리고 그 구성 또는 그와 관계되는 문제들에 대해서 이야기했다.

괴테는 잠시 말없이 생각에 잠기더니, 이윽고 다음과 같이 말하기 시작했다.

"나이가 들면 세상사에 대해서 젊었을 때와는 달리 생각하게 되는 것이네. 그래서 나는 데몬이 인간들을 놀리거나 조롱하기 위해, 그 누구나 자신의 목표로 삼을 만큼 매력적이며, 또한 누구도 도달할 수 없을 정도로 위대한 인물들을 이따금씩 이 세상에 내보내는 것이라고 생각지 않을 수 없네. 그리하여 데몬은 사상에서도 행동에서도 마찬가지로 완벽한 라파엘로를 만들었던 게지. 몇몇 뛰어난 후계자들이 그에게 접근했지만 그의 경지에 도달한 자는 아무도 없었어. 마찬가지로 데몬은 음악에서 도달 불가능한 천재로 모차르트를 만들었네. 그리고 문학에서는 셰익스피어가 그렇다네. 자네는 셰익스피어에 대해서 반대할 수도 있겠지. 그러나 나는 다만 천분에 관해서, 타고난 위대한 천성에 관해 말하는 걸세. 나폴레옹도 도달 불가능한 존재야. 러시아인들이 분수를 지켜 콘스탄티노플까지 침공하지 않았던 건 사실 매우 위대한 일이네. 하지만 그런 특성은 나폴레옹에게도 있는 것이네. 왜냐하면 그도 자제심을 발휘해 로마까지 가지는 않았으니 말이야."

이 풍성한 주제와 관련해 많은 이야기들이 이어졌다. 그러나 나는 괴테 역시 데몬이 그런 의도를 가지고 만들어낸 인물이라고 마음속으로 생각했다. 괴테 또한 그 뒤를 따라가지 않고는 못 배길 만큼 매력적이며, 아무리 해도 도달할 수 없는 위대한 인물이 아니던가.

1829년 12월 16일 수요일

오늘 식사 후에 괴테는 『파우스트』 2막 2장을 내게 읽어주었다. 메피스토펠레스가 바그너에게 가는 장면인데, 바그너는 화학 기술을 사용해 인간을 만들어내려고 하는 참이다. 이 작업은 성공해 호문쿨루스[27]는 병 속에서 빛나는 물체가 되어 나타나 그 즉시 활동을 시작한다. 바그너가 불가사의한 일들에 관해 질문하지만 호문쿨루스는 대답을 거부한다. 이치를 따지는 것은 그의 격에 맞지 않으며, 다만 '행동'을 원하기 때문이라는 것이다. 그에게 가장 가까운 사람이라면 주인공인 파우스트인데, 이자는 지금 마비된 상태라 도움이 시급하게 필요하다. 호문쿨루스는 현재를 명석하게 투시할 수 있는 존재이므로 잠들어 있는 파우스트의 마음속을 들여다본다. 파우스트는 우아한 곳에서 목욕하고 있는 레다[28]를 백조들이

27) 바그너가 화학 기술을 사용해 만들어낸 일종의 인조인간.

28) 그리스신화에 나오는 스파르타의 왕비. 백조로 변신한 제우스와 관계를 맺고 알 두 개를 낳았는데, 그 하나에서는 카스토르와 폴리데우케스의 쌍둥이가, 다른 하나에서는 헬레나가 생겨났다고 한다.

찾아오는 아름다운 꿈을 꾸고 있는 중이다. 호문쿨루스가 이 꿈을 이야기하고 있는 동안 우리 머릿속에는 더없이 매력적인 그림이 떠오른다. 메피스토펠레스는 그런 것을 보지 못하며, 호문쿨루스는 그의 그런 북방적인 기질을 조롱한다.

괴테가 말했다. "하여간 자네는 메피스토펠레스가 호문쿨루스에 비해 불리한 입장에 있다는 걸 알게 된 건세. 정신적인 명석함은 비슷하지만, 아름다운 것에 대한 경향이라든지 어떤 일을 촉진하는 활동 경향은 호문쿨루스가 메피스토펠레스보다 훨씬 앞서 있으니까 말이야. 그런데도 호문쿨루스는 그를 '아저씨'라고 부른다네. 왜냐하면 호문쿨루스와 같은 영적인 존재들은 완전히 인간화되었음에도 불구하고 울적해하거나 편협해지는 일이 없으므로 데몬의 하나로 꼽힐 수 있고, 또 그 점에서 메피스토펠레스와 호문쿨루스 양자는 일종의 친척 관계라고 할 수 있기 때문이지."

내가 말했다. "확실히 여기서는 메피스토펠레스가 낮은 차원에 있는 것으로 보입니다. 그러나 그가 호문쿨루스의 출생에 있어서 비밀리에 작용했다는 생각을 하지 않을 수가 없습니다. 우리가 지금까지 그의 그러한 본성을 알고 있었고, 또한 헬레나 장면에서도 그는 언제나 배후에서 작용하는 존재로 나타나고 있으니 말입니다. 그래서 전체적으로 보자면 그는 다시 우월하고 침착한 태도를 유지하면서 사소한 것에는 구애받지 않는다고 할 수 있겠지요."

"자네는 상황을 아주 정확하게 느끼고 있군." 하고 괴테가 말했다. "사실, 그렇다네. 그래서 메피스토펠레스가 바그너에게로 가고, 호문쿨루스가 생겨나려 할 때 메피스토펠레스에게 몇 줄의 시구를 입에 올리게 하면 어떨까 하고 생각해 보았네. 그렇게 그의 협력을 명시하고 나면 독자들에게도 사실이 분명해질 테니 말이야."

내가 말했다. "그것도 나쁘진 않습니다만 메피스토펠레스가 이 장면을 끝맺고 있는 말에서도 그 점은 이미 암시되어 있지 않습니까.

> 결국 우리는 자신이 만든
> 피조물들에게 끌려다니는 꼴이군."

"자네 말이 맞아." 하고 괴테가 말했다. "주의력이 있는 사람이라면 그 말로도 충분히 이해가 가겠지. 하지만 나는 몇 행을 더 생각해 보려고 하네."

"하지만, 그 끝맺는 말은 쉽게 생각해 낼 수 없는 위대한 말이지 않습니까." 하고 내가 말했다.

괴테가 대답했다. "내 생각으로는 사람들이 한동안 그 말에 대해 곱씹어 보겠지. 사실 말이지 아들을 여섯이나 둔 아버지라면 아무리 용을 써봤자 헛일이야. 많은 사람들을 높은 직위에 등용해 본 경험이 있는 왕이나 장관들도 그 말을 들으면 뭔가를 떠올릴 수 있을 테지."

나는 파우스트의 꿈에 나타난 레다의 모습이 다시 머릿속에 떠올랐으며, 마음속으로 이것이 구성에서 극히 중요한 특징이라고 생각했다.

내가 말했다. "이러한 작품에서 개별적인 부분들이 서로 연관을 맺고 서로 영향을 미치면서 서로 보완하거나 고양시켜 주는 방식은 정말 놀랍습니다. 이 2막에 레다의 꿈이 나오기 때문에 나중에 나오는 헬레나 장면이 비로소 정당한 토대를 갖추게 되는 식이니까 말입니다. 레다의 꿈에서는 늘 백조나 새끼 백조에 관한 이야기가 언급되지만, 헬레나 장면에서는 이 줄거리 자체가 실제로 진행되고 있습니다. 그래서 그런 상황으로부터 받은 감각적 인상을 간식한 채 헬레나 장면에 이르게 된다면, 모든 것이 더욱 명료하고 완전하게 나타나게 되는 것이지요!"

괴테는 내 말이 옳다고 인정했으며, 내가 그런 사실을 깨달은 걸 흡족해하는 것 같았다. 괴테가 말했다. "그런데 또 자네도 알게 되겠지만 이미 앞의 막들에서도 고전적인 것과 낭만적인 것이 끊임없이 암시되거나 이야기되고 있는데, 그것은 비스듬히 경사진 길을 오르듯이 헬레나에게 올라가기 위함이네. 그곳에서 이 두 개의 문학 형식이 분명히 그 모습을 드러내면서 일종의 화해를 이루려는 거지."

괴테가 계속해서 말했다. "프랑스 사람들도 이제는 이런 관계에 대해서 올바르게 생각하기 시작하고 있다네. 그들은 이렇게 말하지. '고전적인 것이든 낭만적인 것이든 다같이 좋은 것이다. 다만 중요한 점은 이 형식들을 이치에 맞게 사용해 뛰어난 것을 만들 수 있어야 한다. 그러므로 두 형식을 다 엉성하게 사용한다면, 그 어느 쪽도 아무런 소용없게 된다.' 이것은 아주 당연한 이야기고 좋은 말이라고 생각되네. 당분간은 이 정도로 만족할 수 있을 테지."

1829년 12월 20일 일요일

괴테와 함께 식사를 했다. 우리는 법무장관에 대해 이야기를 나누었다. 나는 괴테에게 법무장관이 이탈리아에서 돌아왔을 때 만초니에 대해 아무런 소식도 가져오지 않았는지를 물었다.

"그가 만초니에 관해서 편지를 써 보냈더군." 하고 괴테가 말했다. "법무장관이 만초니를 방문해서 보니 그는 밀라노 부근의 자기 영지에 살고 있는데 유감스럽게도 시름시름 앓고 있다더군."

내가 말했다. "탁월한 재능을 가진 사람들, 특히 시인들의 경우에 그 체질이 허약하다는 것은 기묘한 일입니다."

괴테가 말했다. "그런 사람들이 해내는 비상한 일들은 매우 섬세한 체질을 전제로 하는 것이네. 그래야만 보기 드문 감수성을 발휘해 천상의 목소리를 들을 수 있기 때문이지. 그런데 그런 체질은 세상사나 자연과 갈등을 일으키게 되면 쉽사리 혼란이 일어나고 상처 입게 되므로, 볼테르처럼 위대한 감수성과 아울러 비상한 끈기를 갖추고 있지 않으면 늘 병에 시달리게 되는 법이네. 실러도 언제나 병을 앓았지. 내가 그를 처음 알았을 때, 이 사람이 한 달도 살지 못할 거라는 생각이 들더군. 하지만 그도 그 어떤 끈기의 소유자였기 때문에 몇 년간이나 더 지탱할 수 있었네. 아마 좀 더 건강한 방식으로 섭생했더라면 더욱더 오래 살았겠지."

이어서 화제는 연극으로 넘어갔고, 우리는 한 공연[29]의 성공 여부에 관한 이야기를 나누었다.

"운첼만이 이 역을 맡아 연기한 걸 본 적이 있네." 하고 괴테가 말했다. "정신의 위대한 자유를 완벽하게 보여 줬기에 그의 연기는 언제나 성공적이었지. 그것은 우리에게 전해지는 왜냐하면 연극 예술의 경우도 다른 모든 예술의 경우와 사정이 다르지 않으니 말일세. 지금이나 옛날이나 마찬가지로 예술가가 하는 일은 자신이 그것을 만들었을 때 느꼈던 기분으로 우리를 빠져들게 하는 것이네. 예술가의 자유로운 기분은 우리를 자유롭게 하지. 반면에 예술가의 불안한 기분은 우리를 불안하게 하네. 예술가의 자유란 보통 예술가가 자기 일을 완벽하게 해낼 수 있을 때 생기는 것이며, 네덜란드 화가들의 그림을 보고 있으면 기분이 좋아지는 이유도 그들이 생활과 매우 밀접한 소재를 아주 자신 있게 다루고 있기 때문이네. 그리고 배우를 통해서 이런 정신의 자유를 느끼게 하려면 그 배우는 연구와 상상력과 타고난 자질로 자기 역을 완벽하게 구사해야만 하고, 어떤 육체적인 수단도 마음껏 발휘해야 하며, 거기에다가 그 어떤 생기발랄한 에너지도 뒷받침되어야 하는 걸세. 상상력이 없는 연구만으로는 불충분하며, 자질이 없다면 연구와 상상력만으로도 그 역시 충분하지가 않아. 여성들은 대개

29) 코체부의 「질투심 많은 여자」를 말한다.

는 상상력과 기질로써 해내는데, 볼프 부인의 그토록 뛰어난 연기는 그 때문이었네."

우리는 그 문제에 관해 계속 이야기를 나누었다. 바이마르 극장의 가장 뛰어난 배우들이 언급되었으며, 그들이 맡았던 몇 가지 역들에 대한 칭찬이 오갔다.

그러는 동안에 『파우스트』가 다시 떠올랐고, 어떻게 하면 이 인물을 무대 위에서 선명하게 보여줄 수 있을지를 생각해 보았다. 내가 말했다. "이 난쟁이[30] 자체가 실제로 보이진 않더라도 병 속에 그 어떤 빛나는 것은 있어야겠지요. 그리고 그것이 말하는 의미심장한 대사는 어린아이로서는 불가능한 그런 방식으로 낭독되어야 할 것입니다."

괴테가 계속해서 말했다. "바그너는 그 병을 손에서 놓아서는 안 되네. 그리고 목소리도 병 속에서 울려나오는 것처럼 해야 하네. 그것은 나도 들은 적이 있는 복화술자에게 맞는 역이라고 생각하네. 그런 사람이라면 이 역을 잘 소화하겠지."

우리는 또 대사육제 장면에 관해 이야기하면서, 그것을 무대 위에 올리는 것이 어느 정도 가능한가에 관해 의견을 나누었다.

내가 말했다. "그것은 아마도 나폴리의 시장보다도 더 큰 무대가 되겠지요."

"아주 큰 극장이 필요해." 하고 괴테가 대답했다. "거의 생각하기도 불가능한 것이겠지."

---

30) 작중 인물인 바그너가 만들어낸 인조인간을 가리킨다.

“그래도 이 눈으로 직접 보게 될 날이 오겠지요.” 하고 내가 말했다. “특히 코끼리가 기대됩니다. 현명함이 고삐를 쥐고 있고, 승리의 여신이 등에 타고 있으며, 공포와 희망이 양쪽에 쇠사슬로 매여 있는 코끼리 말입니다. 정말이지 더 이상의 것이 있을 수 없는 훌륭한 알레고리입니다.”

“코끼리가 무대에 등장하는 것은 이번이 처음은 아니네.” 하고 괴테가 말했다. “파리에서는 코끼리 한 마리가 완벽한 역을 해내고 있다더군. 그놈은 인민당 소속으로서 한 왕에게 왕관을 벗겨 다른 왕에게 그것을 씌워주는 역을 맡고 있는데, 아마도 굉장한 구경거리일 테지. 연극의 마지막 장면에서 불려 나온 그 코끼리는 혼자 무대에 서서 몸을 구부려 인사를 하고는 다시 물러난다네. 그러니 우리의 사육제 장면에서도 코끼리의 역할을 기대해 봄 직하네. 그러나 그 전체가 너무나 방대하기 때문에 보통의 무대감독으로는 감당하기 어려울 테지.”

내가 말했다. “하지만 그 장려함과 효과는 만점이므로 극장 쪽에서도 쉽게 포기하지는 않을 겁니다. 그 구성은 정말 뛰어나고 줄거리가 진행되면서 그 의미는 점점 더 깊어집니다! 맨 처음에 아름다운 남녀 정원사들이 등장해 무대를 장식하고 동시에 하나의 집단을 이룸으로써 장면이 더욱 의미심장하게 되므로 그 주위에 구경꾼들이 없어서는 안 될 것입니다. 그러고 나서 코끼리에 뒤이어 사두용차(四頭龍車)가 배경으로부터 나타나 하늘을 가로질러 사람들의 머리 위에 나타납니다. 이어서 판 신(神)이 나타나고, 마지막에는 그 모든 것이 가상의 불길 속에 휩싸이는가 싶더니 어느 사이에 습기를 머금은 축

축한 안개구름이 다가와서 그 불길은 꺼져버리고 맙니다! 이 모든 것이 선생님의 의도대로 공연된다면, 관중은 놀란 나머지 고백하게 되겠지요. 여기에 등장하는 풍부한 내용을 제대로 흡수하기에 걸맞은 정신도 감각도 가지고 있지 못하노라고 말입니다."

괴테가 말했다. "그만두게. 관중에 대해서는 아무것도 듣고 싶지 않아. 중요한 점은 그것이 쓰여 있다는 사실이네. 세상이 그것을 어떻게 다루든, 또 할 수 있는 만큼 이용하든 무슨 상관이란 말인가."

그러고 나서 우리는 소년 마부에 관해서 이야기했다.

"플루토스의 가면 뒤에 파우스트가 숨어 있고, 탐욕의 가면 속에 메피스토펠레스가 숨어 있다는 건 자네도 깨달았겠지. 하지만 소년 마부는 도대체 누구이겠는가?"

나는 망설이면서 어떻게 대답해야 할지 몰랐다.

"그건 오이포리온이야!" 하고 괴테가 말했다.

내가 물었다. "하지만 그 인물이 어째서 이 사육제 장면에서 벌써 모습을 드러낼 수 있을까요? 3막에서야 비로소 태어나는데 말입니다."

괴테가 대답했다. "오이포리온[31]은 인간이 아니라 비유적인 존재일 따름이네. 어떤 시간, 어떤 공간 그리고 어떤 인간에게도 일체 얽매여 있지 않은 시문학이 그의 모습으로 의인화되

31) 파우스트와 헬레나 사이에 태어난 아이로서, 바이런을 시적으로 형상화한 것이라고 괴테 자신이 밝히고 있다.

어 있는 것이지. 나중에 오이포리온의 모습으로 나타나게 되는 것과 같은 정신이, 지금 여기에서 소년 마부의 모습으로 나타난 걸세. 그는 이런 점에서 볼 때 언제 어디서고 나타날 수 있는 유령들과 흡사한 존재라네."

1829년 12월 27일 일요일

오늘 식사 후에 괴테는 지폐 장면을 읽어주었다. 그가 말했다. "자네도 알겠지만 궁정 회의 장면에 나오는 노래의 마지막 부분은 돈이 없다는 내용으로서, 메피스토펠레스가 그것을 공급하겠다고 약속하지. 이 주제는 가장무도회 내내 계속되네. 메피스토펠레스는 계략을 꾸며 판 신의 가면을 쓴 황제가 한 장의 종이에 서명하게 하고, 그로써 화폐의 가치를 가지게 된 종이를 몇천 장이나 복사해 널리 배포하게 만드네.

이 장면에서는 자기가 한 일의 의미를 아직 모르고 있는 황제 앞에서 이 문제가 언급되지. 그리고 재무장관이 이 은행 지폐들을 건네주면서 사정을 아뢴다네. 처음에는 화를 내던 황제가 가만히 생각해 보니 그것이 이익이 된다는 걸 알고는 크게 기뻐하면서 주위 사람들에게 새 지폐를 듬뿍 하사하고, 퇴장하면서 수천 크로네를 떨어뜨리고 가지. 그러자 뚱뚱한 광대가 그것을 주워 모아서 허둥지둥 퇴장하네. 그 종이를 토지로 바꾸려고 말이야."

괴테가 그 뛰어난 장면을 읽는 동안 나는 그 적절한 착상에 감탄하지 않을 수 없었다. 메피스토펠레스를 통해 지폐를 끌어들임으로써 그 시대의 중요한 현안을 그토록 의미심장하게 제시하면서 형상화시킨 게 아닌가?

그 장면을 읽고 거기에 대해 이런저런 이야기를 하고 있을 때, 괴테의 아들이 아래층으로 내려와 우리와 자리를 함께했다. 그는 쿠퍼의 최근 소설을 읽었다면서 그 장면을 눈앞에 보듯이 생생하게 들려주었다. 우리는 방금 읽은 『파우스트』의 장면에 대해서 아무런 언급도 하지 않았는데도, 괴테의 아들은 곧바로 프로이센 발행의 국채 증권에 대해 자세한 이야기를 하면서 그것이 실제 가격 이상으로 거래되고 있다고 말하는 것이었다. 괴테의 아들이 그런 이야기를 하는 동안 나는 살짝 미소 지으며 그 아버지를 쳐다보았고, 괴테도 미소로 답했다. 이로써 우리는 방금 논의한 내용이 시대의 중요한 현안이라는 점에 서로 공감했다.

1829년 12월 30일 수요일

오늘 식사 후에 괴테는 『파우스트』의 다음 장면을 계속해서 읽어주었다.

괴테가 말했다. "그들은 황제의 궁정에서 돈을 손에 넣고 나자 이제는 향락을 즐기려고 하네. 황제는 파리스와 헬레나를 보고 싶어 하면서 마술의 힘으로 그들을 불러내라고 하지. 그러나 메피스토펠레스는 고대 그리스와는 아무 상관이 없고 또 그러한 인물들에게 전혀 힘을 미칠 수 없기 때문에, 이 일은 파우스트의 손에 넘겨져 완수되지. 하지만 파우스트가 이 두 사람을 나타나게 하기 위해 무엇을 해야만 하는가 하는 부분은 아직 완전히 탈고되지 않았으니, 그것은 다음번에 읽어 주기로 하겠네. 그렇지만 파리스와 헬레나의 출현 장면만은 오늘 들려주겠네."

나는 앞으로 전개될 장면을 생각하니 마음이 즐거웠다. 괴테는 읽기 시작했고, 황제와 신하들이 연극을 보기 위해 고대 기사의 방으로 들어오는 장면이 내 눈앞에 펼쳐졌다. 막이 오르자 무대에는 그리스 신전이 나타난다. 메피스토펠레스는 프롬프터용 상자 속에 있고, 천문학자는 무대 전면(前面)의 한쪽에 있으며 파우스트는 무대 전면의 또 다른 한쪽에서 삼발이를 들고 등장한다. 파우스트가 필요한 주문을 외자 접시에서 향불 연기가 피어오르고 그 속에서 파리스가 천천히 모습을 드러낸다. 이 아름다운 젊은이가 천상의 음악에 따라 움직이는 모습이 묘사된다. 그는 자리에 앉아 몸을 뒤로 기댄다. 그리고 고대의 조각 작품들에 새겨져 있는 모습처럼 팔을 머리 뒤로 두른다. 그 모습은 여자들의 찬탄의 대상이 된다. 여자들은 그의 넘쳐흐르는 젊음의 매력을 앞다투어 얘기한다. 그러나 그의 모습은 남자들에게는 증오의 대상이 된다. 남자들의 가슴속엔 부러움과 질투심이 부글거리고 일어나 온갖 욕설을 퍼부으며 그를 깎아내린다. 이어서 파리스는 잠이 들고 헬레나가 나타난다. 그녀는 잠들어 있는 파리스에게 다가가서 그의 입술에 키스한다. 그러고는 멀어져 가다가 다시 고개를 돌려 그를 뒤돌아보는데, 이 돌아보는 모습이 특히 매력적이다. 그래서 파리스가 여자들에게 남긴 것과 같은 인상을 남자들에게 준다. 남자들의 가슴은 사랑과 찬탄의 감정으로 불타오르고, 여자들에게는 질투와 증오와 비난의 마음이 끓어오른다. 파우스트 자신은 자기가 불러낸 이 아름다운 여성의 모습에 황홀해져서 넋을 잃고 시간도 장소도 상황도 잊어버린다. 그리하여 메피스토펠레스는 파우스트가 자신의 역할을 깡그리 잊어버리는 일이 없도록 하기 위해 매번 주의를 환기시켜야만 한다. 파리스와 헬레나 사이에 애정과 이해심이 점점 깊어지는 것처럼 보이고, 이 젊은이는 그녀를 껴안고 데려가려 한다. 파우스트는 그에게서 그녀를 떼어내려고 그의 몸에 열쇠를 대지만 그 순간 격렬한 폭발이 일어난다. 유령들은 연기로 변해 사라져 버리고, 파우스트는 전신이 마비된 채 땅에 쓰러져 있다.

1830년

1830년 1월 3일 일요일

괴테는 나에게 1830년판 영국 연감 『키프세이크』를 보여주었는데, 거기에는 매우 아름다운 동판화들과 바이런 경의 아주 흥미로운 편지 몇 통이 실려 있었다. 나는 식사 후에 그 편지들을 읽어보았다. 그동안 괴테는 제라르가 최근에 번역한 『파우스트』의 프랑스어 번역본을 손에 들고 책장을 넘기면서 여기저기 읽고 있는 듯했다.

"묘한 느낌이야." 하고 괴테가 말했다. "오십 년 전에 볼테르가 사용했던 언어로 지금 이 책을 읽고 있다고 생각하니 말일세. 내가 무슨 말을 하는지 자네는 짐작도 못 할 테지. 나의 청년 시절에 볼테르와 위대한 그의 동시대인들이 얼마나 커다란 비중을 차지하고 있었는지, 그리고 그들이 모든 교양 계층을 어떻게 지배했는지 자네는 감도 잡을 수 없을 거네. 그러한 인물들이 청춘기의 나에게 어떤 영향을 미쳤는지 그리고 그들에 맞서 나를 지키고 스스로 자연과 보다 참된 관계를 설정하기 위해 얼마나 애태우며 걱정했는지 내 전기에는 일일이 다 씌어 있지 않다네."

우리는 볼테르에 관한 이야기를 계속했다. 괴테는 「체계」라는 시를 낭송해 주었는데, 그것을 들으면서 그가 청춘 시절에 그런 작품을 얼마나 열심히 읽으면서 자기 것으로 소화했는지를 알 수 있었다.

앞서 언급한 제라르의 번역은 대부분이 산문체였음에도, 괴테는 아주 잘된 번역이라고 칭찬했다. 그가 말했다. "이제 『파우스트』를 독일어로 읽고 싶지는 않네. 하지만 프랑스어로 읽어보니 모든 것이 생생하고 새롭고 재기에 넘친다는 느낌이 다시 드는군."

그가 계속해서 말했다. "『파우스트』는 헤아릴 수 없는 작품이네. 인간의 오성으로써 아무리 접근해 보았자 헛일이야. 게

다가 이 1부는 개인의 그 어떤 어둠침침한 의식 상태에서 생겨났다는 점을 고려해야 하네. 하지만 바로 이 어둠침침한 점이 사람들의 마음을 끌어당기지. 그래서 사람들은 온갖 불가해한 문제에 매달릴 때와 마찬가지로 이것에 달라붙어 애를 쓰는 것이네."

1830년 1월 10일 일요일

오늘 식사 후에 파우스트가 '어머니들'에게로 가는 장면을 괴테가 낭송해 주었기 때문에 무척 기뻤다.

소재가 새롭고 예상치 못한 것인 데다가, 괴테가 그 장면을 낭송하는 방식이 이상하게도 나를 사로잡아서 내가 완전히 파우스트의 처지에 놓인 듯한 느낌이 들었다. 그리고 메피스토펠레스가 말하는 장면에서는 파우스트와 꼭 마찬가지로 전율을 느꼈다.

나는 괴테가 낭송한 내용을 잘 듣고 실감이 났지만, 그래도 수수께끼 같은 점이 많이 남아 있었기 때문에 그가 설명을 좀 해주었으면 하는 생각이 간절했다. 그러나 그는 여느 때와 마찬가지로 비밀을 지키면서, 눈을 커다랗게 뜨고 나를 바라보면서 이 말을 되풀이했을 뿐이다.

어머니들! 어머니들! 이 얼마나 신비한 울림인가!

괴테가 말했다. "더 이상의 말은 자네에게 해줄 수가 없네. 다만 고대 그리스에서 여신으로서의 '어머니들'에 대한 이야기가 나오고 있고, 또 내가 그 사실을 『플루타르크 영웅전』에서 찾아냈다는 정도로만 말해두기로 하세. 전해져 내려오는 이야기에서 내가 취한 것은 이것뿐이고, 그 나머지는 창작한 것이네. 원고를 줄 테니 집으로 가지고 가서 철저하게 읽어보고 얼마만큼이나 제대로 이해가 가는지 한번 애를 써보게."

그러고 나서 집으로 돌아온 나는 이 불가사의한 장면을 몇 번이고 되풀이해 차분히 음미하면서 즐거운 시간을 보냈다. 그 결과 어머니들의 고유한 본질과 활동이라든지, 어머니들을 둘러싸고 있는 환경과 거처에 관해 다음과 같은 견해에 도달했다.

우리가 사는 지구라는 이 거대한 천체의 내부를 텅 빈 공간으로, 즉 일정한 방향으로 몇백 킬로미터나 그 속에서 계속 나아가더라도 그 어떠한 물체와도 전혀 부딪히지 않는 텅 빈 공간으로 생각해 보자. 그렇다면 그 공간이야말로 파우스트가 찾으러 내려간 저 미지의 여신들의 거처가 아니겠는가. 말하자면 그녀들은 모든 장소를 초월한 곳에서 살고 있다. 왜냐하면 그녀들 주위에는 형체를 가진 존재라고는 하나도 없기 때문이다. 또한 그녀들은 모든 시간을 초월해 살고 있다. 왜냐하면 떠오르고 지고 하면서 밤과 낮의 교체를 알리는 그 어떤 별도 그녀들의 머리 위를 비추지 않기 때문이다.

그러므로 어머니들은 이러한 영원한 어스름과 고독 속에서 창조하는 존재이며, '창조하고 보존하는 원리'로서, 지구의 표면에서 형태와 생명을 가지고 있는 모든 것은 여기에서 유래한다. 호흡을 중지한 것은 영적 존재가 되어 어머니들에게로 돌아간다. 그러면 어머니들은 이것이 다시 새로운 존재로 태어날 기회를 얻을 때까지 보호해 준다. 과거에 존재했거나 미래에 존재하게 될 모든 영혼과 형상은 그녀들의 거처인 무한 공간 속에서 구름처럼 이리저리 떠돌면서 어머니들을 에워싸고 있다. 그러므로 마술사라 할지라도 그녀들이 사는 나라로 가야만 한다. 마술의 힘으로 어떤 존재의 형상을 마음대로 다루고, 이전에 살았던 것을 다시 불러내어 잠시라도 생명을 부여하려면 말이다.

그러므로 생성과 성장, 파괴와 재생이라는 이 세상 존재의 영원한 형태 변형은 어머니들이 끊임없이 이루어내는 작용이다. 이처럼 이 지상에서 끊임없는 작용으로 새로이 생명을 얻는 모든 것에서 '여성적인 것'이 주된 역할을 하는 만큼, 저 창조하는 신들을 '여성적인 것'이라고 보는 시각도 당연하며, 그들에게 '어머니들'이라는 영예로운 이름을 붙인다고 해서 이치에 어긋나는 일은 아닐 것이다.

물론 이 모든 것은 시적인 창작에 지나지 않는다. 그러나 유한한 존재인 인간은 더 이상 앞으로 나아갈 수 없으므로, 자신에게 안정을 가져다줄 만한 어떤 것을 발견하면 그로써 만족이다. 우리는 지상에서 다양한 현상들을 보거나 다양한 작용들을 느끼지만, 그것들이 어디에서 와서 어디로 가는지는 모른다. 우리는 영적인 근원이나 신적인 존재에 대해 추론하지만, 어떤 개념이나 표현으로도 그것을 나타내지는 못한다. 그러므로 그것을 우리의 수준으로 끌어내리고 거기에다가 인간의 모습을 부여해야만 한다. 그래야만 막연한 예감이 어느 정도 구체화되고 포착할 수 있기 때문이다.

세기에서 세기로 민족들 사이에 전승되어 온 모든 신화는 그런 식으로 생겨났다. 괴테가 지어낸 이 새로운 신화도 마찬가지이다. 적어도 이 신화는 적어도 자연의 진실을 어느 정도 반영하고 있으며, 지금까지 만들어진 가장 뛰어난 신화들에 못지않은 것으로 보인다.

1830년 1월 24일 일요일

"최근에 슈토터른하임의 유명한 암염 채굴자로부터 편지 한 통을 받았네." 하고 괴테가 말했다. "주목할 만한 암염 갱을 가지고 있는 사람인데, 그에 관한 이야기를 한번 들어보게.

그는 편지에서 '정말 잊어서는 안 될 경험이었습니다.'라고 말하고 있더군. 그 갱구에 무슨 일이라도 있었단 말인가? 알고 보니 적어도 1,000탈러는 족히 될 만한 손실이 있었던 것이네. 비교적 무른 토양과 암석을 뚫고 350미터 이상의 깊이를 내려가 암염에 닿은 수직 갱도의 측면에다가 버팀목을 제대로 대지 않았다는군. 조심성 없게도 말이야. 그 결과 무른 토양이 허물어져서 갱도의 아랫부분이 진흙으로 가득 차게 되어, 그것을 퍼내는 작업에 비용이 엄청나게 들게 된 것이지. 그래서 그는 앞으로는 350미터 아래까지 금속제 파이프들을 박아 넣을 거라는군. 유사한 불행을 미연에 방지하기 위해서 말이야. 그래. 바로 그렇게 했어야 했고, 바로 그랬더라면 안전했겠지. 그 누구도 예상치 못할 정도로 그처럼 무모하게 감행하지는 않았어야 했어. 그러나 그는 사고에도 불구하고 마음의 평정을 조금도 흩트리지 않으면서 느긋하게 편지를 쓰고 있네. '정말 잊어서는 안 될 경험이었습니다.'라고 말일세. 바로 그런 사람에게서 우리는 기쁨을 느낄 수 있는 걸세. 비탄에 빠질 새도 없이 즉각 다시 활동에 나서면서 언제나 든든하게 두 다리로 서는 인간 말이야. 자네 생각은 어떤가? 멋진 인간이 아닌가?"

"슈테르네가 생각나는군요." 하고 내가 대답했다. "자신의 고통을 현명한 방식으로 활용하지 못했다고 한탄하던 사람 말입니다."

"다소 비슷한 데가 있어." 하고 괴테가 대답했다.

"또한 베리쉬[32]도 생각이 나는군요." 하고 내가 이어서 말했다. "그분이 선생님께 경험이 무엇인지를 가르쳐주었지요. 바로 요즈음 그 대목을 읽으면서 다시 감화를 받았습니다. '경험이란 경험함으로써 알게 되는 것이다. 하지만 사람들은 무엇을 경험했던가를 알고 싶어 하지는 않는 법이다.'라는 구절 말입니다.

괴테가 큰 소리로 웃으면서 말했다. "그래, 그건 우리 시대를 치욕스럽게 만들어버린 오래된 익살이지!"

내가 계속 이어서 말했다. "베리쉬는 우아하고 사랑스럽기

32) 에른스트 볼프강 베리쉬(Ernst Wolfgang Behrisch, 1736~1809). 라이프치히 대학생 시절의 괴테와 가장 절친했고, 또 그에게 가장 큰 영향을 주었던 친구.

그지없는 인물이었던 것 같습니다. 포도주 창고에서의 익살은 얼마나 사랑스러운지요. 그분이 밤마다 그 젊은이가 애인에게로 가지 못하게 방해하고 또 그 일을 아주 유쾌한 방식으로 해내지 않습니까. 자신의 칼을 이런 식으로 차보았다가 저런 식으로 차보았다 하면서 모든 사람들을 웃게 만들고, 그러는 사이에 그 젊은이도 밀회의 시간을 잊어버리는 식으로 말입니다."

"그렇네." 하고 괴테가 동의를 했다. "사랑스러운 장면이었지. 무대에 올려진 것들 가운데 가장 우수한 장면들 중의 하나일 테지. 베리쉬 자신이 연극에 뛰어난 인물이었던 것처럼 말이야."

이어서 괴테는 『시와 진실』 속에서 언급되고 있는 온갖 기행(奇行)들에 대한 이야기들을 반복했다. 비단과 벨벳과 모직이 뒤섞여 서로 대조적인 음영을 보이는 그의 회색빛 의상에 관한 일이라든지, 자신의 몸에 맞는 새로운 잿빛을 걸치기 위해 그가 얼마나 고심했는가 하는 이야기들이었다. 그러고 나서는 그가 어떻게 시를 썼고, 어떻게 식자공 흉내를 냈으며, 글 쓰는 사람의 단정한 자세와 품위를 어떤 식으로 강조했는가 하는 이야기가 이어졌다. 그리고 그가 심심풀이로 창가에 누워서 지나가는 행인들을 자세히 살피면서 머릿속으로 그들의 옷을 바꿔치기하곤(만일 행인들이 그런 식으로 옷을 입었다면 정말 우스꽝스럽게 보이도록) 했다는 이야기도 나왔다.

"그는 우편배달부와도 익살을 떨곤 했지. 어때, 그 익살도 흥미롭지 않은가?"

"저는 모르는 사실입니다. 선생님의 『시와 진실』에는 그것과 관련된 이야기가 없습니다."

"이상한 일이군. 그럼 내가 이야기해 줄 테니 들어보게.

우리는 창가에 나란히 누워 있었네. 거리에서 우편배달부가 이집 저집으로 다니고 있는 것을 보고 있던 베리쉬가 아무렇지도 않게 주머니에서 1그로셴[33]을 꺼내어 창가의 자기 옆에 놓더군. 그러고는 내 쪽으로 머리를 돌려 말했지. '저기 우체부 보이지? 점점 우리 쪽으로 다가오잖아. 곧 이곳 위까지 올 게 분명해. 네게 오는 편지를 한 통 가지고 있을 거야. 보통의 편지는 절대 아니고, 어음이 든 편지야, 어음 말이야! 액수가 얼마인지는 말하지 않겠어. 봐, 이제 여기로 오고 있어. 아니군! 그러나 곧 올 거야. 저기 다시 오고 있군. 지금이야! 여기, 여기로 와요, 친구! 여기요, 여기! 젠장 지나가는군! 말도 안 돼! 아니 사람이 저렇게 멍청할 수가, 저렇게 무책임하게 행동하다니! 이중으로 무책임한 거야. 우선 너에게 말이야. 너에게 올 어음을 손에 쥐고서도 너에게 가져다주지 않으니 말이지. 그리고 그 자신에게도 무책임해. 1그로셴을 잃어버렸으니까 말이야. 내가 그에게 주려고 벌써 준비해 두었던 건데 이제 주머니 속으로 도로 넣어야겠어.' 그러고는 1그로셴 은화를 아주 점잔을 빼는 동작으로 주머니 속에 다시 넣어버리더군. 그러고는 우리는 실없이 낄낄거리고 웃어대었지."

다른 사람들에게는 정말 싱겁게 들렸던 이 장난질 이야기

33) 옛 독일의 작은 은화로서 약 24분의 1탈러에 해당한다.

를 나는 흥미롭게 들었으며, 괴테에게 그 이후로 베리쉬를 다시 만나지 못했는지를 물었다.

"그를 다시 보았네." 하고 괴테가 대답했다. "내가 바이마르에 도착하고 얼마 지나지 않아서였네. 대략 1776년일 텐데, 내가 공작과 함께 데사우로 여행을 했을 때였지. 베리쉬는 왕태자의 교육자로서 소환을 받아 라이프치히에서 데사우로 가고 있던 중이었네. 내가 보기에 그는 예전 그대로였어. 예절 바른 궁정인이자 유머 감각이 뛰어난 사람으로서 말이야."

내가 물었다. "그분이 뭐라고 말씀하시지 않던가요? 그동안에 선생님이 아주 유명해지셨으니까 말입니다."

"그의 첫 마디는 이랬네. '자네에게 내가 그렇게 말하지 않았던가? 당시에 시를 인쇄하지 않고 정말로 괜찮은 작품을 쓸 때까지 기다린 게 현명한 처사였네. 물론 그때 썼던 것들도 나쁘지는 않았어. 만일 작품이 시원찮았더라면 내가 쓰겠다고 나섰겠지. 그러나 우리가 함께 있었더라면, 자네가 다른 작품들을 인쇄에 넘기지는 못했을 걸세. 같이 있으면서 자네가 작품을 인쇄했더라면 나도 덩달아 썼을 테고, 마찬가지로 괜찮은 작품이 되었을 테니 말이야.' 자네도 보다시피 그는 여전히 연장자 노릇을 했어. 궁정에서도 심하게 시달리고 있더군. 늘 영주의 연회석에 앉아 있어야 했으니 말일세.

내가 마지막으로 그를 본 것은 1801년이었는데, 이미 노인이 되었지만 여전히 유쾌하기 그지없는 기질을 보이고 있더군. 그는 성안의 아주 아름다운 몇 개의 방에서 살고 있었는데, 그 방들 중의 하나를 당시 사람들이 유달리 좋아하던 제라늄으로 가득 채워놓고 있었네. 그런데 식물학자들이 제라늄을 몇몇 품종으로 구분해, 어떤 품종에다가 양아욱속이라는 이름을 갖다 붙이고 만 것이지. 하지만 그 노인은 거기에 대해 찬동할 수가 없어서 식물학자들에게 욕을 했네. 그가 말하더군. '멍청한 놈들! 내가 방 전체를 제라늄으로 가득 채웠다고 생각하고 있었는데, 이제 놈들이 나타나서 그게 양아욱속이라고 하는군. 그게 제라늄이 아니라면 나는 어쩌란 말인가? 양아욱속을 가지고 나더러 뭘 하라는 말이야!'

그렇게 반시간이나 투덜대더군. 이보게, 그는 정말이지 예전 그대로였네."

그러고 나서 우리는 「고전적 발푸르기스의 밤」에 대해 이야기를 나누었는데, 그 첫 부분은 괴테가 며칠 전에 읽어준 것이었다. 그가 말했다. "이 장면을 쓸 때 내 머릿속에 수많은 신화적 인물들이 몰려들었네. 하지만 심사숙고해 형상화하기에 어울리는 인상을 주는 인물만을 골랐네. 파우스트는 지금 히론[34]과 같이 있는데, 아마 이 장면은 잘되리라고 보네. 열심히 집중하면 몇 달 내로 「고전적 발푸르기스의 밤」도 끝낼 수 있을 테지. 이제부터는 어떤 일이 있어도 『파우스트』에 전념할 작정이네. 살아 있는 동안 그걸 완성할 수 있다면 그보다 더 좋은 일이 없을 텐데! 사실 그럴 가망성도 있다네. 5막은 거의 완성된 거나 다름없고, 이어서 4막도 저절로 써 내려가게 될 테니까 말이야."

---

34) 그리스신화에 나오는 켄타우로스.

그러고 나서 괴테는 자신의 건강에 대해 언급하면서 아주 건강한 상태를 계속 유지할 수 있어서 행복하다고 말했다.

"내가 이렇게 튼튼하게 있을 수 있는 것은 포겔 덕분일세. 그가 없었더라면 나는 벌써 저세상에 가 있을 거네. 포겔은 타고난 의사이며, 내가 지금까지 만난 가장 천재적인 인물들 중의 하나이네. 그래도 그가 얼마나 용한 의사인가 하는 점은 말하지 말기로 하세. 다른 사람에게 빼앗기면 곤란하니까."

1830년 1월 31일 일요일

괴테와 함께 식사를 했다. 우리는 밀턴에 관해 이야기를 나누었다. 괴테가 말했다. "얼마 전에 『삼손』을 읽었는데 그 어떤 현대 작가의 작품보다도 고대인의 정신에 충실한 명작이더군. 그는 정말 위대한 작가이네. 그리고 그 자신이 장님이었기 때문에 삼손의 상태를 그토록 진실되게 그려낼 수 있었던 걸세. 밀턴은 그야말로 진정한 시인이었어. 우리 모두 그에게 무한한 존경을 보내 마땅하네."

그러는 동안 여러 가지 신문이 배달되어 왔다. 베를린의 연극 소식지에는 바다의 괴물과 고래들이 무대 위에 올려졌다는 기사가 실려 있었다.

괴테는 프랑스의 《르 탕》지에서, 영국의 성직자들이 다른 모든 기독교 나라의 성직자들보다 더 많은 막대한 임금을 받는다는 기사를 읽고는 이렇게 말했다. "사람들은 임금이 이 세상을 다스린다고들 말하지. 하지만 우리가 임금을 통해 알 수 있는 건, 세상이 잘 다스려지고 있는가 아닌가 하는 사실일 뿐이네."

1830년 2월 3일 수요일

괴테와 함께 식사를 했다. 우리는 모차르트에 관해 이야기를 나누었다. 괴테가 말했다. "모차르트가 일곱 살 소년이었을 때 본 일이 있네. 마침 그가 연주 여행을 하고 있을 때였지. 나 자신도 열네 살쯤이었던 것 같은데, 머리를 곱슬곱슬하게 땋아 내리고 칼을 차고 있던 모습이 지금도 눈에 아주 선하다네." 나는 놀란 나머지 두 눈이 둥그레졌다. 어린 시절의 모차르트를 보았을 정도로 괴테가 늙었다는 사실이 선뜻 믿기지 않았던 것이다.

1830년 2월 7일 일요일

괴테와 함께 식사를 했다. 프리마스 후작에 관한 여러 이야기가 오갔다. 오스트리아의 왕후와 함께 식사를 하는 자리에서 재치 있는 화술로 그를 변호해 주었다는 이야기로부터 시작해서, 후작이 철학 분야에서 교양이 부족했으며, 미술에서는 미적 감각도 없는 아마추어 수준이었고, 고레 양에게 그림을 선사하기도 했는데, 마음이 선량하고 유약했기 때문에 결국에는 빈곤해졌다는 이야기 등이 나왔다.

이어서 무례함이라는 개념에 관한 토의가 있었다.

식사를 마치고 나자 괴테의 아들이, 발터와 볼프를 대동하고, 클링조어로 분장을 한 채 나타났다가 궁정으로 들어갔다.

1830년 2월 10일 수요일

괴테와 함께 식사를 했다. 그는 2월 2일의 축제를 기념하기 위해 쓴 리머의 축제시를 진심으로 높이 평가했다. "리머가 쓴 것은 대가든 신참이든 그 누구 앞에도 자랑스럽게 내놓을 수가 있네."

그러고 나서 우리는 「고전적 발푸르기스의 밤」에 관해 이야기를 나누었는데, 그 장면을 쓰는 동안 자신도 놀랄 만한 생각들이 떠올랐고, 또 소재도 예상 밖으로 여러 갈래로 갈라져 나갔다는 것이었다.

"이제 절반을 조금 넘어선 것 같아." 하고 괴테가 말했다. "하지만 계속 서둘러서 부활절까지는 완성하고 싶네. 그때까지는 자네에게도 일절 보여주지 않겠네. 하지만 탈고하게 되면 즉시 자네에게 넘길 테니 집으로 가져가서 조용히 검토해 주게. 그리고 이제는 38권과 39권을 정리해서 부활절까지 마지막 부분을 출판사에 보낼 수 있도록 해주면 고맙겠네. 그렇게만 된다면 다가오는 여름에는 좀 더 큰일을 할 시간적 여유가 생길 테지. 나는 『파우스트』를 계속 써나갈 수 있고 4막도 끝낼 수가 있겠지."

나는 그 말을 듣고 기뻐서 어떤 조력이라도 마다하지 않겠노라고 약속했다.

이어서 괴테는 하인을 보내 대공 모후의 용태를 알아보고 오게 했다. 대공 모후는 중태여서 상태가 심각하게 여겨졌기 때문이다.

"가장행렬을 보시지 말았어야 했어." 하고 그가 말했다. "하지만 지체가 높은 분들은 자기 뜻대로 하시는 게 다반사라서 궁정 사람들이나 시의(侍醫)가 아무리 말려도 소용이 없었던 모양이야. 나폴레옹과 맞섰을 때와 마찬가지의 의지력으로 그 분은 육체의 허약함과도 싸우고 계신 거네. 아마도 대공 전하가 그랬던 것처럼 정신은 활기에 넘치고 멀쩡한데 육체는 이미 말을 듣지 않는 그런 상태로 쓰러지실 것이네."

괴테는 보기에도 침울해져서 한동안 아무 말이 없었다. 그러나 우리는 곧 명랑한 화제로 다시 돌아갔다. 그는 허드슨 로[35]가 자신을 변호하기 위하여 쓴 책에 관해 이야기해 주었다.

"그 책에는 직접 목격한 사람들만이 들려줄 수 있는 아주 값비싼 이야기들이 들어 있네. 자네도 알다시피 나폴레옹은 언제나 암녹색의 제복을 입고 있었지. 너무 오래 입어 햇볕에 바래고, 나중에는 아주 허름해져서 새로운 제복으로 바꿔 입

35) 허드슨 로(Hudson Lowe, 1767~1844). 나폴레옹이 유배되어 있던 동안에 세인트헬레나섬의 지사를 지냈던 영국의 장군.

어야 될 형편이었네. 그는 똑같은 암녹색을 원했지만 섬에서는 같은 색의 재고품을 구할 수가 없었다는군. 물론 녹색 천이 있기는 했지만 색이 흐릿하고 누르스름한 빛이 돌았던 모양이야. 세계의 제왕으로서 이런 색을 몸에 걸친다는 건 도저히 용납할 수 없는 일이라 낡은 제복을 뒤집어 입을 수밖에 없었다는 걸세.

그래, 자네 생각은 어떤가? 참으로 비극적인 이야기가 아닌가? 왕 중의 왕이 결국에는 제복을 뒤집어 입어야 할 만큼 몰락한 꼴을 보였으니 가련하지 않은가? 하지만 수백만의 생명과 행복을 자기 발로 짓밟은 사내에게 닥친 말로라는 점을 고려하면 그에게 주어진 운명이라는 것도 사실은 약과에 불과한 거네. 복수의 여신도 이 영웅의 위대함을 참작해 어느 정도의 관대함을 베풀 수밖에 없었던 게지. 자신을 절대적 지위까지 높이고, 모든 것을 어떤 이념의 실현을 위해 희생시킨다는 것이 얼마나 위험한가를 나폴레옹은 직접 몸으로 보여주고 있는 거네."

우리는 이와 관련된 이야기들을 좀 더 나누었다. 그런 후에 나는 극장으로 가서 「세빌리아의 별」을 관람했다.

1830년 2월 14일 일요일

오늘 점심시간에 식사 초대를 받고 괴테에게로 가는 도중에 대공 모후가 방금 별세하셨다는 소식을 들었다. 이 일이 고령의 괴테에게 심한 충격을 주지 않을까! 하는 걱정이 그 순간 머릿속에 떠올랐고, 그래서 다소간 근심하면서 집으로 들어갔다. 하인이 말하기를 괴테의 며느리가 이 슬픈 소식을 전하러 방금 그에게로 갔다는 것이었다. 괴테는 오십 년 이상 이 모후와 절친하게 지내면서 각별한 총애와 은총을 받았던 만큼, 그분의 별세에 크게 충격을 받으실 테지. 속으로 이런 생각을 하면서 그가 있는 방으로 들어갔다. 그런데 적잖이 놀랍게도 그는 마치 아무 일도 없었다는 듯이 아주 명랑하고 기운찬 모습으로 며느리, 손자들과 함께 식탁에 앉아 수프를 들고 있는 것이었다. 우리는 그저 일상적인 일들을 화제로 아주 쾌활하게 이야기를 계속했다. 그러던 차에 시내의 모든 종들이 일제히 울리기 시작했다. 그러자 괴테의 며느리가 나에게 눈짓을 했고, 우리는 조종(弔鐘) 소리가 그의 마음을 뒤흔들어놓지 않게 하기 위해 더욱 큰 소리로 이야기했다. 그도 우리와 같은 심경이리라고 생각했기 때문이다. 그러나 그의 반응은 우리와 달랐고, 그의 가슴속 생각은 우리와 전혀 다른 차원이었다. 그는 이 지상의 고통에 조금도 동요되지 않는 드높은 세계의 존재인 양 우리 앞에 앉아 있었다. 그러는 동안에 궁정 고문관 포겔이 찾아왔다. 그는 우리와 자리를 함께하면서, 돌아가신 분의 임종 모습을 자세히 전해주었다. 괴테는 지금까지와 마찬가지로 평정을 그대로 유지하면서 말없이 듣고 있었다.

포겔이 가고 난 뒤에 우리는 점심 식사를 하면서 이야기를 계속했다. 《카오스》지에 관해서도 많은 이야기가 오갔는데, 괴테는 최근호에 실린 「연극에 대한 고찰」이 아주 뛰어나다고 칭찬을 했다. 괴테의 며느리가 아들들과 함께 위층으로 올라가자, 나와 괴테만 남게 되었다. 괴테는 나에게 「고전적 발푸르기스의 밤」에 대해 설명해 주었는데, 날마다 계속 진척이 있는 데다가 기대 이상으로 잘되고 있다는 것이었다. 그러고 나서 그는 바이에른 왕으로부터 오늘 받은 편지를 보여주었고, 나는 그것을 아주 흥미롭게 읽었다. 편지의 행간마다 왕의 고상하고 진실한 기품을 읽을 수 있었는데, 괴테는 왕이 그토록 변함없이 자신을 대하는 것이 특히 만족스러운 모양이었다.

그러는 동안에 궁정 고문관 소레가 찾아와서 자리를 함께 했다. 그는 전하께서 괴테에게 내리는 위로의 말을 전해주었기 때문에, 괴테의 명랑한 기분은 한결 더 고조되었다. 괴테는 계속 화제를 이어가면서, 저 유명한 니농 드 랑클로에 대해 이야기했다. 더없이 아름다웠던 이 여자는 겨우 열여섯 살에 죽음이 가까워오자 주변 사람들을 오히려 달래면서 차분하게 이렇게 말했다는 것이다. '더 이상 무슨 일이 있단 말예요? 원래 죽을 수밖에 없는 존재로서 이제 다시 되돌아갈 뿐이잖아요!' 그런데 그녀는 죽지 않고 아흔 살까지 살았으며, 여든 살이 될 때까지 수백 명의 연인들로부터 행복을 느꼈다 절망에 빠졌다를 반복했다는 것이다.

이어서 괴테는 고치와 베네치아에 있는 그의 극장에 관해 언급했는데, 그 극장에서는 즉흥 연기를 하는 배우들이 주제만을 받은 채 연기한다는 것이다. 고치의 견해로는 서른여섯 개의 비극적 상황만이 있을 뿐이었다. 실러는 더 많은 상황들이 있다고 생각했지만 그렇게 많은 상황들을 발견해 내지는 못했다는 것이다. 그러고 나서 여러 흥미로운 화제가 이어졌다. 작가인 그림과 그의 정신과 개성에 대해서, 그리고 화폐는 거의 믿을 게 못 된다는 이야기 등이 오갔다.

1830년 2월 17일 수요일

우리는 연극에 관해, 특히 무대장치나 의상들의 색상에 관해 이야기를 나누었는데, 그 결론은 다음과 같다.

무대배경은 대체로 전경(前景)에서 연기하는 인물들의 옷 색깔을 돋보이게 해야 한다. 보이터의 무대배경처럼 다소간 갈색의 색조를 띠면서 의상의 색깔들을 아주 선명하게 드러내야 한다. 그러나 무대배경을 그리는 화가가 그러한 어중간하고 흐릿한 색깔을 택할 수 없는 경우, 즉 붉은색이나 노란색 방이라든지 하얀 천막이나 녹색의 정원으로 무대를 장식해야 하는 경우에는, 배우들은 현명하게 대처해 무대배경과 비슷한 색의 옷을 피하도록 해야 한다. 만일 어떤 배우가 붉은색의 상의와 녹색의 바지를 입고 붉은색의 방으로 들어선다면, 상체 부분은 사라져 버리고 다리 부분만 선명하게 드러날 것이다. 반면에 그가 똑같은 의상을 입고 녹색의 정원으로 들어오는 경우에는 그의 다리 부분은 사라져 버리고 상체 부분만 두드러져 보일 것이다. 마찬가지로 나는 흰색의 상의와 아주 검은색의 바지를 입은 배우가 흰색의 천막 안에서는 그의 상체가, 검은색의 배경에서는 그의 하체가 완전히 사라져 버리는 것을 본 적이 있었다.

괴테가 덧붙여서 말했다. "그리고 무대배경을 그리는 화가가 붉은색이나 노란색의 방이라든지 녹색의 정원이나 숲을 그려야 하는 경우에도, 이러한 색들은 언제나 다소간 약하고 흐릿한 색조를 유지해야 하네. 그래야만 전경에 있는 모든 의상들이 두드러져 보이면서 적절한 효과를 보이게 되는 것일세."

이어서 『일리아스』가 화제에 올랐는데, 괴테는 아킬레우스가 한동안 활동을 멈춤으로써 다른 영웅들이 전면에 등장해 활약하게 되는 훌륭한 모티프에 나의 주의를 환기시켰다.

그는 『친화력』에 대해서도 언급했는데, 그 작품에는 자신이 체험하지 않은 것은 단 한 줄도 없으며, 그렇다고 체험 그대로 쓴 것은 단 한 줄도 없노라고 말했다. 그리고 제젠하임의 이야기도 마찬가지라는 것이었다.

식사 후에는 네덜란드 유파의 화첩을 넘겨가며 감상했다. 한쪽에서는 남자들이 신선한 물을 마시고 있고 다른 쪽에서는 통 위에서 주사위를 굴리고 있는 부둣가 장면을 그린 그림도 그중에 있었는데, 이것은 예술적 효과를 손상시키지 않기 위해서 사실적인 면을 어떻게 피해가야 하는가를 제대로 고찰할 계기가 되었다. 통의 뚜껑 위에 가장 밝은 빛이 비치고 있다. 남자들의 동작으로 미루어볼 때 주사위는 이미 던져졌지만, 그것들이 뚜껑 위에 그려져 있지는 않다. 왜냐하면 주사위들이 빛을 차단해 부정적인 효과를 드러낼지도 모르기 때문이었다.

그러고 나서 교회 묘지를 그린 라위스달[36]의 습작품들을 관찰한 결과, 그러한 대가가 작품에 얼마만큼의 정성을 쏟고 있는지를 알게 되었다.

1830년 2월 21일 일요일

괴테와 함께 식사를 했다. 나는 그가 보여준 기생(氣生)식물을 아주 흥미롭게 관찰했다. 여기에서 나는 식물들이 가능한 한 오랫동안 생명을 유지하고자 애쓰는 것에 주목했다.

"나는 결심했네." 하고 괴테가 말했다. "앞으로 4주 동안에는《르 탕》지도《르 글로브》지도 읽지 않기로 말이야. 사실은 말이지 이 기간 동안 그 어떤 일이 일어날 테지. 나는 바깥으로부터 그 어떤 소식이 오기를 기다리려고 하네. 그러면 그동안 나의 「고전적 발푸르기스의 밤」은 진척을 보이게 되겠지. 충분히 숙고하지 않았는데도 의도하지 않던 이익을 얻게 되는 것도 종종 있는 법이니까.

그러고 나서 괴테는 부아세르가 뮌헨에서 보내온 편지를 보여주었다. 괴테를 기쁘게 했던 그 편지를 나도 무척 즐거운 마음으로 읽었다. 부아세르는 특히 『두 번째 로마 체류기』와 《예술과 고대》지의 마지막 권에 실린 몇 가지 논점에 대해 언급하고 있었다. 그는 이 글들에 대해 호의적이면서도 세세한

---

36) 야코프 판 라위스달(Jakob van Ruysdael, 1628~1682). 네덜란드의 화가.

평을 하고 있었고, 우리는 이것을 계기로 이 저명한 사람의 예사롭지 않은 교양과 활동에 대해 많은 이야기를 나누었다.

이어서 괴테는 코르넬리우스의 새 그림들에 대해 설명하면서, 그 구상은 물론 색채가 아주 뛰어나다고 말했다. 아울러서 그림이 좋은 색채를 보여주려면 구상이 가장 중요하다는 결론을 내렸다.

나중에 산책을 하는 동안 기생식물에 대한 생각이 다시 떠올랐다. 내 생각으로 생명체란 처음에는 자신의 존재를 지속시키지만, 나중에는 자기와 동일한 것을 만들어내기 위해 자신을 수축시키는 것처럼 보인다. 그리고 이러한 자연법칙은 우리 인간들이 만물의 시초에 신(神)만을 생각해 냈지만, 그 이후에는 신과 동등한 아들을 만들어낸 전설을 떠올리게 한다. 뛰어난 거장들이 자신의 기본적인 원칙과 활동을 이어갈 훌륭한 제자들을 양성하는 것을 절실한 과제로 삼는 것도 마찬가지 원리이다. 또한 예술가나 시인의 작품은 그 예술가나 시인에 못지않은 것으로 간주되어야 하며, 어떤 작품의 뛰어난 정도는 모두 그것을 만든 예술가나 시인의 뛰어난 정도를 반영한다. 그러므로 어떤 사람의 뛰어난 작품은 내게 어떤 질투심도 불러일으키지 않는다. 왜냐하면 그 작품은 그것을 만들 만한 자격이 있는 뛰어난 사람에 대해 추측할 수 있게 하기 때문이다.

1830년 2월 24일 수요일

괴테와 함께 식사를 하면서 호메로스에 관해 이야기를 나누었다. 신들의 활동이 현실의 영역과 직접적으로 맞닿아 있지 않느냐는 내 발언에 대해 괴테는 이렇게 대답했다. "그것은 무한히 섬세하고 인간적인 문제이네. 그래서 나는 프랑스인들이 신들의 이런 활동을 '기계적인 행위'라고 불렀던 시대에서 벗어나 살고 있는 것을 신들에게 감사한다네. 물론 그토록 엄청난 발전을 실감하는 데는 어느 정도 시간이 걸렸지. 그들의 문화가 송두리째 변화될 필요가 있었으니까 말일세."

이어서 괴테는 헬레나의 출현 장면에 한 줄을 더 삽입해 그녀의 아름다움을 한층 더 부각시켰다고 말했는데, 내 조언을 계기로 그렇게 했고 그 점에서 내 감수성을 높이 산다고 했다.

식사 후에 괴테는 코르넬리우스가 그린 스케치 한 점을 보여주었는데, 오르페우스가 에우리디케를 해방시키기 위해 플루토스의 옥좌 앞에 앉아 있는 장면을 그린 그림이었다. 그림은 심사숙고한 흔적이 엿보이고 세부 묘사가 뛰어났다. 하지만 아주 만족스럽지는 않았고, 마음을 편안하게 해주지도 않았다. 아마도 색칠을 했으면 좀 더 조화로웠을 것이라고 우리는 생각했다. 또한 그다음의 장면, 즉 오르페우스가 플루토스의 마음을 움직여 이미 승리를 거두고 에우리디케를 도로 찾은 장면을 그렸더라면 더 나았을 것이라는 생각도 들었다. 그렇게 되었다면 장면은 더 이상 긴장되거나 기대에 차 있는 것이 아니라, 완전한 만족감을 주었을 것이기 때문이다.

1830년 3월 1일 월요일

괴테의 집에서 예나의 궁정 고문관 포이크트와 함께 식사를 했다. 대화는 순전히 자연사(自然史) 방면으로 전개되었으며, 궁정 고문관 포이크트는 다방면에 걸쳐 박식함을 보여주었다. 괴테는 떡잎은 잎이 아니라는 항의 편지 한 통을 받았다고 말했는데, 이유인즉 떡잎이 진 후에 눈이 나오지 않기 때문이라는 것이다. 그러나 우리가 여러 식물에서 확인한 바에 따르면 떡잎은 그 뒤에 나오는 모든 잎과 마찬가지로 지고 나면 눈을 틔운다. 포이크트는 식물의 형태 변형이라는 착상이야말로 자연 연구의 분야에서 현시대에 이루어진 가장 유익한 발견들 중의 하나라고 말했다.

화제는 박제한 조류들의 수집품에 관한 것으로 이어졌다. 괴테는 어느 영국인이 수백 마리의 살아 있는 새들을 커다란 새장 속에 넣어두고 키운 이야기를 들려주었다. 그 새들 가운데 몇 마리가 죽어서 박제로 만들었는데, 그것들이 너무 마음에 든 나머지 그 영국인은 모든 새를 죽여서 박제하는 것이 더 낫지 않을까 하는 생각을 하게 되었고, 또 즉시에 이 생각을 실천에 옮겼다는 이야기였다.

궁정 고문관 포이크트는 퀴비에의 다섯 권짜리 『자연사』를 번역하고, 그 내용을 더 보완하고 확대시켜 출판할 생각이라고 말했다.

식후에 포이크트가 돌아간 뒤, 괴테는 그의 「고전적 발푸르기스의 밤」 원고를 보여주었는데, 두세 주일 사이에 그 부피가 두툼하게 늘어난 것을 보고 놀라지 않을 수 없었다.

1830년 3월 3일 수요일

식사 전에 괴테와 함께 마차를 타고 산책을 했다. 그는 바이에른 왕에 관해 쓴 내 시를 칭찬해 주면서, 바이런 경이 나에게 좋은 영향을 미친 것 같다고 평했다. 하지만 나에게는 적절성이란 요소가 결여되어 있다고 지적하면서, 볼테르가 그 방면에서는 매우 뛰어나므로 그를 모범으로 삼으라고 권유했다.

그러고 나서 식사를 하면서 우리는 빌란트에 관해서, 특히 『오베론』에 관해서 많은 이야기를 나누었다. 괴테의 생각으로 그 작품은 토대가 허약하며 글을 쓰기 전에 구상을 충분히 하지 않았다는 것이다. 예컨대 구레나룻과 어금니를 마련하기 위해 유령을 등장시킨 것은 완전한 실패인데, 무엇보다도 주인공이 그 과정에서 무기력하게 행동하기 때문이라는 것이었다. 그러나 이 위대한 작가의 우아하고 감각적이면서도 재기 발랄한 능력이 독자들로 하여금 그 책을 편안하게 받아들이게 함으로써, 더 이상 본래적인 토대 같은 건 생각하지도 않고 계속 읽어나가게 만든다는 것이다.

그밖에 다른 이야기들을 계속하다 보니 엔텔레히가 화제에 올랐다. 괴테가 말했다. "개체의 끈질긴 본성이라든지 인간이 자기에게 어울리지 않는 것을 다시 물리쳐 버린다는 것은 내게는 엔텔레히가 존재하고 있다는 증거로 보이네."

나도 몇 분 전부터 같은 생각이 들어 말을 하고 싶던 차였는데, 괴테가 마침 그렇게 말을 하므로 갑절로 기뻤다.

그가 계속해서 말했다. "라이프니츠는 그러한 자립적인 본질에 대해 이와 비슷한 생각을 가지고 있었네. 다만 우리가 엔텔레히라는 말로 나타내고 있는 것을 그는 단자(單子)라고 불렀지만 말일세."

나는 라이프니츠의 책에서 이와 관련된 부분을 즉시 찾아보아야겠다고 생각했다.

1830년 3월 7일 일요일

12시에 괴테에게로 갔다. 그는 오늘따라 유달리 생생하고 기운차 보였다. 그는 전집의 마지막 원고를 마무리하기 위해 「고전적 발푸르기스의 밤」을 뒤로 미루어야만 했다고 털어놓았다. 그가 말했다. "그러나 이번에는 중단한 게 현명했어. 일이 잘 진척되고 있었고, 쓰고 싶은 것도 이미 여러 가지로 떠올라 있었지만 말일세. 계속 써 내려가다가 막혀버리기보다는 이렇게 하는 편이 다시 연결해 쓰기에 훨씬 편하기 때문이네."

나는 이 말을 유익한 가르침으로 마음에 새겼다.

원래는 식사 전에 마차를 타고 산책을 할 예정이었으나, 방에 있다 보니 둘 다 기분이 쾌적해져서 실내에 그대로 머물기로 했다. 그래서 매어놓았던 말은 다시 풀도록 했다.

그동안 하인인 프리드리히가 파리에서 도착한 커다란 상자 하나를 가지고 와서 포장을 풀었다. 조각가인 다비드가 보내온 소포로서, 그 안에는 쉰일곱 명의 유명 인물들의 초상을 얇은 양각의 석고로 뜬 작품들이 들어 있었다. 프리드리히는 석고 주형물들을 각각 다른 서랍에다가 담았는데, 그 흥미로운 인물들을 한꺼번에 관찰하는 일이 여간 재미있지가 않았다. 내게는 특히 메리메의 초상이 흥미진진했다. 그 머리는 자신의 재능처럼 아주 힘차고 대담한 모습을 하고 있었는데, 괴테도 그것에 주목하면서 메리메에게는 어딘지 유머러스한 데가 있다고 언급했다. 빅토르 위고, 알프레드 드 비니, 에밀 데샹의 두상은 섬세하고 자유롭고 명랑해 보였다. 또한 드모아젤 게와 마담 타스튀와 다른 젊은 여성 작가들의 초상도 우리를 즐겁게 해주었다. 파비어의 힘찬 모습은 이전 세기의 사람들을 연상시켰고, 우리는 그들을 다시 보는 즐거움을 누렸다. 그런 식으로 우리는 중요한 인물들을 차례차례로 감상했다. 괴테는 다비드가 보내온 이 선물이야말로 보배이며 그 뛰어난 예술가에게 어떻게 고마움을 표해야 할지 모르겠다고 거듭 말했다. 또한 이 수집품을 여행객들에게 내보여 자신이 모르고 있는 인물들의 신상에 대해 직접 구두로 정보를 얻겠다는 말도 덧붙였다.

상자 속에는 책들도 들어 있었는데, 괴테는 그것들을 앞방으로 옮기게 했다. 우리도 따라가서 탁자에 앉았다. 우리는 명랑한 기분으로 작품들과 앞으로의 계획들에 대해 이런저런 이야기를 나누었다.

"사람이 혼자 있다는 건 좋은 일이 아니야." 하고 괴테가 말했다. "특히 혼자서 일을 한다는 건 좋지 않아. 무언가 일을 이루려고 하면 오히려 다른 사람의 협력과 자극이 필요한 거네. 내가 『아킬레우스』나 여러 담시들을 완성한 것도 실러 덕분이었는데, 그는 내가 그렇게 하지 않을 수 없도록 몰아세웠던 거네. 내가 『파우스트』 2부를 완성한다면, 그것을 자네의 공으로 돌려도 될 길세. 이제까지 자네에게 종종 말하곤 했지만, 자네가 그 점을 알도록 하기 위해 이렇게 거듭 말하는 거네."

나는 이 말을 기쁘게 들었다. 왜냐하면 괴테의 진심을 느낄 수 있었기 때문이다.

식사 후에 괴테는 소포 꾸러미 하나를 열었다. 거기에는 에밀 데샹의 시집이 들어 있었고, 한 통의 편지도 들어 있었는데 괴테는 그것을 내게 읽어보라고 건네주었다. 여기에서 나는 이제 괴테가 프랑스 문학의 새로운 생명에 얼마나 커다란 영향을 미치고 있으며, 또 젊은 시인들이 그를 정신적 지도자로 얼마나 존경하고 사랑하는지를 확인하고는 기쁨을 금할 수 없었다. 괴테의 청년 시절에는 셰익스피어가 그와 같은 영향을 미쳤다. 볼테르도 외국의 젊은 시인들에게 영향을 미쳤으며, 그 시인들이 그의 정신 아래 모여서 그를 주인으로, 스승으로 모셨다는 점은 새삼 말할 필요도 없다. 편지는 에밀 데샹의 너무도 사랑스럽고 진심 어린 솔직한 고백으로 넘쳐 있었다. "아름다운 마음의 봄을 보는 것 같으이." 하고 괴테가 말했다.

다비드가 보낸 소포 가운데는 나폴레옹의 모자를 아주 다양한 각도에서 포착한 그림 한 점이 포함되어 있었다. "이건 내 아들의 취향이군." 하고 말하면서 괴테는 그림을 곧장 위층으로 올려 보냈다. 괴테의 생각은 그대로 적중해 그의 아들이 곧바로 내려왔다. 괴테의 아들은 기쁨에 넘쳐서 자신이 존경하는 영웅의 모자들을 자기의 수집품 가운데 가장 귀한 것으로 삼겠노라고 선언했다. 그러고 나서 채 오 분도 지나지 않아, 그림은 유리 액자에 끼워진 채 나폴레옹을 기리는 다른 기념품이나 상징물들과 함께 나란히 보관되었다.

1830년 3월 16일 화요일

아침에 나를 방문한 괴테의 아들은 오랫동안 생각해 오던 이탈리아 여행을 결심했고 아버지로부터 필요한 경비도 승인받았다며 내게도 동행을 권했다. 우리는 이 소식을 함께 즐거워했으며 여행 준비와 관련해 이런저런 이야기를 나누었다.

그러고 나서 점심 무렵에 괴테 댁 앞을 지나가는데, 창가에 있던 괴테가 내게 눈짓을 했다. 그래서 나는 얼른 그의 방으로 올라갔다. 옆방에 있던 그는 매우 명랑하고 상쾌해 보였다. 그는 즉시 아들의 여행에 대해 말하기 시작했다. 그가 여행을 승인했고 그 여행이 바람직하며 내가 함께 가는 것이 기쁘다는 내용이었다. "자네들 둘 다에게 좋은 일이야. 그리고 특히 자네의 교양에도 적잖은 도움이 될 테고."

그러고 나서 내게 열두 사도와 함께 있는 예수의 조각상을 보여주었다. 우리는 이 조각가가 표현하고 있는 인물들에 활기가 없다는 점에 관해 이야기를 나누었다. 괴테가 말했다. "이 사도나 저 사도나 다 그게 그거야. 개성과 의미를 부여할 수 있는 생명과 행위가 거의 들어 있지 않기 때문일세. 이번 기회에 재미 삼아 성경에 나오는 열두 명의 인물들을 나란히 그려보면 어떨까 하는 생각이 드네. 각각의 인물들이 서로 간에 다르면서도 개성적인 의미를 가지도록 묘사해 놓으면 조각가들이 고마워하며 그것들을 소재로 삼게 되겠지.

제일 처음에는 가장 아름다운 남사인 아담을 상상 가능한 한 가장 완벽하게 묘사하겠네. 한 손을 삽 위에 올려놓은 모습도 괜찮을 테지. 인간은 땅을 일굴 수밖에 없는 운명이라는 점을 상징하기 위해서 말이네.

그다음에는 노아의 차례이네. 다시 새로운 창조와 관련된 인물로서 말이야. 포도나무를 재배하는 이 인물에게는 인도의 디오니소스 신다운 그 어떤 면모를 부여할 수 있을 것이네.

바로 다음에는 첫 번째 입법자로서의 모세가 와야겠지.

그러고 나서는 전사이자 왕으로서 다윗을 배치하겠네.

이 인물 다음에는 제후이자 선지자인 이사야의 차례이네.

그다음에는 앞으로 나타날 자, 즉 예수의 출현을 암시한 다니엘을 묘사하겠네.

그리고 예수.

다음에는 현존하는 자를 사랑하는 요한의 차례이네. 그리고 예수는 두 사람의 젊은이에 의해 둘러싸이도록 해야 할 테지. 한 사람, 즉 다니엘은 긴 머리를 늘어뜨리고 있는 부드러운 모습으로 그리고 다른 한 사람, 즉 요한은 짧은 곱슬머리를 한 정열적인 모습으로 묘사하는 것이 좋을 거야. 이제 요한 다음에는 누가 와야 할까?

카페르나움의 수장일세. 눈앞의 도움을 기대하는 자, 즉 믿는 자들의 대표자로서 말이야.

그다음은 막달라의 차례이네. 참회하는 자, 용서를 필요로 하는 자, 개과천선을 갈구하는 인간의 상징으로서 말일세. 말하자면 이 두 인물 속에 기독교의 정수가 들어 있는 것으로 볼 수 있네.

그리고 바울이 그 뒤를 따르네. 하느님의 말씀을 가장 정열적으로 전파하는 인물로서 말이야.

그 뒤는 야곱일세. 가장 멀리 떨어져 있는 민족들에게 복음을 전하는 선교자의 대표로서 말이네.

마지막 인물은 베드로이네. 조각가는 이 인물을 출입문 가까이에 배치하고 또 그에게 방 안으로 들어오는 자들을 유심히 살피는 듯한 표정을 주어야 할 거야. 그들이 성전에 들어설 만한 가치가 있는지 없는지 알기 위해서 말일세.

이 일련의 작품에 대해서 자네는 어떻게 생각하나? 내가 보기에는 모든 인물이 그저 엇비슷한 모습을 하고 있는 저 열두 사제들을 묘사한 조각 작품보다는 풍성할 것으로 생각되네. 그리고 모세와 막달라는 앉아 있는 모습으로 그릴 생각일세."

이런 말을 듣고 있는 동안 나는 벅차오르는 행복감을 억누를 수 없었다. 그리고 괴테에게 그런 구상을 종이 위에 옮길 것을 청했고, 괴테는 그러겠노라고 약속했다. "나는 이 모든 구상을 철저하게 검토하겠네. 그래서 완성되면 최근에 나온 다른 작품들과 함께 39권에 싣도록 자네에게 건네줄 예정이네."

1830년 3월 17일 수요일

괴테와 함께 식사를 했다. 나는 그의 시 한 구절을 어떻게 정리해야 할지에 관해 의논했다. 다른 예전 판본들처럼 '그대의 사제 호라티우스가 환희 속에서 약속한 바대로'라고 해야 할지 아니면 신판에서처럼 '그대의 사제 프로페르츠……'라고 해야 할지가 문제였다.

괴테가 말했다. "뒤쪽의 시구는 내가 괴틀링 때문에 잘못 택하게 된 것이네. 게다가 '사제 프로페르츠'는 발음상으로도 좋지가 않아. 그러니까 앞쪽을 택하겠네."

내가 말했다. "마찬가지로 선생님의 「헬레나」 본래 원고에는 테세우스가 '열 살'의 가냘픈 노루인 헬레나를 유괴해 간다고 되어 있습니다. 반면에 괴틀링의 반대 견해를 따라 선생님은 '일곱 살'의 가냘픈 노루라고 인쇄하게 하셨습니다. 하지만 일곱이란 나이는 그 아름다운 처녀에게나 그녀를 구출한 쌍둥이 형제 카스토르와 폴리데우케스를 보나 너무 어린 나이입니다. 이 모든 원인은 물론 전설 시대의 일이기 때문입니다. 그러므로 그녀가 본래 몇 살인지 그 누구도 말할 수 없습니다. 게다가 신화란 본래 매우 가변적인 것이기 때문에 가장 편안하고 가장 귀여운 소재를 마음껏 사용할 수 있는 겁니다."

"자네 생각이 옳아." 하고 괴테가 말했다. "나도 테세우스가 헬레나를 유괴했을 때 그녀의 나이가 열 살이었다는 데 동의하네. 그래서 나도 나중에는 이렇게 썼지. '열 살 이후로 그녀는 아무 일에도 쓸모가 없었노라.'라고 말일세. 앞으로 나올 신판에서는 자네 생각대로 일곱 살의 노루에서 열 살의 노루로 바꾸게."

후식을 들면서 괴테는 나에게 노이로이터가 그린 생생한 스케치 작품 두 권을 보여주었다. 그것은 괴테의 담시를 대본으로 한 것이었는데, 무엇보다도 그 사랑스러운 작가의 자유롭고도 명랑한 정신에 찬탄을 금할 수 없었다.

1830년 3월 21일 일요일

괴테와 함께 식사를 했다. 그는 아들의 여행 이야기를 꺼내면서 우리가 그 성공에 대해 지나친 기대를 걸어서는 안 된다고 말했다. "대개의 경우는 떠났을 때와 마찬가지 상태로 돌아오지. 더욱이 나중에 자신들의 상황과 어울리지도 않을 생각을 가지고 돌아오는 일은 없도록 해야만 하네. 예컨대 나는 이탈리아에서 아름다운 계단이라는 개념을 가지고 돌아왔는데, 그 때문에 내 집을 망쳐버리고 말았어. 방이란 방은 모두 필요 이상으로 작아져 버렸으니까 말이야. 중요한 것은 극기를 배우는 일이네. 내가 아무런 방해도 받지 않고 하고 싶은 대로 행동했더라면, 아마도 나 자신은 물론 주변 사람도 망쳐버렸을 테지."

그러고 나서 우리는 육체의 병적인 상태에 대해서, 그리고 육체와 정신의 상호작용에 관해서 이야기를 나누었다.

"믿을 수 없을 정도야." 하고 괴테가 말했다. "육체를 보존해 나가는 데 정신이 얼마나 커다란 영향을 미치는가 하는 점 말이네. 나는 종종 아랫배가 더부룩해지곤 하지만, 정신의 의지력과 상체의 힘으로 지탱하곤 하지. 여하간 정신이 육체에 지는 일만은 결코 없도록 해야 하네! 나는 기압계가 낮을 때보다 높을 때 일을 더 쉽게 할 수 있다는 사실을 알고 있지. 그 때문에 기압계가 낮을 때는 한층 더 노력해 불리한 영향을 입지 않도록 애를 쓰고, 또 그렇게 하면 잘된다네.

하지만 시문학의 분야에서는 억지로 일을 해도 안 되는 수가 있네. 정신적인 의지력으로 성공하지 못할 경우에는 좋은 시간이 오기를 기다릴 수밖에. 그래서 나는 지금 그런 식으로 「고전적 발푸르기스의 밤」에 시간을 들이고 있다네. 모든 것이 그에 어울리는 힘과 기품을 갖추도록 기대하면서 말일세. 어느 정도 진척이 되었으니까, 자네가 출발하기 전에는 마무리가 되리라고 생각하네.

이 속에는 다소간 엉뚱한 것도 있지. 하지만 나는 그것을 특수한 대상에서 분리시켜 보편적인 것 속으로 편입시킴으로써, 독자가 여러 연관을 놓치지 않도록 배려했네. 하지만 그 본래의 의미가 무엇인지는 아무도 모를 걸세. 그렇지만 나는 모든 것을 고대적인 정신에 따라 명확한 윤곽으로써 나타내려고 했고, 낭만적인 기법에나 적합할 애매하고 불명확한 것은 없애려고 노력했네."

괴테가 이어서 말했다. "고전문학과 낭만문학이라는 개념은 지금은 온 세계에 널리 퍼져서 여러 가지 논쟁과 분열을 일으키고 있지만, 원래는 나와 실러로부터 비롯되었네. 나는 문학에 객관적인 창작방식을 원칙으로 삼아 그것만 인정하려고 했네. 그러나 실러는 완전히 주관적인 방식을 원칙으로 삼았고, 자신의 원칙이 옳다고 여기면서 나에 맞서 자신을 방어하려고 소박문학과 성찰문학에 관한 논문을 썼던 걸세. 그의 논증에 따르면 실은 나도 자신의 의사와는 상관없이 낭만적이며, 나의 『이피게네이아』도 감정이 압도적인 비중을 차지하고 있으므로 사람들이 믿는 만큼 결코 고전적이지 않고 고대적인 정신에 따른 것도 아니라는 것일세. 그리고 슐레겔 형제가 이 이념을 받아들여 더욱 발전시켰으므로 지금은 이것이 전 세계에 널리 퍼져서 누구나 고전적인 것과 낭만적인 것에 관해서 토론하고 있는 거네. 오십 년 전만 하더라도 아무도 상상조차 할 수 없었던 일이지."

1830년 3월 24일 수요일

괴테와 함께 아주 유쾌하게 대화를 나누면서 식사했다. 괴테는 나에게 프랑스의 시 한 편에 대해서 이야기해 주었다. 다비드의 작품과 함께 부쳐온 원고로 「미라보의 웃음」이라는 제목이 붙어 있었다.

"이 시는 정신과 대담함으로 가득 차 있네." 하고 괴테가 말했다. "자네도 한번 보게나. 마치 메피스토펠레스가 시인에게 잉크를 마련해 준 듯하네. 『파우스트』를 읽지 않고 썼더라도 위대한 작품이고, 『파우스트』를 읽고 썼더라도 마찬가지로 위대한 작품임에는 변함이 없네."

1830년 4월 21일 수요일

오늘 괴테에게 작별 인사를 했다. 시종 직위에 있는 그의 아들과 함께 내일 이른 아침에 이탈리아로 떠나기로 되어 있었기 때문이다. 여행과 관련해 많은 이야기를 나누었는데, 특히 그는 나에게 잘 관찰하도록 권하고 이따금 편지를 보내라고 말했다.

괴테와의 이별을 생각하자 왠지 가슴이 뭉클했지만, 그의 정정한 모습을 보고 아무런 일 없이 재회할 수 있으리라고 확신하며 마음을 달랬다.

자리에서 일어설 때 괴테가 한 권의 기념첩을 주었는데, 거기에는 그가 직접 쓴 다음과 같은 말이 적혀 있었다.

> 그가 내 앞을 지나시나 내가 보지 못하며
> 그가 내 앞에서 나아가시나 내가 깨닫지 못하느니라.
>
> 「욥기」

여행하는 이들에게

1830년 4월 21일 바이마르에서 괴테

1830년 4월 24일 토요일, 프랑크푸르트

11시경에 시내 산책을 나섰다. 타우누스산을 바라보며 공원 사이를 거닐면서 아름다운 자연과 초목을 즐겼다. 그저께 바이마르에 있을 때만 해도 나무들이 아직 움트는 정도였는데, 여기에서는 밤나무의 어린 가지가 벌써 30센티미터 정도나 자라 있고, 보리수 가지도 4분의 1엘레[37]는 되어 보였다. 자작나무 잎은 벌써 짙푸른 녹색이었고, 떡갈나무 잎도 무성히 자라 있었다. 잔디는 30센티미터 정도 자라나 있었으므로, 풀을 가득 베어 담은 바구니를 든 소녀들과 성문 앞에서 마주치기도 했다.

나는 타우누스산의 툭 트인 정경을 보기 위해 공원을 빠져나갔다. 상쾌한 바람이 불어왔고, 구름이 남서쪽에서 몰려와 산 쪽으로 그림자를 드리우며 북동쪽으로 이동해 가는 것 같았다. 공원과 공원 사이로 황새 몇 마리가 땅에 내려앉았다가 다시 날아오르곤 했는데, 흰 구름과 푸른 하늘을 배경으로 햇살을 받고 있는 그 아름다운 광경은 그야말로 이 지방의 특성을 그대로 보여주었다. 발길을 돌렸을 때 성문 앞에서 아름다

37) 독일의 옛 치수 이름. 1엘레는 55~85센티미터가량이다.

운 소들이 내 곁을 지나갔다. 갈색과 흰색으로 얼룩덜룩하고, 피부가 매끄러운 잘생긴 소들이었다.

이곳의 대기는 부드럽고 상쾌하며, 물은 남쪽 특유의 맛을 풍긴다. 비프스테이크는 함부르크에서 먹은 이후 이곳보다 더 맛있는 것을 먹어보지 못했고, 흰 빵의 맛도 뛰어났다.

장(場)이 서는 기간이어서, 거리에는 아침부터 밤늦도록 북적거리는 소리며 떠들썩하게 연주하는 소리로 가득했다. 사부아[38] 소년 하나가 특히 내 눈을 끌었는데, 그 아이는 원숭이를 등에 태운 개 한 마리를 끌고 다니면서 휴대용 풍금을 켜고 있었다. 소년은 우리 쪽을 향해 휘파람을 불고 노래를 부르며 몇 푼 얻었으면 하고 한동안 눈길을 보냈다. 우리는 그 아이가 바랄 수 있는 것보다 많은 돈을 던져주었다. 그러면서 나는 소년이 감사의 눈길이라도 한번 던져줄 것이라고 생각했다. 하지만 그 아이는 우리에게 눈길 한번 주지 않았으며, 돈을 챙겨 넣자마자 즉시 다른 행인을 향해 한 푼 달라는 눈길을 보냈다.

1830년 4월 25일 일요일, 프랑크푸르트

오늘 아침 우리는 여관집 주인의 멋진 마차를 타고 시내를 한 바퀴 돌았다. 매혹적인 도시 시설, 장려한 건물들, 아름다

---

38) 프랑스 남동부 지방에 있는 주 이름.

운 강과 공원들 그리고 시선을 끄는 공원의 집들을 보니 기분이 절로 상쾌해졌다. 그러나 나는 곧 깨달았다. 이러한 대상들로부터 하나의 생각을 이끌어내는 것이야말로 정신이 바라는 바이며, 그렇게 하지 못한다면 결국 이 모든 것은 무의미하게 우리 곁을 지나가 버리고 말 뿐이라는 사실을.

점심시간에 여관의 공동 식탁에서 많은 얼굴들을 보았다. 그러나 눈에 띄는 얼굴은 거의 없었다. 하지만 급사장만은 지대한 관심을 끌었기 때문에, 내 눈은 그 사람만을 향했고 그의 행동거지를 일일이 관찰하게 되었다. 그는 특별한 사람이었다. 대략 이백여 명의 손님들이 기다란 탁자에 앉아 있었는데, 정말 믿기 어려운 일이 벌어지고 있었다. 이 급사장이 거의 혼자서 도맡아 그 손님들의 시중을 드는 것이 아닌가. 그는 모든 요리를 식탁에 놓고 들어내곤 했는데, 다른 급사들은 그에게 요리를 건네거나 그의 손에서부터 요리 접시를 받거나 할 뿐이었다. 그러면서 그 어떤 것도 엎지르는 일도 없었고, 식사 중인 손님의 몸과 닿는 일도 없었다. 모든 것이 마치 유령의 도움을 받기라도 한 듯 가볍고 신속하게 이루어졌다. 천 개의 사발과 접시들이 그의 손에서 식탁으로 나는 듯이 놓였고, 다시 식탁에서부터 그의 뒤를 따르고 있는 급사들의 손으로 나는 듯이 넘겨졌다. 완전히 자기의 일에 빠져 있어서, 그 급사장은 마치 눈길과 손으로만 이루어진 사람처럼 보였다. 꾹 닫힌 입술은 그저 간단하게 대답하거나 명령하기만 할 뿐이었다. 또한 그는 식탁을 차릴 뿐만 아니라 포도주 주문과 같은 일도 일일이 직접 받아 챙겼다. 그러면서도 모든 상황을 세세하게 기억하고 있다가, 식사가 끝나는 손님마다 정확하게 계산해 돈을 받는 것이었다. 전체를 조망하고 잠시도 정신을 팔지 않으며 세세하게 기억하는 나는 이 놀라운 젊은이의 능력에 그저 감탄할 뿐이었다. 게다가 그는 시종일관 차분하고 침착했고, 또 언제든 농담과 재치 있는 대답을 할 만반의 준비가 되어 있었기 때문에 그의 입술은 늘 미소를 머금고 있었다 한 늙수그레한 프랑스 기병 대위가 식사가 끝날 무렵 숙녀들이 자기에게서 멀리 떨어져 앉았나고 불평을 늘어놓자, 그는 프랑스어로 신속하게 거절의 답변을 했다.

"그들은 다른 사람 몫이지요. 우리에겐 이미 정열이 없으니까요."

그는 프랑스어를 완벽하게 구사했으며, 영어도 마찬가지였는데, 사람들이 말하는 바에 따르면 그 외에도 3개 국어도 유창하다는 것이다. 나중에 그와 이야기를 나누게 되었는데, 아무리 보아도 진기한 그의 교양은 높이 평가할 수밖에 없었다.

저녁에 「돈 후안」을 보면서 우리는 새삼 애정을 가지고 바이마르를 생각했다. 실제로 여기서는 모두들 목소리도 좋고 재능도 뛰어났으나, 거의 모두가 그 어떤 대가들에게서도 배우지 못한 듯이 자연주의자들처럼 연기하고 말했다. 그들의 연기는 명료하지 못했으며 마치 관객이 없는 듯이 행동했다. 몇몇 배우들의 연기에서 확인되듯이, 고귀하지 못한 것이 개성마저 잃으면 그 즉시 참을 수 없이 비천한 상태로 전락하며, 반면에 개성을 얻게 되면 그 즉시 예술의 드높은 영역으로 올라간다. 관객은 매우 소란스러웠고 거칠었으며, 여러 차례 앙코르를 외쳐대는 소리도 없지 않았다. 극장 관객의 절반은 야유를 보냈고, 나머지 절반은 박수갈채를 보냈으므로, 편 가르기는 한껏 고조되었고, 그때마다 요란한 소음과 혼란이 일었다.

1830년 5월 28일, 밀라노

여기에 도착한 지 삼 주일이 되어가는 지금에서야 몇 가지 이야기를 기록할 만한 여유가 나는 것 같다.

스칼라 대극장은 유감스럽게도 휴관 중이었다. 그래서 우리는 극장 안으로 들어가 보았는데, 그 내부는 구조물로 가득 들어차 있었다. 설명에 따르면 이곳저곳 수리할 예정인데, 특별석을 늘리는 공사를 하는 중이라고 했다. 극장의 전속 배우들과 가수들은 이 기간을 이용해 여행길에 올랐는데, 몇 명은 빈으로 몇 명은 파리로 떠났다는 것이다.

여기에 도착한 즉시 구경한 것은 인형극이었다. 변사들의 유별나게 또렷한 발음이 무척 재미있었다. 이곳의 인형극 수준은 아마도 세계 최고일 것이다. 인형극은 너무도 유명해서, 밀라노에 익숙해진 사람이라면 반드시 인형극 이야기를 하기 마련이다.

특별석이 오 열로 연달아 있는 카노비아나 극장은 스칼라 극장 다음으로 큰 규모로서 3000명의 관객을 수용한다. 하지만 이 극장은 아주 편안한 느낌이었다. 나는 이 극장을 자주 찾아가서 매번 똑같은 오페라와 똑같은 발레를 되풀이하여

보았다. 삼 주일 전부터 로시니의 오페라 「오리 백작」과 발레 「제네브라의 고아」가 공연되고 있었기 때문이다. 상-퀴리코가 직접 하거나 아니면 그의 지도하에 꾸며진 무대장식은 정말 아늑하고 수수한 효과를 충분히 발휘하고 있어서 연기하고 있는 배우들의 의상이 선명하게 돋보였다. 관계자의 말에 따르면 상-퀴리코는 많은 유능한 사람들을 휘하에 두고 있었다. 모든 주문은 그에게로 들어오고, 그는 그것들을 다른 사람에게 위임하고 지도해, 모든 것을 자신의 이름을 내걸고 공연하지만, 실상 그 자신이 하는 일은 별로 없다는 것이다. 그는 많은 유능한 예술가들에게 해마다 상당한 고정급을 지급하며, 또 그들이 아프거나 일 년 내내 일거리가 없을 때도 임금을 지불한다는 것이다.

오페라 자체에서 우선 내 마음에 드는 것은 프롬프터용 상자가 눈에 띄지 않는다는 점이었다. 보통 다른 오페라에서는 그런 상자가 등장인물들의 다리 부분을 가리곤 해서 늘 거슬렸다.

그다음으로 마음에 든 것은 오케스트라의 지휘자석이었다. 지휘자는 그의 오케스트라 전체를 한눈에 굽어보면서 오른쪽으로 왼쪽으로 자유롭게 손짓하며 지휘할 수 있는 위치에 서 있었다. 그리고 단원들 모두가 지휘자의 움직임을 잘 볼 수 있도록, 앞쪽 관람석과 맞붙어 있는 중앙의 약간 높여진 단 위에 서 있었다. 그러므로 지휘자는 오케스트라 너머로 무대 위를 자유롭게 바라볼 수 있는 위치였다. 반면에 바이마르 극장의 경우에는 지휘자가 무대를 훤하게 바라볼 수 있긴 하지만 오케스트라를 등지고 있다. 그래서 단원들 누군가에게 뭔가를 지시하려 할 때마다 고개를 돌려야만 했다.

오케스트라 자체는 아주 밀도 높게 배치되어 있었다. 콘트라베이스만 해도 오케스트라의 양쪽 끝에 여덟 명씩 배치되어 있었다. 대략 100여 명을 헤아리는 단원은 양쪽에서 내부, 즉 지휘자를 향하고 있다. 단원들은 무대 앞쪽으로 돌출해 있는 일층 특별석을 등지고 있으면서도 한 눈으로는 무대를 주시하고 다른 한 눈으로는 일층 객석 쪽을 볼 수 있게, 즉 지휘자를 곧바로 볼 수 있게 자리 잡고 있었다.

남녀 가수들의 순수한 음향과 힘찬 목소리 그리고 가볍게 말을 거는 듯한 어조와 조금의 긴장감도 없는 시원한 발성은 정말 환상적이었다. 나는 첼터를 떠올렸다. 그가 나와 같이 지금 이 장면을 보지 못하는 게 안타까울 지경이었다. 그 누구보다도 시동 역을 맡아 노래하는 시뇨라 코라디-판타넬리의 음성이 매혹적이었다. 이 뛰어난 여가수에 대해 다른 사람들에게 이야기했더니, 다가오는 겨울에 그녀가 스칼라 극장에 전속으로 출연하기로 되어 있다는 것이다. 콘테사 아델레 역을 맡은 프리마돈나는 시뇨라 알베르티라는 이름의 어린 소녀로 신인이었다. 그녀의 목소리에는 그 어떤 섬세함이 깃들어 있었으며 마치 햇빛처럼 밝고 순수했다. 독일에서 오는 사람이라면 누구든 그녀의 목소리에 빠져들고 말리라. 그다음에는 한 젊은 베이스가 뛰어났다. 그의 목소리는 강력한 음성을 자랑하고 있었지만 다소 서투른 구석도 있었다. 그것은 그의 연기도 마찬가지였는데, 비록 호방하기는 하지만 기교의 미숙함에서 나오는 단점으로 보였다.

합창단은 탁월했으며 오케스트라와 빈틈없는 조화를 이루었다.

배우들의 몸짓에 관해 말하자면, 그 어떤 절제와 차분함이 오히려 눈에 띄었다. 생동감 넘치는 이탈리아적인 특성을 기대하고 있었던 터라 더욱 그랬다.

화장은 붉은 지분을 살짝 바르고 있었는데, 자연 상태에서 흔히 보는 것과 같아서 뺨에 화상했다는 사실을 실감하지 못할 정도였다.

오케스트라가 밀도 높게 편성되었음에도 불구하고 그 소리가 가수들의 목소리를 압도하지 않고, 오히려 가수들의 목소리가 시종일관 무대를 지배한다는 점은 놀라운 일이었다. 내가 여관의 공동 식탁에서 그 점에 대해 이야기를 꺼냈더니, 교양 있는 어느 젊은이가 다음과 같이 설명해 주었다.

"독일의 오케스트라는 자기중심적이어서 오케스트라로서의 자기 존재를 드러내면서 그 어떤 몫을 차지하려고 하지요. 반면에 이탈리아의 오케스트라는 되도록 자신을 드러내려고 하지 않습니다. 사실 오페라는 인간의 목소리로 부르는 노래가 주가 되어야 하며, 오케스트라는 다만 이 노래를 받쳐주어야 하는 것이 정석이지요. 게다가 이탈리아 사람들은 악기가 아름다운 소리를 내려면 억지로 짜내는 듯이 해서는 안 된다고 여깁니다. 그래서 이탈리아의 오케스트라에서는 바이올린, 클라리넷, 트럼펫과 콘트라베이스 등 많은 악기들이 연주되고 불려도 전체적인 인상은 언제나 부드럽고 편안한 상태를 유지합니다. 반면에 독일의 오케스트라는 악기의 수를 3분의 1로 줄인다고 해도 아주 쉽사리 시끄러워지거나 요란한 소리를 내게 마련이지요."

나는 그처럼 확신에 찬 말에 반박할 수가 없었으며, 오히려 고민하던 문제가 명료하게 해결되어 기쁠 따름이었다.

내가 말을 받았다. "하지만 최근의 작곡가들에게도 책임이 있지 않을까요? 오페라에 붙이는 오케스트라의 비중을 너무 높여놓았으니까요?"

그 낯선 젊은이가 대답했다. "물론입니다. 최근의 작곡가들은 그 점에서 잘못을 범했습니다. 하지만 모차르트나 로시니 같은 위대한 거장이 그럴 리는 절대로 없습니다. 물론 이들도 노래의 멜로디와는 독립된 별개의 모티프를 오케스트라로 연주하기도 했지요. 하지만 그럼에도 불구하고 그들은 언제나 절제를 유지했기 때문에, 노래의 목소리가 무대에서 변함없이 지배적인 지위를 차지했던 것입니다. 반면에 최근의 작곡가들은 오케스트라 반주에 별다른 모티프를 활용하지 못했기 때문에 악기 편성만 대폭 강화해 노래를 압도해 버리는 잘못을 종종 저지르고 있습니다."

나는 그 분별력 있는 젊은이에게 박수갈채를 보냈다. 나와 같은 식탁에 앉아 있던 사람이 말한 바에 따르면, 이 젊은이는 리브란트[39]의 젊은 남작으로서 오랫동안 파리와 런던에서 살았고, 지금은 오 년째 여기 머물면서 열심히 연구하고 있다

---

39) 발트해 연안의 지명. 현재의 에스토니아와 라트비아공화국에 해당한다.

는 것이다.

오페라를 관람하면서 즐겁게 관찰하고 느꼈던 점에 대해 좀 더 말하고 싶다. 즉 이탈리아인들은 무대에서의 밤을 실제의 밤으로 여기지 않고 다만 상징적으로 여긴다는 사실이다. 독일의 무대에서 내가 늘 불만족스럽게 보았던 점은 밤의 장면을 언제나 완벽한 밤으로 연출하기 때문에, 등장하는 인물들의 표정, 아니 더 나아가서 등장인물 자체가 완전히 사라져 버려서, 관객들은 공허한 밤 이외의 것을 보지 못하게 된다는 사실이었다. 그러나 이탈리아인들은 그 점을 보다 현명하게 처리하고 있다. 그들에게 무대의 밤은 결코 실제적인 밤이 아니라 다만 암시일 뿐이다. 무대의 배경만 어느 정도 어둡게 처리하고, 등장 배우들을 앞쪽으로 이동시켜 완전한 조명을 받게 함으로써 관객들은 그들의 얼굴의 어떤 표정조차도 놓치지 않게 된다. 회화에서도 그 점은 마찬가지이다. 표정을 알아볼 수 없을 정도로 얼굴들을 어둡게 표현한 밤의 그림이 있는지는 의문이다. 적어도 대가들의 그림에서만은 이런 오류가 없으리라고 생각한다.

나는 그와 같은 원칙을 발레의 경우에도 적용해 보았다. 한 소녀가 강도의 습격을 받는 밤의 무대가 연출되었다. 무대는 조금만 어두워졌기 때문에 관객들은 배우들의 모든 움직임과 얼굴 표정을 그대로 볼 수가 있다. 소녀의 비명에 살인자는 달아나고, 시골 사람들이 등불을 들고 그들의 오두막에서 바삐 나온다. 그러나 그 등불은 희미한 것이 아니라 환하게 비추어 주는 밝은 것이다. 이렇게 대낮같이 밝은 조명에 의한 대비를 통해서 관객들은 비로소 이전의 장면이 밤이었다는 사실을 느끼게 되었다.

독일에 있으면서 이탈리아 관객들의 요란한 태도에 대해 듣곤 했는데, 여기서 내 눈으로 그 점을 직접 확인했다. 관객들의 태도는 오페라가 오래 끌면 끌수록 어수선해졌다. 이 주 전에 나는 「오리 백작」의 첫 공연들 중의 하나를 관람했다. 관객들은 일류 남녀 가수들의 등장을 박수갈채로 맞이했지만, 이어지는 그저 그런 평범한 장면에서는 잡담을 나누곤 했다. 그러다가 뛰어난 아리아 장면이 시작되자 극장 안은 쥐 죽은 듯이 조용해졌고, 그 장면이 끝나는 순간에 가수는 요란한 박수갈채로써 보답을 받았다. 합창은 훌륭했는데, 오케스트라와 목소리가 시종일관 빈틈없이 조화를 이루는 점에 감탄을 금할 수가 없었다. 하지만 매일 저녁 오페라를 관람해 온 전통이 무색할 정도로 관객들의 주의력은 곧 증발해 버리고 모두들 왁자지껄하게 떠드는 통에 극장 안은 요란한 소음으로 가득했다. 누구 하나 손을 들어 말리는 사람도 없고 해서, 무대 위에서 배우들이 무슨 말을 하는지 그리고 오케스트라는 무슨 음악을 연주하는지 도무지 들을 수가 없었다. 무대에 대한 열정도 엄밀한 감상 태도도 자취를 감추고 말았기 때문에, 무언가 관심 있게 들어보려고 하는 외국인이 그 자리에 있다면 절망에 빠지고 말 것이다. 그렇게 명랑한 분위기 속에서 절망한다는 일이 가능하기만 하다면 말이다.

1830년 5월 30일 성령 강림제 첫날, 밀라노

지금까지 이탈리아에서 지내면서 즐거웠던 일이나 그 밖에 흥미를 불러일으켰던 일을 몇 가지 적어본다.

눈으로 뒤덮이고 자욱하게 안개 낀 황량한 짐플론[40] 정상에서 대피소 근처에 이르렀을 때였다. 저 아래쪽에서 한 소년이 여동생을 데리고 우리 마차 쪽으로 걸어 올라오고 있었다. 두 아이는 나무를 담은 조그마한 바구니를 각자의 등에 짊어지고 있었는데, 아직까지 초목이 눈에 덮이지 않은 산 아래에서 구해 운반해 오는 중이었다. 소년은 우리에게 수정 몇 개와 그 밖의 암석조각을 건네주었으며, 우리는 그에 대한 보답으로 동전 몇 개를 주었다.

그때 소년이 보였던 모습에서 결코 잊히지 않을 강렬한 인상을 받았다. 우리 마차 곁을 지나가면서 은근하게 동전을 들여다보던 그 애의 표정은 얼마나 행복해 보였던가. 나는 행복에 겨워하는 이런 천사 같은 표정을 이전에는 본 적이 없었다. 신은 행복의 모든 원천과 능력을 인간의 마음속에 심어놓았으며, 어디서 어떻게 살아가든 행복에 도달할 수 있는 점은 마찬가지라는 생각이 들었다.

기록을 계속하려 했지만 여기서 중단했고 다시는 쓰지 못하게 되었다. 하지만 그 뒤로 이탈리아에 머무는 동안 의미 있

40) 이탈리아와 스위스를 가로지르는 알프스산의 고갯길.

는 인상을 받지 않거나 아무런 관찰도 하지 않은 채 지나간 날이 단 하루도 없었다. 괴테의 아들과 헤어져서 알프스를 뒤로하고서야, 나는 비로소 괴테에게 다시 다음과 같은 내용을 전하게 되었다.

1830년 9월 12일 일요일, 제네바

선생님께 전해드리고 싶은 말씀이 너무도 많아 어디에서 시작해서 어디에서 끝내야 할지를 모르겠습니다.

선생님께서 농담 삼아 가끔 말씀하셨지요. 다시 돌아온다는 그런 일만 없다면 여행을 떠난다는 것은 정말 좋은 일이라고 말입니다. 고통스럽게도 저는 이제야 그 말씀의 진의를 실감하고 있습니다. 저는 지금 어느 길을 택해야 할지 몰라 갈림길에 서 있는 것과 같은 그런 형편에 처해 있기 때문입니다.

이탈리아에서 머물렀던 기간은 짧기는 했지만 저에게 정말이지 커다란 영향을 미쳤습니다. 풍요로운 자연은 경이로움으로 저에게 말을 걸었고, 제가 그 언어를 얼마만큼이나 알아들었는지 물었습니다. 인간들의 위대한 작품과 위대한 행위는 저를 자극했으며, 제 스스로 무엇을 할 수 있는지 알아보기 위해 제 자신의 손을 바라보도록 만들었습니다.

헤아릴 수 없이 다양한 삶들에 감동하면서, 제 자신의 삶은 어떤 모습인지를 물었습니다. 그리하여 제 마음속에는 이제 세 가지의 커다란 욕구가 꿈틀거리게 되었습니다. 제 지식을 늘리고, 제 삶을 개선시키며, 이 두 가지가 가능해지면 무엇보다도 의미 있는 무언가를 이루어야겠다는 것입니다.

이 마지막 욕구와 관련해 제가 할 일이란 조금도 의심의 여지가 없습니다. 오래전부터 한 가지 일이 마음속에 자리를 잡았고, 요 몇 년 동안 시간이 날 때마다 그 일에 몰두해 왔으니까요. 그 결과 일이 어느 정도 진척이 되었습니다. 말하자면 새로 건조된 배에 닻줄과 돛만 달면 항해에 나설 수 있는 그런 단계라고 하겠습니다.

그건 다름 아니라 선생님과 제가 나눈 대화를 두고 하는 말입니다. 지식과 예술의 온갖 분야에서의 대원칙들, 고귀한 인간적 관심사들에 대한 해명, 지성의 산물들이나 금세기의 뛰어난 인물들에 관한 것 등, 지난 육 년 동안 제가 선생님 곁에 머무는 행운을 누리면서 자주 나눌 수 있었던 대화 말입니다. 그러한 대화는 저에게 무한한 교양의 토대가 되었습니다. 저는 그런 말씀을 듣고 마음속에 새기면서 너무도 행복했습니다. 그런 만큼 그것을 기록으로 남겨 다른 사람들에게도 행운을 나누어주고 싶은 것입니다. 교양을 갈구하는 사람들에게 말이지요.

선생님께서는 이따금 이 대화록을 넘겨보시며 칭찬하셨고, 작업을 계속하라는 격려의 말씀을 되풀이하셨지요. 바이마르에서의 생활이 산만한 가운데서도 선생님의 그러한 격려가 주기적으로 반복되었기에 이제는 대략 두 권 정도의 책으로 묶일 만큼 충분한 자료가 모였습니다.

이탈리아로 여행을 떠나기 전에 저는 이 소중한 원고를 저의 다른 글이나 물건과 함께 여행가방에 꾸려 넣지 않고, 별도의 상자에 넣어 봉인한 다음 우리의 벗 소레에게 보관해 달라고 맡겼습니다. 만일 내가 여행 중에 불행한 일을 당해 돌아오지 못하는 경우에 그것을 선생님께 전해달라는 부탁과 함께 말입니다.

베네치아를 방문하고 나서 밀라노에 두 번째로 체류하게 되었을 때, 저는 열병을 얻어 며칠간 심하게 앓았고, 식욕이라곤 조금도 없어 완전히 기진맥진한 채 꼬박 일주일을 병석에 누워 있었습니다. 하지만 그처럼 고독하고 버림받은 듯한 시간에도 저는 오직 그 원고만을 생각했습니다. 그런데 무엇보다도 염려가 되는 것은 그 원고가 완결본으로 내보일 만큼 깔끔하게 정리된 상태가 아니라는 점이었습니다. 종종 연필로만 썼고, 몇몇 구절은 불분명하거나 적절하게 표현되지 못했으며, 많은 부분이 그저 암시에 그치고 있다는 점 등 한마디로 편집이 제대로 되지 않았으며 마지막 손질도 가해지지 않은 상태라는 점이 눈앞에 어른거렸던 것입니다.

몸도 좋지 않은 상태인 데다가 그런 느낌마저 들자, 제 마음속에서는 그 원고를 마무리해야겠다는 강렬한 욕구가 일었습니다. 나폴리와 로마를 보고 싶다는 기대감도 사라졌습니다. 오로지 독일로 되돌아가 만사를 제쳐두고 고독하게 틀어박혀 그 원고를 완성해야겠다는 갈망이 용솟음쳐 올랐던 것입니다.

그래서 저의 가슴속 깊이 들어 있는 심중은 밝히지 않은 채 아드님에게 저의 몸 상태에 대해 이야기를 꺼냈습니다. 그러자 아드님은 무더운 날씨에 저를 계속 끌고 다니는 게 위험하다고 느꼈나 봅니다. 그래서 우리는 제노바까지만 더 가보고 그곳에서도 제 상태가 나아지지 않으면, 독일로 돌아가는 것은 저의 선택에 맡기기로 의견의 일치를 보았습니다.

그렇게 제노바에서 며칠을 보내고 있던 차에 선생님에게서 편지가 왔던 것입니다. 편지를 읽어보니 선생님께서는 멀리에서도 저희 상황이 어떻게 돌아가고 있는지 대충 느끼고 계시는 것 같았습니다. 제가 바이마르로 돌아오고 싶은 생각이 있으면 선생님은 환영하실 것이라고 말씀하셨으니 말입니다.

저희는 선생님의 선견지명에 그저 경탄할 뿐이며 또한 기쁜 것은 방금 저희들끼리 결정한 현안에 대해 알프스산 저 너머에서 동의해 주셨기 때문입니다. 저는 당장 떠나기로 결심했습니다. 하지만 아드님은 제가 잠시만 더 머무르면서, 그날 하루만은 자기와 함께 여행해 주기를 바랐습니다.

저는 기꺼이 그렇게 했습니다. 그리고 마침내 7월 25일 일요일 새벽 4시, 우리는 제노바의 거리에서 작별의 포옹을 나누었습니다. 두 대의 마차가 서 있었는데, 한 대는 리보르노를 향해 해안을 따라 올라가는 마차로 아드님은 거기에 탔습니다. 그리고 또 다른 한 대는 산을 넘어 투린 방향으로 향하는 마차였는데 저와 다른 여행객들은 거기에 올라탔습니다. 저희는 그렇게 다른 방향으로 가는 마차를 타고 헤어졌지만, 뭉클한 마음으로 서로의 안녕을 진심으로 빌었습니다.

찌는 듯한 더위와 먼지 속에 사흘간을 달린 끝에 저는 노비와 알렉산드리아와 아스티를 지나 투린에 도착했습니다. 그곳에서 며칠간 휴식을 취하면서 알프스산을 넘어갈 적당한 때를 기다려야 했습니다. 출발 시간은 8월 2일 월요일이었습니다.

몽-세니산을 넘어간 우리는 6일 저녁에야 샹베리에 도착했고, 다음 날 7일 오후에 다시 엑스를 향해 떠났습니다. 그리하여 마침내 8일 밤늦게, 비 내리는 어둠 속에 제네바에 도착해 크로네 여관에 여장을 풀었습니다.

여관은 파리에서 도망쳐 나온 영국인들로 북새통이었는데,[41] 그들은 그곳에서 일어난 비상사태와 관련해 많은 것을 증언할 수 있는 목격자들이었습니다. 저 세계를 뒤흔든 사건의 전말을 처음으로 듣고 제가 어떤 느낌이 들었을지 선생님께서도 충분히 짐작하실 것입니다. 저는 탄압을 받았던 피에몬트의 신문을 각별한 관심으로 읽었으며, 날마다 새로 도착하는 사람들의 이야기든 공동 식탁에서 핏대를 올려가며 갑론을박하는 정치논쟁이든 귀를 기울였습니다. 모든 것이 걷잡을 수 없는 흥분 상태에 있으며, 모두들 그처럼 엄청난 폭력사태가 유럽의 다른 나라에 어떤 파장을 불러일으킬 것인가를 예의 주시하고 있습니다. 저는 친구인 실베스트르 부인, 소레의 양친과 동생을 방문했습니다. 격앙된 시기라 모두들 나름대로 견해를 가지고 있는 터라 저도 이런 생각이 들었습니다. '프랑스의 각료들이 우선 처벌을 받아야 한다. 왜냐하면 그들이 군주를 잘못 인도해 국민들의 신망을 잃게 했고 군주의 위엄을 손상시켰기 때문이다.'라고 말입니다.

원래는 제네바에 도착하자마자 선생님께 제 근황을 자세하게 써 보낼 생각이었습니다. 그러나 처음 며칠간 어찌나 마음이

---

41) 1830년 7월혁명의 여파이다.

흥분되고 산란하던지, 마음먹은 대로 선생님께 소식을 전할 만큼 차분하게 정신을 모을 수가 없었습니다.

그러던 중 8월 15일, 우리 친구 스털링이 제노바에서 보낸 편지를 받았는데, 그 안에는 저의 마음을 송두리째 흔들어놓으면서 바이마르로 그 어떤 소식도 전할 수 없게 만든 소식이 들어 있었습니다. 그 친구의 말에 따르면, 선생님의 아드님이 저와 헤어진 바로 그날 마차 전복 사고로 쇄골이 부러져 스페치아[42]의 병원에 누워 있다는 것이었습니다.

저는 곧바로 답장을 보냈습니다. 조금이나마 도움이 될 일이 있다면 당장이라도 알프스산을 넘어 되돌아갈 태세가 되어 있으며, 제노바에서 전적으로 안심할 만한 소식이 날아들 때까지는 독일로의 귀환을 중단한 채 제네바를 떠나지 않겠다고 말입니다. 그렇게 희소식을 기다리면서 저는 민박집에 묵었고 그동안의 빈 시간을 활용해 프랑스어 공부를 계속했습니다.

그러던 중 마침내 8월 28일[43], 저는 곱으로 경사를 맞았습니다. 이날에 스털링에서 두 번째 편지가 왔는데, 아드님이 사고를 당한 지 얼마 지나지 않아 완전히 회복되었으며 아주 쾌활하고 건강한 상태로 리보르노에 머무르고 있다는 기쁜 소식이었습니다. 그렇게 하여 저는 그 사고로 인한 모든 근심을 한꺼번에 완전히 덜게 되었습니다. 저는 마음속으로 기도하는 심정으로 이런 시구를 떠올렸습니다.

---

42) 이탈리아 북부 리구리아주의 주도.

43) 괴테의 생일.

신에게 감사하라, 신이 그대를 곤궁에 빠뜨리더라도,
그리고 신에게 감사하라, 신이 그대를 다시 놓아주더라도.

그러고 나서 이제야 선생님께 제 소식을 진지하게 전해드릴 수 있게 되었습니다. 제가 그동안 선생님께 말씀드리고 싶었던 것은 대략 다음과 같은 내용이었습니다. 바이마르를 떠나온 뒤로 항상 마음의 짐이었던 그 원고를 조용한 칩거 상태에서 마무리할 수 있도록 허락해 주실 것을 간절히 부탁드립니다. 오랫동안 마음속에 품어왔던 그 작품을 깨끗하게 정서해 철한 상태로 보여드리고 출판 허락을 받기 전까지, 저는 완전히 자유롭지도 기쁘지도 않을 것입니다.

최근에 바이마르에서 저에게 온 편지를 보면, 그곳 분들은 저의 조속한 귀환을 기다리고 있는 것 같습니다. 아마도 저에게 일자리 하나를 마련해 주실 모양입니다. 물론 그런 호의는 감사할 따름이지만, 저의 현재의 구상과는 어긋나는 것이어서 마음속으로 미묘한 갈등을 겪고 있습니다.

물론 제가 지금 바이마르로 돌아간다 하더라도, 저의 당면한 집필 계획을 빠른 시일 내에 완수하리라고 생각지는 않습니다. 도착하는 즉시 이전 그대로의 산만한 생활 속으로 빠져들게 될 테니까요. 사람들이 서로 할 일 없이 폐만 끼치고 사는 그 작은 도시에 들어서기만 하면, 즉시에 자질구레한 일들에 시달리면서 저에게나 다른 사람에게나 별다른 소득도 없이 시간만 뺏기고 말 테지요.

물론 그 도시에는 많은 장점과 뛰어난 점이 있고, 저도 오랫동안 그 도시를 사랑해 왔고 앞으로도 영원히 그럴 것입니다. 하지만 다시 돌이켜 생각해 보면 도시의 성문 앞에서 불타오르는 검을 들고 있는 천사를 보고 있는 듯한 느낌이 듭니다. 그 천사는 저의 출입을 막으면서 그곳으로부터 저를 내쫓으려 하고 있고요.

제가 생각하기에도 저라는 존재는 유별나 보입니다. 어떤 일에는 충심으로 애착을 가지고 여러 해 동안 계획대로 집요하게 밀고 나가며, 수도 없는 에움길을 돌고 난관을 넘어서 그 일을 이루어내고 맙니다. 그러나 일상적인 삶의 세세한 관계에서는 누구보다도 의존적이고 비틀거리고 다른 사람의 영향을 받으면서 온갖 자질구레한 느낌들에 시달립니다. 그러므로 이 두 가지 상반된 성향이 한편으로는 극히 변화무쌍하고 다른 한편으로는 굳건한 내 삶의 운명을 이루고 있는 것입니다. 제 삶의 경로를 돌이켜보면, 제가 겪었던 환경과 상황들이 극히 다양하고 가지각색인 것을 알 수 있습니다. 그러나 좀 더 깊이 들여다보면, 그 모든 것을 뚫고 더 높은 곳으로 나아가고자 하는 단순한 경향을 확인할 수 있습니다. 그런 경향으로 인하여 저는 한 계단 한 계단 자신을 순화하고 개선하는 데 성공했습니다.

그러나 줏대 없고 유순하기만 한 저의 성격 때문에 때때로 제 삶의 상황들은 바뀌어야 할 필요가 있었습니다. 변덕스러운 바람 때문에 항로에서 벗어나게 된 뱃사람이 원래의 방향을 찾으려고 거듭 시도하는 것처럼 말입니다.

일자리를 얻는다는 것은 그토록 오랫동안 미루어왔던 저의 문학적 목표와는 이제 서로 합치할 수가 없습니다. 영국의 젊은

이들에게 시간을 쏟는다는 것도 더 이상 제가 의도하는 바가 아닙니다. 저는 이제 언어를 습득했는데, 그것만이 제가 바라던 것이었고, 이제 그것을 이루어 기쁠 따름입니다. 젊은 외국인들과 오랫동안 사귀면서 얻었던 좋은 점을 저는 결코 과소평가하지 않습니다. 그러나 모든 일에는 그 시기가 있고 또 상황은 변하기 마련입니다.

여하간 '구두상(口頭上)의' 가르침과 영향은 결코 저의 영역이 아닙니다. 저는 그런 일에는 재능도 교양도 가지고 있지 않습니다. 저에게 언변의 능력이라곤 찾아볼 수가 없는데, 다만 눈과 눈으로 생생하게 마주 보고 있는 사람만이 대개는 저에게 강력한 영향력을 발휘합니다. 그래서 그 사람의 존재와 관심사에 푹 빠져들게 됩니다. 그리고 그 때문에 제가 오히려 제약을 느끼게 되며, 정신의 자유와 강력한 작용에 도달하기 힘들다는 사실은 곧잘 잊어버리는 것입니다.

반면에 종이를 대하면 저는 정말 자유로워지며 그곳이 제 영역인 것 같은 느낌이 듭니다. 그러므로 저의 생각을 '문자로' 전개하는 것은 제 본래의 즐거움이며 본래의 삶입니다. 그래서 저는 단 몇 페이지라도 제게 즐거움을 주는 글을 쓰지 못한 날은 잃어버린 날로 여깁니다.

내심의 욕구는 지금 제 자신의 세계에서 벗어나 좀 더 넓은 영역에 영향을 미쳐야 한다고 요구하고 있으며, 문학의 영역에서 영향력을 얻고 보다 나은 행운을 얻어 마침내 어느 정도의 명성을 얻어야 한다며 몰아세우고 있습니다.

물론 문학적인 명성 그 자체는 얻으려고 애쓸 가치가 거의 없는 것입니다. 그렇습니다. 그것은 오히려 성가신 장애물일 수 있습니다. 그러나 문학적인 명성은 활동하려고 노력하는 자를 세상에 드러내고, 그의 영향에 토대를 마련해 주는 장점을 가지고 있습니다. 이러한 명성은 인간을 고양시키고 사색의 능력과 힘을 주며, 이전에 맛보지 못한 천상의 느낌을 안겨주기 때문입니다.

반면에 너무 오랫동안 좁고 왜소한 환경에 억눌려 있노라면, 정신과 개성이 고통을 당한 나머지 마침내 커다란 일을 할 능력마저 상실하게 되며 자신을 고양시키기도 힘들어지는 것입니다.

대공비마마께서 저를 위해 무언가 은혜를 베푸실 의향이 정말 있으시다면, 신분이 높은 분들이 마마의 자비로운 뜻을 실현시킬 수 있는 방식을 아주 쉽게 발견하시리라고 봅니다. 마마께서 향후의 제 문학적 발전을 뒷받침하고 후원하려고 하신다면, 정말 좋은 일을 하시는 것이고 그 열매도 결코 없지는 않을 것입니다.

왕자분에 대해서 말씀드리자면, 그분은 저의 마음속에 특별한 자리를 차지하고 있습니다. 저는 그분의 정신적 능력과 개성에 대해 커다란 기대를 하고 있으며, 저의 미약한 지식이나마 그분께 바치려고 합니다. 저는 쉬지 않고 자신을 수련해 나갈 것입니다. 그리고 왕자마마께서도 점점 나이가 드시면서 제가 바칠 수 있는 보다 나은 것을 받아들이시겠지요.

그러나 저에게는 무엇보다도 앞서 말씀드렸던 원고를 완전히 마무리 짓는 일이 가장 시급합니다. 저는 한 몇 달간 괴팅겐 부근에 있는 약혼녀와 그 친지 댁에서 조용히 칩거하며 오직 이 일에만 몰두하고 싶습니다. 그래야만 오래된 짐을 벗어버리고 자유롭게 다시 미래의 새로운 일에 매진할 수 있기 때문입니다. 저의 삶은 몇 년 이래로 정체되어 있었으므로, 다시 한번 심기일전할 필요가 있습니다. 하지만 저의 건강 상태는 허약하고 불안하므로, 그렇게 오래 살 수 있으리라고 확신할 수 없습니다. 그래서 무언가 의미 있는 것을 남기려고 합니다. 저의 이름이 사람들 사이에서 잠시나마 주목을 받도록 말입니다.

하지만 저는 이제 선생님 없이는, 선생님의 허락과 격려의 말씀 없이는 아무것도 할 수가 없습니다. 저의 문제와 관련된 선생님의 앞으로의 소망에 대해 저는 알지 못하고 있습니다. 또한 높은 분들이 저에게 어떤 은혜라도 베풀어주실 의향이 있는지에 대해서도 아무것도 모르고 있습니다. 그러나 앞서 말씀드린 대로 저의 상황은 명백합니다. 저의 속마음을 선생님께 그대로 보여드렸기 때문에, 선생님께서 쉽게 판단하실 수 있을 것입니다. 제가 바이마르로 돌아간다면 행운이 보장되리라는 보다 분명한 근거가 있는지, 아니면 흔들림 없이 저의 본래의 정신적인 계획에 따라 계속 매진하는 편이 나을지 선생님께서 결정을 내려주셨으면 합니다.

저는 며칠 안에 여기를 떠나 한가하게 이곳저곳 둘러보면서 뇌프샤텔, 콜마르와 슈트라스부르크를 지나 프랑크푸르트로 갈 작정입니다. 또한 기회가 닿으면 여행도 할 것입니다. 더욱이 제가 프랑크푸르트에서 선생님으로부터 몇 줄의 소식을 접하게 된다면 그보다 반가운 일은 없을 것입니다. 그곳 우체국에서 제 앞으로 온 선생님의 편지를 볼 수 있다면 말입니다.

이렇게 힘든 고백을 마음으로부터 털어놓고 나니 기쁠 따름입니다. 다음 편지에서는 보다 가벼운 이야기로 선생님을 즐겁게 해드리고 싶습니다.

궁정 고문관 마이어, 건설국장 쿠드레, 리머 교수, 뮐러 장관 그리고 그 밖에 선생님의 주위 분들과 저를 기억하시는 모든 분들께 충심 어린 안부 말씀을 부탁드립니다.

하지만 제 마음속 깊숙이 계시는 분은 오직 선생님 한 분뿐이며, 그 한 분께 무한한 존경과 변함없는 사랑을 드립니다. 어디에 있든 저는 온전히 선생님의 것입니다.

에커만

1830년 9월 14일 화요일, 제네바

지난번에 제노바에서 받아본 선생님의 편지들 중 하나에서 「고전적 발푸르기스의 밤」의 빠진 부분들과 결말 부분이 마침내 완성되었다는 것을 알아차리고 저는 너무나 기뻤습니다. 「헬레나」 막을 포함해 앞부분을 이루는 세 개의 막이 완전하게 끝남으로써 이제 가장 어려운 일은 이루어졌습니다. 선생님께서 말씀하신 대로 『파우스트』의 결말 부분은 이미 완성되어 있습니다. 그러므로 바라건대 4막이 빠른 시일 내에 완성되기만 한다면 앞으로 수 세기 동안 사람들에게 감동을 불러일으킬 뿐만 아니라 더불어 이해하기 위해 노력하게 될 위대한 작품이 탄생하는 것입니다. 저는 정말 각별한 관심으로 그날이 오기를 고대하고 있으며, 시적인 힘들의 전진에 관한 모든 소식을 환호성과 함께 받아들일 것입니다.

저는 여행 중에도 『파우스트』를 자주 생각하면서 그 속에 들어 있는 고전적인 구절들을 적용해 보기도 했습니다. 이탈리아에서 아름다운 인간들과 생기에 넘치는 아이들이 무럭무럭 자라나는 것을 보았을 때, 다음과 같은 시구가 떠올랐습니다.

이곳의 쾌적함은 물려받은 것!
빰은 입과 같이 환하게 웃는다.
모두는 각자 자기의 자리에서 불멸이며,
그 모두가 만족하며 건강하게 살고 있다.
그리하여 순결한 나날들과 함께
사랑스러운 아이들은 아버지로 자라난다.
그에 우리는 경탄할 뿐이지만, 하나의 의문은 남아 있으니,
그들은 신인가, 아니면 인간인가.

그러나 아름다운 자연에 매혹당해 마음과 눈으로 바다와 산과 골짜기를 즐기고 있노라면, 불현듯 그 어떤 눈에 보이지 않는 작은 악마가 저를 유혹하려 든다는 느낌이 듭니다. 매번 이런 시구를 저의 귀에 속삭이면서 말입니다.

내가 이리저리 휘젓고 흔들고 하지 않는다면,
이 세상이 어떻게 아름다울 수 있단 말인가?

그러면 모든 이성적인 생각은 순식간에 사라지고 부조리가 고개를 들기 시작합니다. 내 마음속 깊은 곳에서 그 어떤 것이 거꾸로 치솟아 오릅니다. 하지만 그것은 가볍게 웃어넘길 수 있는 얄팍한 껍질은 결코 아닙니다.

바로 그러한 순간에 시인이라는 존재는 언제나 긍정적이어야 함을 절실하게 느낍니다. 사람들은 자기 자신이 표현하지 못하는 것을 말하기 위해 시인을 필요로 합니다. 그 어떤 현상이나 느낌에 사로잡히게 되면 사람들은 말로 표현하려고 하지만, 자신의 재고품으로는 역부족이라는 것을 알게 되고 그래서 시인으로부터 도움을 받습니다. 그러면 시인이 그를 만족시켜 주고 그를 자유롭게 만들어주는 것이지요.

이러한 느낌 속에서 저는 앞쪽의 시에 거듭 축복을 내렸고, 나중의 시는 나날의 웃음과 함께 씻어내 버리려고 했습니다. 그러나 원래 그곳에 있을 수밖에 없고 또 그곳에서 가장 아름다운 의미를 드러내는 것을 어떻게 없는 것으로 해버릴 수가 있겠습니까!

저는 이탈리아에서 일기라는 것을 쓸 수가 없었습니다. 현상들이 너무나 위대하고 풍성하고 너무도 빨리 변화했기 때문에 바로 다음 순간에는 그것들을 붙들 수도 붙들고 싶지도 않게 되었습니다. 하지만 저는 눈과 귀를 언제나 열어놓고는 많은 것을 보고 들었습니다. 이제 저는 그러한 기억들을 분류하고 별개의 제목들을 붙여가며 정리하려고 합니다. 특히 색채론과 관련해 상당한 관찰을 했는데, 그것을 곧 기록으로 남길 것을 생각하니 벌써 마음이 설렙니다. 물론 새로운 것은 없습니다. 하지만 오래된 법칙에 대해 새롭게 입증한다는 점은 언제나 바람직한 일입니다.

제노바에서는 스털링이 색채론에 관해 커다란 관심을 보였습니다. 그는 뉴턴의 이론에 대해 충분히 만족하지 않고 있었습니다. 그래서 제가 선생님의 이론에 대해 거듭 설명을 하자 그는 그 이론의 근본 특성에 대해 열린 자세로 귀를 기울였습니다. 만일 선생님께서 작품 한 부를 제노바로 보내신다면, 그는 그 선물을 기꺼운 마음으로 받아들일 것입니다.

여기 제노바에서 저는 3주일 전부터 여자 친구 실베스트르 양과 만나고 있는데 그녀는 지적 호기심이 많은 여성입니다. 저는 그녀에게 단순한 것을 포착한다는 것은 생각보다는 어려운 일이며, 현상들의 극히 다양한 개별성 속에서 근본 법칙을 발견하려면 커다란 숙련이 필요하다고 말했습니다. 그러나 정신이 아무리 노련하다 할지라도, 자연은 아주 섬세한 것이기 때문에 너무 성급하게 결론을 내려 자연에 폭력을 가하는 일이 없도록 해야 한다는 말도 했습니다.

덧붙여 말씀드리자면 여기 제네바에서는 그러한 위대한 일에 대한 관심을 찾아볼 수가 없습니다. 여기 도서관에는 선생님의 『색채론』이 구비되어 있지도 않을뿐더러, 사람들은 그러한 것이 이 세상에 존재하는지조차도 모르고 있습니다. 이렇게 된 데에는 제네바 사람들보다도 독일 사람들의 책임이 더 큽니다. 여하간 저로서는 불쾌하며 심술궂은 말이 절로 입에서 튀어나올 뿐입니다.

아시다시피 바이런 경이 한동안 이곳에서 머물렀습니다. 하지만 그는 이곳 사교계를 싫어해 밤낮으로 자연 속에서 그리고 바닷가에서 지냈습니다. 그 점에 대해서 이곳 사람들은 아직까지도 이야기하고 있고, 그의 장편 시 「헤럴드 공자」에도 그 시절의 이야기가 아름다운 기념비로 남아 있습니다. 또한 그는 론강의 색채에 대해서도 언급하고 있습니다. 그는 왜 그런지 이유는 짐작할 수 없었지만 색채를 알아볼 줄 아는 민감한 눈을 가지고 있었습니다. 그는 세 번째 노래에서 다음과 같이 말하고 있습니다.

'제네바를 흐르는 론강은 짙은 잉크 색의 푸른빛, 바닷물이든 민물이든 그와 같은 색을 본 적이 없네. 지중해와 에게해는 예외이지만.'

넘실거리며 흘러내리는 론강은 제네바 한가운데를 지나가기 위해 두 개의 지류로 나뉘고, 그 위로 네 개의 다리가 놓여 있습니다. 사람들은 그 다리 위를 왔다 갔다 하면서 강물의 색을 아주 잘 관찰할 수가 있습니다.

그런데 기이한 것은 한 지류의 강물은 바이런이 보았던 대로 청색이지만, 다른 지류의 강물은 녹색이라는 사실입니다.

강물이 청색으로 보이는 지류는 보다 급하게 흐르기 때문에 강바닥이 깊이 패여 있습니다. 그래서 어떤 빛도 그 속으로 뚫고 들어갈 수가 없으므로 아래쪽은 완전한 암흑 상태가 됩니다. 그리고 아주 맑은 물이 흐릿한 매질로서 작용을 하므로, 저 잘 알려진 법칙에 따라 아름답기 그지없는 청색이 생겨나는 것입니다. 다른 지류의 강은 그렇게 깊지가 않아서 빛이 그 바닥에까지 도달하므로 자갈들이 보일 정도입니다. 그리고 강바닥쪽은 청색이 될 만큼 그렇게 어둡지가 않습니다. 바닥은 평평하지 않고 맑지도 않으며, 희미하게 광택을 발하고 있어서 황색으로 보입니다. 그리하여 강물은 중간 깊이에서 녹색으로 나타나는 것입니다.

제가 만일 바이런처럼 미친 듯한 장난질을 하는 기질이라도 있다면, 그리고 그것을 수행할 수단만 있다면 다음과 같은 실험을 하고 싶습니다.

저는 론강의 녹색 지류 위에 걸쳐진 다리 근처에, 즉 날마다 수천 명의 행인들이 그 위로 지나다니는 다리 부근의 강물에 하나의 커다란 검은색 판자나 혹은 그와 비슷한 것을 아주 깊은 곳에 가라앉혀 고정시키겠습니다. 그러면 그 판자에서 순수한 청색이 생겨날 테지요. 그리고 그것과 그리 멀지 않은 곳에 흰색으로 빛나는 아주 커다란 함석판을 가라앉혀 고정시키겠습니다. 그것이 햇빛을 받아 선명한 노랑으로 빛나게 되는 깊이에 말입니다.

그러고 나면 이제 사람들이 다리 위를 지나가다가 녹색의 강물 속에서 노란색으로 빛나는 부분과 청색으로 빛나는 부분을 보게 되고, 그로써 아무리 용을 써도 놀림만 당한 채 풀지 못하는 수수께끼 앞에 서게 되는 것입니다. 여행을 하다 보면 온갖 흥미로운 일들과 마주치게 되긴 하지만, 이 실험이야말로 유익한 재밋거리로 보입니다. 어느 정도의 의미와 어느 정도의 유익함을 동시에 갖추고 있으니까요.

얼마 전에 서점에 들렀다가 우연히 손에 집어든 12절판의 작은 책을 펼쳤더니 한 구절이 눈에 들어왔습니다. 그 부분을 번역하면 이렇습니다.

'그대는 이제 나에게 말하라. 만일 진리를 발견했다면, 그것을 다른 사람들에게 전달해야만 하는가? 만일 그대가 진리를 널리 알린다면, 그대는 정반대의 오류에 의지해 살고 있는 수많은 사람들로부터 박해를 받을 것이다. 그자들은 바로 그 오류를 진리라고 여기며, 그 오류를 파괴하려는 모든 것을 가장 커다란 오류라고 확신하는 것이다.'

이 구절은 사람들이 선생님의 『색채론』을 받아들였던 태도를 그대로 연상시킵니다. 꼭 선생님의 상황에 빗대어 쓴 것 같았습니다. 그래서 저는 그 구절이 마음에 들었고, 또 그 구절 때문에 그 책 전체를 구입하게 되었습니다. 그 책 속에는 베르나르뎅 드 생-피에르의 『파울과 버지니아』 그리고 『인도의 오두막』이 들어 있었는데, 그 밖에도 그 책의 구입을 후회할 만한 것은 없었습니다. 저는 그 책을 즐겁게 읽었습니다. 저자의 순수하고 뛰어난 감각이 저를 기쁘게 하였고, 그의 섬세한 기교, 특히 잘 알려진 비유를 능숙하게 적용하는 기교를 제대로 알아보고 평가할 수 있었습니다.

이 책에서 루소와 몽테스키외를 처음으로 알게 되었습니다. 하지만 제 편지가 책 한 권이 될 만큼 늘어날 우려가 있으므로 오늘은 이런저런 이야기를 그만두어야겠습니다.

그저께부터 장문의 편지를 쓰게 된 후로 몇 년 이후로 보기 드물 만큼 마음이 가볍고 자유롭습니다. 그리고 계속해서 쓰고 말하고 싶습니다. 정말 절실한 소망은 적어도 당분간은 바이마르에서 떨어져 있고 싶다는 것입니다. 선생님께서 그것을 허락해 주시기를 바라며, 제가 올바른 선택을 했다고 선생님께서 말씀하시리라는 사실도 벌써 알고 있습니다.

내일 이곳 극장에서 「세빌리아의 이발사」가 공연되는데, 저는 그것을 볼 생각입니다. 그러고 나서 떠날 준비를 본격적으로 하겠습니다. 날씨도 맑게 개는 것으로 보아 제 앞길에 행운이 있을 것 같습니다. 이곳에서는 선생님의 생신 날 이후로 비가 계속 내렸습니다. 아침 일찍 시작된 뇌우는 리옹 방향으로부터 다가와서 론강을 넘고 호수를 지나 로잔 방향으로 나아갔는데, 거의 하루 종일 천둥소리가 그치지 않았습니다. 저는 하루 십육 수를 지불하는 방에 들었는데, 호수와 산맥 쪽으로 아름답기 그지없는 전망을 즐길 수 있는 방입니다. 어제 이곳 아래쪽에는 비가 내렸습니다. 날씨는 차가웠고, 쥐라산맥의 정상은 소나기가 지나간 후 처음으로 눈으로 하얗게 덮인 모습을 드러냈습니다. 그러나 오늘 보니 다시 녹아서 자취를 감추고 말았습니다. 몽블랑의 구릉지대는 이미 하얀 잔설로 덮이기 시작했습니다. 호숫가의 경사면에는 푸른 초목들이 펼쳐진 가운데 벌써 여기저기 노랗고 파란 꽃들이 보이기 시작합니다. 밤은 추워지고 가을은 문 앞에 와 있습니다.

며느님[44], 울리케 양과 발터 볼프 군 그리고 알마 양에게 진심의 안부를 전합니다. 저는 며느님에게 스털링에 대해서 내일 있게 될 일과 관련해 많은 이야기를 전해드려야 합니다. 프랑크푸르트에서 선생님의 답신을 받아볼 수 있기를 고대하며, 행복

44) 괴테의 며느리 오틸리에를 말한다.

한 마음으로 지내겠습니다.

변함없는 마음으로 삼가 행운을 빕니다.

에커만

9월 21일에 제네바를 떠난 나는 베른에서 며칠을 보낸 다음 27일 슈트라스부르크로 갔고 그곳에서 다시 사나흘을 묵었다.

여기에서 어느 미용실 창가를 지나치다가 나폴레옹의 자그마한 흉상 그림을 보았다. 거리 쪽에서 어두운 방 안을 향해 들여다보았더니, 흐릿한 담청색에서부터 짙은 보라색에 이르기까지 모든 단계의 청색의 색조가 드러나 보였다. 그 순간 나는 반대로 방 안에서 바깥의 빛 쪽을 향해 바라보면, 그 흉상은 모든 단계의 노란색을 보여줄 것이라는 생각이 들었다. 그래서 순간적으로 치밀어 오르는 충동을 억누르지 못하고 전혀 알지도 못하는 사람의 집 안으로 불쑥 들어서고 말았다.

나는 첫눈에 그 흉상이 보였는데, 아주 옅은 노란색에서부터 짙은 진홍색에 이르기까지 아름답기 그지없는 능동적인[45] 색채를 두른 모습이 한눈에 드러나 너무도 기뻤다. 나는 이 위대한 영웅의 흉상 그림을 팔 생각이 없느냐고 스스럼없이 물었다. 그러자 주인은 자기도 마찬가지로 그 황제의 열렬한 숭배자로서 얼마 전에 파리에서 그 흉상 그림을 구해왔다고 말

45) 괴테의 『색채론』에 따르면 노란색 계열은 능동적인 색의 부류에 속하며, 파란색 계열은 수동적인 색의 부류에 속한다.

했다. 하지만 내가 열광적으로 기뻐하는 모습을 보건대 황제에 대한 애정이 자기보다 훨씬 앞서는 것으로 보인다고 말했다. 그러니까 내가 그림을 소유하는 편이 마땅하고, 그래서 그것을 기꺼이 내게 넘겨주겠다고 제안했다.

내 눈에는 유리 액자에 끼워진 이 그림이 아주 비쌀 것으로 생각되었다. 그런데 그 주인은 몇 프랑 받지 않고 그림을 선뜻 내게 넘겨주는 것이 아닌가. 이 마음씨 좋은 주인을 바라보며 경탄을 금할 수 없었다.

나는 밀라노에서 구입한, 이 그림 못지않게 진기한 메달과 함께 이 그림을 자그마한 여행 선물 삼아 괴테에게 보냈는데, 그라면 그 값어치를 제대로 알아볼 거라 생각했기 때문이다.

나중에 프랑크푸르트에서 나는 괴테로부터 다음과 같은 편지를 받았다.

첫 번째 편지

아주 간단하게 몇 마디만 전하겠네. 자네가 제네바에서 띄운 두 통의 편지는 무사히 도착했네. 하지만 9월 26일에야 전달받았기 때문에 이렇게 급히 몇 자만 적어 보내는 걸세. 여하간 자네는 프랑크푸르트에 그대로 머물러 있게. 자네가 다가오는 겨울을 어디서 보낼지 나하고 숙고하기 전까지는 말이네.

이번 편지에는 추밀고문관 빌레머 부부에게 보내는 짤막한 편지 한 통만 동봉하니 가능한 한 빨리 전달해 주게. 그리고 자네는 아주 고귀한 의미에서 나와 연관되어 있는 몇몇 친구들을 만나게 될 것이며, 그들은 자네가 프랑크푸르트에 머무는 동안 자네에게 유익한 도움과 편의를 제공할 걸세.

이번에는 이만 줄이기로 하세. 이 편지를 받으면 곧장 답장을 해주게.

그대의 변함없는 괴테

1830년 9월 26일, 바이마르

두 번째 편지

내가 태어난 고향에 가 있는 나의 가장 소중한 벗 그대에게 진심 어린 인사를 보내는 바이네. 그리고 자네가 며칠 내로 나의 친한 친구들과 허물없이 사귀면서 즐거운 시간을 보낼 것을 기대하네.

노르트하임으로 가서 얼마 동안 머무르고 싶어 한다는 자네의 생각에 대해서 그다지 반대하지 않네. 자네가 조용한 시간을 가지면서, 지금 소레가 보관하고 있는 그 원고에 몰두할 생각이라니 나로서는 더욱더 안심일 뿐일세. 그 원고가 곧바로 출판되기보다는 그것을 자네와 함께 자세히 검토해 수정하고 싶기 때문이네. 그 원고가 온전히 나의 정신에 부합되게 쓰였다는 걸 내가 입증할 수 있다면 책의 가치도 그만큼 높아질 테니 말이야.

더 이상 말할 것도 없고, 자네에게 모든 걸 맡길 테니 다만 진척이 있길 바랄 뿐이네. 그리고 우리 집 사람들이 자네에게 다정한 안부를 전해주라고 하네. 자네의 편지를 받은 뒤에 다른 사람들 누구에게도 아직 아무 말도 하지 않았네.

잘 지내게.

그대의 진실한 괴테

1830년 10월 12일, 바이마르

세 번째 편지

색채를 매개하는 그 진기한 흉상 그림을 바라보면서 자네가 받았던 생생한 인상, 그리고 그러한 것을 자기 소유로 하고 싶어 했던 욕구, 그로 인해서 생겨난 즐거운 모험담, 거기에다가 그것들을 내게 여행 선물로 전해준 선량한 생각, 이 모든 것은 자네가 그 장엄한 근원현상을 얼마나 투철하게 통찰하고 있는가를 보여주는 것이네. 여기 자네의 편지에서 드러나고 있는 그대로 말일세.

이런 개념, 이런 느낌은 일생 동안 자네를 따라다니면서 풍성한 결실을 맺어줄 것이며, 여러 가지 방식으로 그 정당성을 입증받게 될 것이네. 요컨대 오류는 도서관 측의 것이고, 진실은 인간 정신의 편일세. 책은 책을 통해 그 세력을 늘리게 될지도 모르지. 그러나 생동하는 근원법칙에 전념하다 보면 정신은 만족을 얻게 되는 법이네. 단순한 것을 파악하고 복잡한 문제를 풀어내며, 애매한 것을 명확하게 밝혀줌으로써 말이야.

데몬의 인도에 따라 자네가 다시 바이마르로 오게 된다면, 자네는 그 그림이 강렬하고 선명한 햇빛 아래 서 있는 것을 보게 될 것이네. 그 그림에서 보면 투명한 얼굴 부분의 잔잔한 청색 아래로, 가슴과 견장을 힘차게 그려놓은 부분이 짙은 진홍색으로부터 시작해서 위아래로 파노라마처럼 다양한 단계의 음영을 보이면서 변해가고 있네. 화강암에 새긴 멤논[46]의 얼굴이 다양한 음조로 변하는 것처럼, 여기서는 흐릿한 음화 그림이 희귀한 색채를 드러내는 것이지. 이 그림에서 보자면 우리의 영웅은 색채론에서도 승리를 거두고 있는 셈이네. 여하간 자네에게 고마울 따름이네. 내게 너무도 소중한 이론을 이렇게 예기치 않게 입증할 수 있게 해주었으니 말이야.

그리고 자네가 보내준 메달도 내 진열장을 두 배 아니 세 배로 풍성하게 해주었네. 나는 뒤프레라는 이름의 남자에게 주목하게 되었네. 그는 뛰어난 조각가이고 주조공이며 메달 제작자일세. 그는 바로 하인리히4세의 초상을 퐁네프 다리에 조각한 장본인으로서 위대한 조각가이네. 자네가 보내온 메달에 자극을 받아 나는 그의 다른 작품들도 살펴보았는데, 같은 이름의 작가가 만든 아주 뛰어난 메달을 발견했지 뭔가. 그의 것으로 보이는 다른 작품들도 있네. 여하간 자네의 선물은 여기에서도 상당한 자극이 되었음을 알리는 바이네.

소레가 번역하고 있는 나의 『식물 변형론』은 이제 겨우 다섯

46) 그리스신화에 나오는 에티오피아의 왕으로서 기원전 14세기경에 테베에서 거대한 좌상으로 형상화되었다.

장째에 머물고 있네. 나로서는 이 작업을 비난해야 할지 축복해야 할지 모르겠네. 하지만 나는 이제 다시 유기체적 자연에 대한 관찰에 전념할 수 있어 기쁠 따름이며, 내게 주어진 소명에 기꺼이 순종하려 하네. 내가 사십 년이 넘도록 고수해 온 이 오래된 원칙은 여전히 유효하다네. 우리는 이러한 원칙에 의존함으로써, 그 정체 파악이 가능한 미로 속을 제대로 빠져나갈 수 있을 것이네. 그리고 정체를 파악할 수 없는 한계 지점에 도달하게 된다 하더라도 이미 많은 소득을 올린 후인지라 적당한 수준에서 마무리해 만족을 얻게 되는 것일세. 고금의 모든 철학자들도 더 이상을 이룰 수는 없었네. 더 이상을 글로 나타내는 것은 정도를 넘어서는 것일세.

괴테

프랑크푸르트와 카셀에서 잠시 체류한 뒤 나는 10월 말에야 노르트하임에 도착해 그곳에 머물렀고, 그동안 주변의 모든 상황은 내가 바이마르로 돌아오길 바라는 쪽으로 흘러갔다.

괴테는 대화록을 빠른 시일 내에 발간하려는 내 제안을 승인하지 않았다. 그래서 순수한 문학적 이력을 성공적으로 개시하려던 내 구상을 더 이상 진척시킬 수 없게 되었다.

그러는 동안 몇 년 동안 마음속 깊이 사랑해 온 연인과 재회하고 싶다는 욕구가 생생하게 일어났다. 그녀의 깊은 덕성을 날마다 새롭게 실감하게 되자 하루빨리 그녀와 함께 살면서 안정된 생활 기반을 마련하고 싶다는 바람이 간절해졌던 것이다.

이런 상황에서 바이마르로부터, 대공비마마의 명에 의한 전갈을 받게 되었다. 나의 기쁜 마음은 괴테에게 띄운 다음의 편지에 잘 드러나 있다.

1830년 11월 6일, 노르트하임

인간은 생각합니다. 그리고 신은 인도합니다. 우리들의 처지나 소망은 순식간에 예측하지 못했던 방향으로 변해버립니다.

몇 주일 전만 해도 저는 바이마르로 돌아가는 것에 일종의 두려움을 갖고 있었습니다. 하지만 이제는 상황이 돌변했습니다. 지금 당장이라도 기꺼이 돌아가고 싶을 뿐만 아니라, 그곳에 살림을 차리고 영원히 살겠다는 생각마저 품고 있으니 말입니다.

이삼일 전에 소레로부터 한 통의 편지를 받았습니다. 내용인즉 제가 돌아가서 종전처럼 공자의 교육을 계속한다면 대공비마마께서 고정급을 주겠다는 제의였습니다. 또 다른 좋은 일도 있다는데, 그건 소레가 직접 전해줄 모양입니다. 여하간 이 모든 것으로 보아 사람들이 저를 호의적으로 생각하고 있다는 것을 알 수 있습니다.

저는 당장이라도 소레에게 동의한다는 답장을 하고 싶습니다만, 들으니 그는 지금 제네바의 가족들에게로 여행 중이라는 것입니다. 그래서 선생님께 이렇게 부탁드릴 수밖에 없었습니다. 제가 즉시 돌아갈 결심을 했다는 뜻을 전하께 전해주십사하고 말입니다.

선생님께서도 이 소식을 기뻐해 주시리라 믿습니다. 선생님께서는 오래전부터 제 행복과 안정을 염려해 주셨으니까요.

친애하는 가족분들 모두에게 간곡한 안부의 말씀 전해주시기를 바랍니다. 곧 다시 뵙게 될 날을 즐거이 기다리겠습니다.

에커만

11월 20일 오후에 마차 편으로 노르트하임을 떠나 괴팅겐으로 향했는데, 그곳에 도착하니 이미 날은 저물어 있었다.

밤에 공동 식탁에서 여관집 주인이 내가 바이마르 사람이며 거기로 돌아가는 중이라는 것을 알고는 말해주었다. 오늘 신문에서 괴테의 외아들이 이탈리아에서 뇌졸중으로 죽었다는 기사를 보았는데, 대시인인 괴테가 그 같은 고령에 쓰라린 고통을 겪어야 했으니 안된 일이라며 무덤덤하게 말하는 것이었다.

이 말을 듣는 순간 나의 심경이 어떠했으리라는 것은 상상하고도 남음이 있으리라. 나는 등불을 들고 내 방으로 올라갔는데, 그 자리에 있던 낯선 사람들에게 내 마음의 격심한 동요를 보여주고 싶지 않았기 때문이다.

나는 그날 밤을 꼬박 뜬눈으로 지새웠다. 가슴을 쓰리게 하는 이 사건이 끊임없이 눈앞에 어른거렸던 것이다. 그 후 며칠간 밤낮으로, 마차를 타고 가는 동안에도 뮐하우젠이나 고타에서 지내는 동안에도 사정은 그대로였다. 11월의 흐릿한 하늘 아래 기분을 달래주고 마음을 밝게 해줄 경치라곤 찾아볼 수 없는 황량한 들판을 고독하게 마차를 타고 가면서 다른 생각을 해보려고 애쓰기도 했으나 허사였다. 그리고 여관에 들어와서도 사람들로부터 그날의 새로운 소식으로서, 나와 너무나 밀접하게 연관되어 있는 그 슬픈 이야기를 반복해서 들어야 했다. 무엇보다도 우려가 되는 것은 그토록 고령에 있는 괴테가 아버지로서 느낄 수밖에 없는 감정의 격렬한 폭풍을 견뎌내지 못하지나 않을까 하는 점이었다. 그리고 나는 자신에게 말했다.

'네가 도착하면 어떤 인상을 주게 되는 것일까. 그분의 아들과 함께 떠났다가 이제 혼자서 돌아오다니! 그분은 너를 다시 만나고서야 비로소 아들을 잃었다는 사실을 실감하시겠지.'

그런 생각과 느낌에 잠긴 채 나는 11월 23일 화요일 저녁 6시에 바이마르로 통하는 마지막 관문에 도착했다. 인간 존재라면 겪고 넘겨야만 할 참담한 순간들이 있게 마련이라는 사실을 인생에서 다시 한번 느꼈다. 그렇게 내 생각이 내 위에 있는 보다 높은 존재와 교감한다는 느낌이 드는 순간, 달이 환하게 얼굴을 내밀었다. 몇 초 동안 달이 두터운 구름 사이에서 빠져나와 환하게 비쳤다가 다시 전과 같이 어둠 속으로 사라졌던 것이다. 우연이었든 그 이상의 것이었든 간에 그것을 천상으로부터의 은혜로운 조짐이라고 생각하니 나도 모르게 힘이 솟아올랐다.

나는 셋집 주인 부부에게 간단히 인사하고는 곧장 괴테의 집으로 달려갔다. 우선 괴테의 며느리에게로 갔다. 그녀는 벌써 상복 속에 몸을 깊이 파묻고 있었지만, 조용하고 차분한 모습이었으므로 우리는 여러 가지 이야기를 나눌 수 있었다.

그러고 나서 아래층에 있는 괴테에게로 내려갔다. 그는 똑바로 굳건하게 서서 두 팔로 나를 안아주었다. 그의 모습은 아주 쾌활하면서도 차분했다. 우리는 함께 앉아서 곧바로 재치 있는 이야기들을 나누었고, 나는 다시 그의 곁에 있을 수 있게 된 것을 무척 다행으로 여겼다. 그는 쓰다가 중간에 그만둔 편지 두 통을 내게 보여주었는데, 그것은 괴테가 노르트하임에 있던 내 앞으로 써놓았다가 부치지 않은 편지였다. 그러고 나서 우리는 대공비마마와 공자 그리고 기타 여러 일들에 관해 이야기를 나누었다. 하지만 그의 아들에 대해서는 한마디도 꺼내지 않았다.

1830년 11월 25일 목요일

오늘 아침에 괴테는 사람을 보내 책 몇 권을 전해주었는데, 그동안 영국과 독일의 작가들이 나에게 선물로 보내준 작품들이었다. 점심 무렵에 나는 괴테에게로 가서 함께 식사를 했다. 그는 그에게 팔려고 부쳐온 동판화와 스케치 작품들을 담은 서류철을 살펴보고 있었다. 그가 말하기를 오늘 아침에 대공비마마의 방문을 받고 무척 기뻤으며, 그분에게 내가 돌아왔다는 소식을 전해주었다는 것이다.

괴테의 며느리가 우리와 합석하여 함께 식사를 했다. 여행 이야기를 들려주지 않을 수 없었던 나는 베네치아와 밀라노,

제노바에 관해서 이야기해 주었다. 괴테는 그곳에 주재하는 영국 영사의 가족들에 관한 자세한 소식을 듣고 특히 흥미로워하는 것 같았다. 그러고 나서 제네바에 관한 이야기가 나오자, 괴테는 소레의 가족과 본슈테텐 씨의 안부를 궁금해하면서 물었다. 그는 본슈테텐 씨의 근황에 대해 좀 더 상세한 이야기를 듣고 싶어 했고, 나는 기억이 닿는 대로 자세하게 이야기해 주었다.

기쁘게도 괴테는 식사 후에 우리의 대화록에 관해 얘기를 꺼냈다. 그가 말했다. "이것은 분명 자네의 첫 작품이 될 거야. 그러니 모든 것이 완벽하면서도 정연해질 때까지 우리의 대화를 게을리하지 않기로 하세."

하지만 괴테는 오늘따라 유난히 말이 없어 보였고 이따금 깊은 생각에 잠기기도 했는데, 좋은 징조 같지는 않았다.

1830년 11월 30일 화요일

지난 금요일에 우리는 괴테 때문에 적잖이 걱정했다. 밤 동안 심하게 각혈을 해 하루 종일 생사의 경계선에 있었기 때문이다. 그는 사혈(瀉血)까지 포함해 2.7킬로그램이 넘는 피를 잃었는데, 이것은 여든 살의 고령을 감안하면 비상사태였다. 하지만 그의 주치의이자 궁정 고문관인 포겔의 노련한 솜씨와 그 자신의 비할 데 없는 강인한 체질이 하나가 되어 이번에도 병마를 이겨낼 수 있었다. 그는 신속하게 회복되었으며 식욕도 금방 좋아져서 밤 내내 편히 잘 수 있었다. 아무도 접근할 수 없었고 괴테 자신도 말을 못 하도록 되어 있었으나 영원히 활동하는 그의 정신만은 멈출 수가 없어서 어느새 자기가 할 일을 생각하고 있었다. 오늘 아침 나는 괴테로부터 그가 병상에서 연필로 쓴 다음과 같은 쪽지 편지를 전해 받았다.

> 친애하는 내 최고의 의사여, 이미 발표되었던 시를 동봉하니 다시 한번 통독하고, 그전에 썼던 알려지지 않은 시를 그 속에 끼워 넣어 전체가 잘 어울리도록 해주기 바라네. 『파우스트』는 다음 기회에 보세!
>
> 건강하게 다시 만나기를!
>
> 1830년 11월 30일, 바이마르 괴테

괴테는 신속하고 완전하게 회복된 후에 오로지 『파우스트』의 4막과 『시와 진실』의 4권을 완성하는 데 전력을 기울였다.

그는 지금까지 인쇄에 부쳐지지 않은 짧은 글들을 편집하도록 했고, 아울러서 그의 일기와 다른 사람들에게 보낸 편지들도 한번 검토해 보라고 시켰는데, 이것은 앞으로의 출판에 대비한 방침을 분명히 이해시켜 두기 위해서였다.

이제 그와의 대화록을 편집한다는 것은 더 이상 생각할 수도 없는 형편이었다. 그러므로 나로서도 지금까지 써온 것에 매달려 있기보다는 행운이 따라주는 대로 새로운 대화를 더욱 많이 늘려가는 편이 더 현명하리라고 판단했다.

1831년～1832년

1831년 1월 1일 토요일

여러 사람들에게 보내진 괴테의 편지들 중에서 1807년 이래 초고 상태로 묶여 보관되어 있는 것들을 지난 몇 주 동안 연도별로 세세하게 검토해 보았다. 그리하여 앞으로의 편집과 출판에 도움이 될 것으로 보이는 일반적인 사항들을 다음의 항목들로 정리해 보았다.

1

우선적으로 제기되는 문제는 이 편지들을 여기저기에서 마치 발췌하듯이 편집하는 것이 바람직한가 하는 점이다.

나는 이렇게 생각한다. 대개의 경우 괴테다운 특성과 방식은 가장 사소한 대상들에서도 일정한 지향점을 가지고 작업에 임하는 데 있으며, 그러한 특징은 이 편지들에서도 잘 나타나 있다. 즉 작가는 언제나 온전한 전체 인간으로서 핵심을 고수하고 있기 때문에, 모든 편지는 처음부터 끝까지 아주 훌륭하게 쓰여 있을 뿐만 아니라 괴테 자신의 탁월한 본성과 원숙한 교양에 어긋나는 곳은 단 한 줄도 없는 것이다.

그러므로 나는 편지들을 처음부터 끝까지 있는 그대로 전체를 실어야 한다고 생각한다. 특히 중요한 의미를 가지는 개별적인 구절들은 선행하고 있는 구절들이나 나중에 나오는 구절들에 의해서 비로소 그 진정한 가치가 드러나고 확연히 이해되는 일이 허다하기 때문이다.

엄밀하게 검토해 이 편지에 들어 있는 다양하고 거대한 세계를 직접 눈으로 관찰한다면, 누가 감히 이 구절은 중요하니 포함해야 하고 저 구절은 그렇지 않으므로 빼야 한다고 말할 수 있단 말인가? 문법학자, 전기 작가, 철학자, 윤리학자, 자연과학자, 예술가, 시인, 학자, 배우 그리고 기타 등등의 무수한 사람들은 각자 자기들만의 다양한 관심을 가지고 있다. 그러므로 어떤 사람이 그냥 대수롭지 않게 넘겨버리는 대목을 다른 사람은 아주 중요하게 여기고 자기 소유로 할 수도 있다는 것이다.

예컨대 1807년의 첫째 권에는 한 친구에게 보내는 편지가 들어 있는데, 괴테는 산림 분야에 종사하려는 친구의 아들에게 대해 충고하면서 그 젊은이가 해야 할 일을 미리 말해주고 있다. 아마도 젊은 문학도라면 그러한 편지를 그냥 넘겨버릴 것이다. 그러나 임업 전문가라면 틀림없이 그 편지에 주목할 것이다. 그러므로 시인은 그 임업 전문가의 영역을 들여다보면서 거기에서도 좋은 충고를 해주려고 노력하는 것이다.

그러므로 나는 거듭해서 이 편지들이 조각나지 않고 원형 그대로 편집되기를 바란다. 또한 그 편지들이 세상에 원래의 형태대로 흩어져서 존재하는 만큼 더욱더 그렇다. 그리고 그 편지들을 가지고 있는 사람들이 그것들을 언젠가는 원래 씌어 있는 그대로 인쇄에 부치게 될 것이라는 점도 당연히 고려되어야 한다.

2

전체를 있는 그대로 출판하기에는 무리가 따르지만 부분적으로 좋은 내용이 들어 있는 편지들이라면, 그 구절들을 베껴 써서 해당 연도별로 묶거나 아니면 그것들을 모아 별도의 책으로 만들 수도 있다.

3

우리가 펼쳐볼 때 첫째 장에 나오는 편지가 별다른 의미가 없는 것처럼 보여서 선집에 포함시키고 싶지 않은 경우도 있을지 모른다. 그러나 그 편지가 이후의 연도에 계속 이어지면서 더 광범위한 사슬의 한 부분으로 간주될 수 있고 그래서 중요한 의미를 가지게 된다면, 포함시켜 마땅하다.

4

'수신인'을 기준으로 편지를 분류하는 것이 좋을지 아니면 '연도'별로 정리해 이 사람 저 사람에게서 온 편지를 뒤섞어 분류하는 게 나을지 하는 문제도 생각해 보아야 한다.

나는 후자 쪽을 택하겠다. 왜냐하면 무엇보다도 거듭해서 되풀이되는 신선한 교체의 즐거움 때문이다. 한 사람이 아니라 여러 사람을 상대로 한, 그때마다 다른 뉘앙스의 음조를 확인할 수 있을 뿐만 아니라, 끊임없이 다른 대상들이 언급되기 때문이다. 즉 연극을 비롯해 문학작품, 자연 연구, 가족 문제, 신분이 높은 사람들과의 관계, 우정의 문제 등이 번갈아 교체되면서 나타나기 때문이다.

내가 편지들을 연도별로 묶어서 분류하자는 데는 또 다른 이유가 있다. 연도별로 묶은 편지는 같은 시간대에 살며 활동했던 사람들 사이의 관계, 다시 말해 그 연도의 특징을 드러내고 있을 뿐만 아니라 편지를 쓴 사람이 처한 상황과 일을 온갖 측면과 방향에서 조명할 수 있게 한다. 그러므로 연도별로 묶은 그러한 편지들은 이미 인쇄되어 나온 총괄적인 전기 『일지와 연감』에다가 순간순간의 참신한 면모를 보충하는 데 꼭 안성맞춤인 것이다.

5

그 가치를 인정받았거나 아니면 칭송 내지는 주목받을 만한 요소가 있어서, 다른 사람들이 이미 인쇄에 부친 편지들도 이 편지 선집에 다시 포함시키려고 한다. 한편으로 보면 그 편지들은 결국 같은 계열에 속하기 때문이다. 그리고 또 그 편지들을 인쇄한 사람들이 우리의 작업을 통해서 그들의 편지가 진본이라는 점을 확증할 수 있기 때문이다.

6

추천의 편지를 선집에 포함시키느냐의 여부는 추천받은 사람의 비중을 고려해 결정해야 할 것이다. 추천받은 사람이 이후에 보잘것없이 되었다면, 그 편지는 다른 의미 있는 요소들이 포함되어 있지 않은 한 선집에 넣지 말아야 한다. 그러나 추천받은 사람이 이후 명성을 남겼다면, 그 편지는 포함되어야 한다.

7

괴테의 『시와 진실』에 나오는 인물들에게 보낸 편지들, 예컨대 라바터, 융, 베리쉬, 크니프, 하케르트 그리고 다른 사람들에게 보낸 편지들은 그 자체로 의미가 있기 때문에 별다른 내용이 들어 있지 않다 하더라도 포함시켜야 한다.

8

이러한 편지들을 선택하는 데 너무 지나친 걱정을 할 필요는 없다고 본다. 구석구석 미치지 않는 데가 없는 괴테라는 존재의 광대함과 다양한 영향으로부터 우리는 나름대로 개념을 얻을 수가 있고, 또 극히 다양한 인물들과 온갖 상황에서 대처하는 그의 행동으로부터 교훈을 이끌어낼 수 있기 때문이다.

9

동일한 사실을 언급하고 있는 편지들이 여러 종류가 있는 경우에는 가장 뛰어난 것을 선택해야 한다. 그리고 어떠한 하나의 논점이 여러 편지에서 나타나고 있다면, 이 편지 저 편지에 그대로 남겨두지 말고, 그 논점이 가장 효과적으로 드러날 수 있는 곳에다 배치해야 할 것이다.

10

반면에 1811년과 1812년의 편지들에는 특정한 인물들에게 그 필적 확인을 부탁하는 대목들이 대략 스무 군데나 나온다. 그러한 대목들은 아주 특징적이고 사랑스럽기 때문에 빼버려서는 안 될 것이다.

앞에 열거한 항목들은 1807년과 1808년 그리고 1809년의 편지들을 검토한 결과 나온 결론들이다. 앞으로 작업이 더욱 진행되면서 일반적인 원칙들이 더 생겨나게 된다면 현재의 것들에다가 추가할 생각이다.

1831년 1월 1일, 바이마르 에커만

오늘 식사 후에 앞서 설명한 문제에 관해 괴테와 상세하게 논의했는데, 괴테는 나의 제안에 찬성을 표했다. 그가 말했다. "나는 유언장에 자네를 이 편지들의 편집인으로 지정해 놓겠네. 그리고 지켜야 할 일반적인 편집 방침에 대해 우리가 서로 동의했다는 점도 말해놓을 생각이네."

1831년 2월 9일 수요일

어제 왕자와 함께 포스의 시 「루이제」를 읽으면서 마음속으로 많은 점을 느꼈다. 배경과 인물들의 외형에 대한 뛰어난 묘사에 매혹당했던 것이다. 그러나 보다 고상한 내용이 결여되어 있다는 인상도 동시에 받았는데, 특히 등장인물들이 상호 간에 대화를 주고받으면서 자신의 내면을 표현하는 대목에서 그런 느낌이 들었다. 「웨이크필드의 목사」에서도 시골 목사가 그 가족들과 함께 묘사되고 있기는 하다. 하지만 이 시인은 보다 고상한 교양을 가지고 있으며 그것이 등장인물들에게도 전달되어, 모든 인물들이 보다 다양한 내면의 진실을 드러내 보여주고 있다. 그러나 「루이제」에서는 모든 것이 중간 정도의 제한된 교양 수준에 머물러 있기 때문에 언제나 특정한 범위의 독자들만 만족시키게 되는 것이다. 시구와 관련해 보자면 그러한 제한된 상황을 나타내는 데 6운각(=헥사메터)은 너무 주제넘다. 게다가 다소간 억지스럽고 부자연스러운 부분도 간혹 보이며, 시행들의 흐름도 편안하게 읽힐 정도로 언제나 자연스럽게 흘러간다는 느낌이 들지는 않았다.

나는 오늘 점심때 괴테와 식사하면서 이 점에 관해 내 견해를 말했다. 괴테가 말했다. "그 시의 이전 판본들은 그 점에서 훨씬 나았었지. 즐겁게 낭송했던 기억도 날 정도로 말이야. 하지만 포스는 나중에 많은 부분에서 부자연스럽게 손질하고 기교상의 변덕을 부린 나머지 원래 시의 경쾌함과 자연스러움을 망쳐버렸지 뭔가. 무엇보다도 문제는 이제 모든 것이 기교적인 데로 흘러가 버리고 말았다는 점이네. 비평가 양반들도 덩달아 불평을 늘어놓기 시작하면서, 각운을 맞출 때는 s 다음에 다시 s가 와야 하며, s 다음에 ß가 와서는 안 된다는 식으로 맞장구를 치고 있다네. 내가 만일 젊고 패기만 있다면, 그런 모든 기교적인 방식에 고의적으로 맞서보고 싶네. 두운법이든 불완전 운각이든 허구의 각운이든 머릿속에 떠오르는 대로 편안하게 모든 수단을 다 동원해 가면서 말이야. 하지만 나는 그 와중에서도 핵심을 향해 곧장 달려들면서 좋은 내용을 표현하려고 시도할 것이네. 그러면 모두들 마음에 들어 하면서 그 시를 읽고 외우려 하겠지."

1831년 2월 11일 금요일

오늘 식사 중에 괴테는 나에게 『파우스트』의 4막을 쓰기 시작했으며 이제 이런 식으로 계속 써나갈 생각이라고 말했다. 나는 그 말을 듣고 매우 기뻤다.

그러고 나서 그는 라이프치히의 젊은 언어학자인 쇤에 대해 극찬했다. 그 사람은 에우리피데스의 작품들에 나오는 의상에 관한 논문을 썼는데, 매우 박식하면서도 자신의 목적에 꼭 필요한 것 이외에는 딴소리를 하지 않았다는 것이다.

괴테가 말했다. "요즈음의 다른 언어학자들이 기교라든지 음절의 장단 문제에 지나치게 치중하고 있는 데 반해 그가 생산적인 감각으로 곧장 핵심에 파고드는 걸 보니 기쁠 따름일세.

사소한 기교의 문제로 파고든다는 건 비생산적인 시대의 특징이며, 마찬가지로 그러한 것을 문제로 삼는다는 건 비생산적인 인간의 특징이라네

그리고 또 다른 결점들도 장애 요인이 되고 있네. 예컨대 플라텐 백작은 훌륭한 시인이 되는 데 필요한 거의 모든 조건들을 갖추고 있지. 상상력과 구상력, 지성과 생산력을 고도로 갖추고 있으니 말이야. 게다가 다른 사람들에게는 드물게 발견되는 기교상의 완벽한 숙련과 연구심과 진지함도 갖추고 있네. 하지만 불행하게도 그 자신의 논쟁적 기질이 그의 앞을 가로막고 있는 거네.

그가 나폴리와 로마라는 위대한 환경 속에 있으면서 독일 문학의 빈곤을 잊지 못한다는 것은 그처럼 뛰어난 재능의 소유자에게는 있을 수가 없는 일이네. 『낭만적 오이디푸스』는 특히 기교적인 면에 플라텐이야말로 최고의 독일 비극을 써야 할 인물이었다는 점을 말해주고 있지. 하지만 바로 그 작품에서 비극적인 모티프를 희화적으로 다루어버렸으니, 이제 어떻게 진정한 비극을 쓸 수 있겠는가 말이야!

그건 아무리 생각해도 지나친 일이네. 그런 논쟁이 일단 마음을 사로잡게 되면 논쟁 상대자의 모습이 유령으로 변해 자

유로이 창작에 몰두하고 있는 그의 머릿속에 수시로 나타나게 되게 되고 결국 그렇게 되면 안 그래도 섬세한 그의 성격은 커다란 혼란에 빠지고 마니까 말일세. 바이런 경도 그 논쟁적 기질 때문에 파멸하고 말았네. 그러니 플라텐은 독일 문학의 명예를 위해서라도 그런 바람직하지 않은 길에서 영원히 발길을 돌려야 할 걸세."

1831년 2월 12일 토요일

신약성서를 읽으면서 괴테가 최근에 보여주었던 그림을 떠올렸다. 그리스도가 바다 위로 다가오자 베드로가 그를 맞이하려고 파도 위로 건너가다가 갑자기 용기를 잃는 순간 곧바로 가라앉기 시작한다는 장면이다.

괴테가 말했다. "이것은 가장 아름다운 전설 중의 하나로서 내가 무엇보다 좋아하는 장면이지. 그 속에 담겨 있는 심원한 가르침은 인간이란 믿음과 씩씩한 용기로써 어떤 어려운 순간도 헤쳐나갈 수 있지만, 만일 추호라도 의심하게 된다면 그 즉시 파멸해 버린다는 걸세."

1831년 2월 13일 일요일

괴테와 함께 식사를 했다. 그의 말에 의하면 『파우스트』 4막을 계속 쓰고 있는데, 이제 그 첫 부분이 바라던 대로 잘되었다는 것이다. 그가 말했다. "자네도 알다시피 '무엇'을 쓸 것인가 하는 건 정해진 지 오래일세. 하지만 '어떻게' 쓸 것인가 하는 문제에는 아직 완전히 만족하지 못하고 있었던 거네. 그러던 차에 이제 좋은 착상이 떠올랐으니 기쁠 수밖에. 나는 이제 헬레나 장면으로부터 이미 완성된 5막에 이르기까지 그 사이의 비어 있는 부분을 구상해 그 자세한 개요를 적어두려고 하네. 그렇게 하면 아주 느긋하고 확실하게 해나갈 수 있고, 또 우선 마음에 드는 대목부터 써나갈 수 있으니까 말이야. 그리고 이 막은 완전히 독자적인 성격을 가지고 있네. 말하자면 마치 하나의 독립된 작은 세계와 같아서 다른 부분과는 별다른 연관성이 없고 다만 앞뒤에 나오는 장면들과의 느슨한 관계로만 전체와 결부되는 것일세."

내가 말했다. "그렇다면 그것은 다른 장면들과 꼭 같은 특징을 가지게 되는 셈이군요. 왜냐하면 아우어바흐의 지하 술집, 마녀의 부엌, 브로켄산, 국회, 가장무도회, 지폐, 실험실, 고전적 발푸르기스의 밤 그리고 헬레나 장면 등도 근본적으로 보면 순전히 그 자체만으로 존재하는 소세계로서, 자체적으로 완결되어 있고, 설령 서로 간에 영향을 준다 하더라도 상호 연관 관계는 거의 없기 때문입니다. 시인의 관심은 다양한 세계를 표현하는 것입니다. 그 때문에 유명한 주인공의 이야기는 시인의 마음에 드는 장면들을 하나하나 꿰어나가면서 전체를 이어주기 위한 일종의 실로서만 이용될 뿐입니다. 『오디세우스』도 『질 블라스』[47]도 그 점에서는 다르지 않습니다."

"자네 말이 꼭 맞아." 하고 괴테가 말했다. "작품 구성에서도 개별적인 부분들을 의미 있고 명료한 모습으로 만드는 게 중요하네. 그러나 작품은 그 전체로서는 언제나 불가해한 것으로 남아 있고, 또 바로 그 때문에 풀 수 없는 수수께끼처럼 사람들을 거듭 유혹하면서 고찰하게 만드는 걸세."

그러고 나서 나는 어떤 젊은 군인의 편지에 대해 이야기했다. 내가 그 사람에게 외국에서 근무하도록 다른 친구들과 함께 권한 적이 있었는데, 외국에서의 사정이 여의치 않자 자신에게 그 근무를 권했던 사람들 모두를 나무라고 있다는 이야기였다.

"충고를 한다는 것은 미묘한 일이네." 하고 괴테가 말했다. "이 세상의 일이란 사려 깊게 시도한다 하더라도 실패하는 경우가 있고 반면에 어처구니없는 일들이 성공하는 경우도 종종 있네. 잠시나마 이런 이치를 생각해 본 사람이라면 누군가에게 함부로 충고하지는 않을 테지. 결국 충고를 구한 자는 앞일을 내다보지 못한 셈이 되고 충고하는 자도 주제넘게 되고 마니까 말이야. 그러니까 충고하려면 자기 자신도 함께 도울 수 있는 일에 한해야만 하네. 만일 다른 사람이 내게 조언을 바란다면 물론 조언할 수도 있지. 하지만 그 조언대로 하지 않겠다고 약속하는 조건하에서만 그렇게 하겠네."

그리스도가 바다를 건너가고 베드로가 그를 맞이하는 부분을 다시 읽어보았다고 내가 말을 꺼내자 화제는 다시 신약

47) 프랑스의 소설가 알랭-르네 르사주(1668~1747)의 희극 소설.

성서로 넘어갔다. 내가 말했다. "복음서들을 오랜만에 읽어보면 여러 인물들의 윤리적인 위대성에 거듭 놀라게 됩니다. 우리의 도덕적인 의지력에 주어진 고귀한 요구는 일종의 지상명령처럼 느껴집니다."

괴테가 대답했다. "특히 자네는 신앙의 지상명령을 느꼈을 테지만, 그것은 마호메트가 한층 더 강력하게 요구한 것이었네."

"그렇지만 복음 전도서들을 자세히 들여다보면 앞뒤가 맞지 않는 모순들로 가득합니다. 그 복음서들이 현재와 같은 상태로 엮이기까지는 기구한 운명을 겪었음에 틀림없습니다." 하고 내가 말했다.

괴테가 대답했다. "그 점과 관련해 역사적, 비판적으로 연구하려는 시도는 바닷물을 남김없이 마시려는 것과 같네. 현재 눈앞에 있는 것에 대해 더 이상 왈가불가하지 말고 그대로 따르고, 거기에서 윤리적인 교양과 성장에 도움이 되는 바를 택해 자기 것으로 만드는 편이 훨씬 나을 걸세. 어쨌거나 성서의 무대가 되는 지역을 잘 안다는 건 바람직한 일이니까, 나는 팔레스타인에 관한 뢰어의 뛰어난 저서를 권하겠네. 그것보다 나은 책은 없을 테니 말이야. 돌아가신 대공은 그 책이 너무나 마음에 들어 두 권이나 사셨는데, 첫 번째 책은 읽고 난 후에 도서관에 기증하셨고, 다른 한 권은 언제나 가까운 곳에 두고 읽으셨네."

나는 대공이 그런 문제에 관심을 가지고 있었다는 사실이 놀라웠다. 괴테가 말했다. "그런 점에서 그분은 위대했네. 어떤 분야든 얼마간의 의미가 있는 것이라면 흥미를 가지셨지. 말하자면 그분은 언제나 진보적이셨네. 그 시대에 무언가 새롭고 훌륭한 발명품이나 설비가 눈에 띄기라도 하면 그것을 채용하려 하셨으니까 말이야. 설혹 실패로 돌아간다 하더라도 그것에 대해 더 이상 언급하지 않으셨네. 나도 이런저런 실책을 저질러서 어떻게 용서받을까 생각한 적도 종종 있었지만, 대공은 어떠한 실패도 아주 너그럽게 보아 넘기시고 이내 다른 새로운 일에 착수하셨지. 바로 그 점이 대공다운 위대한 인품이었는데, 사실 그것은 수양으로 얻어진 것이라기보다는 타고난 것이었네."

식사 후에 우리는 최근의 대가들, 특히 풍경화 분야 대가들의 그림을 본으로 하여 만든 동판화 몇 점을 감상했다. 우리는 그 판화에서 어느 한 곳도 흠이라고는 찾을 수 없다고 평하면서 즐거워했다.

"몇 세기 동안 이 분야에서 훌륭한 작품들이 많이 나왔으니 그 영향으로 다시 좋은 작품들이 나온다고 해서 놀랄 까닭이야 없는 걸세." 하고 괴테가 말했다.

"다만 바람직하지 않은 점은 그릇된 가르침들이 많이 돌아다니고 있어서 재능 있는 젊은이들이 어느 성자에게 귀의해야 좋을지 모른다는 것입니다." 하고 내가 말했다.

괴테가 내 말에 이렇게 대답했다. "그런 예는 흔하게 볼 수 있네. 그릇된 원칙 때문에 한 세대 전체가 몰락하고 고통을 당하는 경우를 우리는 보아왔으며, 또 우리 자신도 그 때문에 고통을 당해야 했지. 게다가 오늘날에는 어떤 오류라도 손쉽게 인쇄되어 곧바로 대중에게 널리 알려지는 형편이 아닌가!

가령 어떤 미술 평론가가 몇 년 후에 더 나은 생각을 하게 되어 그런 견해를 다시 공개적으로 발표한다고 하더라도, 이전에 발표했던 잘못된 설은 그동안에 널리 퍼져버려서 마치 칡덩굴처럼 옳은 견해에 달라붙은 채 계속 영향을 미치게 되네. 다만 위안이 되는 점은 진정으로 위대한 재능은 그릇된 길로 빠져들어 자신을 망치게 되는 일이 없다는 것일세."

우리는 계속 동판화를 감상했다. "정말 훌륭한 작품들이야." 하고 괴테가 말했다. "자네가 보듯이 순수하고 뛰어난 재능들일세. 상당한 정도의 미적 감각과 기법도 익혔다는 것을 알 수가 있네. 그러나 이 그림들 모두에는 무언가가 빠져 있는데, 바로 '남성다운' 면일세. 이 말을 명심해 두었다가 밑줄을 쳐두게나. 이 그림들에는 그 어떤 솟구치는 박력이 빠져 있네. 이전 시대에는 온갖 분야에서 표현되었던 박력을 지금 우리 세기에는 도무지 찾아볼 수가 없네. 그런 현상은 그림 분야에서뿐만 아니라 다른 모든 예술에서도 마찬가지일세. 말하자면 종족 자체가 약해졌다는 것인데, 태어날 때부터 그랬던 것인지 아니면 보다 부실해진 교육이나 영양 때문인지는 알 수가 없네."

내가 이어서 말했다. "그러나 이 그림들을 보면 예술에 있어서 위대한 개성이란 것이 얼마나 소중한가를 알 수 있습니다. 물론 옛날에는 그러한 위대한 개성을 가진 인물들이 특별히 많았던 것 같습니다. 베네치아에 있는 티치아노나 파울 베로네세의 작품들을 대하면, 대상에 대한 최초의 착상에서도 그 마지막 마무리에서도 그들의 강력한 정신을 느낄 수 있습니다. 그들의 힘에 넘치는 감각이 그림 전체에 구석구석 배어 있습니다. 그래서 그런 그림들을 보고 있으면 예술가의 개성에서 나오는 보다 고귀한 힘이 우리 자신의 존재마저 확대시키면서 우리 자신을 저 너머로 고양시켜 줍니다. 선생님께서 말씀하신 남자다운 정신은 무엇보다도 루벤스의 풍경화들에서 특히 잘 나타나 있습니다. 물론 그가 그린 것들은 나무와 대지, 물과 바위와 구름에 지나지 않으나, 그의 힘찬 마음은 그런 형상들을 꿰뚫고 있습니다. 그 때문에 우리는 잘 알려진 자연을 보면서도 동시에 예술가의 힘이 스며들어 있는 자연, 즉 그의 정신에 의해 새롭게 창출된 자연을 보는 것입니다."

괴테가 말했다. "물론 예술에서든 문학에서든 결국 개성이 전부일세. 그러나 최근의 비평가나 미술 평론가들 중에는 좀 모자라는 양반들이 있어서 이런 사실을 인정하려고 하지 않네. 문학이나 미술 작품에서 위대한 개성이라는 것을 보잘것없는 일종의 부속물 정도로 취급하면서 말이야.

그러나 위대한 개성을 느끼고 존경하려면 그 자신도 상당한 수준에 올라 있지 않으면 안 되네. 에우리피데스의 숭고함을 부인했던 자들은 모두 그의 숭고함을 이해할 능력도 없는 하찮은 인간들이었지. 아니면 그들은 몰염치한 사기꾼들로서 판단력이 흐린 세상 사람들 앞에서 자신을 실제 이상으로 보이고자 했고, 또 실제로도 그렇게 하는 데 성공했던 것일세."

1831년 2월 14일 월요일

괴테와 함께 식사를 했다. 그는 라프[48] 장군의 『회상록』을 읽은 적이 있어서, 나폴레옹과 관련한 이야기가 화제에 올랐다. 우선 레티치아 부인이 그렇게 많은 영웅들과 그처럼 위대한 일가의 어머니로서의 자신의 존재를 자각했을 때 어떤 기분이었을까 하는 이야기가 나왔다.

"그녀가 차남인 나폴레옹을 낳았을 때는 열여덟 살이었고 남편은 스물두 살이었지. 그러니 부모의 원기 발랄한 젊은 힘이 그의 신체에 좋은 영향을 주었던 거네. 그가 태어난 뒤에 그녀는 세 아들을 낳았는데, 모두들 특출한 재능을 타고났고, 세상일에 유능하고 정력적이었으며 어느 정도의 문학적인 자질도 갖추고 있었네. 그리고 이 네 아들에 이어서 세 딸이 태어났는데, 막내인 제롬이 자식들 가운데서 가장 약했던 모양이야.

물론 재능은 유전하지 않지만 튼튼한 신체라는 토대를 가져야 하네. 그리고 태어났을 때 맏이였느냐 막내였느냐, 또 양친이 기력에 넘치고 젊었느냐 아니면 나이가 들어 허약한 상태였느냐 하는 문제가 아무래도 상관없는 건 결코 아닐세."

내가 말했다. "그런데 주목할 만한 것은 모든 재능 가운데서 음악적 재능이 가장 일찍 나타난다는 사실입니다. 모차르트

48) 장 라프(Jean Rapp, 1771~1821). 프랑스의 장군으로 나폴레옹의 목숨을 구한 적이 있다.

트는 다섯 살에, 베토벤은 여덟 살에 그리고 훔멜은 아홉 살에 벌써 연주나 작곡으로 주위 사람들을 놀라게 했으니까 말입니다."

괴테가 말했다. "음악적 재능은 물론 가장 이른 나이에 나타날 수가 있네. 음악이란 전적으로 천부적이고 내적인 것이어서, 외부로부터의 별다른 자양분도, 인생으로부터의 경험도 필요로 하지 않기 때문이지. 하지만 모차르트와 같은 인물의 출현이 더 이상 설명할 수 없는 기적으로 언제까지나 남아 있으리라는 점은 명백하네. 어쨌든 신은 어디에서 기적을 행할 기회를 마련하시겠는가. 우리를 놀라 마지않게 하고, 어디서 오는지도 이해할 수 없는 특별한 인간들에게서 자신의 기적을 행하시지 않는다면 말이야."

1831년 2월 15일 화요일

괴테와 함께 식사를 했다. 나는 그에게 연극에 관해서 이야기했다. 그는 어제 공연된 뒤마의 「하인리히3세」를 아주 뛰어나다고 칭송하면서, 물론 지금까지 관객들이 제대로 소화하지는 못했을 것이라고 말했다. "내가 감독을 맡게 된다면 감히 그 작품을 무대에 올리지는 못할 것이네." 하고 그가 말했다. "왜냐하면 우리가 「의연한 왕자」[49]를 무대에 올리면서 관객들

---

49) 칼데론의 작품으로 P. A. 볼프의 각색으로 1811년 이후 바이마르에서

에게 그 작품을 검게 덧칠해서 보여주기 위해 고심해야 했던 일이 생각나기 때문일세. 사실 그 작품은 「하인리히3세」보다도 훨씬 더 인간적이고 문학적이며 근본적으로도 훨씬 더 수긍이 가는데도 말이야."

나는 최근에 다시 읽은 『대 코프타』에 대해 이야기를 꺼냈다. 개별적인 장면들을 하나하나 자세히 언급했으며 그 작품이 다시 한번 공연되었으면 한다는 바람을 함께 섞어 이야기를 마쳤다.

괴테가 말했다. "자네에게 그 작품이 마음에 들었다니 다행이군. 게다가 내가 공을 들여 써넣은 부분들도 발견해 냈으니 말이야. 사실 완전한 실제 사건을 처음에는 시적으로, 그러고 나서 연극에 적합한 형태로 만든다는 건 결코 만만한 작업이 아니네. 하지만 그 전체가 전적으로 무대에 적합하게 만들어졌다는 것은 자네도 인정할 걸세. 실러도 그 작품에 대해 적극적으로 공감을 표했었네. 우리는 그 작품을 한 차례 무대에 올렸는데, 교양이 높은 사람들에게는 정말 공감이 갈 정도의 눈부신 공연이었지. 그러나 일반 관객들에게는 그렇지가 않았네. 다루어진 범죄가 그 어떤 민감한 요소를 포함하고 있어서, 보통 사람들에게는 그저 무미건조할 뿐이었지. 그 대담한 특성을 기준으로 하여 본다면 이 작품은 완전히 『클라라 가줄』[50]의 계열에 속하는 걸세. 물론 프랑스의 작가들은 내가

공연되었다.

50) 메리메의 작품.

메리메보다 앞서서 그러한 좋은 모티프를 선취했다는 사실에 대해 마땅히 부러워해야 할 것이네. 내가 좋은 모티프라는 말을 사용하는 이유는 근본적으로 그것이 윤리적 의미뿐만 아니라 커다란 역사적 의미를 가지고 있기 때문이지. 그 사건은 프랑스혁명 바로 직전에 있었던 일로서 어느 정도 혁명의 불씨가 되었다고 말할 수도 있네. 운명적인 목걸이 사건에 그토록 깊이 연루되어 있었기 때문에 왕비[51]는 그녀의 존엄, 아니 그녀에 대한 존경심을 잃고 말았던 게지. 그리고 그 결과 백성들의 머릿속에서 그녀가 불가침적 존재라는 각인이 지워져 버렸던 걸세. 요컨대 증오는 누구에게도 해를 입히지 않지만, 경멸이야말로 인간을 몰락시키게 만드는 것이네. 사실 코체부는 오랫동안 증오의 대상이었어. 하지만 대학생[52]의 단도가 감히 그를 찌를 수 있게 된 것은 일부 저널[53]들이 그를 경멸스러운 존재로 만들었기 때문이네."

1831년 2월 17일 목요일

괴테와 함께 식사를 했다. 오늘 아침에 편집을 마친 1807년의 『카를스바트 체류기』를 가지고 왔다. 우리는 거기에 나타

---

51) 마리 앙투아네트를 가리킨다.

52) 코체부를 암살한 카를 루드비히 잔트(1795~1820).

53) 루덴의 《복수의 여신》 그리고 루드비히 빌란트의 《민중의 친구》를 가리키는 것 같다.

나 있는, 평범한 일상을 기록하고 있는 현명한 구절들에 관해 이야기했다. 괴테가 웃으면서 말했다. "사람들은 언제나 생각하지. 세상 물정을 알려면 나이를 먹어야만 한다고 말이야. 그러나 사실은 나이를 먹게 되면 이전처럼 현명하게 처신하기가 어려워진다네. 인간은 다양한 인생의 단계에 그때마다 다른 사람이 되지만, 그렇다고 해서 점점 더 나아진다고 볼 수는 없는 거네. 어떤 영역에서는 이십 대에도 육십 대만큼 옳을 수가 있기 때문이지.

세계는 평지에서 바라볼 때와 앞산 꼭대기에서 바라볼 때 그리고 원시산맥의 빙하 위에서 바라볼 때가 서로 다르게 보이며, 어떤 입장에서 보면 세계의 일각이 다른 입장에서 볼 때보다 잘 보이기도 하겠지. 하지만 그것만으로는 하나의 입장이 다른 입장보다 옳다고 말할 수는 없는 거네. 그러므로 작가가 자기 인생 각각의 단계에서 기념비를 남기려 한다면 무엇보다도 다음과 같은 점들을 명심해야 하네. 즉 타고난 소질과 선한 의지를 유지해야 하고, 어느 단계에서도 순수하게 보고 느껴야 하며, 부차적인 목적을 가지지 않고 생각했던 대로 곧장 충실하게 표현해야 하는 것이네. 그의 글이 쓰인 그 단계에서 볼 때 옳았다면, 앞으로도 계속해서 올바른 것으로 남아 있는 거지. 훗날에 그 작가가 어떤 방식으로 발전하고 변화하더라도 상관없이 말이네."

나는 이 훌륭한 말에 진심으로 공감을 표했다. 괴테가 계속해서 말했다. "최근에 파지 한 장을 손에 넣었는데 그걸 읽고 나서 나는 흠! 하며 혼잣말을 했네. '여기에 씌어 있는 것도 그리 어설프진 않군. 당신이라고 해서 다르게 생각할 수는 없을 테고, 특별하게 달리 말할 것도 없겠지.' 하고 말이야. 그런데 종잇조각을 잘 살펴보았더니 웬걸, 그건 내가 쓴 작품의 한 조각이 아니겠나. 나는 언제나 앞으로 나아가려고 애를 쓰고 있으므로 자신이 쓴 것조차도 잊어버리고서, 자신의 글을 완전히 낯선 다른 사람의 것으로 보는 경우도 종종 있는 걸세."

나는 『파우스트』가 얼마나 진척되었는가를 물었다. "이제 다시 손을 놓지는 않을 걸세." 하고 괴테가 말했다. "날마다 그 작품을 생각하고 구상하고 있네. 오늘은 구체적인 분량을 직접 눈으로 확인하기 위해 2부의 원고를 철해놓으라고 했지. 그리고 빠져 있는 4막 부분에는 백지를 끼워두었네. 그렇게 완성된 부분이 내게 자극을 주어 아직 남아 있는 부분을 완성하고 싶은 의욕이 샘솟도록 하기 위해서 말이야. 그런 감각적인 영역에도 우리가 생각할 수 있는 이상의 것이 들어 있는 법일세. 그러므로 정신적인 작업을 뒷받침하기 위해 온갖 수단을 동원하는 것도 당연한 일이네."

괴테는 새로 철한 『파우스트』 원고를 가져오게 했는데, 나는 그 분량에 놀랐다. 그 원고만으로도 족히 한 권의 책이 될 정도로 두툼했기 때문이다.

내가 말했다. "하지만 이 모든 것은 제가 이곳으로 온 뒤 육년 사이에 쓴 것이 아닙니까. 그동안에 다른 할 일도 많으셔서 원고를 쓰는 데 별로 시간을 낼 수도 없었는데도 말입니다. 여하간 이따금 틈을 내어 조금씩이라도 보충해 써나간다면 결국에는 무언가가 이루어진다는 사실을 알겠습니다."

"특히 나이를 먹게 되면 그 점을 분명히 알게 되네." 하고 괴테가 말했다. "젊은 사람들은 무슨 일이든 하루 만에 이루어진다고 생각하지만 말이야. 다행스럽게 건강만 유지된다면 나는 이 봄에 4막을 마음껏 진척시키려고 하네. 자네도 알다시피 이 막을 구상한 것은 오래전이었지. 하지만 써나가다 보니 나머지 부분이 아주 늘어나게 되었고, 그래서 이제는 처음에 구상했던 것들 중에서 아주 일반적인 것밖에 사용할 수 없게 되었네. 그러므로 이제 삽입해 넣을 이 부분도 새롭게 구상해 다른 부분에 뒤지지 않도록 충실하게 해야겠네."

내가 말했다. "그런데 2부에는 1부에서보다도 훨씬 풍부한 세계가 나타나 있군요."

괴테가 대답했다. "그렇게 생각할 수도 있겠네. 1부는 거의 전적으로 주관적일세. 모든 것이 보다 편견에 사로잡히고 보다 열정적인 개인에게서 나왔는데, 사실은 그 어슴푸레한 요소가 오히려 사람들의 마음을 끌었을 것으로 보이는군. 그러나 2부에는 주관적인 것이 거의 들어 있지 않네. 거기에는 더욱더 고차적이고 넓고 밝고, 보다 냉철한 세계가 나타나 있지. 그러므로 웬만큼 고생하지도 않고 경험도 별로 없는 사람이라면 그것을 어떻게 이해해야 할지 감도 잡을 수 없을 거네."

"그 점에서 다소간 생각하는 훈련이 되겠군요." 하고 내가 말했다. "그리고 때로는 얼마간의 학식도 필요하겠지요. 저는 셸링이 카베이로이[54]에 관해 쓴 소책자를 읽었기 때문에, 선생님이 「고전적 발푸르기스의 밤」의 저 유명한 부분에서 무엇을 암시하셨는지를 이제 알게 돼 기쁠 따름입니다."

괴테가 웃으면서 말했다. "늘 깨닫지만 무언가를 안다는 것은 좋은 일일세."

1831년 2월 18일 금요일

괴테와 함께 식사를 했다. 정치의 여러 가지 형태들이 화제에 올랐는데, 지나친 자유방임주의가 어떤 어려움을 초래하는지에 대한 이야기도 언급되었다. 요컨대 과도한 자유방임주의는 개인의 여러 가지 욕구들을 불러일으킴으로써, 결국에는 그중에서 어느 것을 충족시켜 주어야 할지 모르는 상태가 된다는 것이었다. 또 정치권력은 지나치게 부드럽고 온건한 정책이나 도덕적인 섬세함만으로는 오래 버틸 수 없는데, 그것은 혼란스럽게 뒤섞여 있는 영역들을 다루어야 하고 때로는 무법천지의 흉악한 세계도 통제하면서 존중해 주어야 하기 때문이라는 것이다. 그리고 나라를 다스린다는 것은 아주 거대한 사업이어서 혼신의 힘을 쏟아부어야 하기 때문에 통치권자가 지나치게 부차적인 방향, 예컨대 예술에 지나치게 몰두하는 경향은 바람직하지 않다는 이야기도 나왔다. 그렇게 되면 군주의 관심뿐 아니라 온 나라의 힘까지도 보다 시급한 일들로

---

54) 에게해 북동부 사모트라키섬 주민과 그 밖에 페니키아인들이 숭배하던 수호신.

부터 멀어지기 때문이며, 따라서 전적으로 예술에 몰두하는 것은 부유한 개인들의 사적인 선택에 맡길 문제라는 것이다.

그러고 나서 괴테는 그의 『식물 변형론』이 소레의 번역과 더불어 잘 진척되고 있다고 말했다. 그리고 현재 진행 중인 과제, 특히 나선(螺線)형 성장에 대한 보충 연구는 외부로부터 예기치 않게 기다린 도움을 받았다는 것이다.

그가 말했다. "자네도 알다시피 우리는 벌써 일 년 이상 이 번역 작업에 몰두해 왔네. 하지만 그동안 수많은 장애가 앞을 가로막아 지긋지긋할 정도로 작업이 지체되었고, 마음속으로 이 일에 신물을 낸 적도 한두 번이 아니었지. 그런데 이번에 이 모든 장애들을 고마운 마음으로 받아들여야 할 일이 생겼지 뭔가. 내가 이렇게 머뭇거리고 있는 동안 외국의 뛰어난 연구자들이 일을 진척시켰고, 그로써 내 물레방아에 아주 적당한 양의 물이 공급되는 결과가 되었으니 말이야. 그래서 내 연구도 예상치 못할 만큼 진척되어 마침내 결말을 지을 수 있는 단계가 된 것일세. 사실 이러한 진척은 일 년 전만 해도 상상조차 할 수 없었던 일이지. 사는 동안 이런 일을 여러 번 겪었네. 그리고 이런 경우에는 보다 고차원적인 작용, 즉 그 어떤 데몬의 힘을 믿지 않을 수 없게 된다네. 우리가 숭배를 할 수 있을 뿐, 감히 설명할 수 없는 그 어떤 데몬의 작용을 말일세."

1831년 2월 19일 토요일

궁정 고문관인 포겔이 합석한 가운데 괴테와 함께 식사했다. 괴테는 헬고란트섬을 다루고 있는 소책자 하나를 입수하여 아주 흥미롭게 읽고는, 가장 중요한 부분만을 골라 우리들에게 이야기해 주었다.

그토록 독특한 환경에 대한 이야기가 있은 후에 의학적인 문제가 화제에 올랐다. 포겔은 최근의 시급한 현안인 천연두에 관해 설명해 주었는데, 이번의 천연두는 철저한 예방접종을 했음에도 불구하고 아이제나흐에서 순식간에 생겨나 짧은 시간에 많은 사람의 목숨을 앗아갔다는 것이다.

포겔이 말했다. "자연은 사람들에게 짓궂은 장난을 되풀이하므로, 자연을 설명하는 이론이 충분히 들어맞는지 예의주시해야 합니다. 사람들은 종두법을 아주 확실하고 어김없는 것으로 보았기 때문에 그 접종을 법으로 의무화했던 것이지요. 그러나 접종을 받은 사람들이 천연두에 걸린 이번 아이제나흐에서의 돌발사태는 종두법의 확실성을 의심스럽게 만들었으며 법에 대한 존경심도 흐려놓고 말았습니다."

괴테가 말했다. "하지만 나는 엄격한 접종 의무가 앞으로도 어겨지지 않아야 한다고 생각하네. 그런 작은 예외들은 헤아릴 수도 없이 커다란 법률의 혜택에 비하면 아무것도 아니니까 말이야."

"저도 같은 생각입니다." 하고 포겔이 말했다. "더 나아가서 저는 종두법이 천연두를 막아내지 못한 모든 경우에도 그 원인은 접종 결함에 있었던 것이라고 주장하고 싶습니다. 요컨대 접종법은 지켜져야 하며, 그것도 열이 날 정도로 강하게 접종을 받아야 합니다. 열도 일어나지 않고 피부에 자극만 주는 정도로는 예방 효과가 없습니다. 그래서 저는 오늘 회의에서 강화된 종두 접종을 나라 안의 모든 관계자들에게 의무화하자고 제안했습니다."

"자네의 제안이 통과되기를 바라네." 하고 괴테가 말했다. "나는 언제나 법을 엄격하게 지켜야 한다는 입장을 견지해 왔으니까 말이야. 특히 지금처럼 사람들이 유약함과 과도한 자유방임 때문에 필요한 이상으로 느슨해진 시대에는 더욱 그럴 필요가 있는 걸세."

그러고 나서 요즈음은 범죄자들의 책임 능력을 판별하는 문제에 대한 사회적 분위기가 느슨하고 온정적인 경향으로 흐르기 시작한다는 말이 나왔다. 그래서 의사들의 증언과 감정 소견서가 때로는 범죄자들에게 범죄 행위를 조장하는 결과를 초래하게까지 되었다는 것이다. 이 화제를 계기로 포겔은 한 젊은 재판의(裁判醫)를 칭찬했는데, 이 의사는 앞서 말한 것과 유사한 경우들에 언제나 원칙을 고수했고, 최근에는 어떤 유아살해범 여성에게 책임능력이 있느냐는 문제를 둘러싼 재판 과정에서 그럴 능력이 있다는 사실을 확실하게 증언했다는 것이다.

1831년 2월 20일 일요일

괴테와 함께 식사를 했다. 그는 눈(雪) 속의 청색 음영에 관한 나의 관찰, 즉 그 음영은 푸른 하늘빛이 반사되어 생겨난 현상이라는 견해를 검토해 본 결과 그것이 옳다는 결론을 내렸다고 말했다. "하지만 두 가지 요인이 동시에 작용할 수도 있네." 하고 그가 말했다. "누르스름한 빛에 의해 야기된 유도현상이 청색을 더욱 강화시킬 수 있거든." 나는 이 말에 전적으로 공감을 표했으며, 괴테가 마침내 내 견해에 동의해 준 것이 기쁠 따름이었다.

내가 말했다. "하지만 제가 몬테로사와 몽블랑에서 관찰한 색채 현상을 그 즉시 현장에서 자세하게 기록해 두지 않은 것이 무척 유감입니다. 그렇지만 주된 결과는 이랬습니다. 즉, 햇빛이 아주 밝게 빛나는 대낮에 열여덟 시간 내지는 스무 시간 정도 떨어진 거리에서 보면, 눈 덮인 산은 황색으로, 아니 심지어는 붉은빛이 도는 황색으로 보입니다. 반면에 눈이 쌓여 있지 않은 산의 어두운 부분은 아주 선명한 청색을 띠었습니다. 저는 그 현상을 보고도 놀라지 않았습니다. 왜냐하면 저와 그 산 사이에 놓여 있는 적당한 양의 흐릿함이, 대낮의 햇빛을 반사하는 하얀 눈에다가 진한 황색의 색조를 가져다주리라는 사실을 예측할 수 있었기 때문입니다. 그러나 제가 그 현상을 보고 특히 기뻐했던 이유는, 그것이 일부 과학자들의 그릇된 견해, 즉 대기 중에 푸르게 채색하는 성질이 들어 있다는 잘못된 견해를 결정적으로 반박하고 있기 때문입니다.

만일 대기 그 자체에 푸르스름한 색이 들어 있다면, 저와 몬테로사 사이의 스무 시간 거리에 해당하는 공간은 하얀 눈으로 덮인 산을 황색이나 주황색이 아니라 옅은 청색이나 흰색에 가까운 청색으로 보이게 했겠지요."

괴테가 말했다. "자네의 관찰은 그 의미가 크네. 그리고 그자들의 오류를 정면으로 논박하고 있어."

내가 말했다. "근본적으로 보면 흐림의 이론은 매우 단순하므로, 다른 사람들에게 그 이론을 난 며칠 만에 전달해 줄 수도 있을 것이라는 생각이 들 정도입니다. 그러나 이제 이 법칙을 구체적으로 적용한다든지, 은폐되어 있고 제약되어 있는 무수한 현상들 속에서 거듭해 근원현상을 인식한다는 것이야말로 정말 어려운 일입니다."

"나는 그것을 휘스트 카드놀이에 비교하고 싶네." 하고 괴테가 대답했다. "그 법칙과 규칙이야 전수해 주기 아주 쉬운 일이지만, 그 방면의 대가가 되려면 아주 오랫동안 게임을 해보아야만 하는 것이니까 말이야. 여하간 단순히 듣기만 해서는 무언가를 배울 수가 없네. 그 어떤 일에 있어서도 자신이 직접 나서서 애를 써보지 않으면 수박 겉핥기에 그치고 마는 걸세."

이어서 괴테는 어느 젊은 물리학자의 저서를 화제에 올렸는데, 그 책의 명료한 기술 방식을 칭찬하지 않을 수 없으며 아울러 그 목적론적인 경향도 관대하게 보아주고 싶다고 말했다.

괴테가 말했다. "인간이 자신을 창조의 궁극 목표로 간주하고, 그 밖의 모든 것을 자기 자신과만 관련시켜 본다는 것은 자연스러운 일이네. 자신에게 봉사를 하거나 유익한 것들의 존재만을 인정하면서 말이야. 인간은 식물계와 동물계를 자기 것으로 만들고 또 다른 생물들을 자기에게 적합한 양식으로 삼아 먹어치우지. 그렇게 하는 가운데 인간은 자신의 하느님을 인정하며, 아버지처럼 자상하게 자신을 돌보아 주는 하느님의 호의를 찬미하는 걸세. 소로부터는 젖을 얻고, 벌로부터는 꿀을, 양으로부터는 털을 얻지. 그리고 그 모든 것에다가 '자신'에게 유용한 목적을 부여하고는, 그 모든 것이 원래 그런 목적을 위해 만들어졌다고 생각하는 거야. 그렇다네. 인간은 보잘것없는 잡초까지도 '자신'을 위해 존재하지 않는다고는 상상도 하지 못하는 걸세. 그래서 현재까지 그 유익함이 밝혀지지 않은 대상들이라 할지라도 앞으로 언젠가는 그 유용성이 반드시 드러나리라고 믿는 것이네.

그리고 또 인간은 특수한 문제들에 대해서도 보편적인 문제를 다루던 방식대로 생각한다네. 그러므로 인간은 일상생활에서 얻은 관습적인 시각을 서슴지 않고 과학의 분야에 적용하며, 유기체의 개별적인 부분들에서도 그 목적과 유용성을 밝히려고 하는 걸세.

이러한 방식은 당분간은 그런 대로 통용될 수 있고, 과학에서도 얼마간은 그런 식으로 그럭저럭 해나갈 수 있을 테지. 그러나 얼마 지나지 않아서 곧 이런 좁은 관점으로는 감당하지 못할 현상에 직면하게 될 게 분명하지. 보다 고차적인 관점 없이는 완전한 모순에 빠지게 될 것이네.

그러한 실용주의자는 '황소에게 뿔이 있는 것은 자기 방어를 위해서이다.'라는 식으로 말하지. 하지만 나는 '양에게는 왜 뿔이 없는가.'라고 묻고 싶네. 더욱이 양에게 뿔이 있다고 하더라도 귀 둘레에 돌돌 말려 있어서야 아무 짝에도 소용이 없지 않은가?

그러나 '황소가 뿔로 자신을 방어하는 것은 뿔을 가지고 있기 때문이다.'라고 내가 말한다면, 그것은 또 다른 문제일세.

요컨대 목적에 대한 질문, 즉 '왜' 그런가를 묻는 질문은 전혀 과학적이지 않네. 그러나 '어떻게'라고 묻는다면 그것은 한 걸음 앞으로 나아가는 셈일세. 왜냐하면 내가 '황소는 어떻게 뿔을 가지고 있는가?' 하고 묻는다면, 이 질문은 내게 황소의 신체 조직을 관찰하게 만들며, 아울러서 사자에게는 왜 뿔이 없고 또 뿔을 가질 수도 없는가를 가르쳐주기 때문이네.

인간의 두개골 속에는 채워지지 않고 텅 빈 부분이 두 곳 있는데, 여기서도 그것이 '왜' 있느냐는 식으로 물어본다면 별반 도움이 되지 않지. 반면에 '어떻게'라고 묻는다면 다음과 같은 사실을 알게 되네. 즉 이 텅 빈 부분은 동물 두개골의 흔적으로서, 하등동물의 신체 조직에서는 보다 흔하게 나타나며, 고도로 진화한 인간들에게서도 아직 완전히 사라지지는 않았다는 것을 말이야.

실용주의자의 신앙이란 내가 보기에 황소에게 자신을 방어하도록 뿔을 주신 하느님을 숭배하지 않는다면 하느님을 잃어버리게 된다는 식이네. 그러나 내가 하느님을 숭배하는 이유는 다름 아니라 그 풍성한 창조력의 위대함 때문이라고 말한다 하더라도 너그러이 용서해 주게. 하느님은 수천의 식물을 창조하신 후에, 그 모든 식물을 자체 내에 포함하고 있는 하나의 식물을 만드셨고, 또 수천의 동물을 창조하신 후에 그 모든 동물들을 자체 내에 포함하고 있는 하나의 존재, 즉 인간을 만드신 게 아닌가.

더 나아가서 사람들은, 하느님이 가축에게 먹이를 주시고 인간에게 먹을 것과 마실 것을 충분하게 내려주시므로 그분을 숭배한다고들 하네. 그러나 내가 경배하는 하느님은 그러한 풍성한 생산력을 이 세상에 내려주신 하느님이네. 비록 그중에서 백만 분의 일만 생명을 얻게 된다 할지라도, 이 세상을 온갖 생물로 가득 넘쳐흐르게 만드시는 하느님, 그리하여 전쟁과 역병에도 홍수와 화재에도 이 세상을 털끝만큼도 다치지 않게 하시는 하느님, 바로 그분이 '나의' 하느님일세!"

1831년 2월 21일 월요일

괴테는 뮌헨 대학생들의 소요 사태를 가라앉혔던 셸링의 최근 연설을 극찬했다. 괴테가 말했다. "그 연설은 참으로 뛰어난 것이야. 우리가 오랫동안 알고 있었고 또 존경해 마지않았던 그 탁월한 재능을 다시 한번 확인하게 되어 기쁠 따름이네. 이번 경우에는 그 대상이 뛰어났고 또 그 목적이 순수했기 때문에 최대한의 성공을 거둘 수가 있었지. 우리는 카베이로이에 관해 셸링이 쓴 논문의 대상과 목적에 대해서도 같은 말을 할 수가 있으며, 또 그를 칭찬해야만 하겠지. 왜냐하면 거기에서도 그의 수사학적인 재능과 훌륭한 솜씨가 유감없이 발휘되고 있으니까 말이야."

화제는 셸링의 『카베이로이』에서 「고전적 발푸르기스의 밤」으로 넘어갔고, 이 장면이 1부의 브로켄산 장면과 어떻게 구별되는가 하는 문제가 언급되었다.

괴테가 말했다. "이전의[55] 「발푸르기스의 밤」은 군주제였네. 거기서는 악마가 도처에서 보란 듯이 수령으로 존경받고 있으니까 말이야. 그러나 「고전적 발푸르기스의 밤」은 전적으로 공화제이네. 모든 것이 나란히 존재하면서 한 사람 한 사람 모두 동등하게 다루어져 있고, 어느 누구도 다른 사람에게 종속되어 있지 않으며 또 다른 사람에게 간섭도 하고 있지 않으니까 말일세."

내가 말을 이었다. 「고전적 발푸르기스의 밤」에서는 모든 인물이 선명한 윤곽을 가진 각각의 개인으로 분리되어 나타납니다. 반면에 독일의 브로켄산에서는 등장인물 각각이 두루뭉술하게 해체되어 마녀들의 무리 속으로 섞여들어 갑니다."

괴테가 말했다. "그러므로 메피스토펠레스도 호문쿨루스가 그에게 테살리아의 마녀들에 관해 언급할 때 그것이 무슨 의미인지를 알아차리는 거네. 고대 세계에 대한 전문가라면 테살리아의 마녀들이라는 말에서도 이미 몇 가지를 생각해 낼 수가 있겠지만, 문외한에게는 그저 이름에 지나지 않는 걸세."

---

55) 『파우스트』 1부에서의 「발푸르기스의 밤」 장면을 가리킨다.

내가 덧붙여 말했다. "선생님의 머릿속에는 고대 세계라는 것이 아주 생생하게 살아 있음이 분명합니다. 그 모든 인물을 그토록 생생하게 다시 살아나게 자유자재로 활용하신 것으로 보아서 말입니다."

괴테가 말했다. "조형예술 분야에서 평생에 걸친 수련이 없었더라면 그런 일은 불가능했을 거네. 오히려 그처럼 풍부한 소재를 앞에 두고 절제를 지키고 내 의도에 꼭 그대로 부합하는 인물이 아니라면 모두 배제시키는 것이 어려운 일이었지. 예컨대 나는 미노타우로스[56]라든가 하르피이아[57] 그리고 다른 몇몇의 괴물들은 조금도 활용할 수가 없었네."

"그러나 선생님께서 그 밤에 나타나게 하신 것들은 모두가 밀접한 연관을 이루며 분류되어 있어서, 어느 정도의 상상력만 발휘하면 어렵지 않고 즐겁게 하나의 상으로 포착할 수가 있습니다. 화가들이라면 물론 그러한 훌륭한 기회를 놓치지 않을 테지요. 저에게 특히 재미있는 부분은 메피스토펠레스에게 악명 높은 포르키아스의 가면을 쓰고 나타나게 한 장면입니다." 하고 내가 말했다.

"거기에는 약간의 유쾌한 익살이 들어 있네." 하고 괴테가 말했다. "조만간 세상 사람들이 그것을 이용하게 될 걸세. 만일 프랑스 사람들이 「헬레나」 장면을 처음으로 접하게 된다면, 그 장면을 엉망진창으로 만들어버릴 것은 당연지사이네! 그

---

56) 크레타섬에 사는 전설상의 괴물로 사람의 몸에 소머리를 하고 있다.

57) 얼굴과 몸은 여자의 모습을 하고 있으나 새의 날개와 발톱을 가진, 그리스신화에 나오는 괴물.

들은 있는 그대로의 작품을 못쓰게 만들어버릴 거야. 하지만 그것을 자기들의 목적에 맞게 현명하게 사용하게 될 테지. 그리고 그 점이 우리가 기대하고 바랄 수 있는 전부이네. 그리고 그들이 포르키아스에게 괴물들의 합창을 부가시킬 것임은 분명하네. 어떤 구절에서 이미 암시되어 있던 대로 말이야."

내가 말했다. "그렇다면 낭만파에 속하는 유능한 시인이 그 작품을 완전히 오페라로 각색하는 것도 의미가 있겠군요. 「헬레나」를 대중적으로 알리려면 로시니가 커다란 재능을 발휘해 제대로 된 곡을 붙이는 것도 생각해 볼 수 있겠고요. 왜냐하면 이 작품 속에는 화려한 장식과 놀랄 만한 장면 변화, 현란한 의상과 매혹적인 발레 등, 다른 작품에서는 찾아보기 어려운 계기들이 많이 들어 있기 때문입니다. 게다가 그러한 풍성한 감각적 요소들이 창의적이고 재기 발랄한 허구적 이야기의 바탕 위에서 유동적으로 움직이고 있다는 것은 새삼 말할 필요도 없겠습니다."

"기다려보기로 하세." 하고 괴테가 말했다. "하늘이 우리에게 무엇을 가져다주실 건지 말이야. 그런 일들은 어떤 것도 서둘러서 이룰 수 없는 법이네. 중요한 것은 사람들에게 그 작품이 제대로 알려지고, 극장 감독이나 시인들이나 작곡가들이 거기에서 자신들의 이익을 발견하게 되는 것일세."

1831년 2월 22일 화요일

길거리에서 종교국 고문관인 슈바베[58]를 만났다. 함께 걸어가는 동안 그가 자신이 하고 있는 여러 가지 일들에 관해 이야기해 주었으므로, 나는 이 뛰어난 사람의 중요한 활동 영역을 잠시 들여다볼 수 있었다. 그의 말에 따르면, 여가 시간을 활용해 최근 설교문들을 모은 작은 책자를 출간하는 일을 하고 있는데, 그가 만든 교과서들 중의 하나는 최근에 덴마크어로 번역이 되어 4,000권이나 판매되었으며, 프로이센에서는 최우등반의 학생들에게 교재로 사용되고 있다는 것이다. 그는 나에게 한번 방문해 줄 것을 요청했고, 나도 기쁜 마음으로 그렇게 하겠노라고 약속했다.

그러고 나서 나는 괴테와 함께 식사하면서 슈바베에 관해 이야기했는데, 괴테도 그 사람을 칭송하는 내 견해에 전적으로 공감했다. 그가 말했다. "대공비께서도 그를 아주 높이 평가하고 계신데, 그것만 봐도 그분이 주변 사람들을 얼마나 잘 이해하고 있는지 알 수가 있네. 나도 그 사람을 나의 초상화 컬렉션에 그려 넣어 포함시킬 생각이니, 일단 자네가 그를 한번 방문해 허락받도록 해보게. 그를 찾아가서, 그래, 그 사람이 하고 있거나 계획하고 있는 일에 대해 관심을 보이도록 하게. 자네로서도 그 독특한 사람의 활동 영역을 들여다볼 수

58) 프리드리히 하인리히 슈바베(Friedrich Heinrich Schwabe, 1779~1834). 1827년 이후 바이마르의 궁정 설교사.

있어서 흥미로울 테지. 그런 사람을 제대로 알려면 보다 친숙한 관계를 맺어야 하는 법일세."

나는 그렇게 하기로 약속했다. 실제적인 활동과 더불어 유용한 일을 솔선수범하는 사람들을 안다는 것은 나의 진정한 경향이기도 하기 때문이었다.

1831년 2월 23일 수요일

식사 전에 에르푸르트 대로를 따라 산책하던 중 괴테를 만났다. 그는 마차를 멈추고는 나에게 타라고 했다. 우리는 한참 동안을 계속 달리다가 전나무 목재를 쌓아놓은 언덕에 올랐고, 거기서 자연사(自然史)의 일들에 관해 이야기를 나누었다. 언덕과 산들은 눈으로 덮여 있었다. 나는 노란색의 섬세함을 이야기했으며, 수 킬로미터 떨어진 곳에서 보면 그사이에 있는 흐릿한 대기 때문에 흰색이 노란색으로 보이기보다는 어둠이 청색으로 보이게 된다는 말을 했다. 괴테는 내 말에 동의했다. 그러고 나서 우리는 근원현상의 고귀한 의미에 관해 이야기했고, 그 근원현상의 배후에서 우리는 신의 얼굴을 바로 보게 된다는 말도 나왔다.

괴테가 말했다. "나는 이 지고(至高)의 존재가 오성과 이성을 가졌는지를 묻지 않고, 다만 그것은 오성 자체이고 이성 자체라고 느낄 뿐이라네. 모든 피조물들은 오성과 이성으로 관통되어 있고, 또 인간은 그 오성과 이성을 많이 가지고 있음으로 지고의 존재를 부분적으로 인식할 수 있는 것일세."

식사 도중에, 유기체의 세계를 체계적으로 파악하기 위해 광물학으로부터 시작해 위쪽으로 나아가려고 하는 일군의 학자들의 노력이 화제에 올랐다. "그건 커다란 오류이네." 하고 괴테가 말했다. "광물의 세계에서는 가장 단순한 것이 가장 뛰어난 것이며, 유기체의 세계에서는 가장 복잡한 것이 가장 뛰어난 것이니까 말이야. 두 세계는 완전히 다른 경향을 가지고 있고, 따라서 한 세계로부터 다른 세계로 단계적으로 건너간다는 것은 결코 있을 수 없는 일이네."

나는 이 말의 중요한 의미를 명심했다.

1831년 2월 24일 목요일

『빈 연감』에 게재된 찬[59]에 관한 괴테의 논문을 읽고는 경탄을 금할 수 없었는데, 특히 그 글을 쓰기 위해 괴테가 전제로 하고 있는 가설 때문이었다.

식사 중에 괴테는 소레가 찾아왔었고, 『식물 변형론』의 번역도 상당히 진척되었다는 말을 했다.

괴테가 말했다. "자연 관찰에서 어려운 점은 우리에게 숨겨져 있는 곳에서도 법칙을 찾아내는 일이며, 우리의 감각과 모순되는 현상에 현혹되지 말아야 하는 것일세. 왜냐하면 자연

59) 빌헬름 찬(Wilhelm Zahn, 1800~1871). 화가이자 건축가.

에서는 감각과는 모순되지만 진실한 일이 종종 있으니까 말이야. 태양은 멈춰 있으며 떠오르지도 가라앉지도 않는다는 사실, 또 지구는 날마다 상상도 할 수 없는 속도로 회전하고 있다는 사실 등은 감각과는 아주 심하게 모순되지만 그 어떤 교사도 그 진실을 의심하지 않네. 물론 식물의 영역에서도 감각에 모순되는 현상들이 있으니까 그것 때문에 잘못된 길로 현혹되지 않도록 매우 조심해야 하네."

1831년 2월 26일 토요일

나는 오늘 여러 시간을 들여 괴테의 『색채론』을 읽었다. 그리고 내가 최근 몇 년 동안 색채 현상들을 다양하게 접해온 결과, 이제 그 위대한 공적을 어느 정도 명확하게 느낄 수 있을 정도로 내용을 제대로 소화하게 되었음을 깨닫고는 기뻤다. 그런 작품을 완성하기 위해 들여야 했던 노력을 생각하면 그저 경탄할 뿐이다. 그 최종적인 결론이 분명하게 느껴질 뿐만 아니라, 확고한 결론에 도달하는 과정에서 이루어져야 했던 모든 것을 보다 깊이 이해하게 되었으므로 더욱더 그랬다.

위대한 도덕적 힘의 소유자만이 그 일을 할 수 있었으며, 그를 따르고자 했던 사람들도 그 과정에서 자신을 드높은 곳으로 끌어올렸으리라. 그 모든 섬세하지 못한 것, 참되지 못한 것, 자기중심적인 것은 송두리째 내던져야 한다. 그렇지 않으면 순수하고 참된 자연으로부터 경멸을 당하고 말리라. 이러한 점들을 고려한다면, 생애의 몇 년을 바쳐 기꺼이 이 학문에 종사하게 될 것이며, 또 그렇게 하는 가운데 자신의 감각과 정신과 성격이 단련되고 교화되는 것을 경험하리라. 아울러서 법칙에 대한 존경심을 가지게 할 것이며, 지상의 정신에게 가능한 한도 내에서 신의 영역에 가까이 다가서게 할 것이다.

반면에 사람들은 문학과 초감각적인 신비의 영역에 너무 많은 시간을 들여왔다. 주관적이고 불안정한 이런 영역들은 인간들에게 어떤 힘든 요구도 하지 않는다. 그 대신 미소를 띠면서 접근해 오지만, 다행스러운 경우라 할지라도 인간을 그 자리에 정체시키는 정도의 역할을 할 뿐이다.

시문학에서는 진실로 위대하고 순수한 것만이 유익하다. 그것은 제2의 자연처럼 거기에 존재하면서 우리를 자기 자신에게로 이끌어 올리거나 아니면 우리를 퇴짜놓고 만다. 반면에 제대로 되지 못한 시문학은 시인의 약점을 우리에게 전염시킴으로써 우리의 결함을 더욱 조장한다. 더욱이 문제가 되는 것은(인간의 본성에 알랑거리며 영합하고 있는 것을 결함으로 인식하기가 어렵기 때문에) 자각하지도 못하는 상태에서 그 결함을 받아들이게 한다는 사실이다.

그러나 좋은 문학이든 나쁜 문학이든 그것으로부터 이득을 얻고자 하는 사람이라면, 자신이 이미 고도의 단계에 서 있어야 하며 그 어떤 바탕을 가지고 있어야 한다. 즉 그러한 문학 작품들을 마치 자기 자신의 외부에 존재하는 사물들처럼 관찰할 수 있는 확고한 중심을 가지고 있어야만 하는 것이다.

그러므로 나는 자연과의 소통을 드높이 평가한다. 자연은 우리의 약점을 조장하는 일이 결코 없다. 자연은 우리들로부터 그 어떤 것을 만들어내거나, 아니면 우리에게 아무런 상관도 하지 않는다.

1831년 2월 28일 월요일

하루 종일 괴테의 『나의 생애』[60] 4부의 원고에 매달려 있었다. 어제 괴테가 더 보충할 게 없는지 검토해 봐달라고 이 원고를 나에게 보내왔다. 이미 완성된 부분과 앞으로 더 써넣어야 할 부분을 고려하면서 이 작품을 읽고 있노라니 행복할 따름이었다. 몇몇 장은 더 이상 손볼 필요도 없을 정도로 완벽하게 마무리된 것처럼 보였다. 하지만 그 밖의 권들은 의미상의 맥락에 아직 결함이 있어 보였다. 아마도 아주 다양한 시기에 걸쳐 쓰였기 때문이리라.

이 4부의 원고 전체는 앞선 1부부터 3부까지의 원고와는 그 성격이 아주 달랐다. 앞의 원고들은 어떤 일정한 방향을 따라, 그것도 여러 해에 걸쳐 아주 일관되게 써 내려간 것이다. 반면에 4부의 경우에는 시기상의 연속성이 거의 없어 보였고, 또 주요 인물들의 뚜렷한 성향도 별로 드러나 있지 않았다. 여러 가지 시도가 이루어졌지만 아직 완성되지 않고 있었고, 이것저것을 이루려고 했지만 다른 방향으로 흘러가 버리는 듯했

60) 괴테의 자서전 『시와 진실』을 가리킨다.

다. 그래서 여기저기 도처에서 어떤 은밀한 힘이 작용하고 있다는 느낌, 즉 다양한 가닥들을 모아 하나의 조직으로 엮어야 할 일종의 운명의 힘과 같은 것이 느껴졌다. 하지만 그런 조직의 완성은 훗날에야 이루어질 운명이었다.

그러므로 이 4부는 저 문제의 비밀스러운 힘에 대해 이야기할 안성맞춤의 자리였다. 누구나 느끼지만, 어떤 철학자도 설명하지 못하고, 종교인들도 어떤 위안의 말로써 비켜가 버리고 마는 그런 성격의 힘을 다루었다.

괴테는 이런 말로 표현할 수 없는 세계와 인생의 수수께끼를 '데몬적인 것'이라고 불렀다. 괴테가 그 본질에 관해 설명하는 것을 듣고 있노라면, 우리는 아! 그렇구나 하고 느낀다. 그리고 우리 인생의 그 어떤 배후를 가리고 있던 장막이 걷히는 듯한 느낌이 든다. 그래서 우리는 보다 넓게 그리고 보다 분명하게 본다고 생각한다. 하지만 곧 깨닫는다. 그 대상은 너무도 크고 다양하며, 우리의 눈은 그 어떤 한계까지밖에 미치지 못한다는 사실을.

인간이란 대체로 작은 일만을 위해서 이 세상에 태어난 존재인지라, 자신에게 알려진 영역만을 보며 거기에서만 기쁨을 느낀다. 그러나 위대한 전문가는 그림의 본질을 파악한다. 그는 자신이 알고 있는 보편적인 것에다가 여러 개별적인 것들을 연결시킬 줄 안다. 그러므로 그는 전체든 부분이든 생생하게 느낀다. 그는 그 어떤 개별적인 부분들을 특별히 선호하지는 않는다. 그는 어떤 얼굴이 역겨운지 아니면 아름다운지, 그 어떤 장소가 밝은지 어두운지를 묻지 않고, 그 모든 것이 제

자리에 있는지 또는 법칙에 따르고 있는지를 묻는다. 그러나 문외한을 상당한 크기의 그림 앞에 데려다 놓으면, 그 사람은 전체를 보지 못하거나 혼란에 빠져버리고 만다. 개별적인 부분에 따라 그림은 그를 끌어당기기도 하고 밀쳐버리기도 한다. 그러다가 마침내는 자신이 알고 있는 부분이나 사소한 것 앞에 멈추어 서서, 이 투구는 잘 그려졌고 저 깃대도 잘 그려졌다는 식으로 칭송을 늘어놓는 것이다.

하지만 근본적으로 보면 세계라는 거대한 운명의 그림 앞에서 우리 인간은 너나 할 것 없이 다소간 저 문외한의 역할을 하고 있다고 하겠다. 빛을 받고 있는 부분과 우아한 부분은 우리를 끌어당기며, 응달지고 역겨운 부분은 우리를 밀쳐낸다. 전체는 우리를 혼란에 빠뜨리며, 많은 모순된 것들이 거기에서 유래한다고 보고 있는 저 유일한 존재의 이념을 우리는 헛되이 추구한다.

물론 우리는 인간적인 영역들에서는 위대한 전문가가 될 수 있다. 가령 거장의 예술이나 지식을 완전하게 자기 것으로 소유한다든지 하는 식으로 해서 말이다. 그러나 신의 영역에 있어서는 사정이 다르다. 지고의 존재 자체와 거의 대등할 수 있는 단 하나의 존재만이 그렇게 할 수 있을는지 모른다. 그리고 이 단 하나의 존재가 우리들에게 그러한 비밀들을 전해주고 밝혀주는 일이 있다 하더라도, 우리는 그것들을 포착하지 못하며 어떻게 다루어야 할지도 모른다. 다시 우리는 저 그림 앞의 문외한처럼 행동할 뿐이다. 전문가가 자신의 판단 기준으로 삼고 있는 전제조건들을 아무리 가르쳐주려고 해도 온갖 자질구레한 이의를 제기하면서 받아들이지 않는 저 문외한처럼 말이다.

이런 관점을 고려할 때 다음의 사실은 전적으로 정당하다. 즉 모든 종교는 신 자신에 의해 직접적으로 주어진 것이 아니라, 거대한 대중의 요구와 이해 가능성을 감안해 뛰어난 인간들이 만든 작품의 형태로 생겨났다.

만일 종교가 신의 작품이라면, 아무도 그것을 이해하지 못할 것이다. 종교는 인간의 작품일 뿐이다. 그러므로 인간들은 도달 불가능한 것에 대해 말하지 않고 있는 것이다.

교양 수준이 높았던 고대 그리스인들의 종교는 도달 불가능한 것을 특별한 신들의 형태로 구체화시켜 표현한 것일 뿐이었다. 그러나 그렇게 구체적으로 표현된 존재들은 제한된 존재였으므로, 그 전체 연관 속에는 언제나 공백이 있을 수밖에 없었다. 그래서 그리스인들은 그 공백을 채우기 위해 운명의 이념을 고안했다. 그들은 이 운명의 이념을 그 모든 것의 상위에 올려놓았으나 이것 자체가 다시 도달 불가능한 그 어떤 다양성으로 남게 되었다. 그리하여 이 문제는 완결되기보다는 다시 원점으로 돌아가게 된 것이다.

그리스도는 유일신을 생각했다. 그리스도는 자신의 내부에서 완전하다고 느꼈던 그 모든 특성을 그 하느님에게 부여했다. 그리하여 그 하느님은 그리스도 자신의 아름다운 내면의 본질과 같게 되었다. 이제 하느님은 그리스도처럼 선의와 사랑으로 가득하게 되었고, 착한 사람들이 믿음으로 헌신할 수 있는 가장 적합한 대상이 되었다. 또한 하느님은 착한 사람들이 하늘나라와 가장 내밀하게 연결될 수 있는 이념을 가장 완전하게 보여주는 존재가 되었다.

그러나 우리가 하느님이라고 이름 붙인 위대한 존재는 인간들에게서뿐만 아니라 풍성하고 힘찬 자연과 강력한 세계적 사건 속에서도 자신의 모습을 드러내므로 인간적 특성에 따라 형성되었던 하느님의 관념은 이제 충분하지 않게 되었다. 곧 그 불충분함과 모순에 부닥치게 된 사려 깊은 자들은 회의에 빠지거나 심지어는 절망에 이르게 되었다. 이 사람들은 억지 핑계를 갖다 대며 자신을 달랠 정도로 초라하지도 않았고, 그렇다고 해서 보다 고귀한 관점에로 자신을 끌어올릴 정도로 위대하지도 않았다.

괴테는 그러한 관점을 일찌감치 스피노자에게서 발견했는데, 그는 이 위대한 사상가의 견해가 자신의 젊음의 요구에 그대로 들어맞는 것을 깨닫고는 기뻐해 마지않았다. 괴테는 스피노자에게서 자기 자신을 발견했으며, 스피노자를 준거로 자신의 입장을 확고하게 다질 수 있었다.

그런 관점들은 주관적인 성격이 아니라 세계를 무대로 하는 하느님의 활동과 표현 속에 토대를 둔 것이었다. 그러므로 그러한 관점들은 괴테가 나중에 심오한 세계 탐구와 자연 탐구에 몰두하면서 불필요한 것으로 폐기 처분했던 껍질은 결코 아니었다. 그것들은 오히려 오랜 세월에 걸쳐 변함없이 건강한 방향으로 계속해서 자라가다가 마침내 풍요로운 인식의 꽃에 도달하게 되는 그 어떤 식물의 움트는 싹이라든지 뿌리와도 같았다.

적대자들은 그에게 신앙이 없음을 자주 비난했다. 그러나 괴테는 그들 식의 신앙을 가지고 있지 않았을 뿐이다. 왜냐하면 그들의 신앙은 그에게는 너무나 편협했기 때문이다. 그가 자신의 신앙을 표명하면, 그들은 놀라 마지않겠지만 그의 신앙을 이해하지는 못할 것이다.

괴테 자신은 지고(至高)의 존재를 있는 그대로 인식하고 있다고는 꿈에도 생각하지 않는다. 그의 모든 글과 구두상의 발언의 요지는, 탐구 불가능한 것이 존재하며 인간은 다만 그것에 근접해 가는 흔적과 예감만을 가지고 있을 뿐이라는 점이다.

어쨌든 자연과 우리 인간은 모두 신성(神性)으로 차 있다. 그 때문에 우리는 지상에 머무를 수 있으며, 그 안에서 살고 활동하고 존재한다. 그 때문에 우리는 영원한 법칙에 따라 고통받기도 하고 기뻐하기도 한다. 그 때문에 우리는 법칙들을 이행하고 또 그 법칙들은 우리에게 적용된다. 우리가 그 법칙들을 알든 모르든 상관없이.

빵 굽는 사람의 존재를 모르고서도 아이는 과자를 맛있게 먹고, 참새도 버찌가 어떻게 자랐는지는 생각지도 않으면서 그것을 맛있게 먹지 않는가.

1831년 3월 2일 수요일

오늘 괴테와 함께 식사를 했는데, 곧바로 데몬의 개념이 다시 화제에 올랐다. 괴테는 보다 자세한 설명을 위해 다음과 같이 덧붙였다.

"데몬적인 것이란 오성이나 이성으로는 해명할 수 없는 그 어떤 것이네. 그것은 나의 천성 속에는 들어 있지 않지만 나는 그것에 지배되고 있지."

내가 말했다. "나폴레옹은 데몬적인 부류에 속하는 사람처럼 보입니다."

"바로 그런 사람이었네." 하고 괴테가 말했다. "더군다나 최고도로 데몬적인 사람이었기 때문에 그 누구도 그에게 비교될 수가 없을 정도였지. 돌아가신 대공께서도 마찬가지로 데몬적인 분이었네. 무한한 행동력에 넘치고 쉴 줄을 모르셨기 때문에 자신의 나라가 그분에게는 너무나 작았네. 물론 아무리 큰 나라라도 그분에게는 성이 차지 않았겠지. 그리스 사람들은 이런 종류의 데몬적인 사람을 반신(半神)의 대열에 포함시켰던 것일세."

내가 물었다. "데몬적인 것은 사건에서도 나타나지 않을까요?"

"특히 그렇다네." 하고 괴테가 대답했다. "우리의 오성이나 이성으로는 해명할 수 없는 모든 것에 나타난다네. 여하간 데몬적인 것은 자연 전체에 걸쳐서, 눈에 보이든 보이지 않든 가리지 않고, 아주 다양한 방식으로 나타나지. 많은 생물들은 전적으로 데몬적인 성격을 띠고 있고, 또 부분적으로 데몬의 영향을 받고 있는 것들도 적지 않네."

내가 다시 물었다. "메피스토펠레스도 데몬적인 특징을 가지고 있습니까?"

"아닐세." 하고 괴테가 대답했다. "메피스토펠레스는 너무도 부정적인 존재야. 데몬적인 것은 전적으로 긍정적인 행동력 속에서 나타나지."

괴테가 계속해서 말했다. "예술가들로 말하면 화가들보다는 음악가들에게서 많이 나타나지. 파가니니에게서는 데몬적인 특징이 아주 뚜렷하게 나타나기 때문에 그처럼 커다란 감동을 불러일으킬 수 있었던 것일세."

나는 이 모든 설명을 듣고 너무 기뻤다. 이제 괴테가 데몬적인 것이란 개념으로 무엇을 생각하고 있었는지 보다 분명히 이해하게 되었기 때문이다.

그러고 나서 우리는 자서전 4부에 관해 많은 이야기를 나누었다. 괴테는 거기에 무엇을 더 보충해야 할지 지적해 달라고 나에게 부탁했다.

1831년 3월 3일 목요일

점심시간에 괴테와 함께 있었다. 그는 건축과 관련된 책자들을 뒤적이면서, 하나의 돌이 다른 돌 위에 얼마나 오래 있게 될지도 확실히 모르면서 궁전을 짓는다는 것은 다소간 만용이라는 취지의 말을 했다. 그가 계속해서 말했다. "천막을 치고 살 수 있다면야 가장 마음이 편하겠지. 아니면 어떤 영국인들처럼 이 도시에서 저 도시로 이 여관에서 저 여관으로 돌아다니면서 곳곳에서 훌륭한 식사를 하는 것도 괜찮아 보이네."

1831년 3월 6일 일요일

괴테와 함께 식사하면서 여러 가지 즐거운 이야기를 나누었다. 아이들과 그 아이들의 버릇없는 행동에 관한 이야기도 나왔다. 괴테는 아이들의 버릇없는 행동을 식물의 줄기에 붙은 잎에 비유하면서, 시간이 지나면 차츰차츰 저절로 떨어져 나가는 것이니까 그다지 심각하게 받아들일 필요는 없다고 말했다.

그가 말했다. "인간에게는 거쳐 지나가야 할 인생의 여러 단계가 있으며, 그 단계들은 각기 고유한 미덕과 결점을 가지고 있네. 그러한 미덕과 결점은 그것들이 나타나는 시기에 아주 자연스러운 것으로, 그리고 어떤 점에서는 당연한 것으로 여겨질 수도 있지. 그러나 다음 단계에서 그 사람은 아주 다른 사람으로 변해버리게 되고, 이전의 미덕과 결점은 흔적도 없이 사라져 버리네. 그리고 그 자리에 다른 기질이나 나쁜 버릇이 나타나게 되는 것이지. 이런 식으로 계속되면서 마침내는 궁극적인 변화에까지 이르는데, 그때 우리가 어떤 모습일는지 우리는 아직도 모르고 있는 걸세."

그러고 나서 후식을 드는 동안 괴테는 1775년 이후로 가지고 있던 『어릿광대의 결혼식』 원고 단편을 읽어주었다. 그 작품은 백방으로 애를 썼지만 어릿광대의 교육에 완전히 실패했다고 불평을 늘어놓는 킬리안 브루스트의 독백과 함께 시작된다. 장면이라든지 그 밖의 모든 요소들이 『파우스트』의 어조와 아주 흡사했다. 한 줄 한 줄마다 오만하다고 할 정도로 강력한 창조력이 엿보였다. 하지만 절제를 모른 채 모든 경계선을 뛰어넘고 있기 때문에 그 단편조차도 세상에 선을 보일 수 없다는 점이 몹시 애석할 뿐이었다. 그러고 나서 괴테는 작품 속의 등장인물들을 적어놓은 쪽지를 보여주었는데, 거의 세 페이지에 해당하는 양으로 대략 100명 정도의 인물을 헤아리고 있었다. 거기에는 온갖 욕설 투의 이름들이 나열되어 있었는데, 그중에는 몹시 거칠고 익살스러운 이름들도 들어 있어서 터져 나오는 웃음을 참을 수 없을 정도였다. 많은 이름들은 육체적인 결함과도 연결되어 해당 인물이 눈앞에 생생하게 보이는 듯했다. 또 다른 이름들은 다양하기 그지없는 나쁜 버릇과 악덕을 지칭하는 것이어서 비윤리적 세계의 영역에 대한 깊은 통찰력의 시선을 느끼게 했다. 만일 그 작품이 완성되었더라면, 사람들은 그 창안력에 경탄을 금치 못했을 것이다. 그처럼 다양한 상징적 인물들을 단 하나의 생생한 줄거리 속에 넣어 서로 연결시키고 있으니까 말이다.

"내가 그 작품을 완성한다는 건 생각할 수도 없는 일이었네." 하고 괴테가 말했다. "순간적으로 머릿속에 떠오른 방자하기 그지없는 생각들을 쏟아놓은 것이었고, 근본적으로는 나의 본성의 진지한 경향에 맞지 않아 그 상태대로 유지할 수는 없었지. 게다가 독일의 문단은 고루한 편이어서 그런 방자한 작품이 이 세상에 나오도록 허용할 리는 없었던 것일세. 물론 파리와 같이 개방적인 곳에서라면 그러한 작품이 나돌아 다닐 수도 있겠지. 베랑제의 경우처럼 말일세. 하지만 프랑크푸르트에서나 바이마르에서나 그런 작품은 생각도 할 수 없는 일이지."

· 1831년 3월 8일 화요일

오늘 괴테와 식사를 했는데, 그는 『아이반호』를 읽고 있다는 말부터 꺼냈다. "월터 스콧은 뛰어난 천재야. 그와 견줄 사람은 없어. 그 모든 독자층에 특별한 영향을 미치고 있다는 건 결코 놀라운 일이 아닌 게지. 그는 내게도 많은 생각할 거리를 주고 있네. 게다가 나는 그에게서 자신만의 독자적인 법칙을 가진 아주 새로운 기법을 발견하고 있다네."

그러고 나서 우리는 『나의 생애』 4부에 관해 이야기했고, 이런저런 말을 하다 보니 어느새 데몬적인 것에 대해 언급하게 되었다.

괴테가 말했다. "문학에는 전적으로 데몬적인 그 어떤 힘이 있네. 무의식적인 작품에 있어서는 특히 그렇지. 그런 작품은 어떤 오성이나 이성으로도 미치지 못하며, 또 그런 만큼 상상을 뛰어넘어 압도적인 영향을 미친다네.

그런 현상은 음악에서 가장 두드러지게 나타나네. 왜냐하면 음악은 어떤 오성으로도 도달할 수 없는 높은 곳에 있기 때문이지. 또 음악으로부터는 모든 것을 지배하며 그 누구도 설명할 수 없는 힘이 생겨나기 때문이지. 그러므로 종교상의 예배에서도 음악은 빼놓을 수가 없네. 여하간 음악은 사람들에게 신령스런 영향을 미치는 중요한 수단들 중의 하나일세.

또한 데몬적인 것은 중요한 인물들에게서도 곧잘 나타난다네. 특히 그들이 프리드리히대왕이나 표트르1세처럼 높은 지위에 있을 경우에 말이야.

돌아가신 대공에게도 데몬적인 경향이 있었는데, 그 누구도 거기에 거스를 수 없을 정도였네. 그분은 말없이 자리에 계시기만 해도 사람들을 끌어당겼지. 별달리 호의를 베풀거나 친절하게 대하지 않더라도 말일세. 내 경우에도 그분으로부터 조언을 받았던 일은 모두 잘되었기 때문에 오성이나 이성으로 판단이 서지 않을 때는 그분에게 어떻게 하면 좋을지 여쭈어보기만 하면 되었네. 그러면 대공께서는 직감적으로 의견을 말씀해 주셨고, 그 경우에 나는 언제나 좋은 결과를 미리 확신할 수 있었지.

만일 그분이 나와 같은 이념을 가지고 더 높은 곳으로 나아가고자 노력했더라면 더 행복하셨을 테지. 왜냐하면 데몬적인 정신이 그분을 떠나가고 인간적인 것만 남게 되었을 때 그분은 어찌해야 좋을 바를 모르고 난처해하셨기 때문일세.

바이런의 경우에도 데몬적인 것이 고도로 작용하고 있었던 것 같네. 그러니까 많은 사람들 사이에서 매력적인 대상이 되었고, 특히 여자들은 그의 매력에 끌려들지 않을 수 없었지."

"신의 이념에는 우리가 데몬적인 것이라고 부르는 작용력이 없어 보입니다만." 하고 내가 시험 삼아 말해보았다.

괴테가 대답했다. "이보게. 우리가 신의 이념에 대해 도대체 무엇을 알고 있단 말인가? 게다가 우리의 좁은 식견으로 지고의 존재에 대해 무어라 감히 말할 수 있단 말인가? 설혹 내가 튀르키예인처럼 그것을 100가지 이름으로 불러본다 한들 여전히 모자랄 것이고, 그 무한한 특성과 비교한다면 아무 말도 하지 않았던 것과 마찬가지겠지."

1831년 3월 9일 수요일

괴테는 오늘도 월터 스콧을 극찬하면서 계속 이야기했다.

"사람들은 너무도 보잘것없는 것들을 읽고 있어. 아무것도 얻지 못하고 시간만 낭비하면서 말이야. 그러니 언제든 다른 사람들이 경탄해 마지않는 작품들만을 골라 읽어야 하네. 젊은 시절에 나는 그런 식으로 책을 읽었고, 지금 월터 스콧을 읽고 있는 것도 마찬가지야. 이제 『로브 로이』를 읽기 시작했는데, 그의 다른 뛰어난 소설들도 연이어 읽어나갈 생각이네. 그의 소설은 소재나 내용이나 인물들의 성격이나 취급 방식 등 모든 것들이 위대해. 준비 단계에서의 무한한 노력은 물론이고, 실제 서술에서도 부분부분들이 정말 진실하게 그려져 있네! 영국 역사학의 수준을 가늠할 수가 있고, 또한 유능한 시인이 그러한 유산을 물려받는다는 것이 무엇을 의미하는지도 분명히 보여주고 있는 걸세. 반면에 다섯 권으로 된 독일의 『역사』[61]는 너무도 빈약할 뿐이네. 『괴츠 폰 베를리힝겐』이 나와서 역사의식을 어느 정도 일깨웠지만, 사람들은 그 즉시로 개인의 사적인 영역으로 몰입해 『아그네스 베르나우어』라든지 『오토 폰 뷔텔스바흐』 같은 별 볼 일 없는 작품을 썼으니까 말이야."

나는 쿠리에가 번역한 『다프니스와 클로에』[62]를 읽었다고 말했다. 그러자 괴테가 대답했다. "그 작품도 명작이야. 나도 가끔 읽으며 감탄하곤 하지. 지성과 기교와 미적 취향이 최고의 단계로 구현되어 있으니까 말이야. 그 작품에 비하면 친애하는 베르길리우스도 한 발짝 뒤처진다고 하겠지. 시골의 주점이 완전히 푸생의 기법으로 그려져 있는 데다가, 등장인물들 뒤에서 아주 밋밋하게 묘사되어 있는 걸 생각해 보게.

자네도 알다시피 쿠리에는 피렌체의 도서관에서 그 시의 중요한 구절이 적혀 있는 새로운 필사본을 발견했네. 지금까지의 판본들에서는 없었던 부분이지. 지금에야 고백하는 바이지만, 나는 그렇게 빠진 부분이 있는 상태로 읽으면서 찬탄해 왔던 것일세. 본래의 절정 부분이 빠져 있다는 걸 느끼지도 깨닫지도 못한 채로 말이야. 하지만 바로 그 점이 이 시의 뛰어난 점을 증명하고 있지. 남아 있는 부분만으로도 우리를 충분하게 만족시킨 나머지, 빠진 부분이 있으리라고는 생각지도 못했으니까 말이야."

---

61) 신학자인 요한 크리스티안 퓌스터(1772~1835)가 1829년 이후로 출간한 『독일인들의 역사』를 가리킨다.

62) 4세기경의 그리스 작가인 롱고스의 작품.

식사 후에 괴테는 나에게 쿠드레가 그린 아주 멋진 도른부르크 성문 그림을 보여주었다. 거기에는 라틴어로 명문(銘文)이 새겨져 있었는데, 그 대략적인 내용은 다음과 같았다.

'이곳을 방문하는 사람을 친절하게 맞이하고 묵게 할 것이며, 지나가는 나그네에게는 최고의 행운을 비는 인사말을 하도록 하라.'

괴테는 이 명문을 독일어 2행시로 옮겨 한 편지의 여백에 모토로 써 넣었다. 그 편지는 1828년 대공이 돌아가신 후 괴테가 도른부르크에 머무는 동안 육군 대령 폰 보일비츠에게 보낸 것이었다. 나는 당시에 이 편지에 대해 많은 말들이 오가는 것을 들은 적이 있었는데, 괴테가 이제 그 편지를 앞서 말한 성문 그림과 함께 보여주어 무척이나 기뻤다.

나는 그 편지를 아주 흥미롭게 읽었으며 새삼 경탄을 금할 수 없었다. 편지의 내용을 보면 그는 최대한의 드넓은 전망을 얻으려고 도른부르크성이 위치하고 있는 곳뿐만 아니라 아래쪽 골짜기 지역도 잘 이용하고 있었기 때문이다. 그것은 말하자면 커다란 손실[63]을 겪은 사람이 다시 몸을 일으켜 세워 두 다리로 힘차게 버틸 수 있게 만드는 그러한 종류의 전망이었다.

나는 이 편지를 보고 다음과 같은 사실을 깨닫게 되어 무척 기뻤다. 즉 '좋은 소재를 찾기 위해서 멀리까지 여행할 필요는 없다. 시인의 마음속에 생생한 내용만 들어 있다면 아주

63) 대공의 죽음을 가리키는 듯하다.

사소한 계기들로부터도 그 어떤 의미를 이끌어낼 수 있다.'라는 것이다.

괴테는 그 편지와 스케치 그림을 별도의 서류철 안에 함께 넣었는데, 그 둘을 앞으로도 영원히 보관하기 위해서였다.

1831년 3월 10일 목요일

나는 오늘 왕자와 함께 호랑이와 사자의 이야기를 다룬 괴테의 노벨레를 읽었다. 왕자는 위대한 예술 작품에 감동을 받아 매우 행복해했고, 나도 완벽하게 짜인 구성의 비밀을 선명하게 들여다볼 수 있어서 그 못지않게 기뻤다. 나는 이 작품에서 그 어떤 주도면밀한 구상을 읽어낼 수 있었는데, 그것은 시인이 그 대상을 오랜 세월 마음속에 품고 있었고 따라서 자신의 소재를 완벽하게 다룰 수 있었기 때문에 가능했던 것으로 보였다. 그는 전체와 부분을 동시에 아주 뚜렷하게 개관하고 있었으며, 모든 부분들을 그 자체로서 꼭 있어야 할 자리에, 그리고 또 앞으로 다가올 것에 대비하고 거기에 영향을 미칠 수 있도록 능숙하게 배치했다. 그리하여 모든 것은 앞뒤로 긴밀한 연관을 이루면서 동시에 제자리에 가장 알맞은 자리에 위치했기 때문에 구성상으로 그보다 더 완벽한 것을 생각해 내기란 쉽지 않을 것이다. 왕자와 함께 읽어나가는 동안 나는 마음속으로 괴테 자신이 이 보석과도 같은 노벨레를 마치 다른 사람의 작품을 보듯 관찰할 수 있다면 얼마나 좋을까 하는 간절한 바람을 느끼기도 했다.[64] 또한 나는 제재의 크기가 아주 적당하다는 생각도 들었다. 작가로서 모든 것을 현명한 방식으로 뒤섞어 놓아도 무리가 따르지 않을 정도이고, 독자로서도 전체와 부분을 어느 정도 사리분별을 가지고 이해할 수 있을 정도의 크기로 보였다.

1831년 3월 11일 금요일

괴테와 식사를 하면서 많은 이야기를 나누었다. 그가 말했다. "월터 스콧의 특징 하나를 들자면, 세부 묘사에 뛰어나다는 커다란 장점이 때로는 그로 하여금 오류를 범하게 한다는 걸세. 『아이반호』에 이런 장면이 있네. 밤중에 한 성의 넓은 홀에서 사람들이 식사를 하는 동안 낯선 사람이 들어오는 장면인데, 그때 작가가 그 낯선 사람의 모습과 복장을 위쪽에서 아래쪽 방향으로 묘사한 것은 옳지만 그 사람의 발과 신발까지 묘사한 것은 잘못이네. 밤중에 식탁에 앉아 식사를 하고 있을 때 누군가가 들어온다면 그 사람의 상체만 보일 것은 당연하네. 그러나 만일 발 부분을 묘사하게 된다면 그와 동시에 햇빛이 들어온다는 뜻이고, 그렇게 되면 그 장면은 밤의 특징을 잃어버리고 말지."

64) 그렇게 되면 괴테가 자신의 위대함을 새삼 깨닫게 되리라는 다소 외교적인 발언인 것으로 보인다.

괴테의 견해에 공감하면서 나는 앞으로의 경우에도 대비해 명심해 놓아야 할 말이라고 생각했다.

그러고 나서도 괴테는 월터 스콧에 대해 경탄을 금치 못하면서 계속 이야기했다. 나는 그러한 생각을 기록으로 남기는 것이 어떻겠느냐고 청해보았지만, 괴테는 다음과 같은 말로 거부의 의사를 표했다. 월터 스콧이라는 작가의 예술은 너무도 높은 경지에 있어서 거기에 대해 공개적으로 의견을 표명한다는 것은 어려운 일이라는 것이었다.

1831년 3월 14일 월요일

괴테와 식사를 하면서 여러 가지 이야기를 나누었다. 나는 그저께 공연되었던 「포르티치의 벙어리」[65]에 대해 평하면서 다음과 같은 점을 언급했다. 즉 그 작품에서 원래 의도했던 혁명의 모티프가 겉으로는 전혀 드러나 있지 않지만 그 점이 오히려 관객의 마음을 끌었는데, 그것은 관객 각자가 그 비어 있는 공간에다가 자신의 도시나 나라에 대해 스스로 비판적으로 생각하고 있는 부분들을 대입해 넣을 수 있기 때문이라는 것이다. 괴테가 말했다. "그 오페라 전체는 근본적으로 백성들에 대한 풍자일세. 만일 그 작품이 고기잡이 소녀의 연애 사

---

65) 프랑스의 작곡가 다니엘 오베르(1782~1871)의 오페라로서 1830년 브뤼셀에서 혁명 발발의 신호탄이 되었다.

건을 공공연하게 드러낸다든지 또는 거기에 나오는 제후를 여성 제후와 결혼했다는 이유로 폭군이라고 부른다면, 그 작품은 너무도 허무맹랑하고 가소로운 것이 되고 말았을 거야."

후식을 들면서 괴테는 나에게 「베를린 소묘(素描)」[66]를 보여주었다. 그중에는 아주 명랑한 작품들이 들어 있었는데, 괴테는 풍자에 접근하기만 할 뿐 노골적으로 표현하지는 않고 있는 그 예술가의 절제력을 높이 평가하였다.

1831년 3월 15일 화요일

나는 오전 내내 『시와 진실』 4부의 원고에 몰두하면서 괴테에게 보여주기 위해 다음과 같이 메모를 작성했다.

2권과 4권 그리고 5권은, 최종적인 검토 과정에서 아주 쉽게 마무리 지을 수 있는 약간의 사소한 부분들을 제외한다면 완성된 것으로 볼 수 있었다.

1권과 3권에서는 아래와 같은 점을 주목할 필요가 있다.

1권

융의 불운한 눈병 치료에 관한 이야기는 매우 진지한 의미

66) 동판 조각가이자 스케치 화가인 프란츠 되르벡(1799~1835)의 스케치 작품.

를 담고 있어서 사람들이 마음속 깊이 성찰하도록 만들며, 여러 사람이 모인 자리에서 언급되는 경우에는 어김없이 대화의 일시적인 중단을 초래한다. 그러므로 1장을 그 이야기로 끝맺는 것이 좋으리라고 괴테에게 권유한다. 그런 방식으로 일종의 휴식이 주어지니까 말이다.

유대인 거리의 화재와 어머니의 붉은 벨벳 외투를 걸치고 썰매를 달렸다는 소소한 일화들은 현재 1장의 마지막 부분에 위치하고 있는데, 이것은 적당한 자리로 보이지 않는다. 오히려 예측불허의 무의식적인 창작 방식에 관한 이야기가 나오는 부분에 그 일화들을 연결시키는 것이 안성맞춤이라고 생각한다. 왜냐하면 그러한 일화들의 경우는 무엇을 할 것인지 오래 묻지 않고 곧장 행동으로 나아감으로써 미처 생각도 하기도 전에 이미 일을 이루게 되는 행복한 마음 상태와 유사하기 때문이다.

3권

예정대로 하자면 이 장은 1775년의 독일의 외적인 정치 상황과 아울러 독일의 내부적 상황, 즉 귀족의 교양 문제와 같은 문제에 관한 괴테의 구술로 채워넣기로 되어 있다. 「어릿광대의 결혼식」을 비롯해 이루어지거나 이루어지지 않은 작품들에 관한 언급은 바로 이 3권에 포함시키는 게 바람직해 보인다. 만일 그 부분을 이미 상당한 부피로 늘어난 4권에 넣기가 더 이상 적합하지 않다든지 아니면 아주 잘 구성되어 있는 기존의 연관 관계를 그 부분 때문에 해칠 우려가 있다면 말이다.

나는 이러한 목적을 위해 3권에 온갖 개요와 단편적인 이야기들을 한데 모았다. 그리고 아직도 불충분한 이 부분을 괴테가 활기찬 정신과 한결같은 기품으로 구술하여 채워넣을 행운이 따르기를 바랄 뿐이다.

에커만

왕자와 소레 씨와 점심 식사를 같이했다. 우리는 쿠리에에 관해 많은 이야기를 나누었다. 그리고 나서는 괴테의 노벨레의 종결 부분이 화제에 올랐는데, 나는 그 내용과 예술성이 너무도 높아 사람들이 그것을 앞에 두고 어떻게 이해해야 할지 모를 것이라고 말했다. 사람들은 언제나 아이 이전에 듣고 보았던 것을 다시 듣고 보려는 경향이 있는 법이다. 그리고 문학이라는 꽃을 순수하게 시적인 영토에서 만나는 데 익숙하다. 그러므로 이번 경우에 문학이 철저하게 현실적인 토양에서 자라나 있는 걸 보고는 놀라지 않을 수 없다. 물론 시의 영역에서는 모든 것이 허용되며 어떤 기적도 믿기지 않을 만큼 전대미문의 것은 아니다. 그러나 여기에서는 실제 대낮의 환한 빛 가운데서 가장 사소한 것조차도 우리를 깜짝 놀라게 한다. 그 가장 사소한 것은 사물들의 일상적인 흐름에서 약간 벗어나 있을 뿐이지만, 우리는 익숙한 수천의 기적들로 둘러싸여 지금까지 우리에게 알려지지 않은 유일한 불가사의에 대해 고민한다. 사람들은 또한 이전 시대의 기적을 별 어려움 없이 받아들이며 믿는다. 그러나 오늘 일어나고 있는 기적에다가 일종의 현실성을 부여하고, 그 기적을 가시적인 현실에 못지않은 보다 높은 현실로 소중하게 받아들인다는 것은 요즘 사람들로서는 더 이상 생각지 못할 일인 듯하다. 설혹 사람들에게 그런 경향이 남아 있다 하더라도 교육에 의해 그런 감수성이 쇠퇴해 버린 지 오래다. 그러므로 우리 시대는 점점 더 산문적이 되어가고 있으며, 초자연적인 것에 대한 믿음과 소통이 미약해져, 모든 문학들도 점점 더 사라지게 될 것이다.

괴테의 노벨레의 종결 부분이 근본적으로 의미하는 바는 다름 아니라 다음과 같은 느낌이다. 즉 인간은 드높은 존재로부터 완전히 버림받은 것은 아니다. 오히려 드높은 존재는 인간을 염두에 두고 있으면서, 인간의 일에 간섭하고 인간이 역경에 처한 경우에 기꺼이 도움의 손길을 내민다는 것이다.

이러한 믿음은 아주 자연적인 것이어서 인간에게 속하고 인간 본질의 중요한 부분을 이루고 있으며 모든 종교의 토대로서 모든 민족이 타고난다. 인류의 옛 조상들에게서 그런 믿음은 강력하게 작용해 왔고, 또한 고도의 문화 아래에서도 변함없이 그대로 살아 있었다. 그러므로 우리는 그리스인들 가운데 플라톤에게서 그런 믿음이 여전히 강력하게 살아 있는 것을 보며 또한 『다프니스와 클로에』의 작가에게서도 마찬가지로 그런 믿음이 뚜렷하게 살아 있음을 확인한다. 이 사랑스러운 시에서는 신성(神性)이 목양신(牧羊神)과 님프의 형태를 한 채 경건한 목동들과 연인들의 삶에 관여하면서 낮에는 그들을 보호하고 밤에는 꿈으로 그들에게 무엇을 해야 할지를 말해준다. 괴테의 노벨레에서 눈에 띄지 않게 인간을 보호하고 있는 이 신적인 존재는 영원한 천사들의 형태로 나타나도록 되어 있는데, 한번은 움푹 파인 성의 안마당에서 무시무시한 사자로부터 예언자를 지켜주었고, 또 여기 종결 부분에서는 앞의 것과 비슷한 괴물 옆에서 멋모르고 있는 착한 아이를 보호하며 에워싸고 있다. 사자는 그 아이를 찢어놓지 않는다. 오히려 사자는 부드럽고 고분고분한 모습을 보인다. 왜냐하면 그 모든 영원 속에 작용하는 드높은 존재가 눈에 보이지 않게 개입하고 있기 때문이다.

그러나 이러한 설정이 믿음 없는 19세기의 사람들에게 너무 이상해 보이지 않도록 시인은 두 번째의 강력한 모티프를 다시 활용하는데, 그것은 다름 아니라 음악의 모티프이다. 인간들은 아주 오랜 옛날부터 음악의 마술적인 힘을 느껴왔으며, 우리 자신도 영문을 모른 채 날마다 음악의 지배를 받고 있는 것이다.

오르페우스는 그러한 마법에 의해 숲속의 모든 동물들을 자기에게로 끌어당기고, 앞서 말한 그리스 시인의 작품에 나오는 젊은 목동도 다양한 선율로 피리를 불어 염소들을 흩어졌다 모였다 하게 만들고, 적이 나타나면 도망치게 하고 그렇지 않을 경우에는 유유히 풀을 뜯도록 한다. 이것들과 마찬가지로 괴테의 노벨레에서도 음악이 사자에게 영향력을 발휘한다. 그 강력한 짐승은 달콤한 피리의 선율에 순종하며 순진무구한 소년이 인도하는 대로 어디든 따라간다.

나는 그러한 불가사의한 일에 대해 여러 사람과 이야기하는 동안 다음과 같은 사실을 깨달았다. 즉 인간이란 자기 자신의 뛰어난 장점들을 보고 그것에 아주 심하게 사로잡혀 버리기 때문에 그러한 장점들을 별다른 고려도 없이 신들에게 부여하고 말지만, 짐승들에게도 그런 장점을 공유하게 할 것인가를 결정할 때는 별로 달갑게 생각하지 않는다는 것이다.

1831년 3월 16일 수요일

괴테와 함께 식사를 했다. 나는 그에게 『나의 생애』 4부 원고를 가져다주고 그것에 관한 여러 가지 이야기를 나누었다.

우리는 또 『빌헬름 텔』의 종결 부분에 대해서도 이야기했고, 나는 실러가 어떻게 그런 실수를 했는지 의아할 뿐이라고 말했다. 주인공인 빌헬름 텔은 정처도 없는 슈바벤 공작에게 명예롭지 못하게 행동함으로써, 즉 자신의 행동에 대해서는 자랑을 늘어놓는 반면에 슈바벤 공작에게는 가혹한 심판을 내림으로써 스스로 품위를 떨어뜨리는데 이것은 실러의 실수임이 명백했다.

괴테가 말했다. "이해하기 어려운 일일세. 하지만 실러도 다른 사람들과 마찬가지로 여성들의 영향을 전적으로 무시할 수는 없었네. 그런 식의 오류는 선량한 본성에서라기보다는 오히려 여성의 영향 때문인 듯하네."

1831년 3월 18일 금요일

괴테와 함께 식사를 했다. 나는 그에게 『다프니스와 클로에』를 가져다주었는데, 그가 다시 한번 읽고 싶어 했기 때문이다.

우리는 고상한 뜻을 가진 경구들에 대해 이야기하면서 그것을 다른 사람들에게 전하는 것이 좋은지 그리고 그것이 가능하기나 한지 의견을 주고받았다. "보나 고귀한 것을 받아들일 수 있는 성향이란 매우 드물지." 하고 괴테가 말했다. "그러니 일상생활에서는 그런 것을 자신의 마음속에만 간직해 두었다가, 혹시 다른 사람들에게 얼마간의 이익을 주는 데 도움이 되는 경우에만 꺼내어 쓰는 편이 좋을 것이네."

그러고 나서 우리는 많은 사람들이, 특히 비평가나 시인이라는 사람들이 참으로 위대한 것은 아주 무시해 버리면서 오히려 어중간한 정도의 것에 가치를 부여하는 점에 관하여 언급했다.

괴테가 말했다. "인간이란 자신이 할 수 있는 일만을 인정하고 칭찬하는 법이야. 예컨대 어떤 사람들은 이류 정도의 것으로 자신의 생계를 꾸리고 있는 터이므로, 어느 정도 장점을 가진 문학을 보게 되면 농간을 부려 실제로 비난할 만한 것을 기어이 찾아내고 그것을 철저하게 비난하고 혹독하게 깎아내리는 걸세. 그렇게 해야만 자기들이 칭찬하는 이류 정도의 것을 더욱 훌륭하게 보이게 할 수 있기 때문이지."

나는 자신에게도 장차 이러한 일이 생길지 모른다는 생각이 들어 이 말을 깊이 새겨두었다.

그러고 나서 우리는 『색채론』에 관해 이야기했는데, 독일의 일부 교수들이 학생들 앞에서 여전히 이 이론을 아주 큰 오류라고 경고하고 있다는 말도 나왔다.

"선량한 학생들이 안됐을 따름이야." 하고 괴테가 말했다. "하지만 나하고는 아무 상관도 없는 일이네. 나의 『색채론』은 이 세계처럼 오래된 것이며, 언제까지나 부정되는 일도 버림받는 일도 없을 테니까 말이야."

이어서 괴테는 그의 『식물 변형론』의 신판이 잘 진척되고 있으며 소레의 번역도 점점 더 좋아지고 있다고 말했다.

"주목할 만한 책이 될 걸세. 아주 다양한 요소들이 그 책에서 하나로 정돈되고 있으니까 말이야. 나는 유능한 젊은 자연과학자들의 글에서 몇 구절 인용하기도 했네. 그런데 정말 기쁜 것은 그렇게 하는 동안 현재 독일의 뛰어난 자연과학자들 가운데서 그처럼 훌륭한 문체가 이루어졌다는 사실을 발견했다는 점일세. 누가 썼는지 모를 정도로 정말 대단한 문체였어. 여하간 『식물 변형론』을 쓰느라고 예상보다 훨씬 고생을 했네. 별로 내키지도 않은 상태에서 일에 착수했는데, 어느새 그 어떤 데몬적인 능력이 작용해 마침내 중단하지 못하게 되었으니까."

내가 말했다. "그런 힘에 순종한 것은 잘하신 일이었습니다. 데몬적인 것의 본성은 아주 강력해서 끝내는 자신의 뜻대로 이루고 마니까요."

그러자 괴테가 대답했다. "하지만 인간은 또한 데몬적인 능력에 대항해 자신의 의지를 관철하도록 노력해야 하네. 나로서도 현재 상황에서 능력과 사정이 허락하는 한 열과 성을 다하여 일을 훌륭히 마무리 짓도록 애써야만 하겠지. 이러한 일은 프랑스인이 코디유라고 부르는 놀이와 같은 걸세. 던져진 주사위가 많은 걸 결정하지만, 그래도 놀이판 위에서 말을 잘 쓴다는 것은 그 놀이를 하는 사람의 현명함에 달려 있으니까 말이야."

나는 이 훌륭한 말에 감탄하면서 그것을 장차 내 행동의 지침으로 삼으리라고 마음에 새겼다.

1831년 3월 20일 일요일

식사 중에 괴테가 요 며칠 동안 『다프니스와 클로에』를 읽어보았노라고 말했다.

그가 말했다. "그 시는 정말 아름답네. 하지만 생존의 열악한 상황에서 누구든 그런 느낌을 오래 보존하기란 어려운 일이지. 그러다가 그 시를 다시 읽게 되면 새삼 놀라게 되는 걸세. 너무도 아름다운 시니까 말이야. 그 시에는 환하게 밝은 대낮이 들어 있네. 온통 헤라클레스의 모습으로 가득한 느낌이지. 그리고 또 이런 느낌이 거꾸로 책의 내용에 영향을 미치면서 시를 읽고 있는 우리의 상상력을 한층 더 생생하게 만들어준다네."

내가 말했다. "제 생각으로는 모든 것을 그 안에 안고 있는 그 어떤 완결성이 아주 돋보입니다. 우리를 행복한 세계로부터 몰아내 버리는 어떤 낯선 존재에 대한 암시라고는 거의 찾아볼 수 없으니 말입니다. 신들 중에서는 목양신과 님프들만이 활동하며 다른 신들은 거의 언급되지도 않습니다. 목동들의 요구를 들어줄 존재로 이 신들만으로도 충분하니까요.

괴테가 말했다. "하지만 아무리 소박하게 완결되어 있다 하더라도 그 속에는 하나의 완벽한 세계가 펼쳐져 있네. 온갖 종류의 목자(牧者)들이 등장하고 있으니 말이야. 농사꾼, 정원사, 포도 재배인, 뱃사람, 강도, 군인과 우아한 도시 사람들 그리고 위대한 주인과 그 노예들 말일세."

내가 말을 이었다. "또한 거기에서 출생에서부터 노령에 이르기까지 인생의 모든 단계를 거치는 인간의 모습을 봅니다. 그리고 변화하는 계절이 그들에게 어떤 영향을 주는가와 같은 온갖 살림살이의 모습도 우리 눈앞을 스쳐 지나갑니다."

"경치는 어떤가!" 하고 괴테가 말했다. "몇 줄 안 되지만 너무도 선명하게 묘사되어 있네. 언덕 위에 있는 사람들 뒤로 포도원과 경작지와 과수원이 보이고, 아래쪽으로는 목초지가 있고 그 옆으로 강이 흐르며, 약간의 숲도 있으며 저 멀리로는 바다가 펼쳐져 있네. 흐릿한 날씨라든지 안개나 구름이나 습기 같은 것은 흔적도 찾아볼 수 없고, 푸르디푸른 맑은 하늘 아래 대기는 감미롭고 땅은 언제나 기분 좋게 건조한 상태라 어디서든 옷을 벗고 맨몸으로 드러눕고 싶을 정도네."

괴테가 계속해서 말했다. "시 전체가 가장 수준 높은 예술성과 교양을 보여주고 있네. 심사숙고의 결과 어떤 모티프도

서투르게 사용된 곳이 없으며 모든 모티프를 철저하고 최상의 방식으로 다루고 있네. 예컨대 바닷가에서 냄새를 풍기고 있는 돌고래 곁에 있는 보물과 같은 모티프를 생각해 보게. 미적 감각이나 구성의 완벽함이나 느낌의 섬세함에서 이 시는 지금까지 나왔던 최상의 작품에 필적할 만한 것일세! 그 시의 행복한 상황을 혼란스럽게 흔들어 놓으면서 외부로부터 유입되는 모든 역겨운 요소들, 즉 습격이라든지 강도짓이라든지 전쟁과 같은 요소들도 언제나 최대한 신속하게 마무리되어 그 뒤로 거의 아무런 흔적도 남기지 않지. 그러고 나서 도시 사람들을 따라 악덕이 나타나지만, 그것도 중요 인물들에게서가 아니라 주변적인 인물들, 즉 낮은 신분의 사람들에게서만 나타날 뿐이네. 여하간 시 전체가 그보다 더 아름다울 수는 없을 정도지."

내가 말했다. "그런데 저에게는 주인과 하인의 관계가 드러나 있는 방식이 무척 마음에 들었습니다. 주인들은 하인들을 아주 인간적으로 대하고, 하인들은 소박한 자유를 마음껏 누리는 가운데 커다란 존경심을 품고 있고, 어떻게 해서든 주인의 총애를 얻고자 애를 씁니다. 또 도시의 젊은이도 부자연스러운 사랑을 무리하게 요구하다가 다프니스로부터 미움을 받게 되지만, 다프니스가 주인의 아들로 밝혀지자 다시 그의 총애를 얻으려는 행동을 하게 되지요. 즉 황소 키우는 목동에게 납치된 클로에를 용감하게 다시 빼앗아 와서 다프니스에게 데려다주는 것이지요."

괴테가 말했다. "이 모든 것에는 대단한 분별력이 들어 있네. 예컨대 클로에는 벌거벗은 채 나란히 누워 있고자 안달하는 연인들 양쪽의 욕구를 극복해 가며 사랑 이야기가 끝날 때까지 그녀의 순결을 지키는데, 이것이 너무도 뛰어나고 아름다운 모티프를 이루고 있어서 가장 위대한 인간적 면모를 생생하게 보여주고 있는 걸세.

이 시의 모든 위대한 장점들을 제대로 평가하자면 한 권의 책으로도 모자랄 테지. 그러니 해마다 한 번씩 읽어보면서 그것으로부터 거듭 배우고 그 위대한 아름다움의 인상을 새로이 느껴보는 것으로 만족해야겠지."

1831년 3월 21일 월요일

우리는 정치 문제들에 관해 이야기했는데, 여전히 계속되고 있는 파리에서의 소요 사태라든지 국가의 중대사에 관여하려는 젊은이들의 과도한 망상 등이 화제에 올랐다.

내가 말했다. "영국에서도 대학생들이 몇 년 전에 가톨릭 문제를 해결하기 위해 탄원서를 제출해 영향을 미치려고 한 적이 있었습니다만, 결국에는 웃음거리가 되었을 뿐 아무런 주목도 받지 못했습니다."

괴테가 말했다. "나폴레옹이라는 사례가 프랑스의 젊은이들, 특히 그 영웅 밑에서 자라났던 젊은이들 사이에 에고이즘을 불러일으켰네. 아마도 대학생들은 위대한 전제군주가 자기들 속에서 다시 태어나기 전까지는 가만히 있지 않을 걸세. 그들 자신이 스스로 그렇게 되어보고 싶은 그런 전제군주의 등장을 학수고대하면서 말이야. 하지만 유감스럽게도 나폴레옹과 같은 인물이 그렇게 쉽사리 다시 태어날 리는 없는 것이지. 그래서 세상이 다시 안정될 때까지 수십만 명의 사람이 희생되지나 않을까 걱정스럽다네.

문학상의 활동은 요 몇 년 동안 아무런 주목도 받을 수가 없었네. 그러니 지금은 보다 평화로운 미래를 위해 조용히 좋은 일들을 준비해 두어야겠지."

이렇게 정치와 관련된 문제를 몇 마디 나눈 후에 우리는 금방 또 『다프니스와 클로에』에 관한 이야기로 넘어갔다. 괴테는 쿠리에의 번역이 아주 완벽하다고 칭찬했다.

"쿠리에[67]는 좋은 방법을 썼네." 하고 그가 말했다. "오래전에 나온 아미요[68]의 번역을 존중해 곁에 두고 참고로 삼으면서, 단 몇 군데만을 고치고 퇴고를 거듭해 한층 원작에 가까워지게 했으니까 말이야. 이 오래된 프랑스어는 매우 소박해서 이런 소재에는 안성맞춤이네. 다른 어떤 언어로도 이 책을 보다 더 완벽하게 번역하기가 쉽지는 않을 걸세."

그러고 나서 우리는 쿠리에의 작품과 소책자 그리고 피렌체의 어떤 원고에 묻어 있는 악명 높은 잉크 얼룩에 대해 그가 한 변명 등에 관해 이야기했다.

"쿠리에는 위대한 재능을 타고난 천재이네." 하고 괴테가 말

---

67) 폴 루이 쿠리에(Paul Louis Courier, 1772~1825). 프랑스의 작가, 번역가. 그리스의 작품들을 주로 번역했다.

68) 자크 아미요(Jacques Amyot, 1513~1593). 프랑스의 작가, 번역가.

했다. "바이런의 특성과 아울러 보마르셰와 디드로의 특성까지 갖추었지. 바이런에게서는 자신의 논거를 입증하는 데 필요한 일체의 것을 찾아내는 방법을, 보마르셰에게서는 뛰어난 변호사적인 수완을 그리고 디드로에게서는 변증법을 배웠네. 게다가 그 재기 발랄함은 타의 추종을 불허할 정도야. 그러나 잉크 얼룩과 관련해서는 책임을 완전히 벗어났다고 볼 수는 없을 것 같군. 또한 그 전체적인 성향이 그렇게 적극적이지 못하다는 점도 칭찬받을 일은 아니네. 그는 세상 전체를 상대로 싸우고 있지만, 그 자신에게도 약간의 책임과 부당한 면이 있음은 부정할 수 없을 걸세."

이어서 우리는 독일어의 '가이스트(Geist, 정신)'라는 단어와 프랑스어의 '에스프리(esprit)'라는 단어 사이의 개념 차이에 관해 이야기했다. 괴테가 말했다. "프랑스어의 에스프리는 우리들 독일인이 '비츠(witze, 기지)'라고 부르는 말에 가깝네. 프랑스인들은 아마도 우리 독일어의 가이스트를 에스프리 내지는 '아므(Âme)'로 표현할 테지. 그러나 '가이스트'라는 단어에는 생산성의 개념도 동시에 들어 있지만, 프랑스의 에스프리에는 그러한 개념이 들어 있지 않네."

내가 말했다. "하지만 볼테르는 우리가 독일어로 가이스트라고 부르는 개념을 가지고 있었습니다. 어쨌든 프랑스어의 에스프리로 충분히 표현하지 못하는 경우에 프랑스인들은 어떻게 말하는지요?"

"그렇게 고상한 의미를 가리킬 경우에는 '제니(génie)'라는 말을 쓰네." 하고 괴테가 대답했다.

내가 말했다. “저는 지금 디드로의 책을 읽고 있습니다만 이 사람의 비상한 재능에 그저 놀랄 뿐입니다. 지식은 훌륭하고 어조는 정말로 힘찹니다! 그의 책에서 우리는 격동하는 거대한 세계를 들여다봅니다. 거기서 사람들은 서로를 자극합니다. 정신과 성격은 끊임없이 시련을 받지만, 그러는 가운데 그 양쪽 다 능숙해지고 굳세어집니다. 여하간 프랑스 사람들이 지난 세기에 문학 분야에서 배출한 인물들을 보면 정말 대단합니다. 저로서는 조금 들여다보기만 해도 벌써 놀라게 되니까요.”

“그건 100년에 걸친 문학적 변용이었네.” 하고 괴테가 말했다. “루이14세 이래로 성장해 오다가 마침내 활짝 꽃을 피운 거지. 그러나 애초에 디드로나 달랑베르나 보마르셰 등과 같은 인재들을 충동한 것은 볼테르였네. 왜냐하면 그와 어깨를 나란히 하며 어느 정도 두각이라도 나타내려면 많은 공을 들여 쉬지 않고 노력해야만 했기 때문일세.”

그러고 나서 괴테는 동양어문학을 전공하는 예나 대학의 한 젊은 교수에 관한 얘기를 꺼내면서, 그 사람은 한동안 파리에서 지내며 훌륭한 교양을 쌓았기 때문에, 나도 그와 알고 지내는 편이 좋겠다는 것이었다. 내가 자리에서 일어나려고 하자 괴테는 슈뢴의 논문 한 편을 건네주었다. 곧 출현할 혜성에 관한 글이었는데, 괴테는 내가 그런 문제에도 완전히 문외한이 되어서는 안 된다는 충고를 해주었다.

1831년 3월 22일 화요일

후식을 들면서 괴테는 한 젊은 친구가 로마에서 보낸 편지의 구절들을 읽어주었다. 거기에 묘사된 독일의 예술가들은 긴 머리에 콧수염을 하고, 독일 전통의 재킷에다가 셔츠의 깃을 세워 입은 채 담배 파이프를 입에 물고 있는 독설가(毒舌家)의 모습이었다. 그들은 위대한 거장들에게서 무언가를 배우려고 로마로 온 것처럼 보이지는 않았다. 그들에게 라파엘로는 허약하게 보였고, 티치아노는 그런대로 괜찮은 솜씨의 채색화가에 불과했다.

괴테가 말했다. "야만의 시대가 도래하리라고 보았던 니부어의 견해가 옳았어. 그 시대는 이미 와 있고, 우리는 벌써 그 한가운데 있네. 왜냐하면 뛰어난 것을 제대로 알아보지 못하는 것이야말로 야만의 증거니까 말일세."

그러고 나서 그 젊은 친구는 사육제에 대해서, 그리고 새로운 교황의 선출과 연이어 돌발하는 혁명에 관해 이야기했다.

우리는 오라스 베르네[69]가 기사처럼 의연하게 자신을 지키고 있는 모습을 떠올릴 수 있었다. 반면에 독일의 몇몇 예술가들은 수염을 깎은 채 조용히 집에 머물고 있었는데, 그것은 그들이 자신의 행동거지 때문에 로마인들에게 그렇게 사랑받지 못하고 있다는 증거로 보였다.

---

69) 오라스 베르네(Horace Vernet, 1789~1863). 프랑스의 화가. 1828~1835년 사이에 로마에 있는 프랑스 아카데미 원장을 지냈다.

그리고 독일의 몇몇 젊은 예술가들에게서 보이는 그러한 잘못된 경향이 특정 개인의 기질에서 비롯되었다가 점차 하나의 정신적인 경향으로 번져나간 것인지 아니면 원래부터 시대 전체에 그 책임이 있는 것인지 하는 문제도 언급되었다.

"그러한 잘못된 경향은 소수의 개인들에게서 비롯되었네." 하고 괴테가 말했다. "그리고 벌써 사십 년이니 계속 영향을 미치면서 번져나가고 있는 게지. 그 이론의 요지는 예술가가 대가의 경지에 도달하려면 우선적으로 경건함과 재능이 필요하다는 걸세. 그리고 그러한 견해는 사람들의 비위에 맞았기 때문에 쌍수를 들고 환영받았네. 왜냐하면 아무것도 배우지 않아도 경건할 수가 있으며, 또한 예술가들은 각자 재능을 성모마리아에게서 이미 받은 상태니까 말이야. 그러한 예술가들은 결국 대중의 편협한 자만심과 나태함에 영합하는 것만을 표현할 수 있을 뿐이고, 또 그렇게 해야만 평범한 속물 집단의 확실한 지지를 받을 수 있다네!"

1831년 3월 25일 금요일

괴테는 녹색의 우아한 안락의자를 보여주었는데, 최근에 어떤 경매에서 사온 것이다.

"하지만 그걸 거의 사용하지 않거나 어쩌면 아예 사용하지 않을지도 모르네." 하고 그가 말했다. "어떤 종류의 안락함이든 본래 내 본성에 조금도 맞지 않기 때문일세. 내 방을 보게

나, 소파 하나 없지 않은가. 나는 언제나 오래된 나무의자에만 앉아왔고, 몇 주일 전부터 겨우 머리 받침을 붙여 사용하고 있을 정도니 말이야. 안락하고 우아한 가구에 둘러싸여 있노라면 생각이 잘 떠오르지 않고, 그저 편안하고 수동적인 상태가 되어버린다네. 젊을 때부터 그런 데 익숙해 있다면 별문제겠지만, 여하간 화려한 방이나 우아한 가구란 생각도 없고, 또 생각하고 싶지도 않은 사람들을 위한 것이네."

1831년 3월 27일 일요일

오랜 기다림 끝에 마침내 화창한 봄날이 왔다. 푸르디푸른 하늘엔 하얀 조각구름만 여기저기 떠다닐 뿐이고, 여름옷을 입어도 될 만큼 아주 따뜻했다.

괴테가 정원에 있는 정자에 식탁을 차리게 했으므로 우리는 또다시 야외에서 식사를 했다. 대공비가 화제에 올랐는데, 그분은 남모르게 온갖 곳을 다니면서 선행을 베풀어 모든 신하들의 마음을 사로잡았다는 이야기였다.

괴테가 말했다. "대공비께서는 그 뜻이 선할 뿐만 아니라 무척 지성적이고 마음씨가 따뜻한 분이네. 그분은 이 나라에 내린 진정한 축복일세. 인간이라면 자신에게 선행을 베푸는 사람의 존재를 금방 느낄 테지. 태양과 그 밖의 자비로운 것들을 숭배하는 듯한 감정으로 말일세. 그러므로 모든 사람들이 그분을 사랑하고, 그분이 당연히 그런 사랑을 받을 만한 존재라는 사실을 금방 깨닫는 것이 조금도 이상한 일은 아니네."

나는 왕자와 함께 『민나 폰 바른헬름』을 읽기 시작했는데, 정말 뛰어난 작품 같다고 말했다. "세상에서는 레싱을 두고 차가운 지성을 가진 사람이라고들 주장합니다. 그러나 저는 이 작품에서 풍부한 감정과 사랑스러운 순박함, 명랑하고 기운찬 생활인의 마음씨와 툭 트인 인격 등을 기대 이상으로 많이 보았습니다."

"한번 생각해 보게." 하고 괴테가 말했다. "그 작품이 저 어두운 시대에 출현했을 때 우리 젊은이들에게 어떤 영향을 끼쳤겠는가! 그야말로 찬연한 유성(流星)과도 같았지. 그것은 우리에게 당대의 허약한 문단(文壇) 실정으로는 생각도 못 할 보다 고귀한 영역이 있음을 깨닫게 해주었네. 처음 두 막은 연극의 발단으로서 정말 걸작이네. 우리는 그것으로부터 많은 것을 배웠고 또 앞으로도 배울 수 있을 것일세.

물론 오늘날에는 어느 누구도 발단 같은 것에 관해서는 전혀 관심도 없지. 지금까지는 3막에서 기대했던 효과를 요새는 1막에서부터 올리려 하는 형편이니까 말이야. 게다가 문학이란 항해와도 같다는 점은 아예 생각해 보지도 않네. 돛을 활짝 펼치고 달리려면 우선 해안을 떠나서 어느 정도 깊은 바다로 나가야 한다는 사실을 잊고서 말이네."

괴테는 맛이 뛰어난 라인산 포도주를 조금 가져오게 했는데, 프랑크푸르트의 친구들이 그의 지난번 생일에 선사한 선물이었다. 포도주를 들면서 괴테는 나에게 메르크와 관련된 일화를 들려주었다. 그는 돌아가신 대공을 용서할 수가 없었는데, 그 이유는 어느 날 대공이 아이제나흐의 룰[70] 지방에서 평범한 포도주를 맛보고는 고급 포도주라고 말했기 때문이었다는 것이다.

괴테가 계속해서 말했다. "메르크와 나는 언제나 메피스토펠레스와 파우스트 같은 사이였네. 예컨대 그는 이탈리아에서 내 아버지가 보내온 편지를 보고 비웃었는데, 그 이유는 그분이 그곳 사람들의 좋지 못한 생활방식이라든지 낯선 음식 그리고 독한 포도주나 모기 같은 것에 대해 불평을 늘어놓았기 때문이네. 메르크는 그렇게 멋진 나라의 그처럼 장려한 환경 속에 있으면서 식사라든지 음료수라든지 파리와 같은 사소한 문제 때문에 골머리를 썩이는 내 아버지를 용서할 수가 없었던 걸세.

메르크의 그런 야유는 두말할 것도 없이 그의 고상한 인격 때문이었네. 그러나 그는 생산적이지 않았고 오히려 명백하게 부정적인 성향이었기 때문에, 언제나 칭찬보다는 비난할 태세를 갖추었던 걸세. 그래서 본의 아니게 온갖 수단을 동원해 그렇게 속에서 간질거리는 야유의 욕구를 만족시켰지."

우리는 포겔과 그의 행정적인 능력에 관해서 그리고 길레와 그의 인품에 관해 이야기했다. 괴테가 말했다. "길레는 그 누구와도 비교할 수 없을 정도로 독특한 사람일세. 나와 함께 언론 자유의 해악을 주장한 유일한 사람이었으니까 말이야. 그는 사람들이 자신의 입장을 믿어야 한다고 주장했으며, 자

70) 튀링겐주의 룰라 지방을 말한다.

신은 언제나 법의 편에 설 것임을 분명히 했었네."

식사를 마친 후 우리는 정원에서 잠시 이리저리 거닐면서 하얗게 꽃피어 나는 스노드롭과 노란 크로커스를 즐거운 마음으로 구경했다. 튤립 꽃봉오리들도 고개를 내밀고 있었기에, 우리는 그러한 품종의 네덜란드산 튤립이 화려하고 귀하다는 말을 주고받았다. 괴테가 말했다. "꽃을 그리는 위대한 화가란 이제 더 이상 생각할 수 없게 되었네. 자연과학상의 세밀한 사실들이 점차 드러나고 있어서 식물학자가 화가들에게 꽃실의 숫자를 일일이 헤아려 보여주는 세상이 되었기 때문이지. 사실 식물학자에게는 화가의 특기인 분류하고 명암을 구분하는 안목이 없는데도 말이야."

1831년 3월 28일 월요일

오늘 괴테와 더불어 참으로 멋진 시간을 다시 보냈다.

그가 말했다. "나의 『식물 변형론』은 이제 끝낸 거나 마찬가지네. 식물의 나선(螺旋)적 성장 경향과 폰 마르티우스 씨와 관련해 좀 더 언급해야 했던 부분도 거의 매듭을 보았네. 그래서 오늘 아침에는 다시 『나의 생애』 4부에 착수해 아직 더 써 나가야 할 부분에 대한 개요를 벌써 작성해 보았지. 사실 이렇게 고령의 나이에 자신의 청년 시대 이야기를, 그것도 여러 가지 점에서 중요한 의미를 가지는 시대에 관한 이야기를 쓸 수 있다는 건 어느 정도 다른 사람들의 부러움을 살 만한 일일세."

우리는 나에게나 그에게나 잘 알려진 개별적인 부분들을 죽 훑어가면서 충분하게 토의했다.

내가 말했다. "릴리와의 연애 관계를 묘사한 대목을 보면 선생님의 청춘 시절이 잘 드러나지 않으면 어쩌나 하는 우려는 깨끗이 사라지고 맙니다. 오히려 그러한 장면에는 그 당시 젊은 시절의 숨결이 생생하게 그대로 느껴집니다."

괴테가 말했다. "그것은 그런 장면들이 시적이기 때문이네. 말하자면 지금은 사라져 버린 청춘 시절의 연애 감정을 시의 힘을 빌려서 보충한 걸세."

그러고 나서 우리는 괴테가 자신의 누이동생과 관련해 말하고 있는 주목할 만한 부분을 떠올렸다. 그가 말했다. "이 장(章)은 교양 있는 부인들이 흥미 있게 읽을 것이네. 왜냐하면 여기에 나오는 내 누이동생처럼 정신적으로나 도덕적으로나 뛰어난 성격을 가지고 있으면서도 아름다운 육체를 갖지는 못해 불행해하는 여성들이 많이 있을 테니까 말이야."

내가 말했다. "축제나 무도회가 다가오기만 하면 으레 그분의 얼굴에 뾰루지가 생겨났다는 것은 뭔가 묘한 현상, 즉 그 어떤 데몬적인 힘이 작용한 게 아닌가 하는 생각이 듭니다만."

"그 애에게는 특이한 데가 있었지." 하고 괴테가 말했다. "도덕적으로는 아주 높은 차원에 있었지만 육감적인 데라고는 찾아볼 수가 없었으니 말이야. 한 남성에게 자신의 몸을 바친다는 생각을 역겨워했던 게지. 그러한 성격이니까 결혼 생활이 불쾌한 날의 연속일 수밖에. 누이동생과 비슷한 성향을 갖고 있거나, 혹은 남편을 사랑할 수 없는 여성들은 이 부분의 의미를 잘 알 수 있을 걸세. 그래서 나는 누이동생이 결혼하리라고는 생각도 해보지 않았던 거네. 오히려 수녀원의 원장이 되는 것이 제격이라고 생각했지.

결국 그 애는 아주 괜찮은 남자와 결혼했지만, 그 결혼 생활이 행복하지가 않았네. 그래서 내가 릴리와 결혼하려고 하자 결사적으로 반대하고 나섰던 걸세."

1831년 3월 29일 화요일

오늘 메르크에 관한 이야기가 나오자, 괴테는 그의 성격상의 특성을 몇 가지 말해주었다.

"돌아가신 대공은 메르크에게 무척 호의적이셨네. 그래서 언젠가는 그를 위해 4,000탈러에 달하는 빚보증을 서주시기도 했지. 그런데 놀랍게도 메르크는 얼마 지나지 않아서 그 빚보증서를 되돌려 보내왔지 뭔가. 그의 형편이 풀린 것도 아니고 해서, 어떤 속셈으로 그러는지는 도저히 알 수가 없었어. 나중에서야 그를 다시 만나 다음과 같은 말을 듣고서야 수수께끼가 풀렸네.

그가 말했네. '대공께서는 자비롭고 훌륭하신 분이라 사람을 신뢰하고 힘껏 도우십니다. 그래서 저는 속으로 이렇게 생각했지요. 만일 네가 돈 문제로 이분을 속인다면 다른 수천 명의 사람들에게 폐를 끼치는 결과가 된다. 왜냐하면 그분의 소중한 자산인 신뢰를 잃어버리게 만드니까 말이다. 옳지 못한 녀석 하나 때문에 수많은 선량한 사람들에게 고통을 겪게 할 수는 없지 않은가, 라고 말입니다. 그래서 제가 어떻게 행동했겠습니까? 저는 곰곰이 생각한 끝에 어떤 악당놈한테 그 돈을 빌렸습니다. 그놈 하나 속이는 건 아무 일도 아니지만, 저 선량하신 군주를 속여 돈을 떼먹는 결과가 된다면 그건 정말 나쁜 짓이다, 라고 생각하면서 말입니다.'"

우리는 그 사람의 유별난 도량이 재미있어서 웃음을 터뜨렸다. 괴테가 계속해서 말을 이었다. "메르크에게는 고약한 버릇이 있어서, 이야기하는 도중에 이따금 '히! 히!' 하는 소리를 내뱉곤 했지. 나이가 들수록 그 버릇은 점점 더 심해져서 나중에는 개 짖는 소리같이 들렸네. 그리고 그는 틈만 나면 투기를 일삼았는데, 그 결과 심한 우울증에 빠졌고 끝내는 총을 쏘아 생을 마감하고 말았지. 그는 꼭 파산하게 될 거라고 생각했던 모양인데, 나중에 알고 보니 그가 상상했던 것만큼 살림 형편이 나빴던 것은 결코 아니었네."

1831년 3월 30일 수요일

우리는 다시 데몬에 관해 이야기를 나누었다.

"데몬은 중요한 인물들에게 기꺼이 그 모습을 드러낸다네." 하고 괴테가 말했다. "그리고 또 기꺼이 어두운 시대를 택하는 경향도 있지. 하지만 베를린과 같이 명백하게 산문적인 도시에서는 데몬이 모습을 드러낼 기회는 거의 없네."

괴테의 이런 말은 나 자신도 며칠 전에 생각했던 것으로, 나는 종종 그런 식으로 서로 간의 생각의 일치를 확인하는 게 기뻤다.

어제와 오늘 아침 나는 그의 전기 3권을 읽었는데, 마치 외국어로 된 책을 읽은 기분이었나. 외국어로 된 책은 어느 정도의 지적 성장이 있은 후 다시 읽게 되면, 이전에 이해했다고 생각했던 부분들의 의미가 그때서야 비로소 세세한 부분까지 아주 선명하게 이해되지 않는가.

내가 말했다. "선생님의 자서전은 독자들에게 어김없이 우리 문화의 드넓은 영역으로 걸어 들어가게 만듭니다."

"그건 순전히 내 생애의 흔적들을 모은 것이야." 하고 괴테가 말했다. "하지만 이 책에서 이야기하고 있는 개별적인 사실들 모두는 보편적인 시각, 즉 보다 고차원의 진실을 확인하는 데 소용될 뿐일세."

"선생님께서는 바제도[71]를 우선적으로 언급하셨지요." 하고 내가 말했다. "그 사람은 고귀한 목표를 달성하기 위해 인간들을 필요로 했고 또 그들의 호의를 얻고자 했지만, 사려 깊게 생각하지 못해 오히려 인간관계를 망쳐버렸다고 말입니다. 투박한 종교적 견해를 가차 없이 표명함으로써 사람들에게 자

71) 요한 베른하르트 바제도(Johann Bernhard Basedow, 1724~1790). 계몽적이고 반도그마적인 성향을 가진 교육학자 겸 학교개혁가. 괴테는 그를 1774년 프랑크푸르트에서 알았고, 그와 함께 라바트르를 만나러 엠스로 여행을 가기도 했다.

기들이 애정을 가지고 집착하고 있는 그 어떤 것을 의심하게 만들어버린 거지요. 저에게는 그 책에 들어 있는 그와 유사한 특징들이 아주 중요한 의미를 띠고 있는 것으로 보입니다."

괴테가 대답했다. "나는 거기에다가 인간의 삶을 보여주는 약간의 상징을 넣으려고 했네. 나의 책에다가 '시와 진실'이라는 이름을 붙인 이유도 그것이 보다 고귀한 것을 지향함으로써 저급한 현실 속의 종교로부터 벗어나자는 의도 때문일세. 장 파울도 자기 생애의 진실을 모순 반박의 정신으로부터 기술했네. 그러한 사나이의 삶으로부터, 작가는 속물이야 하고 규정하는 것 이상의 진실이 어떻게 있을 수 있느냐는 투로 말이야! 그러나 독일인들은 그 어떤 예사롭지 못한 것을 어떻게 받아들여야 할지 잘 이해하지 못하고 있네. 그래서 독일인들은 보다 고귀한 것을 눈앞에 뻔히 보면서도 알아차리지 못하고 종종 흘려보내 버리고 마는 걸세. 요컨대 우리들 인생의 사건이나 사실은 그것이 실제 현실이기 때문이 아니라, 그것이 무언가 중요한 의미를 가지는 한에만 중요한 걸세."

1831년 3월 31일 목요일

소레와 마이어가 합석한 가운데 왕자 댁에서 식사를 했다. 문학과 관련된 주변 이야기들이 화제에 오르던 차에, 마이어는 실러와 처음 만났을 때를 회고했다.

그가 말했다. "괴테와 함께 예나 근처의 파라다이스라는 곳에서 산책을 하고 있다가 실러를 만나 처음으로 그와 이야기를 나누게 되었지요. 실러는 『돈 카를로스』를 아직 완성하지 못했으며, 지금 막 슈바벤에서 돌아오는 길이라는 이야기를 했는데, 아주 병약해 보였습니다. 신경병을 앓고 있었던 거지요. 그의 얼굴은 마치 십자가형에 처해진 사람의 얼굴 같았습니다. 괴테도 그가 이 주를 채 넘기지 못할 거라고 생각했을 정도니까요. 그러나 그는 곧 안정을 되찾아 다시 몸을 회복했고, 그 후로 비로소 그의 가장 중요한 작품들을 집필할 수 있게 되었습니다."

그러고 나서 마이어는 장 파울과 슐레겔의 성격에 대해서도 몇 가지를 이야기했는데, 그 두 사람을 하이델베르크의 어느 식당에서 만난 적이 있다는 것이다. 그리고 또 이탈리아에 있을 동안 겪었던 유쾌한 일들도 이야기해 줘 우리를 무척 즐겁게 해주었다.

나는 마이어 곁에 있으면 언제나 기분이 편해지는데, 그것은 그가 자신의 분수를 지키고 만족하며 사는 성격이기 때문으로 보인다. 그는 주위 사람들에 대해서는 별로 관심을 두지 않고, 오히려 자기 자신의 평화로운 속마음을 차분하게 발산하는 그런 유형의 사람이다. 게다가 그는 온갖 분야에서 기초가 든든한 데다가, 보배와도 같은 고도의 지식과 기억력을 가지고 있어서 아무리 오래전에 일어났던 일이라 하더라도 마치 어제의 일처럼 생생하게 눈앞에 보여줄 수가 있다. 그런 식으로 그의 총명함은 도가 지나쳐 사람들이 두려움을 느낄 정도이다. 비록 가장 고귀한 의미에서의 인격을 갖춘 사람은 아니라 할지라도, 그가 말없이 참석하기만 하면 언제나 편안하고 유익한 분위기가 형성된다.

1831년 4월 1일 금요일

괴테와 식사를 하는 동안에 여러 가지 이야기를 나누었다. 그는 로이터른[72] 씨가 그린 수채화 한 점을 보여주었는데, 어느 작은 도시의 시장 풍경을 그린 그림으로 바구니를 파는 여성과 식탁보를 파는 여성 곁에 서 있는 한 농부를 묘사하고 있었다. 그 젊은이가 자기 앞에 놓인 바구니들을 보고 있는 동안, 앉아 있는 두 부인들과 그 곁에 서 있는 투박한 소녀가 잘생긴 그 청년을 호의에 찬 눈길로 바라보고 있다. 구성이 앙증맞은 데다가 인물들이 아주 진실하고 소박하게 표현되어 아무리 보아도 질리지 않는 그림이었다.

괴테가 말했다. "이 그림에는 아주 고도의 수채화 기법을 사용했네. 그런데 생각이 단순한 사람들은 로이터른 씨의 예

72) 게르하르트 빌헬름 폰 로이터른(Gerhardt Wilhelm von Reutern, 1794~ 1865). 리플란트 출신의 러시아 근위 장교로서, 라이프치히 전투에서 오른팔을 잃은 후 노력을 거듭해 화가가 되었다. 괴테는 그를 1814년 여름에 바이마르에서 알게 되었으며, 1815년 9월 25일 하이델베르크성에서 그를 만났다. 그리고 1818년 5월 5일과 6월 1일에 예나에서 다시 만나 그에게 예술의 길을 가라고 용기를 북돋워 주었다. 그 후 바이마르로 괴테를 방문한 그는 여러 점의 수채화들을 선물했고, 괴테는 그것들을 높이 평가해 소중하게 보관하면서 사람들에게 보여주곤 했다.

술이 그 누구의 영향도 받지 않았으며 그 모든 것을 자기 힘으로 이룬 것이라고들 말하지. 마치 그 사람이 자기 스스로 우둔하거나 미숙하지 않은 다른 그 무엇을 만들어내기라도 한 것처럼 호들갑을 떨면서 말이야! 물론 이 화가가 유명한 거장으로부터 직접 배우지는 않았을 테지. 하지만 그가 뛰어난 거장들과 교류하고 그들이나 아니면 위대한 선배들로부터 그리고 도처의 자연으로부터 자신만의 것을 배워서 익혔다는 사실만은 분명하네. 말하자면 자연이 그에게 뛰어난 재능을 주었고, 또 그는 자연과 예술을 통해 자신을 성숙시켜 나갔던 걸세. 그는 뛰어나며 많은 점에서 유일한 존재이긴 하지만, 그렇다고 해서 모든 것을 자기 혼자 힘으로 이루었다고 말할 수는 없는 것이네. 완전히 제정신이 아니거나 오점투성이의 화가에게는 모든 것을 자신의 힘으로 이루었다고 말해도 무방하겠지만, 탁월한 화가에게는 결코 그런 말을 할 수가 없는 법이야."

그러고 나서 괴테는 같은 화가가 그린, 금박과 화려한 색깔들로 풍성하게 장식한 테두리 그림을 보여주었는데, 그 테두리 안쪽은 명문(銘文)을 써넣도록 비어 있었다. 테두리 위쪽에는 고딕 양식의 건물 하나가 그려져 있고, 그림의 좌우 양편에 걸쳐 풍경과 따스한 가정의 모습을 묘사하고 있는 아라베스크식의 장식 무늬가 아래쪽으로 드리워져 있었다. 그리고 이것과 연결되어 그림의 아래쪽에는 파릇파릇한 녹지대와 풀밭이 있는 우아한 숲이 그려져 있었다.

괴테가 말했다. "로이터른 씨는 내가 그 빈 공간에 무언가를 써넣기를 바라고 있네. 하지만 그의 테두리 그림은 너무도 화려하고 예술적이어서 내 필체가 그 그림을 망칠까 두렵네. 하지만 나는 그 목적을 위해 벌써 시 몇 구절을 지어놓았고, 또 그 시를 전문 필사가에게 맡겨 써넣는 게 낫지 않을까 하는 점도 생각해 두었네. 그러고 나서는 내 손으로 서명할 생각인데, 자네 생각은 어떤가? 좋은 생각이 있으면 말 좀 해보게."

"제가 로이터른 씨의 입장이라면 그 시가 다른 사람의 필체로 쓰인 것을 보고 섭섭해할 겁니다. 반면에 선생님의 필적을 확인한다면 만족할 테지요. 그 화가는 자신의 예술을 충분하게 닦았으므로, 필체 같은 데는 별 관심도 없을 겁니다. 그에게는 다만 그 필적이 진짜인지, 선생님의 것인지가 중요할 뿐입니다. 그리고 감히 말씀드리자면, 라틴문자가 아니라 독일어 문자로 써넣었으면 하는 바람입니다. 왜냐하면 선생님의 필적은 독일어 문자의 경우에 그 특징이 더 잘 드러나고 또 고딕적인 배경에는 그것이 더 어울리기 때문입니다." 하고 내가 대답했다.

"자네 말이 맞는 것 같군." 하고 괴테가 말했다. "결국은 내가 시를 직접 써넣는 것이 가장 빠른 길이겠지. 아마도 며칠 기다리다 보면 용기가 날 테고 그러면 써넣을 생각이네. 그러나 내가 그 아름다운 그림에다가 보잘것없는 얼룩만 남기는 결과가 된다면 그건 자네 책임일세." 하고 그가 미소를 지으면서 말했다.

내가 말했다. "일단 해보시지요. 저절로 잘될 테니까요."

1831년 4월 5일 화요일

괴테와 함께 식사를 했다. "그림의 천분에 관해 말하자면 나는 노이로이터보다 더 바람직한 경우를 잘 보지 못했네. 화가가 자신의 능력 범위 내로 자신을 제한하는 경우는 아주 드물기 때문이지. 대부분의 화가들은 자신의 능력보다 더 많은 것을 하려 하고, 심지어는 자연이 자기들의 재능에 부여해 놓은 범위마저 함부로 넘어서려고 하지. 그러나 노이로이터는 자신의 천분 안에서 자신의 능력을 마음껏 발휘하고 있다고 할 수 있지. 그는 동물이나 인간은 물론 토양이나 바위나 나무들까지 자연의 온갖 영역에 속하는 대상들을 자유자재로 다루고 있네. 고도의 창안력과 기교와 심미안으로 그는 자신이 그리고자 하는 대상들을 마음껏 소비하듯 가볍게 삽화로 그려내고 있고, 그 때문에 자신의 능력으로 유희하고 있다는 느낌마저 들게 하는 걸세. 그리고 그의 그림 앞에 서면 저절로 마음이 평화로워지는데, 그것은 풍요로운 재능의 소유자가 자유롭고 넉넉하게 선사할 때면 언제나 주어지는 그런 느낌이라네.

삽화 그림에서 노이로이터만큼 높은 경지에 도달한 화가는 아무도 없네. 알브레히트 뒤러의 위대한 재능도 그에게 있어서는 모범 답안이라기보다는 하나의 자극제일 뿐이야."

괴테가 계속해서 말했다. "나는 노이로이터의 스케치 작품들 중 하나를 스코틀랜드의 칼라일 씨에게 보낼 생각이네. 그러면 그 친구도 섭섭하지 않은 선물을 받았다고 생각할 테지."

1831년 5월 2일 월요일

괴테가 지금까지 누락되어 있던 『파우스트』 5막의 시작 부분을 요 며칠 사이에 완성했다는 소식을 전해주어 나는 기뻤다.

"이 장면을 구상한 지 삼십 년이 넘었어. 중요한 구상이었기 때문에 계속 관심을 두고는 있었지만 그만큼 완성하기 어려워 걱정만 하고 있었네. 그런데 이리저리 궁리하다가 다시 본궤도에 오르게 되었으니 잘만 되어간다면 이번에는 4막도 연달아 쓸 생각이네."

괴테는 식사하면서 뵈르너에 대해 말했다. "그는 당파적 증오심을 동맹의 구실로 삼아 활용하고 있는 작가이네. 당파적 증오심이 없다면 그는 아무런 영향도 끼치지 못했을 테지. 문단에서는 흔히 있는 일이지만, 증오심이 재능을 대신하고 있고 아주 하찮은 재능이라도 어떤 당파의 일원으로 등장하기만 하면 그럴듯해 보인다네. 또한 세상에는 혼자서 독립할 만큼 충분한 성격을 가지지 못한 사람들이 수두룩한데, 그들도 마찬가지로 어떤 당파에 들어가고 그로써 자신이 강해졌다고 생각하며 하나의 인물인 양 으스대는 걸세.

반면에 베랑제는 자신의 분수에 만족하는 인물이었기 때문에 단 한 번도 파벌에 끼어들지 않았지. 그는 마음속으로 이미 충족을 느끼고 있었으므로, 세상 사람들이 그에게서 아무것도 줄 수도 빼앗을 수도 없었던 거네."

1831년 5월 15일 일요일

괴테와 그의 서재에서 단둘이 식사를 했다. 여러 가지 즐거운 이야기를 나눈 후에, 그는 마지막으로 자신의 사적인 문제를 화제에 올렸다. 그는 일어나서 책상에서 글이 씌어 있는 종이 한 장을 가져왔다.

그가 말했다. "나처럼 여든 살을 넘긴 사람은 이제 살 자격이 거의 없네. 매일 저세상으로 불려갈 각오를 하고 있어야 하고 또 집안 정리도 생각해야만 하니까 말이야. 지난번에 이미 말했다시피 나는 유언장에서 자네를 나의 유고(遺稿) 문학 작품의 편집자로 지정해 놓았고, 그래서 오늘 아침에 일종의 계약서로 간단하게 문서를 작성해 두었으니 나와 함께 서명해 주었으면 하네."

이렇게 말하면서 괴테는 내 앞에 그 서류를 놓았다. 거기에는 그가 죽은 뒤 출판되어야 할 것들로서, 일부는 완성되고 일부는 완성되지 않은 작품들의 이름이 하나하나 열거되어 있고, 또 전체를 포괄하는 상세한 규정과 조건이 명기되어 있었다. 내게 별다른 이의가 없었으므로 우리는 나란히 서명을 했다.

거기에 열거된 자료는 내가 지금까지 틈틈이 편집해 왔던 것들로 대략 열다섯 권 정도 될 것 같았다. 그러고 나서 우리는 아직 명확하게 결정하지 못한 점들에 대해 하나하나 의논했다.

"경우에 따라서는 말이야." 하고 괴테가 말했다. "출판업자가 일정한 쪽수를 넘기는 것을 꺼려하기 때문에 우리가 출판하고 싶었던 자료 가운데 여러 가지를 남겨놓아야 할 일이 생길지도 모르네. 그런 경우에는 『색채론』의 「논쟁편」을 빼도록 하게. 왜냐하면 나의 핵심적인 주장은 「이론편」에 포함되어 있고, 또 「역사편」도 여러모로 이미 논쟁적인 성격의 것이기 때문일세. 거기에서 뉴턴이 주장한 가설의 주요한 오류들을 이미 반박하고 있으니 논쟁적인 것은 그것으로 충분할 것으로 보이네. 물론 내가 뉴턴의 명제를 다소간 날카롭게 해부했다는 걸 결코 부인하지는 않네. 하지만 그 당시에는 그럴 필요가 있었고, 또 앞으로도 그 가치를 잃지는 않을 걸세. 그러나 어쨌든 일체의 논쟁적인 것은 나의 본래 천성과 맞지 않을 뿐더러 조금도 즐겁지가 않다네."

우리가 두 번째로 보다 자세하게 검토한 것은 『편력시대』의 2부와 3부의 마지막 부분에 인쇄되어 있는 경구와 성찰들이었다. 이전에는 한 권으로 출간되었던 이 소설을 개작하고 보완하기 시작하면서 괴테는 두 권으로 만들겠다는 생각을 피력했었는데, 그것은 전집의 새로운 판을 알리는 광고에서도 이미 예고한 그대로였다. 그러나 작업이 진행되는 과정에서 원고는 예상량을 뛰어넘었고, 또 그의 서기가 약간 듬성듬성하게 썼기 때문에 괴테는 착각해 두 권이 아니라 세 권의 분량이 충분하다고 판단했고, 따라서 출판사에 세 권으로 출간하기로 계약을 하고 원고를 넘겼다. 그러나 어느 정도 인쇄를 하고 나자 괴테가 계산을 잘못했으며, 특히 마지막 두 권의 부피가 너무 적다는 사실이 드러났다. 그래서 원고를 늘려달라는 요청을 받았지만 소설의 진행 과정상 더 이상의 변경은 불가능했다. 또 시간에 쫓기는 상황이라 새로운 노벨레를 더 창안하거나 쓰거나 포함시킬 수가 없는 형편이라 괴테로서는 곤혹스러울 뿐이었다.

그러한 상황에서 괴테가 나를 부른 것이다. 그는 경위를 설명했고, 사람을 시켜 이미 가져다 놓았던 분세의 두툼한 원고 두 더미를 앞에 내놓으면서 어떻게 해야 할지 자문을 구했다. 그가 말했다. "이 두 꾸러미 속에는 지금까지 발표하지 않은 여러 종류의 글이 들어 있네. 자연 연구와 예술과 문학과 인생에 관한 견해라든지 세세한 설명 그리고 완성되거나 완성되지 않은 글들이 거기에 뒤죽박죽으로 섞여 있네. 그러니 자네가 거기에서 글들을 가려내 전지(全紙) 여섯 장 내지는 여덟 장 분량으로 편집해 주었으면 하네. 그것으로 『편력시대』의 비어 있는 부분을 잠정적으로 메울 생각이네. 엄밀하게 보자면 그 글들을 거기에 싣기는 적당하지 않지. 그러나 마카리에의 장면에서 문고(文庫)와 관련한 세세한 이야기가 나오고 있으니 그 글들을 새로 거기에 포함한다고 해서 그렇게 무리라고는 보지 않네. 그렇게 함으로써 지금 코앞에 닥친 곤경에서 일순간에 벗어나게 되고, 또 그런 수단을 이용함으로써 아주 중요한 문제들을 대량으로 그리고 수월하게 이 세상에 내보낼 수 있는 이점도 얻게 되니까 말이야."

나는 그 제안에 동의하고 즉시 작업에 착수했고 얼마 지나지 않아서 글들을 정리하고 편집을 끝냈다. 괴테는 매우 만족해하는 것 같았다. 나는 그 전체를 두 부분으로 나누어 정리했다. 그리고 우리는 그 하나에 「마카리에의 문고」라는 제목을 붙였으며, 다른 하나에는 「방랑자의 관점」이라는 표제를 붙였다. 그리고 괴테는 그 무렵에 두 편의 중요한 시를 지었는데, 그 하나는 「실러의 두개골에 부쳐」이고 다른 하나는 「어떠한 존재도 무로 사라지지는 않는다」였다. 그리고 그가 이 두 시를 즉시 독자들에게 보이고 싶어 했기 때문에, 우리는 그 두 시를 앞서 두 부분으로 편집한 글들의 뒤쪽에다가 각각 덧붙여 실었다.

그러나 막상 『편력시대』가 출간되고 보니, 그 구성은 예상치 못했던 형태로 드러났다. 소설의 흐름은 수수께끼와도 같은 수많은 표현들에 의해 곳곳에서 중단되었는데, 그러한 표현들은 화가라든지 자연연구가 그리고 문학연구가들과 같은 전문가들이나 관심을 가질 만한 말들이었다. 그러므로 다른 독자들, 특히 여성들에게는 아주 난해하다는 느낌을 줄 수밖에 없었다. 게다가 그 두 시도 독자들로부터 상상외로 이해되지가 않아, 그런 곳에 실려 있는 자리 값을 하지 못했던 것이다.

괴테가 이런 말을 하면서 소리 내어 웃었다. "한번 지나간 일은 어쩔 수가 없는 걸세." 하고 괴테가 오늘 말했다. "자네가 내 유고를 편집할 때 그 잡다한 글들을 다시 잘 정리해 주는 수밖에는 말이야. 내 작품을 다시 인쇄할 때 그 글들을 잘 배분해 자기 자리로 제대로 찾아가도록 해주게. 그러면 『편력시대』도 잡다한 글들과 그 두 편의 시와는 상관없이 원래 의도대로 두 권으로 묶일 수 있을 테지."

결국 우리는 다음과 같이 견해의 일치를 보았다. 예술과 관련된 모든 경구들은 예술에 관한 글을 모은 책에다가, 자연과 관련된 글들은 모두 자연과학 편에 그리고 윤리와 문학을 다룬 글들은 마찬가지로 또 그런 것들만을 모은 책에 포함시키기로 했다

1831년 5월 25일 수요일(혹은 23일 월요일)

우리는 『발렌슈타인의 진영』과 관련된 이야기를 나누었다. 나는 괴테가 이 작품의 집필 과정에 관여했다는 말을 자주 들었는데, 특히 설교 장면은 자신의 구상이라는 것이었다. 그래서 오늘 식사를 하면서 그에게 궁금한 것을 묻자, 다음과 같이 대답해 주었다.

"근본적으로야 모든 게 실러 자신의 창작이지. 하지만 우리는 정말 긴밀한 유대 속에서 살았네. 실러는 내게 작품의 구상을 말해주면서 함께 의논했을 뿐만 아니라 날마다 진행되고 있는 집필 과정을 전해주고 일일이 나의 의견을 듣고 참조했으니 내가 일정 부분 참여했다고 말해도 무방한 걸세. 설교 장면을 위해서 나는 실러에게 아브라함 아 상타 클라라의 연설문을 보내주었고, 그걸 바탕으로 그가 즉시로 저 위대한 정신을 보여주는 유명한 연설문을 작성했던 것이네.

내가 도와주었던 구절들은 거의 기억나지 않지만, 다음 두 구절만은 생각이 나는군.

다른 사람의 손에 찔려 죽은 어떤 대위가,
나에게 행운의 주사위를 던질 기회를 앗아갔지요.

그 농부가 어떻게 거짓말로 속여 주사위를 던지게 되었는가를 전후 문맥에 맞게 처리하기 위해 이 시구를 내 손으로 직접 원고에 써넣었네. 실러는 그 점을 미처 생각지 못하고 그의 평소 방식대로 거두절미한 채 불쑥 농부에게 주사위를 주었던 게지. 어떻게 농부가 그 주사위를 손에 넣게 되었는지 묻지도 않고서 말이야. 이미 말했다시피 사건 진행의 주도면밀한 근거를 마련하는 것은 그의 방식이 아니었지. 하지만 바로 그런 방식 때문에 그의 작품들이 공연에서 보다 커다란 효과를 거두게 되었다는 면도 간과할 수는 없네."

1831년 5월 29일 일요일

괴테는 자기 자신이 저지른 조그만 잘못을 용서하지 못하고 괴로워하는 한 소년의 이야기를 해주었다.

"그런 장면을 보면 별로 기분이 좋지 않네." 하고 괴테가 말했다. "자신의 도덕적인 자아를 지나치게 높게 평가해 자신을 결코 용서하지 않는 예민한 양심을 말해주는 것이니까 말이야. 그러한 양심은, 만일 부지런한 활동을 통해서 균형을 이루지 못하는 경우에는 우울증 환자를 만들어내고 만다네."

요 며칠 전에 끈끈이를 바른 장대로 잡았다는 종달새 둥지

하나를 받았는데, 거기에는 한 마리의 어미 새와 새끼들이 들어 있었다. 그런데 놀랍게도 그 어미 새는 방 안에서 자기 새끼들에게 먹이를 줄 뿐만 아니라, 심지어는 창밖으로 놓아 보내주어도 다시 새끼들에게로 돌아오는 것이었다.

자기 몸의 위험이나 구속 상태도 두려워하지 않는 그런 어미의 사랑에 몹시 감동해 오늘 괴테에게 나의 그런 놀라움을 들려주었다.

"이런 멍청한 양반 보게나!" 하고 괴테가 의미심장한 미소를 지으며 말했다. "자네가 신을 믿는다면 그건 아무것도 아닌 당연한 일이야.

> 세계를 그 내부에서 움직이게 하는 건 그분에게 맡겨진 일,
> 자연은 그분 속에, 그분은 자연 속에 안겨 있거늘.
> 그러므로 그분 속에서 살고 움직이고 존재하는 것은,
> 결코 그분의 힘을, 그분의 정신을 잃는 법이 없다네.

하느님께서 그 종달새에게 자신의 새끼를 보호하려는 그러한 강렬한 본능을 불어넣지 않았더라면, 또 그와 같은 일이 자연 전체의 모든 생물에게 골고루 일어나지 않았더라면, 이 세계는 결코 존속할 수도 없었을 걸세! 그러나 하느님의 힘은 어디에나 퍼져 있으며, 영원한 사랑은 어느 곳에나 작용하고 있는 것이네."

얼마 전에도 괴테는 비슷한 말을 했었다. 어느 젊은 조각가가 송아지에게 젖을 먹이고 있는 미론[73]의 암소상을 모형으

로 뜬 작품을 보내왔을 때였다. "이건 최고의 제재야." 하고 그가 말했다. "세계를 유지시키며 자연 전체에 골고루 스며 있는 양육의 원리가 아름다운 비유로 우리 눈앞에 나타나 있는 걸세. 나는 이런 모습이나 이와 비슷한 상을 우주에 가득한 하느님의 존재에 대한 참된 상징이라 말하고 싶네."

1831년 6월 6일 월요일

괴테는 지금까지 빠져 있던 『파우스트』 5막의 시작 부분을 오늘 내게 보여주었다. 나는 필레몬과 바우치스의 오두막집이 불타고, 파우스트가 밤중에 궁전의 발코니에 서서 미풍에 실려온 연기 냄새를 맡는 대목까지 읽었다.

내가 말했다. "필레몬과 바우치스라는 이름은 저를 프리지아 해안으로 데려가, 저 유명한 고대의 부부 이야기를 떠올리게 합니다. 하지만 이 장면은 훨씬 더 후대의 기독교 세계를 무대로 하는 것이겠지요."

괴테가 말했다. "나의 필레몬과 바우치스는 고대의 그 유명한 부부라든지 또 그들에 얽힌 전설과는 아무 관계도 없네. 내가 그 부부에게 그런 이름을 붙인 것은 그렇게 함으로써 단지 인물들의 성격을 두드러지게 하려고 했기 때문일세. 비슷

---

73) 미론(Myron, 기원전 5세기경). 그리스 조각가. 청동 조각에 능했으며, 특히 운동하는 인체의 표현에 정평이 있고, 「원반 던지는 사람」이 대표작이다.

한 인물, 비슷한 상황이므로 비슷한 이름을 붙이면 훨씬 더 효과적일 것 같아서 말이야."

그러고 나서 화제는 파우스트로 이어졌다. 그의 유전적 성격인 불만족하는 마음은 노년이 되어서도 없어지지 않는다. 그래서 이 세상의 모든 재보를 자기 것으로 하고 또 자신이 건설한 새로운 나라에 살고 있는 마당에도 속은 태우고 있다. 단 몇 그루의 보리수나무와 한 채의 오두막집과 한 개의 작은 종이 자기 소유가 아니라고 해서 말이다. 그런 점에서 그는 저 이스라엘의 왕 아합과도 다르지 않다. 아합왕은 나봇의 포도원을 자기 소유로 하지 못한다면, 자기는 한 푼도 없는 거지라고 망상하고 있는 것이다.

하고 괴테가 계속해서 말했다. "5막에 나오는 파우스트는 꼭 백 살이 되게 할 생각이야. 그런데 그것을 어디에서 분명히 말해두어야 할지 판단이 서지 않네."

그러고 나서 우리는 결말 부분에 대해 이야기했고, 괴테는 다음과 같은 구절에 주목하도록 했다.

영계(靈界)의 고귀한 인간이
악에서 구원되었도다.
끊임없이 노력하며 애쓰는 자를
우리는 구원하리라.
그리고 이 사람에게는 하늘로부터도
사랑이 주어졌으니,
하늘의 성스러운 무리들이

진심으로 이자를 맞이할 것이다.

그가 말했다. "이 시구에 파우스트의 구원에 대한 열쇠가 들어 있네. 즉 파우스트 자신 속에 최후까지 더욱더 고귀해지고 더욱더 순수해지려는 활동이 들어 있는 데다가, 하늘로부터도 그를 구원하려는 영원한 사랑의 손길이 뻗친다는 것이지. 이것이야말로 우리가 자신의 힘뿐만 아니라 하느님의 은총이 있어야만 비로소 성스러워질 수 있다는 우리의 종교관과 완전한 조화를 이루는 걸세.

여하간 구원받은 영혼이 하늘로 올라가는 그 결말 부분을 마무리 짓기가 몹시 어려웠다는 것은 자네도 알겠지. 만일 윤곽이 분명한 기독교적 인물이나 관념을 사용해 나의 문학적인 의도를 적절하게 한정하고 고정시킬 수 있는 형식으로 만들지 않았더라면, 그런 초감각적이고 상상하기 어려운 문제에 부닥쳐서 막막하게 헤매기만 했을 걸세."

아직 완성되지 않았던 4막을 괴테는 그로부터 몇 주일 동안에 다 썼으므로 8월에는 2부 전체가 철해져서 완전히 마무리되었다. 오랫동안 추구해 왔던 이 목표가 마침내 달성되자 괴테는 매우 기뻐했다.

"앞으로 여생은 순전히 선물이라고 생각하겠네. 앞으로 일을 더 할 수 있을지 또 무슨 일을 하게 될지는 이제 아무 문제도 아닐세."

1831년 12월 21일 수요일

괴테와 함께 식사를 하면서, 우리는 『색채론』이 무엇 때문에 그렇게 널리 전파되지 못하는지에 관해 이야기했다. 그가 말했다. "색채론은 전달하기가 매우 어렵네. 왜냐하면 그 책은 자네도 알다시피 단순한 읽기와 연구의 대상이 아니라 실행의 대상이기 때문이네. 바로 이것이 그 책의 어려움일세. 문학과 미술의 원리들은 말하자면 어느 정도까지 전달 가능하지만, 훌륭한 시인이나 화가가 되기 위해서는 천부적 재능이 필요한데, 그것은 결국 배울 수 있는 성격의 것이 아니지 않은가. 단순한 근원현상을 받아들이고 그 깊은 의미를 인식하며 그것을 적용할 수 있기 위해서는 많은 것을 개관할 수 있는 창조적인 정신이 필요한데, 그것은 물론 아주 탁월한 사람들에게만 주어진 드문 재능이네.

그리고 재능만으로 다 된 것은 아니네. 온갖 원리를 이해하고 천부적 재능을 갖춘 것만으로는 충분하지 않고 거기에다가 끊임없는 연습이 더해져야 비로소 화가가 될 수 있는 것과 마찬가지로, 색채론에서도 탁월한 원리들을 인식하고 그에 적합한 정신을 가지는 것만으로는 족하지가 않네. 때로는 매우 신비롭기조차 한 개별적 현상들, 그것들의 파생과 연관관계를 끊임없이 연구해야만 하네.

예컨대 우리는 녹색이 황색과 청색의 결합에서 생겨난다는 사실은 대체적으로 잘 알고 있지. 하지만 우리가 무지개의 녹색을 안다든지, 혹은 나뭇잎의 녹색이나 바닷물의 녹색을 제대로 안다고 말할 수 있으려면 색채 영역의 전 범위를 두루 살펴보아야 하고 또 거기에서 생겨나는 고도의 통찰력이 있어야 하는 걸세. 그러나 지금까지 그러한 수준의 통찰력에 도달한 사람은 거의 없는 실정이 아닌가."

그러고 나서 우리는 후식을 들면서 푸생의 풍경화 몇 점을 감상했다. 괴테가 그림을 들여다보면서 말했다. "화가가 최고로 밝게 그린 부분들은 세세하게 묘사되어 있지 않네. 왜냐하면 물이라든지 바위 표면 그리고 맨땅이라든지 건물은 최고로 밝게 그릴 수 있는 가장 적절한 대상들이기 때문일세. 반면에 화가들은 보다 자세하게 그릴 필요가 있는 사물들은 그렇게 밝게 그리지 않는다네."

괴테가 계속해서 말했다. "풍경화가는 많은 지식이 있어야 하네. 원근법과 건축술, 사람과 동물에 대한 해부학만으로는 충분치가 않고, 생물학이라든지 광물학 등에 대한 어느 정도의 통찰력까지 갖추어야 하지. 생물학은 나무나 식물의 특징을 표현하는 데, 그리고 광물학은 다양한 산들의 특징을 적절하게 표현하는 데 필요하니까 말이야. 하지만 화가가 석회산이라든지 점판암산 그리고 사암산과 같은 것에 관하여 특별한 지식을 가질 정도로 본격적인 광물학자가 될 필요야 없겠지. 다만 그것들이 어떤 형태를 이루고 있는지, 풍화될 때 어떻게 쪼개지는지, 그리고 그 위에 어떤 식물의 종류들이 자라는지 혹은 기형적인 발육을 하는지 하는 정도만 알 필요가 있을 테지.

그러고 나서 괴테는 헤르만 폰 슈바네펠트의 풍경화 몇 점을 보여주었고, 그러면서 이 뛰어난 사람의 예술과 인품에 관하여 여러모로 이야기해 주었다.

괴테가 말했다. "그에게는 다른 누구보다도 유달리 예술과 성향, 성향과 예술이 긴밀하게 결합되어 있네. 그의 그림을 보고 있으면 자연에 대한 내밀한 사랑과 신적인 평화를 느낄 수 있으니 말이야. 그는 네덜란드에서 태어났고 로마에서 클로드 로랭의 지도를 받았는데, 그 대가를 통해서 자신을 완벽하게 수련하고 자신의 훌륭한 개성을 마음껏 발전시켰던 것일세."

그러고 나서 우리는 헤르만 폰 슈바네펠트에 대해서 뭐라고 씌어 있는지 알아보기 위해 예술가 인명사전을 펼쳐보았다. 그런데 거기에는 슈바네펠트가 그의 스승의 경지에 도달하지 못했다고 비판되어 있었다. "멍청이들!" 하고 괴테가 말했다. "슈바네펠트는 클로드 로랭과는 다른 차원의 사람이었네. 그리고 클로드 로랭조차도 자신이 더 우월하다고 말할 수는 없네. 전기 작가나 인명사전 저술가가 슈바네펠트의 생애에 관해 안다는 게 우리에 관해 아는 것 이상의 수준이 아니라면, 그건 무의미한 일이고 애써 읽어볼 만한 가치도 없는 걸세."

이해가 끝날 무렵과 다음 해가 시작될 무렵에 괴테는 다시 자신이 좋아하는 분야인 자연과학에 몰두했다. 어느 정도 부아스레로부터 자극을 받은 괴테는 무지개의 원리를 탐구하는 데 파고들었고, 특히 퀴비에와 조프루아 생틸레르의 논쟁에 관심을 가지면서 식물계와 동물계의 변형과 관련된 연구에 집중했다. 또한 나와 함께 『색채론』의 역사편을 교정했고, 또 색채의 혼합을 설명하는 장(章)에 내밀한 관심을 쏟았다. 나도 그로부터 자극을 받아 이론편에 포함시킬 의도로 그 장을 연구했다.

이 무렵에는 괴테가 여러 분야에 걸쳐 재미있는 이야기와 재치 있는 말들을 많이 남겼다. 그러나 나는 기력이 왕성한 그의 모습을 날마다 보고 있었으므로, 그러한 상태가 계속될 것으로만 생각해 그의 말을 이해하고 기록해 두는 것을 등한시했다. 그러다가 결국은 시일을 놓치고 말았는데, 나는 1832년 3월 22일 수천의 고귀한 독일인들과 함께 메울 수 없는 손실을 슬퍼해야만 했던 것이다.

다음은 그가 저세상으로 떠난 지 얼마 되지 않은 시점에서 생생하게 떠오르던 것을 그대로 기록한 것이다.

1832년 3월 초(?)

괴테는 식사를 들면서 카를 폰 슈피겔 남작이 찾아왔다면서 그가 정말 호감이 가는 사람이라는 말을 했다.

"정말 괜찮은 젊은이야." 하고 괴테가 말했다. "예의로 보나 거동으로 보나 듬직해 이내 귀족이라는 걸 알 수가 있네. 그에게서는 자기 가문이 저절로 배어 나오고 있네. 마치 고귀한 정신이 스스로를 숨기지 못하고 드러내듯이 말이야. 가문과 정신, 이 둘은 일단 소유하고 나면 몸에 배어버리기 때문에 아무리 숨기려 해도 숨길 수가 없는 걸세. 그것은 아름다움의 마력과 같은 것이어서 가까이 다가서기만 해도 그 고상함이 절로 느껴지는 것이네."

그 며칠 뒤

우리는 그리스인의 비극적인 운명관에 대하여 이야기를 나누었다.

괴테가 말했다. "그런 것은 우리의 지금 사고방식과는 더 이상 맞지 않네. 낡은 데다가 애당초 우리들의 종교적 관념과는 모순되기 때문이지. 그러므로 오늘날의 시인이 그런 옛날의 관념을 희곡 작품에 도입한다면 일종의 모방 작품으로 여겨질 테지. 그것은 이를테면 오래전에 유행에 뒤처진 의복과 같아서, 고대 로마인의 기다란 상의처럼 이제 우리들의 얼굴에는 더 이상 어울리지 않는다네.

우리 현대인은 나폴레옹처럼 '정치는 운명이다'라고 말할 수 있네. 그러나 우리는 최근의 문인들처럼 '정치는 문학이다'라든지 또는 '정치는 시인에게 보다 적합한 소재이다' 하는 식으로 말하는 것은 삼가야 하네. 영국의 시인 톰슨은 사계절을 소재로 아주 좋은 시를 썼지만 자유에 관한 시는 정말 보잘것없었네. 이것은 시인에게 시가 결여되어 있었던 것이 아니라 그 소재에 시가 결여되어 있었기 때문일세.

시인이 정치적으로 영향을 미치려면 하나의 당파에 투신해야 하는데, 그렇게 되면 그는 시인으로서의 존재 가치를 상실하게 되는 걸세. 그는 자유로운 정신과 편견 없는 전망에 이별을 고하고 그 대신 편협한 태도와 맹목적인 증오라는 모자를 깊숙이 눌러 써야만 하기 때문이지.

시인은 인간으로서 그리고 시인으로서 그 조국을 사랑하겠지. 그러나 그의 시적인 힘과 시적인 활동의 조국은 선이며 고귀함이며 아름다움이어서 특별한 주(州)라든지 특별한 나라에 한정되어 있지 않네. 어디에서든 선과 고귀함과 아름다움을 발견하는 대로 그것을 붙들어 묘사하는 걸세. 그 점에서는 독수리와 닮았네. 독수리는 여러 나라의 상공을 자유롭게 내려다보고 날아다니다가 쏜살같이 내려가서, 자기가 붙잡으려고 하는 토끼가 프로이센 지방을 달리고 있든 작센 지방을 달리고 있든 상관하지 않으니까 말이야.

그렇다면 조국을 사랑한다는 건 무슨 의미이고, 애국적으로 활동한다는 건 또 무슨 의미란 말인가? 시인이 평생에 걸쳐 해로운 편견과 맞서 싸우고 편협한 견해를 제거하고 국민정신을 계몽하고 또 국민의 미적 감각을 순화시키고 국민의 지조와 사고방식을 고상하게 만들려고 노력해 왔다면, 어떻게 그보다 더 나은 일을 할 수 있단 말인가? 어떻게 그보다 더 애국적으로 활동할 수 있단 말인가? 시인에게 그와 같이 부적절하고 배은망덕한 요구를 한다는 것은 마치 연대장에게 참다운 애국자가 되기 위해 정치적 개혁에 끼어들라고 하는 것과 마찬가지이네. 현재 자신에게 주어진 직무는 소홀히 내버려 두면서 말이야. 그러나 연대장의 조국은 자신의 연대라네. 그는 자신과 관계가 없는 한 정치적인 일에는 조금도 노력을 기울이지 않고, 그 대신 온 마음과 정성을 자기가 지휘하는 연대에 기울여 부하들을 잘 훈련하고, 군대 규율과 질서를 유지하도록 해야 하네. 그리하여 조국이 위기에 처하게 되면 용감한 군인으로서 나설 수 있도록 해야 하네. 그래야만 진정으로 뛰어난 애국자라고 할 수 있는 걸세.

나는 서투른 솜씨라면 모두 죄악과 같이 미워하네. 더구나 국정과 관련한 서툰 솜씨는 특히 미워하지. 그렇게 되면 수천 수백만의 국민들에게 바로 재난을 초래하기 때문이지.

자네도 알다시피 누가 나에 대해 뭐라고 쓰든 조금도 개의치 않지만 그래도 내 귀에 들려오는 건 어쩔 수 없군. 또 내가 평생을 바쳐 고생했지만, 나의 모든 작품이 어떤 사람들의 눈에는 거들떠볼 가치도 없는 것으로 여겨지고 있다는 사실도 잘 알고 있네. 단지 내가 정치적인 당파에 속하기를 거부했다는 이유 때문에 말일세. 그런 자들의 비위를 맞추려면 나도 자코뱅당의 일원이 되어 살육이나 유혈 사태에 관한 이야기를 떠들며 돌아다녀야겠지! 하지만 이런 쓸데없는 이야기는 그만두기로 하세. 멍청이 같은 일에 관계하다 보면 나까지 멍청해지고 마니까 말이야."

마찬가지로 괴테는 다른 사람들로부터 매우 칭찬을 받고 있는 울란트의 정치적 경향을 비난했다. "잘 보아두게." 하고 그가 말했다. "정치가인 울란트가 시인인 울란트를 삼켜버리게 될 테니까. 의회의 일원이 되어 날마다 알력과 흥분 속에 생활한다는 것은 시인의 섬세한 본성에는 맞지가 않네. 그의 노래도 곧 그쳐버릴 테니 정말 애석한 일이야. 슈바벤에는 의회에 나갈 만큼 충분한 교양을 지니고, 선의와 능력이 있고 달변인 인물들이 많지만, 울란트와 같은 시인은 단 한 사람밖에 없지 않은가."

괴테가 세상을 뜨기 전에 친절하게 대접한 마지막 방문객은 아르님 부인의 장남이었으며, 그 젊은 친구의 기념첩에 적어준 시구 몇 줄이 괴테가 마지막으로 쓴 글이 되었다.

괴테가 세상을 떠난 다음 날 아침, 나는 지상에서의 그의 껍질을 다시 한번 보고 싶은 그리움에 견딜 수가 없었다. 그의 충직한 사환인 프리드리히가 그가 안치되어 있는 방문을 열어주었다. 그는 위를 향해 마치 잠자는 사람처럼 누워 있었다. 그의 숭고하고 고귀한 얼굴에는 깊은 안식과 평온함이 감돌았다. 힘찬 이마는 아직도 생각에 잠겨 있는 것처럼 보였다. 나는 그의 머리카락 한 올을 가지고 싶었지만 외경심 때문에 감히 자를 수 없었다. 몸은 벌거벗은 채 하얀 천에 싸여 있었고, 커다란 얼음 덩어리 몇 개가 근처에 놓여 있었는데, 가능한 한 유해를 상하지 않고 오래 보존하기 위해서였다. 프리드리히가 천을 헤쳐주는 순간 나는 그 신과도 같이 장엄한 사지를 보고 경탄을 금치 못했다. 가슴은 넓고 솟아 있는 모양이 실로 당당했다. 팔과 허벅다리는 풍만하면서도 부드러운 근육질이었다. 발은 고상하고 그 선이 고왔다. 신체 중 어느 부분에도 살이 찌거나 너무 야위거나 쇠약한 흔적은 볼 수 없었다. 하나의 완전한 인간이 너무도 아름다운 모습으로 내 앞에 누워 있었다. 감동에 찬 나머지 나는 불멸의 영혼이 이 육체에서 떠나

버렸다는 사실을 잠시 동안 잊었다. 그의 가슴에 손을 대보았다. 한없이 깊은 정적뿐이었다. 나는 옆으로 몸을 돌려 참았던 눈물을 쏟고 또 쏟았다.

(2권에서 계속)

세계문학전집 176

괴테와의 대화 1

1판 1쇄 펴냄 2008년 5월 2일
1판 30쇄 펴냄 2024년 12월 23일

지은이 요한 페터 에커만
옮긴이 장희창
발행인 박근섭, 박상준
펴낸곳 (주)민음사

출판등록 1966. 5. 19. (제 16-490호)
서울특별시 강남구 도산대로1길 62(신사동) 강남출판문화센터 5층 (우편번호 06027)
대표전화 02-515-2000 팩시밀리 02-515-2007
www.minumsa.com

ISBN 978-89-374-6176-7 04800
ISBN 978-89-374-6000-5 (세트)

* 잘못 만들어진 책은 구입처에서 교환해 드립니다.

민음사 세계문학전집

세계문학전집 목록

1·2 **변신 이야기** 오비디우스 · 이윤기 옮김 서울대 권장도서 100선

3 **햄릿** 셰익스피어 · 최종철 옮김 서울대 권장도서 100선 | 미국대학위원회 선정 SAT 추천도서

4 **변신 · 시골의사** 카프카 · 전영애 옮김 서울대 권장도서 100선

5 **동물농장** 오웰 · 도정일 옮김 미국대학위원회 선정 SAT 추천도서 | 《타임》 선정 현대 100대 영문소설

6 **허클베리 핀의 모험** 트웨인 · 김욱동 옮김 《뉴스위크》 선정 100대 명저

7 **암흑의 핵심** 콘래드 · 이상옥 옮김 미국대학위원회 선정 SAT 추천도서 | 《뉴스위크》 선정 10대 명저

8 **토니오 크뢰거 · 트리스탄 · 베네치아에서의 죽음** 토마스 만 · 안삼환 외 옮김 노벨 문학상 수상 작가

9 **문학이란 무엇인가** 사르트르 · 정명환 옮김

10 **한국단편문학선 1** 김동인 외 · 이남호 엮음 국립중앙도서관 선정 청소년 권장도서

11·12 **인간의 굴레에서** 서머싯 몸 · 송무 옮김

13 **이반 데니소비치, 수용소의 하루** 솔제니친 · 이영의 옮김 노벨 문학상 수상 작가

14 **너새니얼 호손 단편선** 호손 · 천승걸 옮김

15 **나의 미카엘** 오즈 · 최창모 옮김

16·17 **중국신화전설** 위앤커 · 전인초, 김선자 옮김

18 **고리오 영감** 발자크 · 박영근 옮김

19 **파리대왕** 골딩 · 유종호 옮김 노벨 문학상 수상 작가 | 《타임》 선정 현대 100대 영문소설

20 **한국단편문학선 2** 김동리 외 · 이남호 엮음

21·22 **파우스트** 괴테 · 정서웅 옮김 서울대 권장도서 100선 | 미국대학위원회 선정 SAT 추천도서

23·24 **빌헬름 마이스터의 수업시대** 괴테 · 안삼환 옮김

25 **젊은 베르테르의 슬픔** 괴테 · 박찬기 옮김 논술 및 수능에 출제된 책(1998~2005)

26 **이피게니에 · 스텔라** 괴테 · 박찬기 외 옮김

27 **다섯째 아이** 레싱 · 정덕애 옮김 노벨 문학상 수상 작가

28 **삶의 한가운데** 린저 · 박찬일 옮김

29 **농담** 쿤데라 · 방미경 옮김

30 **야성의 부름** 런던 · 권택영 옮김

31 **아메리칸** 제임스 · 최경도 옮김

32·33 **양철북** 그라스 · 장희창 옮김 노벨 문학상 수상 작가 | 서울대 권장도서 100선

34·35 **백년의 고독** 마르케스 · 조구호 옮김 노벨 문학상 수상 작가 | 서울대 권장도서 100선

36 **마담 보바리** 플로베르 · 김화영 옮김 서울대 권장도서 100선

37 **거미여인의 키스** 푸익 · 송병선 옮김

38 **달과 6펜스** 서머싯 몸 · 송무 옮김

39 **폴란드의 풍차** 지오노 · 박인철 옮김

40·41 **독일어 시간** 렌츠 · 정서웅 옮김

42 **말테의 수기** 릴케 · 문현미 옮김

43 **고도를 기다리며** 베케트 · 오증자 옮김 노벨 문학상 수상 작가 | 서울대 권장도서 100선

44 **데미안** 헤세 · 전영애 옮김 노벨 문학상 수상 작가

45 **젊은 예술가의 초상** 조이스 · 이상옥 옮김 서울대 권장도서 100선

46 **카탈로니아 찬가** 오웰 · 정영목 옮김

47 **호밀밭의 파수꾼** 샐린저 · 정영목 옮김 《타임》 선정 현대 100대 영문소설 | 미국대학위원회 선정 SAT 추천도서 | 《뉴스위크》 선정 100대 명저 | BBC 선정 꼭 읽어야 할 책

48·49 **파르마의 수도원** 스탕달 · 원윤수, 임미경 옮김

50 **수레바퀴 아래서** 헤세 · 김이섭 옮김 노벨 문학상 수상 작가 | 국립중앙도서관 선정 청소년 권장도서

51·52 **내 이름은 빨강** 파묵·이난아 옮김 노벨 문학상 수상 작가
53 **오셀로** 셰익스피어·최종철 옮김 서울대 권장도서 100선
54 **조서** 르 클레지오·김윤진 옮김 노벨 문학상 수상 작가
55 **모래의 여자** 아베 코보·김난주 옮김
56·57 **부덴브로크 가의 사람들** 토마스 만·홍성광 옮김 노벨 문학상 수상 작가
58 **싯다르타** 헤세·박병덕 옮김 노벨 문학상 수상 작가
59·60 **아들과 연인** 로렌스·정상준 옮김 《뉴스위크》 선정 100대 명저
61 **설국** 가와바타 야스나리·유숙자 옮김 노벨 문학상 수상 작가 | 서울대 권장도서 100선
62 **벨킨 이야기·스페이드 여왕** 푸슈킨·최선 옮김
63·64 **넙치** 그라스·김재혁 옮김 노벨 문학상 수상 작가
65 **소망 없는 불행** 한트케·윤용호 옮김 노벨 문학상 수상 작가
66 **나르치스와 골드문트** 헤세·임홍배 옮김 노벨 문학상 수상 작가
67 **황야의 이리** 헤세·김누리 옮김 노벨 문학상 수상 작가
68 **페테르부르크 이야기** 고골·조주관 옮김
69 **밤으로의 긴 여로** 오닐·민승남 옮김 노벨 문학상 수상 작가 | 미국대학위원회 선정 SAT 추천도서
70 **체호프 단편선** 체호프·박현섭 옮김
71 **버스 정류장** 가오싱젠·오수경 옮김 노벨 문학상 수상 작가
72 **구운몽** 김만중·송성욱 옮김 서울대 권장도서 100선 | 국립중앙도서관 선정 청소년 권장도서
73 **대머리 여가수** 이오네스코·오세곤 옮김
74 **이솝 우화집** 이솝·유종호 옮김 논술 및 수능에 출제된 책(1998~2005)
75 **위대한 개츠비** 피츠제럴드·김욱동 옮김 《타임》 선정 현대 100대 영문소설
76 **푸른 꽃** 노발리스·김재혁 옮김
77 **1984** 오웰·정회성 옮김 《타임》 선정 현대 100대 영문소설 | 《뉴스위크》 선정 100대 명저
78·79 **영혼의 집** 아옌데·권미선 옮김
80 **첫사랑** 투르게네프·이항재 옮김
81 **내가 죽어 누워 있을 때** 포크너·김명주 옮김 노벨 문학상 수상 작가
82 **런던 스케치** 레싱·서숙 옮김 노벨 문학상 수상 작가
83 **팡세** 파스칼·이환 옮김
84 **질투** 로브그리예·박이문, 박희원 옮김
85·86 **채털리 부인의 연인** 로렌스·이인규 옮김
87 **그 후** 나쓰메 소세키·윤상인 옮김
88 **오만과 편견** 오스틴·윤지관, 전승희 옮김 미국대학위원회 선정 SAT 추천도서
89·90 **부활** 톨스토이·연진희 옮김 논술 및 수능에 출제된 책(1998~2005)
91 **방드르디, 태평양의 끝** 투르니에·김화영 옮김
92 **미겔 스트리트** 나이폴·이상옥 옮김 노벨 문학상 수상 작가
93 **페드로 파라모** 룰포·정창 옮김
94 **차라투스트라는 이렇게 말했다** 니체·장희창 옮김 국립중앙도서관 선정 청소년 권장도서
95·96 **적과 흑** 스탕달·이동렬 옮김 국립중앙도서관 선정 청소년 권장도서
97·98 **콜레라 시대의 사랑** 마르케스·송병선 옮김 노벨 문학상 수상 작가 | BBC 선정 꼭 읽어야 할 책
99 **맥베스** 셰익스피어·최종철 옮김 서울대 권장도서 100선 | 미국대학위원회 선정 SAT 추천도서
100 **춘향전** 작자 미상·송성욱 풀어 옮김 서울대 권장도서 100선
101 **페르디두르케** 곰브로비치·윤진 옮김
102 **포르노그라피아** 곰브로비치·임미경 옮김
103 **인간 실격** 다자이 오사무·김춘미 옮김
104 **네루다의 우편배달부** 스카르메타·우석균 옮김
105·106 **이탈리아 기행** 괴테·박찬기 외 옮김

167 풀잎은 노래한다 레싱 · 이태동 옮김 노벨 문학상 수상 작가
168 파리의 우울 보들레르 · 윤영애 옮김
169 포스트맨은 벨을 두 번 울린다 케인 · 이만식 옮김
170 썩은 잎 마르케스 · 송병선 옮김 노벨 문학상 수상 작가
171 모든 것이 산산이 부서지다 아체베 · 조규형 옮김 《타임》 선정 현대 100대 영문소설
172 한여름 밤의 꿈 셰익스피어 · 최종철 옮김 미국대학위원회 선정 SAT 추천도서
173 로미오와 줄리엣 셰익스피어 · 최종철 옮김 미국대학위원회 선정 SAT 추천도서
174·175 분노의 포도 스타인벡 · 김승욱 옮김 노벨 문학상 수상 작가 | 《타임》 선정 현대 100대 영문소설
176·177 괴테와의 대화 에커만 · 장희창 옮김
178 그물을 헤치고 머독 · 유종호 옮김 《타임》 선정 현대 100대 영문소설
179 브람스를 좋아하세요... 사강 · 김남주 옮김
180 카타리나 블룸의 잃어버린 명예 하인리히 뵐 · 김연수 옮김 노벨 문학상 수상 작가
181·182 에덴의 동쪽 스타인벡 · 정회성 옮김 노벨 문학상 수상 작가
183 순수의 시대 워튼 · 송은주 옮김 《뉴스위크》 선정 100대 명저 | 퓰리처상 수상작
184 도둑 일기 주네 · 박형섭 옮김
185 나자 브르통 · 오생근 옮김
186·187 캐치-22 헬러 · 안정효 옮김 《타임》 선정 현대 100대 영문소설
188 숄로호프 단편선 숄로호프 · 이항재 옮김 노벨 문학상 수상 작가
189 말 사르트르 · 정명환 옮김
190·191 보이지 않는 인간 엘리슨 · 조영환 옮김 《타임》 선정 현대 100대 영문소설
192 왑샷 가문 연대기 치버 · 김승욱 옮김 퓰리처상 수상 작가
193 왑샷 가문 몰락기 치버 · 김승욱 옮김 퓰리처상 수상 작가
194 필립과 다른 사람들 노터봄 · 지명숙 옮김
195·196 하드리아누스 황제의 회상록 유르스나르 · 곽광수 옮김
197·198 소피의 선택 스타이런 · 한정아 옮김 퓰리처상 수상 작가
199 피츠제럴드 단편선 2 피츠제럴드 · 한은경 옮김
200 홍길동전 허균 · 김탁환 옮김
201 요술 부지깽이 쿠버 · 양윤희 옮김
202 북호텔 다비 · 원윤수 옮김
203 톰 소여의 모험 트웨인 · 김욱동 옮김
204 금오신화 김시습 · 이지하 옮김
205·206 테스 하디 · 정종화 옮김 미국대학위원회 선정 SAT 추천도서 | BBC 선정 꼭 읽어야 할 책
207 브루스터플레이스의 여자들 네일러 · 이소영 옮김
208 더 이상 평안은 없다 아체베 · 이소영 옮김
209 그레인지 코플랜드의 세 번째 인생 워커 · 김시현 옮김 퓰리처상 수상 작가
210 어느 시골 신부의 일기 베르나노스 · 정영란 옮김
211 타라스 불바 고골 · 조주관 옮김
212·213 위대한 유산 디킨스 · 이인규 옮김 서울대 권장도서 100선 | BBC 선정 꼭 읽어야 할 책
214 면도날 서머싯 몸 · 안진환 옮김
215·216 성채 크로닌 · 이은정 옮김
217 오이디푸스 왕 소포클레스 · 강대진 옮김 서울대 권장도서 100선
218 세일즈맨의 죽음 밀러 · 강유나 옮김
219·220·221 안나 카레니나 톨스토이 · 연진희 옮김 서울대 권장도서 100선
222 오스카 와일드 작품선 와일드 · 정영목 옮김
223 벨아미 모파상 · 송덕호 옮김
224 파스쿠알 두아르테 가족 호세 셀라 · 정동섭 옮김 노벨 문학상 수상 작가

225 **시칠리아에서의 대화** 비토리니 · 김운찬 옮김
226·227 **길 위에서** 케루악 · 이만식 옮김 《타임》 선정 현대 100대 영문소설 | 《뉴스위크》 선정 100대 명저
228 **우리 시대의 영웅** 레르몬토프 · 오정미 옮김
229 **아우라** 푸엔테스 · 송상기 옮김
230 **클링조어의 마지막 여름** 헤세 · 황승환 옮김 노벨 문학상 수상 작가
231 **리스본의 겨울** 무뇨스 몰리나 · 나송주 옮김
232 **뻐꾸기 둥지 위로 날아간 새** 키지 · 정회성 옮김 《타임》 선정 현대 100대 영문소설
233 **페널티킥 앞에 선 골키퍼의 불안** 한트케 · 윤용호 옮김 노벨 문학상 수상 작가
234 **참을 수 없는 존재의 가벼움** 쿤데라 · 이재룡 옮김
235·236 **바다여, 바다여** 머독 · 최옥영 옮김
237 **한 줌의 먼지** 에벌린 워 · 안진환 옮김 《타임》 선정 현대 100대 영문소설
238 **뜨거운 양철 지붕 위의 고양이 · 유리 동물원** 윌리엄스 · 김소임 옮김 퓰리처상 수상작
239 **지하로부터의 수기** 도스토옙스키 · 김연경 옮김
240 **키메라** 바스 · 이운경 옮김
241 **반쪼가리 자작** 칼비노 · 이현경 옮김
242 **벌집** 호세 셀라 · 남진희 옮김 노벨 문학상 수상 작가
243 **불멸** 쿤데라 · 김병욱 옮김
244·245 **파우스트 박사** 토마스 만 · 임홍배, 박병덕 옮김 노벨 문학상 수상 작가
246 **사랑할 때와 죽을 때** 레마르크 · 장희창 옮김
247 **누가 버지니아 울프를 두려워하랴?** 올비 · 강유나 옮김
248 **인형의 집** 입센 · 안미란 옮김
249 **위폐범들** 지드 · 원윤수 옮김 노벨 문학상 수상 작가
250 **무정** 이광수 · 정영훈 책임 편집 서울대 권장도서 100선
251·252 **의지와 운명** 푸엔테스 · 김현철 옮김
253 **폭력적인 삶** 파솔리니 · 이승수 옮김
254 **거장과 마르가리타** 불가코프 · 정보라 옮김
255·256 **경이로운 도시** 멘도사 · 김현철 옮김
257 **야콥을 둘러싼 추측들** 욘존 · 손대영 옮김
258 **왕자와 거지** 트웨인 · 김욱동 옮김
259 **존재하지 않는 기사** 칼비노 · 이현경 옮김
260·261 **눈먼 암살자** 애트우드 · 차은정 옮김 《타임》 선정 현대 100대 영문소설
262 **베니스의 상인** 셰익스피어 · 최종철 옮김
263 **말리나** 바흐만 · 남정애 옮김
264 **사볼타 사건의 진실** 멘도사 · 권미선 옮김
265 **뒤렌마트 희곡선** 뒤렌마트 · 김혜숙 옮김
266 **이방인** 카뮈 · 김화영 옮김 노벨 문학상 수상 작가 | 미국대학위원회 선정 SAT 추천도서
267 **페스트** 카뮈 · 김화영 옮김 노벨 문학상 수상 작가 | 국립중앙도서관 선정 청소년 권장도서
268 **검은 튤립** 뒤마 · 송진석 옮김
269·270 **베를린 알렉산더 광장** 되블린 · 김재혁 옮김
271 **하얀 성** 파묵 · 이난아 옮김 노벨 문학상 수상 작가
272 **푸슈킨 선집** 푸슈킨 · 최선 옮김
273·274 **유리알 유희** 헤세 · 이영임 옮김 노벨 문학상 수상 작가
275 **픽션들** 보르헤스 · 송병선 옮김 서울대 권장도서 100선
276 **신의 화살** 아체베 · 이소영 옮김
277 **빌헬름 텔 · 간계와 사랑** 실러 · 홍성광 옮김
278 **노인과 바다** 헤밍웨이 · 김욱동 옮김 노벨 문학상 수상 작가 | 퓰리처상 수상작

279 **무기여 잘 있어라** 헤밍웨이 · 김욱동 옮김 미국대학위원회 선정 SAT 추천도서
280 **태양은 다시 떠오른다** 헤밍웨이 · 김욱동 옮김 《타임》 선정 현대 100대 영문 소설
281 **알레프** 보르헤스 · 송병선 옮김
282 **일곱 박공의 집** 호손 · 정소영 옮김
283 **에마** 오스틴 · 윤지관, 김영희 옮김
284·285 **죄와 벌** 도스토옙스키 · 김연경 옮김 미국대학위원회 선정 SAT 추천도서
286 **시련** 밀러 · 최영 옮김
287 **모두가 나의 아들** 밀러 · 최영 옮김
288·289 **누구를 위하여 종은 울리나** 헤밍웨이 · 김욱동 옮김 노벨 문학상 수상 작가
290 **구르브 연락 없다** 멘도사 · 정창 옮김
291·292·293 **데카메론** 보카치오 · 박상진 옮김
294 **나누어진 하늘** 볼프 · 전영애 옮김
295·296 **제브데트 씨와 아들들** 파묵 · 이난아 옮김 노벨 문학상 수상 작가
297·298 **여인의 초상** 제임스 · 최경도 옮김 미국대학위원회 선정 SAT 추천도서
299 **압살롬, 압살롬!** 포크너 · 이태동 옮김 노벨 문학상 수상 작가
300 **이상 소설 전집** 이상 · 권영민 책임 편집
301·302·303·304·305 **레 미제라블** 위고 · 정기수 옮김
306 **관객모독** 한트케 · 윤용호 옮김 노벨 문학상 수상 작가
307 **더블린 사람들** 조이스 · 이종일 옮김
308 **에드거 앨런 포 단편선** 앨런 포 · 전승희 옮김 미국대학위원회 선정 SAT 추천도서
309 **보이체크 · 당통의 죽음** 뷔히너 · 홍성광 옮김
310 **노르웨이의 숲** 무라카미 하루키 · 양억관 옮김
311 **운명론자 자크와 그의 주인** 디드로 · 김희영 옮김
312·313 **헤밍웨이 단편선** 헤밍웨이 · 김욱동 옮김 노벨 문학상 수상 작가
314 **피라미드** 골딩 · 안지현 옮김 노벨 문학상 수상 작가
315 **닫힌 방 · 악마와 선한 신** 사르트르 · 지영래 옮김
316 **등대로** 울프 · 이미애 옮김 《타임》 선정 현대 100대 영문소설 | 《뉴스위크》 선정 100대 명저
317·318 **한국 희곡선** 송영 외 · 양승국 엮음
319 **여자의 일생** 모파상 · 이동렬 옮김
320 **의식** 노터봄 · 김영중 옮김
321 **육체의 악마** 라디게 · 원윤수 옮김
322·323 **감정 교육** 플로베르 · 지영화 옮김
324 **불타는 평원** 룰포 · 정창 옮김
325 **위대한 몬느** 알랭푸르니에 · 박영근 옮김
326 **라쇼몬** 아쿠타가와 류노스케 · 서은혜 옮김
327 **반바지 당나귀** 보스코 · 정영란 옮김
328 **정복자들** 말로 · 최윤주 옮김
329·330 **우리 동네 아이들** 마흐푸즈 · 배혜경 옮김 노벨 문학상 수상 작가
331·332 **개선문** 레마르크 · 장희창 옮김
333 **사바나의 개미 언덕** 아체베 · 이소영 옮김
334 **게걸음으로** 그라스 · 장희창 옮김 노벨 문학상 수상 작가
335 **코스모스** 곰브로비치 · 최성은 옮김
336 **좁은 문 · 전원교향곡 · 배덕자** 지드 · 동성식 옮김 노벨 문학상 수상 작가
337·338 **암 병동** 솔제니친 · 이영의 옮김 노벨 문학상 수상 작가
339 **피의 꽃잎들** 응구기 와 시옹오 · 왕은철 옮김
340 **운명** 케르테스 · 유진일 옮김 노벨 문학상 수상 작가

341·342 **벌거벗은 자와 죽은 자** 메일러 · 이운경 옮김 퓰리처상 수상 작가
343 **시지프 신화** 카뮈 · 김화영 옮김 노벨 문학상 수상 작가
344 **뇌우** 차오위 · 오수경 옮김
345 **모옌 중단편선** 모옌 · 심규호, 유소영 옮김 노벨 문학상 수상 작가
346 **일야서** 한사오궁 · 심규호, 유소영 옮김
347 **상속자들** 골딩 · 안지현 옮김 노벨 문학상 수상 작가
348 **설득** 오스틴 · 전승희 옮김
349 **히로시마 내 사랑** 뒤라스 · 방미경 옮김
350 **오 헨리 단편선** 오 헨리 · 김희용 옮김
351·352 **올리버 트위스트** 디킨스 · 이인규 옮김
353·354·355·356 **전쟁과 평화** 톨스토이 · 연진희 옮김
357 **다시 찾은 브라이즈헤드** 에벌린 워 · 백지민 옮김
358 **아무도 대령에게 편지하지 않다** 마르케스 · 송병선 옮김
359 **사양** 다자이 오사무 · 유숙자 옮김
360 **좌절** 케르테스 · 한경민 옮김 노벨 문학상 수상 작가
361·362 **닥터 지바고** 파스테르나크 · 김연경 옮김 노벨 문학상 수상 작가
363 **노생거 사원** 오스틴 · 윤지관 옮김
364 **개구리** 모옌 · 심규호, 유소영 옮김 노벨 문학상 수상 작가
365 **마왕** 투르니에 · 이원복 옮김 공쿠르상 수상 작가
366 **맨스필드 파크** 오스틴 · 김영희 옮김
367 **이선 프롬** 이디스 워튼 · 김욱동 옮김 퓰리처상 수상 작가
368 **여름** 이디스 워튼 · 김욱동 옮김 퓰리처상 수상 작가
369·370·371 **나는 고백한다** 자우메 카브레 · 권가람 옮김
372·373·374 **태엽 감는 새 연대기** 무라카미 하루키 · 김난주 옮김
375·376 **대사들** 제임스 · 정소영 옮김
377 **족장의 가을** 마르케스 · 송병선 옮김 노벨 문학상 수상 작가
378 **핏빛 자오선** 매카시 · 김시현 옮김
379 **모두 다 예쁜 말들** 매카시 · 김시현 옮김
380 **국경을 넘어** 매카시 · 김시현 옮김
381 **평원의 도시들** 매카시 · 김시현 옮김
382 **만년** 다자이 오사무 · 유숙자 옮김
383 **반항하는 인간** 카뮈 · 김화영 옮김 노벨 문학상 수상 작가
384·385·386 **악령** 도스토옙스키 · 김연경 옮김
387 **태평양을 막는 제방** 뒤라스 · 윤진 옮김
388 **남아 있는 나날** 가즈오 이시구로 · 송은경 옮김 노벨 문학상 수상 작가
389 **앙리 브륄라르의 생애** 스탕달 · 원윤수 옮김
390 **찻집** 라오서 · 오수경 옮김
391 **태어나지 않은 아이를 위한 기도** 케르테스 · 이상동 옮김 노벨 문학상 수상 작가
392·393 **서머싯 몸 단편선** 서머싯 몸 · 황소연 옮김
394 **케이크와 맥주** 서머싯 몸 · 황소연 옮김
395 **월든** 소로 · 정회성 옮김
396 **모래 사나이** E. T. A. 호프만 · 신동화 옮김
397·398 **검은 책** 오르한 파묵 · 이난아 옮김 노벨 문학상 수상 작가
399 **방랑자들** 올가 토카르추크 · 최성은 옮김 노벨 문학상 수상 작가
400 **시여, 침을 뱉어라** 김수영 · 이영준 엮음
401·402 **환락의 집** 이디스 워튼 · 전승희 옮김

세계문학전집은 계속 간행됩니다.